보리밥 묵고 방구 뀡께
배가 푹 꺼져불등만

보리밥 묵고 방구 뀡께 배가 푹 꺼져불등만

평생교사 오리선생 일흔 해의 씨줄날줄

김옥태 지음

좋은땅

1. 이 글은 저의 생활사입니다. 제가 70 인생을 살아오는 동안 가슴에만 담아 온 한(恨), 분노, 사랑 그리고 즐거움이 녹아 있을 것입니다.

2. 이야기는 짤막하게 일화를 중심으로 썼고, 더러는 기고문과 의견도 있습니다. 기고문과 의견은 글이 다소 깁니다.

3. 교원평가와 관련하여 도올 선생께서 언론에 기고하신 소중한 글을 옮겨왔습니다. 우리 교육을 걱정하는 모든 이들이 숙독하시기를 바라면서 옮겼습니다.

4. '진실과화해위원회'가 1989년 전교조 교사 해직은 국가 폭력이라고 인정한 결정문은 정의를 바로 세우는 소중한 자료이기에 원문을 그대로 옮겼습니다.

5. 인명, 기관명은 가급적 익명으로 처리하였으나 혹여 실명으로 인해 불편하신 점이 있다면 용서를 구합니다. 또한 익명으로 처리하였으나 좁은 지역 사회에서의 일인지라 짐작이 가능함을 양해해 주시길 부탁드립니다.

6. 글을 쓰다가 보니 자료가 부족하였습니다. 기록이 남아 있는 것도 있지만 상당 부분은 기억에 의존할 수밖에 없었습니다. 지명, 인명, 시기, 사실관계가 다소 정확하지 않은 부분이 있을 것입니다. 맥락으로 읽어 주시길 바랍니다.

7. 글의 순서는 출생부터 살아온 시간순으로 잡았습니다. 그러다 보니 여러 이야기가 혼재되어 나올 것입니다.

8. 글을 쓰면서 읽는 이의 눈을 괴롭히지는 않을까 저어됩니다. 혹여 불편함을 느끼실 분들께서는 용서하소서!

9. 이 글은 참회하는 마음으로 저 자신을 돌아보는 의미가 큽니다. 고희 기념으로 발간하여 지인들과 나누고 싶은 이야기입니다.

10. 가끔은 전라도 말을 쓰기도 했습니다. 정겹고 현장감이 있기 때문입니다.

11. 글을 보태기보다는 빼고 정돈하는 것이 더 어려웠습니다. 부득이 분량이 많아졌음을 저의 부족으로 여기고 읽어 주시길 부탁드립니다.

오리 선생님 김옥태 동지의
고희(古稀) 회고록 발간에 부쳐

  햇살 좋은 어느 가을날, 형님의 전원주택 안거헌(雁居軒) 텃밭에 배추, 상추, 작두콩 심으시고 마당 빙 둘러 형형색색 갖가지 초목 정돈하시고 작은 연못 손수 파내시던 모습이 떠오릅니다. 일평생 손때 묻은 서책 가득한 책장 쓰다듬으시며 속절없이 흘러가는 세월 속 고귀한 삶 더 풍요롭게 경작하시는 형님의 노년을 닮고 싶었습니다.

  존경하는 김옥태 형님! 김옥태 동지! 김옥태 선생님!

  타고난 교육자이자 종횡무진 거침없는 '자유인'이십니다. 깊은 성찰과 진실의 힘으로 쉼 없이 녹슨 경계 허물어내고 사람 사는 세상, 해방 세상, 그날을 향해 뚜벅뚜벅 전진하는 궁극의 '자유인'이십니다.

  간난(艱難)과 역경, 역사의 파고 헤치며 일흔 개 성상, 참교단, 참교육 날갯짓으로 척박한 인간의 대지 훨훨 날아오신 나의 동지 전교조 해직교사 존경하는 옥태 형! 오리(來) 선생님!

  새로운 세상, 그날은 반드시 '오리'(來)라는 혁명적 낙관이, 천부적 낭만이, 아이들이 행복한 교육, 사람 사는 참세상, 변혁을 향한 엄중한 실천철학이 '오리' 선생님에게 무궁한 사랑과 진실의 힘을 선사했습니다.

  하여 형의 새로운 세상, 참세상 향한 사랑은 불의를 녹여 내는 용광로가 되고 부조리를 징치하는 화살이 되어 인간 해방의 과녁에 서슴없이 날아가 박힙니다.

우리가 살아가는 세상, 변화하는 현실에 대한 번득이는 통찰력과 대안의 교육과 새로운 사회를 향한 실천 방도가 시대의 중심을 관통했기에 형님의 행적은 우리에게 늘 교훈과 해학과 익살로 사색과 여유와 웃음을 선사했습니다.

정론직필(正論直筆)! 그의 대명사입니다.

그의 시야에 포획된 낡은 질서는 날카로운 지혜의 칼날 앞에서 여지없이 파탄나고야 맙니다. 하여 그의 온전한 삶을 담은 붓끝에서는 늘 투명한 진실이 쏟아져 나옵니다.

교육노동자로서 고뇌와 실천이 담긴 수많은 글과 행적 속에서 우리는 오리 선생님의 빛나는 지성을 만납니다.

부단히 자신을 갈고닦아 가는 선생님! 도산 안창호 선생의 가르침을 실천적으로 계승하는 교육자! 변혁의 시대를 실험하고 주도하는 교육노동운동가! 한시도 쉬지 아니하고 앞으로 나아가는 진취적 지식인!

발을 딛고 선 현장에서 그곳이 어디가 되었건 교육의 변화와 역사의 정방향에 시선을 맞추고 시대정신의 정점에 자신을 밀어 올려놓으려 안간힘을 쏟아부은 실천적 지성인!

오리 선생님을 수식하는 문구들이 전혀 미사여구가 아닌 것은 멀리서 가까이서 그와 함께해 온 수십 년 세월 속 우리가 목격해 온 삶의 지평이 그러하기 때문입니다.

오리 선생님의 홈페이지는 사회 선생님들의 보고(寶庫)였습니다. 컴퓨터 학습 초창기 얼리 어답터(early adopter) 김옥태 선생님은 그 누구보다도 먼저 피시(PC) 통신을 그리고 지적 사유의 집적과 확산을 위한 수업 방도로 홈피 구축을 실험하고 실천하는 선진 활동가이셨습니다.

경이로운 수업 자료들이 수북하게 쌓인 공간으로 전국의 많은 선생님들이 모여들어 교감하고 활용하였습니다.

세상이 조금 열리고 교사 정치기본권 쟁취를 위해 조직의 정치위원장을 맡아 새로운 민중 집권의 시대를 앞당길 방도를 설파하시던 모습이 눈에 선합니다.

신명나는 전망이 현실 속에서 가능의 영역으로 꿈틀대던 담론의 시대에, 퇴행 권력의 십자포화로 수백 명 진보정당 후원 교사들이 다시 굴비 엮이듯 줄줄이 불법의 굴레를 목에 걸고 법정에 서서 고통받던 고단한 핍박의 행렬 속에서, 우리가 웃음 잃지 아니하고 앞날의 정치기본권 쟁취를 기약했던 그날들도 정치위원장 김옥태 동지의 결의는 역사의 합법칙적 경로에 대한 확신 속에서 빛나고 있었습니다.

서울 서대문 독립문 공원 전국교사대회 집회장, 그날, 좌중을 웃음과 환호로 일떠세우며 우리 스스로를 자랑스럽게 이끌었던 김옥태 동지의 멋진 연설을 잊을 수가 없습니다. 예의 말미에 덧붙이는 도산의 명언은 우리 모두의 격언이 되었습니다.

"진리는 반드시 따르는 자가 있고, 정의는 반드시 이루는 날이 있다."

어쩌면 형의 좌우명이었을 저 경구를 지금도 우리는 소중히 간직하고 있습니다.

엄혹한 불법과 합법을 넘나들던 시절, 자랑스러운 전교조 조직 활동의 선두에 서서, 민중이 부여한 법외의 권력으로 법 내의 권력을 징치하고 견인하는 장쾌한 장면들이 그저 무용담이 아닌 것은 김옥태 동지의 수미일관한 논리와 인간에 대한 예의와 법도를 앞세워 상대를 압도하고 공존의 힘을 확보하였기 때문에 가능한 일이었습니다.

교단의 마지막 해까지 전국 최고령 전교조 지회장으로 정년을 맞이하시고, 교단을 떠나신 지 얼마 되지 않은 어느 날, '참교육동지회'를 꾸려 퇴직 이후의 삶과 교육혁명을 향하여, 지속 가능한 운동 에너지를 조직적으로 보존하고 확대해 나가자고 제안드렸을 때에도, 장기간 휴면 상태의 '전남

교육연구소'를 부활하여 교육, 노동, 운동의 지속 가능성을 확대시켜 나가자고 요청드렸던 그날도, 서슴없이 마땅한 소임을 수락하시고 조직적 삶에 복무하셨던 김옥태 선배 동지의 결단과 헌신에 새삼 감사드립니다.

이제 수없이 많은 귀한 행적에 감히 덧붙여 말씀드리지 못하는 마음 안타깝기 그지없음을 고백하지 않을 수 없습니다.

존경하는 오리 김옥태 선생님! 김옥태 형님! 김옥태 동지!

칠십 고래희(古來稀)! 시성(詩聖) 두보(杜甫) 선생이 아니더라도 가히 드물게 맞이한 이 아름다운 삶을 회고록에 담아 노래하고 정리해 낼 세월이십니다.

불민(不敏)한 제가 감히 오리 선생님 김옥태 동지의 문집에 함께 발을 들여 몇 마디 말씀 얹을 수 있어 더없는 영광입니다.

부디 안거헌(雁居軒)이 평안한 삶 누리시는 안거헌(安居軒)으로 거듭나고 수복강녕(壽福康寧)의 거룩한 나날로 이어지길 기원합니다.

회고록 출간을 온 마음 다해 축하드립니다.

조창익(전 전교조위원장) 올림

* 조창익 선생님은 사심이 없이 자신의 삶을 온통 우리 사회의 질곡을 헤쳐 나가는 데 바치는 운동가입니다. 그의 가슴은 따뜻하고, 머리는 냉철하며, 손발은 부지런합니다. 함께 투쟁하는 동지들에게 늘 깃발이 되어 주시는 후배이자 동지입니다. 전교조위원장 시기 박근혜의 '전교조 노조 아님'이라는 만행을 두 차례에 걸쳐 목숨을 건 55일간의 단식으로 돌파하였습니다. 그와 함께하여 행복했습니다.

보리밥 묵고 방구뀡께 배가 푹 꺼져불등만

오리 선생의 일생에 공감하며
일독을 권합니다

저자의 부탁을 받고 이 책의 원고를 미리 읽어 보게 되었습니다. 여러 곳에서 박장대소하였고, 또 여러 번 눈시울이 젖었습니다. "그렇다. 이것이 인생이다! 여기 한 사람이 있구나!" 하는 느낌을 받았습니다. 며칠간 참 재미있게 읽었습니다. 몇 자 소감을 써 봅니다.

1. 저자는 타고난 자질이 매우 풍부한 사람이었습니다. 영민한 머리, 과감한 추진력, 어떤 일에 몰입하는 정신, 불의에 대한 타고난 저항 의식, 그리고 사람을 가리지 않고 사귀는 친화력과 사교성을 고루 갖춘 드문 경우라고 봅니다. 그러다 보니 저자의 살아온 일생은 한 사람의 그것이 아니라 일인 몇 역을 한 것처럼 다양하고 풍부하였습니다. 한 사람이 살면서 이렇게 많은 일을 하고 여러 역할을 할 수 있다는 데 놀랐습니다.

2. 옛날 소크라테스는 "음미되지 않는 삶은 의미가 없다."고 했습니다. 현대인들은 사는 데 너무 바빠서 자기 삶의 의미와 가치를 되돌아볼 틈이 없습니다. 자신이 살아온 삶을 돌이켜 반추하고 숙고해 보는 것은 인생에서 상당히 중요하다고 보며, 그 효과적인 방법은 기록하는 것이라고 봅니다.
저자는 살아온 인생 역정을 요약하여 기록하였습니다. 인생의 여러 장면, 상황, 사건, 경험, 생각 등을 이렇게 많이 기억하고 있다는 것 자체가 부러웠습니다. 이 정리 과정을 통해서 본인의 인생과 삶에 대한 이해가 많이 깊어졌을 것으로 봅니다.

3. '개인과 사회, 국가는 서로 교차하는 직물과 같다.' 하겠습니다. '사회나 국가 없는 개인은 없고, 개인 없는 사회, 국가도 없다.' 하겠습니다. 따라서 한 사회, 민족, 국가를 이해하려면 거시적인 역사가 필요하듯이, 그 구성원인 개인의 삶과 역사도 필요하다 할 것입니다. 그런 면에서 저자의

이 회고록은 1950년대 중반부터 현재에 이르기까지 한국 사회와 파란만장한 역사를 이해하는 데 다양하고 중요한 시사점을 주는 사료적 가치도 있다고 생각됩니다.

4. 이 책은 크게 두 가지로 나눠 볼 수 있습니다.

하나는 저자의 삶의 여러 장면, 상황, 경험, 생각들을 장황한 이론이나 주장 없이 사실적으로 묘사한 부분입니다. 이들은 '현장 사진' 같은 느낌을 줍니다. 그래서 그 꼭지를 읽을 때면 그 장면이 눈에 선하게 떠오릅니다. 이해하기 쉽고 재미있습니다.

다른 부분은 시국, 교육적 현안, 사회적인 의제 등에 대해서 저자의 생각과 주장을 논리적으로 심도 있게 표현한 것입니다. 따라서 글이 다소 길고 이론적인 면이 있습니다. 한국 사회와 교육의 변화를 염원하는 저자의 마음이 표현된 것이라고 봅니다.

5. 한 가정에서 가장이나 어른이 자신의 삶의 역정을 잘 정리한 회고록 혹은 자서전을 남기는 일은 어떤 의미가 있을까를 생각해 보았습니다. 우리는 보통 유산이라 하면 금전적으로 환산할 수 있는 현금, 재산, 부동산 등을 떠올립니다. 물론 물질적 유형의 재산이 값어치 없는 것은 아니겠으나, 무형자산의 가치를 과소평가하면 곤란하다는 생각도 듭니다. 무형자산이 값어치가 있다면, 한 가정에서 부모 혹은 어른의 삶의 족적이 남겨진 기록물은 후손들에게 매우 중요한 유산이 될 것으로 봅니다. 저자는 자녀들에게 액수를 헤아릴 수 없는 유산을 남겼다고 봅니다.

6. 사람은 태어날 때도 하늘, 우주, 섭리의 안배를 받는 것으로 압니다. 우리는 그것을 운명 혹은 업이라고도 합니다. 도(道)는 영혼이 3차원 지구에 나가 살 때 필요한 여러 가지 자질, 환경, 관계를 부여합니다. 모든 사람은 각자 다른 것을 받아옵니다. 이 자원들을 가지고 다양한 경험을 하고 배우고, 자신의 고유한 임무(미션)를 수행하며 사는 것이 바로 인생입니다. 각자 자기만의 길을 가야 하고 우주에서 나를 대신해 줄 사람은 아무도 없습니다. 따라서 한 사람의 일생을 정확하게 판단하고 평가하는 일은 쉬운 일이 아닙니다. 이러한 관점에서 볼 때 저자는 도가 부여한 삶의 과업을 매우 충실히 이루었다고 생각됩니다. 세상이란 무대에서 자신이 맡은 배역을 훌륭히 해냈다 하겠습니다.

보리밥 묵고 방구뀡께 배가 폭 꺼져불등만

7. 사람들은 일생을 마치면 죽는다고 하는데 사실 죽음은 없습니다. 만물은 도(우주, 자연, 하늘)의 자기표현입니다. 풀, 꽃, 동물, 사람, 산, 바다, 태양계, 은하계, 우주 등은 도의 다양한 현현(顯現)입니다. 우리는 사람의 몸을 입고 잠깐 지구에서 살다가 때가 되면 다른 차원의 경험을 하러 갑니다. 따라서 죽음을 두려워할 일이 아니라 사람답게 살지 못하는 것을 경계하고 두려워해야 할 것입니다. 저자처럼 이생을 충실히 살아 낸 사람은 죽음이 있건 없건 마음 쓸 필요가 없을 것입니다.

8. 마지막으로 저자의 일생이 풍성하고 보람찬 것이 되는데 절반 이상의 공덕은 부인 정필옥 님께 있다고 보겠습니다. 기나긴 인고의 세월 고생 많으셨고 현모양처의 본을 보이셨습니다. 존경의 마음을 보냅니다. 또한 어려운 가정 형편에서 잘 자라준 세 자녀에게도 매우 고맙다는 마음을 전합니다.

2023. 1. 21.

박종택(전 전교조전남지부장, 전 전남참교육동지회회장)

* 광주고등학교 선배이신 박종택 선생님은 1989년 전국교직원노동조합 여수지회장을 맡으시며 조직을 일구시다가 여수충덕중학교에서 해임되셨습니다. 제9대 전국교직원노동조합전남지부 지부장과 제2대 전남참교육동지회 회장을 역임하였습니다. 말씀 새겨듣기를 좋아하시고 후배 동지들에게 늘 따뜻함을 주시는 분입니다.

축하합니다.

김옥태 선생의 인생 되돌아보기는 그의 삶에 대한 자전적 이야기이다. 저자는 가난한 가정에서 태어나 아르바이트하며 학교에 다닌 이야기부터 전교조 활동을 하면서 교육 현장에서 경험하고 느낀 이야기, 해직 기간 했던 족발집과 자동차 정비공장 운영 경험담까지 그의 삶 전체를 내용으로 삼았다. 감리교, 원불교, 불교, 기독교, 천주교 등 거의 모든 종교를 섭렵(?)한 이야기도 나온다. 마치 술자리에서 이야기 나누듯 그는 전라도 사투리를 섞어 가며 생각나는 그대로 그의 삶을 서술했다. 그의 가족사에 관한 이야기까지도 한 점 꾸밈이 없다. 김옥태 선생다운 글쓰기이다. 책 출간을 축하드린다.

내가 김옥태 선생을 처음 만난 것은 1975년 3월 초순이었다. 흥사단 전남대 아카데미 신입회원 오리엔테이션 자리에서였다. 나는 당시 전남대 3학년에 재학 중이었고 전남 흥사단 아카데미 연맹 회장을 맡고 있었다. 흥사단 아카데미에 대한 설명이 끝나고 신입생의 질문을 받는 시간이 되었다. 다른 신입생은 모두 앉아 있는데 흰 고무신을 신은 신입생 한 명이 뚜벅뚜벅 앞으로 나왔다. 그는 칠판에 줄탁동시(啐啄同時)라는 사자성어 하나를 쓰고 내용을 설명하여 인상에 남았다. 그가 바로 50여 년 전의 김옥태 선생이었다. 지금도 그 장면이 머릿속에 생생하게 남아 있다.

1960~70년대는 대부분 학생이 가난한 가정에서 자랐다. 학교에서 제공하는 밀가루, 우유 가루 급식도 받았고, 등록금이 없어 부모님들이 쩔쩔매는 모습도 보았다. 김 선생의 글에는 그런 우리 세대의 모습이 매우 생생하게 묘사되어 있다. 김 선생의 글에는 중고등학교 시절의 시내 버스비, 납부금 액수 등까지 기록되어 있다. 요즘 역사서 중에서 가장 인기 있는 분야가 생활사인데 김 선생의 글을 읽으면서 귀중한 생활사가 되겠다고 생각했다. 이런 글이 가능한 것은 일기 등 메모를

많이 해 놓았기 때문일 것이다. 그의 성실한 생활 태도가 이런 글을 쓰게 만든 것 같다. 글의 내용이 상당히 방대한데 마치 소설을 읽는 것 같은 재미를 느끼며 즐겁게 읽었다.

김 선생의 책은 크게 가족 이야기. 흥사단 이야기, 전교조 활동, 해직 기간 경험한 다양한 직업 체험, 평교사로서 교육 현장에서 경험한 교육 이야기 등으로 구성되었다. 김 선생이 대학을 다니던 1970년대에는 학과 동아리가 아니라 써클 동아리 활동이 활발했다. 그는 대학 1학년 때 흥사단 아카데미와 인연을 맺은 이후 지금에 이르기까지 흥사단에 몸담고 있다. 나도 김옥태 선생처럼 젊은 시절부터 지금까지 흥사단에 몸담고 있다. 김 선생이 흥사단 활동을 하면서 남긴 큰 업적 중의 하나는 그가 영광해룡고에 재직할 때 해룡고 아카데미를 조직하여 학생들을 지도했고 많은 인재를 배출한 점이다.

김 선생의 삶에서 뭐니 뭐니 해도 가장 중요한 자리를 차지하는 것은 전교조였다. 그의 글을 통해 전교조의 역사와 전교조 내 다양한 그룹에 대해 좀 더 자세히 알게 되었다. 전교조 임원 선거, 전교조가 교육감 선거에 관여하는 방식 등도 소개하고 있다. 영광에서 전교조 활동을 할 때는 자금을 마련하기 위해 굴비 장사를 했고, 나중에는 그 범위가 전국으로 확대되었다는 내용을 보면서 조직인으로서 김 선생의 열의와 책임감, 뛰어난 상상력을 새삼 확인할 수 있었다. 참교육 활동을 하면서 느낀 보람, 평교사로서 한계 등을 매우 실감 나게 설명해 주고 있다.

김 선생의 학생 사랑 방식은 전교조 이전과 이후로 나누어지는 것 같다. 전교조 이전에는 학생들의 성적 향상에 초점을 맞추었다. 그는 성적을 향상시켜 학생들이 자기가 원하는 대학이나 직장에 가도록 하는 것이 교사의 가장 중요한 책무라고 생각했던 것 같다. 그러나 전교조 생활을 하면서부터는 학생 지도의 방향이 학생들의 인성, 학생 개개인이 가지고 있는 역량 강화, 민주 시민교육에 더 초점을 맞춘 것 같다. 어떤 방향의 교육이 되었던 한 가지 분명한 것은 김 선생이 학생들에 대해 깊은 애정을 갖고 학생을 위해 최선을 다했다는 점이다. 그는 담임 교사를 맡는 해에는 매년 학급 문집을 발간할 만큼 성실한 교사였다.

김 선생의 글에는 교감, 교장, 교육장, 교육감 등 관리직 인사들의 교육 행정에 대한 비판적 언급이 많이 나온다. 당사자들의 해명을 듣지 못한 이야기라 100% 공감할 수는 없겠지만, 평교사 출신 성실한 교사의 경험담은 평교사들은 물론이요, 교장, 교감, 장학사, 교육감 등 교육관리직에 있는 사람들에게 살이 되고 피가 될 것이라고 확신한다. 광주에서 교육감 선거에 출마한 경험이 있는 나의 경우 출마 전에 이런 유형의 글을 읽었으면 교육 현장을 이해하는 데 큰 도움이 되었을 것이라는 생각이 들었다.

세상사를 바라보는 시각에서 김옥태 선생과 유독 대립하는 소재가 있었다. 김대중 대통령에 대한 평가에서 그랬다. 나는 김대중 대통령에 대한 열렬한 지지자지만 김 선생은 매우 비판적이었다. 이번 회고록을 읽으면서 김 선생이 다른 동료 교사들과도 김대중 대통령에 대한 평가를 놓고 자주 논쟁을 벌였다는 사실을 알게 되었다. 나와 논쟁하던 장면이 떠올라 삐긋이 웃음이 나왔다.

김 선생은 퇴임 후에도 기간제 교사, 청렴시민감사관 등 다양한 방식으로 교육에 참여하고 있다. 그가 청렴시민감사관을 역임했다는 내용을 읽으면서 김 선생에게 딱 잘 어울리는 직책이라는 생각을 했다. 건강이 허락하는 한 그런 활동은 계속해 주었으면 좋겠다.

김 선생은 자랄 때는 물론이요, 성인이 되어서도 해직 기간이 길어 가정 형편이 항상 어려웠던 것 같다. 그런데도 그는 부모님에게는 효자였고 아이들에게는 좋은 부모였다. 아이들도 잘 성장하여 좋은 직장에 다니고 있다. 대부분 정년 후 15년가량은 인생에서 황금기라고 한다. 정년 후 인생이 황금기 인생이 되기를 바란다.
다시 한번 책 출간을 축하드립니다.

2023년 4월 16일

최영태(전 전남대사학과 교수)

* 최영태 선생님은 전남대 사학과 교수, 인문대학장, 교무처장을 역임하셨으며, 광주흥사단 상임대표와 광주 시민단체협의회 대표, 전남대 5·18연구소 소장 등 민주사회를 위한 활동을 왕성하게 해 오고 계십니다. 제가 1975년 흥사단아카데미에 입문한 이후 좋은 인연을 이어 오고 있습니다. 여러 활동으로 매우 바쁘신 중에도 귀중한 말씀을 주셔서 감사합니다.

보리밥 묵고 방구뀅께 배가 푹 꺼져불등만

옥태 형님과 오리 선생님

존경하는 형님,

늘 청년이셨던 분이 벌써 고회에 이르셨군요. 세월 참 빠릅니다. 형님을 처음 뵌 것은 1978년 7월, 지금은 폐교된 고흥 내발리 충무초등학교에서 진행된 5박 6일간의 흥사단아카데미 하기 수련회였어요. 제가 대학 새내기일 때, 형님과 첫 인연을 맺은 곳입니다. 최대 300명의 고등학생과 대학생이 참가한 수련회 기간 후배들에게 급식 봉사를 하기 위해 일부러 휴가를 맞춰 나왔다는 것을, 수련회를 마치고서야 알게 되었습니다. 삼복더위에 새벽 4시부터 밤 10시까지 삼시세끼를 쌀 씻고 밥 지어 후배들 먹이고, 설거지하고 장보기 하는 것은 누구나 할 수 있는 일이 결코 아니었다는 것을 제가 선배가 되고서야 알았습니다. 그렇게 5박 6일을 무탈하게 지나면 고등학생과 대학생 아카데미 회원들은 훌쩍 성장했습니다. 그런 봉사와 희생은 오직 영원한 청년인 김옥태만이 할 수 있었던 일이었지요.

존경하는 오리 선생님,

해룡고등학교 교사로 부임하셔서 열정과 실력으로 학생들을 지도하는 방안의 하나로 흥사단아카데미를 조직하셨습니다. 해룡고가 전남에서 손꼽히는 사립고등학교로 도약할 수 있게 한 것도 형님의 노력 덕분이었습니다. 눈이 펑펑 오던 겨울날, 해룡고등학교 아카데미 수련회를 돕기 위해 방문했을 때, 눈빛 또렷하고 당당했던 오리 선생님의 제자들이 생각납니다. 그 스승에 그 제자답다고 거듭 놀랐습니다.

그런데 형님은 전국교직원노동조합 출범과 함께 '해직'이라는 길고 긴 고난과 역경이 닥쳤습니다. 극도로 어려운 상황에서 보쌈족발, 카센터, 자동차정비공장 등을 운영하실 때, 저의 흥사단아카데미 동기인 곽영희와 동업을 하셨던 카센터에 갈 때마다 오리 선생님께서는 늘 긍정적인 에너지로 도리어 저와 주위 분들을 위로하셨습니다.

그리고 복직!

오리 선생님께서는 올곧음과 강건함의 상징이셨습니다. 학생들을 가르치는 일에는 엄격하면서도 부드러움과 자상함으로 초심을 지키셨고, 교육 현장에서 발생하는 부조리와 나태함에 대해서는 옳음과 강직함으로 돌파하셨습니다. 전교조가 내건 민족·민주·인간화 교육의 기치를 늘 가슴에 품고 전교조 깃발이 있는 곳이면 분회장, 지회장 등을 마다하지 않고 열정적으로 헌신하셨습니다.

제가 느닷없이 전라남도교육청으로 발령받아 근무하고 있을 때, 오리 선생님께서 청렴시민감사관을 맡게 되셨다는 소식을 들었습니다. 오리 선생님의 날카로운 분석과 제시하는 대안을 과연 교육 현장에서 '행정행위'에 익숙한 관료들이 수용할 수 있을까? 하는 염려가 있었습니다. 오리 선생님은 노련함과 관계 회복의 탄력으로 시민감사관으로서의 책무를 잠시도 소홀히 하지 않고, 필요한 곳이면 어디든지 찾아가서 새로운 관점에서 의견과 제안을 제시하셨습니다. 덕분에 현장도 조금씩 변화하고 있다는 것을 느꼈습니다.

형님께서 살아오신 70년은 한국전쟁 직후의 혼돈에서부터 현재에 이르기까지 온갖 역경과 질곡, 영욕을 거쳐 온 과정이었으며, 민주주의와 인권, 정의와 평화라는 대의를 실현하려는 삶이었습니다. 그리고 어떤 고난이 놓여 있더라도 오직 진리와 정의를 기준으로 실천하는 형님의 의지로 이겨내셨습니다.

저도 형님과 맺은 40년 넘는 인연에서 많은 것을 배우고 또 느끼며 성장해 왔습니다. 이 글을 쓰면서 연신 형님의 환한 미소와 호탕한 웃음소리를 떠올립니다. 형님께 깊은 존경과 감사의 인사를 올립니다.

2023년 3월 19일

위경종(전 전라남도교육청 교육국장) 올림

보리밥 묵고 방구뀡께 배가 푹 꺼져불등만

* 위경종 선생님은 전남대 아카데미 후배로 10·26 후 전남대 사대 학생회장으로 일한 때문에 전두환 반란 집단에 의해 옥고를 치렀습니다. 교육 현장에서는 늘 탐구하고 자상한 동료로, 스승으로 자리매김하였습니다. 교직의 마지막은 전라남도교육청 교육국장으로 교육 행정을 알차게 실현하는 데 힘을 쓰셨습니다.

오리 선생의 한, 사랑
그리고 즐거움의 이야기를 엿보다

"지금 싸움의 내용이 그 싸움을 통해 이루어 내고자 하는 세계의 내용을 결정한다."

늘 그런 마음으로 세상을 살아갑니다. 세상이 저절로 좋아진 적이 없고, 역사 또한 저절로 발전한 적이 없습니다. 누군가의 치열하고 절실한 노력과 싸움으로 이루어진 것이라는 것을 어느 정도 인생을 살아 보니 더 확고해집니다. 생로병사, 희로애락이 본성이라지만 그 또한 인간의 의지와 열정에 따라 조금은 달라지게 나타납니다. 그래서 제대로 살아야 하고, 잘 살아야 합니다.

오리 선생, 김옥태 선생님!
일흔의 삶에서 한과 사랑, 즐거움을 엿보고 기쁘고 아프고 또 절망과 희망을 확인합니다. 어디 삶이 직선일까 싶지만, 그래도 마지막은 잘 살아온 삶의 궤적이 탄탄하게 쌓여 있음을 확인하는 마음은 감동이고 존경입니다. 잘 살아오셨구나, 그것도 외면하지 않고, 회피하지 않고, 당당하게 세상의 부조리와 부정의에 맞서 온몸으로 살아오신 선배 교사의 삶은 후배들의 귀감이 됩니다. 후배들에게 이런 멋진 선배가 있으니 얼마나 든든한지 모르겠습니다.

개인적으로 역사를 전공해서인지 퇴직하는 선배님들에게 개인 비망록이나 문집을 만들 것을 제안하고 있습니다. 한평생을 교사로서 살아온 이야기는 그 자체가 생생하게 살아 있는 역사가 됩니다. 더구나 교육운동가로서 현대사의 굴곡을 소신과 신념으로 돌파해 온 실천가로서의 삶은 당시의 흔적이자 귀중한 역사적 자료입니다. 참으로 우리 현대사는 험난한 길이었습니다. 억압과 경쟁, 차별과 혐오에 맞서 자주와 민주, 그리고 통일과 공동체적 삶을 지향하고 실천한다는 것은 치열함과 의지가 없으면 불가능했을 것입니다. 그 길을 오롯이 돌파해 온 샘의 활동에 진심으로 박수 보냅니다.

오리 선생을 알게 된 인연은 참으로 소중합니다. 전교조 활동가로서의 날 선 비판과 책임감은 후배들에게 죽비가 되었습니다. 또한 교사의 전문성 향상을 위한 대학원 시절에 더 가까운 인연이 되었습니다. 그 후로 줄곧 소주잔을 나누며 교육 이야기를 나눌 수 있었고, 그 인연이 오리 선생의 소중한 책을 추천하는 영광까지 이어졌습니다. 이 얼마나 소중하고 귀한 인연인가 싶습니다.

끝으로 오리 선생의 한과 사랑 이야기가 많은 분에게 죽비가 되고, 모범 사례로 널리 읽히면 좋겠습니다. 그리고 한평생 교육운동가로 살아온 교육 동지들에게 신선한 자극이 되어 개인 문집이 더욱 발간되기를 희망합니다.

오리 선생님!
정말 멋지고 당찬 삶을 응원합니다. 그리고 고맙습니다.

2022. 12. 30.
오계서실에서 김남철 절

* 김남철 선생님은 전남대 국사교육학과를 졸업하고 평생을 교직에서 봉사하셨으며, 전교조와 역사, 통일, 인권, 5·18, 환경 등 현대를 사는 우리 세대의 과제를 수행하는 데 아낌없이 자신의 달란트를 기여하시는 후배 동지입니다. 지금은 전남참교육동지회 사무국장으로 열정을 쏟고 계십니다.

미[美]운 오리[來] 선생

나주 공산면의 시골 들녘에서 뛰어가는 한 소년을 상상합니다. 그닥 크지 않은 몸이지만 주먹을 꼭 쥐고 들판을 가로질러 가는 소년, 뛰어가는 소년의 꼭 쥔 주먹에는 세상 앞에서 꺾일지라도 무너지지는 않겠다는 결연한 의지가 있습니다. 소년이 훌쩍 긴 시간의 굽이를 돌고 돌아 일흔의 노인이 되었습니다.

선생님의 모습을 보면 당랑거철(螳螂拒轍)이라는 말이 떠오릅니다. 『회남자』에 나오는 이야기입니다. 제나라 장공이 수레를 막고 버티어 선 벌레에 대해 물으니, 신하가 '앞으로 나아갈 줄만 알고 물러설 줄 모르며, 제힘은 생각지 못하고 적에게 대항'하는 어리석은 미물이라고 하였습니다. 하지만 장공은 '이 사마귀가 만약 사람이었다면 반드시 천하에 비길 데 없는 용사였을 것이다.'라며 그 용기에 감탄해 수레를 돌려서 사마귀를 피해서 가게 했다고 합니다. 오리(來) 선생의 회고록은 거대한 세상의 수레 앞에 버티어 선 사마귀와도 같은 용기와 순정한 치열함의 기록입니다.

선생님 용기의 근원은 학교에서 만나는 제자들과 가족에 대한 진실한 사랑입니다. 그 사랑의 힘으로 뜨겁게 살고 그 사랑을 지키기 위해 치열하게 싸웠습니다. 사람은 누군가를 사랑하고 사랑받기에, 그 사랑을 지키기 위해 애쓴 만큼 귀하고 높은 존재임을 70년 선생님 삶의 실천으로 보여 주었습니다. 사람을 사랑하는 사람이 존엄한 존재라는 것을 알려 주는 기록입니다. 그리고 사랑하지 못한 순간에 느끼는 부끄러움-불의 앞에 눈감은 몇몇 사연들-도 바로 사랑할 수 있는 사람만이 느낄 수 있기에, 역설적이지만 부끄러움도 후회도 모두 사랑입니다.

도산 선생의 삶을 본받고자 한 '흥사단'에서의 활동, 학교에서 아이들의 삶을 온전하게 하기 위해

보리밥 묵고 방구뀡께 배가 푹 꺼져불등만

애쓰고, 학교의 민주화를 위해 권력과 불의 앞에 당당하게 싸우고, 부모님을 모시고 세 자녀를 키워가는 이야기에서, 70년대에서부터 오늘까지 우리 삶의 한복판에서 머뭇거리거나 물러서지 않았던 선생님의 시대정신을 만날 수 있습니다.

선생님의 회고록 마지막 장을 덮으면 지나온 삶을 되새김질하며 그 시간에 머무르지 않는, 지난 시간을 참회하고(선생은 평소 이 회고록을 '참회록'이라고 하였다.) 큰 걸음으로 나아가는 선생님의 모습이 보입니다. 살아온 모든 시간 속에서 뜨겁게 사랑하며 거침없이 실천하는 작은 혁명가가, 뒷모습으로 사라지지 않고 여전히 우리 곁에서 이 시대와 함께 살아갈 것이라는 믿음이 있습니다. 우리가 사는 여기에는 아직 도착하지 않은 '사람이 사람답게 사는 참 세상'을 찾아, 뒤뚱뒤뚱 걸어가는 미운 오리 선생이 있습니다.

2023년 2월 28일
진도고성중학교에서 채경수

* 채경수 선생님은 제가 전교조무안지회장으로 일할 때 남악고에 계셨었는데, 2022년 진도고성중에서 기간제 교사로 일하면서 다시 뵙게 되었습니다. 차분하고 온화한 품성으로 아이들을 품에 안으시는 후진이십니다. 학년 초 업무 준비에 바쁘실 것임에도 졸고를 봐 주시고 소감을 써 주셨습니다. 감사합니다.

2022년 11월 9일 수요일. 늦은 가을이다. 내 인생도 늦가을이다. 가을은 남자를 사색에 젖게 한다. 더구나 고희(古稀)를 향해 내달리는 남자에게는 더욱 그렇다. 뭔가 흔적을 남겨야겠다는 생각이 든다. 광주고 동창 장운영 형과 박상호 친구가

"자네 삶은 기록해 둘 가치가 있네."

라며 격려해 주시더라.

우리 집안은 단명(短命)한 편이다. 백부님은 72세에 가셨고, 두 분 숙부님은 환갑도 채우지 못했으며 아버지는 78세에 가셨다. 아버지께서는 장수하신 편이다. 형님은 65세에 가셨고, 사촌 형들도 단명하셨다. 내 나이가 고희에 접어드니 나 또한 언제 갈지 모르겠단 생각에 서둘러지는구나. 그간 모아 둔 자료들을 다시 꺼내서 정리해 본다. 내 글은 참회하는 마음에서 시작하지만, 일상의 시시콜콜한 것들을 적은 비망록에 가깝다. 잊혀져 가는 것들을 들춰내서 곱씹어 본다.

고희라. 언제 세월이 이렇듯 흘러부렀는가? 두보(杜甫)의 곡강시(曲江詩) '인생칠십고래희(人生七十古來稀)'라는 구절에서 온 말이라더라. 평균 수명이 80세인 시대에 살고 있으니 고희가 뭐 대단하게 오래 산 것은 아니리라. 65세이면 노동인구 통계에서 빠지고, 지하철 무임승차도 가능하고, 경우에 따라 기초연금도 받는 연령이니 노인은 노인인갑다. 허지만 고희를 바라보는 나는 아직 스스로 노인이라는 생각이 들지 않는다.

남들이야 장수 시대에 살고 있지만 우리 집안 내력이 단명하니 고희를 바라보는 이 시점에서 마음이 무겁다. 이 글을 쓰고 있는 2022년 12월 20일에 광주고 3학년 1반 친구 정계한 군이 하늘로 갔다. 지난 9월 내 아들 결혼식에 축의금을 잊지 않고 보냈던 친구인데 그의 마지막 소식이 청천벽력이다. 12월 9일에는 아끼고 존경하는 노옥희 울산시 교육감이 향년 64세의 일기로 급서하셨다. 좋은 이들이 일찍 가는 것이 안타깝다. 아깝고 또 아깝다.

아직은 건강하지만, 신체의 여러 기능이 점차 말을 잘 듣지 않고 있고, 기억도 가끔 오락가락한다. 2022년 8월 정기 검진에서는 전립선이 비대해졌다고 해서 약을 묵고 있다. 언제부턴가 시나브로 친구나 그 배우자들의 부고가 날아들고 있어서 착잡하다. 언제고 털고 갈 수 있도록 단도리를 해야 쓰겠다. 호랑이는 죽어서 가죽을 남기고, 사람은 죽어서 이름을 남긴다는 말이 있는데, 나는 일흔 해를 살면서 이렇다 할 업적을 남기지 못했다. 다만 열심히 살았고 남에게 해를 끼치지 않고 살려고 노력했다. 내게 주어진 일은 최선을 다했다. 잘못 가는 길은 고쳐가면서 살자고 몸부림했다.

부모님을 모시다가 편히 보내 드렸으며, 내 보물들, 삼 남매를 그런대로 잘 키워냈다. 이 모두는 내 아내 정필옥의 힘이 컸다. 아내의 헌신적인 도움이 없었더라면 가능하지 않은 일이었다. 젊어서 아내를 속 썩이는 일이 많았다. 미안하고 고맙습니다. 이 책을 아내 정필옥에게 헌정(獻呈)합니다.

아그들아, 보거라!

일흔이 넘은 생은 덤으로 생각하고 늘 고마워하며 곱게 살다 가련다. 장기 기증 신청을 해 두었다. 내 갈 때 혹여라도 쓸 만한 장기가 있거들랑 필요한 사람에게 주어라. 억지로 연명하는 것을 사양하련다. 의식이 없이 그저 생명을 연장하는 것이 무슨 의미가 있겠느냐? 본인도 식구들도 모두가 고생이다. 누군가를 살릴 수 있는 의료 자원의 낭비이기도 할 것이다. 어느 날 갑자기 자는 듯이 가고 잡다. 내 가거든 한 줌의 흙으로 돌아가리니, 화장하여 그 재를 조부모님 산소 바로 밑, 큰아부지 자리 바로 옆에 있는 반송에 거름으로 주기 바란다. 반송은 이제 막 심어서 아직은 어리지만 시나브로 웅대해질 것이다. 삼 남매야! 느그덜 어머니도 평소에 아부지와 같은 생각을 나누었다.

우리 삼 남매 지선이, 귀현이, 효! 그리고 내 사우 시형이, 현철이, 며느리 수경이는 듣거라. 앞의 나의 다짐을 아부지의 유언으로 여기그라. 꼭 그리해 주길 바란다.

보리밥 묵고 방구뀡께 배가 푹 꺼져불등만

제1장

성장(출생부터 고딩까지)

제2장

나도 대학생이다!

제3장

어쩌다 선생, 평생 교사가 되다

제4장

참교육 한길로, 전교조와 함께 교육 노동운동의 길로!

제5장

해직교사, 그 지난한 투쟁의 삶

제6장

다시 그리던 학교로, 아이들 곁으로

제7장

평생직장 교직을 떠나 새로운 삶을 시작하다

제1장

성장
(출생부터 고딩까지)

인생은 한 폭의 페르시아 양탄자와 같다.

인생을 양탄자의 무늬로 보게 된 자신의 사상을 떠올렸다.

따지고 보면 그가 겪은 불행이란
정교하고 아름다운 장식의 일부에 지나지 않는다.

그는 속으로 다짐했다.
권태이든 격정이든, 쾌락이든 고통이든,
모든 것을 즐거운 마음으로 받아들여야 한다.

왜냐하면 그것이 삶의 무늬를 더 풍부하게 하니까,

S. 몸의 『인간의 굴레』에서

1.
나의 오락가락한 종교 편력

첫 글을 나의 종교 편력으로 함이 좀 우습기도 하다. 오락가락한 내 인생이 여기에 스며 있기도 하다.

1

처음 종교를 접한 것은 기독교 감리교회이다. 아마 1968년 무렵이었을 게다. 당시 3년간 대한해(大旱害)가 들었다. 3년간 모를 심어 보지도 못했다. 먹을 식량이 없었고, 마실 물은 군인들이 탱크로리로 날라 주었다. 미국인 목사의 감리교회가 우리 성남마을에 쌀을 가지고 들어왔다. 열강의 저개발국 백성을 향한 정체성 침략은 이렇게 시작되나 보다. 감리교회는 쌀을 무상으로 주는 것은 아니고 빌려주는 것이었다. 감리교회는 당시 우리 마을에서 제일 큰 집(손 씨)의 사랑방에서 시작하였다. 웃어야 할지 모르겠지만 우리 마을에서 이상한 일이 벌어졌다. ㅂ씨 가문에서 큰며느리가 교회를 가자, 작은며느리가

"오메~~ 구신이 우리 집으로 오겠다야."

함시로 교회에 갔단다. 이어서 막내며느리도. 기독교는 제사를 지내지 않는다는 말에… 그 댁 귀신은 어디 가서 밥을 얻어묵었을까? 조선말 천주교가 박해당한 이유를 알겠다.

2

광주고에 진학하여 광주일고를 다니는 초딩 친구 박정호와 우리 민족 종교를 찾아보자고 물색

하였다. 월산동에서 천리교 간판을 보고 들어갔다. 학교에서 천도교를 배운지라 비슷한 것으로 알고. 아주 예쁜 아가씨가 오랜만에 만난 가족처럼 반기면서 자기가 몹쓸 병에 걸렸는디 천리교에 와서 씻은 듯이 나았다는 것이다. 아차 싶어서 그대로 나왔다. 나중에 알고 보니 일본에서 건너온 종교였다. 고딩 시절 월산동에서 자취할 때의 어느 일요일, 따뜻한 햇볕을 즐기면서 마루에 앉아 있는데, 아주 예쁜 아가씨가 싱글벙글 웃으면서 들어선다. 주변이 훤해지는 것 같았다. 내가 저렇게 예쁜 여성을 알고 지낸 적이 없거늘, 누구일까? "앞으로 좋은 세상이 온답니다." 아하! '여호와의 증인'을 선교하는 여성이었다. 어찌나 집요하게 물고 늘어지는지 단호하게 거절하기 어려웠다. 이 사람들과 함부로 말을 섞어서는 안 된다. 일단 말을 섞어 놓으면 떼어내기가 너무 어렵다. 그 후로도 '여호와의 증인' 선교는 여러 곳에서 집요하게 달라붙었다. 기독교 교인들이 거리에서 홍보지와 휴지를 나누어 주면서 달라붙는 것도 지겹다. "믿음 천당, 불신 지옥!" 하면서 확성기를 틀어 놓고 고문하는 것도 힘들다.

3

계속 물색하다가 양동 시장 닭전머리 바로 위 길에서 원불교 간판을 보았다. 불교면 불교지 웬 원불교? 호기심에 들어갔다. 아주 단정한 쪽머리를 한 여자 교역자가 반긴다. 교무라 불리는 분이다. 몇 번 댕겨 보다가 정이 들어서 계속 댕겼다. 원불교서광주교당으로 그 교무는 박정묵이란 분이었다. 법회 때 울리는 종소리가 참 좋았다. 마음

〈원불교 학생회 시절 법회〉

이 차분해지는 듯했다. 법회 중에 부르는 '영산회상'도 좋았다. 친구는 술만 먹으면 '영산회상'을 고래고래 부르곤 했다. 그 친구는 '영산회상'을 부르면 위안이 되었을까? 서광주교당에서 나는 2학년 때 학생회장을 했다. 이후 원불교와 연원이 있는 해룡고등학교 재직 중 온갖 비리가 행해지는 것을 보고 원불교를 버리기까지 나의 종교는 원불교였고 법명은 인태(仁泰)였다. 이 시절 배운 **'처처불상 사사불공(處處佛像事事佛供)'**은 이후 살아가는 동안에 늘 맘속에서 맴돌았다. 어디에나 부처가

보리밥 묵고 방구뀅께 배가 푹 꺼져불등만

계시고 내가 하는 일이 곧 부처님께 공양이라는 마음으로 일했다.

비록 불교 신자는 아니지만 절에 갈 때는 대웅전에서 부처님 전에 합장하고, 가끔은 불사(佛事)를 위한 기와에 소원을 쓰고 불전함에 만 원짜리를 넣기도 한다. 언젠가 강진 무위사 대웅전 뒤의 후불탱화(국보 제313호)에 누군가 너무 크게 열십자로 훼손한 것을 보고 마음이 몹시 상했다. 왜곡된 기독교 신앙을 가진 이의 소행이 아닐까 싶었다. 목사님들은 신도들을 잘 이끌어 주시길 바란다. 대립이나 분노가 아니라 예수님 사랑의 정신을 전하시길 바란다.

4

세 번째 종교는 논산훈련소 훈련병 시절의 불교였다. 당시 나는 원불교도였으나 훈련소에는 원불교는 없고 천주교, 기독교, 불교만 있었다. 일요일에 교회 갈 사람은 보내 주었다. 내무반에 남아 있으면 조교들이 너무 성가시게 했다. 그래서인지는 모르겠으나 교회에 댕기는 사람이 많았다. 교회에 갈 사람들 줄을 세울 때, 내 종교는 불교라고 하니 조교 녀석이 시험한다. 경전을 읊어 보라길래 반야심경을 읊었다.

"관자재보살 행심반야바라밀다 시 조견오온개공 도일체고액 사리자…."
"통과!"

법당에 가면 간혹 초코파이를 얻어먹기도 했다. 군것질을 별로 좋아하지 않은 나였지만 그때 얻어묵은 초코파이는 너무 맛있었다. 훈련소 종교들은 포교를 위해 경쟁적으로 초코파이를 나누어 주었다. 나중에 천주교 댕길 때 군인들에게 초코파이를 보낼 성금을 따로 걷기도 하더라. 훈련소 시절의 종교 중 기독교가 가장 극성이었던 것으로 기억된다.

5

네 번째 종교는 후반기 교육인 육군병기학교 시절, 나는 차량수리 주특기(450)로 13주간 교육받았다. 내부반장인 ○○○ 하사가 아주 개차반이었다. 아주 폭력적이고 성격도 괴팍했다. 근디, 이놈이 독실한(?) 기독교 신자라. 성가대를 지휘했는디, 교회에 가면 그런 천사가 따로 없다. 이놈한테 덜 당할려고 교회를 13주간 댕겼다. 함께 교회 댕기던 동료들은 헤어질 때 서로 연락처를 주고받았는데, 나도 그들도 연락이 전혀 없었다.

6

다섯 번째 종교는 천주교. 전교조 결성에 참여한 혐의로 해직된 후 1991년 광주 광산구 월곡동에서 '사또보쌈족발집'을 할 때다. 자정이 다 되어 문 닫을 무렵에 월곡동성당 남재희 신부님과 이명수 사목회장님 등 사목회 간부들이 술 잡수러 오셨다. 무슨 회의를 끝내고 출출해서 오신 모양이었다. 자정이 되어 그들이 돌아간 뒤 아내에게

"우리 천주교 댕길까?"
"그럴까?"

의견 일치하여 월곡동 성당 전화번호를 찾아서 전화(오밤중에)하니 금방 나갔던 분들이 근처에 계셨는지 다시 오셨다. 그렇게 입문하여 세례, 견진까지 일사천리로 라파엘과 라파엘라가 되었다. 세 자녀도 천주교 신자가 되었고, 이어서 형님 내외분과 어머니도 신자가 되셨다. 이후 생계를 위해 이사를 자주 했다. 월곡동 → 주월동 → 염주동 → 금호동. 천주교의 원칙에 따라 이사 가면 관할 성당을 바꾼다. 가는 곳마다 성당을 신축이나 증축하더라. 그때마다 성전 건축 성금을 내야 쓴다. 해직되어 하루 벌어 하루 살기도 벅찬 시절에 마음이 너무 괴로웠다. 한 번 두 번 미사를 거르다 보니 이젠 아예 외면하게 되었다.

7

아버지는 2000년 3월 임종하시면서 병자성사를 받았고, 어머니가 2000년 10월에 가실 때는 영산포 성당의 신부님과 신자들이 오셔서 장례미사를 해 주셨다. 형님은 2009년 가실 때 교적을 찾을

수 없어서(너무 오래 미사를 걸러서) 장례미사는 하지 못하고 이명수 바오로 대부님과 대자들이 오셔서 기도하고 성가를 불러 주셨다.

8

"수고하고 무거운 짐 진 자들아 다 내게로 오라 내가 너희를 쉬게 하리라. 나는 마음이 온유하고 겸손하니 나의 멍에를 메고 내게 배우라. 그러면 너희 마음이 쉼을 얻으리니."
(마태복음 11:20~30)

버거운 짐을 덜어 보고자 성당을 찾았으나 더한 짐을 지게 되는 것 같았다. 어쩌다 미사에 빠지면 또 성사를! 이래저래 미루다가 성당엘 못 간 것이 어언 30여 성상이 지났다. 하지만 어렵고 괴로울 때 위안이 되어 주셨던 남재희 신부님과 이명수 바오로 대부님의 은덕은 잊지 못하겠다. 특히 대부님께서는 내가 가족에게 받지 못했던 사랑을 주셨다. 2022~3년에 약간의 건강식품을 몇 차례 선물했는데 어려운 살림에 무슨 선물이냐고 하시더라.

대부님!
늘 건강하세요.

2.
외갓집 헛간에서 태어나다

1954년 7월 5일(음)에 함평군 엄다면 엄다리 불암마을에서 태어났다. 외갓집 헛간이다. 외숙모께서도 임신하셨는데, 한 해에 한 지붕 안에서 두 아이가 태어나면 불길허다나 어쩐다나. 외할머니의 미신에 출가외인인 딸의 자식인 나는 헛간에서 태어나고, 아들의 자식인 외사촌 누이 영숙이는 그로부터 달포 후 안방에서 나왔단다. 녀석이 나를 오빠라고 부른 적이 있던가? 기억이 없다. 녀석의 서방도 나를 손위 처남으로 대한 적이 없다. 하기사 나보다 나이가 더 많았거든. 내 이마엔 흉터가 아직도 희미하게 남아 있는데, 코흘리개 시절 코 닦고 오면 떡 준다는 엄마 말씀에 코를 닦으러 가다가 넘어져서 다듬잇돌 모서리에 이마를 헤딩해서 생긴 것이라고 헌다.

두 분 할아버지는 내가 태어나기도 전에 돌아가셨다. 할머니 두 분은 모두 계셨지만, 조손간의 정을 느낄 기회는 전혀 없었다. 삼촌, 고모와 이모들의 조카 사랑도 느낄 기회가 전혀 없었다. 사촌 간에도 간혹 가족 애경사에서 겨우 볼 수 있을 뿐으로 사촌 간의 형제애를 느끼지 못했다. 더구나 부모님께서 돌아가신 뒤로는 아예 연락이 끊어진 느낌이다. 간혹 친구 중에 형제계를 하면서 함께 놀고 여행을 댕긴다는 말을 들으면 부럽기도 했다. 형제자매간의 우정이 데면데면했다. 우리 아이들은 형제간의 우정을 소중히 여기면 좋겠다. 아버지의 아주 간절한 바람이다.

보리밥 묵고 방구뀡께 배가 푹 꺼져불등만

3.
고달픈 인생 여정이 잦은 이사에 담기다

가장이 짐 진 무게는 고스란히 가족에게 전해진다. 우리는 유난히 이사를 자주 했다. 부모님 밑에서 자랄 때와 내가 성인이 되어 이사한 내력이다.

7살 무렵에 첫 이사가 시작되었다. 함평 5일 시장에서 잡화상을 하던 우리는 리어카에 이삿짐과 팔던 잡화를 싣고 엄다면 불암마을을 도망치듯이 출발하여 사포나루를 건너 동강을 거쳐서 공산면 금곡리 장터마을에 도착하였다. 오는 도중에 독와실의 점방에서 사이다를 처음 마셨다. 톡 쏘는 탄산 맛의 기억이 선명하다. 공산 장터에 도착하여 짐을 내리는 동안에 마을 아이들이 놀고 있는 놀이판에 불쑥 끼어들었다. 낯선 녀석이 와서 갑자기 끼어드니 괘씸했던지 시비가 붙었던 모양이다. 2살쯤 나이가 많은 임○○과 싸우다가 힘이 딸렸던지 그의 볼태기를 물어 버렸다. 이빨 자국이 선명했다. 그의 어머니가 짐을 정리하고 있는 부모님께 아이를 데리고 와서 항의하였다. 그러나 어린 아이가 막 이사 와서도 기죽지 않고 저러니 금방 적응하여 살 것 같다고 하며 용서하고 갔단다. 참 너그러운 분이셨다. 나중에 학교 다닐 때에도 그 형의 볼태기는 흉터가 남아 있었다. 너무 미안했다. 지금 어디선가 만나면 임형에게 깊은 사과를 드리고 싶다.

두 번째 이사는 장터마을에서 조금 떨어진 월비라는 마을의 언덕이었다. 부모님의 부부싸움이 극심했던 다음 날 아침에 눈을 뜨니 어머니가 계시지 않는다. 아버지는 술이 쩔어서 아직도 주무시고 계셨다. 소갈머리 없는 나는 어머니를 찾아서 친척집들을 헤맸다. 친척들과 데면데면하고 살았는데 어머니가 친척들 집으로 가셨을 리 만무하건만. 어머니는 그길로 집을 나가서 남의 집 살이를 하여 돈을 버셨다는 것을 나중에야 알았다. 그때 어머니가 벌어 오신 돈으로 성남마을에 초가삼간을 지었다. 어머니가 안 계시는 집은 늘 허기졌다.

세 번째 이사는 상방리 복사철리 마을이다. 어머니가 계시지 않으니 아버지의 주사는 거의 사라졌다. 아버지는 나를 지게에 싣고 남의 들일을 다니셨다. 아버지 등 뒤에서 무슨 한 타령 같은 홍얼거림을 들으면서 나도 몰래 눈물을 흘리다가 잠시 잠이 들기도 하였다. 점심은 일하는 집에서 더러 얻어먹기도 했지만 굶기가 일쑤였다. 목마르면 논 또랑에 흐르는 물을 고개를 처박고 마셨다. 그때만 해도 논 또랑에 흐르는 물이 아주 맑았다. 쌀이 부족하니 쌀에다 서숙(좁)쌀을 섞고 무를 빻아넣어서 밥을 지었다. 그 밥도 배불리 먹을 수 있으면 원이 없었다. 무밥의 누룽지 맛은 일품이었다. 지금도 그때처럼 맛있을까?

네 번째 이사는 성남마을이다. 5촌 고모가 이 동네에 살고 계셔서 소개하신 모양이었다. 손 씨네 상하방을 빌려서 살았다. 이 집은 내가 해직된 후 큰누이가 사서 부모님을 모셔간 바로 그 집이다. 아버지는 남의 농사를 거들면서 식량을 구해 오셨다. 부모님은 이 집에서 2000년에 앞서거니 뒤서거니 작고하셨다.

다섯 번째 이사는 성남마을에서 논가의 고모네 밭을 사서 지은 초가집이다. 어머니가 3년쯤 일하여 벌어 오신 돈으로 지었다. 이 집에서 부모님은 점방이라 불렸던 작은 마을 가게를 하고, 남의 농사도 돕고, 삼포강 갯벌 간척사업장에서 일하기도 하면서 생계를 꾸렸다. 마을 사람들은 점빵을 하는 우리 집을 똘갓집(도랑가의 집)이라고 불렀다. 형님과 어머니는 리어카에 잡화를 싣고 5일 시장을 돌면서 장사를 했다. 공산장, 동강장, 반남장에서 장사하고 이틀은 쉬었다. 이 집에 살 때 초등학교에 입학하고 중학교까지 다녔다. 나의 초등학교 입학은 또래들보다 늦어졌지만 늘 1~2등 했다. 마을 아이들은 내가 다른 데서 학교 다니다가 다시 다녀서 공부를 잘한다고 하기도 하였다. 마을 아이들은 시기심인지 나를 은근히 왕따시키는 분위기였고, 집단으로 달려들어서 맞은 적도 있었다. 눈탱이를 맞고 파랗게 멍든 부분을 날달걀로 문질렀다. 그렇게 하면 멍이 빨리 가신다고 하더라. 그때 나를 때린 최○○ 군은 나중에 목사가 되었더라. 그 댁에서는 목사가 3명이 나왔다. 그 부친은 당시에 있었던 이동조합장으로 마을의 유지였는데, 최 군을 끌고 와서 내게 사과하게 하였다. 그 댁은 부자였고, 우리는 너무 가난했지만, 그 부모는 자식의 잘못을 인정하고 용서하지 않았다. 2023년 2월에 경찰 고위직으로 지명을 받은 정○○이 검사 시절에 아들이 학폭 사건의 가해자였다는데, 학교폭력대책위원회의 강제 전학 결정을 불복하고 대법원까지 가서 패소했다는 이야기를 들었다. 폭력을 반성하지 않고 자신이 가진 지위를 이용하여 2차 가해까지 저지른 것이다. 어른은 아이들의 모범이 되어야 한다.

여섯 번째 이사는 내가 광주고에 다니면서 자취하던 월산동으로 이사다. 부모님은 어느 날 갑자기 성남마을의 초가를 팔고 내 자취방으로 오셨다. 어머니는 대성초등학교 담장 밑 길가에서 채소 노점을 하기도 하셨다. 나 하나라도 잘 가르쳐 보겠다는 부모님의 결정이었다고 들었다.

일곱 번째 이사는 풍향동 사거리 백림약국 자리이다. 큰누이가 식육점을 하면서 거기에 딸린 식당을 어머니에게 맡겨서 그리 이사하게 되었다. 대학에 입학하여 1학년까지 무렵이다. 이 집에서 살 때 큰누이 남편 강○○가 나를 옥상으로 끌고 가 폭행하였다. 고졸 출신인 그가 우리 생계를 돕고 있는데 대학 다니는 내가 협력하지 않는다는 구실이었다. 이 폭행으로 어금니 하나가 금이 가서 치료하다가 나중에는 결국 뽑고 임플란트를 하게 되었다. 임플란트는 해룡고 제자 치과의사 이욱주(경희대 치의대 졸업) 군이 도움을 주었다.

여덟 번째 이사는 산수동 호남시장 앞 식육식당 집이다. 어머니는 여기서 식육식당을 운영하면서 가계를 운영하셨다. 살림은 어느 정도 안정되어 가고 있었다. 아버지의 주사는 여전하셨고, 서울에서 살기 힘든 형님네 식구를 모셔 왔다. 형님 내외의 부부싸움도 잦았다. 여기서 대학을 졸업할 때까지 살았다.

아홉 번째 이사는 내가 해룡고에 자리를 잡고 도양마을에 독채로 전세를 얻은 후에 부모님이 쉬실 수 있도록 모셔 온 것이다. 이 집에서 부모님 회갑을 지냈고 삼 남매를 얻었다.

열 번째 이사는 영광읍 학정마을에 새로 성주하여 이사한 것이다. 이 집에 살다가 전교조 운동으로 해직되어 생계 투쟁을 위해 광주 월곡동으로 이사할 때까지 여기서 살았다. 여기서 부모님 고희 잔치를 했다.

고등학교 시절에 자취하면서 다섯 번 이사했다. 해직되고서는 생계 투쟁을 위해 또 다섯 번 이사했다. 복직하여서는 드디어 내 집을 마련하여 지금의 송촌아파트로 이사하였다. 퇴직하면서 아내가 아끼는 아파트를 그대로 두고 학정마을에 쉼터를 따로 정하고 안거헌(雁居軒)이라 하였다. 가장이 고단하면 식구들의 삶도 고단하다. 아내는 어렵게 마련한 송촌아파트는 절대 팔지 않겠단다. 아이들 대학 등록금이 필요할 때마다 집값이 올라서 추가 대출금으로 학비를 변통할 수 있었다. 그때 받은 대출금이 아직 남아 있다.

보리밥 묵고 방구뀔께 배가 푹 꺼져불등만

4.
악수표 깡냉이가리를 타 묵고 연명하다

국민학교 댕길 때 왜 그리도 우리 집은 가난했을까? 이른바 극빈자였다. 요즘은 기초생활수급자라고 부르던가? 담임 선생님이 보자기를 하나씩 가지고 오라신다. 창고 같은 급식실(여그서 깡냉이가리로 빵이나 밀건 죽을 쑤어 주기도 함) 앞 맨바닥에서 보자기에다 깡냉이가리를 한 양푼 퍼깔고 그 위에 분유를 한 줌 올려 휘 섞어 버린다. 가다가 분유만 추려서 먹어 버릴까 봐 섞어 버린 것이다. 분유는 덩이가 져 있었다. 집에 가다가 보자기를 펴서 분유 알갱이를 추려 묵으면 참 달고 맛있었다. 집에 가지고 가서 죽을 쒀서 식구들이 함께 먹으라는 거였제. 사실 분유 덩이는 변질을 의미할 진데, 당시엔 몰랐다. 그냥 맛있었다.

보자기에 깡냉이가리를 타는 것이 너무 부끄러웠다. 친구들이 볼까 봐 쭈뼛거렸다. 그래도 그 깡냉이가리는 우리 가족에게 너무 소중했기에 자존심 타령하면서 사양할 처지가 못 되었다. 그러나 선생님들은 그런 어린아이의 애탐을 신경도 쓰지 않는 듯했다. 아! 말라 버린 내 자존심이여!

교문을 나서는데, 같은 반 친구 김○○가 분유 봉투(약 5kg 정도의 길쭉한 종이봉투였음)를 안고 간다. 나에게는 달랑 한 줌만 주고는. 그 친구는 면에서 알아주는 부잣집인데, 이건 부정이다. 배 아래 저기서 분노가 치솟아 오른다. 내가 어른이 되면 저런 짓은 절대 하지 않을 거야. 아니 못하게 할 거야.

그 깡냉이가리는 PL480호(미공법 480호)에 따른 원조물자였다. 전후 미국의 잉여 농산물을 제3세계에 원조하고, 그 대금으로 미국의 사양 산업 공장과 기계를 사도록 하는 내용이었다. 미국의 잉여 농산물을 처분해서 자국의 농민을 살리고, 산업을 고도화하면서 사양 산업을 저개발국에 팔아먹었던 것이다. 해방 후 미군은 과자와 껌을 선보였단다. 미군이 지나가면, "미국 사람!"하고 아이들이 따라 댕겼다고 한다. 그러면 과자나 껌을 던져 주었다지. 그때 그 미군 놈들 표정이 어땠을까? 그렇게 우리 입맛을 들여놓고 껌 공장, 과자 공장을 팔아먹었다. 미국은 우리 영혼을 짓밟았다. 지금도 그러고 있다. 다만 친일숭미하는 자들만 모르고 있다.

보리밥 묵고 방구뀜께 배가 폭 꺼져불등만

5.
깡보리밥 묵고 방구꾕께 배가 푹 꺼져불등만

깡보리밥이라도 배불리 먹으면 원이 없었다. 여름엔 이 깡보리밥을 시원한 샘물에 말아서 풋고추를 된장에 콕 찍어서 먹는다. 대나무 바구리에 매달아 놓으면 몰려드는 파리떼를 방어하고 바람이 솔솔 부니 쉴 염려도 없었다. 하기사 아침에 지은 보리밥은 점심이면 다 묵었응께 쉴 틈도 없었지만 말이다. 갯벌에서 잡은 게를 양념 넣고 확독에 빡빡 갈아서 담은 게장이라면 더욱 좋았지. 갈대밭에서 잡은 깔게는 등 껍딱이 반질반질 윤이 났는데, 참 맛이 좋았다. 논두렁에 구멍을 파는 털게는 농민들의 '공공의 적'이었다. 나중에 알고 보니 이 털게가 지금은 멸종 위기에 처한 참게가 아니었던가 싶다. 마을 사람들은 털게는 먹지 않았다. 꽁보리밥에 게장을 듬뿍 발라서 슥슥 비벼 먹으면 금방 소화가 되었다. 드렁이라는 놈도 논둑에 구멍을 내서 농부들은 보는 쪽쪽 삽으로 동강이를 냈다. 드렁이는 구멍을 잘 뚫는다고 해서 남정네들의 보양에 좋다는 이야기도 있더라. 지금은 아마 멸종위기종이 아닐까 싶다. 보리밥을 묵으면 방구가 뽕뽕 잘도 나오더라. 방구를 뀌고 나면 허기진 배가 더 고파지더라. 허리가 절로 접어지더라.

우물은 집 뒤 약 50m 거리의 마을 공동우물인데 어머니를 돕기 위해 물동이(옹기였음)에다 물을 퍼서 머리에 이고 날랐다. 마을 아짐씨들처럼 머리 위에 인 물동이의 손잡이를 놓고 걷는 신기를 터득하기도 하였다. 모시매가 머리에 물동이를 이고 물을 나른다고 아짐씨들이 쑥덕거리기도 했지만 나는 무시했다. 막 퍼온 샘물에다가 깡보리밥을 말아서 고추, 된장에 묵었다. 밥이 참 달았다. 보리밥은 처음 씹을 때는 잘 씹히지 않고 입안에서 굴러다니다가 씹힐 때쯤에는 단맛이 났다. 보리밥을 지을 때는 미리 푹 삶아서 불린 다음에 밥을 지었다. 그렇게 해야 잘 익고 그나마 부드러운 밥이 되었다.

이 보리밥이 내 목에 들어가기까지는 서러움이 알알이 스며 있었다. 우리는 농촌에 살아도 농토가 없는 농업노동자였다. 당연히 우리 꺼 쌀농사는 없고, 보리농사는 보리를 재배하지 않는 논을 빌려서 했다. 다음 해 모내기 전까지 수확이 가능하니까. 벼와 보리의 이모작이었지. 그 보리 지을 논도 그냥 빌려주는 것이 아니고 그 집 일을 거들어 주고 얻은 것이었다.

우리 동네는 간척지이다. 영산강 지류인 삼포강을 낀 너른 갯벌을 막아서 만든 논이다. 삼포강은 견훤과 왕건이 크게 한 판 붙어서 왕건이 승리하고 결국 후백제가 쇠퇴하게 된 바로 그 강이다.

삼포강 상류인 나주시 반남면과 영암군 시종면 일대엔 마한 시대의 고분군이 널려 있다. 이 고분의 특징은 장구형(전방후원형)으로 주변에 해자가 둘러 있기도 하다. 아파트 형식으로 몇 대에 걸쳐 한 가족이 매장된 보기 드문 마한(馬韓) 만의 독특한 묘제이다.

허허벌판이다. 벼농사가 끝나면 우선 소가 끄는 쟁기로 약 1미터 정도의 너비로 간다. 다음은 괭이를 이용하여 쟁기로 넘긴 흙을 잘게 잘라서 바닥에 고르게 깐다. 며칠 말린 뒤 괭이 뒤통수로 흙덩이를 부수고 보리 씨를 뿌린다. 다시 괭이 뒤통수로 흙덩이를 깨서 보리 씨를 덮는다. 늦가을에 보리 싹이 나오고 겨울이면 얼었다 녹았다 하면서 흙이 들떠 보리 뿌리가 뜬다. 골고루 잘 밟아서 보리 뿌리를 안착시킨다. 삭풍이 뺨을 후빈다. 볼이 트고 손등이 트고 갈라지고 피가 나고, 갈라진 틈으로 때가 끼고 다시 더 갈라지고 하여 손등은 거북 등이다. 이른 봄에는 보리 싹으로 된장국을 끓이기도 하고 더러는 개떡을 만들어 먹기도 했다. 보리 싹은 홍어애국과도 궁합이 잘 맞다. 그래서 홍어애국은 보리 싹이 나오는 이른 봄이 제철이다. 그렇다고 우리 집이 홍어애국을 자주 끓여 먹을 처지는 못 되었다.

초여름이면 보리를 베어서 집으로 짊어지고 나른다. 보리를 털 때는 보리까락이 옷소매를 타고 올라와서 꺼럽다. 문지르면 아프다. 보리를 찧을 때 나오는 보리 겨는 돼지 사료로, 더 몽근 겨는 개떡을 만들어 먹었다. 한여름 꽁보리밥을 지을 보리쌀이 마련되었다. 날씨만 협조해 준다면. 그러나 보리를 수확하고 모를 심을 시기엔 비 소식이 잦았다. 쌀이 동나고 보리가 아직 나오지 않는 봄은 배고프다. 그래서 보릿고개다. 보릿고개를 넘기는 해는 길고 따갑다. 그래서 현기증이 난다.

보리밥 묵고 방구뀅께 배가 푹 꺼져불등만

6.
밀건 보리가리죽, 그리고 황달로 장기 결석까지 그 잔인한 배고픔

초딩 2학년은 잔인했다. 그해 봄은 이른 장마가 참 길기도 했다. 보리를 먹어야 하는데, 보리가 좀 일찍 수확한 집은 가마니에서 썩고, 늦은 집은 들판에서 싹이 트거나 썩어 갔다. 품삯으로 받은 썩어 가는 보리를 통째로 맷돌에다 갈아서 밀겋게 죽을 쒀서 하루에 한 양재기를 묵었다. 밀건 보리가리죽이라도 하루에 세 끼를 다 묵을 수 있으면 좋았다. 하루에 보리가리죽 한 양재기를 묵고 움직이면 손해다. 그저 천장만 쳐다봄시로 눈만 감았다 떴다 자빠져 있어야 했다. 동즉손(動卽損)이라.

이 시기를 넘기고 나니 병이 났다. 영양실조에 황달이다. 누렇게 떠서 황달이다. 학교를 못 갔다. 굶어서 못 가고, 아파서 못 가고 아마 그때 결석이 40여 일이 될 것이다. 크면서 생각했다. 내 자식만큼은 절대 굶기지 않겠다. 납부금이 없어서 울고 학교 가는 일은 없게 하겠다. 나는 최소한 나의 아이들에게 이 다짐은 지킨 것 같다.

그리고, 우리는 개도 안 먹을 개떡을 해 먹었다

나락이나 보리를 찧는다. 7번을 찧으면 7분도, 9번을 찧으면 9분도. 겉껍질은 연료로 쓰고 5~8분도 껍질까지는 가축 사료로 쓴다. 이젠 마지막 하얀 속살이 나오는데 아주 부드럽다. 이 가루로 개떡을 만든다. 쑥이나 보리싹을 함께 넣기도 하고 그냥 가루만으로 개떡을 하기도 하는데, 사카리를 넣고 반죽하여 시루에 볏짚을 깔고 찌면 이것이 바로 개떡이라. 맨 가루였을 땐 그렇게 부드러웠던 것이 개떡을 만들어 놓으면 목구멍이 너무 껄끄럽다. 신 열무김치에다 먹으면 그런대로 괜찮았다. 간식이 귀한 시절의 간식이자 때론 한 끼 식사 대용이었다. 가끔은 도시락을 대신하기도 했다. 아이들이 볼까 봐 숨겨 가면서 묵었다. 지금은 이름 그대로 개도 안 먹을 개떡이다. 혹은 건강식이라고 우길 수도 있을까?

7.
그때 강○○ 선생님은 왜 우리를 그리 못살게 굴었을까?

초딩 6학년은 3학급인데 우리는 1반이다. 1, 2반은 남학생, 3반은 여학생이다. 왜 남녀 반을 구분했을까? 남녀칠세부동석? 우리가 말을 잘 듣지 않는다고 벌을 줄 때 남학생과 여학생을 한 반에 몰아 둔 적이 있었는데 그렇게 어색할 수가 없었다. 아무튼 우리 담임 선생님이 출장 등으로 자리를 비우기만 하면 고통이다. 2반 담임인 강○○ 선생님이 우리 반 특히 공부 좀 한다는 아이들을 괴롭혔다. 2반, 3반 담임 선생님은 한통속인 것 같았다.

나중에 들은 이야기인데, 6학년을 분반할 때 2, 3반 담임은 자리에 없고 1반 담임만 있었단다. 이양반이 공부 좀 하는 아이들 카드를 바꿔치기해서 1반에 모아 버렸다는군. 아하! 그래서 1등이었던 정호와 2등이었던 내가 같은 1반이었을까? 내가 선생을 할 때 보니, 분반은 전(前) 학년 성적에 따라 지그재그식으로 분배하였다. 이 방식에 따르면 정호는 1반이고, 나는 2반이어야 했다. 그렇다고 우리 아이들이 무슨 죄가 있나? 어른들 싸움에 새끼들 등 터진 격이었어.

암튼 우리 1반 담임이신 이○○ 샘이 2반 강○○, 3반 양○○ 선생님보다는 더 열심히 체계적으로 가르친다는 느낌은 확실했었다. 중학교 입학 실적을 보면 확연하게 드러났다.

보리밥 묵고 방구뀡께 배가 푹 꺼져불등만

8.
돈버짐과 606호 주사

초딩 시절에 이웃 독와실 마을에 이발소가 있었다. 아이들은 바리깡으로 머리를 **빡빡** 밀었다. 이발사는 귀밑머리를 면도하고는 면도기에 묻은 비누 거품을 머리에다 쓱 문질러서 닦았다. 어른들은 신문지 조각에다 닦더라만. 기분이 더러웠다. 바리깡은 연탄불에 잠시 얹어서 소독하는 것이 전부라 제대로 소독이 되지 않아서 이 기계를 통해 피부병이 번졌다. 기계독 혹은 돈버짐이라는 피부병이 머리에 번져서 커다란 동전 모양으로 머리가 **빠지고** 부스럼이 생겼다. 이게 연고를 발라도 잘 낫질 않았는데 신기하게도 606호라는 주사 한 방이면 금방 나았다. 당시 공산면에는 의원이 없고 약방이 한 곳 있었는데, 이 방 약방 아저씨가 주사도 주었다. 주사기는 유리였는데 뜨거운 물에 잠시 소독하여 반영구적으로 사용되고 있었다. 그 주사기의 색깔이 누렇게 보였는데 세월의 흔적이 아닌가 싶다.

606호는 1909년 독일 면역학자 폴 에를리히(Paul Ehrlich)가 개발한 최초의 매독 치료제 '살바르산'(Salvarsan-606)으로서 지금까지도 인류 역사상 독으로 독을 제압한 대표적인 의약품 개발 사례로 꼽힌다고 한다. 이 매독 치료제가 돈버짐에도 효과가 있었던 것이다.

606호 주사에는 슬픈 이야기가 있다. 일제에 위안부로 끌려간 할머니들의 증언에 의하면 위안부가 성병에 걸리면 606호 주사를 맞고 치료하면서 성적 학대를 계속 당하였다고 한다. 썩을 놈들! 아직도 그 처참한 만행을 인정하지도 사과하지도 않고 있지. 대한민국 대통령 윤석열은 과거를 이젠 그만 덮고 가자고 하고 말이지. 이 때문인지 기시다 일본 총리의 지지율이 급상승하더라고.

윤석열의 미국과 일본에 대한 저자세를 이름인지, 2023년 4월 광주 거리에는 어느 정당이

"미국과 일본은 글로벌 호구 윤석열을 이용 말라!"

는 현수막을 걸었드라. 글로벌 호구라. 시대가 새로운 말을 만들어 내는구나.

보리밥 묵고 방구뀡께 배가 푹 꺼져불등만

9.
광주서중에 가려고 밤새워 공부했건만…

초딩 6학년 때 나는 광주서중학교에 갈 거라고 철석같이 믿고 공부했다. 광주서중학교는 호남 지방의 영재들이 모인다는 명문 중학교였다. 마루에 미리 준비해 둔 찬물로 얼굴을 자주 씻고, 죄 없는 허벅지살을 꼬집어 감시로 쏟아지는 잠을 쫓아내면서 공부했다. 그 시절 우리 초가삼간 은 마을 간이 주막이었다. 밤새 어른들의 섯다 판이 벌어지고, 어머니는 그분들에게 돼지고기 돔 뱅이[1] 와 막걸리, 소주를 팔아서 생계를 마련하였다. 대나무를 얇고 작게 자르고 어머니만의 표 식을 남겨서 도박판의 전표(錢票)로 활용하였다. 서양식 도박판의 칩과 비슷하다. 이 전표는 여 러 사람의 손때가 타서 반질반질했다. 이 전표는 섯다 판뿐만 아니라 마을 전표가 되기도 하였다. 섯다 판이 벌어지고 있는 바로 옆방에서 나는 밤새워 공부했다. 어떤 마을 어른은 저놈이 크게 될 놈이라고도 했다.

박정호와 내가 1등 경쟁을 했는디, 정호가 1등을 하는 경우가 더 많았다. 담임 샘 말씀으로는 정 호하고 나는 광주서중 합격 가능성이 있다고 하셨다. 1년 선배인 ○○도 같이 공부했는디 자기 학 년에서 1등을 했으나 광주서중에 떨어져서 재수를 우리와 함께 했다. ○○는 또 서중에 낙방하고 후기의 동중에 들어갔을 것이다.

당시 담임 샘의 지도 방법은 교과서를 통째로 외우는 것이었다. 교과서의 주요 단어, 사실상 조 사를 제외하고는 거의 전부를 까만 색연필로 칠해 지워서 외웠다. 심지어 음악 교과서도 외웠다. 음표와 쉼표에 숫자를 먹이고 계이름, 가사와 함께 외워서 바쳤다. 그러면 '통과'의 도장을 찍어 주 고, 2/3 이상을 통과해야 광주서중 원서를 써 준다고 하셨다. 나는 음악 교과서도 거의 외웠다. 연

---

1) 돼지고기를 적당한 크기로 잘라서 삶은 덩이이다. 소주 한두 잔 마시기에 딱 좋았다. 도박꾼들의 허기를 달래 주기에 도 적당했던 것으로 안다. 나는 먹고 싶어도 참아야 했다.

습용 시험지는 따로 답안지를 만들어서 여러 차례 사용하였다. 학년말에 마지막 연습 때 시험지에다 직접 답을 달았다. 이 연습문제도 거의 외웠던 것으로 기억된다.

그러나 시험 날짜가 다가올수록 밤마다 깊어지는 어머니의 한숨 소리를 들어야 했다. 아하! 우리 집이 찢어지게 가난하지. 그랬지. 내가 철이 없는 게야. 방향을 나주남중으로 틀었다. 당시 나주남중은 공산면, 동강면, 반남면, 시종면, 왕곡면의 아이들이 모이는 중심지였다. 이후 학령인구의 급증에 따라 각 면마다 중학교가 생겼고, 나주남중도 공산중학교로 개명하였다. 각 국민학교의 수재라는 친구들을 제끼고 수석하여 납부금을 면제받게 되었다. 정호는 예상대로 광주서중에 합격했다. 중학교 전기 입학시험 문제는 공동 출제였는데, 나 역시 예상대로 광주서중에 합격할 수 있는 점수를 받았다. 내 기억하기로는 정호가 두 개 틀리고, 나는 세 개 틀렸다. 3학년에 김복태라는 선배가 있었는디 자기 동생이라며 웃었다. 이름에서 한 글자만 다르니께. 당시 전남일보에 미담 기사로 내 중학교 수석 입학이 실렸는데, 어머니는 그 신문쪼가리를 고운 천에 싸서 앞다지에 고이 간직하셨다. 지금은 어디로 사라졌는지 모르겠다.

내가 중학교 다니던 무렵의 중학교는 지역 이름보다는 방향에 따라 정해졌다. 광주는 동중, 서중, 남중, 북중이 있었다. 중학교 평준화 정책에 따라 서중은 광주일고로 통합되고, 동중은 광주고로 통합되어 폐교되었고, 남중은 무진중으로 북중은 북성중으로 개명하였다. 광주일고는 광주고보다 개교가 4년이 늦으나 서중의 역사를 이어서 쓰더라. 나주다시중은 당시에 나주서중이었다.

중학교 합격 후 찬 바람 쌩쌩 부는 성남마을 들판을 지나 삼포강 나루를 건너 아버지 고향인 영암군 시종면 신흥리의 큰댁과 작은댁을 방문했다. 깐엔 학용품 살 용돈이라도 좀 얻어볼 요량이었지. 하지만 어른들은 너무 차가웠다. 눈길조차 주지 않았다. 밥 한 끼도 얻어묵지 못하고 돌아섰다. 아차차, 또 자존심을 날려부렀다. 철이 없었던 게야! 철이…. 한 다리가 만 리인 것을, 백숙부님 자식들도 거우 고등학교를 보낼까 말까 한 실정이었는데, 내가 철이 없었어. 세상 물정을 몰랐어. 사촌 형제 중에서 4년제 대학에 진학한 것은 내가 유일하다. 가장 가난한 우리 아버지 자식만이 대학에 갔다. 이후 어머니의 목소리에 힘이 들어갔다.

보리밥 묵고 방구뀡께 배가 푹 꺼져불등만

삼포강 나루를 건너서 삭풍이 몰아치는 성남 들판을 터벅터벅 돌아왔다. 신발에는 뻘흙이 잔뜩 달라붙어서 도통 떨어지지를 않는다. 달라붙은 흙 무게를 이기지 못하고 신발이 자주 벗겨지고 바짓가랑이에는 뻘흙이 묻어서 반질반질했다. 발걸음이 무겁디무거웠다. 부모님은 모르는 일이었다. 속상하실까 저어하여 말씀드리지 않았다. 아마도 눈치로 아셨겠지만.

10.
폭력은 너무 싫어!

중학교 3학년 1학기 말 시험 중이었을 거다. 음악 선생님에게 뺨을 호되게 맞았다. 그것도 시험 중에 아무런 잘못도 없이 말이지. 당시엔 판자로 된 교단(教壇)이 있었는데 낡아서 걸어 다니면 삐걱거리는 소리가 너무 귀에 거슬린다. 이 교단은 지금은 없어졌다. 교사가 학생보다 높은 자리에서 교육하는 것이 평등에 어긋나서 그랬다고 들었다. 이 교단은 교직의 상징 용어처럼 쓰이기도 했다. 교편(教鞭)도 교직의 상징으로 쓰이기도 했지만, 요즘은 교편을 휘두르면 폭력 교사가 된다. 아동 학대가 된다.

음악 선생님(덩치가 엄청 컸음)께서 감독하시는데, 교단에서 이리저리 걸어 댕긴다. 삐걱거리는 소리가 거슬린다. 게다가 뭐라고 자기만 아는 훈화인지 잔소리인지를 계속 웅얼거리신다. 도무지 집중할 수가 없었다. 어느 해 수능 시험장에서는 감독자가 기침하여 시험을 망쳤다고 한 수험생이 소송을 했다는 말도 있었다.

"선생님, 삐걱거리는 소리와 선생님 말씀 때문에 집중이 잘 안됩니다."
"뭐시라고? 너 이 새끼! 앞으로 나와! 너 나를 무시하는 거야?"

인정사정 볼 것 없이 솥뚜껑만 한 손으로 좌우 뺨을 후려갈긴다. 얼얼하고 멍하고 정신이 하나도 없다. 그렇게 일방적으로 갑자기 뺨을 맞고 시험을 치렀다. 시험을 어떻게 봤는지도 모르겠다.

그 뒤로 콩나물 깍대기가 보기도 싫어졌다. 당연히 음악 성적은 좋을 수가 없지. 거참 이상하지? 내가 좋아하는 선생님 과목은 재미있고, 성적도 오른다. 반면에 준 것 없이 싫은 선생님이 있어. 당연히 그 과목은 재미가 없고 성적도 별로야. 내가 선생 하면서 학급 아이들에게 선생님을 미워하지

보리밥 묵고 방구뀅께 배가 푹 꺼져불등만

말그라. 그러면 그 과목이 재미가 없어지더라고 말하곤 했다.

나는 노래방에 취미가 없다. 친구들과 어울려 어쩔 수 없이 가기는 하지만. 나는 음정과 박자를 잘 맞추지 못해서 늘 핀잔을 듣는다. 노래방 기계의 후의로 가끔은 팡파레가 울리기도 하더라만.

11.
소년, 가출을 시도하다

중학교 2학년이 끝나갈 1970년 12월 무렵 가출을 시도했다. 이놈의 찢어지게 가난한 집에서 고등학교에 갈 돈은 없고, 일찌감치 서울로 가서 돈을 벌어 볼까? 보따리를 쌌다. 딱히 갈 곳을 정한 것도 아니었다. 그저 지긋지긋하게 가난한 집에서 벗어나고 싶었다. 어머니는

"이놈아, 겨울이나 지나거든 가그라. 이 엄동설한에 어디 가서 묵고 잘라고 그라냐?"

울면서 붙잡으신다. 울 아버지는 도대체 무슨 마음이신지 알 수가 없다. 아무 말씀이 없다. 어머니의 눈물은 마력이 있다. 결국 주저앉았다. 그때 가출을 감행했으면 나는 어떤 인생을 살게 되었을까?

지금 생각하면 가출하려면 부모님도 모르게 어느 날 갑자기 사라져야 쓴다. 부모님 아시게 하면 어느 부모가 어린 자식을 생면부지의 타지로 보낼까? 해룡고등학교 근무할 때 가출하는 녀석들을 보면 가지고 간 돈이 떨어지면 정보를 흘리더라고. 친구들을 통해서. 그건 돈은 떨어졌고, 체면상 지 스스로 들어올 수는 없으니 모시러 오라는 신호로 읽혔다. 부모님께 연락하면 가서 모시고 학교로 오더라. 그 녀석들 지금 부모 노릇을 어떻게 하고 있을까? 잘하고 있겠지.

보리밥 묵고 방구뀡께 배가 폭 꺼져불등만

12.
선생님들이 아그를 가지고 흥정하다

중학교 3학년을 마치고 고등학교에 진학해야 하는디 돈이 없다. 이윤조 교장 선생님의 친구라는 광주숭일고 관계자가 학교에 와서 3년 장학생을 제안했다. 신설 학교인 동신고 관계자도 같은 제안을 했다. 하지만 학교 샘들은 광주고를 추천했다. 광주일고는 떨어질지도 모르니까 광주고를 지원하란다. 당시 광주일고가 광주고보다는 입학 커트라인이 좀 더 높았거든. 나주남중 선생님 중에는 나더러 광주고에 가서 육사를 택하라고 권유하기도 했다. 당시 이웃 학교인 신북중학교는 매년 광주일고, 광주고 합격자를 배출하는디, 나주남중은 선생들이 술이나 작신 퍼묵고 아그덜을 잘못 가르친다고 지역 여론이 있던 참이다.

"돈이 없는디요….."
"선생님들이 갹출해서 입학금 맹글어 주마. 염려 말고 공부하그라."

참 고마운 말씀이었다.

광주고에 합격했다. 공산북교 출신 정혁채도 함께 합격했다. 실로 5년 만에 나주남중에서 광주고 합격자 2명을 배출한 것이었다. 선생님들의 원에 따라 어머니는 없는 살림에도 중학교 샘들에게 감사와 자축의 밥과 술을 대접하셨다. 그러나 등록금을 낼 돈이 없었다. 학비를 갹출해 준다던 샘들은 언제 그런 약속을 했냐는 듯 모르쇠였다. 부모님은 고지(雇只)를 묵고 선자(先資)로 나락을 받아서 입학금을 맹글었다. 인자는 방을 구하는 것이 숙제다. 마침 광주 계림동에 외가 할아버지 뻘 되시는 천보배 씨가 살고 계신디, 꽤 사업을 잘하신다는 얘기를 들었다. 어머니는 나를 데리고 외할아버지를 방문하여 방을 구했다. 공부를 잘한다는 칭찬도 해 주셨다. 친척 중에 칭찬해 주시는 유일한 분이었다.

집은 문화동 교도소 앞 벌판 한가운데의 농가다. 문화동에 '광주자동차운전학원'을 운영하시는 할아버지가 시골에서 올라온 운전교습생들을 위해 마련한 명색이 기숙사였다. 당시 운전은 괜찮은 직업이었던지 시골에서 청년들이 운전면허를 따기 위해 광주로 왔던게비다. 집은 전형적인 농가로 땔감은 볏짚이었는데 사감 겸 집을 관리하시는 이숙뻘 되시는 분이 땔 볏짚을 대 주셨다. 가마솥에 혼자 먹을 밥을 짓는 것은 쉽지 않았다. 집에서 학교까지는 아주 빠른 걸음으로 40분쯤 걸렸다. 3번과 8번 시내버스가 교도소 앞까지 허가 노선이었으나 손님이 없어서 그런지 동신고 근방의 서방에서 그냥 돌리는 경우가 많았다. 시내버스 요금은 5원이었다. 담양에서 교도소 앞을 지나서 가는 시외버스가 있는데 요금은 시내버스보다 비싼 30원이었다. 버스를 타고 학교에 가 본 기억이 별로 없다. 체육 시간 중에 유도 시간이 주당 1시간씩 별도로 있었는데, 유도 연습 중 발목을 삔 적이 있다. 걸을 때마다 밀려오는 고통을 이를 악물고 등하교하기도 했다. 당시 유도 선생님은 '이히치올'이라는 꺼면 약을 바르면 금방 낫는다고 해서 발랐다. 그래도 삔 발목은 시간이 가야 시나브로 나았다.

내 동생은 나와 세 살 터울이다. 내가 고등학교에 갈 무렵 동생은 중학교에 진학해야 했으나 가정 형편상 포기하였다. 동생의 초등학교 6학년 담임이었던 양○○ 선생(내가 6학년 1반일 때 3반 담임이기도 했음)이 우연히 공산에서 마주쳤을 때,

"이놈아, 너 때문에 옥선이가 중학교에 못 갔다."

참 개념 없는 선생이었다. 선생이란 분이 그렇게 어린 제자의 아픈 데를 사정없이 찔러야 하나? 말이 흉기가 되기도 하더라. 동생에게 미안하다. 이후 동생은 독학하여 검정고시로 고등학교 졸업 자격을 땄다. 독학(獨學) 혹은 고학(孤學)은 가난한 집의 아이들이 스스로 힘으로 공부하는 가난하던 시절의 말이다. 자수성가한 이들의 자랑이었다.

"어렵고 힘든 아이들아! 힘 내그라! 어떻게든 살아 보자. 해 뜰 날이 오지 않겠냐?"

중학교를 마치고 광주고에 가라는 선생님들의 권유를 뿌리치고 숭일고나 동신고에 장학생으로 갔으면 알바하지 않고 학업에 전념할 수 있었을까? 그러면 내 인생이 달라질 수 있었을까?

보리밥 묵고 방구뀡께 배가 푹 꺼져불등만

13.
고등학교에 와 보니 영어가 젤 어렵더라

광주고에 입학하여 제일 어려운 과목은 영어였다. 광주고는 명문 학교라고 중학교에서 공부 좀 한다는 아이들이 모인 곳이다 보니, 선생님들의 강의가 어려웠다. 그중에서도 영어가 가장 어려웠다. 도무지 강의 내용을 알아들을 수가 없었어. 사실 중학교 시절 1학년 때 영어 샘은 양성소 출신으로 초등학교에서 가르치다가 중등으로 오신 영어 샘이었고, 2학년 영어는 가사 샘이 상치과목으로 가르쳤으며(아마 교사 간 수업시수 조정이었던 듯함), 3학년 때는 2년제 교대 출신으로 중등으로 오신 분이었다. 나주남중학교에서 내가 배운 영어는 뭐 거의 'I am a boy. You are a girl.' 수준을 벗어나지 못했다. 광주 서중에 다니던 친구 박정호의 영어책을 본 적이 있는데, 정말 꼼꼼하게도 배웠더라고.

광주고 친구들은 '성문종합영어'를 가지고 공부하던데, 나는 그 수준이 되지 못하여 영어를 기초부터 공부하는 아이들이 보던 '알삼(알기 쉬운 삼위일체)'을 가지고 스스로 기초를 다져야 했다. 그 '알삼'으로 공부할 때 재미 삼아 볼거리를 주었는데, 제일 긴 단어는 'smiles'란다. s와 s 사이가 1마일? 그렇게 겨우 선생님들의 강의를 알아묵을 수 있더라.

당시 시골 중학교의 선생님들 수준이 그랬어. 갑자기 학령인구가 늘어나다 보니 제대로 가르칠수 없는 수준의 교원들이 속성으로 양성되어 주로 시골 학교에 배치되었던 것이다. 우리 마을의 어떤 누나는 고졸로 집에서 놀고 있다가 갑자기 양성소에서 기본 교육을 받고 초등학교 교사로 발령이 나더라. 그 누나가 영암군 시종국민학교로 발령받았을 때 누나의 동생인 일평이 형과 함께 따라간 적이 있다. 그 누나는 일찍 갔는데, 누나의 묘가 우리 부모님 산소 옆에 있다가 딴 데로 옮겨 갔다.

14.
아지랑이는 피어오르는데… 2기분 납부금이 없구나!!

1972년 3월 고딩 1학년은 논두렁에 앉아 들판을 하염없이 바라본다. 문화동 교도소 앞 들판이다. 따뜻한 햇볕에 아지랑이가 피어오른다. 아른아른…. 현기증이 난다.

'2기분 납부금이 없구나!….'

이미 고지(雇只)를 묵고 선자(先資)로 나락을 받아서 입학금을 맹글었던 부모님께 더 이상의 짐을 안겨드릴 수는 없는 노릇이었다. 그렇다고 손위 형제들에게 손을 내밀 처지도 못 되었다. 자기들 앞가림도 못하고 있었으니. 친척 어르신들에게도 도움을 요청할 분위기가 아니었다. 망망대해에 홀로 던져진 신세였다. 신문 배달이라도 해야겠다. 하지만 내가 살던 문화동은 한적한 농촌이라 신문 수요가 없었다. 신문 배달이 가능한 시내로 진출해야겠다. 당시 고등학생이 할 수 있는 알바는 겨우 신문 배달 정도였다.

〈광주고 시절-원불교 선배졸업식〉

보리밥 묵고 방구뀡께 배가 푹 꺼져불등만

15.
내게는 천사였던 고마운 친구 정호와 영숙이 누님

광주일고에 댕기는 초딩 친구 박정호는 누님과 월산동 까치고개에서 자취하고 있었다. 정호와 누님에게 부탁했다. 나를 좀 껑개 달라고. 신문 배달해서 학비를 마련해야겠다고. 정호와 누님은 흔쾌히 승낙하였다. 바로 이사하고 신문 배달을 시작하였다. 영숙이 누님은 한 달쯤 후 수도권으로 직장을 옮겨 가시고 정호와 둘이 자취했다.

동아일보 배달을 시작하였다. 정호 역시 신문 배달을 시작했다. 정호네도 넉넉한 살림은 아니었으니. 식사 당번을 나누어서 맡을 수 있도록 나는 조간신문인 동아일보를, 정호는 석간신문인 전남일보[2] 를 배달하였다. 나의 배달 구역은 광주공원 근처에서 월산동 까치고개 부근까지로 약 130여 부를 배달하여 월 3,000여 원을 벌었다. 수당은 배달하는 신문 부수와 수금 실적, 구독 확장 실적 등을 감안하여 주었다. 그런대로 살림이 되었다. 당시 고등학교 1/4기분 납부금이 약 3,500원 정도 였으니까 신문 배달 수당 석 달 치를 합하면 대략 9,000여 원으로 납부금을 내고도 약간의 생활비 보충이 되었다.

배달은 쉽지 않았다. 때르릉~~~ 울리는 자명종이 무거운 몸을 일으킨다. 이때 산 탁상시계(세이코) 는 해룡고등학교에 근무할 때까지 사용하다가 1989년 해직 후 광주로 이사하면서 고장이 나서 버리게 되었다. 매일 아침 5시에 일어나서 금남로에 있는 보급소로 갔다. 화물로 도착한 신문 정리하기, 찌라시 껑기기(찌라시는 보급소의 주요 소득원이었으나 배달원에게 분배되지는 않았음), 배달하기를 마치고, 서둘러 밥 먹고 학교까지 걸어갔다. 비 오는 날이 너무 싫었어. 만약에 신문이 빗물에 젖기라

---

2) 전두환 군사반란 후 언론통폐합에 따라 전남매일신문을 흡수하여 광주일보가 됨. 전남매일신문 심○○ 사주는 그 대
    가로 전국구 국회의원이 되었다가 아웅산에서 전두환 대신 죽음.

도 하면 그달 치 신문값 받기가 어려웠지. 뭐 지금이야 비닐로 싸서 주더라만. 집에서 학교까지는 도보로 약 35분 정도. 그때만 해도 도로가 지금처럼 복잡하지 않고 신호등도 적어서 빠른 걸음으로 걸을 수 있었다. 시내 버스비 5원이 아까워 걸었다. 걸으면서 잰다. 내 앞에 가는 저 사람을 몇 걸음 만에 따라잡는다. 이마와 겨드랑이에 땀이 흐른다. 등에도 땀이 타고 흐른다. 여름이 싫었다.

학교가 끝난 오후와 휴일엔 신문값 수금과 신문 구독자 확장에 나섰다. 당시 신문 구독료가 월 300원 정도였는데, 수금은 수월하지 않았다. 신문값을 깎자고 하는 사람도 있고, 몇 달씩 밀리는 사람도 있었다. 월산동파출소 앞 계명양화점 주인은 거의 6달 치 신문값을 주지 않았다. 내가 동아일보 배달을 그만둘 때까지 끝내 받지 못했다. 그 양화점 주인은 내 신문값 띠어묵은 돈으로 부자 되었을까? 그 계명양화점의 이름을 지금도 기억하고 있는 것이 너무 아프다.

오후와 휴일에 신문값 수금과 구독 확장 땐, 친구들 마주칠까 두려웠어. 그놈의 자존심 때문이야. 신문을 보려는 사람보다 그만 보려는 사람이 더 많았다. 배달 부수가 떨어지면 보급소장의 불호령이 떨어진다. 거의 깡패 수준이다. 어떤 친구는 가끔 폭행을 당해 코피가 터지기도 했다.

신문 구독 확장과 수금을 위해 공원 다리 건너 광주공원 앞을 지날 때는 너무 고통스러웠다. 거그에 순대며 국밥을 파는 집이 늘어서 있었다. 가게 앞 좌판에는 순대며 머릿고기며 내장 같은 맛있는 고기들이 모락모락 김을 냄시로 진열되어 있었다. 그곳에서 풍겨 나오는 음식 냄새가 나를 괴롭혔다. 배는 고프고 침은 흐르고 사 묵을 돈은 없고 주인 사정을 모르는 소갈머리 없는 창시는 연신 꼬르락 거리고, 그곳을 얼릉 벗어나는 것이 상수였어. 언제고 저그서 순대며 머릿고기를 원 없이 묵어 보리라. 그러나 성인이 되어서 그곳을 두 번 정도 들렀을 뿐이다. 한번은 광주흥사단 집회 후에 이기영 형님 등이 주신 격려금으로 후배들과 함께 술을 마셨고, 또 한 번은 중딩 친구 양순곤이의 결혼 전 댕기풀이 때였다. 당시의 다짐과는 달리 혼자서 원 없이 묵어 보자고 간 적은 없었다.

단백질이 너무 고플 때에는 돼지 잡뼈를 싸게 사다가 푹 고아서 국물을 먹었다. 뼈가 다 물러져서 씹어 먹을 수 있을 때까지 계속 고아서 국물을 소금 타서 먹었다. 우리 사정을 알 리 없는 집주인아짐씨는 명문고생들답게 과학적으로 실속있게 음식을 먹는다고 하더라.

16.
게으른 녀석인가? 독립심 강한 의지의 청년인가?

광주고 1학년 1반 시절, 서둘러서 신문을 배달하고 밥 먹고 학교에 와도 가끔은 담임 선생님보다 늦게 교실에 도착할 때가 있었다. 내가 게을러서가 아니라 신문이 보급소에 늦게 올 때가 자주 있었기 때문이었다.

당시 담임이셨던 수학 담당 한○○ 선생님은

"이 게으른 녀석!"

하면서 귀밑머리를 잡아 올렸다. 눈물이 나도록 아팠으나 비명을 지를 수도 없다. 그놈의 자존심 땜시. 단 한 번도 늦게 오는 사유를 묻지 않으셨다. 나도 자존심이 있어서 신문 배달하느라 늦는다고 말하지 않았다. 나와 동아일보 배달을 하던 1학년 1반의 한 윤 아무개 친구는 아마 중도에 학교를 그만둔 것 같았다. 1학년을 마치기 전에 보이지 않았다. 내가 선생이 되었을 때, 당시의 일을 떠올리며 가급적 아이들의 이야기를 듣고자 노력했다. 담임 선생님은 기독교 집사라고 들었다. 기독교 사랑의 정신은 개나 주었던가?

나는 게으른 녀석인가? 독립심 강한 의지의 청년인가? 당시 나의 생활기록부에 우리 담임 선생님이 뭐시라고 적었는지 궁금하다. 확인해 볼까 싶다가 말았다.

17.
품격 있는 '독서신문' 배달

독서신문을 만났다. 동아일보를 배달하던 때, 고향 동네 최○○ 성님을 만났다. 이분이 동아일보 보급소 근처 빌딩에 사무실을 둔 회사의 책 외판원이셨는데, 이 출판사가 독서신문을 취급하였다. 성님이 소개하여 독서신문 광주고 총판을 맡는 행운을 잡았다. 독서신문은 이름 그대로 인문학을 망라한 참으로 수준 높고 품격 있는 주간신문이었다. 형님은 나중에 목사가 되셨다. 이어서 그 댁 동생 둘도 목사가 되었다.

〈독서신문〉

그 친구들은 대학 입학 예비고사 합격도 어려운 학력으로 알고 있는데 어떻게 목사가 되었는지는 모르겠다.

구독 신청 수당에 배달 수당, 수금 수당까지 합하면 한 달에 약 10,000원의 수입이 되었다. 깐에는 부자 되었다. 주간지이다 보니 일간신문 배달하는 것에 비해 시간이 여유가 생겼다. 수입도 여유가 생겼다. 그래서 종교활동과 클럽활동도 가능하게 되었다. 당시에 약 100여 부를 구독 신청받아 배달하고 수금하였다. 나의 고객은 광주고 선생님과 선배와 동급생들이었다. 이때 나는 자존심을 어느 정도 극복하고 있었던 것 같다. 오히려 어느 정도 자긍심도 갖게 되었다. 자수성가를 위해 맹렬하게 살아가는 청년이라. 누가 뭐래도 나는 당당하다. 품격 있는 독서신문을 취급하면서 나의 품격도 따라서 올라가는 느낌이었다.

당시 독서신문 광주지사장이 장학생을 1명 두었는데 전남여고 한 학년 위 학생이었다. 그 여학생을 광주지사장 댁 행사 때 딱 한 번 보았다. 혹시 내게도 그런 기회를 주려나 싶었지만 그런 행운은 없었다.

보리밥 묵고 방구뀡께 배가 푹 꺼져불등만

18.
「진학」지 그리고 고마운 주일중 선배님!

광주고 2학년, 대학 진학을 위해 본격적으로 고민해야 할 시기에 서울대, 연고대, 사관학교, 의대, 사범대 등이 친구들의 주요 관심 대학이었다. 하지만 나는 먹고사는 것이 우선이었다. 여전히 독서신문을 취급하고 있었다. 취급 부수와 수입이 상당히 안정되어 있었다. 주간지를 취급하면서 월 10,000원 정도의 수입이었으니까 학비와 생활비를 충분히 감당하였다.

〈진학잡지〉

어느 날 3학년 선배인 주일중 님이 나를 부른다. 주 선배는 「진학」지 광주고 총판을 맡고 있었다. 나에게 「진학」을 넘겨준단다. 자기는 선배에게서 판권을 샀다고 하면서 그냥 준단다. 니가 독립심이 강해 보이고 독서신문을 잘하는 것 보니까 믿음이 간다면서 너에게 주고 싶다는 것. 이렇게 고마울 수가. 「진학」지는 당시 고등학생들에게 인기 있는 잡지였다. 진학 정보와 교양을 아우르는 내용이었다. 월간 「진학」을 취급하면서도 월 10,000여 원의 수익을 올렸다. 대략 매월 100권을 소화했는데 권당 100원의 수익을 올릴 수 있었다. 주간 독서신문을 취급할 때보다 시간 여유가 더 생겼다.

참 고마운 주일중 선배님! 어디서 무엇을 하시는지 뵙고 잡습니다. 지금 만나면 새끼보국밥에다가 쇠주 한잔 같이 진허게 묵을 것인디. 옛이야기함시로.

19.
고마운 합기도 관장님, 그리고 박수길과 악동(樂童)들!

「진학」지가 월간이어서 알바로 좋긴 한데 책을 보관할 장소가 문제였다. 100여 권에 부록까지 합하면 무게와 부피가 엄청나다. 마침 광주고 정문 맞은편에 합기도 도장이 생겼다. 운동할 수 있는 시간 여유도 좀 생겼고, 책을 보관할 장소도 필요했다. 합기도장에 등록하고 관장님께 사정 말씀을 드렸더니 흔쾌히 관장실을 쓰라고 허락하신다. 고마운 관장님! 안타깝게 그분 성함을 기억하지 못하겠다. 죄송합니다. 감사합니다.

리어카를 빌려서 신안동 신역에서 화물을 수령하여 합기도 관장실에 임시 보관하고, 다음 날부터 2~3일 안에 판매를 마쳐야 한다. 「진학」지는 서점에서도 팔았는데 아르바이트하는 학생들을 위한 배려인지는 모르겠으나 서점보다 2~3일 먼저 보내 주었다. 서점에 깔리기 전에 팔아야 한다.

아침에 박수길과 '악동'들이 함께 교실로 운반해 주었다. 운반을 미처 못한 것은 몇 번 더 교문을 들락날락 운반하면서 팔았다. 쉬는 시간과 점심시간에 판매를 마쳐야 한다. 정기구독보다는 매월 내용에 따라 사서 보는 사람이 대부분이다. 대중심리가 작용한 것일까? 어떤 반에서는 많이 팔리고 어떤 반에서는 거의 팔리지 않는 경우가 있었다. 학년말쯤 대학 진학 시기가 다가오면 진학에 관한 정보가 많이 실리고 유익한 부록이 별책으로 나올 때는 판매 부수가 급증한다. 따라서 내가 운반해야 할 책의 무게와 부피도 더해진다. 하지만 부록이 늘어난다고 해서 수당을 더 주는 것은 아니었다.

보리밥 묵고 방구뽕께 배가 푹 꺼져불등만

20.
끝종 쳐도 수업하는 선생님이 싫었어! 너무 싫었어!

「진학」지를 취급하던 때, 나의 쉬는 시간은 전쟁과도 같았다. 내 자리 옆에 쌓여 있는 책들을 2~3일 내로 모두 팔아야 한다. 쉬는 시간에 각 교실(36개)을 뛰어댕기면서. 교실 순회는 3학년, 2학년, 1학년 순으로 돌았다. 아무래도 대학 진학을 앞둔 3학년에서 수요가 더 많았기 때문이다. 그러고 나도 사람이니 쉬도 해야 한다. 시간이 촉박한데 어떤 선생님은 끝종이 나도 계속 열변을 토하신다. 내 경험으로는 끝종 난 후의 선생님 말씀은 귀에 잘 들어오지 않더라. '쐭쐭이'라는 별명이 붙은 물리 선생님이 계셨다. 이분은 땡! 종이 울리면 들어오시고 땡! 치면 하던 이야기도 그치고 나가신다. 당시 제트기를 '쐭쐭이'라고 하는 데서 그 별명이 붙었다. 그 '쐭쐭이' 선생님이 제일 고마웠다.

내가 선생을 하면서는 땡입땡출하고자 했다. 당시를 회상하면서 누군가에게 욕을 먹지 않기 위해. 암, 쉬는 시간은 소중한 것이여. 끝종 쳐도 수업하는 선생님이 너무 싫었어! 평생을 학교에서 보내다 보니 나의 생체 리듬은 50분 작업, 10분 휴식에 익숙하다. 교사도 학생도 노동자도 충분한 휴식이 필요하다.

21.
깨엿과 복조리 장사를 하여 봉사 활동을 하다

원불교 서광주교당 학생회 시절 크리스마스에 우리는 깨엿 장사를 했다. 누구의 아이디어였는지는 기억이 없다. 구역을 나누어서 팔러 나갔는데 나중엔 모두가 충장로로 집결되었다. 다른 곳에서는 팔리지 않았던 것이다.

깨엿은 소매가가 한 개에 10원, 도매가가 6원이었다. 한 개 먹고 두 개 팔면 2원이 남았다. 깨엿한 번 오지게 묵었다. 입이 부르터서 고생했지만. 충장로엔 젊은이들이 모인다. 고등학생인 우리는 형, 누나 하면서 이들에게 인사한다. 형들은 100원 주면서 엿은 4~5개만 가져가더라고. 그때 유행이었던 메밀국수집인 '청원모밀', '모밀하우스'가 주목표였다. 한 바퀴 돌고 나면 또 손님이 바뀐다. 주인과 숨바꼭질하면서 팔았다.

이렇게 모은 돈이 2~3만 원은 되었을 게다. 우리는 양말, 내의 등을 사서 월산동 순환도로(6차로인데 당시엔 가운데 2개 차로만 포장되어 있었음) 주변에 있었던 무등갱생원을 찾았다. 어떻게 알았는지 학교에서 선행상을 주더라. 또 학교의 추천으로 광주라이온스클럽에서 상을 받았다. 부상으로 5,000원도 받았는데 악동들과 막걸리 묵었다. 봉사 활동하고 상 받고 막걸리 묵고. 막걸리 묵다가 걸렸으면 바로 퇴학이다. 운이 좋았제. 한 번도 걸리지 않았응께.

깨엿 장사에 재미를 붙인 서광주교당 악동들은 정월 대보름에 복조리 장사를 했다. 남광주교당소속 최○○의 제안이었다. 서광주교당과 남광주교당의 학생회는 친하게 지냈다. 아무래도 큰 교당인 광주교당에 비해 규모가 작다 보니 동병상련이었던지. 복조리 장사 자금도 그녀가 조달했다. 나중에 알고 보니 아버지 통장을 슬쩍 한 거여서 너무 거시기했다. 최는 나더러 서울대 사대에 가라고 하더라. 지가 학비를 벌어서 대 주마고. 최와 나는 연애 비슷한 것을 하려다 말았다. 복조리

보리밥 묵고 방구뀡께 배가 푹 꺼져불등만

장사 후 만남이 거의 없었다. 대학 시절 시내버스에서 우연히 마주쳤는데 그냥 외면하더라. 손에 들린 책을 보니 아마 재수를 하고 있었던 것 같다. 그게 그녀와 마지막 만남이었다.

복조리를 도매로 사다가 이쁜 리본을 달아서 두 개씩 묶는다. 여학생들의 솜씨가 아무래도 더 훌륭했다. 원가가 약 1,500원 정도였을까? 대보름날 새벽에 집집마다 대문에 걸어 놓았다가 아침에 방문하여 돈을 받았다. 어떤 집은 도로 복조리를 던져불기도 하고, 어떤 집은 2,000원 정도부터 10,000원까지 주신다. 주인장의 마음을 담아서.

최○○에게 빌린 돈을 갚고도 꽤 남았다. 역시 불우이웃을 위해 썼다. 지금도 복조리 장사가 있나? 우리 같은? 갈수록 그 시절의 낭만이 아쉽다.

아! 옛날이여!
지난 시절 다시 올 수 없나, 그날!

민태원 님의 '청춘예찬'이 떠오른다.

청춘,
이는 듣기만 하여도 가슴 설레는 말이다.
너의 두 손을 심장에 얹고
물레방아같이 돌아가는 심장의 고동 소리를 들어 보라.
청춘,
너의 피는 끓는다.

22.
공부하느라 피곤하지? 음악 감상하면서 푹 자그라

광주고 음악실은 본관과 별관을 잇는 나무 그늘에 있어서 여름엔 참 시원했다. 그 음악실 옆에 교련 교관실이 있었다. 일제 침략기에 지어진 건물이라고 하더라. 음악 시간이면, 음악이 흐르고 칠판엔 곡명과 작곡자가 쓰여 있다.

"공부하느라 피곤하쟈? 음악 감상함시로 푹 자그라."

우리는 그랬다. 선생님 말씀처럼 푹 쉬었다. 기말고사 실기 시험 날이다. 음악 샘은 음반을 돌림시로

"그동안 감상한 곡이다. 이 곡의 작곡자와 곡명을 쓰고, 자기 감상을 적어 봐라."

뭐시라고? 이런! 안 봐도 뻔하제? 이렇게 황당할 수가! 고전음악이라고는 전혀 경험할 기회가 없었던 촌놈이 겨우 한두 번 들어 보고 그걸 어떻게 알아? 더구나 선생님 말씀처럼 안심하고 푹 쉬었는데. 음악 점수는 기억이 없다.

아~~ 그래도 그 시절이 그립구나. 정말 싱싱했던 청춘이다.

보리밥 묵고 방구뀡께 배가 푹 꺼져불등만

23.
육사 가서 나도 대통령이 돼야지

시골에서 자라던 시절엔 읽을거리가 별로 없었다. 학교 도서실에도 변변한 책이 없었고, 마을 이장님 댁에 읽을거리가 좀 있었다. 갑돌이와 갑순이의 만화가 재미있었던 「새마을」 잡지, 신문, 그리고 『박정희 대통령 선집』 등등. 『박정희 대통령 선집』을 숙독하고 감동 묵었다. 그분은 나라를 위기에서 구한 영웅이었다. 나도 육사에 가야지. 장군이 되어서 대통령이 될 거야. 물론 육사는 학비가 무료이니까 가난한 나에게는 좋은 선택지였을 것이다.

박정희는 나에게 쿠데타에 대한 꿈을 심어 주었다. 고등학교에 진학하여 동아일보를 배달하면서 신문을 읽고, 계림동 헌책방에서 「사상계」와 「신동아」를 사서 읽었다. 새로이 알게 된 박정희는 만고의 역적이었다. 일제 침략기에 창씨개명한 녀석의 일본 이름이 '다까끼 마사오'라는 것을 그때 알았다. 그래서 길을 바꾸었다. 「사상계」를 발행한 장준하 선생은 '박정희만은 절대 대통령이 되어서는 안 된다.'고 하셨단다. 일본군 장교인 박정희는 일제가 항복한 후 만주 일본군을 탈출하여 장준하 독립군 부대로 왔다는 것을, 박정희는 지 살기 위하여 배신을 밥 먹듯이 하는 놈이라는 것을 그분은 잘 알고 계셨다. 그래서 장준하 선생은 의문사하게 되었을까? 독립군 활동으로 수많은 산과 계곡을 제집처럼 넘나들었던 분이 등산 중에 실족하여 추락사하였다는 말을 누가 믿어 줄 것인가? 미제 사건이다.

박정희에 대해 자세히 알고 싶으면 최상천이 쓴 『알몸 박정희』를 참고하기 바란다. 나는 이 책을 모든 국민이 꼭 읽어 보기를 희망한다. 특히 친일숭미하는 자들과, 박정희를 아직도 영웅시하는 자들은 꼭 읽어 보길 바란다.

24.
너무 힘든 고학 생활을 마감하고 광주고를 졸업하다

정호와 월산동 까치고개에서 자취하면서 신문 배달하던 시절의 자취방은 도로보다 지대가 낮았다. 연탄아궁이가 늘 물에 젖어 있어서 연탄을 땔 수가 없다. 밥은 석유곤로에다 짓고, 배달하고 남은 신문지로 아궁이를 지피면 아랫목만 약간 온기가 있다가 금방 사라졌다. 방도 척척, 이불도 척척, 몸도 척척했다. 반찬은 주로 소금과 양조간장(샘표?)이었다. 냉장 시설이 없던 그 시절엔 집에서 김치 한 동이를 가져와도 금방 동나 부렸다. 신기하게도 양조간장은 질리는데 소금은 질리지 않더라고. 찬물에 밥을 말아서 훌훌 마시면서 소금을 조금씩 찍어 묵으면 금방이다. 아침이면 벌집 같은 각자의 방에서 쏟아져 나온 사람

〈광주고 졸업 때 부모님과〉

들이 측간 앞에 줄을 섰다. 설사라도 하는 날에는 이런 낭패가 없었다. 아침에 씻는 것도 샘에서 줄을 서야 했다. 도시락에 계란후라이를 덮어 오는 친구가 부러웠다. 느그는 어떤 부모를 만났기에 그리 호강하고 산단 말이냐?

한 달에 한 번꼴로 성남마을 집에 다녀왔다. 쌀 한 푸대와 김치 한 동이를 가지고 완행버스를 탔다. 지금처럼 플라스틱이 아닌 오가리에다 김치를 가지고 왔다. 신작로는 비포장길이라 버스가 널뛰기를 한다. 쌀 푸대는 바닥에 내려놓고 김치 동이는 무릎 위에 고이 모셔 왔다. 행여 널뛰는 버스에서 오가리가 깨질 수 있기 때문이다.

보리밥 묵고 방구뀡께 배가 푹 꺼져불등만

김치가 너무 묵고 자파서 계림동에서 자취할 때는 주인집 김칫독에서 몰래 김치를 한 쪽씩 꺼내 묵기도 했다. 모를 리 없는 주인아주머니는 그냥 모르는 척해 주셨다. 당시 자취생에게 김치는 최고의 반찬이었지만 김치를 늘 먹을 수는 없었다. 계림동 아주머니 고맙습니다.

광주고 졸업식에는 부모님이 오셨다. 고등학교를 졸업하는 나의 기쁨보다는 부모님의 기쁨이 더 컸을 것이다. 자랑스러웠을 것이다. 좀처럼 외출복을 입지 않으시는 아버지도 이날만큼은 멋을 내고 오셨다.

제2장

나도 대학생이다!

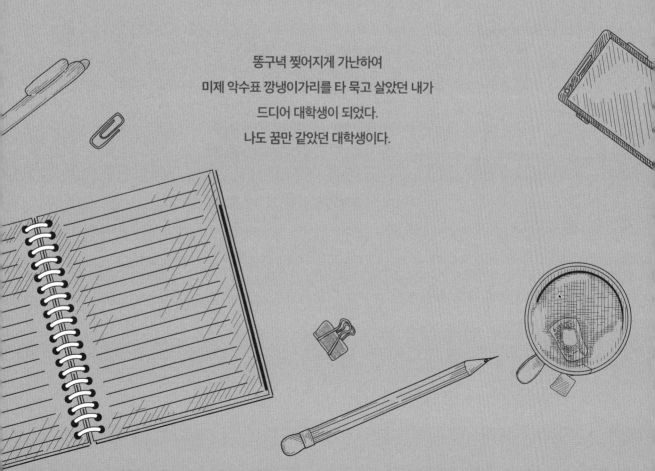

똥구녁 찢어지게 가난하여
미제 악수표 깡냉이가리를 타 묵고 살았던 내가
드디어 대학생이 되었다.
나도 꿈만 같았던 대학생이다.

광야에서

찢기는 가슴 안고 사라졌던/이 땅에 피울음 있다
부둥킨 두 팔에 솟아나는/하얀 옷에 핏줄기 있다

해 뜨는 동해에서/해지는 서해까지
뜨거운 남도에서/광활한 만주 벌판

우리 어찌 가난하리오/우리 어찌 주저하리오
다시 서는 저 들판에서/움켜쥔 뜨거운 흙이여

해 뜨는 동해에서/해지는 서해까지
뜨거운 남도에서/광활한 만주 벌판

우리 어찌 가난하리오/우리 어찌 주저하리오
다시 서는 저 들판에서/움켜쥔 뜨거운 흙이여

다시 서는 저 들판에서/움켜쥔 뜨거운 흙이여

25.
너무 어중간한 고딩 성적, 대학은?

나의 고딩 시절은 너무 졸렸다. 늘 졸렸다. 신문 배달, 독서신문 배달, 「진학」지 판매 등 알바로 잠을 설치고 영양이 부족하니 늘 졸렸던 건 아닐까? 책상 앞에 앉기만 하면 졸렸다. 3학년 5월 무렵에 갑자기 시야가 흐리다. 칠판 글씨가 잘 보이질 않는다. 시력을 재 보니 0.5이다. 바쁜 고3생이라 별 수 없이 안경을 썼다. 아마 영양실조로 인한 일시적 시력 저하였을 것이지만, 일단 안경을 쓴 이후 시력은 점차 떨어지더라. 성적이 어중간했다. 서울대는 내 주제로는 먼 이야기이고, 연고대는 어땠을까? 중앙대, 삼국대(동국, 건국, 단국), 국민대 등에서 4년 장학생을 뽑는다. 계열별 50등(360여 명 중에서) 이내가 선발 대상이었다. 아쉽게도 나는 60~80등을 오갔다.

중딩 때 꿈꿨던 육사는 이미 나의 길이 아니었다. 전남대 농업경제학과로 방향을 잡았다. 간에는 장학금을 받아 볼 요량으로. 또 내가 자란 농촌에 대해 더 알아보고 농촌의 가난을 이겨 낼 방법을 찾아보고도 싶었다. 수석은 했으나 아쉽게 기준 점수에 조금 미치지 못해서 장학금은 받지 못했다. 초등학교 동창생 중에서 4년제 정규대학에 간 것은 몇이 안 된다. 동창생 중에서 가장 가난했던 내가 대학생이 되었다. 우리 아버지 형제들 자손 중에서 유일한 대학생이었다. 재종 형님은 왜 법대를 가지 않았느냐고 하시더라. 아마도 가문에서 검·판사가 나오기를 기대했던 모양이다. 학비 지원은 없으면서 기대는 크시더라.

우리 사회는 현수막 공해가 심각하다. 거리마다 무슨 대학 합격, 무슨 자격 합격, 승진, 당선 등을 알리는 현수막이다. 보기 숭하다. 현수막에 거론되는 인물들이 과연 우리 사회에 도움을 주는지는 알 수 없다. 돋보이는 이들보다 힘들게 사는 이들에게 더 관심이 모이는 사회가 되면 좋겠다.

26.
흥사단아카데미에 가입하다

1975년 전남대학교에 입학하면서 고딩 때 원불교에서 알고 지내던 광주일고 출신 친구 한상석의 권유로 흥사단아카데미에 가입하였다. 고등학교 시절에는 아카데미 회원은 성적이 상위권을 유지해야 가능하다고 들었다. 나는 성적이 상위권이 아니었으며, 학비를 스스로 조달해야 했기 때문에 아카데미는 남의 일이었다. 그러나 대학 아카데미는 성적을 감안하기는 했으나 그리 엄격하지는 않았다. 아카데미에는 심사위원회라는 것이 있었는데, 성적과 활동을 평가하여 가벼운 징계부터 제적까지 벌칙을 주고 우수한 회원은 상을 주기도 했다. 내가 벌이나 상을 받은 기억은 없다.

나의 대학 생활은 거의 흥사단아카데미와 함께한 세월이었다. 아카데미 생활하면서 참 많은 추억이 있다. 평생 친구도 생기고 좋은 선배와 후배들을 만났다. 아카데미 활동 때 익힌 생각은 교직생활 내내 나의 좌우명 같은 역할을 하였다. 전교조 가입으로 해직될 때도 영향을 준 것이 아닌가 싶다. 그러나 도산 선생님의 준비론(인물 기르기, 힘 기르기)은 동의하면서도 어딘가 허전했다. 박정희 반란 정권의 패악이 극심했던 시기의 청년은 뭔가 더 강렬한 행동이 필요하다고 느꼈던 것 같다. 그러나 막상 나의 모든 것을 걸고 민주화 투쟁에 나서는 것은 쉬운 일이 아니었다. 나 자신이 겪을 고통보다는 늘 어머니의 고달픈 삶이 앞을 가렸다.

전남대 아카데미 1학년 시절에 3학년이 주축이 되어 문집을 발간하기로 하였다. 문집 제호를 두고 논의 끝에 「그러나」로 정했다. 아마 3학년 홍덕기 선배의 제안이었던 것으로 기억된다. 박정희 군사독재정권 말기의 암울한 시대를 살면서 생각해 낸 제호로 생각된다. 「그러나」는 부정기로 발행한 잡지 비슷했던 것 같다. 나도 「그러나」에 두 번 정도 글을 쓴 것 같다. 아쉽게도 내게는 보관되어 있지 못하다.

보리밥 묵고 방구뿡께 배가 푹 꺼져불등만

27.
동창회와 줄빠따 – 나는 폭력이 너무 싫어!

대학에 들어가니 단과 대학별로 신입생을 환영하는 고등학교 동창회를 열었다. 농과대학 동창회는 충장로 영하당 2층이었던 것 같다. 소집하는 연락을 받고 가보니 꽤 나이 들어 보이는(이마가 좀 벗겨진 것도 같았고) 사람이 안쪽에 좌정해 있다. 나중에 알고 보니 거의 10년 선배였다. 뭐 하다가 여태 졸업도 못 하고 후배들헌테 대장 노릇이나 즐기고 자빠졌는지…. 고등학교 졸업기수별로 쭈욱 앉는다. 식사에 들어가기 전에 줄빠따를 친다는 것이다. 제일 선배 기수가 바로 아래 기수 아그덜을 빠따 치고, 이어서 그 기수가 다음 기수 아그덜을 치는…. 뭐 그런 식의 폭력 행사였다. 깐에는 그런 식으로 동문 간의 유대와 친목을 다지는 모양이더라. 도무지 이해할 수 없는 짓이었다. 지성의 전당이라는 대학에서 어떻게 이런 야만스러운 짓이?

이런 악습이 언제 어떻게 생겨났을까? 일제와 군바리 문화의 잔재는 아닐까? 우선 빠따 맞고 아픈 것은 둘째 치고 그 악습에 대한 저항감이 우선하였다. 학행일치(學行一致)라는 모교 광주고 교훈과도 거리가 먼 몰지성적인 행위였다. 단호히 거절하고 뛰쳐나왔다. 그 후로 동문 간의 사이가 서먹거리는 것은 당연한 순서고….

28.
영하당 토끼탕의 추억

대학 시절 회식은 대부분 충장로의 음식점들이었다. 그때는 용봉동 교문 근처에 식당이 별로 없었다. 간단한 식사는 왕자관 등에서 짜장면(150원)을 묵거나 청원모밀에서 모밀국수를 묵었다. 모밀국숫값(120원)이 짜장면값보다 조금 쌌다. 한잔을 걸치는 회식이라면 영하당을 자주 찾았다. 토끼탕이 유행이었는디, 사람 수에 따라 주문이 탄력적이지만 보통 2~3인분을 시켜서 콩나물, 시금치나물 등 나물류와 육수를 더 달라고 하여 팔팔 끓이다 보면 5인분은 너끈했다. 5인분이면 막걸리 한 말은 금방이었제. 가난한 대학생들 주머니 사정을 잘 아는 주인장은 별 불만 없이 학생들이 하자는 대로 해 주었다. 토끼탕은 고기를 찾아서 묵을 것이 거의 없었다. 고기 조각은 자잘하나 되게 억센 뼈가 대부분이었다. 그러나 육수는 잘 우러났다.

보리밥 묵고 방구뀜께 배가 푹 꺼져불등만

29.
작은누나가 저 멀리 보이지 않는 곳으로 갔다

작은누나는 서울 신신백화점에서 옷 파는 코너의 점원으로 일할 때 열 살 많은 김인훈을 우연히 만나서 결혼하였다. 부모님은 나이 차가 너무 난다고 반대하였지만 어디 자식을 부모 맘대로 할 수가 있나? 슬하에 수현, 보현 남매를 두었다. 녀석들은 인물 좋은 부모를 닮아서 인물이 훤했다. 녀석들 자랄 때 한 번도 안아 보지 못했다. 너무 멀리 떨어져 살았고, 즈그 부모가 광주에 아그덜을 데리고 올 기회도 없었기 때문이다. 이 점 정말 아쉽고 미안하다. 누나는 잘사는 듯 보였다.

작은누나가 약을 마셨다는 자형의 연락을 받고 어머니와 형님과 함께 병원으로 서둘러 올라갔다. 누나는 아직 의식이 있었다. 살고 싶다고 했다. 그러면서 약을 왜 마셨을까? 삶이 너무 고달팠을까? 고달픈 삶을 이제까지 잘 견디고 살아온 우리 가족이 아니던가? 그 이유는 아무에게도 듣지 못했다. 결국 누나는 갔다. 어머니는 넋을 놓았다. 자형의 가슴팍을 주먹으로 두드리면서

"이놈아, 너 때문이다. 니가 내 딸을 죽였다아~!"

며 통곡하셨다. 형님과 나라도 정신을 차려야 했다. 이미 간 사람 어쩔 수 있는가? 서둘러 장사를 지내야지. 장지는 구리면(지금은 구리시) 동구릉 뒤편 공동묘지다. 흙이 참 곱더라. 마치 쌀가루처럼 부드러운 황토이다. 하기사 왕릉 산자락이니 명당일 것이다. 다만 양지쪽은 왕릉이고 음지쪽 뒷사면이 공동묘지였다. 형제는 말없이 동구릉 뒤편 공동묘지를 내려왔다. 흐르는 눈물을 보이지 않으려고 애쓰면서. 동생을 잃은 형님의 슬픔이 누나를 보낸 나보다 더 커 보였다. 장남으로서의 역할이 부족하여 동생을 먼저 보냈다는 그런 심정이었던 것 같다. 후에 형님과 둘이서만 작은누나 묘를 찾았다. 그간 묘들이 많이 늘어나서 찾기가 쉽지 않았다. 얼마 전에 서울 가는 길에 부근을 지나면서 보았는데 엄청나게 변해서 공동묘지들이 무사했는지 모르겠다.

작은누나가 간 뒤로 자형은 다른 여자를 후처로 들였다. 두 분이 함께 광주로 와서 우리 부모님께 인사를 드리고 수현, 보현 남매를 친자식처럼 돌보겠노라고, 작은누나 대신 딸 노릇을 하겠노라고 다짐했다. 남매에게는 아직 엄마가 필요한 시기였다. 부모님은 흔쾌히 받아들였다. 그리고 새 딸이 생긴 것이라고 격려하셨다.

내가 해직되어 영광에서 영광지회 사업으로 굴비 사업을 하고 있을 때, 굴비 판촉을 위해 경기도 마석에서 사업하고 있던 전남대 아카데미 친구 정광태 군을 방문하였다. 이 친구 차를 타고 조카들을 보았다. 누나 산소도 들렀다. 이후 자형이나 조카들 소식을 모르겠다. 아니다 아버지가 돌아가셨을 때 자형이 다녀갔다. 당시 형님과 큰누나의 소동을 겪다 못해 장례가 끝나기도 전에 서둘러 갔다. 어머니가 돌아가셨을 때는 연락을 하지 않았다. 그 후 소식은 모르겠다. 연락처도 없다. 남매는 어떻게 살고 있을까? 보고잡구나. 용돈도 한 번쯤 주고 싶고.

보리밥 묵고 방구뀜께 배가 푹 꺼져불등만

30.
영생의 밀사(永生의 密使)

1975년, 다까끼 마사오의 유신 독재가 극에 달한 시점에 농업경제학과 장동섭 교수께서 어느 날 칠판에 '영생의 밀사'를 썼다가 바로 지웠다. '영생의 밀사'는 이준 열사가 헤이그에서 열리는 만국 평화회담에 가서 조선의 독립국임을 알리고, 일본의 조선 강점을 규탄하기 위해 고종 임금의 밀명을 받고 부산항에서 출발하기 전날 밤 여관방에서 전전반측하다가 쓴 글로 알려졌다. 임금의 밀명을 통감부에 고자질하면 부귀를 누릴 수 있지만, 임금의 명을 이행할 때는 다시 살아서 돌아올 수 없는 길이었다. 명예롭게 죽거나 더럽게 살거나 오로지 선택은 자신의 몫이었다. 이준 열사는 '영생의 밀사'를 쓴 후에야 비로소 잠이 들었다고 한다. 이후 '영생의 밀사'는 내 삶에 은연중 영향을 주고 있었던 것 같다.

永生의 密使(영생의 밀사)
一醒 李儁(일성 이준)

人生稱何生(인생칭하생)	人死稱何死(인사칭하사)
生而有不生(생이유불생)	死而有不死(사이유불사)
誤生不如死(오생불여사)	善死還永生(선사환영생)
生死皆在我(생사개재아)	須勉知生死(수면지생사)

사람이 산다는 것은 어떤 삶을 말하는 것이며,
사람이 죽는다는 것은 어떤 죽음을 말하는 것인가.
살아도 살지 않은 것 같은 삶이 있고,
죽어도 죽지 않는 죽음이 있으니.

잘못 살면 차라리 죽는 것만 못하고,

올바른 죽음은 도리어 영원히 살게 되는 법.

살고 죽는 것이 다 내게 달렸으니,

오로지 삶과 죽음의 참뜻을 알기에 힘쓰리로다.

보리밥 묵고 방구뀡께 배가 푹 꺼져불등만

31.
여그서 너 하나 죽어도 아무도 모른다, 잉?

1975년 초여름 어느 날 아침. 아카데미 회원들과 찐한 막걸리 파티와 토론으로 밤을 새운 후 집 (풍향동 삼거리 백림약국 자리)에 오니, 서부경찰서 사복형사 두 놈이 기다리고 있었다. 두 놈에게 양팔을 잡혀서 짚차에 실려 돌고개 서부경찰서로 납치되었다. 인적 사항을 확인하더니 눈에 꺼먼 가리개를 씌우곤 어디론가 데꼬간다. 여전히 양팔을 잡혀 계단을 내려간다. 아마 지하 1층인 듯싶다(반지하 같기도 하고). 철문이 열리고 이어 꽝 닫히더니 가리개를 벗긴다. 긴 탁자 같은 것하고 철제 접의자들이 있다. 한켠에 욕조도 보이고 아주 작은 창도 있다. 천장엔 백열등이 작열한다. 그곳은 중앙정보부 광주지점이었던 것 같다. 지금은 5·18 사적지로 지정되었을 거야. 화정동 구 광주통합병원 옆.

그날 함께 집에 갔던 김성대 선배가 눈치 빠르게 내 방을 정리했다고 한다. 혹시 압수수색을 당할 수도 있다면서. 그리고 내 일기장을 읽은 모양이여. 나중에 만났을 때 일기에 나온 이야기를 허드랑께. 일기장을 치우는 것은 좋지만 남의 일기를 읽지는 말아야제. 안 그러요? 성대 성님?

"자~~ 시작해 볼까? 여그서 너 하나쯤 뒈져도 아무도 모른다, 잉? 여그서 많이 죽어 나갔다. 존말헐 때 살살 불어라, 잉?"

순간적으로 잔머리를 굴린다. 요놈들은 고문으로 짜내기 도사다. 똑똑한 체하면 지는 것이여. 좀 모자란 듯 해 보자. 요 시키들이 뭐시라고 씨부렁거리는지 우선 간을 보자. 역시나 먼저 간 보기로 쪼인트를 깐다. 성문이 까지면서 눈물이 펄펄, 뇌가 찌릿찌릿. 요 시키들이 아마도 그림을 그려 놓고 짜맞추기를 헐 작정인 것이여, 필시.

내 편지 이야기를 꺼낸다. 께름칙허다. 서울서 학교 댕기는 친구 박수길헌테 편지를 보냈는디 답장이 없었다. 답장을 안 할 친구가 아닌디. 서신 검열에서 다까끼 마사오를 욕한 부분이 걸린 모양이다. 그래도 편지 내용으로 내가 잡혀 올 정도는 아닐 것인디. 좀 더 개겨 본다. 역시나 쪼인트 까고 몽둥이질이다. 하지만 즈그덜도 그 편지 내용만으로는 약한 모양이다.

이어서 대학신문에다 기고한 논문을 묻는다. 대학신문 주최 논문경시대회에서 입상하여 실린 글이다. 아마 「소농경제의 실상과 발전 방향」이었을 것이다. 미국의 대농에 비추어 우리 농업은 호당 경작면적을 아무리 넓혀도 경쟁력에 한계가 있으니 협업농장, 협업 구판 사업 등을 제시했다고 기억된다. 이 시키들은 이걸 빌미로 나를 빨갱이로 엮을 심산이다. 아찔허다. 다행히 내가 1학년이었다. 근디, 요 시키덜은 1학년의 수준의 글이 아니란 것이다. 배후가 누군지 불라는 거여. 또 잔머리 굴리기. 이 시키덜이 그 말로만 듣던 그림을 그려 놓고 빈칸 채우기 하는 걸일까? 그냥 서신 검열에 걸린 놈 본보기 보이는 수준일까? 일단 개겨 보자. 배후는 개뿔도 없고, 내가 자존심이 좀 강해서 누구 지시나 그런 것 받고 움직이는 놈이 아니라고 우겼다. 글의 대부분의 내용은 이스라엘의 '키브츠와 모샤브'에서 영향을 받고, 「사상계」, 「신동아」, 김대중의 『대중경제론』, 박현채의 『민족경제론』, 김준보의 『한국농업경제학서설』 『한국자본주의사연구』 등의 글에서 베낀 것이라고 우겼다.

"어라. 이 새끼 잔머리 굴리는 것 좀 보소. 배후를 불어 임마!"

매타작이 계속된다. 지금 와서 생각하면 다산 선생의 토지 제도를 공부했더라면 좋은 논문을 쓸 수 있었을 것이다. 그래서 학문에는 좋은 스승과 선배의 도움이 절실하다. 불행 중 다행이었다. 그림을 그려 놓고 짜내는 것은 아닌 모양이었다.

"이 시키 아직 어린놈이니까 풀어 주자."
고 헌다.
"글고, 너 임마! 느그 집 똥구녁 찢어지게 가난허드만, 공부나 열심히 해, 엉? 알바 자리도 알아 둘 터니까 학비도 좀 벌고."

보리밥 묵고 방구뽕께 배가 푹 꺼져불등만

그렇게 1박 2일의 매타작은 지레 겁먹은 것보다는 해피엔딩(?)으로 끝났다.

이넘들 덕분에 산수동 장원목장 댁 막내아들 만이의(초딩 5학년) 입주 과외를 하게 되었다. 장원목장집은 약 800평 정도로 아주 넓었다. 아이의 누나가 서울여대에 댕기고 있었는데 어느 날 그 집 담금주를 가지고 와서 옥상에서 같이 묵었다. 3달쯤 했을까? 중정 약발이 떨어졌는지 주인이 그만 허란다. 세상에 중정 덕을 보고 살기도 했당께.

중정에 댕겨 온 뒤로 그림자 같은 느낌이 늘 주위에서 느껴졌다. 중앙도서관에서도, 강의실 주변에서도, 문리대 등나무 벤치와 우리가 점심을 같이 묵던 박물관 앞 잔디에서도, 심지어 친구들하고 술 먹을 때도.

32.
교직과정을 이수하다

중정에서 꽁짜로 얻어터지고 난 후 내 진로를 다시 고민하기 시작했다. 3학년에 들어 교직과정 이수를 신청했는데 안 된다네. 2학년 때 신청해야 한다는 것이여. 무슨 개 풀 뜯어 묵는 소리여. 그 이유인즉 3학년 때부터 하면 교직 이수 과목을 다 채우기 어렵다는구만. 그것은 당신들이 걱정할 문제가 아닌 것 같은디. 이수 과목을 다 채우고 못 채우고는 내 소관이니까 신청서 접수나 하라고 우겼다. 통과. 다행히 선택 과목들이 교직과목과 겹치는 것이 있고 해서 무사히 일반사회 중등 2급 정교사 자격을 땄다. 이것이 평생 꼰대로 살게 될 줄은 그때는 몰랐다.

애시당초 선생이 되려고 했으면 사범대를 갔을 것인디. 잘 알겠지만 비사범 교직과정 이수자는 사범대 출신에 비하여 1호봉이 늦다. 8호봉과 9호봉의 차이가 평생, 연금까지 간다. 물론 사범대는 수업료도 면제해 주었고. 그 차이는 누적하면 실로 크더라. 대학 입학 때 신중히 선택해야 했다. 진로진학을 선택할 때 부모님과 선생님의 역할이 매우 중하다. 나는 누구의 조언도 없었다. 고등학교 때 진학실과 담당 선생님이 계셨지만 깊이 있는 상담을 하지는 않았다. 그저 학력 수준에 맞는 대학을 찍어 주는 역할 정도로 적성이나 희망 등은 별로 이야기가 되지 않았다.

33.
그때 군대는 빽이 통했을까?

생활은 여전히 팍팍했다. 어머니께서 호남시장 입구에서 작은 식육식당을 하셨지만 생활은 어려웠다. 군대에 가기로 결심했다. 그동안 집안 살림도 좀 나아지려나? 입영을 조금 앞두고 어머니가 하시던 음식점으로 모르는 중년 사내가 찾아왔다.

"아드님을 좋은 데로 빼 드리겠습니다."

군에 자기가 잘 아는 사람이 있으니 그렇게 해 주겠단다. 어머니는 내 의사를 묻는다.

"엄니, 저 사람 사기꾼이어라우. 설사 가능하다고 하더라도 없는 우리 살림에 줄 돈이 어딨소? 누구나 가는 군대 저도 떳떳하게 댕겨 올라요."

안타깝게 바라보시는 어머니의 마음을 그렇게 만류하였다.

그렇게 입영하여 육군제2훈련소에서 기본 교육 4주를, 육군병기학교에서 차량수리교육 13주를, 31사단에서 근무를 무사히 마치고 제대했다. 그런데 공교롭게도 후반기 교육을 마치고 내가 31사단에 배치된 것이다. 그때 그 사기꾼에게 속았더라면 그 사기가 진짜가 될 뻔했다.

광주 어느 초등학교 운동장에 입대 장정들이 모였다. 여기서 나무 도장을 팠다. 월급을 받으려면 도장이 필요하다고 장사들이 대기하고 있다가 금방 도장을 파주었다. 도장은 구멍을 파서 줄을 목에 걸어 주더라. 광주역에서 야간열차를 타고 연무대로 갔다. 도중에 건빵을 한 봉지씩 나누어주더라. 열차가 지나갈 때 주변의 아이들이 건빵을 주라고 소리치기도 하더라. 조교들은 우리를 머리

박고 창밖을 보지 못 하도록 하드라고. 이튿날 새벽에 연무대에 도착하니 줄을 세우더니 권총처럼 생긴 주사기로 따다닥 무슨 예방주사를 주었다. 사람 간 감염의 개념이 전혀 없었던 시기였다. 입대하기 전에 엄니가 5,000원짜리 지폐 두 장을 신발 깔창 사이에 넣어 주셨다. 조교들이 호주머니를 뒤져서 뺏어 간다고 들었다면서. 예비대에 도착하여 내무반에 올라갔다가 연병장에 모이라고 조교들이 호루라기를 불면서 호통하여 신발을 찾으니 이미 내 신발은 없었다. 조교들의 호통 소리에 나도 아무 신발이나 집어서 신었다. 이 사제 신발은 옷가지와 함께 집으로 보내질 것이었다. 어머니는 아들의 옷을 보고 또 눈물을 지으셨을 것이다.

군대는 주특기와 보직이 중하다. 예비대에서 담당관은 내 특기를 묻길래 자동차운전면허가 있다고 했더니, 네게 좋은 것을 주마면서 450(차량수리병)을 주더라. 그래서 연무대에서 기본 교육 4주(교련 과목을 이수한 대학 2학년 수료 이상은 4주, 그 이하는 6주)를 마치고, 병기학교에서 차량수리 교육을 받게 된 것이다. 610은 운전병, 618은 부대정비(1, 2단계 정비), 450은 사단 정비(3, 4단계 정비)이고 재생에 가까운 5, 6단계 정비는 창정비였다.

당시 트럭과 짚차는 미제를 주로 사용하고 있었는데, 6·25 때 들어왔을 것으로 보였다. 고치고 또 고쳐서 사용했다. M601은 짚차, M602는 2.5톤 트럭, J603은 일본에서 조립한 미제 2.5톤 트럭이었다. M602는 휘발유를 사용하여 평시에는 사용하지 않고 디젤인 J603을 주로 운행하였다. 제대할 무렵에 아시아자동차에서 제작한 짚차와 5/4톤 복사 트럭이 점차 보급되기 시작했다. J603은 아무리 밟아도 속도가 잘 붙지 않는다. 신형 복사 트럭은 쭉쭉 나간다. J603을 몰던 습관을 가지고 있던 운전병들이 복사를 같은 식으로 운전하다가 전복 사고를 낸 경우가 더러 있었다. 복사는 J603보다 무게 중심도 더 높았다.

좀 이상한 구석이 있긴 했다. 병기학교에서 후반기 교육을 마친 후 대부분 동기생들은 101 보충대나 103 보충대 등 전방으로 가고, 나와 한 녀석만 광주로 왔다. 다들 군용열차를 타고 가는디, 상무대로 떨어진 놈은 군용 짚차가 델로 왔다. 군번이 그 녀석과 나란히 붙어 있었다. 듣기론 자대 배치할 때 군번을 ㄱ자 혹은 ㄷ자 등으로 그어서 배치한다는 설이 있었다.

나는 부산에서 상행선 열차를 타고 가다가 회덕에서 하행선으로 갈아타고 송정리역으로 왔다. 하행선 열차에는 개구리복을 입은 제대 군인들이 술이 떡이 되어 타고 있었다. 이 시키덜이 빛나는 이등병 송충이 한 마리 계급장을 보고 한심하다는 듯이 놀린다.

"야, 임마, 언제 제대헐래? 새벽밥 묵고 오지 그랬냐?"

아침에 송정역에 내려서 따불빽을 메고 집에 들어서니 어머니가 반기기보다는 깜짝 놀라신다. 설마 내가 탈영한 것으로 아셨을까? 따불빽을 집에 두고 31사단에 복귀하는 오후 5시까지 충장로를 휘젓고 댕겼다. 이등병 송충이 한 마리를 달고서. 헌병도 이등병을 잡으면 재수 없다고 안 잡는다는 말도 있었다.

31사단에서 우선 보충대로 안내되었다. 여기서 지내는 3일 동안의 일이다. '문선대'라 불리는 사단 자체의 위문공연단이 있었는데, 인원을 보충한다면서 대학 출신인 나를 욕심내었다. 사회자로 적격이라면서. 그러나 13주나 주특기 교육을 받은 전문인력을 그렇게 배치할 리 없었다. 병기근무대로 배치되었다.

병기근무대에서는 처음에 차량수리 자재반에 배치되었다가 대학 출신이라 하여 서무계 배치를 받았다. 서무계 왕사수가 제대를 앞두고 있었다. 당시 병기부대와 수송부대는 비교적 학력이 낮아서 빠릿빠릿하게 행정을 볼 놈이 필요했던 모양이었다. 우리 부대는 경상도 출신이 많았다. 서무계는 여러모로 사병들에게 영향을 주었기에 서로 자기 지역 출신이 서무계를 하기를 바랐다. 이윤호 왕사수와 임호경 사수는 경상도 출신이었지만 지역감정 없이 나를 서무계로 뽑았고 잘해 주었다.

서무계로 일하는 동안에 부대장이 자재비, 부대 운영비 등을 횡령하는 것을 보았다. 인사계의 지시를 받아서 나도 부정을 도왔다. 가라 영수증을 써서 장부를 맞추었다. 듣기론 부대장은 월급은 저축하고 삥땅 친 돈으로 생활하고, 진급을 위한 오찌로 쓰기도 한다는 설이 있었다. 입체감사를 하면 다 밝혀질 일이지만 그런 감사는 내가 복무하는 동안에는 없었다. 서무계로 일하는 동안에 법전 가제 정리를 했다. 이전의 서무계나 인사계는 법전 가제 정리가 무엇인지도 모르는 듯 새로 도착한 개정 법규집들이 그냥 책꽂이에 꽂혀 있었다.

　내가 화순제일중학교에 근무할 때 어느 학생이 경찰서에서 법전 가제 정리를 했다는 봉사 활동 확인서를 가지고 왔다. 중학생이 경찰서 법전 가제 정리를 해? 수상하다. 그래서 녀석에게 가제 정리가 무슨 뜻이냐고 물으니, 답을 못 하더라. 지방 유지라는 그의 부모가 경찰서에서 백지 봉사 활동 확인서를 얻어다가 인적 사항과 활동 내용도 학생이 적었더라고. 나는 아이에게 거짓으로 봉사 활동을 기록하면 니 인생에 도움이 되겠느냐고 물어서 생활기록부에 올려 주지 않았다. 그 부모가 항의 전화를 하길래 알아듣게 설명하였다. 부모가 아이에게 모범이 되어야지 탈법을 가르쳐서야 되겠는가? 경찰서도 그렇지. 법을 집행하는 기관이 탈법 행위를 하면 안 되지.

보리밥 묵고 방구뀡께 배가 푹 꺼져불등만

34.
흥사단아카데미 활동에 몰입하다

대학 시절은 온통 흥사단아카데미 활동에 몰입되었다. 점심시간에는 박물관 앞 잔디에 모여 함께 도시락을 까 묵었다. 박물관에 근무하는 댕기 머리를 한 이쁜 누나가 늘 따뜻한 물(주로 결명자차나 보리차)을 끓여서 제공하였다. 2학년 1학기(회장, 농대 원예과 3학년 김성대)부터 2학년 2학기(회장, 공대 토목공학과 2학년 나상선)까지 전남대 아카데미 총무를 맡았다. 어느 모임이나 총무는 예나 지금이나 서로 기피하는 보직이다.

당시 회비가 월 100원이었는데, 미납자가 많고 회비 액수도 적어서 행사가 있을 때는 별도로 필요 경비를 갹출하곤 하였다. 그러다 보니 착실한 사람의 부담이 더 큰 역설이 생겼다. 하여 월 200원으로 회비를 인상하고 별도 갹출은 없도록 하자는 의견을 내었다. 문리대 등나무 벤치에 있으면 쉬는 시간에 이동하는 회원들을 만날 수 있었다. 여기서 회비 수금 작업을 벌였다. 내가 총무 하는 동안에 재정은 넉넉해졌다. 나는 총무 체질일까?

일과 후에는 흥사단 단소(계림동 → 유동)에서 거의 파고 살았다. 여그서 노래(「산울림」이라는 자체 노래집이 있었다.)를 부르고, 토론도 하고 더러는 유동 삼거리 근처의 식당에서 술도 묵었다. 원산집에서 생애 최초로 겨자 맛을 보았다. 상임 총무를 맡고 계시던 이귀현 선배가 쌈에다가 겨자를 왕창 발라서 입에 넣어 주는 바람에 눈물 콧물 다 쏟았다. 아마도 그것이 환영 인사였던 갑더라. 귀현 선배는 우리에게 자주 술을 사 주셨는데 당시 매우 살림이 어려웠다고 나중에 다른 선배에게 전해 들었다. 흥사단에서는 사람 사는 맛이 있었다. 뜻이 통하는 사람들과 함께여서 좋았다. 시국이 어수선하여 학생들이 독재 타도를 위해 적극 나서야 한다는 의견과 지금은 준비해야 하는 시기라는 의견이 주로 충돌하였다. 생각이 깊은 후배들은 다른 독서 활동이나 야학 활동 등 참여의 기회를 찾아 떠나기도 했다.

전남대 아카데미 동계수련회는 선운사 등 주로 산사에서 이루어졌다. 이때 처음으로 발우 공양을 경험하였다. 자기가 먹은 밥그릇을 김치 한 가닥을 남겼다가 씻어서 먹는 것이 생소했고 처음에는 구역질이 나기도 했다. 아귀신이 굶지 않도록 먹고 버린 음식 찌꺼기가 구멍을 막아서는 안 된다고 들었다. 생명 존중.

보리밥 묵고 방구뀡께 배가 푹 꺼져불등만

35.
흥사단아카데미 하계수련회

흥사단아카데미 하계수련회는 연중 가장 큰 행사였다. 5월쯤이면 하계수련회 준비단이 꾸려졌다. 기획하는 데만 거의 두 달이 걸렸다. 우리가 총통이라고 부르곤 했던 광주흥사단 창시자 박준 선생님이 특별한 지적 없이 '다시, 다시!'를 지시하셨다. 흔히 작년의 계획을 바탕으로 올해 계획을 세우는데 뭔가 새로운 시도를 바라고 계셨던 것 같다. 백지상태에서 새로운 아이디어를 내길 기대하셨을 것으로 보였다.

하계수련회는 바닷가 초등학교를 빌려서 숙소로 사용하고, 학교와 바다를 오가면서 프로그램을 진행하였다. 해남 송호리, 고흥 내발리, 장흥 수문포 등이 주 무대였다. 선발대는 먼저 출발해서 학교를 숙소로 사용하도록 손질하고, 임시 화덕을 준비하였다. 수련회는 수련회 진행팀, 지원팀으로 나누어서 진행되었다. 진행팀은 회원들의 프로그램을 진행하였고, 지원팀은 안전, 장보기, 밥 짓기 등을 담당하였다. 마지막 밤에 소원을 담은 촛불을 바다에 띄우는 의식(캔들 세레모니-지금 생각하면 해양 오염을 유발함)을 했다. 무드가 장난이 아니다. 아마도 이 밤에 회원 커플

〈왼쪽 사진: 하계수련회에서 회원들과(뒷줄 왼쪽에서 세 번째가 나),
오른쪽 사진: 하계수련회 축제 때 난타의 원조 공연-지휘자가 바로 나!〉

들이 다수 맺어지지 않았을까? 모르겠다. 언젠가 회원 커플들에게 물어볼까? 느그는 언제 그러고 그랬드냐?

1학년 때는 수련대원으로, 2학년 때는 남당수련대장으로 활동했다. 수련대는 고등학교는 강감찬, 김유신 등 우리 역사의 위인을, 대학교는 신시, 남당 등 우리 역사의 제도나 기구 등을 썼다. 3학년 때부터 밥을 짓기 시작하여 입대 후 두 번의 정기휴가를 하계수련회에 맞추어 나와서 밥을 했다. 가마솥 하나에 밥하고, 또 다른 가마솥에는 국을 끓였다. 가마솥은 대형 석유곤로를 자체 제작하여 사용하였는데, 불 조절이 어려워서 자칫하면 3층 혹은 5층 밥이 되기 일쑤였다. 실력이 점차 늘어서 종국에는 아름다운 노란색의 깜밥이 눌은 밥을 고실고실하게 지을 수 있었다. 이 깜밥을 미끼로 밥 타러 오는 후배 녀석들의 노래 실력을 떠보기도 했다.

1977년 여름, 입대하기 전의 3학년 하계수련회에서는 식돌이를 했는데, 축제 프로그램 때 주로 부엌 용품을 이용한 즉석 공연을 내가 기획하고 지휘하였다. 나중에 송승환이 만들어 세계적으로 선풍을 일으킨 새 예술의 장르 '난타'는 아마도 바로 광주홍사단아카데미 하계수련회에서 내가 처음 기획한 것일 수도 있다. 앞으로 혹시 난타의 역사를 쓰는 이가 있으면 참고하시기 바란다.

〈휴가 중 하계수련회에서 밥 짓기〉

보리밥 묵고 방구뀡께 배가 푹 꺼져불등만

어느 해 하계수련회 때는 영광 사는 한상석 군이 영광 법성포 토주를 한 말 가져왔다. 뜨거운 여름 태양이 작열하는 가운데 밥 짓고 국 끓이면서 열이 넘치는 판에 50~60도 정도라는 토주를 마시면서 이열치열 한 적도 있었다.

역대 하계수련회 중에 가장 기억에 남는 해는 1981년이다. 영광군 염산면 야월리 염산서초등학교(지금은 폐교). 전두환의 12·12 반란과 5·18 광주항쟁의 여파로 1980년의 하계수련회는 열지 못했다. 1981년엔 제대 후 복학한 참이라 내가 하계수련회를 집행하였다. 역대 하계수련회 중에 가장 많은 회원이 참가했을 것이다. 이 수련회 때는 특공대를 조직, 마을에서 후리그물을 빌려서 두우리 앞 바다에서 고기를 잡아 회원들에게 영양식을 공급하는 한편 마을 어른들 경로잔치를 하기도 했다. 아픔과 반가움이 교차하였다. 분노를 어떻게 삭일 것인지 방법을 찾고자 했으나 역시나 아카데미 회원들은 준비론자들이다. 언제까지 준비만 하고 있을 것인가?

36.
학점은 어떻게 매겨지는가?

1학년 교양과정으로 철학개론을 들었다. 기말고사가 끝나고 점수를 알아보기 위해서 담당 김○○ 교수님을 찾았다.

"어디 보자, 답안지가 어디 있더라?"

오메 어째사쓰까, 잉? 아직 중간고사 채점도 안 했다.

"왜, 장학금 타는 데 지장 있는가?"
하시더니
"A."
하고 끝.

라떼는 A뿔은 없었다. 나중에 학점 인플레가 유행하면서 뿔이 생겼다. 다른 답안지는 채점을 언제 하려는지 그냥 덮어 둔다. 참….

하기사 이런 말도 들었다. 어떤 너무 낙천적인 교수님은 답안지를 선풍기에 날려서 가까이 떨어지는 순서로 학점을 매겼다는. 나름의 근거가 있다나 어쩐다나? 많이 쓴 답안지는 잉크가 더 묻었으니 무게가 있어서 가까이 떨어진다나 어쩐다나? 호랭이 담배 묵던 시절의 야그다.

보리밥 묵고 방구뀜께 배가 푹 꺼져불등만

37.
이석연 교수님, 서양사, 리볼루션!

선택 과목으로 서양고대사, 동양고대사, 서양근대사 등 사학과의 여러 과목을 수강하였다. 부전공으로 사학과를 선택했으나 필요한 학점을 다 채우지 못했다. 사학과 답사갈 때도 염치없이 따라 붙기도 했다. 당시 사학과에는 아카데미 최영태, 남승희 선배와 나경화가 계셨다. 대흥사 답사 때, 여관방(당시엔 수학여행을 받기 위해 아주 큰 방이 있었음)에 빙 둘러앉았다. 방 가운데는 옴박지에 막걸리를 따라 놓고 노란 양은 잔에 막걸리를 따라서 쭈욱 돌린다. 이야기는 이석연 교수(서양사 전공)를 중심으로 전개된다. 다른 교수들은 일찍 각자 방으로, 술을 마시던 학생들도 하나씩 다 운되고 나중에는 거의 이석연 교수님과 나의 독대가 되다시피 되었다.

이야기는 주로 현 시국을 어떻게 볼 것인가, 우리는 무엇을 해야 할 것인가? 교수님은 거의 막걸리 잔을 손에서 놓지 않고 계셨지만 그리 취해 보이시지도 않았다. 술을 자시는 요령을 발견하였다. 이 양반은 절대 벌컥이 아니라 그냥 목을 축이는 식의 吟酒였다. 그날 후로 나의 음주 습관도 많이 개선되었다. 벌컥주를 마시지 않기로. 이석연 교수님은 강의 시간에 특히 혁명(revolution)을 자주 말씀하셨다. 혁명의 원인(遠因), 근인(近因), 악셀레이터, 반혁명, 혁명의 기능과 역기능 등을 두고 이야기하셨다.

입대 후 이 교수님과 다른 몇 교수님들이 '우리의 교육지표' 사건으로 해직당하시고 옥고까지 치렀다는 말을 들었다.

38.
홍기 성! 저그 바위 위에 올라가서 노래 한 자락 허씨요!

아마도 1977년 여름이었을 게다. 아카데미 하계수련회는 안양동국민학교에 캠프를 차리고 수문포 해수욕장에서 임해 훈련을 하였다. 해수욕장 프로그램을 마치고 학교로 돌아오는 길목에 작은 내 수문천이 있었는데 아주 맑은 물이 흘렀다. 수량도 제법 풍부하였고. 나는 입대를 앞두고 있었고, 하계수련회에서는 취사 담당을 하였다.

저녁밥을 짓기 위해 졸업한 선배님들과 수련대원들보다 먼저 학교로 오는 길에 수문천에서 목욕한다. 문홍기, 김제평, 박승룡 선배 등과 함께. 목욕 중에 장난기가 발동한 제평 성님이,

"홍기 성! 저그 바위 위에 올라가서 노래 한 자락 뽑아 보씨요. 성님이 노래 잘 허시제라."

홍기 성님,

"안 헐란다. 내가 노래허면 와따! 홍기 성 노래 잘한다고 하는 것이 아니라 홍기 성이 깨벗고 바위에서 노래했다고 소문날 것 아니냐?"

지금은 고인이 되신 문홍기 선배는 조선대 약대를 졸업하신 약사인데, 다시 음악을 전공하시고 당시엔 광주 서석고(?)에서 음악 교사를 하고 계셨다. 술과 담배를 전혀 하지 않으신 것으로 알고 있다. 홍기 성님의 노래는 가히 일품이었다. 과연 프로였다. 듣기에 매우 좋았다.

그날 밤 졸업한 선배들이 수문포에 가서 숭어회를 자셨단다. 팔뚝만 한 숭어가 500원밖에 않더라고. 당시는 비브리오 패혈증이 유행하여 날것으로 해물을 먹는 것을 꺼리고 있었다.

보리밥 묵고 방구뀡께 배가 푹 꺼져불등만

나 : "같이 죽고 같이 살잠시로 성님들끼리만 돌아가실라고 했음디여? 의리가 영판 없소, 잉?"

선배님들 : "그러면 이따가 같이 죽으로 가자!"

문홍기 성님을 마지막 뵌 것은 2020년 내가 미래로21병원에서 대장 출혈 치료를 마치고 나오는 길, 주차장이었다. 장금순 성수님이 휠체어를 밀고 들어오셨다. 금순이 누님은 반기는데, 홍기 성님은 자신의 숭한 모습을 보이기 싫으신지 고개를 돌리시더라. 그리고 얼마 후 안타까운 소식이 들렸다. 사람 좋고 성실하신 분인데. 하늘은 왜 자코 좋은 이들을 골라서 일찍 데려가시는지. 홍기 성님, 편히 쉬소서! 뵙고 잡소!

여기서 미래로 21병원에서 겪은 이야기 하나.

장 출혈로 5일 정도 입원했었다. 장 출혈은 금식하고 시간이 지나면 낫는다고 하더라. 병원에서는 수액과 영양제를 투입하는 정도의 치료이다. 흡연을 워낙 즐기다 보니 입원 환자 중 애연가들이 자연히 병원 밖에서 만나게 된다. 그중에 내 또래의 키가 훤칠한 양반의 이야기다. 오줌을 받는 주머니를 바지 밑에 차고 있길래, 조심스럽게

"어쩌다가 그리 되셨습디여?"

"조선대 병원에서 요도 수술하다가 거시기를 짤라부렀답디다."

마치 남의 이야기인 양 말한다.

"그래서 그냥 뒀습디여?"

"어쨌거시오. 키도 나보다 더 크고 더구나 의사라 말도 나보다 더 잘헙디다."

"보상은 받았습디여?"

"특실에서 한 6달 푹 쉬었다가 가랍디다."

"근디, 왜 여그 병원에 계시오?"

"6개월이 지나서 여그서 좀 쉬었다가 다시 가야지라."

"오줌주머니는 언제까지 차요?"

"평생 차고 댕겨야 한답디다."

"글먼 잠자리는 가능허요?"

"턱도 없어라. 영락없이 고자되었부렀당께요."

험시로 허허하고 웃는다. 천진난만한 어린아이 표정이더라. 하지만 울분을 삭이고 있음을 보았다.

보리밥 묵고 방구뀡께 배가 푹 꺼져불등만

39.
평생 친구가 되어 버린 기관지염

온몸이 으슬으슬허다. 따뜻한 아랫목에 이불 덮고 눕고 싶다. 31사단 병기근무대로 자대 배치된 날부터 온몸이 엉망이다. 이런 된장, 이등병이 전입하자마자 자리 깔고 눕다니 고참들이 난리다. 쫄따구가 군기가 빠졌다고. 2내부반장 정 하사(학다리고 출신 단기 하사, 나와는 동갑)가 주선하여 가족이 면회오고 특별 외출하여 외부 진료를 받으니 기관지염이란다. 정○○ 보좌관에게 정 하사가 사정을 이야기하여 사단 의무대에서 일주일을 안정 치료하였다.

차량수리반에서 근무대 본부 서무병으로 보직이 바뀌었다. 당시 병기부대엔 대학 출신이 드물었다. 13주나 기술교육을 받은 고급 정비인력을 서무병으로 차출하다니 이건 분명히 인력 낭비였다. 몸은 차량수리반보다 편했으나 기술을 익힐 기회를 잃었다. 보직이 바뀌니 1내부반으로 소속이 바뀌었다.

여기 1내부반장은 고려대학 출신 강○○ 하사(단기하사)다. 자조지원센터장도 고려대 바보티시 출신 정○○ 중위다. 요놈들이 나를 괴롭힌다. 쫄따구가 빽을 믿고 이등병이 감히 외출하여 외진하고 의무대 생활을 하고, 서무계라는 꿀 보직을 꿰찼다고? 편견이 사람의 눈을 어지럽힌다. 광주 출신에 전남대학교 출신인 내가 즈그들 눈 밖에 난 모양이더라. 나는 정말 견디기 힘들 정도로 아팠다.

초등학교, 중학교 동창인 김희상 대위가 통신근무대 보좌관을 하고 있었다. 나름 덕을 보곤 했다. 희상이는 기술행정사관 출신으로 통신병과 장교로 입대한 것이었다. 희상이가 가끔 우리 병기근무대 주번사령(기술행정사관 후배)에게 부탁하여 나를 데리고 나가서 술을 사기도 했다.

이후 기관지염은 완쾌되지 않고 평생 친구가 되었다. 환절기가 되면 악화되곤 한다. 술과 담배를 끊어야 한다는데 쉽지 않다. 전남대 아카데미 후배인 내과의 허윤 선생이 평생 주치의가 되었다. 허윤 선생은 외래진료 시 내 진료비를 받지 않는다. 미안하고 고마워서 과일 등 후식을 가끔 들고 간다. 허윤 선생은 그러지 말라고 하지만 정이 중하제. 허윤 내과의 간호사들은 참 오래 일한다. 아마도 근무 조건이 좋은 모양이다.

보리밥 묵고 방구뀡께 배가 푹 꺼져불등만

40.
불어 터진 라면과 스프의 위력, 그리고 황우도강탕을 맛보다

우리 사단 본부에서 근무하는 부대들은 합동 취사를 하였다. 사단 급식부에서 밥을 해서 각 부대가 타다가 먹는다. 라면은 한 봉지에 두 개가 들어 있다. 장정용으로 일반 라면보다는 양이 두 배인 셈이지. 그런데 이 라면을 그대로 다 삶으면 못 먹는다. 급식부에서 아무리 서둘러도 부대마다 빨리 끓이라고 보채다 보니 물이 채 끓기도 전에 라면을 집어넣을 수밖에 없어서 라면이 퉁퉁 불어 터진다.

식사 당번은 고참들을 위해서 라면 한 봉지를 챙기고 밤에 빼치카 불에 반합을 이용하여 내부반 보초가 끓인다. 쫄병들은 그 냄새로 회가 동한다. 그래도 모르는 척, 자는 척해야 한다. 가끔은 숨겨 온 소주가 등장하기도 한다. 여분의 스프는 국에 타 먹는다. 병장들만. 고참들 스프를 챙기지 못한 식사 당번은 사망이다. 아무리 맛없는 국이라도 이 라면 스프가 들어가면 명품 국이 된다. 대단한 스프의 위력이었다.

분명히 메뉴는 소고기 무국인데 밀건 국물과 둥둥 떠다니는 무뿐이다. 잘 건지면 어쩌다가 아주 작은 건더기가 올라오기도 한다. 소고기는 다 어디로 갔을까? 우리는 이것을 황우도강탕(黃牛渡江湯)이라 불렀다. 황소가 강물을 건너듯 스쳐지나만 간 소고깃국이라는 비아냥이지. 육군에서 급식비를 정할 때는 이게 아니었을 텐데. 하기사 큰누이가 식육점을 할 때 보니까 자형이 교도소, 전경부대 등 급식처 담당에게 뇌물을 주고 터치고기(주요 부위가 아닌)를 공급하는 것을 본 적이 있다. 이런 도적놈들이 도처에 있었다.

겨울에 양고기국이나 이 황우도강탕이 나오면 식사 당번은 죽었다. 식판 모서리에 기름이 달라붙어서 식판이 잘 씻기질 않는다. 온수로 식기 닦는 행운이 가끔은 있지만 대부분은 찬물이다. 특히 겨울이 더 그랬다. 식사당번장 상병의 눈빛이 무섭다.

41.
이게 웬 횡재랑가!? 닭이 통째로 들어 있네!

제대할 무렵의 점심시간.

닭이 철저하게 1인당 반 마리씩 통째로 들어 있다. 인사계가 버티고 서 있어서 병장들의 엉뚱한 욕심도 허락되지 않았다. 뭔가 이상하다. 평소엔 닭다리는 물론이거니와 날개도 구경하기 힘들었는디. 어쨌든 우리는 신났다. 맛있게 먹자. 어라! 평소엔 배식 받은 대로 바로 먹기 시작하는데, 평소 급식실에 오시지도 않던 우리 인사계님 왈,

"아직 먹지 말고 지달려라."

이건 또 무슨 초식?

잠시 후 사단장을 모시는 특무상사(원사)가 아주 인자한 모습으로 식당에 들어선다. 쑥 훑고 지나가면서 모두의 식판을 살펴본다. 부대에서 사단장은 엄한 아버지요, 특무상사는 자애로운 어머니로 비유되곤 했다. 특무상사가 나간 후 인사계는

"식사, 시~작!"

분명 뭔 일이 있었던 것이여.

당시 우리 사단장은 정 웅 소장이었다. 이듬해 5·18 때 전두환의 부대 출두 명령을 이행하지 않았다고 해서 강제로 옷을 벗었다지? 그리고 이듬해 광주에서 국회의원 입후보했어. 광주 사람들에게 인기가 좋았제. 그런데 갑자기 후보 사퇴하고 사라졌다. 이후 어디서 무엇을 하는지 소식을 듣지 못했다. 예비역 육군 소장 계급장이 무색하게 치도곤을 당했을지도 모르겠다.

42.
비상이다. 데프콘 2다

1979년 10월 26일 밤.

김 병장은 주번하사로 당번 근무 중이었다. 예비단계를 뛰어넘어서 바로 데프콘 2가 떨어졌다. 급히 전 내무반에 통보하여 완전군장을 하고 실탄을 지급하였다. 근무대장을 비롯한 전 영외근무자를 비상 소집하기 위해 전화를 부지런히 돌린다. 근무대장을 태울 짚차는 이미 출발했다.

"뭔 일이야??"

"모릅니다."

"야 새끼야! 뭔 일인지도 몰르고 오밤중에 전화야?"

"사단에서도 모른답니다. 얼릉 오십시오."

전북대학교 농업경제학과 바보티시 출신인 문○○ 중령이었다.

계속하여 사단사령부에 연유를 묻는다. 모른단다. 2군에서도 모른다는 것이다. 부대원 1/2은 비상경계를 나가고, 1/2은 완전군장을 옆에 두고 새우잠이다. 익일 새벽 4시경 라디오에서 조가(弔歌)가 흘러나온다. 아무런 설명도 없이 그저 조가만 계속 나온다. 아침 6시경 죽었단다. 서거하셨단다. 5·16 군사 반란의 수괴이자 독재자인 다까끼 마사오가 서거하셨단다. 나중에 들은 이야기로는 심복인 중앙정보부장 김재규에게 중정의 안가에서 술을 퍼마시다가 죽었단다. 경호실장 차지철도 김재규와 말다툼하다가 죽었단다. 가슴에 구멍이 나서 죽었단다. 군인 신분이라 내색하지 못했으나 속으로 얼마나 후련했는지 모른다.

화무십일홍(花無十日洪)이요, 권불십년(權不十年)이었다.

"있을 때 잘해! 후회하지 말고."

43.
또 비상이다. 또 데프콘 2다

1979년 12월 12일 밤.

김 병장은 주번하사로 그날도 당번 근무 중이었다. 이런 하필이면 또 나냐? 이런 제기럴, 된장. 또 데프콘 2가 떨어졌다.

급히 전 내무반에 통보하여 완전군장과 실탄을 지급하고, 전 영외근무자를 비상소집했다. 이번엔 진짜로 전쟁이 터진 줄 알았다. 우리가 그렇게 의식화를 당했으니까. 근무대장부터 전화를 부지런히 돌린다. 근무대장을 태울 짚차는 이미 출발했다.

"뭔 일이야??"

"모릅니다."

이번엔 군말 없이 "아랐써."

전 영외근무자가 소집되고, 전 장병이 완전군장. 모두 긴장한 모습이다. 이번에도 역시 사단사령부도 2군사령부도 연유를 모른단다. 눈치 빠른 녀석들은 어느새 편지를 써서 집으로 보내 달라고 행정반에 부탁한다.

전두환, 노태우, 김복동 일당이 일으킨 12·12 군사반란이었다. 이렇게 제대 말년에 10·26과 12·12를 겪었다. 여기서 드는 의문은 만약에 박정희가 그때 김재규에게 총 맞아 죽지 않았으면 성난 민중에게 쫓겨났을까? 이미 부마항쟁 등 민중항쟁이 일어나고 있었으니까. 그랬다면 우리 민주주의가 더 짜임새 있게 민중 주도로 성취되었을까? 역사에 가정은 없다지만. 김재규는 반역자일까? 아니면 의사일까? 아니면 단순한 살인 사건일까? 10·26을 편견 없이 다시 평가할 날이 오겠지.

보리밥 묵고 방구뀡께 배가 푹 꺼져불등만

박정희는 김재규에게 총 맞아 죽을 일이 아니라, 민중에게 쫓겨나야 했다. 그리고 재판을 받아서 무기징역이든지 사형이든지 형을 언도받아야 했다. 그것이 역사의 순리다. 역사의 순리가 어긋나다 보니 아직도 박정희를 찬양하는 무리들이 세상을 휘젓고 댕기지 않는가 말이다.

44.
연병장에서 수색중대가 집총하고 데모 진압 훈련을 하더라

제대 무렵 31사단 연병장에서는 수색중대가 총에 대검을 꽂고 데모 진압훈련을 하고 있었다. 수색중대는 사단사령부에서 유일한 전투부대였다. 이건 보통 일이 아니다. 전투경찰도 모자라서 군대가 데모 진압 훈련을 하고 있었다. 낌새를 챘어야 했다. 뭔가 아주 심각한 일이 벌어지고 있었던 것이다.

1980년 2월 28일에 제대하였다. 불안감 때문에 제대의 기쁨을 느낄 여유가 없었다. 1980년 3월에 복학했다. 한 학기쯤 쉬었다가 복학해도 되련만 어서 졸업하여 돈을 벌어야 했다. 우리 집 사정이 그랬다.

제대하기 얼마 전에 사단장(정 웅 소장)이 부대에 나무를 심기를 원했다. 육군 병장이 난생처음으로 사단장과 함께 짚차를 타고 전남대 임학과 이 아무개 교수의 강진 산림을 살펴본 영광을 누렸다. 사단장도 전남 출신이었다. 퇴임하면 산을 가꿀 생각이 있었던 모양이다. 눈치 빠른 문○○ 중령(병기근무대장)이 선수 쳐서 전남대 농대 출신인 나를 매개로 하여 농대 임학과 이 아무개 교수에게서 나무 묘목을 샀다. 사사로이 부대 차량을 동원하는 것이 불법인데도, 묘목 대금은 부대 트럭으로 모래를 보내 주기로 했다. 시국이 하수상하여 약속은 지켜지지 않고 있었다. 그 농대 교수는 맬겁시 나한테만 묘목값을 달라고 난리더라. 그래서 부대에 가서 책임자한테 달라고 하시라고 핀잔을 주었다. 그런데 전두환의 반란과 광주 학살로 트럭 동원은 무산되었다. 그 교수의 성화에 못 이겨 내가 부대에 협박 비슷한 것을 했더니 내가 복학한 다음에 31사단 병기근무대 트럭이 모래를 싣고 학교 교문까지 오기는 했다. 그러나 학교로 들어올 수는 없었다. 그 후 소식은 모르겠다.

보리밥 묵고 방구뀡께 배가 폭 꺼져불등만

45.
제대 말년에 헌병대 보좌관에게 폭행을 당하다

1979년 말 병장으로 제대를 얼마 남기지 않은 때, 병기근무대 서무계를 보고 있던 나는 막내 조수를 받아서 서무계 업무를 교육시키고, 일은 주로 조수가 하고 나는 행정반 전화나 받아 주고 있었다. 어느 날 헌병대 보좌관(손순용 초짜 대위, 우리 부대 3사 출신인 보좌관 정 대위는 8호봉)이란 시키가 전화했다.

"야, 느그 보좌관 바꿔라."
"안 계십니다."
"어디 갔냐?"
"모릅니다."
"야, 새끼야! 느그 보과관이 어디 간 줄도 몰라?"
"장교가 쫄병한테 어디 간다고 보고하고 댕깁니까?"
"어라, 이 새끼 보소. 너 너그 카만히 있어."
"올라면 오시든지요."

나는 좀 쫄리기도 하고 그 자리를 피하기 위하여 비오큐 우리 부대 장교 숙소에 가서 낮잠을 한숨 때리고 왔다. 부대로 돌아오니 정○○ 보좌관 왈,

"너 헌병대 가서 몇 대 맞고 오니라."

헌병대는 맬겁시 의시대는 것이 버릇이 되어 있었다. 별수 없이 헌병대로 갔더니, 보좌관 시키가 헌병대 쫄병들을 시켜서 나를 집단으로 패 분다. 육군 병장 김 병장이 제대를 앞두고 너무 얼척 없

는 일을 당했다.

제대 후에 충장로 우다방(우체국) 앞을 지날 때 예의 그 헌병대 보좌관 손순용 대위를 보았다.

"어이, 손 대위! 오랜 만이시. 나 좀 보세."
휙 돌아보고 멈칫하더니 *빠지라고 도망가 불드랑께.

보리밥 묵고 방구뀡께 배가 푹 꺼져불등만

46.
학원자율화추진위원회 그리고 총학생회 건설

1980년 2월 28일에 제대하고 3월에 바로 복학했다.

흥사단아카데미는 지도단우라는 것이 있었다. 고등학생 아카데미의 지도단우는 고등학교 때 아카데미 활동을 했던 대학생이 맡았고, 대학 아카데미의 경우 지도단우는 대학별로 제대한 선배 중에서 맡았다. 전남대 아카데미 지도단우는 한상석이가 맡고 있다가 나에게 인계하였다. 자기는 '학자추(학원자율화추진위원회)' 일에 매진해야 한다는 것이다.

마사오의 학도호국단이 10·26 이후 학생들에 의해 끝장나고 자율적인 총학생회 부활 움직임이 활발했다. 그 전 단계로 '학자추'가 구성되었다. 농과대학은 농경과 후배인 김종섭의 요청에 따라 내가 농과대학학생회 회칙과 선거관리 원칙의 기초를 만들어 주었다. 자율적인 학생회 부활에 따라 총학생회장에는 법대 박관현이, 농과대학 학생회장에는 원순석이, 사범대는 아카데미 후배인 위경종 군이 당선되었다. 경종이는 나중에 옥고를 치르기도 했다. 또한 경종이는 아카데미 출신 교직자로서는 처음으로 전라남도교육청 교육국장을 역임하였다.

5·18 이후 전두환에 의해 총학생회는 해체되었다. 학생회 간부들은 거의 납치(체포가 아님)되어 옥고를 치렀다. 총학생회장 박관현은 옥중에서 사망하였다. 총학생회가 해체되고 다시 학도호국단이 부활되었다. 총학생회장 격에는 사단장, 단과대학생회장 격에는 연대장이 임명되었다. 학교를 병영화한 것이다. 흥사단아카데미 선배와 친구들이 이 역을 맡더라. 최○○, 노○○, 김○○ 등. 참 실망이었다. 완장을 찬 아그덜은 대체로 진로가 잘 풀리더라.

윤흥길의 『완장』이라는 소설과 이를 바탕으로 한 MBC의 드라마(조형기 주연)도 있었다. 이 소설에서 '완장'은 권력의 상징으로 나오더라. 우리 근현대사에서 '완장'과 '손가락질'은 맬겁는 사람들의 목숨을 좌우하였다. 반동이라거나 부역이라거나 하는 판별을 손가락질로 갈랐다. 그래서 우리 부모님 세대는 어떻게든 살아남으려는 눈치가 빨랐다. 조정래의 소설 속에 관련된 이야기가 많이 나오더라.

보리밥 묵고 방구뀡께 배가 푹 꺼져불등만

47.
분노했고, 처절했고, 안타까웠고, 부끄러웠고, 미안한 그날들

나는 5·18 광주민중항쟁 과정에서 방관자였다.

나만 살려고 도망갔다. 너무 두려워서. 그래서 살아남았고 부끄럽다. 먼저 가신 동지들께 죄송하다.

1980년 5월 14일이었다.

학교를 탈출하려는 시도는 그날 전에도 꾸준히 시도되고 있었다. 얼마든지 그리 높지 않은 담을 넘어서도 가능한 일이지만 군이 교문을 뚫고 나가려 했다. 당당히 투쟁으로 진출하려는 의지였을까? 그러나 그날만큼은 분위기가 달랐다. 교문이 막히자 담을 넘었다. 그리고 금남로로 향했다. 다급해진 전투경찰은 교문을 버리고 금남로로 저지선을 바꾸었다. 학생들은 뚫린 교문을 통해 금남로로 쏟아져 나갔다. 둑 터진 봇물이었다. 역사의 소용돌이였다. 전투경찰은 멀리서 도청을 배경으로 진을 치고 있었다. 민중의 분노가 이미 자신들의 힘으로는 어쩔 수 없는 대세임을 알고 있는 것 같았다. 그 전투경찰에는 재학 중 입대한 동무들이 많이 있었다. 전남대 아카데미 친구 나상선 군도 통신병으로 거기에 있었다고 하더라.

전남도청 앞 분수대 광장에서 민족·민주화 성회가 열렸다. 전남대학교 총학생회장 박관현의 사자후가 대중을 압도하였다. 군중 속에서 누군가는 김대중을 이을 인재가 나왔다고 탄복하기도 했다. 다른 대학교 학생들도 속속 모여들었다. 고딩들도 합류했다. 시민들도 모여들었다. 성회가 끝난 후 전남대학생들은 6열 횡대로 어깨를 걸고 투쟁가를 부르면서 금남로를 보무도 당당히 걸어서 학교로 복귀하였다. 도청 앞에서 바로 해산한 것이 아니라 다시 학교로 돌아갔다가 해산하였다. 금남로가 민족·민주화 성회 이후 학교로 돌아가는 전남대학생들로 꽉 찼다. 이날 이후 도청 앞 분수대 광장에서는 성회가 연일 계속되었다. 성회에서는 애국가를 자주 불렀다. 애국가!?

5월 16일.

5월 14일 이후 연일 민족·민주화 성회가 열렸다. 이날도 낮 동안의 성회가 끝나고 저녁에 5·16 화형식이 이어졌다. 군사 반란과 독재의 시작인 5·16을 끝내고 또다시 기도된 12·12 반란을 용납하지 않겠다는 굳은 의지였으리라. 전남대학교 총학생회 주관으로 시가지 횃불 행진이 이어졌다. 혹시 불순분자가 끼어들어 화재 사고를 일으켜 우리의 순수한 의지를 왜곡할 수도 있어 이에 대한 대비로 횃불 보호대를 구성하여 행진하였다. 이 행사는 전남대학생회 체육부장이던 친구 권향년이 담당했던 것으로 기억된다.

아카데미 단소가 있던 유동 아세아예식장 앞을 지날 무렵, 우리가 자주 간 중국집 '복래향' 주인 아짐씨가

"학생! 배고프지? 얼릉 들어와서 짜장면 묵고 가!"

웃음으로 답례하고 계속 행진이다. 도청 앞 광장에 다시 돌아와 마무리다.

체육관 선거로 뽑힌 허수아비 대통령 최규하가 느닷없이 명분이 없는 중동 방문 중이다. 성회는 독재 헌법을 민주헌법으로 개정할 것과 직접선거로 대통령과 국회를 구성할 것을 과제로 던졌다. 최규하가 돌아와서 답을 하라는 것이다. 실권이 없는 허수아비 대통령 최규하에게 답을 요구하는 것 자체가 지금 생각하면 너무 순진한 것 아니었을까 싶다. 다음 날은 일요일. 5월 17일까지 답이 없으면 18일에 다시 모이기로 하고 성회는 일단 해산하였다.

5월 17일.

전남대학교 아카데미는 병풍산에서 1박 하는 산행이 예정되어 있었다. 나는 군대를 제대한 선배로서 지도단우를 맡고 있었다. 병풍산을 오르다가 야영지를 골랐다. 후배들은 텐트를 칠 생각도 밥할 생각도 하지 않고 모두 멍하니 앉아 있다. 그렇게 자정이 지났을까? 누군가 라디오를 틀었다. 비상계엄이 전국으로 확대되고, 대학에는 휴교령이 내려졌다. 김대중 내란 음모가 있고 그 관련자를 체포한다는 것이다. 휴교령과 수배령이 떨어졌다. 모두가 뜬눈으로 밤을 지새웠다.

보리밥 묵고 방구뀅께 배가 푹 꺼져불등만

5월 18일.

아침에 담양 대치로 나와서 아침 식사라도 하려고 보니 너무 이른 시간이어서일까? 밤새 굶은 후배들을 고려한 것인데, 열린 식당이 없다. 성회 과정에서 얼굴이 알려진 학생회 간부 녀석들은 담양 쪽으로 피신을 명한 다음 그대로 광주행이다. 그러나 그 후배 녀석들 기어이 광주로 들어와서는 더러 계엄군에게 납치되어 곤역을 치르기도 했다.

오전 10시 무렵 우리가 타고 있던 10번 버스가 전남대 공대 담장 옆을 지나는데 담장 너머로 철모를 쓰고 집총을 한 공수부대원의 해골바가지가 보인다. 말릴 틈도 없이 어느 1학년 녀석이 창밖으로 손을 흔들면서 의기양양하게

"전두환이 물러가라. 홀라홀라! 계엄령을 철폐하라. 홀라홀라!!"

아차 싶었는디, 아니나 다를까? 버스가 후문에 이르자 집총한 공수부대원들이 우르르 몰려나온다. 버스 안에서 남녀 구분 없이 젊다 싶은 사람들을 끌어내 후문 쪽 모서리로 집어 던진다. 이어지는 사정없는 폭력. 군홧발로 밟고 찍어 불기, 개머리판으로 머리를 찍어 불기, 주먹 날리기, 이단옆차기 등 사정없이 패버린다. 이 시키덜 제정신이 아닌 것 같았다. 마치 약을 묵은 것 같았다. 나중에 공수부대의 잔인함은 약을 묵었기 때문이라는 말도 있었다. 정상 상태라면 전투 중이라도 비무장의 민간인을 이렇게 마구잡이로 폭행할 수는 없는 일이다. 육군병장 김 병장이 제대한 지 석 달도 안 되어서 쫄따구들한테 맞는다. 1시간 정도를 그리 당했을까? 후문 안쪽 공대 앞 농대 연습 농장 배수로 또랑에다 처박고 줄을 세운다. 고개를 숙이고 손을 뒤로 한 채로. 그때 후문 수위실 전화가 울린다. 공수부대 대위 계급장을 단 놈이 자못 비장한 말투로 일장 연설헌다.

"이 시국에 대학생이란 놈들이 산에 놀러나 다녀? 쓸개 빠진 놈들, 당장 집에 가서 나오지 말고 꼼짝 말고 있어. 밖에 나왔다가는 뒈진다?"

하고는 풀어 준다. 휴~ 덕분에 살았다. 나중에 광주에서 벌어진 일들을 보니. 그놈에게 고마워해야 하나? 후에 상황을 정리해 보니, 그 전화가 울릴 때 도청 앞에서 크게 한 판이 벌어져 공수부대

원들이 도청 앞으로 이동해야 하는 상황이었던 것.

이날 전남대 후문에서 공수부대에게 집단으로 폭행당한 후배 중에서 5·18 부상자로 신고한 사람은 없는 것 같다. 아마도 이날 입은 상처를 병원에서 치료했다면 혹시 근거가 있겠지만. 죽거나 중상을 입거나 구속되거나 하는 등 큰 피해를 입은 이들에게 부끄러워 거의 부상자 신청을 하지 않았을 것 같다.

후배들을 서둘러서 집으로 보냈다. 가급적 집 밖으로 나오지 말고 상황을 주시할 것 등 지도단우로서 몇 가지 당부했다. 그러나 귀담아듣는 표정이 아니다. 녀석들이 지도단우라는 선배 말을 들을 분위기가 도통 아니었다. 집에 배낭을 놔두고 유동 아세아예식장 3층에 있던 흥사단 단소로 갔다. 박준 선생님이 줄담배를 피우면서 혼자 바둑을 놓고 계신다.

"왔냐? 애들은?"
어젯밤부터 있었던 상황을 대략 설명한 다음
"예, 모두 집으로 보냈는디, 야들이 어쩔랑가 모르겠소."
"……."

그렇게 서로 멍하게 있는디, 한 여학생이 울면서 뛰어 들어온다. 강분희다. 한쪽 구석에서 한참을 울더니 다시 나간다. 그 강분희는 나중에 전교조를 결성할 때 나처럼 해직되었다. 해남에서 농민운동을 하는 김남주 시인의 동생 김덕종과 결혼하여 지금은 친환경 농법으로 쌀을 생산하고 있다. 친환경으로 생산하다 보니 쌀값이 비싸서 판로가 걱정인 모양이다.

거리의 상황이 점점 험악해진다. 흉흉한 소리가 들려온다. 박 선생님께서

"너도 거취를 결정해라."
"저야 뭐 특별히 눈에 띄는 활동이 없었는디 별일 있으려고요?"
"지금 그게 문제가 아니다. 젊은 애들은 모두 끌려가잖냐?"

보리밥 묵고 방구뀅께 배가 푹 꺼져불등만

골목골목을 통해서 산수동 집으로 갔다. 부모님께서 애타게 기다리고 계신다. 이미 보따리를 싸 놓으셨다. 아버지 손에 이끌려 광주를 탈출한다. 시내버스는 이미 운행을 멈췄다. 택시도 그렇다. 택시 기사들이 학생들을 시외로 빼돌린다는 이유로 어느 택시 기사가 공수부대원에게 당했다는 이 야기가 돌고 있었다. 골목 골목을 돌고 돌아서 효천역 근처까지 갔다. 시내는 공수부대가, 외곽은 20사단 병력이 장악하고 있었다. 효천역 근처에서 택시를 탔다. 영산포 삼거리까지. 군인들이 들 어오기 전에 그 구간에 갇힌 택시들이 영업하고 있었다. 물론 택시 요금은 따불이었다. 아버지께 선 효천역까지 인솔하셨다. 영산포 삼거리에서 다시 택시를 탔다. 목포 입구인 중등포 부근까지. 여기서부터 다시 걸어서 목포역에 도착하니 목포역 광장에선 성회가 열리고 있었다. 아는 얼굴이 보인다. 권향년이다. 전남대학생회 체육부장으로 5·16 화형식과 횃불 행진을 주관했던 녀석이다. 이미 수배가 떨어진 상황인데 여기서 어슬렁거린다.

"야, 우리 뜨자."
"어디로?"
"어디든 광주와 전남을 뜨자."

향년이는 최근에 아버님이 작고하신 때였던 것 같았다. 아버님 영전의 쇠주 됫병을 밤새 둘이서 다 비웠다.

주섬주섬 보따리를 챙겨서 둘이는 배를 탔다. 카페리호. 배 이름은 잊었고. 본래 목포에서 제주 노선을 운항하던 배인데, 수리하러 부산으로 간단다. 임시 운항에 승선했다. 부산에서 흥사단 부산 대 아카데미 김건호를 만났다. 광주 상황을 들려주니 고개를 갸웃한다. 술 한 잔 얻어묵고, 원불교 서면교당으로 갔다. 내가 학생회장을 했던 원불교서광주교당 교무를 하시다가 서면교당 교무로 오신 박정묵 교무가 계신 곳이다. 광주 상황을 이야기하니 선량한 우리 군대가 그런 짓을 할 리가 없단다. 괜히 유언비어를 퍼뜨리지 말란다. 아! 여기서 오래 있을 곳이 못 되는구나. 원불교에 대한 첫 실망이었다.

부산에서 다시 카페리호를 타고 제주행. 제주엔 6촌 형님이 살고 계셨는데 따뜻하게 맞아 주신 다. 우리는 거의 걸어서 제주 여행을 했다. 배가 고파도 밥 먹을 곳을 찾기가 힘들었고, 겨우 가게를 찾으면 두부 한 모에 막걸리 한 되를 시켜서 마셨다. 대충 허기가 때워졌다. 선창에서 어부가 금방 잡아 온 잡어들을 한 사발 사서 인근 식당에 가서 회 쳐 먹기도 하였다. 쇠주와 함께. 곰곰이 생각해 보니 우리가 섬에 갇힌 게 아닐까? 서둘러 탈출하여 다시 부산으로.

부산엔 고리핵발전소에 근무하는 권향년의 형님이 살고 계셨다.

"너는 여기 남아라. 넌 수배 중이잖냐?"

"너는?"

"난 수배가 아닝께 갈 디가 없겄냐?"

그렇게 향년이를 남겨 두고 열차를 타고 다시 전남으로 향하는데 광주가 궁금하기는 하지만 겁이 나서 광주엔 못 가고 보성 득량으로 갔다. 원불교동광주교당 교무님이셨던 이현봉 교무님이 계신 곳이다. 평소 늘 인자한 미소로 대해 주시고 방문하면 밥부터 챙겨 주시던 분이다. 여기서 이틀을 묵었다. 교통, 통신이 모두 두절이다. 허지만 철도 통신은 가능하단다. 득량역에서 직원이 광주역 직원에게 부탁하면, 그 직원이 시내전화로 안부를 확인하여 중계해 주는 방식이다. 광주에 자식들을 유학 보낸 부모님들이 줄을 섰다. 어렵게 부탁하여 나도 부모님의 안부를 확인할 수 있었다. 광주가 궁금하다. 광주로 가야 쓰것다. 교무님의 만류를 뿌리치고 광주로 향했다. 화순역까지는 열차가 운행되었다. 화순에서 다시 걸어서 광주로 진입한다.

5월 23일.

너릿재를 넘는데 군용트럭과 짚차가 불에 타서 한쪽에 엎어져 있다. 너릿재 넘어 산밑으로 난 길에는 부모님들이 아그덜 손목을 잡고 광주에서 빠져나가는 행렬이 이어지고 있었다. 광주는 이미 해방구다. 남광주 근방 골목에서 국밥으로 허기를 때운 후에 도청 앞으로 갔다. 도청은 집총한 시민군이 보초를 서고 있고, 군용트럭에 총을 가진 청년들이 타고서 시내를 순찰하고 있었다. 나중에 들으니 그 군용트럭은 아시아자동차 공장에서 시민군이 접수하였단다. 도청 앞 상무관에 들렀다. 태극기가 둘러진 관들이 즐비하다. 태극기가 없는 관도 보이더라. 이름이 써진 관, 더러는 없는 관이 있고, 관을 붙들고 통곡하고 있는 사람들이 보인다. 관은 계속 들어온다. 도청 앞 광장에선 성회

보리밥 묵고 방구꿩께 배가 푹 꺼져불등만

가 계속되고 있다. 금남로는 해방구다. 다시 집으로 가니 부모님께서 깜짝 놀라신다.

"너, 뭔 일이여? 어쩌자고 뭐 하러 다시 들어와?"

어쨌든 하루를 집에서 묵었다. 사위는 고요하다. 태풍 전야가 이런 것인가? 카랑카랑한 가두방송 소리만 들린다.

"광주 시민 여러분! 공수부대가 곧 쳐들어옵니다. 우리 투쟁을 멈추지 맙시다. 시민군을 응원해 주세요."

뭐 이런 내용이었던 것 같다. 날이 밝자 부모님은 다시 등을 떠민다. 공수부대가 집집마다 뒤져서 젊은 사람을 다 잡아간다는 것이다.

5월 24일.
다시 광주를 탈출한다. 자의 반 타의 반으로. 이번엔 계룡산행이다. 계룡산 신도안에는 원불교 수련원이 있었고, 대산 종법사도 이곳에 머물고 계셨다. 이곳에 공부나 휴양을 위해 하숙을 정하여 묵고 있는 젊은이들이 몇 있었다. 고등학교 악동 클럽 멤버인 김종효를 만났다. 서강대를 다니고 있던 친구는 누님이 원불교 교무이셨다. 역시 동생이 걱정되어 이곳에 짱박아 놓은 것이리라. 둘이 있으니 외로움이 덜 했다. 종법사와 그 종자(從者)들은 매일 계룡산 어귀까지 산책한다. 어떤 날은 정체 모를 중년 사내들이 불심 검문하여 신분을 확인하기도 했다. 수배 중이었다면 딱 걸렸다. 그렇게 나만 안전하게 피신하고 있는 동안에 광주는 피로 물들었다. 나는 그곳에 없었다.

신도안에는 조선 초기 도읍으로 정하려다가 만 흔적들이 있었다. 대궐 주춧돌로 쓰려고 했던 것 같은 바위급 돌들이 일련번호(내 기억으로는 115개가 있었다.)가 매겨져 있었다. 주변의 작은 도랑의 다리로도 쓰이고 있기도 하고. 또 민간신앙을 볼 수 있는 여러 흔적이 있었다. 나중에 이곳에 삼군본부가 차려지면서 다 사라졌지만. 만약에 민간신앙의 흔적들을 다 보존했다면 세계적인 종교 박물관이요, 민속 자료 박물관이 될 법했다. 무식한 군부 통치가 다 망쳤다.

신도안에 머무는 동안에 김종효와 마을의 두붓집에서 막 만든 따끈따끈한 두부에다가 김치 한 보시기, 막걸리 한 병을 나누어 묵기도 했다. 그 두부는 내가 먹어 본 두부 중의 제일이었다. 한 끼 식사 대용이 되었다.

신도안에 있는 동안에 광주는 피로 진압이 되고 외관상 평온을 찾았다. 집에서 소식이 왔다. 학교에서 연락이 왔단다. 과제로 시험을 대신하니 과제를 제출하란다고. 다시 광주행. 학교는 수업이 이루어지지 못한 상태라 거의 모든 과목이 과제로 시험을 대신하고 있었다. 과제를 다 제출했다. 시간강사로서 광주교대에서 출강 온 교수의 과목인 '학교와 지역 사회'만 빼고. 이 과목도 과제는 다 했는데, 제때 제출을 못 하고 미루고 있었다. 권향년이도 과제 하라는 연락을 받고 광주로 왔단다. 이 순진한 놈이. '학교와 지역 사회'는 녀석과 함께 수강하는 교직 과목이라 녀석이 내 과제를 빌려 갔다가 납치되었다. 나는 재수강을 해야 했고, 녀석은 상무대로 끌려가 두어 달간 얻어터지고 나왔다. 나는 무사히 졸업했고, 녀석은 졸업이 늦어졌다.

이것이 나의 5·18이다. 참으로 부끄럽고, 안타깝고, 서럽고, 아쉽고, 분한 시절이었다.

광주흥사단 출신으로 직접 피해를 입은 이들은 정해직 선배가 해직과 투옥이 되었고, 전남대총학생회 체육부장이었던 권향년과 사대학생회장이었던 위경종이 투옥되었다. 전남대학원자율화추진위원장이었던 한상석은 반란집단의 집권 기반이 갖추어진 후 자수 기간에 자수하여 투옥되었다.

[5·18광주민중항쟁 42년이 지난 2022년, 지금도 여전히 풀리지 않는 의문들]

◆ 전두환 일당은 학살 대상으로 왜 광주를 택했을까? 서울, 대전, 대구, 부산이 아니고 왜 하필 광주였을까? 당시 전국 주요 도시에서 일제히 민주화 투쟁이 벌어지고 있었는데 말이지.

◆ 서울대 총학생회장 심재철은 왜 민주화 성회를 멈추고 서울역에서 철수를 결정했을까? 이놈은 뭔가를 사전에 알고 있었던 것이 아닐까? 이놈의 나중의 행적을 보면 그런 의심마저 든다.

◆ 광주가 아닌 서울에서 한 판이 벌어졌더라면 역사가 달라졌을까?

◆ 이승만이가 전작권을 미군에게 줘서 주한미군의 허가 없이는 움직일 수 없는 병력이 어떻게

광주를 향할 수 있었을까? 전두환 반란군의 단독 범행일까, 아니면 민주화를 두려워한 전두환과 미국과의 합작 범행이었을까?

◆ 5·18 항쟁 기간에 미군은 왜 항공모함을 부산에 정박했을까? 반란 세력이 분탕질할 동안에 어떤 외부 세력의 위협도 막아 주는 그런 역할이었을까? 도청 앞 민주화 성회에서는 우리 민주화운동을 돕기 위해 왔다고 누군가 그리 말한 걸 들었다. 미국을 제대로 모르는 시기였다.

◆ 전남도청 게양대에서 펄럭이던 태극기와 시위대가 버스 위에서 흔들던 태극기는 어떤 차이였을까?

[5·18 유공자 취업과 관련한 가짜 뉴스 유감]

광주와 전남에서는 5·18 유공자의 가산점으로 이들이 공무원 공채를 싹쓸이한다는 이야기들이 나돌고 있다. 그러나 광주시가 2023년 5월 3일에 밝힌 바에 따르면 2022년 전국 국가유공자 취업자 중 5·18 유공자 관련 취업자는 전체 유고자 중의 1.2%에 불과하다고 한다.

물론 경쟁하는 입장에서는 유공자의 가산점이 매우 크게 느껴질 것이다. 그 심정은 충분히 이해한다. 하지만 5·18 유공자들이 나이가 들어 이미 가산점을 받을 수 있는 수가 크게 줄었고, 실제 채용 비율도 그리 높지 않음을 감안하기를 바란다. 5·18 민중항쟁 시기의 사망과 부상 그리고 투옥 등 고통을 받은 이들을 기리고, 그들의 희생 위에 우리 민주주의가 발전하고 있음을 잊지 말기를 바란다.

우리는 해방을 전후하여 친일부역자의 후손은 정·관·학·재계에서 특권을 누리고 사는 한편 독립운동에 헌신하신 분들의 후손은 가난을 면하지 못하고 있는 역설을 보았지 않은가? 독립운동이든지 민주화운동이든지 우리는 희생하신 분들의 덕을 보고 살고 있음을 잊지 말았으면 좋겠다. 의사, 열사들의 후손이 덕을 좀 보고 산다고 불평해서야 쓰겠는가? 그 불평을 친일숭미하는 자들에게 돌리도록.

하여 정의가 강물처럼 흐르기를 원한다.

48.
난생처음으로 보신탕을 먹어 보다

5·18 이후 우리는 거의 멘붕 상태였다. 수업에 집중하기도 어려웠고 친구들과 터놓고 이야기를 나눌 분위기도 아니었다. 언제 어디서 옥죄어 올 줄 모르는 살얼음판이었다. 그래도 답답한 심경을 몇몇이 술로 달래곤 했다. 술을 묵었다 하면 거의 떡이 되도록 마시곤 했다. 어느 일요일 아침에 법대 서영창 군이 집으로 찾아왔다. 학번은 1년 먼저이나 친구처럼 지내는 사이였다. 피골이 상접하여 눈만 퀭한 내 모습을 보더니 몸보신하러 가잔다. 그렇게 산수동 오거리 근방에서 난생처음으로 개고기를 묵어 보았다. 처음에는 께름칙했으나 묵어 보니 맛이 있었다.

이후 가끔 보신탕을 묵는다. 즐겨 찾는 것은 아니지만 같이 가자는 이가 있으면 기꺼이 따라나선다. 여전히 보신탕의 맛은 좋았다. 특히 짬밥을 먹여서 키운 잡종이 맛이 좋다. 번식력이 왕성한 도사견류는 기름이 많아서 맛이 떨어진다. 개도 수입종이 토종만 못하다. 88올림픽을 앞두고 프랑스 배우 브리짓 바르도가 한국이 개고기를 묵는 야만 국가이니 올림픽을 못 하게 해야 한다고 하여 문화 갈등이 있기도 하였다. 영국과 프랑스는 말고기와 거위 간을 두고 문화 갈등을 빚기도 한다더라. 개를 반려동물로 키우면서 인간보다 더한 대우를 하는 사람들에게야 개고기 식문화가 야만스럽게 보이겠지만 동양에서는 오랜 문화라는 것이 내 생각이다. 어느 외과 의사는 수술 후에 빠르게 회복하는 방법으로 개고기를 권장했다는 이야기도 들었다.

금당산을 한 바퀴 돌고 나서 '풍암정'이라는 식당에서 보신탕에다 쇠주 한 병을 묵으면 딱 좋았다. 천하에 부러울 것이 없는 잠시의 행복이었다. 그런데 그 집이 메뉴를 바꾸어 버렸다. 이젠 보신탕 애호가들이 설 땅이 점차 사라지고 있지만 동호인 간에는 보신탕집에 관한 정보가 공유되고 있다. 봉황의 보신탕 거리는 여전히 성업 중일까? 퇴직 후 학정마을에 와서 마을 모임 시 문평면의 보신탕집에서 두어 번 식사했다.

49.
구직 활동 전선에서 오락가락 헤매다가 평생 꼰대가 되었다

1981년 8월 졸업을 앞두고 진로에 대해 고민이 깊었다.

집안 사정으로 봐서는 취업하여 부모님을 모시는 것이 우선이었다. 어머니는 여전히 산수동 호남시장 앞에서 조그만 식육식당을 하셨다. 아버지는 별 역할이 없으셨고 약주는 즐기셨다. 주사가 심한 편으로 늘 어머니와 다투셨다. 나는 아버지를 닮지 않겠다고 크면서 늘 다짐하곤 했다. 입대하기 전 서울에서 병유리 공장에서 일하시던 형님이 직업병에 걸려 건강과 생활이 어려우셔서 내려와 어머니와 함께 일하시도록 주선하였다. 형님은 자존심에 빈손으로 부모님 곁에 다시 내려온다는 것이 허락하지 않는 모양이었다. 내가 우기다시피 설득하여 겨우 모셔 왔는데, 형님 내외는 어쩐 일인지 자주 다투셨다. 작은 아들이지만 내가 부모님을 모셔서 별도로 살림을 차리는 것이 급선무였다.

한편으로는 대학원에 진학하여 공부를 계속하고 싶은 생각도 있었다. 대학도 겨우 마친 경제 사정으로 학업을 계속하기는 어려운 일이라서 일과 공부를 병행할 수 있는 길을 찾아보기로 했다. 광주소방서 옆 대인시장 입구에 있던 '동양고시학원'의 문을 두드렸다. '동양고시학원'은 검정고시를 준비하는 학생들이 공부하는 곳이었다. 이곳에서 중 1, 2, 3학년 국어와 고1 현대문을 가르쳤다. 수업 시수는 하루에 4~5시간이었지만 수업 준비가 너무 벅찼고 업무 강도에 비해 보수는 너무 적었다. 한 달 정도 하다가 그만두었다.

고등학교 때 생물을 가르치시던 이○○ 선생님이 설립자이면서 교장이시던 ○○여자상업고등학교에 들러 사회과 교사 자리가 있는지, 내가 일할 수 있는지 여쭈었다. 그 학교가 광주에 있기에 대학원에 다닐 수 있지 않을까 하는 셈이 있었다. 그러나 선생님께선 내 상상을 너무 멀리 초월하는 말씀을 하셨다.

"내가 어째서 일고, 광고 출신들을 쓴다냐? 느그덜은 말이 많아! 촌놈들은 말을 잘 들어야!"

어째사 쓰까, 잉? 그 선생님은 고등학교 시절 잘 가르치고 인기도 좋았다. 괜히 그동안 가지고 있던 좋은 이미지만 버려부렀다. 그냥 자리가 없다고 짤막하게 한 말씀만 하셨어도 금방 알아들었을 것인디.

후에 들은 이야기로는 그 학교 선생님들이 쓰는 분필 개수와 종이 장수까지 세어서 통제한단다. 문어발처럼 고등학교부터 대학까지 많은 학교를 경영하였는데, 그 학교들은 대개 부실하였고, 선생님은 학원 운영 비리로 여러 차례 옥고를 치르시기도 하였다. 본래 마음이 그러셨는지 살다 보니 그렇게 변하셨는지는 모르겠다.

김대중 정권이 대학 설립을 수월하게 하여 우후죽순으로 생겨난 대학은 부실하기 일쑤였다. 교육부는 부실대학을 정리하는 사업을 했는데, 역설적으로 이○○ 선생님의 부실대학 정리는 그 교육부의 부실대학 정리 실적이 되었다고 들었다. 해당 대학들의 교수와 학생들은 갈 곳을 잃었다.

내가 전라남도교육청 청렴시민감사관을 할 때 남평에 있는 선생님의 재단 학교에 정기감사를 간 적이 있다. 시골의 넓은 터에 교사(校舍)가 복도를 사이에 두고 전후로 배치되어 있어서 후면에 있는 교실은 빛을 전혀 볼 수 없었고 음침하기까지 했다. 또한 학교법인 정관도 너무 엉망이었으며, 기간제 교사 비율이 너무 높았다. 사학법인이 부담해야 할 법정부담금은 거의 제로였다. 부실함을 직접 보게 되었다. 그 고등학교 옆에는 이○○ 선생님 재단 소속인데 폐교된 대학 건물이 흉하게 남아 있었다. 사유재산이라 국가나 지방자치단체도 어쩌지 못하고 있다고 들었다.

그러는 가운데 농협, 한신공영, 크라운제과 등 여러 기업에 지원하였다. 1981년 후기 졸업 예정인 나는 이 취업 전선도 쉽지 않았다. 서울에 면접 보러 갈 때는 흥사단아카데미 선배인 김상기 형님이 댁에서 재워 주셨다. 은마아파트였던 것 같다. 재학 중에는 상기 형의 쌍둥이 동생을 가르친 적이 있어서 상기 형님네 가족과는 각별하게 지냈다.

보리밥 묵고 방구뀅께 배가 푹 꺼져불등만

1981년 8월 졸업을 앞두고 지인인 심정식 교감 선생님 소개로 해룡고등학교에 가게 되었다. 국어를 가르칠 수 있냐고 하길래 '동양고시학원'에서 경험도 있어서 무모하지만 해 보겠다고 했다. 당시에 시골 학교는 국어, 수학, 영어 교사를 구하기가 어려웠다. 해룡고등학교에서 여름방학이 끝나고 교직 생활이 시작되었다. 사회 교사 강○○ 교사가 경상남도 마산 사람인데, 여름방학에 들어가면서부터 소식이 없더니 개학해도 소식이 없다는 것이다. 덕분에 내 과목인 사회를 찾아 담당하게 되었고, 내가 맡기로 했던 국어는 영광 출신 한문 과목인 박○○이 상치과목으로 임용되었다. 1학년 3반 담임도 맡게 되었다. 처음 생각은 2학기 동안 벌어서 대학원에 갈 요량이었다. 처음에는 강사 월급을 주더니 1981년 10월 1일 자로 정규 교사를 시켜 주더라. 아이들과 생활하다 보니 정이 들어부렀다. 그렇게 나는 평생 교사가 되었다. 사립에서 교직을 시작하다 보니 보지 말아야 할 것을 보게 되었다. 당시 내가 본 사립은

'민나 도로보데쓰(みんな泥棒です)였다.'

50.
대학 졸업논문 「소농의 실상과 그 해결책에 대한 연구」

내가 전남대학교 농과대학 농업경제학과를 택한 것은 내가 농촌 출신으로 너무 가난하게 자라서 우리 농촌의 발전을 기대하고 있었으며, 혹여 장학금이라도 탈 수 있을까 싶어서 상과대학이나 법과대학보다는 입학 커트라인이 다소 낮은 학과를 택한 것이다.

김준보 교수의 『한국농업경제학서설』은 우리 대학에서 가르치지 않았으나 당시 우리 농업경제 학계의 대부로 알려진 김 교수의 저작이라고 하길래 읽어 보았다. 박현채 교수의 『민족경제론』, 김대중의 『대중경제론』, 「사상계」와 「신동아」의 글들에 영향을 받았다. 다산 선생님의 글을 읽었더라면 좋았겠다는 생각이 든다. 전남대 교수들로부터는 인상 깊은 강의를 듣지 못했다. 영혼이 담기지 않은 단순한 이론 강의였는데, 연구가 어딘가 좀 부족하고 강의에 열의도 없어 보여 늘 갈증에 시달렸다. 그 갈증을 독서로 풀었다. 교수들도 그 느낌을 알고 있는 듯했다. 결국 내 학점은 주로 D 밭에 C를 뿌리고 있었다. 뭐 가끔은 A, B 밭에 C를 뿌리기도 했지만.

당시는 졸업 학점(종전의 160학점에서 실험대학이라 하여 140학점으로 줄어듦)만 채우면 졸업이 가능했으나 논문도 형식적으로 제출하였다. 졸업논문의 지도 교수는 장동섭 교수로 정했다. 논문의 제목은 「소농의 실상과 그 해결책에 대한 연구」였다.

박정희 정권은 공업 발전을 위해서 농민들의 희생을 강요했다. 저곡가 정책으로 젊은 농민들을 도시의 공장 노동자로 밀어내는 한편, 노동자들이 저임금으로도 버틸 수 있는 기저를 제공하였다. 해방 후 농지개혁(유상몰수 유상분배식)으로 호당 경작 면적은 3정보로 제한하였으나 호당 평균 경작 면적은 1정보 정도였다. 미국 등 호당 경작 면적이 엄청나게 넓은 국가의 농민들과는 우리 농민들이 도저히 경쟁할 수 없는 구조이다. 그래서 우리 농민이 경쟁에서 살아남을 수 있는 방법을

보리밥 묵고 방구뀡께 배가 푹 꺼져불등만

찾고자 했다.

첫째, 이중곡가제의 현실화였다. 국가의 전폭적인 지원으로 성장하고 있던 공업에서 벌어들인 세금을 바탕으로 농민에게 제값을 주고 쌀을 사서, 소비자에게 싸게 공급하는 것이다.

둘째, 농업협동조합의 역할이다. 우리 농협은 일제 침략기의 식산은행의 후신으로 본래 '1인은 만인을 위하여, 만인은 1인을 위하여!'라는 협동조합의 정신이 녹아들지 못하고 있는 형편이었다. 이제 농협은 돈놀이하는 신용사업보다는 구판 사업에 치중해야 하였다. 농업 기자재를 싸게 구입하고, 농업생산물을 제값 받고 팔 수 있도록 지원해야 했다.

셋째, 농민조직이었다. 지역별 조직, 전국조직을 결성하고 국제적 연대도 필요하였다.

넷째, 우리 종자 보존과 개발이었다. 신토불이! 수천 년 동안 우리 땅에 적응해 온 우리의 종자를 지키고 개량하는 것이 중요하였다.

나의 졸업논문「소농의 실상과 그 해결책에 대한 연구」는 이러한 내용을 담고 있었다. 1학년 때 학보사 주최 논문대회에서 입상하고 그로 인하여 중앙정보부에 끌려가 곤욕을 겪었던 그 논문을 약간 수정하고 보완한 내용이었다.

나는 1981년 8월에 대학을 졸업하였다. 제대 후 바로 복학하여 한 학기를 땡길 수 있었다. 후기 졸업이라 취업은 만만치 않았다. 학위는 경제학사였다. 중등 2급 정교사(일반사회) 자격도 땄다. 후에 1정 연수를 받고 중등 1급 정교사가 되었고, 전남대학교에서 환경부전공 연수를 받고 환경 2급 정교사 자격도 갖게 되었다. 환경부전공은 단 한 번도 써 보지 못했다. 환경 과목을 개설한 학교가 극히 드물었기 때문이다.

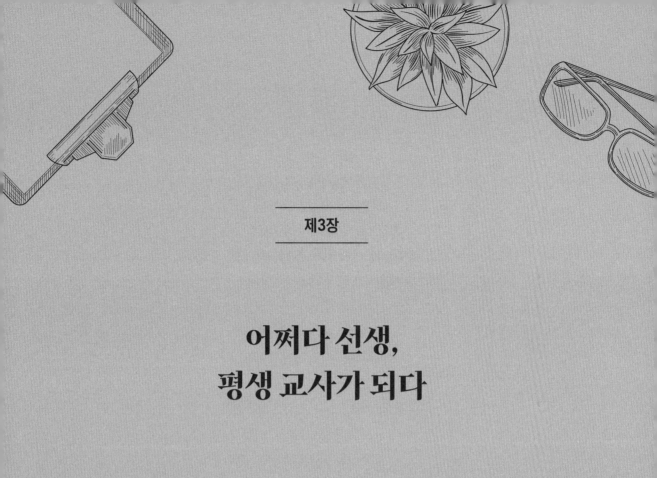

제3장

어쩌다 선생,
평생 교사가 되다

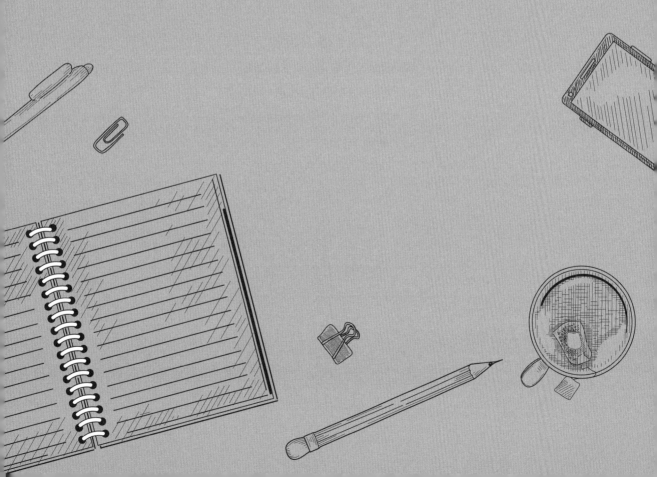

교사로 산다는 것은
자애로운 눈길로
아이들을 바라보는 것이다.
서두르지 않고 지켜보는 것이다.
아주 살짝의 비바람에도 흔들리기 쉬운
아이들에게 힘이 되어 주는 것이다.

교사로 산다는 것은
모진 풍파를 견디어 내는 것이다.
권력은 늘 아이들을
자기들 입맛에 맞도록 길들이고 싶어 한다.
우리 교사들은
아이들을 수단이 아니라
사람 그 자체로 영롱하게 빛나도록 도와야 한다.

교사로 산다는 것은
아이들을 차별 없이 바라보는 것이다.
공부 잘하는 아이나 못하는 아이나
부잣집 아이나 가난한 집 아이나
열 손가락 깨물어서 아프지 않은 손가락이 없다.
아이는 커 가면서 실해진다.
아주 당당한 우리 사회의 기둥이요 서까래가 되어 간다.

교사로 산다는 것은
아이들이 전부라 여기며
갸들이 튼실하게 자라도록 묵묵히 지켜보고
미소 짓는 것이다.

51.
해룡고등학교 일반사회 교사로 교직 인생을 시작하다

1981년 8월 말경, 여름방학이 끝나고 해룡고등학교에 부임하였다. 담임은 전임이 맡던 1학년 3반이었다. 당시 해룡고등학교는 남자학교로 학년당 7학급이었다. 1학년 3반 실장은 이백섭이었는데, 백수중학교 출신으로 키는 작지만 아주 야무졌고 또래들보다 두세 살이 더 많았다. 학급을 잘 이끌었고 반 아이들도 잘 따랐다. 어른들 표현을 빌자면 실거웠다. 아그덜은 백섭이를 형이라고 불렀다.

교무실에서 소속은 연구과였고 연구과장은 독일어 담당 임은택이었다. 담당 업무는 '사회정화'였는데 전두환이가 반란을 일으켜 정권을 찬탈한 후 '사회정화위원회'라는 것을 만들어서 사회악을 일소한다는 것이다. 이것이 사회 모든 단위에 조직되었다. 학교는 '사회정화'에 대해 월별, 분기별 활동 결과를 보고하였다. 이른바 잘못된 구습(舊習)을 찾아서 어떻게 개선했는지를 보고하는 내용이었다. '사회정화위원회'는 아마도 각 단위마다 간자 역할을 하는 것으로 보였다. 대부분은 글짓기를 하여 보고하였다. 교장은 "자네, 글짓기를 잘하네, 잉?" 칭찬인지 비아냥인지는 모르겠으나 그렇게 말하더라. '사회정화'에 대해 교장도 썩 내키지 않아 한다는 느낌을 받았다. 나중에 들은 이야기로는 전두환이가 '삼청교육대'를 할 때 고등학교에도 할당했는데, 해룡고등학교도 두 명의 학생을 선발(?)하여 보냈다는 것이다. 아무도 그 이야기를 하지 않고 쉬쉬하고 있었다. 내가 해직될 무렵에 그의 동생이라는 녀석에게서 들었다. 학교와 교장은 아그덜을 삼청교육대에 보내지 않고는 버틸 수 없었을까? 그 아이가 내 자식이라도 보내야만 했을까?

나중에 알고 보니 과목 상치교사는 꽤 여럿이 있었다. 상치교사들은 강사 급여를 받았던 것으로 기억된다. 숙식은 기숙사에서 두 달 정도 임시로 해결하였다. 기숙사는 학교 운동장 건너 가건물 비슷한 곳인데, 원거리 아이들을 위해서 약 20명 정도 운영되었다. 아주머니의 음식 솜씨는 꽤 좋왔다. 고향 선배인 교련 담당 김광수 선생님이 사감을 하고 계셨다. 광수 형은 학실 삼거리 막걸리 멤버와 삼봉 멤버였다. 산을 좋아하시고 건강하셨는데 몹쓸 병으로 일찍 가셨다. 내가 해직될 시기에 연구과장은 나에게 전교조를 탈퇴하라고 설득하기도 하였는데, 광수 형은 설득이 먹혀들지 않음을 알고 있었던 듯하다. 어느 편도 들지 않고 침묵하셨는데, 심사가 복잡했을 것이다.

해룡고등학교는 1974년에 개교하였는데, 내가 부임한 1981년 당시의 평판은 그리 좋지 못했다. 학생 수를 채우는데 바빴다. 아이들의 수준은 편차가 컸고, 품행도 다양하였다. 학교 법인 해룡학원은 전북 출신 권○○ 일가가 도양마을에 있던 '도양고등공민학교'(마을 사람들은 때양중학교라 불렀는데 도양(道陽)을 강하게 발음해서 나온 말인듯하다.)의 강사로 왔다가 원불교 도양교당의 자산을 바탕으로 지금의 자리에 세운 것이다. 권○○은 한때 원불교 청년회장을 하여 원불교 내에서 제법 위상이 있었던 모양이다. 원불교에서는 박재윤 교무(국어 담당)를 보내어 권○○과 더불어 학교 설립을 준비했다고 한다. 그러나 박재윤은 점차 역할이 소외되어 시나브로 몸과 마음이 망가지고 있었다. 복잡한 심사를 술로 달랬는데 남몰래 혼술이었다. 내 기억으로는 교직원 회식 자리에서 본 적이 없다. 내가 전교조로 해직된 후 얼마 지나지 않아 박 선생이 지회 사무실에 들러 공사판에서 일을 거들어 주고 돈을 벌었다면서 밥을 사 주고 가시더라. 그도 다른 구실로 해임되어 떠돌다 병을 얻어 작고했다는 안타까운 소식을 들었다. "옥태 선생!" 하면서 다정히 불러 주시던 분이다. 해룡(海龍)이라는 학교 이름은 학교 설립을 도왔던 아무개 검사의 아들(권○○의 친구) 이름에서 따온 것이라 들었다.

지금 학교법인 '해룡학원'은 권씨 일가의 사유재산처럼 여겨지고 있지는 않은지? 마치 조선대학교가 그러했듯이.

1981년 10월 1일 자로 정규 교사 임명을 받았다. 나는 비 사범대학 교직과정 이수자이므로 8호봉(사범대는 9호봉)부터 시작이었다. 전·남북 지방의 대학에는 일반사회교육학과가 사범대에 없었으므로 전남 지역의 일반사회 교사는 대부분이 비 사범대학 출신이었다. 따라서 일반사회과 교사들은 사범대학에 학과가 개설된 지리나 역사 교사에 비해 동일 교과 교사 간 유대감이 별로 없어 보였다.

보리밥 묵고 방구뀜께 배가 푹 꺼져불등만

해룡고에 부임하여 근무하던 초 무렵에 농업과 담당이던 전북 출신 아무개 선배는 학교 운동장 바로 밑의 자기 밭을 사라고 하더라고. 그는 얼마 지나지 않아서 전북으로 옮겨 갔다. 이 자가 나에게 덤터기를 씌울 작정이었던 것이다. 지금 그 터는 학교로 편입되었다.

52.
處處佛像, 事事佛供의 정신으로 교직에 임하다

나는 원불교 서광주교당 학생회장 출신이다. 해룡고등학교에 부임하면서 원불교 청년교도로서 원불교 정신을 실천해 볼 꿈에 부풀었다. 모든 일을 내 일처럼 열심히 했다. 권 교장과 교무과장인 권재국 선생, 새마을 과장인 김광수 선생, 연구과장인 임은택 선생, 국어 담당이면서 원불교 교무 출신인 박재윤 선생 등 선배 교사들이 잘 대해 주었다.

교장실에 있던 학교 창립 당시의 삽질하는 모습, 천막치고 수업하는 장면 등을 담은 사진들을 정리하기도 했다. 박재윤 선배가 정리하다가 어느 시점부터 멈춘 것 같았다. 아마도 학교 운영에서 소외되면서부터 그리된 것이 아닌가 싶었다. 원광대 출신 선생들 박○○, 또 다른 박○○ 등의 교사들은 은근히 나를 견제하는 것 같은 느낌을 받았다. 전북 출신 후배 교사 중에서 원광대 출신 국어과 김○○는 드러내 놓고 4가지 없이 대들기도 했다. 그 녀석이 왜 그리 4가지 없이 대들었는지 지금도 그 까닭을 알 수 없다. 학교에는 원광대, 우석대 출신이 많았다. 권○○ 교무과장은 학생 모집 팸플릿에 명문대 출신 교사들로 구성되어 있다고 하더라. 나는 원광대와 우석대가 명문대인 걸 그때 처음 알았다.

내가 영광교사협의회 사무국장으로 일할 때, 도 교육청에서 이양우 학무국장과의 면담에서 비롯된 해룡학원 감사로 해룡학원의 각종 비리가 드러나기 전까지 원불교는 내 신앙이었다.

비록 원불교는 버렸으나 처처불상(處處佛像), 사사불공(事事佛供)의 정신은 놓지 않았다.

53.
오리 선생이란 별호가 생기다

해룡고등학교 재직 시절에 아이들이 나더러 '오:리 선생'이라 하더라. 이유인즉 내가 뒷짐 지고 걷는 모습이 오리가 아장아장 뒤뚱뒤뚱 걷는 것 같다고 하여 즈그덜끼리 웃으면서 붙인 것이란다. 거참 좋은 별명이다. 아이들과 친해지는 느낌이 들어서 좋았다. 나는 아이들에게 '오리'를 다르게 설명하였다. '참 좋은 세상 오리', '통일 세상 오리', '사람이 사람답게 사는 그런 세상 오리'의 그 '오리(來)로 받아들이겠다고. 나는 그런 세상이 오기를 꿈꾸며 살아왔다. 오:리와 오리는 장음과 단음으로 구별된다.

영어 발음이 틀렸을 경우엔 난리 부르스면서, 국어 발음이 틀린 경우엔 너그럽드라. 전라도의 광주(光州)는 단음이고, 경기도의 광:주(廣州)는 장음이다. 굳이 전라도 광주니 경기도 광주니 할 필요가 없다. 특히 방송 출연자들은 국어를 정확하게 사용하기를 바란다.

〈왼쪽은 2006년 화순제일중 3학년 8반, 오른쪽은 2007년 화순제일중 3학년 8반〉

내가 담임할 때는 가급적이면 학년말에 학급문집을 냈다. 학급운영비가 없을 때는 인쇄비를 갹출하였다. 당시엔 납부금 납입 우수, 환경정리 우수, 성적 우수반 등 표창이 있었고 상금도 있었는데 이것을 적립하여 사용하기도 하였다. 내 학급은 이 부문들에서 대개는 수상하였다. 전교조의 노력으로 학급운영비가 생긴 뒤로는 이것을 사용했다. 보통 담임 교사들은 학년말에 쫑파티로 피자나 통닭을 사 묵더라만. 아이들이 다소 귀찮아하지만 학년 말에 막상 학급문집을 받아 들고는 즐거워하였다. 학급문집은 학생들이 1년 동안 여러 활동 중 쓴 글이나 새로 쓴 글에 삽화를 넣어서 원고를 완성했다. 각자 자신의 흔적을 남기기 위해 컴퓨터를 사용하지 않고 자필로 쓰도록 했다. 학급문집의 표제는 「미운 오리 새끼들」, 「the ugly ducking」 등이었다. 안타깝게도 해룡고등학교 재직 시절의 학급문집은 남아 있지 않다. 해직 후 잦은 이사로 사라진 것 같다.

　　　　　　　　　　　　　　　　　　　　　　보리밥 묵고 방구뀅께 배가 푹 꺼져불등만

54.
학생 모집의 추억이 아프다

2학기에 접어들면 해룡고 교사들은 학생 모집에 동원되었다. 교장은 학생 모집이 원활하지 않으면 부득이 교사 정원이 감축될 것이고 따라서 누군가의 자리가 없어질 것이라고 은근히 협박하였다. 영광 관내 중학교 3학년 담임 교사 중에 출신 대학이나 친구, 선후배 등 인연이 있는 중학교를 써내면 권재국 교무과장이 배치하였다. 마침 흥사단아카데미 국사과 양기근 선배가 대마중학교에 근무 중이셨다. 대마중학교를 시작으로 양 선배가 옮겨 가는 군남중, 염산중을 돌면서 학생 모집에 열을 올렸다. 양기근 선배의 도움을 참 많이 받았다. 고맙습니다. 성님! 내 실적이 좋아서 권재국 교무과장과 모집 작전을 함께 짜기도 했다.

중학교를 방문할 때는 출장비로 5,000원을 받았다. 갈 때는 완행버스를 타지만 올 때는 버스가 없어서 택시를 타는 경우가 많아 출장비는 늘 부족했다. 중학교에 들어서면 현관에 실내화가 없었다. 요즈음은 현관에 내빈용 실내화가 잘 마련되어 있더라. 맨발로 들어가면 몇 걸음 가지도 않아서 양말이 부옇게 먼지로 덮였다. 지금 생각하면 쓰리빠를 하나 가지고 댕기는 것인디. 교무실에 들어서서 해룡고등학교에서 학교 안내하러 왔다고 인사한다. 분위기는 냉랭하다. 좀 앉으라는 말도 없다. 수업하러 들어가고 빈자리에 슬쩍 엉덩이를 붙인다. 끝종이 울리고,

"내 자리인디 비끼실라우?"

뒤통수가 뜨겁다. 같은 선생인디. 내가 꼭 외판원 같은 기분이다. 기분은 기분이고 일은 일이다. 3학년 부장 교사에게 해룡고등학교의 장점을 설명한다.

"거, 그 학교 깡패학교 아니요?"

"좀 힘든 아이들이 있어도 좋은 아이들이 더 많습니다. 학교는 점차 더 좋아지고 있습니다."

"웃니라고 하는 소리요. 미안허요."

    일과가 끝나기를 기다린다. 대개 여선생님들은 서둘러 완행버스를 타고 귀가하고, 남선생님들은 관내에서 자취하는 경우가 많았다. 숙직실로 모여서 삼봉을 친다. 접대 삼봉인 셈이다. 다방에 커피를 시켜 다방 아가씨와 농익은 농담들도 오갔다. '봉봉'이라는 것을 끊으면 아가씨와 더 오래 있을 수 있었다. 오늘 이 선생님들과 반드시 형, 아우를 해야 쓴다. 한 살 더 묵으면 성, 덜 묵으면 동생이다. 이것이 시작이다.

    내 모집 전략은 학생 수를 채우는 것이 아니었다. 학업성적이 우수한 재목을 뽑는 것이다. 우수한 아이들을 데려다가 잘 길러서 세칭 명문대학에 합격시켜야 학교가 산다. 깡패학교라는 오명을 털어 버리는 것이 급선무다. 담임 선생님과 정보를 교환한다. 담임을 통하지 않고 개별 접촉하면 안 된다. 담임의 비위를 상하게 해서 좋을 일 결코 없으니까. 우수하면서도 가정 형편이 어려운 아이를 추천받아 가정 방문을 하여 기어이 데리고 왔다. 삼고초려를 거듭했다. 내신 성적에 따라 3년 혹은 1년이나 한 학기 장학생을 선정하고, 나중에는 아주 우수한 학생은 기숙사까지 무상으로 제공했다. 학교는 장학생들을 위한 별도의 재원은 물론 없었다. 다중의 학생들에게 돌아가야 할 몫이었다.

보리밥 묵고 방구뀅께 배가 푹 꺼져불등만

55.
이 일을 어찌할꼬? 교실에서 살인 사건이 발생하다

해룡고등학교 근무 시절에 1학년 교실에서 학생 사망 사고가 생겼다. 몸집이 좀 작은 아이가 좀 큰 아이를 교실에서 칼로 찔렀다. 아이는 즉시 병원으로 옮겨졌으나 숨졌다. 두 아이 다 가정 사정이 어려운 실로 안타까운 일이었다. 학교가 학생들이 안전하게 공부할 수 있는 여건을 제공하지 않아서 생긴 일이었다.

당시 학급 정원은 60명이었으나 여기에 정원 외 원호 학생 2~3명, 이른바 B 학생 2~3명을 합하면 심지어는 68명까지 수용(?)한 적이 있었다. 생각해 보라. 몸집이 어른 못지않은 고등학생을 한 학급에 60명 이상을 집어넣었으니, 이건 뭐 아이들을 좁은 교실에 구겨 넣었다고 표현할 수밖에 없었다. 당연히 자리가 너무 비좁고, 수업 중에 교사가 아이들을 돌보기 위해 둘러보기는 불가능에 가깝다. 대체로 키순으로 앉으니까 뒷좌석 아이가 앞좌석의 아이보다 더 크다. 발을 쭉 뻗으면 앞자리 아이는 더욱 좁아져서 둘이 다투었다.

나도 고딩 시절에 그런 경험이 있다. 뒤에 앉은 ○○○라는 녀석이 자꾸 밀어대길래 아카시아 동산에서 한 판 뜬 적이 있다. 광주고 1학년 교실 뒤에는 아카시아 동산이 있었는데, 이곳에서 가끔 힘을 겨루곤 했다. 일종의 키 재기였을 것이다. 이 '아카시아'는 광주고 서클 이름이기도 했었는데 광주일고에는 '진'이나 '들장미'가 있다고 들었다.

그날 힘이 딸린 아이는 쉬는 시간에 밖에 나가서 칼을 사 왔단다. 사건 전개는 대강 이렇다.

"너 사과해!"

"못 해 새끼야!"

"찔러 분다이?"

"찔러 새끼야!"

이렇게 된 것이었다. 단 한 번에 심장이 다친 모양이었다. 사람 목숨이 참 그렇다. 어떤 경우에는 난자당해도 급소를 피하면 살아남는데, 급소는 단 한 방에 가 버리니. 한 아이는 아주 멀리 가고, 또 한 아이는 교도소로 가고.

4교시 체육 시간인데 박○○ 체육 교사는 씻고 밥 먹으라고 5분 정도 일찍 끝내 주었단다. 그 5분이 문제였어. 일이 생기면 무조건 책임을 면하지 못하는 게 공무원이라. 수완 좋은 교장 동생인 권○○ 서무과장이 실력을 발휘하여 언론과 경찰을 무마했다. 체육 교사와 담임 교사는 한 달 월급을, 교사들은 10만 원씩을, 학생들은 1,000원씩을 모금하여 피해 학생 가족에게 전달하였다. 당시 월급이 40만 원 정도였으니까 교사들에게는 그 모금액이 큰돈이었다. 피해 학생 가족은 그렇게 달랬고 가해 학생은 당연히 감옥행이었다. 지금은 어떻게 지내는지 모르겠다. 악한 아이가 아니고 보통의 아이들과 별로 다를 것 없는 그런 아이였는데, 어떻게 보면 그 아이도 피해자인 셈이다. 저세상에선 편히 쉬길!

이 아이들의 희생은 누구 탓일까? 본인들 탓일까? 탐욕스러운 어른들 탓일까? 이 일을 어찌할꼬?

사건의 발단은 콩나물 교실이었으나 사건 이후에도 별로 개선하려는 노력이 보이지 않았다.

보리밥 묵고 방구뀅께 배가 푹 꺼져불등만

56.
명문고로 발돋움하는 정진반을 운영하다

해룡고등학교 근무 시절 부지런히 학생 모집을 다녔다. 자존심도 많이 상했다. 신설 사립학교로서 학생 수를 채우려다 보니 힘든 아이들이 많이 모였다. 학교 이미지를 한시바삐 바꿔야 한다. 각 중학교 우수 학생들을 각종 장학제도로 유도하였다. 이제는 이 아이들을 이른바 명문대학교에 보내는 것이 중요하다.

각 학년에서 10여 명씩 성적 우수 학생 30여 명을 특별지도하자는 의견을 내서 수용되었다. 기숙사에 입사시켜서 아침과 야간에 특별 관리를 했다. 이 아이들은 수업료를 면제받았고, 기숙사비도 무료였다. 그 이름을 정진반(精進班)이라 했다. 내 주도로 이루어지는 이 프로그램에 다른 선생님들의 반응은 싸늘했다. 이 학교에서 운영되는 장학제도의 재원은 별도로 마련되지 않았다. 전체 학생들에게 돌아가야 할 돈이 소수 학생에게 집중된 것이다.

정진반과는 별도로 내가 맡고 있는 학급에서도 특별지도를 병행하였다. 일과 전 아침과 일과 후에 영어와 수학을 특강도 하고, 학교 프로그램에 없는 방과 후 자율학습을 하였다. 도시락을 두 개씩 싸 와서 저녁 식사는 아이들과 함께했다. 때론 아내가 저녁 도시락을 교문까지 가지고 오면 학생 중 한 명이 가서 받아오기도 했다. 저녁 식사는 아이들과 둘러앉아서 함께 했다. 이 시간은 아이들과 라포를 형성하는 시간이 되었다. 동료 교사들의 시선은 싸늘했다.
심지어는

"너만 선생이고 우리는 선생 놈이다, 잉?"

식의 비아냥도 있었다.

정진반에서 공부한 아이들이 대학 입학 실적을 내기 시작했다. 따라서 학교의 위상도 올라가고 있었다.

보리밥 묵고 방구뀡께 배가 푹 꺼져불등만

57.
육사, 경찰대, 그리고 서울대 합격의 위력은 컸다

드디어 육군사관학교 합격생이 나왔다. 정희수 군이 육사에 합격하였고 이어 다음 해 정강준 군이 경찰대학교에 합격, 또 이듬해 조희상 군이 서울대학교 농업경제학과에 합격했다. 한승관 군의 연세대학교 법과대학 합격에 이어서 다음 해 내 반에서 서울대 합격생 두 명을 배출했다. 정희수 동생인 정오수 군과 김영섭 군이 서울대에 합격했다. 영섭이는 내 집에서 먹고 자고 합숙시켰다. 오수는 집에서 다니겠다고 해서 그렇게 하고. 또 전남대학교 농대 농경과 수석, 법대 차석 등 신바람이 일었다.

당시 문과 3학급 중에서 내 반이 가장 뛰어났다. 학급 분반을 할 때, 2학년 기말 성적으로 1등부터 지그재그로 분반한다. 2학년 말 성적이 서울대 독문과에 합격한 정오수는 1등이었고, 서울대 농경과에 합격한 김영섭이는 6등, 전남대 농경과에 수석으로 합격한 김상배는 7등, 전남대 법대에 차석한 친구(노준철이? 이름이 가물가물)는 12등이었다. 당시로는 4년제 대학에 합격한 숫자도 중요했다. 내가 맡은 3학년 1반이 제일 많았다. 가히 나는 입시 선수인 셈이었다. 다음은 3학년 2반인 교장 아들 권춘익 군이 한양대 법대에 합격할 뿐이었고. 3반에서는 이렇다 할 성적이 없었다. 당시 해룡고 3학년은 문과가 3학급, 이과가 4학급이었는데 이과반 4학급에서는 이렇다 할 뚜렷한 대입 성적을 이루지 못했다.

동료들은 축하한다고 하면서도 *을 씹은 표정이었다. 시기 질투가 작열하였다. 그러나 관내 중학교에 학생 모집을 나가면 인자는 대우가 달랐다. 중학교 선생님들이 반겨 주었고, 우수한 학생들이 스스로 해룡고등학교에 지망하였다. 이른바 명문대학교 입학의 위력이었다. 그리고 세칭 명문대학교 합격자 수가 늘어나면서 해룡고등학교는 깡패학교에서 명문고등학교로 위상이 높아지고 있었다. 그렇게 나는 입시 선수가 되었다. 1987년 전국교사협의회를 만나기 전까지는.

58.
해룡고흥사단아카데미를 창립하다

1980년대에 교육 당국은 준거집단 활동으로 동아리 활동을 권장하기도 했다. 해룡고에는 이미 미술과 정세균 선생이 미술반을 운영하고 있었다. 동아리이지만 미술 특기생 지도여서 자연스러운 동아리 활동은 아니었다. 동아리 활동실은 없었고 미술 동아리는 테니스장 언덕 밑의 창고 같은 곳에서 활동했다.

〈나의 친필로 쓴 회칙〉

대학 시절의 아카데미 활동을 경험 삼아 해룡고등학교 아카데미를 시작하였다. 우선 내 반 아이들과 내가 모집해 온 아이들을 중심으로 조직해갔다. 내가 스카웃한 아이들은 중학교 상위권 학생들로서 중학교 선생님들과 학부모들의 기대가 큰 아이들이었다. 이 아이들을 잘 보살피고 학습지도도 해야 했다. 일단 조직이 자리를 잡아가자 선배가 후배를 스카웃하여 자연스럽게 대를 이어갔다. 졸업생들은 '해아동(해룡아카데미동문회)'이란 조직으로 연결했다.

아카데미 회원들의 지도는 평일에는 학교 안에서 내가 직접 담당하고, 하계수련회에는 전남학생아카데미수련회에 참가했다. 동계수련회는 광주에서 대학생 선배들을 초빙하여 좀 더 활발하게 진행하였다. 한상석 군의 도움을 받아서 청주 한씨 제각에서 동계수련회를 하기도 하였다. 강창구, 정필웅, 위경종, 송창식 군 등 흥사단 후배 단우들이 고생하였다. 주말에는 산행을 많이 하였다. 활동 교재로 『참, 힘, 사랑』을 편집하여 활용하였다. 나는 해룡고 아카데미 아이들을 참되고 사랑하는 마음으로 힘을 기르기를 가르치고자 했다.

〈해룡고아카데미 교재〉

해룡고등학교 개교 이래 처음으로 시화전도 열었다. 회원들이 글을 쓰면 국어과 변기숙 선생이 살펴 주고, 미술반 아이들의 삽화 등 협조로 회원 각자의 작품을 완성하였다. 영광 읍내 수도예식장에서 시화전을 하였다. 정형택 교사 시인이 격려 방문해서 여러 가지 조언도 해 주셨다. 수도예식장은 학교 앨범을 맡은 수도사진관 김○○ 사장이 처음 개장하였는데, 첫 예식을 개시하기도 전에 우리에게 무상으로 공간을 제공해 주었다. 고맙습니다.

아카데미의 활동을 시작으로 윤리과 최승우 선생의 '자아성찰반', 역사과 김남현 선생의 '향토조사반' 등의 상설 동아리가 탄생했다. 동아리 대항 체육대회를 하기도 하고, 각 동아리의 활동에 다른 동아리가 응원과 격려를 하기도 하였다. 동아리들은 경쟁하면서도 서로 존중하고 협력할 줄 알았다. 이 동아리 활동들은 학생 모집에도 긍정적인 역할을 하였다. 해룡고등학교는 공부만 열심히 하는 것이 아니라 다양한 학생 활동으로 즐거운 학교라는 이미지가 자란 것이다.

보다 젊은 선생님의 훈김이 필요해서 광주고 후배인 물리과 박석원 선생을 지도 교사로 초빙하였다. 박석원 선생은 해룡중학교 1회 졸업생인데, 광주고에 합격하여 학교의 명예를 높였다고 들었다. 나와 박 선생을 아이들은 큰 사부, 작은 사부로 불렀다. 내가 전교조 활동으로 해임된 후에는 박석원 선생이 지도를 전담하였다. 해임되기 전에 박 선생에게 아카데미 지도를 부탁하러 간 날 밤에 박 선생댁 대문 밖에 세워 둔 자전거를 도둑맞았다. 파출소에 신고하니 경찰의 답이 가관이었다.

"못 찾아라우."

〈해직 후 해아동이 준 감사패〉

해임 후 몇 해 지나지 않아서 해룡고등학교에서 흥사단아카데미는 해산되었다. 그 이유가 무엇일까? 해룡고에서 해직된 다음 해인 1990년에 해룡고 아카데미 출신 제자들이 감사패를 주면서 위로하더라. 고맙다.

59.
평생의 반려를 만나다

직장을 잡았으니 우선 나부터 독립해야 했다. 그리고 부모님을 모셔야 했다. 장남, 차남의 구별이 무의미했다. 여그저그서 중매 비슷한 소개가 들어왔다. 원불교 동광주교당 교무님이 소개한 원광대 도서관에 근무한다는 아가씨를 두 번 만났는데, 서로 뜻이 통하지 않았다. 산수동 집 근처의 양복점 여사장이 소개한 아가씨를 만났다. 1981년 10월 중순 어느 날이었을 게다. 처음 만나는 날, 이이는 장성 북이면에서 궂은 날씨에도 불구하고 약속을 지키러 나왔다. 약속을 중히 여기는 품성이 좋아 보였다. 여러 이야기를 나누다 보니 뜻이 통하여 일사천리로 진행하여 1981년 12월 6일에 결혼식을 올렸다.

신혼여행은 공주로 택했다. 5·18 항쟁으로 구속되어 공주교도소에 수감 중인 한상석 군을 면회하고자 하는 면도 있었다. 광주에서 공주 숙소까지 형님 아는 사람이 자가용으로 하는 나라시 택시를 탔다. 분명히 형님이 요금을 치른 것으로 아는데 추가 요금을 요구하니 좋은 날 낯을 붉히기 싫어서 어쩔 수 없이 추가로 주었다. 직계가족이 아니라서 한상석 군의 면회는 불발하고 책만 차입해 주었다. 공주에 머무는 동안에 서영창 군이 많은 도움을 주었다.

예식장은 계림동 락희예식장이었고, 주례는 농업경제학과 장동섭 교수님께 부탁드렸다. 아내는 어렵고 복잡한 집안에 시집와서 살림을 참 잘해 주었다. 지금은 나이 들어 사방디가 아프다고 하니 마음이 아프다. 모다 내 탓이기에. 엊그제 아내더러

"당신은 시방부터 고생 끝, 행복 시작이야."

했더니 무엇을 어떻게 행복하게 해 줄 것이냔다. 웃었다. 그래, 지금은 웃을 수 있다.

60.
영광읍에 살림을 차리다

결혼을 준비하면서 영광 읍내에 신혼 방을 구했다. 영광경찰서에 다니는 대학 친구 장영길의 초딩 친구 송수열과 전남대 아카데미 동기인 조순형 군이 서둘러 알아봐 주었다. 영광경찰서 정보과 형사 이○○의 문간 상하방을 전세 18만 원에 구했다. 이 돈은 큰누이가 대 주었다. 두 달 정도 살다가 집을 옮겼다. 마침 도양마을에 있던 때양중학교가 폐교되면서 거기에 근무하던 선생이 서울로 이사 가게 되어 집을 독채 전세로 얻게 되었다. 전세금은 80만 원이었는데 이 돈은 식당 하면서 어머니가 별도로 가지고 계시던 돈이었다.

아내와 상의하여 부모님을 모셔 오기로 했다. 말이 상의한 것이지 거의 통보나 다름없었다. 아내는 너무 서운했을 것이다. 신혼을 단 두 달 살고 시부모님을 모신다니 반길 신부가 어디 있겠는가? 게다가 장남도 아님시로. 형님은 내가 부모님을 모셔 가는 것을 반대하셨다. 장남인 당신이 모셔야 한다는 것이다. 그러나 형님도 따로 살고 싶었을 것이다. 다만 그놈의 체면이 문제였던 것이제. 이 이야기를 하면서 형제는 밤새워 술을 마셨다. 그때 부모님의 연세는 환갑 전이었다. 내가 모시면서 아버지와 어머니는 환갑과 고희를 다 지내셨다. 고희를 바라보고 있는 나는 아직 노인 기분이 전혀 아닌데, 그때 우리 부모님은 왜 그리 늙어 보이셨을까?

그렇게 하여 내 아내는 결혼 두 달 만에 시부모님을 모시고 살게 되었다. 가난한 선생 월급으로 시부모님과 함께 생활하는 것도 만만하지 않을 판인데, 별로 시부모님 이쁨도 받지 못했고 신랑의 다정다감함도 없었으니 아내의 신혼 생활은 너무 폭폭했을 것이다.

미안합니다. 고맙습니다.

61.
2년간 소를 키우니 본전이 아쉽더라

부모님은 아직은 젊다면서 살림에 보탬이 될 수 있는 뭔가를 하고 싶어 하셨다. 살던 집에 마침 외양간이 있었고, 소를 키우면 도움이 될 것 같아 한우 송아지 두 마리를 들여왔다. 조사료로 쓸 볏 짚은 영광이 고향인 김남현 선생이 아는 분에게서 조달하여 주었다. 부모님은 소를 아주 깔끔하게 키우셨다. 소죽을 쒀서 따뜻하게 먹이고, 파리를 잡아 주고, 털을 밀어주고 하여 소가 반질반질하게 빛이 났다. 그렇게 2년을 키워 내다 팔려니 본전이 안 된다. 송아짓값에 사룟값도 안 나오더라. 부모님의 낙담이 크셨다. 이후 부모님은 손자녀들과 즐거이 지내시기만 했다.

문제는 전두환과 그놈의 동생인 전경환이 때문이었다. 전경환이는 새마을운동본부장인가 뭔가 했을 것이다. 이놈이 판칠 때 영광 염산 두우리의 어촌마을을 배경으로 하는 '두우리 녀석'이라는 송재호가 주인공으로 나오는 드라마가 있었다. 언제는 소를 키우라고 장려하더니 살아 있는 소까지 수입한 것이다. 당연히 솟값이 폭락이제. 이 시절 파산한 축산 농가가 많았다. 유능한 농가일수록 소를 많이 키웠으니 그만큼 손실도 컸다. 빚더미에 앉은 농민 중에 더러는 생을 달리하는 이도 있었다.

두우리 이야기가 나왔으니 하나 더 추가하자. 식육점을 하고 있던 큰누이 남편은 부동산 투기로 부를 늘리기도 하는 모양이더라. 어느 날 부도가 나서 경매에 나온 두우리 해수욕장 땅과 시설(드라마 '두우리 녀석'의 무대)을 내 명의로 응찰하라는 것이다. 거절하기 어려워서 명의를 빌려주었다. 어느 날 퇴근하고 집에 오니 각두기 머리의 건장한 청년 몇이 찾아왔다. 영광 깡패들이었다. 제법 점잖게

"선생님이 진정으로 두우리를 사려고 하십니까? 그렇다면 수긍하고 돌아가지만 명의만 빌려주

는 것이라면 곤란허요, 잉?"

내가 괜한 일로 맞아 죽을 일 있어? 사실대로 이야기하니 고맙다면서 가더라. 영광군에 주소가 있어야 응찰이 가능했던 모양이더라.

보리밥 묵고 방구뀡께 배가 푹 꺼져불등만

62.
사회 학습 보조 자료를 만들다

해룡고 근무 시절 학생들은 사회 부교재를 갖추기 어려웠다. 수업을 효율적으로 하기 위해 수업용 별도 교재를 만들었다. 내용이야 거의 짜깁기 수준이지만 교과 내용을 요약하고 여러 문제집에서 좋은 문제를 골라서 편집하였다. 당연히 저작권 침해 염려가 있었다. 하지만 판매하지 않고 아이들에게 인쇄 실비만을 받았다.

〈내가 만든 사회 교재〉

교재 여백 중간중간에 판화를 넣었다. 5·18 광주민중항쟁 후 민민운동권에서는 목판화로 민민운동을 알리는 작업이 활발했다. 전두환 정권에 대한 비판과 광주를 아파하는 내용이 주를 이루었다. 당시로서는 매우 위험한 행동이었다.

예비군 중대에서 근무하는 제자의 귀뜸이다. 선생님 조심하시라고. 권○○ 교장은 교무회의 때 김옥태 선생처럼 열심히 연구하는 교사가 되길 바란다고 칭찬하였다. 이 칭찬은 안 하는 것만 못했다. 내가 칭찬을 바라는 것도 아니고. 동료들의 싸늘한 눈초리를 등 뒤로 느꼈다. 인쇄는 국어과 변기숙 선생의 친구인 김경란이 운영하는 광주 대인동 인쇄소에서 청타로 했다.

63.
해룡고 응원가 마련과 학생 애창곡집『메아리』를 발간하다

해룡고 재직 시절, 나는 열정을 쏟았다. 교무과장 권재국 선생님과 신입생 모집 전략을 함께 짜기, 앞장서서 학생 모집활동에 나서기, 내 교과인 일반사회는 참고서를 직접 편집하여 사용하기, 동아리 활동 지도하기 등 학교 발전과 아이들을 위한 일에 열심이었다.

학교마다 응원가가 있지 않은가? 하지만 해룡고엔 응원가가 없었다. 내가 작사하고 교장 선생님께 부탁하여 원광대 음악과 송은 교수가 작곡하였다. 아울러 중고등학생들이 즐겨 부를 수 있는 노래, 당시엔 그걸 건전가요라 불렀다. 그런 노래들을 모았다. 해룡중학교 미술과 나영주 선생님의 도움도 받았다. 나 선생은 해룡고 1회 출신이다. 그렇게 발간한 애창곡집이『메아리』로 1985년의 일이다.

해룡중고등학교 학생회가 주관하여『메아리』를 발간하였고, 학생들에게 인쇄비만 받고 제공하

〈해룡고 애창곡집과 응원가〉

보리밥 묵고 방구뀐께 배가 푹 꺼져불등만

였다. 응원가는 한 번도 불려 보지 못했다. 음악 교사가 음악 시간에 좀 가르쳐 주면 좋으련만 관심이 없었다. 더구나 다다음 해인 1987년은 평교사협의회가 뜨기 시작하고, 나도 해룡중고평교사협의회, 영광교사협의회, 전국교사협의회 등의 활동에 매진하게 되었다. 당연히 내가 주도한 응원가가 불릴 리 없지. 지금은 해룡고 관련자 중 어느 누구도 응원가가 존재했는지조차 모를 것이다. 해룡고의 비리를 밝혀내어 전남도교육청의 감사를 받고, 교장과 서무과장이 징계를 받게 하는 이유로 내가 밉더라도 해룡 응원가는 불리기를 바란다.

64.
도양마을에서 내 보물들, 삼 남매를 얻다

.

도양마을로 이사 후 세 아이가 태어났다. 1982년 8월 큰딸을 시작으로 두 살 터울로 연이어 둘째 딸과 아들이 왔다. 둘째는 1984년 6월 엄마 생일(하지)에 태어났다. 둘째가 태어난 날 처음으로 아내에게 선물을 했다. 꽃무늬가 들어간 양산이었다. 아들은 1986년 5월에 태어났다. 아이들은 할아버지와 할머니의 사랑을 듬뿍 받고 자랐다. 모처럼 부모님은 여유를 가지신 듯했다. 남아선호 생각을 아직도 많이 가지고 계시던 부모님은 연이어 딸이 태어나자 다소 실망한 모습이었다. 나도 아들과 함께 산에 다니는 동료들을 보면 부러운 생각이 들었다. 어쩔 수 없이 나에게도 남아선호가 남아 있었던 모양이다. 이런 생각이 아내에게는 부담이 되었을 것이다. 어디 아들딸이 마음대로 낳아지는 것인가?

아이들의 생일은 전부 양력을 쓰기로 했다. 아무래도 음력은 자라나는 세대에게는 생소하고 해마다 날짜를 계산하기도 번거로울 것이므로.

첫째와 둘째 아이는 광주 계림동의 박의호 산부인과에서 출산했다. 막내가 태어날 무렵엔 영광에도 산부인과가 생겨서 아내는 몇 차례 방문하여 검진하여 보고 정○○ 산부인과의원에서 출산하기로 했다. 새벽에 진통이 와서 산부인과에 갔건만 쉽게 나오지 않았다. 의사는 제왕절개를 하자고 했다. 당시 세 번째 출산은 의료보험 적용이 되지 않았다. 나는 좀 더 기다려 달라고 했다. 두 아이를 자연분만했기에 아직 때가 이르지 않았다고 여겼다. 나중에 아내는 그때 내가 너무 미웠다고 하더라. 자기는 극심한 고통을 겪고 있는데 정작 남편은 느긋하니 말이다. 조금 더 기다리니 머리가 보인다. 의사는 무리하게 기계를 사용하여 아이를 당겼다. 머리가 늘어져 보였다. 아이가 드디어 빛을 보았다. 내심 나중에 이 아이에게 문제가 생기지는 않을지 걱정이 컸다. 의사가 아무래도 서툴러 보였다. 우려와 달리 아이는 아주 훌륭히 자랐다. 아이를 안고 정○○ 산부인과에서 나오는

데, 간호사 왈,

"아가야! 느그 아부지가 100만 원 벌었다!~~"

고 하더라고. 실력 없는 의사에 개념 없는 간호사였다. 마치 제왕절개를 하지 않고 자연분만한 것을 비꼬는 듯한 말투였다. 본래 나는 인위적인 것보다는 자연스러운 것을 더 좋아한다. 자연분만이 가능한데 굳이 제왕절개를 하여 몸에 칼을 댈 필요가 있을까? 몸에 칼 대서 뭐가 좋다고?

막내를 안고 도양마을 집으로 와서 뉘어 놓으니 둘째가 아장아장 걸어와서는 이불을 살짝 들춰보더니

"오메~~!!"

하고는 할머니 방으로 달려가드라. 삼 남매가 내게 온 마지막 날이었다. 축복의 날이었다.

65.
내 집 마련의 꿈을 이루다

도양마을에 살 때 학정마을을 새로 조성한다는 정보를 얻었다. 건축 비용 대출은 3년 거치 10년 상환, 연이율 8%(당시로서는 낮은 이자율)의 조건으로 704만 원이었으며 대지는 150평을 나누어 분양한다는 조건이다. 그간 모았던 돈과 대출금을 합하여 집을 지었다. 건축비는 대략 1,400만 원 정도 들었던 것으로 기억한다.

집 구조는 단층 슬라브와 한옥 중에서 선택이고 설계는 공동 설계였다. 한옥은 아무래도 제대로 지으려면 시간이 오래 걸리고 비용도 더 들 것이라고 여겨서 나는 슬라브를 선택했다. 대지는 150평이었으나 진입 도로 등 공유면적을 빼고 나면 135평이 전용면적이었다. 건평은 약 20평 정도로 큰방, 작은방, 상하방, 거실, 주방, 욕실의 구조였다. 도시 아파트를 기준으로 보면 32평 아파트 크기 정도가 아닐까 싶다.

본채와 뒤 담장과의 사이에 너비 약 1.5 미터 정도의 회랑이 있었는데, 담장과 연결하여 지붕을 씌우니 창고 겸으로 수납하는 공간이 되었다. 대문은 아치형으로 붉은 벽돌을 사용하여 만들고 넝쿨장미를 올렸다. 야외 활동 중 사용하기 위해 옥외 화장실이 필요하여 손수 땅을 파고 블록을 쌓고 지붕을 씌워서 지었다. 아마추어 솜씨가 역력했다. 화장실 배수를 제대로 하지 못해서 날씨에 따라서 수위가 오르락내리락했다. 푸세식인데 한 번도 푼 적이 없다. 건더기가 자연 소화되었던 것이다. 장마철에 이 화장실에서 큰 것을 보다가는 낭패를 당한다는 것을 명심해야 했다. 특히 큰 것을 보면서 하품은 금한다.

야외 공간은 어머니의 공간과 나의 공간으로 합의를 봤다. 어머니의 공간은 주로 야채를 심는 텃밭으로, 나의 공간은 꽃밭이었다. 어머니의 텃밭에서는 식구들이 먹을 만큼 채소가 나왔다. 집을 짓는 동안에는 퇴근하면 공사 현장에 파고 살았다. 한 손에 막걸리 주전자 다른 손엔 삽을 들고서. 인부들과 친하게 지내면서 감독을 했다. 국도에서 연결되는 마을 입구부터 집까지 꽃을 심었다. 계절 따라 꽃이 피니 보기에 좋았다. 사람들은 학정마을을 꽃마을이라고 부르기도 하였다.

우리 집을 가져 본 것이 얼마 만인가? 초딩 때 부모님께서 지으신 초가삼간을 고딩 때 팔고 그 후로 쭉 셋방에서 살았으니 근 20년 만이런가? 그 감회는 이루 형언할 수 없었다. 이 집은 해직되어 광주에서 장사할 때 현금이 필요하여 팔았다. 약 5,300만 원 정도? 해룡고 재직 시절 학교에서 기능직으로 계시던 분(김○○)이 샀다. 정든 집을 팔아야 해서 너무 아쉬웠다. 형편만 된다면 팔지 않고 세를 주고 싶었다.

최근에 영광에 들를 일이 있어서 지나다 보니 학정마을 부근이 많이 변했다. 국도도 4차로로 확장되었다.

66.
학정마을 집은 아카데미 회원들의 요람이었다

학정마을 집에는 해룡고 아카데미 회원들이 수시로 드나들었다. 아내는 아이들을 위해 밥을 지었다. 쌀과 보리가 반반 정도씩 들어간 밥에 된장국에 김치라도 아이들은 아주 맛있게 먹었다. 자취하는 아이들에게 아내는 쌀과 김치를 담아서 보내기도 하였다. 아내는 밥 짓고 설거지하고 김치 담가 보내고 고생이 너무 많았지만 드러내 놓고 불평하지는 않았다. 해룡고가 남녀공학이 되니 달라지는 것이 있었다. 여학생들은 부엌에서 사모님을 도와서 설거지를 하기도 하였다. 머시매들만 있을 때와는 분위기가 달랐다.

3학년 1반 담임을 할 때, 김영섭이를 작은방에서 숙식시키면서 서울대 진학지도를 하기도 하였다. 밤 11시에 재우고 아침 5시에 깨우고, 도시락은 두 개를 쌌다. 녀석은 졸업 후 한 번도 연락이 없다. 아내는 가끔 영섭이 소식을 묻지만 나야 알 수가 있나? 잘 살고 있겠지. 무소식이 희소식이여.

어느 날 염산 향화도에 사는 위가선, 미선이 자매가 숭어를 한 바케쓰 들고 왔다. 아버지가 숭어를 잡았는디, 사부님께 갖다 드리라고 하셨다고. 그 숭어 맛이 참으로 찰졌다.

보리밥 묵고 방구뀡께 배가 폭 꺼져불등만

67.
인연은 어디서 오는 것인가?

1983년 5월 무렵이던가? 정확히 기억은 나지 않는다. 해룡고 아카데미 회원들을 데리고 월출산으로 야영을 갔다. 학생 차비 할인을 위해 복장은 교련복으로 입혔다. 영광터미널에서는 통과하였고, 광주 대인동 터미널에서 영암으로 가는 버스를 타야 하는데, 학생복이 아니라 할인을 할 수 없단다. 이런 참담한 일이? 입씨름도 소용없었다. 즈그덜 규정이 그렇다고 우기는데 방법이 없었다. 예산에 차질이 생겼다. 지금이야 카드를 쓰윽 긁으면 되지만 가지고 간 돈도 별로 여유가 없었다. 어쩔 수 없지만 믿는 구석이 있었다. 영암에 가면 사업하고 있는 김성대 선배를 만날 수 있으려니 오는 차비를 구하자.

가자~~ 월출산으로!

야영을 마치고 일요일에 영암읍에서 사업을 하는 김성대 선배에게 연락하여 아이들 간식을 먹이고 차비도 구했다. 아직 총각인 성대 성에게

"장가 안 가요?"
"어디 좋은 사람 있으면 소개라도 해 주라."
"우리 학교에 성헌테 딱 맞은 사람이 있긴 헌디, 만나 볼라요?"
"좋지!"

다음 월요일 영어과 정○○ 선생에게 성대 성 이야기를 하면서 만나볼 의향이 있는지 물었다. 두 분 다 키가 크고 시원시원한 성격이니 잘 맞을 것이라 생각했다. 망설임 없이

"선배님이 소개하는 사람이라면 좋은 사람이겠지요."

다시 성대 성한테 연락하여 다음 토요일에 광주에서 번개팅을 했다. 그리고 나는 잊고 살았다. 여름방학이 끝나고 정 선생이

"선배님 하기로 했어요."
"무엇을?"
"아~따, 이따가 전화 올 거예요."

1교시가 끝났을 무렵인가 성대 성이 전화를 했다.

"야, 나 정 선생하고 결혼하기로 했다."

그렇게 해서 김성대 성과 정○○ 선생의 커플이 이루어졌다. 주례는 학창 시절 전남대 아카데미 지도 교수를 맡아 주셨던 김용선 교수님이었다. 주례사 중에 다음과 같은 말씀이 있었던 것으로 기억된다.

"신랑은 내가 사랑하는 제자이고, 신부는 절친의 딸이니 이만하면 보증수표라. 가히 선남선녀의 만남이라 더 볼 것 없이 훌륭한 짝이라…."

성대 선배는 남매를 낳아서 아주 잘 키웠고, 지금은 영암에서 양만장을 잘 경영하고 계신다. 전국양만수협조합장도 하시고. 나중에 알고 보니 우리가 차비를 얻던 그 시절 성대 성은 사업이 부도 위기에 빠져서 아주 어려웠던 시기였다고 하더라. 그럼에도 전혀 내색하지 않고 아이들 간식을 사 주고 차비도 주셨다.

고맙습니다.

보리밥 묵고 방구뀅께 배가 푹 꺼져불등만

68.
한국의 딸들아, 친정에 가거든 밥하고 청소하고 설거지 좀 하그라

부모님을 모시고 살다 보니 명절이나 부모님 생신이면 식구들이 다 모였다. 형님 내외, 누이들 내외와 조카들로 붐볐다. 아내는 이들을 위해 밥하고 설거지하느라 동분서주다. 형수나 누이들이 부엌에 들어오는 일은 전혀 없었다. 식구들은 밥 먹고 큰방에서 이야기하느라 바쁘다. 형수는 평소에 못 한 며느리 노릇을 명절에라도 했으면 좋았겠지만 그렇지 않았다. 누이들도 즈그 시가에 들렀다가 이제 친정에 왔으니 올케도 친정에 가도록 배려해야 하지 않겠나? 하지만 전혀 배려가 없었다.

명절이나 부모님 생신 등에 형제들이 모이면 옷가지나 용돈을 좀 드리기도 한다. 가끔은 소물방 뎅이를 가지고 오기도 하고. 부모님께는 이들이 효자다. 평소에 따순 진지를 삼시세끼 차려드리는 며느리는 안중에 없다. 시누이들은 즈그들을 낳아서 길러 주신 부모님을 모시고 있는 이에게 잘해야 즈그 부모님에게 그덕이 돌아가지 않겠냐 말이다. 올케 숭 보기 일쑤다. 어머니는 여기에 맞장구치시고.

그 시절에 내게 하지 못한 하소연을 고희를 바라보면서 아내에게 듣는다. 오직 속상했으면. 그 응어리가 쉽게 풀리진 않을 게다. 아내는 자기는 그렇지 않으리라 말하지만 요즘 세대는 또 다르다. 아들 내외가 얼마나 부모를 찾아 줄지도 모르겠고, 일 년에 얼굴을 몇 번이나 볼 수 있을는지, 앞으로 아들 내외 얼굴을 몇 번이나 보고 죽을는지 모르겠다. 이래저래 우리 세대는 부모님 세대와 자녀들 세대에 낀 세대이다. 직장에서도 선배를 존중했던 우리 세대와 그렇지 않은 후배 세대에 낀 세대가 아닐는지.

2023년 어버이날에는 큰아이 내외가 용돈과 목포 '남도아리랑'에서의 홍어 백반을, 둘째 아이가 즈그 엄마 종합검진과 우리 내외 신발을, 막내가 용돈을 보내 주었다. 아이들은 부모님 생일을 묻곤 한다. 음역을 양력으로 계산하기가 어려운 모양이다. 나는 연초에 달력을 받으면 식구들 생일이며 제삿날부터 표시한다. 오는 12월에 결혼할 예정인 큰아이의 짝은 매우 듬직하다. 올해 말이면 이제 아이들 여우살이가 다 끝난다. 부모로서 한시름 놓았다.

보리밥 묵고 방구뀡께 배가 푹 꺼져불등만

69.
싸부님, 조심하셔요, 선생님 보고가 계속 올라옵니다

예비군 중대에 근무하는 제자의 말이다. 조지 오웰의 『1984년』처럼 모든 곳에 눈과 귀가 있었다. 우리는 감시 속에 살고 있었다. 수업 시간에 한 말, 동료들과 밥묵으면서 술묵으면서 한 말들이 다 수집되는 모양이었다. 정보를 수집하는 통로도 다양했다. 학교, 경찰서, 정보당국, 예비군 중대, 읍 사무소 등 벽에도 귀가 있었다. 무슨 말이든지 입 밖에 내기 전에 주변을 둘러봐야 했다. 동료들을 의심하고 보기도 해야 했다.

'관계기관대책회의'라는 것이 있었다. 관내 각 기관이 수집한 정보를 공유하고 대책을 세웠던 모양이다. 그 회의에 다녀온 어느 날 교장이 부르더니 자네 조심하소. 자네에 대한 말이 많이 나오데.

1988년 무렵이었던가? 영광 염산면 가음 방조제 농토의 소유권 쟁의가 있었다. 방조제를 쌓으면서 필요 노동에 동원되었던 이곳 주민들에게 뻘땅을 분양한 모양이었다. 주민들은 뻘땅을 일구어서 겨우 논을 만들었고, 해마다 세금도 납부하였다는 것이다. 그런데 등기가 정리되지 않아서 영광군 소유로 되어 있었고, 그 소유권을 두고 영광군과 염산 주민들 간의 분쟁이 일었다. 예의 그 '관계기관대책회의'에서는 염산 주민들을 빨갱이라고 매도하기도 하였다. 사실 바닷속 땅도 높낮이가 있고, 자갈도 있다. 간척 사업에 노동력을 제공한 대가로 땅을 불하받아서 농토로 일구었던 이들이 마땅히 땅의 주인 아니겠는가? 더구나 뻘땅은 소금기가 빠지기까지는 여러 해가 걸린다.

학교 교직원 회식 자리에서 교장이 이들을 빨갱이라는 식으로 이야기하길래 나와 의견 다툼이 있기도 하였다. 가진 자와 못 가진 자의 인식 차이가 아닐까 하고 의견을 냈더니, 자기가 가진 자이냐고 성질을 내더라. 갑자기 주제가 이상해져 부렀다.

70.
동해물과 백두산이 마르고 닳도록 사립학교를 울궈 묵다

내가 재직하던 시절의 해룡학원에는 권씨 일가와 그 친지들이 널려 있었다. 삼 형제 중에서 첫째는 교장, 둘째는 중학교 서무과장, 셋째는 고등학교 교무과장이었고, 셋째의 부인은 중학교 수학 교사, 일족 권○○는 고등학교 서무과장, 첫째의 친구 조○○는 중학교 교감, 인쇄실과 수위도 일족, 삼 형제 중 어느 부인은 유령 교사로 월급을 타 묵었다.

언젠가 호형호제하던 권○○에게

"교장 선생님 퇴임하면 성님이 물려받으요?"
했더니, 놀라면서
"절대 그럴 일은 없다. 내가 나중에 이 학교 교장이 되면 손에 장을 지진다."

나중에 내가 해직된 후 그는 형을 이어서 교장을 허드라. 내 생애 손에 장 지진단 놈 여럿을 봤으나 실제로 장 지진 놈은 씨도 없더라. 망한나라당 당수를 했던 광주사레지오고등학교 출신 이 아무개도 그렇드라. 교장의 둘째 딸은 티오(TO)도 없는 자리를 만들어서 일어과 교사를 차지하고(은사인 기존의 일어 교사[3] 는 밀려나고), 둘째 아들은 밀고 들어와서 은사이자 선배 교사들을 제끼고 교감, 교장을 허드라. 권씨 일가가 해룡학원을 설립하는 데 보탠 돈은 단 한 푼도 없었다고 들었다. 오히려 빈손으로 들어와서 일가를 이루었지.

---

3) 그 일어 교사는 원불교 교무의 아내였다. 정토회원이라고 하여 원불교는 남자 교무가 결혼한 경우 직업이 없는 아내의 일자리를 보살펴 주기도 하였다. 교무의 급여가 사실상 없었기 때문이다.

보리밥 묵고 방구뀜께 배가 푹 꺼져불등만

내가 전라남도교육청 청렴시민감사관이 되어 감사했던 학교 중에 ○○여자중고등학교에서는 설립자 자손이 대대로 교장과 행정실장을 물려받았더라. 심지어는 학교 주도권을 서로 차지하려고 남매가 주먹다짐까지 해서 형사 처벌도 받았더라. 아들은 행정실장, 딸은 교감이었다지? 그 남매가 학교 운영의 주도권을 두고 싸움했고, 오빠가 여동생을 패 부렸던 모양이더라. 이 학교는 전임 이사장(그 싸움한 남매의 어머니)의 장례용품을 학교 회계에서 지출하기까지 했더라. 학교 회계는 물론이고 법인회계에서도 이사장의 장례용품을 구입하면 안 된다. 단 조의금은 5만 원, 조의 화환은 10만 원 상당을 할 수 있을 뿐이다. 감사 의견서에 교장과 행정실장을 징계하고 장례 물품 구입비로 지출한 것을 환수 조치할 것을 의견으로 냈지만, 결과는 알지 못한다. 재단과 교육청이 짬짜미한다는 생각이 예전부터 있었다. 심증은 가나 증거가 없을 뿐이다. 사학 정상화를 위해 전남도교육청 관료들이 별 의지가 없어 보였다.

현재 대한민국 사립학교의 재정은 99.9% 국고지원으로 운영된다. 설립만 사립일 뿐 실질적으로는 국공립과 다를 것이 없다. 그럼에도 불구하고 사립의 설립자 일족이 마치 사유재산인 양 인사권, 재정권, 운영권 등을 독차지하고 있는 것은 커다란 문제이다. 교육 당국과 법인 간의 짬짜미가 의심되는 대목이다. 심증은 가나 물증을 잡지 못했을 뿐이다. 정부는 재정 자립을 하지 못하는 사학을 전부 국공립으로 환수할 것을 권한다. 우선 해마다 법인이 부담해야 할 법정부담금을 내지 못하는 만큼씩 재단의 소유권을 국가에 귀속시킬 것을 권장한다. 최소한 인사권이라도 회수하길 바란다.

대한민국 사립학교는 종교 단체가 가지고 있는 곳이 많다. 역대 정권은 종교를 함부로 건들지 못했다. 교인들의 쪽수가 많으니까 선거판에서 미치는 영향력이 크기 때문일 것이다. 박근혜가 2005년 망한나라당 대표를 하던 시절에 터진즈그당이 겨우 마련한 사립학교법의 개정안을 무산시킨 적이 있었다. 잘 알다시피 박근혜는 영남대학교 재단 이사장을 한 적이 있었다. 『알몸 박정희』를 쓴 최상천에 의하면 영남대학교는 노블리스 오블리제로 잘 알려진 경주 최부자가 후진 양성을 위해 전 재산을 들여 청구대학을 설립하였다가, 학교를 운영할 자금이 부족해지자 부자인 이병철이한테 경영을 맡겼는데, 박정희가 군사 반란 후 이병철이를 부정 축재로 치죄할 때 이를 무마하고자 박정희에게 바쳐서 박정희 것이 된 학교로 알고 있다.

71.
영광교육장의 딸인 과학 자격자가 해룡중에서 영어를 가르치다

1988년 무렵 해룡중학교에 영어과 교사 자리가 생겼다. 영어 교사는 당연히 영어 전공자 중에서 선발해야 했지만, 과학 전공자가 기간제로 와서 영어를 담당했다. 그 교사는 현임 정동인 영광교육장의 외동딸이었다. 지도감독기관의 장이 피감독기관에 청탁 취업을 한 것이었다. 갑질인가? 비리의 공모인가?

영광교사협의회 임원들이 교육청을 방문하여 항의하였다. 다른 사람이 이와 같은 일을 하면 못하도록 말려야 할 교육장이 자기 딸이라고 이런 짓을 하느냐? 그 교육장은 동문서답하면서 엉뚱한 소리만 늘어놓았지. 교육장실 책꽂이에 있던 자기 실적 자랑물(빛 바랜 학습지도안으로 보였음)을 꺼내 보이면서 자기가 얼마나 유능한지를 자랑하는 등 횡설수설 논점을 흐리고자 했다. 부정한 인사청탁 사실을 결코 인정하지 않았다. 손바닥으로 하늘을 가리는 어리석음을 보았다.

그 교육장은 나중에 간선제 민선 전라남도교육감이 되었다가 뭔가에 걸려서 미리 선수 치고 빠져나갔다. 칭병하고 사직했지. 그래서 보궐선거를 치렀고, 그 보궐선거로 당선된 또 다른 정○○ 교육감은 비리로 걸려서 감옥에 갔지. 정동인 전 교육감은 나중에 순천의 어느 수련관 관장을 하더라고. 병을 핑계로 교육감직을 던진 이가 말이지.

교사협의회 시절에 참 열심히 했던 해룡중학교 영어과 이 아무개 후배 교사(조선대 아카데미 출신)가 정동인 교육장의 딸 정 아무개와 재직 중 연애하여 결혼하였다. 영어 전공이 아닌 정 교육장의 딸이 영어 전공자인 그 후배에게 자꾸 도움을 청하면서 둘이 급속도로 가까워진 모양이었다. 교육장이 자기 딸을 해룡중학교에 어거지로 밀어 넣은 것이 인연이 된 셈이었다. 나중에 들으니 그 친구가 교육감 관사에서 함께 산 적이 있는데 견디기 어려워서 독립하여 나왔다고 하더라. 밤이면

보리밥 묵고 방구뀅께 배가 푹 꺼져불등만

교육감 관사를 찾아오는 비리의 손님들이 너무 역겨웠다고 하더라니까. 후배는 공립으로 와서 순천 어느 여중학교 재직 시절에 스스로 가고 말았다. 무엇이 그 친구를 그렇게 어렵게 했을까? 만약은 없다고 하지만 만약에 정동인 교육장이 자기 딸을 해룡중에 어거지로 밀어 넣지 않았더라면 우리 후배는 그 교육장의 딸과 결혼하지도 않았을 것이고 지금 멀쩡하게 살아 있지 않을까?

72.
둘째 딸은 마음고생이 컸을 것이다

삼 남매를 두었다. 큰애는 아명이 '우리', 둘째는 '나라', 막내는 '새벽'이다. 하나를 더 낳아서 '만세'를 부를 참인데, 노태우가 해직시키는 바람에 '만세'를 부르지 못했다.

삼 남매의 둘째 그것도 딸인 '나라'는 여러 면에서 불리한 점이 많았다. 옷가지는 언니가 입던 것을 거의 물려받는다. 새 옷을 사서 입기는 너무 어렵다. 집안 사정이 넉넉하면 예쁜 딸에게 굳이 언니가 입던 옷을 그대로 입히기보다는 새 옷을 사 입혔을 것이다. 막내는 아들이다. 할아버지와 할머니는 아직도 아들 우선 생각이 크셨다. 언니가 어려서 자주 아팠고 동생은 아들이다 보니 아무래도 둘째 딸은 중간에 끼인 상태였다.

사는 게 바빴고 큰애가 자주 병원에 드나들다 보니 엄마의 진한 사랑을 느낄 여유도 없었을 것이다. 아빠도 아이들에게 그리 다정다감한 것은 아니었다. 어린아이의 마음에 상처가 컸을 것이다. 미안하다. '나라'야. 정말 미안해. 그래도 훌륭하게 잘 자라 주어서 고맙다. 요즈음 둘째는 엄마와 매일 통화하면서 친구처럼 지낸다. 엄마들은 딸이 있어야 말년이 심심하지 않다고 하더라. 아무래도 며느리는 좀 어렵고 딸은 이무럽지 않은가 싶다.

73.
아이들은 학령(學齡)에 맞게 놀고 공부해야지

학정마을에 유치원이 생겼다. 광주고 1년 선배인 염동우 씨가 설립하여 운영하는 '햇님달님 유치원'이었다. 요술 공주가 살던 집을 연상하게 하는 예쁜 유치원이 생기니 아이는 그 유치원에 가고 싶어 했다. 큰 애는 초등학생이고 막내는 아직 어리고 둘째가 해당되었다. 초등학교에 입학하려면 2년이 남은 상태였다. 둘째를 유치원에 보내면서 문자와 셈하기는 가르치지 말고 열심히 잘 데리고 놀기만 해 달라고 간곡히 부탁했다. 그런데 문자와 셈하기를 가르쳐버렸다. 유치원을 재수시키자니 새로운 것에 대한 흥미를 잃어버릴 것 같아서 별수 없이 호적을 변경(위조)하여 입학시켰다. 조순형 군의 아내인 박○○가 읍사무소에 근무하고 있어서 가능했다. 둘째는 자라면서 늘 같은 학년 아이들보다 어렸다. 요즘 아이들은 보고 듣는 것이 많아서 자칫 내 자녀가 천재라는 착각에 빠질 수 있다. 그 유치원 선생님들도 그런 착각에 빠졌던 것 같았다. 아이들은 놀아야 한다. 아이들이 놀 수 있는 권리를 어른들이 빼앗아서는 안 된다.

아이들 미래의 행복을 위해 지금의 행복을 유보해도 좋다는 일부 어른들의 생각에 나는 동의하지 못하겠다. 성적 때문에 뛰어내리는 아이들, 수업 시간에 책상에 고개를 처박고 종일 자는 아이들, 유치원 시절부터 각종 학원에 다니는 아이들을 보면 마음이 아프다. 성적 때문에 뛰어내리는 아이들은 성적이 바닥인 아이들보다는 상위권 아이들이 더 많다고 들었다. 1등을 못 하는 불안감이 꼴찌를 면하지 못하는 불안감보다 더 견디기 어려운 것 같았다. 어른들이 자기 욕심을 채우려고 그렇게 아이들을 불안 속으로 몰고 가는 것은 아닐까?

대한민국은 사교육 천국이다. 사교육으로 묵고사는 인구가 400만이 넘는다는 이야기를 들은 적 있다. 사교육을 철폐하면 실업대란이 일어날 지경이다. 이게 나라냐?

74.
내 반 아이들은 왜 수업을 거부했을까?

1987년의 일이다. 나는 고등학교 3학년 이과 여학생반 담임이었다. 해룡고등학교는 당초에 남자 고등학교였다가 여학생을 받아들여 공학이 되었다. 내 반 아이들은 여학생 2기였다. 우수한 여학생들이 많이 입학하였고, 이과반에 우수 학생이 더 모였다. 이 아이들은 대학 입시 준비가 아주 바쁜 시점이었다.

어느 날 생물을 가르치는 김○○ 선생이 씩씩거리면서 교무실로 들어온다. 우리 반 아이들이 자기 수업을 거부했다는 것이다. 입에 거품을 물시로 주동자를 찾아서 퇴학시켜야 한단다. 어허? 급히 교실로 가서 사실 여부를 확인했다. 생물 수업 거부는 사실이었다. 그 이유를 알아야 했다. 내 반 아이들이 그렇게 예의가 없는 아이들이 아니었으므로. 이유는 이러했다.

그 선생님이 거의 매시간 술 냄새를 풍기면서 수업에 들어오시고, 교재 연구도 부실했단다. 질문을 하면 자기를 테스트한다고 빰을 때리기도 했단다. 빰을 때렸다는 것은 내 눈으로 보지 않았으니 아이들 말이고, 교재 연구가 부실하고 술 냄새를 풍기는 것은 알 것 같았다. 그 선생님은 삼봉 멤버였다. 밤새 삼봉을 치다 보면 술을 마시기 일쑤였다. 그 삼봉 오락과 음주로 일과에 지장을 초래해서는 안 되었다. 아이들이 질문을 하면 성실하게 설명해 주고, 부족하면 연구해서 다음 시간에 설명해 주겠다고 하면 될 일이었다. 명문학교로 불리는 광주○고, ○○사대 출신이니 기본 실력이 부족한 것은 아니었을 것이고, 다만 교사로서의 품성이 문제였던 것이다.

사태가 심각했다. 그 선생의 말대로 주동자를 찾아서 벌을 주고자 하면 그 선생의 행동도 조사의 대상이 될 것이다. 아마도 양자필벌이 되겠지. 권○○ 교무과장과 상의했다. 교장의 친동생으로 교무실의 실세였으니까. 이 문제를 교장 선생님까지 알게 되면 커진다. 우리 선에서 마무리하자고 했다.

보리밥 묵고 방구뀡께 배가 푹 꺼져불등만

나는 아이들을 달랬다.

"입시가 코앞인데 이 문제를 계속 진행하면 양자필벌이 될 것이다. 그 선생님도 너희들도 다친다. 좋게 마무리하자. 너희가 학생이므로 먼저 숙이자."

반 대표들을 그 선생님 댁으로 보냈다. 그러나 문은 열리지 않았단다. 지나가는 주민들이

"웬 학생들이 대문 앞에서 무릎을 꿇고 그리 오래 있지?"

수군댔다고 한다. 그제서야 문이 열렸고 아이들의 사죄(?)를 받아들였다고 한다. 교무과장은 김○○ 선생을 설득했다.

그렇게 일은 일단 마무리되었다. 이후로 내 반 아이들은 김○○ 선생에게 의존하기보다는 생물 과목을 스스로 해결하는 쪽으로 가닥을 잡았다. 그 선생님의 교사로서의 자세가 그 후로도 별반 달라지지 않았으니까. 그해 아이들 중에서 수학 교사 두 명, 과학 교사 한 명이 나왔다. 김○○ 선생 이전에 생물을 가르치다가 숭일고로 옮겨 간 조선대 출신 정○○ 선생은 잘 가르친다고 아이들이 말하더라. 김○○이 정○○ 선생을 제끼고 자기가 3학년 생물을 가르치다가 사고를 친 것이었다.

75.
고마운 아이들, 고마운 순천의 선배님들

1987년 3학년 이과반 여학생 담임을 하고 있었다. 우수한 학생들이 모였으나 가정 사정은 넉넉하지 못한 경우가 대부분이어서 서울 지역의 대학에는 진학하기 어려웠고 주로 광주, 전남 지역의 대학들을 골랐다. 네 아이가 전남대 사범대학과 광주교육대학에 원서를 냈다. 한 아이는 지구과학교육학과에 합격하고, 세 아이는 떨어졌다. 후기로 순천대를 추천하니 아이들이 망설였다. 아무래도 순천대를 별로 달갑지 않게 여기는 눈치였다. 나는 대학 간판보다는 전공이 중요하다는 점을 강조했다. 당시에 국어, 수학, 영어 교과는 비교적 발령이 잘 났지만, 과학 교과는 적체가 된 상태였다. 회유와 설득 끝에 두 아이는 순천대 수학교육학과에, 한 아이는 가정교육학과에 지망했다.

부모님들이 입시장까지 가실 형편이 되지 않았다. 여자아이들만 외지로 1박 2일을 보내기도 머시기해서 내가 직접 데리고 가기로 하였다. 당시 순천에는 전남대 아카데미 출신 여러 선배님들이 계셨다. 순천대학 교수로 재직 중인 신수철, 이충일 선배와 보험회사 영업소장을 하고 있던 김진철 선배이다. 미리 연락하여 만나니 환영하면서 첫날 맛있는 저녁 식사를 사 주셨다. 입시 당일 작전을 짜서 아침 일찍 신수철 교수님 연구실에 들어가서 캠프를 차렸다. 매 교시 시험이 끝나고 오면 따끈한 커피를 준비했다가 떨리는 속을 달래 주었다. 점심은 미리 도시락을 준비했다. 시험이 끝나고는 선배들께서 순천을 구경시켜 주시고 밥까지 사 주셨다.

모두 합격했다. 장한 내 새끼들. 수학교육학과에 합격한 두 명은 등록했고, 가정교육학과에 합격한 아이는 경제 사정이 어려워서 등록을 포기해야 했다. 돈이 없어서 학업을 중단해야 하다니 안타까운 일이었다. 수학교육학과를 졸업한 김혜경이는 인천에서, 김용숙이는 여수에서 수학을 가르치고 있다. 가정교육학과에 합격했지만 등록하지 못한 이ㅇㅇ는 지금 개인 사업을 하고 있다. 전남대 지구과학교육학과를 졸업한 아이는 순천대 수학교육학과를 졸업한 아이들보다 교직 발령을 훨씬 늦게 받았다.

1991년, 내가 전교조전남지부에서 교권쟁의부장을 하고 있을 때 김용숙이가 나를 찾아왔다. 임용 대기 중이던 용숙이는 1991년 3월에 한 학기 계약으로 고흥 어느 중학교에 기간제 교사로 들어갔는데, 3월 말경에 제대한 교사가 발령받고 왔단다. 우리 용숙이는 학교를 그만두어야 할 뿐만 아니라 3월 급여 중에서도 일부를 반환하라고 하더란다. 나는 물었다. 어떻게 해 줄까? 계약은 당사자주의로서 파기한 쪽에서 책임을 지게 되어 있으니, 니가 원하면 계약 기간 동안 일을 할 수 있도록 해 주겠노라고. 그러나 용숙이는 3월 월급의 일부를 토해 내라는 것은 너무 억울하니 그것만 해결하면 좋겠다고 하더라.

학교에 가서 교장을 만났다. 계약을 파기한 쪽에서 모든 책임을 져라. 김용숙 선생의 자리를 빼지 못하겠다. 만약 뺐다가는 교권 침해로 고발하겠다고 으름장을 놓았다. 교장은 자기 권한이 아니라고 발뺌이더라. 그래서 고흥교육장을 만나서 같은 요구를 하였다. 결국 3월분 월급 전부를 그대로 받고 자취방으로 이사했던 이사비용을 받는 선에서 타협했다.

예나 지금이나 기간제 교사를 그저 땜빵으로 여기는 풍조가 안타깝다.

76.
김대중 대통령 후보의 영광 우시장 연설과 주재 기자의 위력

1987년.

6월 항쟁과 '속이구'라 불리기도 했던 노태우 민정당 대표의 6. 29 선언에 따라 5년 단임의 대통령 직선제가 참 오랜만에 실시되었다. 김대중과 김영삼이 단일화하면 군부 정권을 끝장낼 수 있는 절호의 기회였다. 그러나 양 김은 지 잘난 맛으로 사는 인간들이었다. 서로 잘났다고 양보하지 않으니 1노 3김(김대중, 김영삼, 김종필)이 대결하는 양상이었다. 역사적 사명보다는 개인의 영달이 우선이었다. 김영삼은 영남에서, 김대중은 호남에서 거의 우상이었다.

사실 호남과 영남의 지역감정은 박정희 반란 정권 시에 박정희의 스승이었다던 이효상 국회의장의 농간에서 시작되었다고 들었다. 이제 지역감정은 털어 버리고 냉철하게 생각하는 국민이 되면 좋겠다.

그 김대중이 영광 우시장에서 연설한다고 난리들이다. 학교도 예외는 아니다. 교직원들뿐만 아니라 아이들까지 난리다. 수업이 제대로 진행이 어려웠고 학교는 단축 수업을 했던 것 같다. 삼삼오오 우시장으로 갔다. 김대중이 도착하기 전에 찬조 연설이 이어졌다. 눈도장 찍기 좋아하는 정치인들이 연달아 연단에 올라 입에 게거품을 뭄시로 김대중 자랑하기에 바쁘다. 군중 중 일부는 김대중을 찬양하는 문구가 담긴 현수막이나 피켓을 들고 연호한다. 김대중은 도착하기로 한 시각보다 많이 늦어지고 있었다. 나는 맨 뒤쪽에서 구경하고 있었다. 날이 점차 어두워지고 드디어 김대중이 도착한다는 연설자의 고함이 군중의 함성에 묻힌다.

"드디어 우리 김대중 후보께서 곧 도착하십니다아~~~악!"
"와~~~~악~~~~~~"

보리밥 묵고 방구뀅께 배가 푹 꺼져불등만

현수막이며 피켓을 들고 있던 사람들이 다 내동댕이치고 앞으로 몰려간다. 김대중의 얼굴을 보기 위함이었으리라. 내 주변에 서 있던 아이들이 발에 깔리는 그 현수막이나 피켓을 주워 들었다. 이 아이들은 김대중을 찬양한다는 의미보다는 발에 어지럽게 밟히는 현수막과 피켓을 치우는 면이 더 컸다. 버리면 안 된다고 배워 왔으므로.

이 모습을 지역신문 ○○일보의 영광 주재 기자이자 영업소장인 조○○이 보았던 모양이다. 민정당 국회의원이었던 조○○의 친족이라고 알려진 사람이다. 교장에게 항의했단다. 당신네 학교 아무개 교사가 아이들을 선동해서 특정 후보의 선거 운동을 했다고, 그래서 공직선거법, 공무원법, 교육공무원법 등을 위반했으니 고발하겠다고. 이튿날 교장이 사실 관계를 묻는다. 사실 그대로 이야기했다. 그 후 별일은 벌어지지 않았다.

기자가 사건, 사고를 취재하는 것 말고 자기의 호불호에 따라 사람들 감시와 압박을 하기도 했던 것이다. 말이 나왔으니 말인데, 당시에 그 ○○일보를 학급마다 1부씩 강제 구독하였다. 당시 해룡고가 30학급, 해룡중이 12학급이니 교실과 교장실, 교무실까지 합하면 50부에 가까운 구독인 셈이다. 중앙 일간지를 비롯해서 지방 일간지까지 신문이 많았는데 유독 ○○일보만 단체 구독하였다. 이러한 특혜 뒤에는 모종의 거래가 있었을 것이라는 것을 짐작하게 한다.

당시 민중민주 세력의 후보로는 백기완 선생이 출마하였지만, 나는 김대중을 찍었다. 당시 대학에 다니고 있던 제자 중에서는 백기완 후보를 지지한다는 친구들이 많았다. 하지만 나는 백기완 선생을 존경하지만, 당선 가능성에 무게를 두고 김대중 후보를 찍었던 것이다. 아직도 심정적 지지와 현실 사이에서 오락가락하는 사람들이 많은 것 같다. 그 심정적 지지를 모으면 좋으련만.

김대중과 김영삼은 다 떨어졌다.
김대중과 김영삼이 단일화하지 못한 결과였다. 때문에 12·12 군사 반란 정권이 5년 더 연장되었다. 김대중, 김영삼과 그 지지자들은 반성할 일이다. 이후 나는 민주당 계열의 후보들은 찍지 않는다. 진보정당 후보들을 찍었다. 대통령 후보로는 권영길, 심상정을 찍었다. 국회의원 선거, 지자체 선거 모두 나는 진보정당들을 지지한다. 나는 우리나라에 진정한 진보 정권이 들어서기를 간절히 바라고 있다. 나는 민주당을 진보정당이라고 여기지 않는다. 진보 세력은 제발 분열하지 말고 단결하기를 간절히 바란다.

보리밥 묵고 방구뀅께 배가 푹 꺼져불등만

77.
장학지도와 거마비가 수상하다

전라남도교육청에서 장학지도라는 것을 나왔다. 김○○ 교감(공립에 근무하다가 오심. 그 이유는 몰르겠고)이 부른다. 국어과와 사회과 장학사가 나왔으니 교과별로 '거마비'를 갹출하라는 것이다. 거마비? 그게 뭔고? 국어사전을 검색해 보니, 거마비(車馬費): 수레와 말을 타는 비용이라는 뜻으로, '교통비'를 이르는 말이다. 그 장학사들은 교육청에서 분명히 출장비를 받아서 나올 것인디 거마비를 걷는다고? 생뚱맞다. 게다가 학교에서 점심까지 접대하는 것이다. 이건 분명히 뇌물이여. 난 단호하게 거부했다. 교감은 황당하다는 표정이다. 뭐 저런 시키가 있어? 하는 표정? 당시엔 그 거마비가 관행이었던 모양이었다. 나만 빼고 걷어서 준 것 같더라. 자연스레 왕따 분위기?

나중에 복직하여 고흥과역중에 있을 때 전라남도교육청 과학과 이○○ 장학사(광고 선배라고 들었다)가 자녀 결혼에 전라남도 모든 과학 교사에게 청첩장을 보냈다는 이야기를 들었다. 젊은 과학 교사들은 투덜대면서도 축의금을 보낸 것 같더라. 그렇더라. 우리는 잠재적 비리 동조자가 아닐는지? 권좌에 있을 때 자녀를 결혼시키면 한 몫 단단히 잡겠더라.

내가 전라남도교육청 청렴시민감사관을 할 때, 피감기관에서 간식을 준비하고 심지어는 치약과 칫솔까지 준비하는 것을 보았다. 나는 생수만 제공하고 다른 접대는 일절 금할 것을 감사관실에 요청하였다.
또 정기감사를 나가면 이웃한 교육청이나 학교에서 위문 방문이라는 것을 왔다. 이들은 이것저것 간식을 싸 오거나, 점심을 대접하였다. 이들은 무슨 명목으로 일과 중에 나왔을까? 간식이나 점심값은 무슨 돈일까? 이들이 다녀가면 감사관들이 감사 자료를 살펴볼 수 있는 시간을 뺏기기 일쑤였다. 이 역시 근절하도록 감사실에 요청하였다. 이후 이 잘못된 관행은 사라졌다. (내가 근무하던 시절에는)

감사관은 명경지수(明鏡止水)와 같아야 일을 바로 할 수 있지 않겠는가?

78.
교육자의 날에 감히 선생님을 뙤약볕에 줄 세우더라

교육자의 날이란 것이 있었다. 영광 군내 교직원을 영광초등학교 운동장에 모타서 줄을 세운다. 5월의 그 뜨거운 태양 아래. 교장급 이상은 단상의 천막 그늘에 놓인 의자에 등을 지대고 앉고 말이지. 찍힐까 두려워서 그 기념식에 안 갈 수도 없었고, 자리를 뜰 수도 없었다. 속이 부글부글 끓었다. 자존심이 심히 상했다. 내리쬐는 햇볕에 머리는 띵 해서 정신이 하나도 없었다. 그렇게 대한민국의 교사들은 학대받았다. 그러나 이 잘못된 행태에 대하여 누구도 불만이나 저항은 없었다. 당연한 것으로 받아들이는 모양새였다. 참 인내심 강한 국민이다.

작열하는 운동장의 뙤약볕 아래서 단상의 그늘에 앉아 있는 VIP(?)들을 보니 동물원의 원숭이 같다는 느낌이 들더라. 요놈들의 표정과 자세를 보자.

엄하게 차렷 자세로 앉아 있는 놈,
다리를 꼬고 앉아 있는 놈,
옆자리 놈과 잡담하는 놈,
콧구멍을 쑤시는 놈,
귓구멍을 파고 있는 놈,
하품하는 놈,
그저 멍때리는 놈,
손부채 하는 놈,
자못 뭔가 심각한 놈 등.

그래서 실없는 웃음이 나오더라. 나중에 권 교장이 왜 웃었냐고 핀잔하길래, 그런 게 있다고만 했다. 그는 '엄숙한 놈'에 속했다.

보리밥 묵고 방구뀡께 배가 푹 꺼져불등만

79.
전두환 반란 후 삼봉 판에도 변화가 생기다

삼봉 마니아들이 있었다. 교련과 김○○, 조○○, 한문 김○○, 영어 권○○, 사회 박○○, 독일어 임○○, 생물 김○○, 역사 김○○, 중학교 정○○과 김○○ 그리고 나. 이들 중에 누가 숙직이 걸리면 슬금슬금 모인다. 당시 숙직은 남교사가 맡았는데 2인 1조였고, 휴일 일직은 여교사들이 맡았다. 특별히 휴일에 할 일이나 손님이 오거나 훔쳐 갈 것도 없는데 굳이 일직을 시켰다. 숙직하면서 삼봉을 칠 때는 짜장면이나 우동으로 식사하기도 하면서 밤을 새운다. 학교 안에 살고 있던 교장이 순찰한다. 어서 끝내고 집으로들 가시라. 낼 수업도 해야 할 것 아니냐? 예! 하다가 다시 패를 돌리기 일쑤였다.

전두환 일당의 12·12 반란 이후 삼봉에도 변화가 생겼다. 전두환 삼봉, 김종필 삼봉, 최규하 삼봉 등으로 당시 이자들의 행적을 비꼰 형태였다. 보통이라면 비광(미친년이라 불리기도)으로 바닥의 패 중에서 맘에 드는 것 하나를 집어 올 수 있는데, 전두환 삼봉은 상대방이 따다 놓은 패 중에서도 맘에 든 것을 가져올 수 있었다. 그것도 비광이 아니라 비껍딱으로. 권력을 찬탈한 전두환을 빗댄 것이었으리라. 김종필 삼봉은 7띠를 하다가 못하고 6띠를 하면 상대방에게 오히려 6점을 주는 것이었다. 박정희 후계자로 거의 권력을 이어받을 것 같았다가 전두환에게 다 뺏겨버린 신세를 비꼰 것이겠지. 최규하 삼봉은 손에 든 패로 바닥의 패를 때렸는데 패를 까니 또 같은 것이 나오면 못 가져가고 바닥 삼봉을 만들어 놓는 것이다. 당연히 나머지 한 장을 가진 사람이 바닥 삼봉 3점을 거저먹게 된다. 고스톱의 설사와 비슷하다. 줘도 못 먹고 들러리나 서다가 당하는 최규하를 비아냥거리는 것이었으리라. 내 기억이 맞다면 삼봉의 변화는 대충 이렇다. 전두환 삼봉, 김종필 삼봉, 최규하 삼봉을 섞어서 치면 정신이 하나도 없었다. 세상도 정신이 하나도 없었다. 어지러웠다.

이후 얼마 지나지 않아 삼봉은 고스톱이 대신하였다. 박진감과 머리싸움이 고스톱이 삼봉보다 몇 수 위였다. 삼봉은 접대 삼봉이 있었는데, 나중에 접대 고스톱도 있었다고 하더라. 로비 대상과 삼봉이나 고스톱을 치면서 일부러 돈을 잃어 주는 것이지. 기분 맞추어 주고 뇌물 주고. 골프 공화국에서는 접대 골프가 있으려나? 삼봉이나 고스톱에 나는 재주가 없다. 나는 봉이었다. 나는 골프는 치지 않는다. 돈이 없지만 좁은 땅덩어리에서 골프를 치는 것이 못마땅하기 때문이다. 골프장 잔디를 살리기 위해 농업용수를 과다하게 끌어다 쓰거나 제초제를 뿌려서 오염을 시키기도 한다. 우리 주변에서 보면 외제 차 타고 골프채를 매고 댕기면 마치 신분 상승이라도 하는 양하는 무리가 있더라. 내가 사는 시골 마을에도 그런 부류가 있다.

숙직실 삼봉 판에서 나온 이야기들도 다 교장에게 수집되었다는 것을 나중에 전교조 활동으로 해룡학원 징계위원회가 열릴 때 알았다.

쉿!
"벽에도 귀가 있다."

보리밥 묵고 방구뀡께 배가 푹 꺼져불등만

80.
낯말은 새가 듣고 밤말은 쥐가 듣는다

일과가 끝나면 광주에서 통근하는 선생님들은 학실 사거리에서 완행버스를 탄다. 나는 이곳을 지나서 도양마을, 나중에 이사해서는 학정마을로 갔다. 이 사거리 모퉁이에 해룡고 졸업생 백호가 운영하는 점빵이 있었는데 막걸리도 팔았다. 우리는 거의 매일 여기서 막걸리를 마셨다. 주당은 교련과 김광수, 독일어과 임은택, 기술과 신동수와 도양마을에 사는 정경일 선배 그리고 나였다. 임은택 선배는 막걸리에 콜라를 타서 마시는 것을 즐겼다. 처음엔 좀 거북했으나 자주 마시다 보니 마실 만했다. 버스를 기다리는 시간에 딱 한잔만 하고 갈리기로 하고 시작이다. 그러다가 다음 버스 올 때까지, 결국에는 나라시 택시를 탔다. 그 시절 영광에서 광주까지 완행버스 요금이 300원 내외였는데, 나라시 택시는 1,000원을 받은 것으로 기억된다.

벽에도 귀가 있다. 같이 술을 마신 동료 중에서 말이 새는지, 백호에게서 샌 건지 아무튼 이 자리에서 나눈 이야기들이 교장에게 수집되고 있었다. 나중에 전교조 관련으로 징계위원회가 열릴 때 징계의결서에 나온 내용을 보면 어느 정도 짐작이 되었다.

"벽에도 귀가 있고, 낯말은 새가 듣고 밤말은 쥐가 듣는다."
"옜!"

81.
샷타를 내리고 밤새 술 먹기

해룡고 교사들은 담당 중학교를 정해서 학생 모집 운동을 해야 했다. 담당 중학교 3학년 담임 교사들을 개인적으로 관리(?)한다. 연중 뜸을 들인 다음에 가을 체력장을 할 때 막바지 집중 관리에 들어간다. 체력장은 보통 영광중학교 운동장에서 했다.

어느 해였을까? 부슬비가 내렸다. 체력장 진행자들은 서둘러서 오전에 끝내 버렸다. 내가 담당한 군남중학교 선생님들과 점심을 같이 먹었다. 이 점심 자리도 여러 고등학교가 서로 선점하기 위해 경쟁하였다. 여기까지 비용은 학교에서 해결해 주었다. 점심 식사 후 여선생님들은 귀가하시고 남자 선생님들을 모시고 술집으로 향했다. 영광읍 오일시장과 버스터미널이 있던 남천리 술집으로 향했다. 해룡고 젊은 교사들과 몇 차례 들른 적이 있어서 안면이 있던 방석집이었다.

"야, 야! 오늘 샷타 내려부러라, 잉? 오늘 다른 손님 받으면 오늘 술값 없다, 잉? 알쟈?"
"글고, 아가씨들 있는 대로 모다 모타서 올려 보내그라."

미쳤지. 미쳤어. 그렇게 아가씨들을 요하에 빗기 차고 밤새 술을 퍼마셨다. 아침에 머리가 띵 해 갖고 계산서를 보니 40여만 원으로 내 한 달 치 월급이다. 손가락 침 발라서 쫙 긋고 마무리. 당시 선생들은 어느 술집에서나 외상을 잘 주었다. 선생 신분은 보증수표나 다름없응께. 큰일 나부렀다. 기분에 놀기는 했는디. 아내가 알면 이건 이혼감이다. 이달 월급은 어떻게 구한다냐? 다행히 군남중학교 샘들이 1/n로 나누어서 1인당 5만 원씩 20만 원을 거두어 오셨다. 아마도 기근 성님이 발의하고 모두 기꺼이 동참하셨을 것이다. 휴~~ 살았다. 그날 그렇게 찐한 밤을 보낸 후 군남중학교 샘들과 소통이 아주 잘되었다. 모든 일이 일사천리로 진행되었다.

보리밥 묵고 방구뀡께 배가 푹 꺼져불등만

그해 군남중에서 스카우트해 온 아이들이 유원삼, 김석주, 김양주, 김형곤 등이다. 모두가 모범생이고 아카데미 회원이 되었다.

82.
태극기가 바람에 펄럭입니다, 새마을기도 펄럭입니다

당시는 숙직이 있었고 숙직 교사가 아침에 태극기와 새마을기를 게양했다. 나는 태극기만 달고 새마을기는 달지 않았다. 나중에 주사님이라 불리는 한씨 아저씨가 슬그머니 달았다. 다까끼 마사오의 '새마을 운동'은 국민을 통제하고, 전통을 말살하며, 토건업자들을 살리기 위한 통치 수단이었다. 그가 아끼던 부하의 총에 갔을 때 그의 시대는 이미 끝난 것이다. 미래 세대를 가르치는 학교가 반성 없이 계속 새마을기를 다는 것은 반역사적이라는 것이 내 생각이었다. 그래서 새마을기를 달지 않았다.

이 또한 나의 징계사유에 포함되었다. 전교조로 해직될 당시 징계위원회에서 서기인 권 아무개가 읽은 징계의결서에 그런 내용이 들어 있더라.

전두환이가 반란을 일으키고 사회악을 일소한다면서 만든 '사회정화위원회'는 전두환의 끗발이 끝난 후 '바르게 살기 운동'으로 바뀌었더라. 즈그덜만 바르게 살면 될 일이 아닌가 싶더라. 그놈들 빼놓고는 다 바르게 살고 있으니 말이다.

전두환이는 히틀러 유겐트 흉내를 내서 '청소년연맹'을 만들기도 했었다. 추종자를 양성해서 천년이고 만년이고 정권을 잡을 속셈으로 보였다. 세상 물정을 모르는 일부 선생들은 다투어 '청맹' 지도자가 되려고 안달이더라. 청소년 단체 지도자는 승진 가산점이 있다고 나중에 공립학교에 와서 들었다.

보리밥 묵고 방구뀔께 배가 푹 꺼져불등만

83.
아이들에게 교복을 꼭 입혀야 할까?

요즘은 대부분의 학교가 교복을 입는 것 같다. 1980년 초 자유복을 입힌 적이 있다. 그러다가 시나브로 교복이 대세가 되었다. 나의 학창 시절과 내 아이들을 키우고 학교에서 학생들을 지도하다 보니, 나는 교복이 싫다. 고딩 때 자취 생활하면서 한 벌 뿐인 교복을 빨아 입기 너무 어려웠다. 빨리 말리기 위해 옷을 짠 다음 옷을 힘껏 뿌려서 물기를 뺀다. 다음에 마른 수건으로 겹겹이 싸서 물기를 빼고 요 밑에 깔고 자면 다리미질한 것만은 못해도 그런대로 입을 만했다. 자취생은 다리미가 없었다. 그게 너무 번거로운 일이었다. 입기도 불편하고 빨아서 입기도 번거로웠다. 또 상의 목에 하얀 플라스틱으로 된 카라를 대었는데, 이게 목을 자꾸 괴롭혔다. 없는 살림에 재학 중 교복을 두 벌 이상 사야 하는 부담도 컸다. 한 벌 가지고 3년을 입을 수는 없었다.

- 초등학교까지는 자유복인데 왜 중딩, 고딩만 교복을 입히나? 대학생은 안 입히나? 못 입히나?
- 아이들은 활동량이 많다. 옷이 쉬 더러워지고, 닳는다. 몇 벌을 준비해야 하지?
- 아이들은 한창 자랄 땐 1년에 한 뼘씩 큰다. 입학할 때 아예 큰 치수로 맞추어야 하나? 아니면 해마다 맞추어야 하나?
- 이른 더위에 옷을 가볍게 입고 싶은데, 학교에서 아직도 동복이라면. 혹은 몸이 좀 으슬으슬하여 따뜻하게 입고 싶은데 학교에선 아직도 하복이라면. 어쩌라고?
- 외출할 땐, 교복을 입나? 자유복을 입나? 그걸 어떻게 통제하지?

교복을 왜 입힐까? 무릇 제복은 통제의 수단이라. 교복을 입히고자 하는 성인들의 뇌리에는 학생들을 통제의 수단 혹은 대상으로 보고 있다는 생각이다. 혹은 세칭 명문 학교를 졸업한 졸업생이나 부모들이 향수에 젖어서 교복을 주장하기도 할 것이다. 요즘은 교복값을 지자체가 지원해 주고 있다. 교복값을 지원해 주는 것은 혹시 교복을 입으라고 강요하는 것은 아닐까? 그러나 실제 교복을 입지 않고 등하교하는 학생도 많다. 그렇다고 학교가 학생을 딱히 벌할 수는 없다. 요즘은 등하교는 교복 차림으로, 학교에서는 생활복이라 해서 별도로 편한 옷을 입기도 하더라. 왜 군이 불편한 교복을 입혀야 할까?

1980년대 해룡고 1학년 1반 여학생반 담임일 때. 당시는 자유복 시대였다. 학급회의 주제가 복장이다. 대부분 학생들이 바지 차림이다. 치마를 입고 싶은 사람도 있는데 혼자 입기는 거시기한 모양이다.

"매주 월요일은 치마 입는 날로 하자!"

치마 길이, 색상까지 즈그들이 알아서 정해분다. 너무 티 나지 않게스리. 실장은 김미선이었다.

내 반 실장인 영광여중 출신 김미선이는 키는 작지만 아주 다구지고 지도력이 뛰어났다. 녀석이 나중에 결혼할 때 주례했다. 김미선이는 나중에 엄마를 따라서 이사하면서 전학을 갔고, 동급생 김석주를 만나서 결혼하였다. 김석주, 김미선 내외는 모두 해룡고등학교 아카데미 출신으로 내 자식처럼 정이 가는 친구들이다. 김미선이가 서울의 어느 백화점에 근무할 때 내게 오바코트를 선물해 주더라. 얼룽 봐도 값이 꽤 비싸 보였다. 고맙다. 빡빡한 서울살이를 어떻게 헤쳐 나가고 있는지.

보리밥 묵고 방구뀡께 배가 푹 꺼져불등만

84.
그 시절 짱과 쫄은 어떻게 다른가?

1980년 초 무렵 우리 학교 아이들 중엔 매를 버는 녀석들이 있었다. 가출하는 녀석, 음주와 흡연을 하는 녀석, 훔치는 녀석, 누군가를 패고 오는 녀석들로 걸리면 매타작이다. 대걸레 자루가 등장했다.

"너 이 녀석 앞으로 나와! 칠판 잡어!"

한 대 맞고 푹삭 주저앉은 녀석은, 자리에 있는 녀석들이 엄지를 아래로. 쫄이다. 엉덩이에 힘을 꽉 준다. 열대까지 끄떡없이 버틴다. 어쩔 땐 대걸레 자루가 부러진다. 자리에 있는 녀석들이 엄지를 위로 치켜세운다. 짱이다.

큰일 날 일. 지금 같은 세상에선 폭력 교사다. 아동학대다. 내가 아이를 낳아서 길러 보니 그렇게 예쁠 수가 없었다. 후론 아예 매를 들지 않았다. 매를 들지 않고도 충분히 교육이 가능했다.

'꽃으로도 아이들을 때리지 말라.'

그래도 그렇게 다스려 줘서 졸업했다고 고맙다고 가끔 쇠주 사는 녀석들이 있었다. 내가 해직되던 해 어느 날 밤이다. 지회 사무실을 나서는데 한 녀석이 큰절을 하더니

"오늘 밤 제가 모시겠습니다. 친구분들도 함께 가시지요."

당시 영광엔 나이트클럽이 있었다. 클럽에 들어서자 담배 연기가 자욱한 가운데 무대에서는 요

란한 음악에 맞추어 여성의 적나라한 쇼가 진행 중이다. 빈자리가 보이지 않는다. 그대로 나오려니 조금만 기다리라더니 금방 좌석을 만든다. 맥주 1박스와 안주를 준비해 주고는

"즐겁게 지내십시오."

85.
오늘 밤 있었던 일을 밖에 나가서 떠벌리면 꼬치 띠어불기로, 잉?

술묵고 학교에 못 나오는 녀석, 도둑질하다 걸려서 경찰서 간 녀석, 얻어맞고 오는 녀석, 패고 오는 녀석, 가출하는 녀석 등등 하루도 바람 잘 날 없는 해룡고 초임 무렵 나는 20대 후반의 청춘이었다.

주말이면 가끔 상담이 필요한 아이들과 야영갔다. 물론 쇠주 됫병을 숨겨 가지고 간다. 밤새 술을 주거니 받거니 주도(酒道)도 가르쳤다. 급하게 마시지 말라. 술을 마신 후에는 꼭 안주를 묵어라. 술은 썰어서 여러 번 나누어 마셔라. 억지로 마시지는 마라. 술 묵고 주정 부리지 마라. 잔소리도 참 심했건만 녀석들은 합법적(?)으로 담임 꼰대와 술을 마시는 영광에 취해 잘 받아들였다. 아이들은 자기 이야기를 털어놓는다. 친구의 고민도 전해 준다. 라포가 형성된 셈이었다. 상담, 치료, 교육 등은 특성상 상호협조가 중요한데 라포는 이를 충족시켜 준다. 라포를 형성하기 위해서는 타인의 감정, 사고, 경험을 이해할 수 있는 공감대 형성을 위하여 노력하여야 한다. 따라서 효과적인 교육이나 상담을 위해서는 라포의 형성이 무엇보다 중요하다. 야외에서의 사제 간에 음주를 겸한 이야기는 라포 형성에 도움이 되었던 것 같다. 그렇다고 장려할 만한 방법은 아니다. 특히 요즘과 같은 험한 세상에서는.

나라고 겁이 없겠는가? 이 일이 알려지면 나는 중징계를 면치 못 하리라. 자못 엄숙하게

"오늘 밤 있었던 일을 밖에 나가서 떠벌리면 꼬치 띠어 불기로, 잉?"
"넵!"

녀석들은 약속을 아주 잘 지켜 주었다. 그리고 고민이 있는 친구가 있으면 아무개하고 언제 상담하자고 한다. 녀석들이라니. 그런데, 내 흉내를 낸 김 아무개 교사는 들통이 나부렀다. 사제가 월요일에 작취미성(昨醉未醒)으로 다 지각한 것이다.

86.
손버릇 고약한 녀석 잡기

교무실 선생님들의 캐비닛이 가끔 털린다. 테니스 라켓, 신발 등이 가끔 사라진다. 당시 교무실은 2층에 있었다. 창문에 방범을 위한 별 장치는 없이 출입문만 잠갔다. 어느 해 어느 과목의 시험 문제지가 한 부 사라졌다. 당시엔 시험지는 인쇄가 끝나는 대로 따르르 몰아서 백지로 감싸고 이음매에 콩도장을 세 군데 정도 콩콩 찍어서 각자의 캐비닛에 보관했다. 그런데 시험 보는 날 캐비닛을 열어 보니 시험지 뭉치가 뜯겼다.

긴급 교무회의가 열렸다. 당시 등사 원지를 다시 긁고 인쇄하는 과정이 너무 복잡하고 어려웠으므로 다시 출제하기는 물리적으로 어려운 판이다. 모인 의견은 모르는 척 시험을 보고 채점하여 이상 징후를 발견하면 장본인을 찾아내기로. 갑자기 성적이 좋은 녀석이 범인일 가능성이 크다. 시험 후 해당 과목을 서둘러 채점했다. 거의 범인을 찾은 것 같았다. 평소 같으면 40점 정도의 성적인 문 아무개가 100점이다. 확신이 들었다. 녀석이 자취하고 있는 방을 급습했다. 영장도 없이, 녀석의 동의도 없이. 지금 같으면 택도 없을 것이다. 그 방엔 그동안 사라졌던 선생님들의 물건이 있었다. 재떨이에 담배꽁초가 가득했고, 술병도 여러 개가 자빠져 있었다. 에서 시험지도 발견했다. 헌데 아무리 시험지를 훔쳐서 미리 공부했더라도 녀석의 수준이라면 100점은 무리다. 100점은 아니지만 갑자기 성적이 좋은 녀석이 몇 보인다. 공범이 있을 것이다.

녀석을 불러다가 취조하니 술술 분다. 그런데 공범에 대해서는 완강하게 부인한다. 나름대로 의리를 지키려는 모양이지. 같이 자취하는 녀석도 불렀다. 갑자기 성적이 좋아진 몇 녀석들도 불렀다. 대질하면서 추구하니 결국 불고 만다. 전교 1등짜리의 도움을 받았다. 주범인 문 아무개 녀석은 물론 전교 1등을 포함하여 관련자 전부 0점 처리하고, 징계하여 마무리하였다. 도둑질도 너무 티 나게 하면 걸린다. 꼬리가 길면 잡힌다. 이후 교무실 창문에 방범창을 달았다. 닭장 같은 충장로 파출소를 닮았다.

보리밥 묵고 방구뀅께 배가 푹 꺼져불등만

87.
등사판이 다 어디로 사라졌을까?

내 초년 교사 시절엔 인쇄물을 등사 원지에 긁어서 프린트했다. 큰 학교나 앞선 학교는 필경사가 따로 있기도 했다. 등사판에 줄펜으로 긁어서 쓰기에 그림을 그리는 것은 너무 어렵다. 글씨는 반드시 정자로 써야지, 흘려쓰면 원지가 찢어진다. 그래서 당시 선생님들의 필체가 비슷했을까? 이 등사판이 일제가 있고 국산도 있는데, 국산은 쇠가 쉽게 물러져서 긁다 보면 원지가 자꾸 찢어진다. 등사는 등사판에 원지를 붙이고 롤러를 밀어서 인쇄한다. 잘 밀어야 한다. 너무 세게 밀거나 힘을 일정하게 주지 않으면 도중에 원지가 찢어진다. 그러면 다시 긁어야 한다. 등사 아저씨의 당일 컨디션도 중요하다. 그이 기분을 잘 맞춰 주면 등사가 잘되는 경우가 많았다. 등사를 부탁할 때 음료수나 담배 등을 가지고 가기도 했다. 700장 가까이 밀다 보면 찢어지지는 않더라도 인쇄가 밀려서 겹치거나 흐릿한 부분이 많았다. 결국 시험 볼 때는 교과 담당 교사가 교실을 부지런히 여러 차례 순회하면서 칠판에 보충하여 적어 주어야 했다.

교무실 여기저기에 있던 가리방(원지를 긁는 강철로 된 줄판)이 시험 기간이 되면 사라진다. 주당 28시간씩 수업하다 보면 원지 긁을 시간이 부족하다. 짬짬이 부지런히 긁어야 한다. 그런데 이 가리방이 한번 다른 사람 손에 넘어가면 다시 차례를 기다리기는 힘들다. 그래선지 가리방을 미리 가져다가 서랍에 넣어 놓고는 시치미 뚝이다. 결국 자기 볼일 다 보고 내놓기 일쑤다.

롤러로 미는 등사기가 회전 등사기로 바뀌었다. 훨씬 안정감이 있어서 등사 원지가 찢어지는 일이 줄어들었다. 타자 원지에 타이핑하여 인쇄하니 훨씬 수월했지만 학교는 타자기를 사 주지 않았다. 타자 원지도 타자 치는 강도에 따라서 흐릿하게 보이는 부분이 있었다. 이어서 286 컴퓨터가 소개되었다. 이 컴퓨터를 사용해 보지도 못하고 해임되었다. 정보화가 막 진행되던 시기에 해임되어 디지털 격차가 생기게 되었다.

88.
이상한 회식 분위기

전 교직원이 회식하는 분위기 좀 보자. 교장이 중앙에 좌정하면 이어서 교감, 교무과장 등 과장급 교사들과 나이가 비교적 많은 교사 순으로 자리를 잡는다. 젊은 교사들과 여교사들은 가장자리부터 차지한다. 밥을 먹기 전에 소주가 한 순배 돈다. 교장은 반 잔만 채우고 대부분은 가득 채운다. 건배사는 당연히 교장의 몫. 여교사들이 술병을 들고 어른급(?) 교사들에게 따른다. 이어서 식사와 함께 술잔들이 오간다. 교장은 자기가 따를 때는 꾹꾹 눌러서 따르고 잔을 받을 때는 쳐들어서 겨우 밑바닥만 채운다. 그것도 모자라 밥상 밑에 우동 그릇을 숨겨 놓고는 거기다 슬며시 버린다. 자못 분위기를 띄우는 듯하다. 그러나 그이의 머리는 빠르게 움직인다. 언 놈이 무슨 말을 하는지 새긴다.

징계를 당해 보면 다 안다. 징계사유서에 다 나온다.

어떤 때는 술잔 하나를 가지고 순배하기도 한다. 자세히 보면 술을 마실 때 입에 들어갔다가 다시 컵으로 되나오는 것을 볼 수 있다. 이렇게 지극히 비위생적인 술잔 돌리기를 거부하면 이방인 취급을 받았다. 각자의 잔에 각자의 술이 좋겠다. 나는 쇠주로 1인 1병이 딱 좋더라. 본래 쇠주는 아침에 머리가 아파야 하는데 요즘 술은 너무 순해서 아침에도 말짱하다. 소주 회사들이 도수 낮추기 경쟁을 하는 것 같다. 소주 회사의 상술이 보인다. 취하도록 마시려면 견적이 훨씬 더 나온다.

보리밥 묵고 방구뀀께 배가 푹 꺼져불등만

89.
졸업식 날 문을 박차고 간 아이는 어떻게 살고 있을까?

1984년 12월이었을까? 학력고사(우리 때는 예비고사, 나중에는 학력고사, 수학능력시험 등 자주도 바뀐다.)를 치르기 위해 아이들을 인솔하여 각 고사장으로 보내고 여관에서 쉬고 있을 때 학교에서 연락이 왔다. 우리 반 백○○이가 검찰에 있으니 가서 인솔해 오라는 것이다. 광주지방검찰청에 가서 검사에게 내가 책임지고 졸업시키겠다는 각서를 쓰고 데리고 나왔다. 이 녀석이 졸업앨범값도 내지 않아서 내가 대신 내주었다. 졸업식 날 졸업식이 끝나고 교실에서 마지막 훈화를 하는데,

"빨리 졸업장 주씨요."
"그래, 조금만 기다려라."
헌데
"좆도 인자 다 끝났어."

하더니 뒤 출입문 유리를 주먹으로 내갈기고 가 버린다. 녀석의 졸업장과 앨범을 간직하고 있다가 지금은 사라졌다. 해직 후 이사를 자주 다니면서 없어진 모양이다. 지금 어떻게 살고 있을까?

제4장

참교육 한길로,
전교조와 함께
교육 노동운동의 길로!

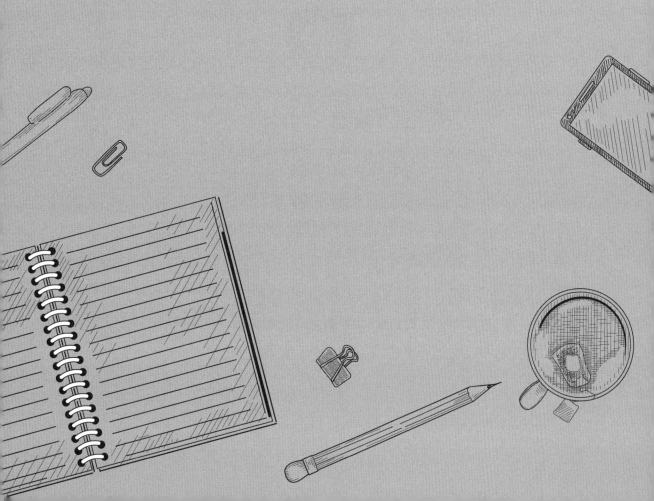

언제 불러도 가슴이 벅차오르는 노래

'참교육의 함성으로'

굴종의 삶을 떨쳐/반교육의 벽 부수고
침묵의 교단을 딛고서/참교육 외치니
굴종의 삶을 떨쳐/기만의 산을 옮기고
너와 나의 눈물 뜻 모아/진실을 외친다
보이는가 강물/참교육 피땀 흐르는
들리는가 함성/ 벅찬 가슴 솟구치는
아 우리의 깃발/교직원 노조 세워
민족 민주 인간화 교육 만만세

굴종의 삶을 떨쳐/반교육의 벽 부수고
침묵의 교단을 딛고서/참교육 외치니
굴종의 삶을 떨쳐/반역의 어둠 사르고
이제 교육 동지 굳세게/ 단결 전진한다
함께 가세 이 길/아이들의 넋이 춤추는
함께 가세 이 길/사람 사는 통일 세상
아 우리의 깃발/교직원 노조 세워
민족 민주 인간화 교육 만만세
아 우리의 깃발/교직원 노조 세워
민족 민주 인간화 교육 만만세

90.
한겨레신문 창간 운동에 동참하다

1987년 6월 민주 항쟁 이후 등장한 자유 언론 수호 운동과 전두환 반란 정권의 언론 통폐합 조치로 해직된 기자들을 중심으로 새 신문 창간 운동이 일었다. 흥사단도 이 운동에 적극 참여하였는데, 광주흥사단 문홍기 단우의 요청에 따라 나도 참여하였다. 새 신문은 한겨레신문으로 이름을 지었다. 나는 생활이 그리 넉넉하지 않아서 처음에는 50주를 출자하였다. 그 후 한겨레신문은 몇 차례 증자했는데, 해직되면서 쥐게 된 퇴직금으로 다시 50주를 추가로 출자하였다. 한겨레신문과 이후 출간된 「한겨레 21」을 구독하였다.

내가 주식을 산 것은 한겨레신문 출자가 처음이었고, 나중에 포항제철과 한전이 국민주를 모집할 때 할당된 주를 샀다. 포항제철주는 많이 올랐으나 한전주는 그다지 오르지 않았다. 후에 이 주식들을 다 팔아서 아내의 치아를 치료하는 데 보탰다. 한겨레는 2021년이던가 처음 이익 배당을 해 주더라. 나는 한겨레가 이익을 배당하여 주는 것을 원치 않는다. 다만 신문의 역할을 다해 주길 바랄 뿐이다. 요즈음 신문을 보면 한겨레신문보다는 오히려 경향신문이 더 진보스럽지 않은가 싶다. 한겨레신문이 초심을 찾아서 진정한 진보신문이 되기를 바란다.

내 지인 중에 생각의 중심을 잡기 위해서 한겨레신문뿐만 아니라 ㅈㅅ일보도 봐야 한다고 하는 이들이 있다. 나중에 보면 ㅈㅅ일보의 생각을 따라가더라. 요즘은 유튜브에 자기 생각을 떠넘기는 부류가 많아 보인다. '조중동'이나 유튜브의 '아니면 말고' 식에 속아 넘어가지 않도록 힘쓸 일이다.

91.
교육민주화를 위한 싸움은 1정 연수비 지급 요구 투쟁에서 타올랐다

Y교사협의회 등 선지자들의 활동으로 교육민주화, 교육정상화를 위한 노력이 저변을 점차 넓혀 가는 가운데 드디어 사건이 터졌다. 액셀러레이터를 밟고 속도를 높이는 격이었다.

나는 1981년 8월 25일 자로 해룡고등학교 부임, 10월 1일 자로 정규직이 된 후 1986년에야 1급 정교사 연수를 받았다. 1정 연수는 보통 재직 3년이면 받는 것이 상례였다. 1급 정교사가 되면 호봉이 1호봉 올라간다. 전남대학교에서 1정 연수하고 있을 때 권 교장이 위문(?)하러 와서 점심을 사고 갔다. 공립학교 선생들은 부러워했다. 참 좋은 학교, 좋은 교장이라고. 개뿔이나 느그들은 연수비 받아 왔지? 우리는 그런 것 없어. 그때만 해도 그러려니 했다.

1987년이었을 게다. 이제까지 연수비를 받지 못하던 사립학교 재직 교사들이 연수비 지급 요구 투쟁을 벌인 것이다. 연수장에서는 각 학교의 실정에 대한 보고와 정보 공유 그리고 성토, 선지자들의 발 빠른 유인물 제작과 배포 등으로 열기가 높았다. 결국 전라남도교육청은 공립과 사립 모든 교사에게 1정 연수비를 지급하기로 결정하였다. 당하고만 살았던 선생들이 승리를 맛보았다. 한껏 기세가 올랐다. 내친김에 학교 내에서의 각종 비리를 척결하자는 투쟁으로 이어지고 있었다.

1정 연수비 지급 투쟁은 기부금 반환 투쟁으로 이어졌다. 대부분의 사립학교가 교사를 채용하면서 기부금이라는 것을 받았다. 우선 취업하기 위해 어쩔 수 없이 기부금을 내고 입사한 선생들이 들고 일어섰다. 주는 자도 받는 자도 떳떳할 수 없는 사건이었지만 선생들이 들고 일어섰다. 이 투쟁으로 아마 거의 모든 사립학교 선생이 기부금을 돌려받았을 것이다. 이 시기에 전교협에 많은 교사가 가입하였다. 물론 기부금만 돌려받아 묵고는 이후는 교육민주화운동에 내 몰라라 하는 사람들도 있었다.

해룡고등학교에 같이 근무하다가 광주로 간 여러 선생 중에서 이문헌과 정이환 선생 둘만 전교조에 가입하였고, 해임되었다. 이 선생님들과 모임을 하였는데, 처음 뜻은 좋은 학교 만들기였다. 아예 학교를 하나 짓든지 사든지 하자는 이야기도 있었지만 얼마 지나지 않아서 탈퇴자가 나오기 시작했고 지금은 친목마저도 유지하지 못하고 있다. 애경사엔 막내인 수학과 박 선생이 연락을 맡아서 하고 있기는 하다. 그러나 그 애경사조차도 몰라라 하는 이들이 있다. 이 멤버 중에 조선대 아카데미 출신인 친구 추길호 선생은 너무 일찍 세상을 떴다. 안타깝고 아깝다. 우리 모임에서 조카들에게 장학금을 모아서 한 번 전달하기도 하였다. 추 선생의 부인은 조선대 아카데미 후배였다. 친구! 편히 쉬시게.

1988년 1정 연수를 받고 온 도덕과 최승우 선생이 바람을 잡았다. 아직 1정 연수를 받지 않은 젊은 교사들이 동조하였다. 이 분위기를 해룡중고등학교 평교사회 결성으로 이어 갔다.

복직하여 내가 한국교원대학교 교육대학원 일반사회과에 댕길 때 최승우 선생은 국민윤리과에 댕기고 있었다. 나보다 1년 일찍 시작이었다. 반가웠다.

92.
풍물을 배우다

내가 처음 농악을 접한 것은 전남대학교 1학년 때 대학 내 좌파 동아리로 알려진 농대 동아리 '한농(한국농촌문화연구회)'이 주축이 된 농악패였다. 상쇠가 꽹과리를 두드리는 모습이 매우 인상적이어서 나도 배워 보고 싶었다. 그러나 내게는 소고를 주었다. 꽹과리는 생각보다 어려웠다. 소고는 금방 따라서 할 수 있었다. 다소 불만이었지만 초보였으므로 열심히 하였고 광주 시내 거리 공연까지 해 보았다.

'한농' 멤버들은 후에 영광 녹사리에서 '길산농장'을 하기도 하였다. '길산'은 장길산 정신을 이어받자는 뜻이었다고 들었다. 광고 선배인 최영추 등이 주축이었다. 최영추 선배는 지금 보성에서 농사하고 있다. 장석웅 선배의 교육감 선거 때 보성을 방문하여 최 선배를 만나서 하룻밤을 함께 지냈다. 이젠 자리를 잡으신 것 같았다. 최 선배는 장석웅이 당선되면 돼지 한 마리를 잡는다고 했는디….

1988년 학교는 교육민주화 열기가 요원의 불길처럼 번져 가고 있었다. 각 집회장마다 풍물패가 등장하였다. 다시 배워 보고 싶었다. 교사 풍물패 '숯터'가 풍물강습회를 열었다. 전남대학교 어느 강당이었던 것 같다. 해룡중학교 김영회(법명 명학, 원불교 재가 교무[4]) 선생도 함께했다. 여기서 고재성 선생을 처음 만났다. 고재성 선생은 평생 동지가 되었다.

'숯터'에서 배운 것을 영광 선생님들과 연습하기로 하였다. 마땅한 장소 찾기가 어려웠다. 해룡중

---

[4] 원불교 교역자인 교무는 결혼한 재가 교무와 결혼하지 않는 출가 교무가 있었다. 여자 교무는 대게 출가 교무가 많았고, 남자 교무는 결혼하는 경우가 있었다. 2020년 내가 영산성지고등학교 정기감사를 갔을 때, 해룡고 출신 제자(여) 남○○이 교무를 하고 있었다. 그 친구의 말을 들으니 지금은 여자 교무도 결혼이 가능하다고 하더라.

보리밥 묵고 방구뽕께 배가 푹 꺼져불등만

학교 교실에서 하다가 쫓겨나고, 해룡고등학교 별관 너머 숲속에서 하다가 쫓겨나고, 영광에서 똥깨나 뀌는 사람들이 논다는 활터 근처에서 하다가 쫓겨나고…. 주로 소음이 문제였다. 소음은 단순한 소음이 아니었다. 보수적인 이들은 농악 소리만 들어도 경기를 보였다. 결국 중단되고 말았다. 해직된 후 '독서사랑방'을 차리고 나서야 비로소 안정된 장소를 마련하였다. 그러나 나는 별 소질이 없고 끈기가 없어서 이때 산 장구와 꽹과리가 녹슬고 있다.

93.
해룡중고등학교평교사회를 결성하다

굳게 입을 다물고 있던 사람들이 입을 열기 시작했다. 광주를 비롯한 다른 사립학교에서는 취업 기부금 반환 투쟁이 열심이었고 승전보가 속속 도착했다. 해룡학원에서는 기부금 소동이 없었다. 당시 시골 학교는 교사를 구하기가 어려웠기 때문에 기부금 사례가 별로 없었나 보다. 1정 연수비 지급 투쟁도 승리하였다. 사람들이 조금씩 겁을 상실하기 시작했다. 그러나 아직은 더듬거리고 있었다. 젊은 교사들을 중심으로 조심스럽게 움직이기 시작했다. 당시 해룡고에 선배 교사라고 해봐야 40대였다. 50~60대 교사는 없었고 김 아무개 교감만 60대였다. 그런데 그들은 너무 변화를 두려워했다. 후배들은 움직이고 선배들은 말리고. 출신 지역이나 학교를 중심으로 마크하라고 지시가 떨어진 느낌이었다.

평교사회 회장 후보로 선배 그룹 중에서는 중학교 기술과 정경일 선배가 물망에 올랐다. 그러나 안타깝게도 경일 성님이 너무 나쁜 병과 싸워야 했다. 다음으로 생물과 김○○ 선배를 설득하여 회장으로 옹립하고, 내가 총무, 장주선 선생이 홍보를 맡았다. 중고등학교 전체 교원 약 70여 명 중에 40여 명이 가입하였다. 젊은 층에서는 영광 출신, 전북 출신이 가입을 꺼렸다. 회원은 주로 전남대와 조선대 출신 선생들이었다. 회원은 모두가 20~30대 교사였고, 40대에는 회장을 맡았던 김○○ 뿐이었다. 재단에서 짱박은 것이 아니었을까 싶은 생각을 나중에 하게 되었다. 어렵게 평교사회를 조직했건만 회장 김○○가 도무지 모임을 추진하지 않는 것이다. 별수 없이 총무인 내가 모임을 추진하여 의견들을 모아갔다. 탈락자가 하나씩 늘어난다. 몇 안 되는 전북 출신부터 시작하여 이래저래 교장과 인연이 있는 이들이 먼저 빠져나간다. 마치 마포빤쓰에 방구 새듯이 빠져나갔다. 해룡중고등학교평교사회는 겨우 명맥만 유지한 채 나와 장주선 선생이 나누어주는 유인물과 정보 공유로 활동을 대신했다. 나중에 드러난 행적으로 볼 때 김○○ 회장은 쁘락치였던 것으로 보였다.

보리밥 묵고 방구뀡께 배가 푹 꺼져불등만

94.
영광교사협의회를 결성하다

1987~9년 무렵에 영광 관내 중고등학교 교사 중에서 교육민주화운동에 앞선 이들이 있다. 정병관, 기 현, 박세철, 심재호, 문희경, 이상구, 김옥태, 장주선, 김광수, 남궁영종, 양기근, 안정애, 안여숙, 홍금란, 이미숙, 이창훈, 도철기, 박선미, 이윤석, 유준상, 이석표 선생 등. 이들은 일과가 끝나면 읍내 다방이나 음식점에서 만나 정보를 공유하거나 교류하고 향후 해야 할 일들을 논의했다.

전국에서 학교는 평교사회를, 시군구에서는 지역교사협의회를, 전국으로 전국교사협의회(전교협)를 조직해 나갔다. 앞서거니 뒤서거니 거의 보조를 맞추어 나갔다. 서로 격려가 되었다. 이때 전(全)자가 들어간 단체가 참 많았다. 전교협(전국교사협의회), 전대협(전국대학생대표자협의회), 전노협(전국노동자협의회), 전농(전국농민회), 전빈련(전국빈민연합) 등. 혹자는 이를 전(全) 씨 5형제라고 불렀다. 전 씨 5형제는 서로 연대하였다. 한국에서도 똘레랑스의 씨앗이 보이기 시작했다.

영광 군내 평교사회는 법성고등학교, 군남종고, 해룡중고가 앞섰다. 이어 이 열기를 모아 영광교사협의회를 결성하였다. 1988년 1학기인데 정확한 날짜는 기억이 가물거린다. 회장에는 양기근 성님을 추대하였다. 우리 중에서는 나이가 젤 많고 후배 교사들에게도 신망이 두터워서였다. 당시 보수적인 관료나 교사들은 교육민주화운동을 하는 교사들을 젊은 교사들의 치기(稚氣) 정도로 폄하하고자 했던 분위기 탓에 가급적 선배 교사를 회장으로 옹립하고자 했던 분위기도 있었다. 사무국장은 내가 맡았다. 아무래도 나이가 회원 중에서는 중간쯤이고 학생 모집을 다니면서 안면도 많이 터서 아는 사람이 많았기 때문이었을 거다.

영광교사협의회 창립식은 영광읍사무소 근처 문화원 강당이었다. 박세철, 심재호, 장주선 선생 등과 함께 현수막을 걸고 인쇄물을 나누어주는 등 회의 준비를 했다. 회의장 밖에는 영광경찰서 짭새들과 교육청 직원, 각 학교에서 보낸 쁘락치들이 어슬렁거림시로 출입자를 살피고 있었다. 물리적인 충돌은 없었으나 먼발치에서 바라볼 뿐 감히 회의장으로 들어오지 못하는 회원들이 많았다. 창립 대회가 끝난 후 뒤풀이는 함께할 수 있었다. 사람들은 그랬다. 뜻하는 것을 얼른 행동으로 옮기기를 저어했다. 하지만 모두가 소중했다.

사무실이 없었다. 다른 지역의 경우 농민회와 사무실을 같이 쓴 예가 많았다. 영광농민회도 영광중앙파출소 근처의 2층에 사무실이 있었다. 내가 함께 쓰자는 제의를 했으나 거절당했다. 자존심 때문에 재차 요청하지는 못했다. 사무실이 없다 보니 다방이나 음식점을 전전했다. 비용도 많이 들고 무엇보다 보안이 문제였다. 어떻게든 사무실을 구하는 것이 급한 일이었으나 돈이 없었다.

Y중등교육자협의 활동과 영광농민회 활동을 하던 영광 묘량 출신 정병관 선생(나를 그렇게 의식화하려고 애쓰던)이 영광교사협의회 활동을 적극적으로 해 주셨더라면 많은 도움이 될 것이었는데, 그는 방관자였다. 오히려 뒤에서 안 좋은 말을 하고 다닌다는 말도 들렸다. 전남 교육 운동에서 선구자였던 그가 정작 소중한 시점에서 왜 달라졌는지 후에 함께 활동했던 이들의 이야기를 들으면 어렴풋이 알 것 같지만 정확히는 모르겠다. 아마도 자기를 중심에 두지 않아서 불만이 있었던 것이 아닐까 싶다. 조직의 리더는 대중의 믿음이 있어야 하지 자기가 되고 싶다고 하는 것은 아닐 것이다. 그는 늘 혁명을 꿈꾸고 있었던 것 같은데 도움이 될 실천이 보이지 않았다. 지금은 고인이 되셨다. 편이 잠드시기를!

정병관 선생은 나를 의식화시키기 위해서 여러모로 노력했다. 1987년 겨울로 기억된다. 정병관, 김옥태, 안○○, 안○○ 등 4명이 무등산 음성 한센병 환자촌으로 독서 여행을 갔다. 1박 2일로 갔으나 눈이 엄청나게 내려서 하루를 더 묵었다. 그곳 주민들은 가지고 간 식재료가 떨어진 우리에게 쌀과 반찬을 무상으로 주었다. 우리는 거리낌 없이 맛나게 묵었다. 그들은 그게 고마웠던지 구들방에 장작을 등짝이 익어 버릴 정도로 때 주었다. 같이 삼봉을 치면서 놀기도 했다.

그 마을은 무등산의 조그만 고원에 있었는데, 무등산에 그런 고원이 있는 줄 몰랐다. 지금 그곳엔 마을이 없다. 그들은 다 어디로 갔을까?

보리밥 묵고 방구낌께 배가 푹 꺼져불등만

95.
『참교육의길』을 펴내다

사무실이 필요하다. 사무실 없이 다방이나 식당에서 모임을 하다 보니 비용이 많이 들고 정보가 새어 나간다. 그런데 돈이 없다. 그래, 책을 만들자. 자료집을 만들자. 그리고 그 수입으로 사무실을 꾸리자.

그동안 각종 집회와 회의, 연수장에서 가져온 자료 등 틈틈이 모아 둔 자료를 정리하였다. 당시에 나는 이 자료들이 매우 소중하여 버리지 않고 모아 두는 습성이 있었다. 변기숙 선생의 친구인 김경란이 운영하는 대인동의 인쇄소에서 청타로 치고, 어떤 것은 복사하고 그렇게 하여 교육운동 자료집을 발간하였다. 약 400여 쪽에 달했다.

『참교육의길』

200여 부를 발행하여 동지들에게 1만 원을 받고 제공하였다. 비용을 제외하고 약 100여만 원이 남았다. 이 돈으로 영광 읍내 신시가지 양복점 옥탑방(2~3평)을 전세로 얻었다. 드디어 우리의 사무실이 생겼다. 회의는 사무실에서, 집회는 옥상에서. 딱 안성맞춤이었다. 당시 전남일보 기자로 우리 교육운동에 상당히 호의적이었던 김○○ 기자는

"선생님! 이제 참교육이 무엇인지, 교육 노동운동이 무엇을 지향하는 것인지 잘 알겠습니다. 취재에 큰 도움이 됩니다."

"시방부터 성님이라고 불러도 될까요?"

하더라.

『참교육의길』은 그 시대 교육 노동운동의 교과서 같은 역할을 하였다. 이후 교육 노동운동에 관한 많은 책들이 연이어 나왔다.

보리밥 묵고 방구뀡께 배가 푹 꺼져불등만

96.
유령 교사를 아는가?

1988년 12월 어느 토요일 오후였다. 전남 각 시군교사협의회 사무국장들이 모였다. 각 지역별 교사협의회 활동을 공유하고 향후 대책 등을 논의하는 자리였다. 이 회의가 끝나고 전남교육 현안에 대한 교육감과의 협의를 위해 전라남도교육청으로 갔다. 당시 교육감은 전병곤이었고, 학무국장은 이양우였다. 교육감은 청 내에 없었고 이양우 학무국장이 각 과장을 대동하여 우리를 맞이하였다. 학무국장은 자신이 굉장히 대단한 존재라는 입장으로 우리를 맞았다. 전병곤 교육감보다는 실세가 이양우 학무국장이라는 말도 있었다. 실제로 그는 전병곤에 이어 전남교육감이 되었다.

전남 교육 현안에 대한 여러 이야기가 오갈 때, 내가 질문하였다. 그날 오간 대화의 내용은 대체로 다음과 같았다. 당시의 분위기를 회상하면서 재구성했다.

나: "전남의 사립학교에서 학생 모집이 안 되면 교사들이 쫓겨날 것이라는 협박 속에서 살고 있는 현실을 아시는가?"

이양우: "사립에서 과원이 발생할 때는 공립으로 전화해 줄 터이니 안심하시라."

나: "좋은 말씀이다. 고맙다. 그러나 사립학교 중에 정원 대비 현원이 현저하게 부족한 학교가 있는데 어떻게 된 일인가?"

이양우: "그런 학교는 단언컨대 없다."

나: "정말 그러한가?"

이양우: 약간 짜증을 내면서 "그렇다."

나: 목소리를 높이며 "내가 근무하는 학교는 학무국장 말씀과 다르다."

이양우: "사실을 왜곡하지 말라. 충분한 감사와 장학지도로 정원을 채우고 있다. 여기는 공식적인 자리이니 사실만 말하라."

나:　　　다소 뿔따구 난 목소리로 "내가 근무하고 있는 해룡고등학교는 30학급으로 교육법 시
　　　　　행령에 따르면 61명의 교사가 있어야 하지만, 현원은 49명뿐이다."

여그저그서 웅성거린다. 다른 사립에 근무하는 이는 대체로 그렇다는 표정이고, 공립 동지들은
설마? 교육청 과장들은 올 것이 오고야 말았다는 낭패의 낯빛이었다.

이양우:　기죽지 않겠다는 듯이 허세를 부림시로,
　　　　　"교직과장, 당장 가서 확인해!"

회의는 좀 더 진행되고 교직과장은 아래층의 사무실로 투덜대면서 내려가고, 나는 그 뒤를 따르
고 기레기들도 우루루 몰려서 내려갔다. 교직과에 도착해서, 교직과장(이름이 떠오르지 않는다)
왈, 아주 낭패스러운 표정으로,

"해룡고 인사명부 확인해 줘! 그리고 라면 하나 끓여 와! 아직 점심도 못 묵었어."

담당 직원이 해룡고 교원명부를 가지고 와서 내게 주지 않고 지가 넘긴다. 빨리 서둘러서 넘긴
다. 나는 확인한다.

"잠깐 멈추세요."

어디 보자. 확 눈에 들어오는 사람들이 있다. 이름은 익숙하지만, 지금은 근무하지 않는 사람들.
내가 김성대 선배에게 소개하고 결혼하여 지금은 교직을 그만둔 영어과 정○○, 의사와 결혼하여
그만둔 국어과 김○○, 권 아무개의 부인 최○○, 김○○ 교감의 딸 김○○ 등이다. 다른 학교로 간
사람은 이중으로 등록될 수 없으니 그만둔 사람들만 이용한 모양이다. 또 듣보잡의 이름도 보인다.
얼른 세워 봐도 8명이다.

"이 사람들은 지금 없는 사람들인디요?"

기레기들이 사진을 찍고 메모하고 난리부르스다. 그 직원은 얼른 장부를 덮어 분다. 유령 교사가 더 있었겠지만 더 이상 확인할 수 없었다.

당황한 교직과장은

"녈, 당장 감사 나가!"

그 교직과장은 이미 유령교사의 존재를 다 알고 있었던 것으로 짐작되었다. 졸지에 들켜 버린 낭패의 모습이었다. 다만 이양우 학무국장은 유령 교사를 모르고 있었는지, 알고 있으면서도 뻔뻔하게 개겼는지 알 수 없었다. 유령 교사의 존재가 밝혀진 후에도 내게 완강한 그의 모습을 보면 후자일 가능성이 컸다.

이양우 학무국장이 정원 대비 현원이 맞다는 말은 장부상으로는 맞는 말로 보였다. 그러나 그 '현원' 중에는 유령이 있었다. 장부에는 있으나 현실은 존재하지 않는 '유령 교사'. 내가 김성대 선배에게 소개하여 결혼한 정○○ 교사는 나중에 만날 기회가 있어서 물었더니 자신이 '유령 교사'였다는 사실을 전혀 모르고 있었다. 도장을 맡긴 적도 없다고 하니 즈그덜이 도장을 파서 월급을 타 묵은 모양이었다. 하기사 정 선생이 알 리가 없지. 권씨 일가가 당사자와 나누어 먹기 위해 유령 교사를 두지는 않았을 터였다. 국어과 김○○ 선생도 몰랐을 것이다. 권○○의 처와 김○○ 교감의 딸은 알고 있었을 것으로 짐작된다. 해룡에 근무하다가 다른 학교로 옮겨 간 이들을 제외하고 그만둔 이들의 월급을 챙기고, 친인척의 이름을 올려서 타 묵고 있었던 것으로 보였다.

97.
감사의 정석은 짜고 치는 고스톱판과 같다?

다음 월요일. 두려운 마음으로 출근하였다. 엉겁결에 사고(?)를 치기는 했으나 이런 경험이 없었고, 전혀 준비되지 않은 일인지라 두려웠다. 어떤 일이 벌어질까? 학교는 여느 때처럼 조용하다. 마치 태풍 전야와 같은 분위기였다. 불을 질러 놨으니 분명히 교육청에서 학교에 연락했을 것인디 너무 조용하다. 달라진 것은 그날 밤부터 서무실에서 야간작업을 한다. 뭔 일을 하고 있었을까?

치부책에 적고, 사진을 찍고 난리 부르스를 치던 기레기들은 뭐 했을까? 어느 신문에도 관련 사실이 보도된 것을 보지 못했다. 아하, 여그도 약을 쳐부렀구나. 교육청에는 출입기자단이 있는데 단체로 약을 쳤을까? 개별적으로 약을 쳤을까? 하기사 지방언론의 기자들은 열악한 회사 사정으로 제대로 된 급여를 받지 못한다고 들었다. 그럼에도 불구하고 여러 언론사들이 존재하는 것은 신기한 일이다. 세칭 '가방모찌'[5] 에 이들도 포함되는 것일까?

감사는 해를 넘겨 1989년 2월에 나왔다. 당장 감사하라는 교직과장의 말이었는데. 근 2달이 지난 다음에야 감사가 왔다. 서무실의 야간작업이 끝났다는 신호일까? 감사 결과가 나왔다. '유령 교사'가 사실로 확인되었다. 그래서 만든 자금을 일부 유용, 일부 횡령하였단다. 감사 결과 조치는 대강 교장 감봉 1월, 서무과장 정직 2월이었고, 횡령 금액 약 8천만 원은 환수하였단다. 이상 끝이다. 더 이상의 자세한 결과를 알 수 있는 방법이 없었다. 감사 결과를 수소문하여 알아보았을 뿐이다. 전남도교육청은 사건 제보를 한 나에게도 감사 결과를 알려 주지 않았다. 뭐가 이런 경우가 있나?

---

5) かばんもち(鞄持ち)란 일본말이다. 사전에는 1. 수행 비서 2. 상사에게 알랑거리며 늘 붙어 다니는 추종자 등의 뜻이 있다. 실제로는 유력 인사의 후광을 이용하여 각종 이권 사업에 종사하는 이들을 말한다. (저자 주)

보리밥 묵고 방구뀡께 배가 푹 꺼져불등만

당시 사립학교법에 따르면, 회계부정, 인사부정의 경우에, 이사장은 승인 취소하고 5년 이내 복귀 못하며, 교장과 서무과장은 파면하고 5년 이내에 복귀 못하고, 유용과 횡령액은 전액 환수였다.[6] 거기다가 형사처벌도 받아야 마땅했다. 그러나 실제 법규 위반에 대한 전라남도교육청의 조치는 관련 법이 정한 것과는 전혀 달랐다. 이건 전라남도교육청과 해룡학원 간의 유착이 있다는 심증이 강하게 들었다. 당초에 전라남도교육청에서 이런 '유령 교사' 문제를 몰랐을 리 없다. 몰랐으면 직무 유기이고, 알고도 묵인했다면 공범일 것이다. 공범이든지 직무 유기든지 징계를 묶어야 당연한 것이거늘, 교육청의 간부나 담당자가 징계를 당했다는 말은 듣지 못했다. 결국 김옥태가 불을 질렀으니 그냥 넘어갈 수는 없고 하니 서로 짜고 미리 최대한 장부를 조작한 다음에 감사를 와서 최소한의 조치를 한 것이렸다? 교육청이 제대로 감사하여 관련 법령에 따라 엄정 조치를 하고자 했다면 아마도 해룡 권력자들은 동귀어진(同歸於盡)하고자 덤볐을 것이다. 물론 향후에는 떡고물도 못 묵을 것이고. 또 이 소식이 다른 사립학교에 알려지면 다른 사립에서 받아 묵을 수 있는 떡고물도 개코나 없어질 것이고 말이지. 아마 그랬으리라.

이양우 학무국장은 전병곤 교육감에 이어 전라남도교육감이 되었다. 나는 그에게 해룡학원의 각종 비리에 대한 감사 결과를 통보해 줄 것을 요구하였으나 묵살당했다. 오히려 교육청 직원들로 하여금 나를 격리시키기에 광분하였다. 나는 그를 '양우(良牛)'가 아닌 '불량우(不良牛)'로 부르고 싶다. 청산중에 근무할 때 이양우의 제자가 있었다. 어쩌다가 이양우 이야기가 나왔는데 그는 이양우가 아주 훌륭한 스승이라고 극찬을 하더라. 그래서 내가 겪은 이야기를 했더니 귀담아듣지도 않고 이양우 찬양에 바쁘드랑께. 오히려 내게 짜증을 내더라고. 각자 겪은 만큼 아는 것이다. 세상을 보는 눈에 따라 호불호가 갈리기도 할 것이다.

---

6) 현행 사립학교법 제20조의 2(임원취임의 승인 취소), 21조의 1(임원 선임의 제한), 54조의 2(해임 요구), 54조의 3(임명의 제한)에서도 같은 취지로 말하고 있다.

98.
그곳에서는 내부고발자를 역적이라고 불렀다

감사가 지난 후 어느 날, 기술 과목을 담당하는 전북 출신 박○○ 과장이 복도에서

"야, 역적놈아!"
하면서 내 멱살을 잡는다.
"니가 학교 비밀을 외부에 까발려? 이 역적놈아!"
아이들이 난리다.
"김옥태 선생님을 건들지 마세요. 올바른 선생님이여요."

말로만 듣던 구교대로 보였다. 구교대는 조직된 것이었는지, 자발적인 것인지 모르겠다. 최소한 논의 정도는 있었던 것으로 보인다.

우연일까? 필연일까? 박 과장은 내가 해임된 후 환갑을 전후에서 암으로 갔다. 결코 내가 그렇게 되라고 빈 적은 없다. 그 박 과장은 본래 원불교 신자였는데 부인이 여호와의 증인에 빠지자 거기서 건지기 위해 천주교로 전향했다고 하더라. 그러다가 교감이 되기 위해 다시 원불교로 돌아왔다는 후문을 들었다. 해룡학원은 원불교 신자가 아니면 교장, 교감을 주지 않았다. 내가 근무하던 시절에 교감 자리가 생겼는데, 교감 자격을 가진 기독교 신자가 있었지만, 원불교로 개종하지 않아서 교감이 되지 못하였다. 그 선배는 결국 광주의 다른 학교로 가서 교감이 되었다고 들었다.

감사가 끝난 후 나는 학교를 해코지하는 아주 나쁜 사람이 되었다. 백호네 집에서 거의 매일 막걸리 묵던 성님들도, 같이 삼봉 치던 멤버들도 데면데면했다. 나와 친해지려는 사람이 줄어들었다. 나와 가까워지면 안 될 것이라는 생존본능이었는지, 아니면 어떤 힘이 작동한 것이었는지는 모를

일이다. 유령 교사가 빠진 부족한 교원을 채웠다. 본 수업만 주당 28시간을 하던 선생들은 서로 한 시간이라도 수업시수를 줄여 보겠다고 난리다. 내 멱살을 잡고 난리부르스였던 그 박 과장도 역시 그렇고. 학교는 전남대, 조선대 출신은 앞으로 쓰지 않겠다더라.

99.
전국교사협의회가 전국교직원노동조합으로 전환하다

교사는 노동자일까? 성직자일까? 교사의 노동자성에 대한 논의가 활발했다. 교사는 성직자라는 말이 나왔다. 교사를 함부로 대하던 사람들이 갑자기 교사는 성직자라는 것이다. 성직자 대우는 눈곱만큼도 해 주지 않으면서 말이지. 교사들 스스로도 노동자라는 것이 생소했다. 나도 처음에는 생소했고 다소 반발했다. 궁금했다. 노동자가 무엇인가? 표준국어사전에 의하면,

노동자란 노동력을 제공하고 얻은 임금으로 생활을 유지하는 사람이다.

그렇다면 노동자의 범위는 아주 넓다. 교사, 교수, 고용 의사, 신부, 목사, 고용 약사, 고용 변호사, 검사, 판사 등 월급을 받고 일하는 이들이 모두 노동자이다.

노동이란 말이 나오면 다소 경기(驚氣)를 보이는 사람들은 빨간색을 덧칠하려는 불순한 의도를 보인다. 그 사람들은 굳이 '노동'이라는 말 대신에 '근로'라고 우긴다. 그래서 '근로'를 국어사전에서 찾아보았다.

'근로(勤勞): 힘을 들여 부지런히 일함'

'근로'는 '노동'보다는 그 범위가 더 넓다고 봐야겠다. 임금을 얻을 목적으로 하는 일과 자기 집 일, 노력 봉사, 취미 삼아 하는 일 등이 다 포함된다고 봐야겠다. 이를 수학에서의 집합으로 설명하면 노동은 근로의 부분집합이 될 것이다. 근로 중에서 임금을 대가로 받고 일하는 것이 노동이다. 그러니 임금으로 묵고사는 사람들이 일하는 것은 근로가 아니라 노동이다. 말을 정확하게 사용해야 사회가 바로 선다. 일물일어설(一物一語設)이 있다. 프랑스의 작가 플로베르가 했던 말로 '하나의

보리밥 묵고 방구뽕께 배가 폭 꺼져불등만

사물을 나타내는 데는 하나의 단어만 적합하다.'는 말이다. 사용하는 이마다 말의 뜻이 각각 다르다면 사회가 온전하겠는가? 교사는 노동자이다.

노동이라는 말에 주저하는 사람들이 있다. 아마도 노동을 천시하는 잠재의식이 자기도 모르게 있지 않나 싶다. 주로 전문직에 종사하는 이들이 여기에 포함될 듯하다. 교육 노동운동할 때는 학습이 필요했다. 정확하게 알지 못했던 것들, 새로 알아야 할 것들에 대한 공부이다. 전교조해룡학원분회는 이 공부를 제대로 하지 못했다. 영광지회도 그랬다. 학습의 부족은 강고한 의지를 갖추는 데 장애로 작용한다. 내외부의 장벽을 만날 때 그 장벽이 크게 느껴진다.

전교협을 전교조로 승화하여 발전적 해산하는 과정에는 많은 논란이 있었으나 의결 단위에서는 그 길을 택했다. 권력은 강력한 탄압을 예고했다. 빨간색 덧칠을 바탕으로 공무원법, 교육공무원법 등의 모든 법령을 뒤져서 철저히 탄압할 것을 예고했다. 해임부터 파면까지. 심지어 형사처벌까지. 조직의 리더들은 그 탄압을 기꺼이 감당할 것을 다짐했다. 지도부는 오히려 더 많은 사람이 해직될수록 승리의 날이 그만큼 가깝다고까지 대중을 선동했다. 나는 이 주장이 너무 무모하다고 생각했지만 어떤 일에 한번 발을 디디면 몰입하는 내 성격은 이 길을 따랐다. 또 나는 내가 길이 정당하다고 믿었다. 내 자녀와 제자들의 밝은 미래를 위해 기꺼이 해야 할 일이라고 여겼다.

교원노조는 이런 문제도 논란의 여지가 있었다. 전교조가 주장하는 바가 '참교육'이고, 참교육은 '민족·민주·인간화 교육'이란다. 보통 노동조합은 소속 노동조합원의 권익 향상을 목적으로 한다. 그런데 전교조의 목적은 조합원의 권익 향상보다는 참교육에 방점이 있었다. 참교육을 방해하는 제반 요소를 척결하는 것이 주요 목표처럼 보였다. 그렇다면 참교육 실현과 노동조합원의 권익 향상 도모는 상충하는 것인가? 아니면 상호 보완적인 것인가?

전교조가 건설된 이후 투쟁의 내용은 소속 조합원의 노동자로서의 권익 향상보다는 교육정책의 잘못과 교육 비리를 척결하는 것이 주를 이루었다. 이에 많은 국민들이 전교조의 참교육 운동을 지지했다. 초창기 참교육에 대한 교직 사회의 열정이 시간이 지나면서 점차 시들해졌다. 교원의 권익 향상에 관한 내용은 학교에서의 일상 생활에서 교사를 옥죄고 있는 일상적인 것이 주를 이루었다. 일상적인 부조리는 그런대로 해결되었다. 교권에 관한 가장 중심적인 투쟁은 아마도 '교원평가'와 '성과급' 반대 투쟁이 아닐까 싶다. 어느 해 단체협약을 통해 교사들의 자녀들 대학 수업료를 지원받을 기회가 있었지만, 기획예산처의 반대로 무산된 바가 있다. 당시 조금 규모가 있는 기업에서 종사하는 노동자는 대부분 자녀 대학 학비를 지원받고 있었다. 전교조가 투쟁하여 얻은 성과는 전교조 조합원이든 아니든 구분 없이 받았다. 오픈 샵(open shop)은 거저 숟가락만 얹고도 이익을 챙길 수 있어서 노동운동의 저해 요인으로 작용한다. 따라서 일선의 교사들은 굳이 전교조에 가입하여 조합비를 내고 각종 집회에 나가야 하는 등 부담을 가질 이유가 없었다. 클로우즈드 샵(Closed Shop)이 필요하다. 전교조 신규 가입은 줄고 시나브로 탈퇴가 늘어났다. 인사철에 학교를 옮기는 시기에 탈퇴가 많았다.

> 대한민국의 모든 노동조합은 지금부터 클로우즈드 샵(Closed Shop) 쟁취를 위해 함께 투쟁하자! 노동조합의 조직률을 높여야 노동자가 산다. 앞으로 모든 공직선거에 입후보하는 자들은 클로우즈드 샵(Closed Shop)을 공약으로 걸어라. 우리는 이들을 찍겠다.

> 대한민국의 모든 노동자들은 연대투쟁하자. 내일이 곧 당신의 일이요, 당신의 일이 곧 내 일이다. 똘레랑스하자!

> 눈치만 보고 노동조합에 가입하지 않고 있는 노동자 동지들은 서둘러 노동조합에 가입하자. 동지들이 피땀으로 일군 성과에 숟가락만 얹지 말자. 함께 싸우자. 그래서 함께 이기자.

2020년 무렵. 급기야는 전교조의 노선과 활동에 반발, 일단의 그룹이 집단으로 탈퇴하여 별도의 교원노동조합을 결성하기도 하였다. 이제 교원노조는 실질적으로 복수노조 시대로 접어들었다. 전교조는 이제 심도 있는 자체 진단과 대책이 필요해 보인다. 전교조는 '전국교직원노동조합'이다. 당초에 교사, 교수뿐만 아니라 행정직 등 교직원도 다 포함되도록 설계되었다. 하지만 행정직 등은 별도로 공무원노동조합을 결성하였고, 교수들도 별도로 노동조합을 결성하였다. 이제 전교조의 명칭도 교사가 가입 대상이 되는 이름으로 바꾸어야 하지 않을까 싶다. 그게 명실(名實)이 상부할

보리밥 묵고 방구뀡께 배가 푹 꺼져불등만

것으로 보인다. 따로 떨어져 나간 조직의 명칭은 '교사노조'라고 하더라. 전교조와 교사노조는 조합원 수 확보 경쟁에 이르렀다. 어떤 언론은 교사노조가 앞섰다고도 하더라.

100.
당신들이 뭔디 우리 차에 올라와서 지랄이여?

1989년 5월 28일. 드디어 전교조 창립대회가 열리는 날이다. 조합원들이 지회 단위로 버스를 대절하여 서울로 올라간다. 각 경찰서와 교육청, 학교에 초비상이 걸렸다. 특명이 떨어졌다.

"전교조 교사들의 상경을 원천 봉쇄하라!"

경찰들은 교사들의 얼굴을 잘 모르니까 장학사, 교감들이 동원되었다. 일제 침략기에도 이런 종자들이 있었지. 이 종자들은 도무지 창피한 줄을 몰라요. 우리도 방법이 있었다. 영광지회는 먹을거리를 준비하고 등산가는 차림을 했다. 운암동 문예회관 앞에 이르자 전경대가 버스를 멈추게 하고, 중년의 남자 두 명이 우리 버스에 올라 쓰윽 훑어본다.

"당신들이 뭔디 우리 차에 올라와서 지랄들이여?"

이놈들이 못 이기는 척 내려간다. 그렇게 우리는 광주 관문을 통과했다. 정읍쯤 갔을까? 본부와 교신에서 서울 대회장이 원천 봉쇄되어 대회를 약식으로 치르기로 했으니 지역별로 대회를 하란다. 아쉬웠다. 상경길이 막힌 전남과 광주의 전교조 조합원들은 전남대학교 대강당에 모여서 합동으로 창립대회를 열었다. 고진형 선생이 초대 전남지부장으로 선임되었다. 그리고 노태우 정권에 납치되어 불법으로 감금되었다.

그 누가 말을 했던가? 경찰이 민중의 지팡이라고? 권력의 하수인이 아닐는지. 경찰들 스스로 반추해 볼 일이다. 복잡한 거리에서 경찰이 교통정리를 해 주면 소통이 원활하련만 보이질 않고 불필요한 곳에서는 숨어서 쏜다.

101.
전교조해룡학원 분회를 창립하다

1989년 5월은 단위 학교 분회 창립, 지역단위 지회창립과 지부 창립 등 전국에서 조직 결성이 앞서거니 뒤서거니 거의 동시다발로 진행되었다. 전교조해룡학원분회와 영광지회도 창립하였다.

해룡학원분회장은 김옥태가 선임되었다. 선임이라기보다는 오히려 자천이었다. 중징계가 예고된 상황에서 누구도 자기가 나서기 어려웠고, 그렇다고 다른 이들을 징계가 예고된 임무에 몰아넣을 수도 없는 상황이었다. 평교사회 때 비교적 선배 교사를 옹립하고자 하여 김○○을 평교사회장으로 추대했다가 낭패를 당했으므로 같은 잘못을 범하지 않기 위해 실질적으로 일할 수 있는 사람을 택한 것이다. 처음에는 평교사회 회원이 거의 그대로 전교조해룡학원분회 조합원이 되었다.

교육 당국은 모든 인연을 동원하여 탈퇴 작업을 하라고 지시한 모양이었다. 듣보잡의 광주고 선배라는 도 교육청 장학사의 방문과 회유, 삼봉 클럽의 선배, 백호네 막걸릿집의 멤버, 교장 동생인 서무과장 등이 면담과 술 먹이기, 의중 떠보기 등 갖은 수단을 동원한 작업이 진행되었다. 나를 설득하는 것이 불가능하다고 여겼는지 포기하고 다른 회원들을 본격적으로 회유하였다. 회원들이 슬슬 새어 나갔다. 처음 47명 정도의 회원이 12명으로 줄어들었다. 예수님의 최후의 만찬 제자 12명과 같은 숫자였다. 전남대와 조선대 후배 교사 중에서 그런대로 의지가 굳은 교사만 남았다.

전교조해룡학원분회는 활동할 시간적 여유가 거의 없었다. 1989년 5월에 분회가 창립되었으나 바로 탈퇴각서 파동이 이어지고 이어서 마지막까지 탈퇴하지 않은 김옥태와 장주선에 대한 징계가 시작되어 1989년 8월 3일에 두 사람이 해임되었다. 그리고 해룡학원 분회는 완전히 분해되었다. 다시는 복구되지 못하고 있다. 해룡학원은 전국 사립학교에서 전교조 분회가 없는 몇 안 되는 학교일 것이다. 그것이 자랑일까?

자본주의 국가에서 노조를 부정하는 것은 체제를 부정하는 것이 아닐까?

102.
전교조 영광지회를 창립하다

1989년 5월 31일(정확히 기억이 안 됨).

전교조영광지회가 창립되었다. 영광교사협의회 회원들이 거의 참여하였으며 더 많은 회원이 추가되었다. 영광지회의 창립대회 장소는 천주교 영광성당 교육관이었다. 영광경찰서 짭새들, 영광교육청 직원들, 각 학교에서 보낸 쁘락치들이 성당 주변을 서성대면서 출입자를 살피고 있었다. 영광농민회 등 우호 단체의 지원도 있었고, 다른 시군 전교조 지회 조합원들이 격려 방문하기도 하였다. 다른 지역은 물리적 충돌이 있었다고 들었는데 영광에서는 물리적 충돌은 없었다. 다만 조합원 중 상당수는 당당하게 창립대회장으로 입장하지 못하고 주변에서 상황을 살피면서 주저하였다.

회장에는 양기근 선생을, 부회장에는 심재호 선생을 선임하고, 사무국장에는 김옥태를, 홍보부장에는 장주선 선생을, 총무부장에는 이상구 선생을 임명하였다. 노태우 정권은 전교조 가입 교사는 물론이거니와 주요 책임자를 엄벌하겠다고 엄포를 놓았다. 우리는 그것을 감당하면서 싸우기로 다짐했다. 그러나 모든 전교조 교사들을 해직시키기는 물리적으로 어려우니 책임자를 선두로 탄압을 가할 것이라 짐작했다. 따라서 임원은 해직을 각오한 우선순위대로 정하기로 한 것이다.

사무실은 영광교사협의회 시절에 『참교육의길』을 판매한 수입으로 마련한 2~3평 정도의 옥탑방에 두었다. 마침 옥탑방은 옥상으로 연결되어 있어서 좁은 사무실의 어려움을 덜기에 충분했다. 사무실은 책상 하나 놓고 전화 받는 정도이고, 모임은 옥상에서 이루어졌다. 사무실 앞 순두붓집에서 자주 만나서 식사 겸 회의를 하곤 했다.

보리밥 묵고 방구뀡께 배가 푹 꺼져불등만

103.
전교조에 대한 탄압과 회유가 본격화하다

노태우 정권은 너무 섬세하고 집요하게 회유와 탄압을 가해 왔다. 노 정권도 많은 교사들을 무더기로 해직시키는 것은 큰 부담이었을 것이다. 그 부담을 덜기 위해 탈퇴각서를 쓴 사람은 징계를 면해 주기로 하고 끈질기게 회유와 강요를 해 왔다. 회유는 우선 해당 교사의 각종 인연을 동원했다. 그게 어려우면 가족을 동원했다. 공직에 있는 가족이 있으면 그 가족이 불이익을 당할 수도 있다는 엄포도 서슴지 않았다. 노부모가 계신 경우에는 부모님의 약한 마음의 고리를 노렸다. 한국 현대사에서 해방과 6·25 전후의 사상 대결에서 수많은 질곡을 보아 오신 부모님들은 자식의 앞날을 위해 적극적으로 설득했다. 그 설득이 먹혀들지 않을 때는 대신하여 전교조 탈퇴각서를 쓰기도 하였다. 때론 자식을 집에 감금하기도 했다. 그 감금에서 탈출하기 위해 창문을 넘다가 다친 이도 있었다고 들었다.

우리 집 분위기는 이랬다. 어머니는
"남자가 큰 뜻을 품었으면 당당하게 가사 쓰제! 암사!"
하시면서 격려하셨고, 아버지는
"국가와 싸워서 이긴 놈 못 봤다. 잉?"

이걸로 끝이었다. 아버지는 일제 침략 시기에 징용으로 끌려가시다가 장성 갈재에서 탈출하여 겨우 살아나신 분이다. 그때 울 아부지가 탈출하지 못하고 그대로 징용으로 끌려가셨더라면 아마 나는 존재하지 않을지도 모르겠다. 아내와는 전교조 활동을 상의조차 하지 않았다. 전교조 참여를 반대할 것이 뻔하기에. 반대해 봤자 들어주지도 않을 남편의 성미이기에 아내는 불만을 속으로 삭여야 했을 것이다. 미안합니다.

해룡학원에서는 김옥태와 장주선은 회유가 통하지 않을 놈으로 여기고, 다른 교사들을 회유해 갔다. 각종 인연을 들이대면서 회유와 협박을 가해 왔다. 결국 전남대와 조선대 출신 12명만 남았다. 해룡학원이 나에게 가한 탄압의 사례는 다음과 같다.

보리밥 묵고 방구뀡께 배가 푹 꺼져불등만

104.
저 새끼 모가지 따 부러!

급사가 교장 선생님이 선생님을 상담실로 오시란다고 전한다. 교장이 교장실이 아닌 상담실로 부른다고? 엉? 이상허제? 상담실에 들어서자, 교장은 없고 한쪽 팔에 까꼬리(갈고리)를 찬 외팔이들이 쭉 늘어서 있다. 소파에 앉히더니, 까꼬리들이 좌우에 밀착하여 앉는다. 학부모이기도 한 영광 읍내에서 장사하는 덩치 큰 홍 아무개도 보였다. 공포 분위기를 조성하는 데 꽤 힘을 들인 모양이었다. 거그는 학교가 아니었다. 뒷골목 3류 양아치들이었다.

"저 새끼 모가지 따 부러!"
"니가 빨갱이 새끼라면서야!"

교장 동생인 권 아무개 서무과장이 불러들인 것으로 짐작되는 상이군인들이다. 잘린 팔에 이른바 까꼬리를 단 사나이들. 무서운 것이 없다는 사나이들이었다. 영광에서 거의 10년을 살았지만 까꼬리를 거의 보지 못했는데, 아마도 외지에서 불려온 것 같았다. 교장 동생인 권 아무개는 월남 파병을 다녀온 이른바 '따이한 클럽' 멤버였다고 들었다. 아마 이런 경력으로 까꼬리 부대와도 소통하는 모양이었다. 같이 불려 간 수학과 김현정, 김숙희 두 김 선생은 파랗게 질렸다. 중학교 조갑래 교감은 출입문을 막고 서 있었다. 설마 도망가지 못하게 보초 서는 것이었을까? 너무 보기 흉했다. 평소 점잖아 보였던 조 교감의 그날 행태는 사람을 다시 보게 하였다.

김숙희 선생은 그 후 몇 년 지나지 않아 안타깝게 작고하셨다는 비보를 들었다. 나중에 듣게 되어 장례식에는 가 보지 못했다. 하늘은 왜 쓸 만하고 좋은 분만 골라서 일찍 데려가시는가? 원망스럽다. 안타깝다. 김 선생님 편히 쉬소서!

나는 겁이 벌컥 났다. 하지만 여기서 꿀리면 끝장이다. 개기자. 이미 어느 정도 예상하고 왔으니까. 다른 조합원들의 선배이자 분회장으로서의 책임도 있으니 꿀리면 안 된다.

"뭐, 두 여선생님은 그냥 가시게 하고 나랑 야기 허지."

"자식, 꼴에 모시매라고… 좋아, 여선생들은 가쇼."

"니가 전교조 골수람시로? 빨갱이 새끼제?"

까꼬리를 내 목에 댄다. 날카로운 쇠토막 끝이 내 목에 싸늘하게 닿는다. 순간 움찔했다. 하지만 여기서 꼬리를 내리면 안 된다.

"좋아, 얼릉 그서 부러라. 얼릉. 못 그스면 오늘 느그덜 * 잘라 놓고 가그라, 잉?"

짜식들. 멈칫거린다. 그냥 겁주면 내가 꼬리를 내릴 줄 알았던 갑제?

"오매, 성님. 요 새끼 악질이어라. 우린 그냥 갈라요, 잉?"

권○○ 서무과장을 성님이라고 부르는 까꼬리 부대는 그렇게 갔다. 용역으로 불려온 모양이지만 남의 일에 괜히 형사적으로 엮일 필요가 없다고 여긴 것이겠지. 아니면 쥐어 주는 것이 적었던지. 1989년 5월쯤 전교조 결성을 방해하려는 정권의 하수인들이 벌인 일이다. 그날은 그렇게 해프닝으로 끝났다.

해룡학권 교직원들 중에 학교 당국의 이러한 교권 침해, 인권 침해 사건에 대해 항의를 하는 이는 단 한 사람도 없었다. 그만큼 겁이 많았던 동료들이었다. 공포를 느끼고 있었던 게지. 아니 그 사태가 교권 침해라는 인식도 어려웠을 것이다.

그런데, 우연일까? 필연일까? 나를 겁박하거나 해고시키는 데 협력한 이들은 본인이나 가족 중에 흉한 일이 연속해서 발생했다. 씁쓸했다. 좋은 인연이었으면 얼마나 좋을까? 원불교는 인연을 강조하는 종교이고, 해룡학원은 원불교에 연원을 둔 학교인데 악연들이 쌓이고 있었다. '원망하는 마음을 감사하는 마음으로 돌리자.'는 원불교의 가르침이 반대로 작동하고 있었다. '개혁하려는 마음을 악으로 규정하고 탄압하는 마음'이 새로운 원불교 정신이 되었던 것일까?

105.
그것이 우리에게는 최후의 만찬이었다

1989년 여름은 뜨거웠다. 전교조의 결성을 막기 위한 정권의 탄압은 사악했다. 조합원 가입을 막기 위해, 또 탈퇴를 강요하는 행위가 너무 다양했다. 당초 해룡중고등학교 조합원은 47명이었다. 여러 경로로 탈퇴각서를 받아 가서 마지막엔 12명이 남았다. 김옥태, 장주선, 한재휘, 강하엽, 박양수, 김성순, 김숙희, 김현정, 김수미, 박석원, 이명효, 서성림 선생 등 이렇게 12명이었다. 세월이 흐르다 보니 기억이 가물가물이다. 벌써 두 사람이 고인이 되었다. 최후의 조합원 김숙희 선생님과 전교협 때까지는 열심이었던 이윤석 선생님. 두 분 선생님의 명복을 빕니다.

암튼 몇 안 되는 전북 출신은 전부 탈퇴하고 전남 출신만 남았다. 해룡학원에는 전북 출신 교사가 더 많은디 전교조에 가입한 교사는 극히 드물었다. 교장의 고향이 전북으로 그 인연으로 온 사람들이어서인지는 모르겠으나 전북 출신은 전교조 가입을 외면하였다. 탈퇴각서 제출 기일이 마지막이다. 1차, 2차, 3차 마감일. 이제 탈퇴각서를 내지 않으면 징계 절차에 들어간단다.

토요일 오후. 오전 일과를 마치고 점심 겸 논의를 위해 읍내의 한 짜장집에 모였다. 내일을 기약하기 위해 모두가 탈퇴각서를 내자는 쪽이 우세하다. 그러나 그럴 수는 없다. 나는 전교조영광지회 사무국장, 해룡중고등학교분회 분회장이다. 누군가는 깃발을 들어야 한다. 결론을 내렸다. 김옥태는 해직을 각오하고 깃발을 들고 나머지는 탈퇴각서를 내기로. 장주선 왈,

"나도 끝까지 갈라요."
"니는 남아서 분회를 재건해야제?"

티격태격하다가 김옥태와 장주선이 깃발을 들고 나머지는 탈퇴각서를 쓰기로 하였다.

보리밥 묵고 방구뀡께 배가 푹 꺼져불등만

"개별로 불려 가서 무릎 꿇는 모습을 못 보겠다. 양면지 한 장에다 연명으로 작성하자. 내일 내가 가서 제출하마."

여기저기서 울먹인다.

"성님, 오라버니, 어쩐다요? 식솔도 많은디."

"우리가 매달 5만 원씩 생계비를 분담할게요."

"고맙다. 허나 못 지킬 약속은 하지 않는 게 좋겠다. 앞으로 전교조 회비 만 원만이라도 꼬박꼬박 내 주라."

이것이 1989년 7월. 전교조해룡중고등학교분회원들의 최후의 만찬이 되었다. 이후 우리 분회는 재건되지 못했다. 남은 10명의 전교조 회비 납부는 이루어지지 않았다. 후원회비도 처음에 몇 번 들어오다가 말았다. 활동하기에는 징계 위협을 느낀 후배 동지들의 마음고생이 심했을 것이다.

내가 해직된 후 광주 풍암저수지 산책길에서 만난 황○○ 선생은 형님이 해직된 이후 학교는 전보다 더 고약해졌다고 하더라. 한재휘, 박양수 두 아우는 내가 술 먹자고 하면 열 일 제끼고 달려와 주시더라. 술값도 아우들이 먼저 내 불더라. 고맙더라. 최후의 만찬을 함께하였던 박석원, 한재휘 선생은 나중에 교장까지 승진하였다. 다른 이들은 교장 아들이 교감, 교장을 하자 제자 밑에서 평교사 하기가 어려웠던지 일찍 퇴직하거나 공립으로 가셨다고 들었다.

106.
애기는 뭣 헐라고 데꼬왔는가?

다음 날인 일요일은 탈퇴각서 제출을 위한 최후 통첩일이었다. 교장실로 들어서니 교장이 혼자 기다리고 있었다. 나는 막내 녀석을 무등 태우고 보무도 당당허게 들어갔다. 봉투엔 어제 받은 10 명 조합원의 탈퇴각서가 연명으로 작성된 양면지 1장이 들어 있었다.

교장: "커피 한 잔 헐랑가?"
나: "커피는 원래 안 묵소. 커피는 제국주의 음식이라 정신적 육체적으로 알레르기가 있어요."
교장: "근디 애기는 뭣 헐라고 데꼬 왔는가?"
나: "오늘 이 역사의 현장을 미래 우리 주인공이 똑똑히 지켜봐야지라."
       "어씨요. 여그 탈퇴자 명단이 들어 있소."
교장, 양면지 1장에 연명으로 작성된 탈퇴각서를 훑어보더니,
교장: "연명은 안 되네. 각자 한 장씩 써 와야 혀."
나: "그러면 오늘은 파토요? 그렇게 전남도교육청에다 전화헐께라우? 마지막까지 가면 최소한 5명은 남겄습디다."
교장: "되았네, 됐어. 두고 가소."

이렇게 10명의 전교조 동지는 탈퇴하였고, 그 후 분회는 회복되지 못했다. 전교조해룡학원분회 는 완전히 와해되었다. 조합비는 물론 후원금도 걷지 못했다. 탄압이 특별히 다른 사립학교에 비해 강했다기보다는 탈퇴각서를 쓴 조합원들의 의지가 너무 약했다고 판단되었다. 해룡중고등학교는 대한민국에서 전교조 조합원이 단 한 명도 없는 유일한 학교가 아닐까 싶다. 해룡학원에서 사회 교 사들은 노동 3권에 대하여 어떻게 가르치고 있을까? 내가 해임된 후로 내 자리를 이어받은 해룡고 출신 후배 사회 교사는

"형님 뜻을 이어받겠습니다."

했는데….

107.
저 징계위원들의 제척을 요청하는 바입니다

1989년 7월 말경. 해룡고등학교 교장실.

김옥태와 장주선 교사를 전교조 가입을 이유로 징계하는 징계위원회가 진행되고 있었다. 징계위원으로는 권재홍 교장, 조갑래 중학교 교감, 황춘덕 해룡고 근무하는 원불교 교무, 한○○ 전 영광 읍장, 해룡학원 이사이기도 한 원불교 법사님들… 서기는 권재필이었다. 그는 교장 동생이자 서무 과장이었다.

나는 조갑래, 황춘덕, 한○○, 원불교 법사들을 징계위원에서 배척해야 한다고 주장했다. 조갑래는 권재필이 이른바 '까꼬리 부대'라 불리는 상이군인들을 불러다가 내 목에 까꼬리를 들이댈 때 도망 못 가게 출입문을 지키고 있던 사람이고, 황춘덕은 원불교 교무로서 내가 여러 차례 상담했는데, 징계위원으로 참석하는 것은 정도에 맞지 않고, 한○○는 내 친구 한○○의 아버지로 어찌 자식 친구의 징계를 할 수 있다는 말인가? 재단 이사이기도 한 법사들은 학교가 부실 공사, 유령 교사, 정원 외 학생 등 각종 비리를 저지르는 동안 뭣을 하고 있다가 잘못을 시정하겠다는 교사를 징계하는 자리에 나타나는 것인가? 원불교를 정녕 사이비 종교, 혹세무민하는 종교로 만들 셈인가? 어찌 징계위원의 자격이 있다고 할 것인가? 부끄러워해야 할 일이다.

이상의 내용을 기록하고 새로이 징계위원을 선정하여 징계위원회를 진행함이 옳았다. 그러나 내 말은 전혀 받아들여지지 않고 그대로 진행하였다. 그들은 나의 징계위원 제척 요청을 생떼 쓰기로 폄하하였다. 자신들이 무엇을 잘못하고 있는지를 전혀 생각하지 않았다. 허점투성이인 징계위원회의 결정으로 김옥태와 장주선은 해임으로 의결되었다. 해임 사유는 단지 전교조 활동이면 족했으나 아주 너저분한 사유들이 줄줄이 읽혔다. 평소 수업 중에 아이들에게 한 이야기, 삼봉 멤버들

보리밥 묵고 방구뀅께 배가 푹 꺼져불등만

과 나눈 이야기, 동료들과 술 먹으면서 나눈 이야기, 심지어 전교협 때부터 동지들과 다방이나 식당에서 나눈 이야기들도 있었다. 벽에도 귀가 있는 형국이었다. 그들은 징계위원회의 회의 절차도 모르고 있었다. 내가 그 절차를 가르쳐 가면서 징계위원회가 진행되었다. 세상에 자기 목을 치는 절차를 가르치는 놈도 있었다. 목이 잘리는 자는 정의의 편이고, 자르는 놈이 악의 편이었다. 나는 당당했다. 부정한 세상을 내 아이들에게 물려줄 수는 없었다.

"진리는 반드시 따르는 자가 있고, 정의는 반드시 이루는 날이 있다."

내가 결코 바란 것은 아니지만 그날 징계에 관여한 사람 중에는 흉한 일을 당하는 이도 여럿이 있었다. 본인이나 가족 중에.

전남대 아카데미 선배 중에 변호사가 있었다. 광주법원 근처에 변호사 사무실이 있었는데, 해임 무효 소송에 대하여 자문을 구하러 간 적이 있다. 그 선배 말씀이,

"교육법은 니가 나보다 더 잘 알 것이다."

하면서 커피만 한 잔 타 주더라. 아마도 변호사들에게 교육법은 영양가가 없겠지. 그래서 아주 특별한 경우가 아니라면 교육법 자체를 공부하지 않을지도 모르겠다. 아무튼 성의 없는 선배의 말씀이 몹시 서운했다. 당시 나는 지푸라기라도 잡고 싶은 심정이었다. 혹시 선임비를 넉넉하게 챙겨 갔더라면 사정이 달라졌을까? 나에게 그럴 만한 돈은 없었다. 그저 그 선배의 도움이 간절했던 것이다. 법률 자문을 구하기 위해 그 선배를 다시 찾지 않았다. 자존심만 상할 일이었기 때문이다. 아마도 밥술 깨나 묵게 되면 생각이 보수적으로 바뀌는 것은 아닐까?

108.
장례식이나 끝나고 징계위원회를 합시다

1989년 8월 2일.

전교조 관련 김옥태와 장주선 두 교사에 대한 징계 재심이 열리는 날이었다. 재심위원들 중에는 첫 징계위원들이 섞여 있었다. 이는 재판에서 1심 판사와 2심 판사가 같은 모양이었다. 재심의 의의가 어긋난 만행이었으나 그들은 개의치 않았다. 하기사 재심위원을 새로 꾸리기도 어려웠을 것이다. 누가 선뜻 나서기도 어려웠을 것이니까. 여러 인간 관계나 이해관계가 얽혀 있지 않고는 징계위원이나 재심위원으로 나서기는 어려웠을 것이다. 더구나 여론은 우리에게 매우 우호적이었다.

재심 일은 내가 좋아하고 존경했던 정경일 선배 선생님의 장례일이었다. 정 선배는 해룡중학교에서 함께 근무했던 동료이다. 우리 전교조영광지회 지회장으로 옹립하려 하였으나 처음에는 재단의 눈치를 보니라고, 나중에는 몸이 아파서 참여는 끝내 하지 않았다. 마냥 사람 좋은 분이었다. 아무도 미워할 수 없는 분이었다. 그렇게 좋은 분이 40대에 안타깝게 가신 것이다. 어린 두 딸과 아들을 남기고.

여기서 잠깐 경일 형님에 대해 이야기하고 넘어가자. 형님은 도양마을 우리 집 옆에 사셨다. 일찍 아버지를 여의고 거의 고아로 살면서 자수성가한 분이었다. 내외분이 사람 사귀기를 좋아해서 늘 집에 손님이 많았다. 특히 권 씨 형제들에게 잘했던 것으로 기억된다. 그러던 형님이 몹쓸 병에 걸려서 서울의 한 대학병원에서 치료하다가 어렵다고 하여 집으로 모셨다. 운명을 지켜보기 위해 해룡학원 교직원과 형님의 친지들이 모였다. 형님은 아랫목에 누워 있고, 손님들은 형님이 가시기를 기다리면서 삼봉을 치고 있었다. 형님은 혼수상태였으나 내 느낌으로는 쉬이 가실 것 같지 않았다. 호흡이 가쁜데 배가 유난히 불룩하였다. 형수님께 형님이 언제 소변을 보았냐고 물었더니 오래

보리밥 묵고 방구뀡께 배가 푹 꺼져불등만

되었단다. 형님은 스스로 배뇨를 못 하고 있었던 것이다. 오줌이 배에 가득 차서 배가 불룩하고 호흡이 가쁜 것으로 판단되었다. 형수님을 설득하여 다시 앰뷸런스를 불러서 전남대병원으로 향했다. 내가 경일 형님의 손을 잡고 있었는데, 학동 사거리를 지날 무렵에 형님의 말문이 트였다.

"옥태야! 늦을수록 내가 불리해!"

그리고 다시 혼절이다. 전대병원 응급실에서 호스를 꽂아서 오줌을 받으니 한 말 이상이나 나오더라. 만삭 같던 배가 가라앉고 호흡도 정상으로 돌아오더라. 경일 형님은 6개월 정도를 더 사시다가 가셨다. 형님이 호스로 배뇨하는 동안에 내가 형수님을 대신하여 그릇을 갈아 주는 등 간호하였다. 나와 그렇게 정이 두텁게 살던 경일 형님의 장례식날이 나의 징계 재심 날이었다. 그리고 경일 형님은 해룡중학교에 나보다 10년 가까이 더 봉직하셨던 것이다.

나: "장례식이나 끝나고 합시다. 내가 징계를 두려워하는 것도 아니니."
권재홍 교장: "오늘 징계위원들이 어렵게 왕림하셨으니 절차를 마무리해야 허네."

거의 10년을 함께한 교사들의 징계나 동료 고인의 장례보다는 징계 재심위원들의 참석 편의를 먼저 생각하는 수준이었다. 권 교장은 동료의 애석한 죽음과 장례식보다는 정권의 하수인 역할이 더 중요했을까? 아니지, 앓던 이빨을 얼른 빼 부려야 쓰겠단 생각이 앞섰을 것이다.

아이들이 운동장에 모였다.

"김옥태, 장주선 선생님의 해직을 철회하라. 좋은 선생님을 왜 쫓아내냐? 느그들이 나가라."

뭐 이런 구호들을 외쳤던 것 같다. 해룡학원 평교사협의회 회장이었던 김○○ 선생이 한 녀석의 싸대기를 부쳐분다. 그는 곧 공공의 적이 되었다. 나머지 선생들은 망연히 그저 바라보기만 하드라. 가만히 있으면 중간이라도 되는 법이다.

여기서 잠깐, 그 김○○의 이야기 하나 하련다. 1999년이었을 것이다. 전교조 어떤 모임에서 만난 당시 조부종 영광지회장은 드디어 해룡학원에도 전교조의 씨가 싹트기 시작했다고 하더라. 뭔이야기냐고 물었더니, 해룡고등학교 한 선생이 스스로 영광지회 사무실을 찾아와서 조합에 가입하겠다고 했단다. 그래서 가입 원서를 썼냐고 물었더니 며칠 후에 다시 온다고 했다는 것이다. 내판단으로는 스스로 조합에 가입하겠다고 올 사람이 없었다. 인상착의를 물었다. 역시 짐작이 맞았다. 해룡학원 평교사회 회장이었던 김○○이었다. 짐작대로 그는 다시는 지회 사무실에 나타나지 않았다고 하더라. 후에 들은 이야기로는 자기를 제끼고 후배들이 교감을 하는 데 반발하여 전교조 사무실을 찾았다고 하더라.

징계재심위원회에 끝나자 응원하러 왔던 영광카토릭농민회 회원들이 점심을 사 주었다. 이 자리에서 어떤 농민회원이

"인자, 선생님이 아니니 호칭을 뭐라고 해사쓰께라?"

웃는 이야기가 아니었다. 분위기 파악을 못 하고 던진 엉뚱한 말이었다. 이 양반들이 운동의 본질을 이해하지 못한 것이다. 카톨릭농민회 활동을 했으면 나보다 운동의 선배들이신데, 말이지. 분야와 영역이 다를 뿐 전교조와 농민회는 상호 협력이 필요한 아주 중요한 파트너였다. 노동운동, 농민운동도 학습이 필요했다. 학습도 여러 명이 함께해야 한다.

아는 만큼 보인다. 더 파고들어야 진실이 보인다.

보리밥 묵고 방구뀅께 배가 푹 꺼져불등만

109.
해직의 부당함을 고하는 성명서

다음은 1989년 8월 2일 해룡학원 징계위원회 재심에서 해임 결정을 한 후 '전교조 탄압저지를 위한 영광군 공동대책위원회 및 민주학부형회 결성 준비위원회'가 작성하여 발표하였으나 내게는 자료가 없어진 것을 전교조서울지부장을 역임한 영광 출신 이성대 동지가 소장한 것을 보내 주셨다. 참으로 감사합니다.

성명서[7]

해룡고등학교 정상화를 위한 싸움은 이제 시작입니다.
영광군의 유일한 사학재단인 해룡고등학교 정상화를 위한 싸움은 이제 시작입니다.

1989년 8월 2일에 있은 제2차 징계의 날, 저들은 학생들이 지켜보는 가운데 학부형이 바라보는 그 자리에서 참교육 실현을 위해 일해 온 2명의 교사, 김옥태, 장주선 교사를 파면[8]시켰습니다.

그날의 상황 일지를 잠시 들춰 보면,
12시부터 학생들이 모이기 시작, 그와 때를 같이 해 학교 경영 측에서 동원한 깡패집단 집결(약 20여 명, 각목과 신문 뭉치에 싼 쇠 파이프를 준비하였음, 동원된 청년들은 교문 밖에서 모처에서 파견된 아무개의 지시를 받고 있었음) 14:10 학생들 운동장 연좌 농성에 들어가자 깡패들이 학생들 앞에서

---

7) 이 성명서는 아마 영광농민회원 중에서 누가 쓰지 않았나 싶다. 혹시 영광신문 기자인 강구현이 아닐까?

8) 당시 성명서에는 파면이라고 써 있었으나 김옥태, 장주선은 해임되었다. 아마도 글쓴이가 해임과 파면을 구분하지 못하고 작성한 듯하다. 해임 날짜는 8월 2일 아니고 3일이었다. 징계 재심이 열린 8월 2일까지는 해룡고등학교 교사였다.

폭언을 하는 등 위협을 주면서 공갈, 협박. 14:30 그 와중에서도 교무실로 들어가는 음식 배달 오토바이와 동원된 육성회 임원들에게 제공될 음료수 배달 오토바이가 학교로 들어감. 15:00 두 교사 징계위가 열리는 교장실로 들어감.

뒤이은 학부형, 동료, 학생들이 교장실로 들어가려 했으나 앞에서 깡패들과 연대하여 두세 명의 교사가 적극적으로 뚱뚱한 육탄 저지로 심한 위협성 발언으로 혼신의 힘을 다하여 막고 있었다. 녹음한 이야기를 하면, "너희들 떠들어서 좋은 일 하나도 없다." "비관적 생각은 버려라." "두 사람만 선생이냐?" "느그덜 징계처분 당하면 어떡할래?" "나는 교사이지 노동자가 아니기 때문에 교직원노동조합에 들어가지 않았다." 등의 말이었다.

이번 해룡고 재단의 작태는 극소수의 어용 육성회원과 깡패들을 동원하여 마치 사학이 개인의 재산인 양 마음대로 할 수 있다는 저들의 음흉한 속셈이 드러나고, 절대로 그럴 수 없다는 학생과 학부형의 의지를 천명하는 한편의 감동적인 드라마였다. 이날 특히 징계위에 회부된 교사들의 가족들도 모두 참석했는데, 김옥태 선생님의 모친께서는 얼굴도 삐끗 내밀지 않는 악랄한 재단 측에 대하여 "입시생들을 위하여 빨래 다 하고, 밥 다 해 주고, 저녁을 넘어 새벽까지 함께한 내 아들이 무엇이 잘못이냐? 이제 아이들 한번 올바르게 가르쳐 보겠다고 나선 내 아들의 목을 자르는 너희들은 도대체 누구이냐?" 절규를 하시는 것을 보고, 모두가 눈시울을 붉히기도 하였다.

학생들은 선생님을 되찾을 때까지 끝까지 싸우겠다며 잠시 떠나가시는 두 분 선생님께 운동장에 엎드려 큰절을 올렸다.

이제 싸움은 시작입니다. 그들의 맘에 들지 않으면 교사이건 학생이건 목을 자르겠다는 망상이 잘못되었다는 것을 교사, 학생, 학부형이 연대하여 보여 줍시다. 해룡학원은 영광군민이 피땀으로 쌓아 올린 영광군민의 재산입니다. 해룡고는 모든 군민이 지켜 내야 할 유일한 사학입니다. 정권의 꼭두각시 노릇을 하고 있는 해룡고 경영 측과 거기에 빌붙어 기생하는 소수의 노예들을 해방시키기 위하여서도 반드시 기필코 해룡고는 우리의 손으로 지켜 내야 합니다.

1982. 8. 3.

전교조 탄압저지를 위한 영광군 공동대책위원회 및 민주학부형회 결성 준비위원회

110.
존경하는 학부형님, 선생님, 동문 여러분 그리고 나의 사랑하는 학생 여러분께 삼가 이 글월을 올립니다.

다음은 1989년 8월 2일 해룡학원 징계위원회 재심에서 해임 결정을 한 후 작성하여 발표하였으나 자료가 없어진 것을 전교조서울지부장을 역임한 영광 출신 이성대 동지가 소장한 것을 보내 주셨다. 당시 친필로 작성되었던 것을 옮긴다. 이성대 동지, 참으로 감사합니다. 여기 인용하는 글에서 '학부형'이라는 말은 성차별적 용어라고 하여 요즈음은 '학부모'라고 한다. 당시엔 '학부형'이라고 했다.

존경하는 학부형님, 선생님, 동문 여러분 그리고 나의 사랑하는 학생 여러분께 삼가 이 글월을 올립니다.

나는 오늘 실정법을 위반하여 교직원 노조에 가입했다는 이유로 동료이자 절친한 친구인 장주선 선생님과 함께 9년 동안 봉직해 온 해룡학원에서 쫓겨나게 되었습니다. 나는 왜 일곱 가족을 부양하고 있는 가장으로서의 책임도, 정든 학교를 그만두게 되는 위험도 무릅쓰고 교직원노동조합에 참여하게 되었을까요? 우리 교육이 안고 있는 문제를 해결하여 우리 아이들을 바르게 가꾸어 나가는 데는 개인적인 소신이나 노력만으로는 한계가 뚜렷하여 조직적인 노력이 없이는 불가능하다고 여기기 때문입니다.

1. 우리 헌법은 누구든지 성별, 종교, 사회적 신분에 의하여 정치적, 경제적, 사회적, 문화적 생활의 모든 영역에서 차별받지 않는다는 평등의 조항과 결사의 자유가 있습니다. 따라서 국가공무원법과 사립학교법에서 교사의 단결권을 제약함은 명백한 위헌이며 교사라고 해서 단체를 결성하지 못할 이유가 없습니다.
2. 탄압하는 세력은 준법정신 운운하지만, 모름지기 법이 지향하는 목적은 사회 정의로서 정의를 무시하는 법은 악법이므로 이미 사회적 타당성과 실효성을 상실한 것입니다. 그래서 지난해 정기국

회는 노동법의 해당 조항을 개정한 바 있습니다.

3. 우리 교육은 정권이 바뀔 때마다 정권의 선전장이 되다시피 하여 헌법에 보장된 교육의 정치적 중립성이 크게 침해당해 왔습니다. 그때마다 교육계의 지도자들은 이 부당성에 대하여 항거하여 백년대계를 튼튼히 하기보다는 다투어 정권에 충성함으로써 어린 학생들의 바른 가치관 확립에 멍을 들게 하였습니다.

4. 현재의 교육은 노동과 노동자를 은연중 천시하도록 유도하고 있습니다. 노동에는 여러 종류가 있지요. 법관의 활동, 운전기사의 운전, 의사의 진료, 농민의 활동, 교사의 교육, 공무원의 민원 봉사, 공원의 생산활동, 주부의 가사 이 모두가 소중한 노동이며 다른 사람의 노동이 없이는 우리 생활은 원시 상태로 되돌아가게 됩니다. 따라서 노동이야말로 우리 삶의 원천으로서 신성한 것입니다. 결국 노동을 천시하는 사람이 있다면 그 사람의 정신 건강에 이상이 있지 않나 하는 걱정이 되는 것이지요.

5. 우리 교육 환경은 대단히 열악합니다. 여름엔 찜통 교실, 겨울엔 동태 교실, 부족하고 불결한 식수와 화장실, 체위에 맞지 않고 흔들거리는 책걸상, 칠판과 분필뿐인 교실, 이름뿐인 특별 교실, - 이런 현실은 40년 전이나 지금이나 별 차이가 없습니다. 어떤 이는 돈이 없어서 그러니 이해하고 참아야 한다고 하지만, 우리 국민소득은 이미 선진국 수준에 육박하며, 우리 부모님은 세금, 교육세, 수업료, 육성회비, 보충수업비, 수학여행비 등 낼 돈은 다 내고 있습니다.

6. 우리 영광 지역은 해마다 학생이 크게 줄고 있습니다. 정부의 농촌 정책이 실패하여 뚜렷한 대책도 없이 생계를 찾아 도시로 떠나시는 부모님이 많기 때문이지요. 정부의 농촌에 대한 차별 정책은 농민의 삶의 질을 크게 떨어뜨렸고, 농촌에 대한 차별 교육은 아이들이 농사를 짓는 부모님을 따르지 못하게 하는 지경에 이르렀습니다. 우리의 공산품을 수출하기 위해서는 외국 농산물을 수입해야 한다고 가르친다면 우리 농민의 삶은 어떻게 보장받아야 할까요?

7. 어떤 이는 점진적인 개선을 하자고 합니다. 얼핏 생각하면 합리적인 생각 같습니다. 그렇다면 해방 후 45년간 점진적으로 무엇을 개선했는지 되물어봅시다. 개혁의 요구가 있을 때마다 요사한 말로 모면해 버리곤 하는 것이 다반사였지요. 5공화국 들어 교육환경 개선을 위한다고 만들었던 교육세가 그동안 어떻게 쓰이고 있는가요?

8. 교직원 노조가 결성되자 권위 의식과 아집에 가득한 무리들은 대단히 당황하여 겁을 먹고 있습니다. 지금까지 누려 왔던 봉건적 권위가 위협받는다고 여기며, 자신들이 남몰래 즐겨 온 부정과 비리가 밝혀질 것이 무섭기 때문이지요. 그래서인지 자신들에게 맹목적으로 충성하는 자들을 부추겨 교직원 사이를 이간시키고, 교직원 사이에 이루어지는 이야기를 비밀리에 수집하여 과장된 소문을 조작하거나 위협을 하고 있어서, 서로서로 눈치를 살펴야 하는 실정에 이르게 되었습니다.

보리밥 묵고 방구뀡께 배가 폭 꺼져불등만

9. 우리 부모님들은 교육 관료와 학교 경영자에게 속아 온 것이 너무 많습니다. 물론 육성회가 있으니 부모님들의 의견을 대변하는 듯합니다. 그러나 경영자의 입맛에 맞는 사람을 지명하여 간단한 박수 치기로 만들어진 육성회 임원들이 하는 일이 무엇인가요? 이제는 학부형님 모두가 나서서 내 아이들의 교육환경을 보살펴야 할 때입니다.

10. 교직원 노조 가입 교사를 징계하지 않을 경우엔 이사장, 학교장의 승인 취소, 국고보조금 지급 중단, 학급 감축, 학생 모집 중단 등의 폭력적 위협을 문교 당국이 자행하고 있습니다. 얼마나 상식에 어긋난 만행입니까? 그러나 인사 부정, 회계 부정 등 결정적인 부정이 없다면 문교부는 사립학교에 대해 이사장, 학교장의 임명을 취소할 수 없고, 따라서 이사장, 학교장도 겁먹을 필요가 전혀 없지요. 이것은 사학의 자율권에 해당하는 문제이지요. 또 국고보조금 지급 중단, 학급 감축, 학생 모집 중단 등의 위협은 사학의 운명과 학생을 인질로 삼고 자신들과 견해를 달리하는 사람들을 탄압하는 야만적인 발상이 아닙니까? 그런데도 제법 현명하다고 자처하는 분들은 이 부도덕하고 불법적인 협박에 대해 한마디 항거도 못 하고 여러 가지 변명을 앞세워 자기 교육 가족의 목을 잘라야만 할까요? 힘 있는 부정과 폭력과 부도덕에는 한마디 항거도 못 하면서 옳은 길을 가고자 하는 힘 없는 식구의 목을 자르는 비정을 우리 아이들이 본받을까 몹시 걱정됩니다.

11. 높은 양반들은 지금이라도 탈퇴각서를 써 준다면 모든 일을 없던 것으로 하겠다고 했습니다. 그 높으신 법력에 경의를 드립니다. 그러나 교사에게 있어서 파면, 해임은 학생에게는 퇴학, 일반사회에서는 사형에 해당하는 극형입니다. 극형은 그 사회에서 도저히 용서할 수 없는 잘못을 범했을 때만 부득이 사회와 격리시키는 필요악입니다. 그런데 어찌 된 일인지 학교에서 쫓아낼 작정을 한 사람을 종이 한 장(탈퇴각서)으로 용서할 수 있다는 말입니까? 교직원 노조의 파괴를 위해서는 법의 원리까지 버려야 할까요? 수단과 목적이 혼동되고, 이성을 상실해 버린 작금의 현실이 안타까울 뿐입니다.

이상에서 말씀드린 바와 같이 징계의 부당성을 지적함은 나의 해직에 대한 변명이 아닙니다. 특정인을 욕되게 하자는 것은 더욱 아닙니다. 이것은 목을 내놓더라도 지켜야 할 소중한 가치 때문입니다.

교육환경을 개선하여 하루 중 대부분을 학교에서 보내는 아이들이 불편 없이 생활하고, 질 높은 교육을 받게 하고자 함이요, 교육의 중립성을 확보하여 정권의 시녀가 아니라 국가 백년대계를 위한 참교육을 하고, 못살지만 성실한 노력으로 살아가는 우리 부모님을 존경할 수 있도록 가르치기 위함입니다.

우리 해룡학원은 원불교 정신에 입각하여 우리 군민이 피와 땀으로 가꾸어온 우리 고장의 소중한 교육자산이며 정신적 요람입니다. 그러기 때문에 학교 경영자는 교육자로서의 양심과 정의를 갖추고 겸허하게 학교를 이끌어야 하며, 재단은 원불교의 높은 정신이 살아 숨 쉴 수 있도록 인사 조치를 단

행해야 할 것입니다.

우리 부모님께서는 더한 애정과 관심으로 우리 학교를 보살펴 주실 것을 삼가 부탁드립니다.

또한 사랑하는 학생 여러분!
진리는 반드시 따르는 자가 있고, 정의는 반드시 이루는 날이 있으며, 현실의 어두움은 결코 오래가지 못함을 명심하고 오직 바른길을 용감하게 개척하시기 바랍니다.

존경하는 선생님들!
이제 남아 계시는 선생님들의 고충이 더욱 크시리라 봅니다. 할 일도 많을 것 같습니다. 어려움이 닥칠 때마다 저희들이 두고 간 빈자리의 의미를 생각하시고 용기를 내시길 바랍니다.

존경하는 학부형님, 동료 선생님, 동문 여러분, 그리고 내 사랑 학생 여러분!
삼복더위가 기승을 부립니다. 내내 건강하옵시고 새날이 올 때까지 참교육과 이 땅의 민주화를 위해 함께 노력하옵시다.

전국교직원노동조합 만세!
자유와 정의와 민주주의 만세!
해룡학원의 무궁한 영광 만세!

감사합니다.

나라선 지 4322년 8월 2일

해직교사 김 옥 태 사룀

보리밥 묵고 방구뀡께 배가 푹 꺼져불등만

111.
닭장과 닭장차

충장로 파출소는 늘 그랬다. 출입문뿐만 아니라 창문마다 촘촘한 철망으로 가려져 있었다. 마치 닭장 같았다. 대학생들의 시위가 계속되던 전두환 반란 정권 이후의 모습이다.

전교조 교사대회는 늘 고난의 연속이었다. 대회 자체를 무산시키기 위해 참석하기 위해 모인 교사들을 닭장차에 실었다. 이 경찰 버스도 역시 닭장처럼 아주 철망으로 촘촘히 싸맸다. 처음엔 끌려가는 것이 두려웠다. 서로 실리지 않으려고 몸부림쳤다. 처음엔 그랬다.

한 번 두 번 닭장차에 실리다 보니 나중에는 서로 실리려는 전교조 조합원과 더는 못 싣겠다고 밀어내는 백골단 간의 실랑이가 벌어졌다. 상황이 역전된 것이다. 당초엔 경찰은 닭장차에 실어다 가 유치장에 가두고 한 명씩 불러서 조지면 우리가 겁먹을 줄 알았나 보더라. 목포 출신 김지하가 '6조지'란 시를 쓴 적이 있다. 순사는 때려 조지고, 검사는 불러 조지고, 간수는 세어 조지고 어쩌고 하는 시였던 것으로 기억된다. 나중에 변절해서 이상한 사람으로 변해부렀지만 한때는 민주화운동의 상징처럼 여겨진 적도 있던 그 김지하.

그런데 선생님들은 겁먹기는커녕 유치장에서 전국 연수(?)를 하는 것이다. 각 지역의 상황을 공유하고, 앞으로 헤쳐 나갈 방도를 논의하고. 반면에 경찰은 잡아간 수만큼 조서를 꾸며야 하는 하중이 걸린 것이다. 선생님들이 순순히 조사에 응해 주지도 않으니 말이다. 언젠가 유치장에 끌려갔을 때 인천 신맹순 선생님의 쩌렁쩌렁한 사자후를 듣게 되었다. 백발 신 선생님의 사자후에 유치장에 있던 우리는 후련함을 맛보았다. 짭새들은 대꾸를 전혀 하지 않았다. 오로지 납치해 간 사람들을 분류하고 조서를 작성하기에 바빴다. 그 신 선생님께서 극도의 궁핍한 생활 속에서 요즘 병마와 투쟁 중이시다. 쾌유를 기원합니다.

이젠 경찰도 궁여지책이 필요했던 모양이었다. 그 한 가지는 겁만 주고 적게 잡아가는 것, 또 다른 한 가지는 닭장차에 싣기는 하되 경찰서로 데려가지 않고 허허벌판에다 뿌려 버리는 것. 어떻게든 집회만 무산시키는 것이 목표로 보였다.

보리밥 묵고 방구뀡께 배가 푹 꺼져불등만

제5장

해직교사,
그 지난한 투쟁의 삶

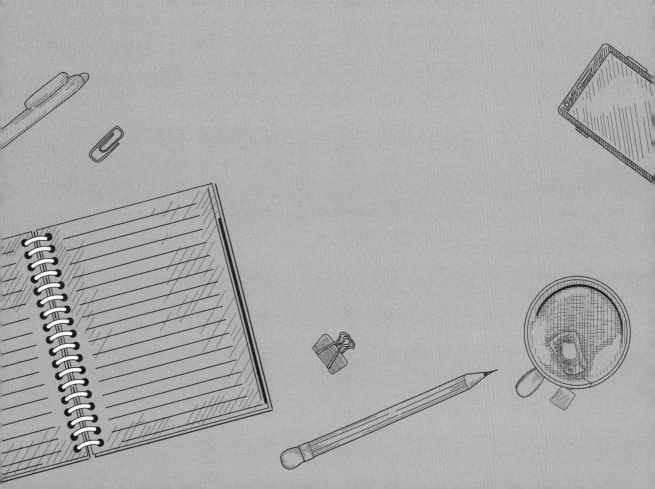

해직 후 삶이 폭폭했고, 외로웠다. 홀로 산길을 걷기도 했다. 고재성 동지에게 배운 이 노래가 위로가 되고 힘이 되었다. 내가 검색에 헤매고 있는 걸 본 관사 룸메이트인 고성중 지상훈 선생이 검색하여 찾아 주었다.

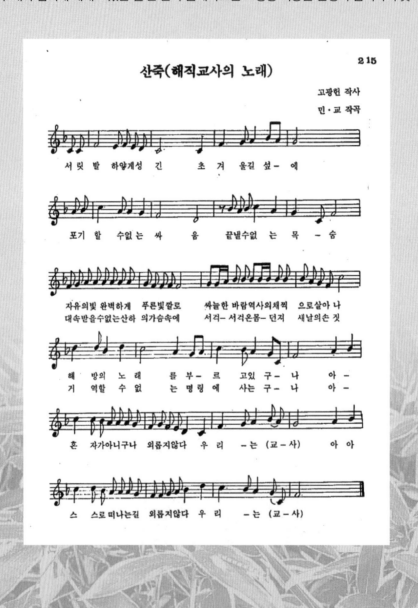

112.
『해직교사백서』가 발간되다

만시지탄이다. 대한민국 교육 노동운동사에 큰 획을 그은
전교조 해직교사들의 백서가 드디어 2022년 5월 10일 교사
의 날에 발간되었다. 1,500여 해직교사들의 자기소개, 해직
과정, 해직 후 투쟁 과정, 그리고 이어지는 삶 등을 담았다.

〈해직교사백서〉

백서는 1, 2권으로 구성되었는데, 1권은 총론편으로 제1
부는 총론으로 가족 수기, 제2부는 지부사, 제3부는 특별사,
분회사, 제4부는 해직교사 명부, 제5부는 해직교사 약전, 제
6부는 전교조 결성 직후 발생한 학생 탄압 사례, 제7부는 해
직교사원상회복추진위원회 활동, 제8부는 교육민주화동지
회의 결성과 활동, 제9부는 참고자료, 제10부는 전교조 해직
교사 저작물 목록 등으로 구성되었다.

제2권은 열전편으로 각 시도지부별로 해직교사 열전을 실었다. 전남지부 해직교사 열전은
875~962쪽에, 내 이야기는 887~890쪽에 있더라. 이주영 선생이 편찬위원장이 되어 여러분이 함께
수고하셨다.

113.
독서사랑방을 열다

해직되고 보니 막상 갈 곳이 없었다. 해직 동료들의 입장이 모두 같았을 것이다. 장주선 선생인지 심재호 선생인지 자세한 기억은 없지만,

"성님, 우리 독서사랑방을 합시다. 퇴직금을 모두 모아서."

좋은 생각이었다. 그러자, 퇴직금을 모아 보자. 내 퇴직금은 약 1,200만 원에 교원공제조합에 넣었던 것이 약 300만 원 합계 1,500만 원 정도였고, 다른 해직 후배들은 대략 100~300만 원 정도였다. 후배들의 퇴직금은 사모님들께 드리고, 내 퇴직금으로 사무실 겸 '독서사랑방'을 열기로 했다. 이 과정에서 큰누이에게 500만 원을 빌렸다. 그러지 말았어야 했다. 누이에게 손을 벌리지 말았어야 했다. 두고두고 후회한다. 형제간에는 절대 돈거래를 하지 말아야 한다.

아내는 퇴직금을 자기한테 주면 생업은 자기가 꾸려 보겠다고, 당신은 투쟁이나 열심히 하라고 하더라. 당시 백수중에 근무하던 광주고 동창생 부인이 영광 읍내에서 아동의류 가게를 하고 있었는데, 그걸 내놓는다고 하여 자기가 인수해서 경영해 보려고 했다. 이 당연하고 합당한 요구를 나는 수용하지 못했다. 해직되고 당장 오갈 데 없고, 사무실도 필요했기 때문이다. 이후 우리 가족은 또 지독한 가난을 헤쳐 나가야 했다.

'독서사랑방'은 영광읍 신시가지 입구의 2층에 약 30평 규모였다. 사무실 겸 서점과 문구류를 갖추었다. 작지만 강의실 겸 회의실도 갖추었다. 복사기와 워드프로세서도 갖추었다. 책은 주로 사회과학 서적이었으니 값은 비싸고 어려운 책이라 팔리는 일이 거의 없었다. 문구류도 학생들이 학교 가까운 문방구에서 사지 굳이 우리 독서사랑방까지 올 일이 없었지. 수익을 내는 장사는 되지

보리밥 묵고 방구뀅께 배가 푹 꺼져불등만

않았다. 오히려 구색을 갖추느라 들어간 돈은 고스란히 매몰 비용이 되었다. 사랑방에서는 학습 모임을 했다. 주진평 선생이 도우미로 활동하기도 했고, 풍물 강습도 이어졌다.

영광지회에 독서사랑방이 갖추어지자 이 소식이 전교조 소식지를 통해서 전국으로 알려졌다. 함평지회를 비롯한 몇 지회에서는 견학을 오기도 하였다. 당시에 사무실이 없었던 영광농민회가 사무실을 같이 쓰자고 하여 기꺼이 승낙하였다. 전에 우리가 사무실이 없을 때 농민회는 사무실이 있었는데, 어떻게 된 일인지 우리가 사무실을 마련할 때 농민회는 사무실이 없었다. 전교조영광지회의 '독서사랑방'은 이름 그대로 사랑방이었다.

굴비 사업으로 얻은 수입으로 내가 출자했던 지분 2,000만 원은 회수하였다. 내가 영광을 떠난 후 독서사랑방은 처분하고 영광읍 신시가지의 아파트를 구입하여 지회 사무실로 쓴다고 들었다. 지회장이나 사무국장이 머물면서 사무실을 운영한다고. 자세한 내막이나 과정은 모르겠다. 전교조의 각 지부, 지회에서 마련한 사무실 등의 자산은 전교조 본부에 귀속하고, 사용권은 지부와 지회가 갖도록 하고 있다.

해직된 후 날마다 학교에 가는 꿈을 꾸곤 하였다. 그러다가 소스라치게 놀라 잠을 깨곤 했다. 악몽은 오래 지속되었다. 일곱 식구의 가장은 고달팠다. 아내는 더 고달팠다. 해고는 살인이었다. 이제부터 아내는 지독한 가난과 투쟁해야 했다.

해직된 후 얼마 지나서 아내가 막내와 함께 해룡고 정문을 지나서 시장에 갈 때 막내가 이렇게 말했단다.

"엄마! 나중에 우리 아빠는 더 좋은 학교로 갈 거지?"

아빠가 부당하게 해고된 것을 느끼고 있었다. 하지만 아이는 희망을 안고 있었다. 그래 희망만이 살길이다. 아이는 어려운 살림에도 엇나가지 않고 잘 자랐다. 연세대를 졸업하고 서울에서 공인회계사로 일하고 있다.

114.
야 이 새끼야! 부모를 어떻게 모실라고 니 맘대로 해직되야부러!

1989년 8월 3일.

재직하던 해룡고등학교에서 해임되었다. 모름지기 가족이란 어려울 때 서로 힘이 되어야제. 그런데 우리 큰누님 왈,

"야이 새끼야! 부모를 어떻게 모실라고 니 맘대로 해직되야부러!"

위로 형님과 누님이 계셔도 부모님을 우리 부부가 모시고 있었는데, 우리끼리 신혼 생활은 겨우 두 달로 마감하고 부모님을 모셔 왔는데 말이지. 오는 말이 고와야 가는 말이 곱지.

"이제까지 내가 부모님을 모셨으니 누구든지 내가 했던 반만이라도 모시면 내가 업고 댕길께. 나는 적어도 부모님 삼시세끼 따뜻한 진지 해 드렸응께."

아뿔싸 타는 불에 기름을 붓고 말았다.

"오냐, 니가 공치사하구나. 인자 니 본심이 나온 것이제?"

그 후로 얼마나 지났을까? 지회 사무실에 갔다가 늦게 돌아오니 부모님이 이삿짐을 싸고 계신다.

"지금 뭐 하시오?"
"웅, 느그덜 힘 덜어 줄라고 이사 갈란다."

보리밥 묵고 방구뀡께 배가 푹 꺼져불등만

"어디로라우?"

"니 누이가 성남에다 집을 샀단다."

"??"

잠시 멍했다. 이럴 수는 없지. 적어도 미리 상의는 했어야지. 그래도 이미 굳혀진 상황이었다.

"가실 때 가시더라도 집을 수리는 하고 가시씨요."

형님과 상의해서 집을 고쳤다. 형님이나 나나 돈이 없으니 최소한으로 고치자고 하여 자재를 사다가 직접 손을 보기로 하였다. 옛날 농사하는 집이라 재래식 부엌이다. 마루가 너무 높고, 어른들이 씻고 살림하기가 너무 힘들겠다. 부엌을 흙으로 메꾸려면 큰 공사가 되어 비용이 너무 많이 들 것 같다. 각목과 판자로 안방과 수평을 맞추고 입식으로 만들었다. 형님은 손재주가 나보다는 훨씬 낫다. 영광지회의 장주선 선생과 심재호 선생도 거들어 주었다. 누이가 샀다는 성남의 집값은 나중에 형님이 누이에게 갚아 주었다고 들었다. 형님도 자존심이 너무 상했을 것이다. 우리 누이라는 사람이 그렇게 자기 자신에 심취하여 다른 형제들의 자존심이나 형편을 안중에 두는 이가 아니었다. 식육점 하여 돈을 좀 벌다 보니 무슨 일을 하든지 자기 공치사부터였다. 아마 형님도 그로 인하여 상처를 많이 받았을 것이다.

이사해도 부모님을 모시는 부담이 덜어진 것은 아니었다. 오히려 영광에서 나주 공산까지 오가는 거리가 있어서 더 불편하고 시간도 더 소요되었다. 부모님 용돈도 형제들보다 적게 드리지는 않았다. 형제, 자매들은 집을 사서 부모님의 이사만 시켰지 실제로 부모님을 돌보는 것은 아니었다. 결국 부모님을 보살펴드리는 것은 우리 부부의 몫이었다. 내 반쪽이는 이래저래 고생이 많았다. 몸 고생보다는 정신적으로 더 위축되었다. 미안하다. 참으로 미안하다. 여보야!

115.
당신들은 참교육이고 우리는 거짓 교육이요?

1989년 9월 어느 날 영광종합고등학교에 근무하는 내 또래의 체육과 최○○ 선생이 술에 잔뜩 절어서 '독서사랑방'을 찾아왔다. 영광지역 학내 폭력 서클 '사거리' 패의 오비 멤버로 알려진 사람이었다.

"당신들은 참교육이고 우리는 거짓 교육이요?"

함시로 시비를 걸었다.

후배 해직교사 동료들이 저 자식 가만 안 둔다고 난리다. 놔둬라. 응가 밟았다고 생각혀라. 최○○ 선생은 계속해서 행패다. 결국 내가 데리고 나가서 사무실 근처 순두붓집에서 막걸리를 함께 먹으면서 달랬다.

"최 선생님, 왜 그러시오? 시방 우리 심정이 말이 아닌디 건들면 쓰겄소?"
"아니, 김 선생헌테는 불만이 없소."
"근디, 왜 그러시오?"

긴 야기 끝에 좋게 보냈다. 그 최○○ 선생은 음주 운전으로 사망 사고를 낸 적이 있고, 또 한 번은 본인과 일행이 비 오는 날 골프 치고 오다가 교통사고를 내서 크게 다친 적이 있으며, 마지막엔 또 다른 교통사고로 아주 갔다. 왜 전교조에게 시비를 거는 건가? 가만히 있으면 중간이라도 갈 터인데, 아마도 그 최 선생도 역대 정권의 반의식화의 피해자였을 지도 모른다. 제대로 된 교육을 받아 보지 못한 피해자였을 수도 있을 것이다. 하기사 나도 중학교 때까지는 박정희를 구국의 영웅으

보리밥 묵고 방구뀡께 배가 푹 꺼져불등만

로 알고 롤 모델로 여겼지 않은가?

그 최 선생의 삶은 참교육의 필요성을 일깨워 주는 본보기가 아니었을까 싶다.

116.
너희 서장과 정보과장을 고발한다

1989년 가을.

영광군농민회가 쌀값 제값 받기 투쟁대회를 한다. 그런데 묘하다. 투쟁대회를 영광군청도 아니고 관청이 밀집한 중심 시가지도 아닌 신시가지 근처의 예식장에서 한단다. 머리가 희끗희끗한 노인들이 많다. 참석자는 대략 200여 명이 될까? 투쟁대회에 이어서 군청까지 거리 선전 행진을 한다. 1톤 트럭에 확성기를 달고, 장경수가 마이크를 잡는다. 별명이 인민무력부장이다. 그런데 차량을 따르는 사람이 별로 없다. 다들 인도에서 눈치만 보고 있다. 안 되겠다. 내가 마이크를 잡았다. 경찰이 막아선다. 이건 경찰로서도 전혀 예상 밖의 일인 모양이었다. 선생이 농민회 싸움에 동조하고 나서다니. 우리 농민을 상대로 전투경찰이 막아선다. 이건 예정에 없던 일이라고 한다. 나중에 들은 이야긴데 경찰과 농민회 간에 사전에 밀약이 있었단다. 행진은 없기로. 허 참.

젊은 농민회원이 누군지 모르지만. 돌을 던진 모양이었다. 전투경찰도 맞받아 돌을 던지기도 하고 우두두둑! 독가스탄[9]을 쏜다. 투석전과 독가스전의 혼전이다. 얼마 후 정은진 농민회 회장이 그만하자고 중간에서 말린다.

"그만, 그만헙시다!"

"저 새끼 잡아!"

---

9) 지랄탄이라 불렸는데 일정한 방향이 없이 날라 댕김. 어느 용감무쌍한 시위 대원은 이걸 되집어서 던지기도 했다. 언젠가 연세대에서 전교조 집회를 할 때 전투경찰이 처들어와서 지랄탄을 쏴 댔다. 이 지랄탄이 주차된 차량에 떨어져 여러 대가 불타는 일도 있었다. 찻값은 배상해 주었을까? 한국의 지랄탄 성능이 우수하여 수입해 간 어느 나라는 이건 시위 진압용이 아니라 살상 무기라고 폐기했다는 말도 들었다.

보리밥 묵고 방구뀡께 배가 푹 꺼져불등만

어느 놈의 명이 떨어지자 전투경찰이 우르르 달려와 정 회장과 젊은 농민회원 1명을 납치해 간다. 얼마간 더 싸움이 계속되다가 멈췄다. 나는 중앙파출소에 감금되어 있는 정 회장과 젊은 농민회원을 풀어 달라고 갔다. 경감 계급장을 단 짝딸막한 놈(알고 보니 정보과장이더라)이

"저 새끼도 잡아!"

허허, 이런. 체구가 작은 나는 건장한 두 놈에게 뽈깡 들려 갔다. 우리는 영광경찰서로 납치되어 유치장에 불법 감금되었다.

피의자 심문이 시작되었다. 집회 및 시위에 관한 법률 위반, 도로교통법 위반, 특수공무집행 방해 등이 혐의였다. 해직된 신분이라 공무원법이나 교육공무원법은 해당하지 않았다. 이에 나는

"너희 서장과 정보과장을 고발한다. 불법 납치, 감금의 죄로."

팽팽한 신경전이다. 피의자 조사부터 받아라. 아니다. 고발인 조사부터 해라. 내가 돌을 던지는 사진이 있다는 것이다. 그리고 분명히 봤다는 것이다. 그러면 그 증거를 가지고 와라. 증거는 없었다. 분명히 사진을 찍었는데, 없다는 것이다. 입씨름만 하다가 48시간이 지났다. 이제는 풀어 주지 않을 방법이 없다. 요놈들이 우리가 그것도 모른 줄 알고 개기다가 혼났다.

"너희들 인자부터는 진짜 빼도 박도 못하는 불법 감금이야!?"

영광경찰서 유치장에서 48시간을 보내는 동안에 식사는 설렁탕으로 했다. 전경들이 먹는 짬밥을 먹으라고 하더라. 한 끼는 묵었는데 더는 못 묵겠더라. 밥맛도 없지만 부당하게 납치되어 짬밥까지 묵는 것은 자존심이 허락하지 않았다. 정 짬밥을 묵으라고 하면 단식하겠다고 했더니 설렁탕을 주문해 주더라. 물론 경찰서 비용으로. 담배도 피웠다. 담배가 떨어졌다고 고래고래 소리치니 사다 주더라. 농민회장과 젊은 친구는 그저 내가 하는 모양만 보고 있더라. 전교조 행사를 위해 서울 대회에 갔다가 몇 차례 유치장을 드나들다 보니 간이 커졌던 모양이다. 또 해직되고 보니 악만

남았다. 최초에 끌려갈 때는 솔직히 겁도 많이 났었다. 해직되고 나니 물불을 가리지 않는 투사가 되어 있었다. 남은 것은 악밖에 없었다. 해직된 마당에 더하면 죽기밖에 더 하겠냐?

나를 조사한 장○○ 조사관은 전남대학교 농업경제학과 동창이요, 정보과 송○○ 형사는 장○○ 경사의 초딩 친구다. 10여 년이 흐른 후 인민무력부장 경수는 저수지에서 익사했다는 비보를 나중에 전해 들었다. 참 아까운 친구다.

경찰서 유치장 감금 시한인 48시간이 지나 풀려나게 되었다. 나는 정은진 회장과 젊은 농민회원을 함께 풀어 주지 않으면 나도 나가지 않고 농성하겠다고 했더니, 둘 다 풀어 주더라. 풀려나올 때 정보과장이 양촌리 커피를 타 주더라.

"김 선생님, 법 좀 압디다?"
"내가 사회 선생이요, 정치 경제 사회 문화."

우여곡절 끝에 그렇게 나오니 경찰서 밖에서 전교조 동지들과 농민회 동지들이 반긴다. 생두부도 먹었다. 이어서 찐한 쇠주 파티를 열어 주더라.

보리밥 묵고 방구뀡께 배가 푹 꺼져불등만

117.
○○초등학교에서 교장만 40년을 한 이에게 빨갱이 취급받다

1989년 8월 해직 후 영광지회의 해직교사 중에서 나와 장주선, 심재호는 학교 방문을 하기 시작했다. 1989년 가을에 ○○초등학교를 방문했을 때의 일이다. 이 학교는 조합원이 없었다. 학교에 들어서니 아이들이 보이지 않는다. 교무실에 선생님들도 보이지 않는다. 아마도 무슨 체험활동으로 선생님과 아이들이 나간 모양이었다. 운동장 가의 나무를 손질하고 있는 아저씨에게 오늘 무슨 날이냐고 물었다. 어디서 왔냐고 묻길래 전교조영광지회에서 학교 방문을 왔다고 했다. 대뜸

"빨갱이 새끼들이 여기를 뭐 하러 왔냐?"
는 것이다. 이 학교 교장이었다.
심재호 선생이
"뭐시라고라? 우리가 왜 빨갱이요?"
고성이 오갔다. 내가 중재하여 말다툼이 끝났다.

교장은 하던 일을 멈추고 우리를 교무실로 안내하여 커피를 타 주신다. 음료수대가 잘 갖추어져 있었다. 내가 근무하던 해룡고등학교보다 교직원 복지가 월등하게 좋았다. 교장은 자기 자랑을 한다. 자기는 선생님들의 복지를 위해 할 수 있는 것은 다 한다고.

교장은 아까의 빨갱이 발언을 사과하면서 자기 인생 이야기를 한다. 그이는 교장만 40년 가까이 한 사람이었다. 일제 침략기에 국민학교 소사였는데, 일제가 패망하고 도망가자 교사가 부족해져서 자기가 선생이 되었단다. 능력이 있다는 선생들이 도시로 모이게 되면서 시골 학교에는 교감, 교장이 부족하여 교장이 되었고, 6·25 전쟁 때는 다들 피난을 갔는데 자기는 학교를 지켰담시로 이때 총상을 입었다면서 총상으로 보이는 허벅지의 상처를 보여 주었다. 그 아픈 기억 때문에, 전

교조가 빨갱이라는 상부 기관과 보수언론의 의식화 때문에 전교조를 빨갱이라고 생각했단다. 미안하다고 당신들과 이야기를 해 보니 당신들이 참 좋은 선생이시고 전교조가 나쁜 것만은 아니라는 생각이 든다고.

118.
샛별초등학교, 거창고등학교를 방문하다

해직되고 뜨거운 여름을 보낸 후 가을은 참 쓸쓸하고 허전하였다. 10년 가까이 아이들을 가르치던 학교를 떠난 허전함을 달래기 어려웠다. 불쑥 여행을 떠나고 싶었다. 마냥 방향도 없이 달랑 보따리 하나 메고 길을 떠났다. 먼저 향한 곳은 남원. 전교조남원지회를 찾았다. 무슨 행사 중이었는데 선생님들과 이야기를 나누고 성명을 기억하기 어렵지만 어느 조합원 댁에서 하루를 머물렀다.

이어서 거창으로 향했다. 군 단위의 사립학교이면서도 전국적으로 명성이 있던 학교이다. 교문을 찾으니 없어서 무슨 샛문 같은 교문답지 않은 터진 곳으로 들어서니 학교이다. 먼저 초등학교가 눈에 띈다. 샛별초등학교다. 교무실로 들어섰다. 내 소개를 하고 이 학교에 대해 이야기를 듣고 싶다고 했다. 다소 생뚱맞은 일이었겠지만 친절히 맞아 주신다. 교장실로 안내받았다. 교장 선생님께서 샛별초등학교에 대해 설명해 주신다. 학년당 2학급 규모로 교감은 없으며 교장이 교감 역할까지 한단다. 이 학교는 예체능 교육까지 학교에서 다 이루어지기 때문에 학부모들이 별도로 사교육을 시킬 필요가 없다고 한다. 그래서인지 이 학교에 입학하기 위하여 부모님들이 전날부터 줄을 선다고 한다. 한창 이야기가 진행 중인데 한 선생님이 호루라기를 목에 메고 들어온다.

"교장 선생님 차례입니다."
교장 선생님은
"오늘 우리 학교 고학년 공놀이 날입니다. 제가 가서 아이들과 함께할 시간이니 남은 이야기는 교무과장님과 마저 나누시지요."
인계하고 나가신다. 신선한 충격이었다. 교무과장 선생님께
"이 학교 교문이 안 보입디다."
하니, 웃으면서

"우리 학교는 보통 학교 같은 교문은 없습니다. 그냥 자연스럽게 드나들면 되지 거창하게 교문을 설치할 필요가 없답니다."

이 또한 신선한 충격이었다. 학교 교정이 자연과 조화되고 억지스럽지 않은 모습이라 보기에 좋았다.

샛별중학교를 건너뛰고 거창고등학교 교무실로 갔다. 교장 선생님은 출타 중이시고 교감 선생님이 맞아 주신다. 전교조 해직교사라면서 이 학교를 견학하러 왔다고 소개했다. 더러는 전교조 교사를 빨갱이 취급하기도 하던 시절이라 반응이 궁금했다. 하지만 아주 친절하게 맞아서 학교 소개를 해 주신다. 무슨 편견 같은 것은 없었다. 교감 선생님은 수학 교사이신데 3학년 2개 학급의 수학 교과도 담당하고 있다고 했다. 이 학교는 교감이 임기제인데 교과의 흐름을 잊지 않고 선생님들과 호흡을 맞추기 위해서라도 교감이지만 교과를 담당하고 있다고 했다.

먼저 이 학교가 시골에 있으면서도 전국에서 명문고등학교로 알려진 이유를 물었다. 이 학교는 교과성적도 중요하지만, 사람을 중요시한다고 한다. 설립자가 기독교 정신에 따라 설립하고 운영하기 때문이란다. 내가 근무하던 학교는 원불교 정신에 따라 설립했다고 하지만 원불교 정신이 실종된 것을 몸소 겪었던 바라 부러웠다. 학생회가 활성화되어 학생 자율로 학생 생활이 이루어지니 학생 생활지도 문제는 별로 발생하지 않는단다. 교과 지도는 정규 수업과 하루 1시간의 보충학습이 끝나면 도서관에서 학생 스스로 공부한단다. 지도 교사는 학생들이 공부하는 데 불편함이 없도록 살피는 선에서 역할이 끝난단다. 학교 부속 농장에서 노작 활동도 이루어진다.

두 번째로 궁금한 것은 학교 규모가 학년당 4학급으로 총 12학급인데, 더 규모를 키우고 싶은 생각은 없는지 물었다. 내가 근무하던 해룡고등학교는 꾸준하게 규모를 키워서 학년당 11학급까지 간 적이 있었다. 교감 선생님은 자기들이 학교를 운영해 보니 학년당 4학급이 최적이라고 판단했단다. 고등학교는 인문계열과 자연계열로 나누어 교육 과정이 운영되기 때문에 최소한 4학급은 되어야 하고, 더 규모를 키우면 인간 대 인간의 교육이 아니라 그야말로 경영이 되고 만다고 판단했다는 것이다.

보리밥 묵고 방구뽕께 배가 푹 꺼져불등만

세 번째 질문은 이 학교는 전국단위 모집인데 숙소는 어떻게 해결하는가? 지역 사회의 요청에 따라 일정 비율로 지역 출신 학생과 타지역 학생을 모집한단다. 타 지역 학생 중에 대부분은 동문의 자녀라고 한다. 그들은 자기 모교인 거창고등학교보다 더 좋은 학교는 없다는 확신에 따라 자녀들을 모교의 후배로 보낸다는 것이다. 대단한 자부심이다. 타 지역 학생뿐만 아니라 거창지역 학생들도 원하는 학생은 기숙사 생활을 한다.

마지막 질문은 이 학교에서의 전교조 상황이었다. 물론 거창고등학교도 전교조 활동이 활발하단다. 그러나 학교 경영이 민주적으로 잘 운영되고 있어서 굳이 해직을 각오할 정도는 아니었단다.

교감 선생님의 안내로 도서관 등 학교 시설을 둘러보았다. 교정은 잘 정리되어 있고, 건물은 특별한 것이 없어 보였다. 특별하지 않은 가운데 가장 기본에 충실한, 인간을 인간답게 대접하는 교육, 자율로 움직이는 학교였다.

부러웠다. 내가 근무했던 학교와 너무 다른 학교가 부러웠다. 그리고 억울했다. 원불교 학생회장 출신으로 원불교 정신에 따라 설립했다는 학교에서 실종된 원불교 정신을 겪으면서 실망했던 나였다. 내가 근무했던 학교가 거창고등학교처럼 학교를 운영했더라도 내가 해직을 결심했을까 싶었다. 거창고등학교를 방문한 날은 거창고등학교 조합원 댁에서 하룻밤을 지냈다. 참 격의 없이 친절하게 대해 주었다.

거창고등학교 방문을 마지막으로 돌아왔다. 우리 상황이 오랫동안 지회 사무실을 비워 두면 안 되었기 때문이다. 해직 후 방황은 그것으로 끝이었다. 이제 가열차게 싸움할 일만 남았다. 원상회복 투쟁, 생계 투쟁 등으로 갈 길이 멀고 험했다.

119.
해직교사와 그 가족들, 생계 투쟁에 나서다

해직교사의 생계는 조합원과 비조합원이지만 동참하는 교사들이 내주신 후원금이 기본이 되었다. 조합원은 조합비 월 10,000원에다 후원금 월 10,000원을 추가로 부담하였다. 탈퇴각서를 쓰고 현장에 남은 동지들은 부채 의식 같은 것을 가지고 계셨던 것으로 기억한다. 조합비, 후원금을 정기적으로 내실 뿐만 아니라 지회 사무실을 방문하면 당연한 듯이 밥과 술을 사셨다. 후원금은 1인당 10,000원이 기본이었지만 영광지회는 액수에 구애받지 않고 후원금을 모았다. 한 사람이라도 더 이 운동에 동참하는 이를 확대하는 것이 투쟁의 밑거름이 된다고 여겼기 때문이다. 내가 학교 방문하면 그 학교 교감은 슬며시 자리를 비켜 주었다. 교무실에 계시는 선생님들을 대상으로 전교조와 참교육에 대해 연설하면서 모자를 돌리면 형편 되는 대로 현금을 넣어 주시곤 했다. 고 박선영 동지의 부친인 박은주 선배 교사는 광주에서 영광까지 통근하는 완행버스 안에서 피를 토하는 말씀으로 후원금을 즉석에서 모금하시기도 하였다. 전교조전남지부는 후원자 수를 기본으로 후원금 총액을 산정하였기에 영광지회의 경우 허수가 발생하여 부채로 잡히는 엇박자가 생기기도 하였다. 내가 설명한 사정이 통하지 않았다. 조직 활동에 유연성이 부족해 보였다.

후원금은 지부 단위로 모아서 재분배하는 형식이었다. 분배는 해직교사의 가족 수, 상근활동 여부, 출퇴근 여부, 학생 수 여부 등에 따라 나누었다. 『전남지부교육운동사』제1권 395~398쪽의 표에 의하면 해직교사는 상근수당 15만 원, 활동비 5만 원, 배우자 수당 10만 원, 부모 수당 1인 5만 원, 자녀 수당 1인 3만 원, 교육비 학생 1인당 1만 원, 자취비 5만 원, 출퇴근 수당 5만 원으로 구성되었다. 나는 실질적으로 부모님을 모시고 있었으나 부모님이 나주로 이사하시게 되어 주민등록이 달라져서 부모 수당을 제외하고 총 47만 원을 받게 되었다. 그러나 재원의 부족으로 47만 원을 다 받지는 못했고, 생계 투쟁을 위해 식당을 운영하게 되면서 일체의 해직교사 수당을 받지 못했다. 사업의 성과는 부진하고 생계비는 받지 못하여 어려움이 너무 컸다. 전남의 경우 부부 교사가

보리밥 묵고 방구뀡께 배가 폭 꺼져불등만

많았고 그들은 한 분은 현장에 남고, 다른 한쪽이 해직된 경우가 많았다. 또한 결혼을 아직 하지 않은 젊은 교사들도 상당수 있었다. 이들은 적어도 생계 걱정은 어느 정도 던 셈이었지만 외벌이의 경우는 속말로 맨땅에 헤딩이었다. 영광지회는 이상구는 부부 교사이고 김옥태, 장주선, 심재호는 외벌이, 문희경은 해직된 후 얼마 지나지 않아서 나주에서 해임된 정금례 선생과 결혼하여 해직교사 부부가 된 셈이었다. 내가 영광을 떠난 후 천주고 영광성당에서 해직교사 돕기 운동을 하여 영광지회에 전달했다는 소식은 들었으나 내게는 그 분배 몫이 오지 않았다.

해직교사와 그 가족은 생계 투쟁에 나설 수밖에 없었다. 전남지부 고 조준승 동지가 주관하는 참실 물품 판매 사업이 있었다. 참교육 셔츠, 가방, 문구류, 배지, 노래 테이프 등. 해직교사는 이 참교육 물품을 가지고 학교 현장을 누볐으며, 사모님들은 거리에서 혹은 지인을 방문하여 판매하였다. 사모님들이 파신 수익은 각자의 몫으로 하였고, 해직교사들이 판 수익은 공동수익으로 삼았다. 우리 어머니는 영광터미널 근처에 좌판을 깔고 채소를 팔기도 하셨다. 참교육 물품 판매는 사실 생계 투쟁보다는 전교조와 참교육 홍보가 주목적이었다고 봐야겠다. 판매 수익이 생계를 보충하기에는 너무 미약하였다. 다른 생계 사업이 절실한 상황이었다.

120.
성님, 우리도 굴비 장사합시다

1989년 추석을 앞둔 어느 날.

장주선 선생과 심재호 선생이 굴비 엮걸이 몇 두름을 가지고 사무실로 들어섰다.

"형님, 우리도 굴비 장사 합시다. 농민회는 해마다 명절 때 굴비 장사해서 투쟁 자금을 만든다고 허요."

함시로 굴비 엮걸이를 사무실 벽에 걸어 둔다. 사무실에 생선 비린내가 배고, 사무실을 방문하는 사람 몇으로 굴비가 잘 팔릴 것 같지도 않았다.

굴비를 팔려면 제대로 해 보자. 일단 굴비라는 사업에 우리는 너무 문외한이라 정보가 필요했다. 심재호, 장주선 선생의 안내로 우선 법성포를 방문하여 굴비집들을 돌아보았다. 법성포에서 대성 굴비를 경영하는 박철복 씨는 영광 민민운동에도 참여하고 있어 영광농민회는 이 굴비집과 거래를 해 왔다고 한다. 영광농민회는 광주고 후배인 이하영이 주도하고 있었다. 굴비 판매에 대한 영광농 민회의 경험도 이하영에게 들었다. 장주선, 심재호, 이상구 선생 등과 협의하였다. 우리가 굴비를 가지고 학교를 방문하여 직접 홍보하기로 결정하고, 양기근 지회장님과 현장 동료들에게도 알렸 다. 우선 대성굴비를 방문하여 우리의 의도를 설명했다.

"선생님들이 굴비를 팔겠다고라?"

하면서 웃어 버린다. 웃을 만도 하지. 그러나 우리는 진지했다. 우선 굴비를 규격화했다. 이미 영 광농민회의 경험이 있어서 이 작업은 비교적 빠르게 진행되었다. 박철복 사장은 전폭적으로 지원

보리밥 묵고 방구뀡께 배가 푹 꺼져불등만

하기로 했다. 우선 팔아 보고 팔다가 못 판 것은 반품을 받아 주되 판 수량만큼 수입을 보장해 주기로 했다. 사실 생물인 굴비는 반품하면 그대로 폐기해야 하는 상품이다. 박 사장은 우리를 그렇게 가엽게 여기고 지원을 결심한 것이었으리라.

우리 해직교사들은 매일 법성포에 가서 굴비 견본을 규격대로 가져다가 예정된 학교를 방문하였다. 가져간 견본에 따라 주문받고, 가지고 간 견본은 가급적 그 학교에서 직판하였다. 상하기 쉬운 생물의 특성을 잘 알고 계시는 현장의 동료들은 대부분 그날 가져간 견본을 사 주셨다. 반품하여 도로 가져온 경우는 드물었다. 주문받은 수량은 예정된 날짜에 학교를 방문하여 분배하였다. 반응이 예상했던 것보다 좋았다. 전교조를 돕고자 하는 마음에다가 굴비의 가성비도 좋았으니까. 가끔은 택시를 타기도 했지만, 경비 절약을 위해 완행버스를 주로 이용했다. 배차 시간에 따라 움직이다 보니 일정 조정이 어렵고 이동 시간이 너무 많이 소모되었다. 생물을 다루는 사업에 지장이 많았다. 신속한 이동 수단을 가져야 할 필요가 있었다.

굴비는 맛있으며 가격은 시중보다 더 싸다는 입소문이 났다. 판매는 비교적 순탄하게 진행되었다. 굴비의 크기에 따라 달랐지만, 이윤은 대략 한 두름 팔면 1,000원이 남았다. 우리 판매 실적을 본 박철복 사장도 이제는 어느 정도 우리를 사업의 파트너로 인정하게 되었다.

121.
포니 II 중고 승용차를 구입하여 운영하다

생물인 굴비 사업을 하다 보니 신속한 이동 수단이 필요하였다. 논의 끝에 포니 II 중고 승용차를 구입하였다. 찻값은 50만 원으로 기억된다. 물론 해직교사가 자가용이 무슨 말이냐는 반론도 있었지만, 사업상 신속한 운송 수단을 갖는 것이 필요하고 평소에 학교 방문할 때도 편리할 것이라고 설득하여 구입하게 된 것이다. 차는 이상구 선생이 지인을 통해서 중고로 택했다. 해직교사 중에 운전면허를 가진 사람은 내가 유일했다. 1977년에 따놓은 그야말로 장롱면허이지만. 내 명의로 차를 등록하고 운전을 맡았다.

우선 장롱 면허를 탈출해야 했다. 구입한 중고 포니 II는 이상구 선생의 동생이 광주에서 영광까지 몰고 왔다. 주행 연습은 영광종합운동장에서 했다. 운동장은 당시 시설이 완성되지 않고 비어 있어서 주행 연습하기에 좋았다. 어느 정도 감각을 찾은 다음에 광주로 몰고 갔다. 전남지부 사무실과 버스터미널이 있는 좁고 번잡한 대인동 거리를 돌고 보니 자신감이 붙었다.

이동 수단이 갖추어지니 보다 많은 학교에, 보다 많은 수량의 굴비를, 보다 신속하게 주문받고 배달할 수 있었다. 그만큼 우리의 수입도 늘어나고 있었다. 지부집행위원회에서 사업 보고를 통해 다른 지회들도 공감하기 시작했다. 함평지회와 나주지회, 여수지회 등이 같이 해 보자고 했다. 그 중에 여수지회가 가장 적극적이었다. 박철복 사장과 논의했다. 우리가 다른 지역에 판촉을 할 것이니 소매 가격은 예전대로 하되, 다른 지역으로 판매되는 수량에 적당한 이윤을 우리 영광지회에 할당해 달라고. 어느 정도 규모의 경제가 보이는 터라 박 사장은 흔쾌히 승낙했다. 대략 굴비 한 두름당 500원 정도의 마진을 영광지회에 주기로 하였다. 이후 전남의 각 지회에서 굴비 사업을 하였고, 전국집행위에 보고되어 다른 시도지부까지 확대되어 갔다. 각 지부와 지회의 굴비 사업 수입금은 사무실 마련이나 해직교사의 생계비에 보탬이 되었다.

보리밥 묵고 방구 뀡께 배가 푹 꺼져불등만

122.
굴비 판촉을 위해 부산과 울산으로 향하다

1

1989년 가을 부산, 울산으로 아내와 함께 굴비 판촉길에 나섰다. 섬진강휴게소에서 잠시 쉬고 시동을 거는 데 안 걸린다. 세루모타가 작동하지 않는 것이다. 여러 번의 시도 끝에 겨우 시동이 걸렸다. 부산 만덕 터널을 지나자 카센터가 보였다. 여기서 중고 세루모타로 갈아 끼웠다. 약 15만 원 정도였던 것 같다.

2

가는 길에 암으로 투병 중인 부산의 신용길 동지를 문병하였다. 신용길 동지는 아마도 신혼이었을 게야. 나는 병석에 누워 있는 신동지의 손을 잡고 울고, 반쪽이는 신동지의 사모님을 부둥켜안고 울었다. 부산의 어느 병원에서 신동지는 암 투병 중이었다. 전교조 결성에 따른 해직의 협박에도 물러서지 않고 활동하다가 해임되었다. 젊은 선생님이, 뜻이 올곧은 동지가 앞으로 해야 할 일이 얼마나 많은데….

우리가 다녀간 얼마 후 신동지는 끝내 주님 곁으로. 아! 아깝고 아까운 신용길 동지! 복직의 꿈을 이루고 가셨으면 좋았을걸. 실로 안타깝다. 아깝다. 신용길 동지! 부디 저세상에선 안식하시길!

3

노동자의 도시인 울산이라면 우리 해직교사들의 사업에 적극 호응해 줄 것이라는 희망을 안고 울산으로 갔다. 상근하고 있던 노옥희 동지가 반갑게 맞아 준다. 후에 노옥희 동지는 울산 교육위원을 하면서도 전교조의 파견이라는 인식하에 교육위원회에서 회의가 없는 날에는 지회에서 상근 했다고 들었다. 우리 전남지부의 비슷한 위치에 있던 분들과는 일하는 차원이 달랐다. 노동자성의 차이가 아닐까 싶다. 폴란드의 바웬사가 떠 오른다. 바웬사는 노동운동 지도자로 대통령에 당선되 었고, 퇴임 후에는 다시 노동자로 돌아갔다고 들었다. 나중에 노옥희 동지는 울산 교육감이 되셨 다. 마침 그날 2000세대 아파트에서 '현해협(현대해고자협의회)' 선전전이 있으니 함께 가자고 한 다. 좀 허름해 보이는 건물 2층이 사무실이었다.

냉장고가 올라온다. 여러 명이 무겁게 들고 올라온다. 열어 보니 그 안엔 오늘 나누어 줄 홍보물 이 가득이다. 주변에서 감시하고 있는 '짭새'들의 눈을 피하기 위한 꾀였다. 나도 할당량을 분배받 아서 2,000세대 아파트에서 홍보물을 뿌렸다. 아내와 함께 열심히 돌렸다. 그 낯선 울산에서 말이 지. 우리는 하나다. 노동자는 하나다. 전남과 울산도 하나다.

굴비 선전은?
잘 안되었다.

"굴비를 어떻게 먹는데 예?"

뭐 이런 식이다. 또 현대 해고자들은 노조에서 80% 정도의 급여를 받는다고 한다. 그러니 당장 은 생계 문제가 우리 전교조 해직교사처럼 절실하지 않은 모양이다. 당연히 굴비 사업은 별로였지.

보리밥 묵고 방구뀡께 배가 푹 꺼져불등만

123.
굴비 판매 사업을 하면서 여러 일을 겪다

1

영광지회의 굴비 판매 사업이 전국화하면서 굴비 주문이 쏟아지다 보니 즐거운 비명이 울린다. 굴비를 가공하여 엮는 것이 문제다. 내가 일하던 시절 법성포에서는 암묵적인 관례가 있었다. 엮걸이 하는 아줌마들의 수가 한정되어 있는데 명절 때는 바쁘고 평소엔 한가하다. 따라서 가게와 아줌마들이 서로 단골이 되어 일한다. 내일 1,000두름이, 모래는 2,000두름이 나가야 하는데 굴비를 엮는 것이 문제였다. '엮걸이 아줌마를 잡아라!' '평소에 대성굴비로 오는 아줌마를 잡아라.' '다른 아줌마도 함께 오시라고 꼬셔라.'

"박 사장님, 돈 좀 줘 보씨요."
"왜 그런당가? 어따 쓸라고?"
"암튼 줘 보씨요. 넉넉하게. 그리고 형수님, 소고기 사다가 국 좀 끓여 놓씨요. 잉?"

읍내에 가서 우황청심원과 오리털 파카를 아줌마들 숫자대로 사 왔다. 그분들에게 소고깃국에다 밥을 야식으로 드리고, 우황청심원을 자시게 하고, 등에다 오리털 파카를 덮어 드렸다. 보통이라면 꼴까닥 숨이 넘어갈 때나 먹는 우황청심원, 당시만 해도 돈이 좀 있어야 입을 수 있던 오리털 파카! 아줌마들, 감동의 연속이다. 게다가 김옥태와 장주선의 걸쭉한 음담패설까지. 아짐씨들이 뒤집어진다. 이렇게 날을 새 가며 굴비를 엮었다. 나는 굴비를 싣고 선탑하여 달릴 때 부족한 잠을 보충하곤 했다.

노동자가 잘 묵고 건강해야 일을 잘하지. 거기다가 자존심을 살려 주면 금상첨화이고, 암사. 전국으로 배송될 굴비를 엮는 데 별 어려움이 없이 진행되었다. 다른 굴비상회들의 시기와 질투를 느끼기 시작했다.

2

영광지회의 굴비 사업이 번창하자 뜻하지 않은 문제도 생겼다. 우리가 처음 거래한 대성굴비 박 사장은 우리를 전적으로 믿고 우리가 요구한 조건으로 굴비를 제공하였다. 판매 실적에 따른 수익금은 차질 없이 입금되었고, 운송과정에서 흠집이 생긴 것은 배송받은 지부, 지회의 반찬으로 쓰도록 무상으로 제공하였다. 그런데 빵이 커지자 다른 가게들이 입질한다. 후배 동지들이 개인적으로 친한 가게들도 있다. 굴비 공급 물량을 나누어 주자고 한다. 나는 단호하게 거절했다.

그 이유는 이러하다.
첫째, 처음의 약속과 믿음이 소중하다. 대성굴비 박 사장은 단 한 번도 믿음을 배신한 적이 없다. 우리가 먼저 배신할 수는 없다.
둘째, 굴비는 생물이며 손맛이다. 가공하는 분의 손맛과 감각이 중요하다. 여러 가게에서 굴비를 공급하다 보면 제품의 품질이 균일하지 않을 수 있다.

내가 책임을 맡고 있던 시절엔 그렇게 대성굴비로 공급을 단일화했다. 내가 떠난 후 여러 가게로 공급량을 분배한 모양이던데 내가 염려한 문제가 생겼다고 들었다.

굴비를 1톤 트럭으로 싣고 전국에 배송하다 보니 굴비가 눌리고 상하는 일이 많았다. 그래서 대성굴비 박 사장에게 냉동차 구입을 제안하였다. 당시 법성포 굴비 상회들 중에서 냉동차를 가진 이는 없었다. 박 사장은 흔쾌히 받아들였다.

3

영광지회가 대성굴비와 공동 경영을 제안하다.
전남지부 핵심 역할을 하고 있던 ○○○ 동지가 굴비 사업을 전남지부 사업으로 하자고 분위기를 잡던 무렵이다. 그는 개인적으로 또는 지부집행위원회에서 그 제안을 하곤 했다. 반면에 나는 대성굴비 박 사장에게 전교조와 공동 운영을 제안했다. 우리 사업 규모가 연간 1만 두름 수준으로 올랐으니 자신감의 발로이기도 하였다. 공동 경영의 제안 조건은 이러했다.

첫째, 생산과 판매를 나누어 대성굴비는 생산을, 전교조 영광지회는 판매를 맡는다. 단, 대성굴비 개인 고객은 별도로 한다.

둘째, 비용을 제외한 이익은 정확히 반분한다.

셋째, 전교조는 회계책임자 1명을 파견한다.

넷째, 신선한 상품 운송을 위해 냉동차를 구입한다.

박 사장이 좋은 제안이라고 하여 성사될 수 있었다. 그렇게 되면 대성굴비는 안정된 판매처를 확보하게 되는 것이고, 전교조는 안정되고 지속적인 수입이 보장될 터였다. 이른바 윈윈인 거래다. 누이 좋고 매부 좋고, 임도 보고 뽕도 따고. 그러나 내가 영광지회 굴비 사업을 전남지부로 넘겨 버렸다는 오해를 해소하기 위해 영광을 떠나면서 무산되었다. 지금 생각해도 참 아쉬운 일이다. 오해를 훌훌 털어 버리는 것은 내가 스스로 굴비 사업에서 손을 떼는 것이라고 여겼다. 내가 굴비 사업을 계속 주관하는 한 오해를 풀기는 어려울 것으로 보았다. 어떤 사심도 없음을 과감하게 보여 줄 필요가 있었다.

4

전남지부 간부가 굴비 사업을 지부사업으로 전환을 제안했으나 거절하다.

전남지부의 어느 간부가 굴비 사업을 지부 사업으로 하자고 했으나 나는 반대했다. 전교조로 해직 시절. 본부, 지부, 지회는 각종 사업을 벌였다. 주로 사무실 마련이나 해고자 생계비 보조를 위한 것이다. 전교조와 참교육을 홍보하는 면도 중요했다. 이런 사업이 중첩되는 경우도 더러 있었다. 그래서 본부나 지부가 개척한 사업이 아닌 경우에는 사업의 우선권은 먼저 개발한 조직 단위가 갖기로 암묵적으로 합의되었다. 영광굴비 사업은 처음엔 긴가민가했지만, 꽤 잘되었다. 사업을 개발한 영광지회는 굴비 사업 소득으로 김옥태가 출자한 사무실 임대료와 시설비 2,000만 원을 갚을 수 있었다. 적극적으로 굴비 사업을 한 지부와 지회들도 상당한 성과를 거두고 있었다.

당시 전남지부에서 핵심 역할을 하던 ○○○ 동지가 영광지회의 굴비 사업을 지부 사업으로 전환하여 직영하자고 제안했지만 나는 반대하였다. 그 이유는 이러하다.

첫째, 굴비 사업은 영광지회에서 개발한 사업이니 존중해야 한다.

둘째, 직영은 자금, 기술, 인력 등의 문제가 있어서 거의 불가능하다.

그러나 영광지회에서는 내가 지부에서 교권쟁의부장으로 일하면서 영광지회의 굴비 사업을 전남지부로 넘겨 버렸다는 오해가 생겼다. 지금도 혹시 오해하고 있는 영광지회 동지들은 그 오해가 잘못된 것임을 알아주시길 바란다. 김옥태는 영광지회 사업인 굴비 사업을 전남지부 사업으로 넘기고자 시도한 적이 결코 없었다.

5

"김옥태가 굴비 사업으로 돈을 벌어서 개인 사업을 한다며?"

해직 동료인 ○○○ 동지가 법성포에서 남긴 말이란다. 이 말이 뺑 돌아서 우리 반쪽이 귀에 들어가고 말았다. 사실이 아니길 바란다. 말이 전해지는 과정에서 와전된 것이겠지 아마도. 굴비 장사는 영광지회 사업으로 한 것이므로 사적으로 이익을 취할 수 없었다. 나는 영광지회의 굴비 사업에서 손을 뗀 후 광주에서 식당과 세차장, 자동차 정비공장을 경영했다. 이 돈은 내 퇴직금과 영광 학정마을에 있던 집을 판 돈이었다. 그 집은 내가 영광에다가 해룡고등학교에 평생 있을 줄 알고 정성들여 지은 집이었다. 꽃 심고 가꾸고 온갖 정성을 들인 집이었다. 자금이 부족하여 홍민신협에서 대출을 받아 충당하였다. 생활은 정말 어려웠다. 사업은 생각보다 어려웠다. 하루하루 먹고살기가 너무 곽곽했다. 반쪽이는 이 시절을 다시 떠올리기 싫다고 한다.

설마 ○○○ 동지가 정말 그런 말을 했을까? 3자 대질을 해 보면 진실이 나오겠지만 그러자면 인간관계가 다 무너지겠지? 그러나 깊은 생각 없이 가끔 말을 툭툭 던지는 그이니, 그렇다고 믿어지기도 하고. 반쪽이는 그를 매우 싫어한다. 설마 그 말이 사실이라고 하더라도 그런 말을 하고 다니면 안 된다는 것이다. 동지라면 말이지.

6

영광지회의 굴비 사업권에 대한 오해가 생기고

1991년 어느 날 영광지회의 절친한 동지들이 만나잔다. 읍내 어느 모텔이었던 것 같다. 굴비 사업에 대한 이런저런 의문을 제기했다. 동지들은 다소 상기되어 있었다. 아주 작정하고 피의자 심문하듯이 따지는 모양새였다. 적어도 그날 밤의 분위기를 나는 그렇게 느꼈다.

우선 재정의 부분에 대한 것. 나의 설명은 이러했다. 나는 판촉만 하였고 수입과 지출은 총무를 맡은 상과 교사인 이상구 동지가 도맡아 했으니 이상구 동지가 가지고 있는 장부를 확인하면 의문이 풀릴 것이다. 개인적으로 박철복 사장에게 받아먹은 것은 미미하다. 상품 가치가 없는, 배가 터지거나 대가리가 떨어진 조기를 줘서 반찬으로 해 묵은 것이 전부이다. 나 말고도 다른 동지들도 그렇게 했다. 그 외 금전으로 받은 것은 내가 선탑하여 굴비를 싣고 외지에 나갈 때 기사와 나의 식사비가 전부이다.

둘째, 김옥태가 영광지회 사업인 굴비 판매 사업을 지부 사업으로 넘겼다는 오해에 대하여. 영광지회장 시 지부집행위에 참석할 때, 지부에서 교권쟁의부장으로 일할 때 지부의 책임 있는 어느 간부가 굴비 판매 사업을 지부 사업으로 하고 직영하자는 제안이 있었다. 그러나 여러 가지 이유로 나는 적극적으로 반대했다. 그 이유의 첫째는 굴비 사업은 영광지회에서 개발한 사업이니 존중해야 한다. 둘째 직영은 자금, 기술, 인력 등의 문제가 있어서 거의 불가능하다.

합리적인 이유를 들어서 충분히 설명했으나 동지들은 석연치 않은 표정들이었다. 동지들에게 불신당하는 아픔은 실로 크다. 얼굴이 화끈거리고 뒤통수가 땅기고 정신이 아득하였다. 하늘이 무너지는 것 같았다. 그날 밤 어떻게 집에 왔는지 모르겠다. 그날 나는 세상을 달리할까 싶은 심정이었다. 그러나 일곱 식구 가장의 막중한 역할을 그렇게 마감할 수는 없었기에 견디어 냈다. 이를 악물고 견디어 냈다.

이제는 영광을 떠날 때가 된 것이라 여겼다. 거기 남아서 이런저런 불신감 속에 일하는 것은 같이 일하는 동지들과의 인간관계를 망칠 일이었고, 무엇보다 나의 자존심이 허락하지 않았다. 정의를 외치며 해직을 각오하고 교육노동운동판에 뛰어들었는데 동지들에게 불신당하고 보니 극심한 자괴감을 느꼈다.

생계는 여전히 막막했다. 7인 가족의 생계를 책임져야 할 가장의 무게가 어깨를 짓눌렀다. 그래, 이제 생계 투쟁을 하자. 우선 가족을 살리자. 아이들은 쑥쑥 자라서 학교에 다니기 시작했다. 내 아이들은 학비가 없어서 울려서 학교에 보내지 않겠노라고 다짐하지 않았던가? 내 아이들만큼은 굶기지 않겠다고 다짐하지 않았던가?

지금 와서 생각하면, 굴비 사업을 영광지회가 전담하는 것이나 전남지부가 담당하는 것이나 무엇이 문제일까 싶기도 하다. 다만 전남지부는 더 큰 단위에서 전교조 본연의 참교육 사업에 전념하는 것이 옳고, 굴비 사업은 영광지회에서 시작하여 노하우가 축적되어 가고 있었으니 영광지회가 계속 맡는 것이 적절하리라 생각이 된다. 전교조의 수익사업은 부수적인 사업이지 본연의 사업은 아니므로 수익사업을 담당하는 조직 단위를 놓고 그리 심각하게 다툴 일은 아니라고 보인다. 그 일로 영광지회의 동지들이 나를 그렇게 죄인 다루듯이 해야 할 일이었을까? 동지애가 아쉬웠다. 무엇이 우선인가 분별이 분명해야 했다.

무엇보다 전교조는 수익사업보다는 참교육 실천과 해직교사 원상회복이 당면 과제였다. 수익사업의 단위를 놓고 다툴 일이 아니었다.

보리밥 묵고 방구뀡께 배가 푹 꺼져불등만

124.
해직교사 건강 검진을 실시하다

1991년 내가 잠시 전교조전남지부에서 교권쟁의부장을 하고 있을 때, 해직교사 건강 검진을 실시했다. 해직교사들은 홀짝으로 2년마다 건강관리공단에서 실시하는 정기 검진을 받을 수 없었다. 해직의 고통으로 오히려 건강은 더 악화되는 이들이 있었음에도 우리는 건강을 살필 여유가 없었다.

〈채혈 중인 김지순 동지〉

지부집행위원회에서 협의하여 해직교사 건강 검진을 하기로 하였다. 나는 흥사단아카데미 선배님들이 운영하는 나주종합병원 원장님의 도움을 얻어서 해직교사 건강 검진을 주선하였다. 전액 무료로 추진했지만, 나주병원이 여러 사람의 합자 형태로 운영되고 있어서 전액 무료로 하지는 못하고 아주 저렴하게 건강 검진을 할 수 있었다. 당시 나주병원에서 근무하던 이계명 아카데미 선배의 도움도 컸다. 아쉽게도 전남에서 해직되신 모든 동지가 다 오시지는 못했다. 전남에서 해고된 교사 178명 중에서 대략 70여 명이 건강 검진을 받았다. 단일대오로 참교육 투쟁을 하던 동지들이 벌써 연락이 끊기고 있다는 하나의 징후였다.

도움을 주신 선배님들께 감사드립니다.

125.
보성고에서 김철수 군이 분신하다

전교조전남지부 교권쟁의부장을 하고 있던 1991년 5월 18일 오전에 청천벽력 같은 소식이 들려왔다. 보성고등학교 학생 700여 명이 운동장에 모여 5·18 추모행사를 하던 중 이 학교 학생 김철수 군이 분신하였다는 것이다. 김 군은 온몸에 신너를 끼얹고 분신자살을 시도하였다. 그는 이렇게 외쳤다고 한다.

"노태우 정권 퇴진하라!"
"친구들아, 이런 잘못된 교육을 계속 받을래?"

철수는 전남대병원으로 긴급하게 후송되었으나 깨어나지 못하고 6월 2일에 끝내 운명하였다.

철수는 다음과 같은 쪽지를 남겼단다.

"내가 왜 죽은지 너희들은 알아야 한다. 친구들아, 12년이란 긴 세월 목이 메어 우리 쇠사슬에 쥐꼬리만 한 명예와 권력을 위해 공부벌레가 되어 주길 바라는 기성세대 및 벌건 대낮에 강경대 열사가 백골단에 맞아 피를 흘리며 쓰러져도 심장이 터질 듯한 분노의 가슴을 잃어버린 우리 배움에 학도들을 깨우치기 위함이다."

또 철수는 '참교육 쟁취', '노태우 정권 타도'를 주장하는 녹음 테이프를 남겼는데,

"박승희 분신 이후 죽음을 각오했다. 우리나라 전 고등학교가 인간적인 학교가 되었으면 좋겠다. 이제 전국의 고등학생들이 일어나 투쟁해야 한다."

보리밥 묵고 방구뀡께 배가 푹 꺼져불등만

고 했단다.

당시 보성고등학교 교장은 흥사단 선배 단우였다. 이상호 선생이 광주로 급히 달려왔다. 그와 함께 보성고등학교를 방문하였다. 학교는 어수선하여 무엇을 어떻게 해야 할지 갈팡질팡하고 있었다. 나는 우선 영정사진이 필요하다고 보아 생활기록부에서 사진을 떼어 달라고 하여 광주 양동에서 베이비사진관을 하고 있던 초딩 친구 오종국에게 부탁하여 확대하였다. 증명사진을 확대하다 보니 해상도는 많이 떨어졌다. 종국이는 사진값을 받지 않았다. 고맙다. 망월동 구묘역의 철수 사진은 바로 그 사진이다.

강경대, 박승희, 김철수, 박선영, 김기설, 이한열, 박종철, 이철규 등 젊은 친구들이 스스로 혹은 독재 권력에 의해 세상을 떠났다. 우리 어른들이 해야 할 일은 더 이상 아이들을 안타깝게 보내지 않는 것이 아니겠는가? 그리고 아이들아! 살아서 싸우자.

126.
광주 월곡동에서 '사또보쌈, 족발집'을 하다

1991년.

영광에서 굴비 사업으로 인한 오해를 접고자 운영에서 손을 떼고 보니 이제는 가족의 생계 투쟁에 힘을 써야겠다는 생각이 들었다. 맡고 있던 전남지부 교권쟁의부장직도 그만둘 수밖에 없었다. 전 재산을 탈탈 털어서 광주 광산구 월곡동 신시가지 주택가에 식당을 열었다. 퇴직금(1,500만 원), 영광 집 판 돈(5,300만 원), 흥민신협에서 받은 대출 등으로 자금을 마련하였다. 내가 뭐 음식을 만들 줄 아는가? 반쪽이도 살림하는 조리 수준이지 식당을 운영할 수준은 아니었고. 그래서 선택한 것이 프랜차이즈였다. 족발, 보쌈을 택했다. 당시에 족발과 보쌈은 막국수, 쟁반국수와 함께 유행하는 음식이었다. 지나고 보니 음식도 유행이 있더군. 1층에 식당을 꾸리고, 2층에 살림집을 차렸다. 가게 임차료는 1층 두 칸에 3,000만 원, 2층 살림집에 1,500만 원으로 임차료만 4,500만 원이 들었고, 가게 인테리어와 냉장고, 간판 등 집기 구입과 프랜차이즈 보증금(250만 원)으로 추가 비용이 들어갔다.

이때 월곡동은 자고 일어나면 인구가 늘었다. 따라서 학생 수도 급격하게 늘어서 초등학교는 초과밀이었다. 방학을 지나고 나면 한 학급씩 학생이 늘었다. 우리 삼 남매 중 위로 둘이 이 초등학교에 다녔다.

내가 선택한 프랜차이즈는 '사또보쌈, 족발'이었다. 아내와 함께 서울 본사에 가서 교육을 1시간쯤 받고, 시설을 견학하고 계약하였다. 참 순진한 것인지 멍청한 것인지 모르겠다. 지금 생각하면 멍청하고 성급했다고 볼 수밖에 없다. 젊음이 준 지나친 자신감이 냉철한 판단을 흐리게 하였다.

가게를 계약하고, 시설하고, 간판 달고(만능 재주꾼인 김영효 성님 솜씨), 집기 들이고, 홍보하고.

보리밥 묵고 방구뀌께 배가 푹 꺼져불등만

이제 영업 시작이다. 본사에서 가공하여 진공 냉동 포장한 보쌈과 족발을 전자레인지에서 해동한 다음 썰어서 손님에게 나간다. 이게 무슨 맛이 있겠어? 더구나 입맛이 고급인 전라도 사람들이? 이익이 별로 남질 않았지만, 손해는 안 봤다. 당시엔 전교조 선생님들을 존경하고 위하는 분위기가 좋았거든. 일부러 찾아오는 손님이 많았제. 그렇다고 이 분위기가 영원할 수는 없는 법. 홀로 서야제.

손님들 중엔 어디 어느 집이 맛있다고 귀띔해 주면 그 집을 찾아가서 조리법을 묻는다. 순진하긴. 자기 집 노하우를 함부로 가르쳐 주겠어? 그 집에서 잔심부름을 해 주면서 개기다가 장사가 끝날 무렵에,

"한 수만 힌트 좀 주십시오."

이렇게 귀동냥한 비법을 나 나름대로 연습을 되풀이하였다. 보쌈과 족발을 삶는 재료는 대충 알겠다. 양파, 대파, 무, 마늘, 생강, 계피, 소금, 프로찜, 설탕 등이 들어갔다. 문제는 그 재료들을 배합하고 불을 조절하는 것이었다. 손님들에게 무상으로 맛보기로 드리고 품평을 부탁한다. 다시 맛집을 찾아간다. 다시 시제품을 낸다. 품평을 받는다. 이런 반복 끝에 드디어

"인자 돈 받고 팔아도 쓰겠소."

하는 답을 얻었다. 이 시절 백운동에서 족발집을 운영하던 젊은 사장이 많은 도움을 주었다. 고맙습니다.

뛸 듯 기뻤다. 이렇게 하여 보쌈부터 시작해서 족발까지 자급할 수 있었다. 보쌈에 비해 족발 가공 기법이 더 어려웠다. 족발을 삶는 물은 재료와 물을 보충하면서 계속 사용하는데, 그 물이 족발의 맛을 좌우한다. 프랜차이즈 본사 물건을 쓰지 않게 되자, 본사에서 연락이 왔다. 간판을 내리란다. 못 내린다고 버텼다. 그럼 보증금을 못 준단다. 이렇게 날린 돈이 250만 원이다. 금보다 더 귀한 내 돈 250만 원을 프랜차이즈 본사 놈이 착취했다.

당시 월곡동은 지금 모습과는 많이 달랐다. 아직 시가지 형성이 한창 진행 중이었다. 내 가게는 배달도 했다. 아파트, 공사장, 새 점포 입주를 준비하는 집, 주택, 상가 등을 배달했다. 생애 처음으로 배달통을 들다 보니 서툴기 이를 데 없다. 국물이 흐르지 않도록 수평을 유지하면서 들어야 하니 팔을 몸에서 살짝 띄어서 들어야 한다. 이게 쉽지 않다. 팔이 끊어질 것 같았다.

운송 수단이 필요하여 매제가 소개한 포니Ⅱ 중고를 사서 장보기를 했다. 영광지회에서 내 명의로 샀던 포니Ⅱ는 지회에 남겨 놓고 왔다. 나중에 이 차를 처분하지 않고 이 사람 저 사람이 타고 댕겼던 모양이다. 세금 고지서가 계속 날아오고 있었다. 지회에 남아 있던 장주선, 심재호 선생들에게 연락하여 겨우 폐차하였다. 어느 날 새로 구입한 포니Ⅱ의 연료통이 새더라. 연료통을 교체하려다 보니 구입 찻값이다. 그래서 새 차로 바꿨다. 르망 승용차로 바꿨다. 인천에서 대우자동차에 다니는 악동 클럽 멤버인 이재현 군에게서 할부로 사서 탁송비를 아끼기 위해 인천까지 가서 직접 몰고 왔다.

새벽에 각화동 농산물 시장에서 족발과 보쌈에 필요한 채소 등을 사 왔다. 족발과 보쌈을 삶는 것은 내가 담당했다. 아내는 김치 등과 상 차리기를 담당하고. 썰기는 보쌈은 아내가, 족발은 내가 맡았다. 족발을 예쁘게 써는 것도 기술이었다. 족발과 보쌈 삶기, 상 차리기, 서빙하기, 설거지하기, 손님 입맛 맞추기, 배달하기, 청소하기 등 하루가 짧았다. 처음에는 우리 부부끼리 하다가 벅차서 둘째 처형의 도움을 받았다.

손익분기점에 이르는 데는 약 1년이 걸렸다. 1년이 지나자 집주인 김병○이 말썽이다. 전세금을 50% 올려 주란다. 아니면 나가고. 당시 집주인은 부부 교사였는데 해직교사의 사정을 전혀 고려하지 않았다. 애원해도 소용없다. 결국 내가 나가는 수밖에 없었다. 권리금도 제대로 받지 못하고 나왔다. 사람을 그렇게 막다른 골목으로 모는 것이 아니다. 지금도 김병○와 같이 갑질하는 건물주들로 인해 많은 세입자들이 고통받고 있을 것이다.

어느 날 월곡동소방서가 소방의 날에 직원들이 단합대회를 간다고 찬조를 부탁하길래 음료수 한 상자를 보냈더니 음료수는 많이 들어왔다고 현금을 달라더라. 현금은 줄 수 없으니 음료수를 다시 돌려보내라고 했더니 응답이 없더라.

보리밥 묵고 방구뀅께 배가 푹 꺼져불등만

127.
삥땅 값이 올랐다고라?

월곡동에서 사또보쌈집을 할 때 필요한 야채는 각화동 농산물도매시장에서 사 왔다. 새벽에 서둘러서 장을 봐 와야 음식을 준비하여 점심 장사를 할 수 있다. 이동 수단은 포니 II 중고차다. 하루는 각화동 농산물도매시장에서 호남고속도로를 경유하여 달려오는데 짭새가 잡는다. 과속이래. 계기판은 120㎞를 가리키고 있었다. 내 차는 이 정도면 거의 분해되는 소리가 났다. 100㎞ 도로를 120㎞로 달렸으니 과속은 과속이지. 5,000원짜리 지폐를 건넸다. 그때는 그랬어. 어라? 거스름돈을 안 주네?

"아니, 왜 거스름돈을 안 주요? 3,000원 아니었소?"

"오늘부터 올랐어라."

제길, 제길. 투덜투덜.

고속도로 교통경찰을 1년 하여 집을 못 사면 바보라는 풍문이 있던 때였다. 걸릴 때를 대비하여 성냥갑에다가 5,000원 혹은 10,000원 지폐를 넣어서 다니기도 했다는 야기도 있고. 교통경찰은 집에 와서 옷과 신발을 벗으면 사방디서 접은 지폐들이 쏟아져 내렸다는 풍문도 있었다. 당시 교통경찰은 거의 무릎까지 올라오는 장화를 신었는데 그 용도가 혹시 삥땅 뜯은 것을 숨기기에 좋아서였을까?

128.
카센터와 세차장을 경영하다

1992년 어느 날에 월곡동 보쌈집으로 전남대학교 아카데미 후배인 곽영희 군이 찾아왔다. 술을 먹다가 지나가는 듯이 제안하였다. 터미널이 통합되어 광천동으로 모두 옮기고 구 중앙고속터미널 자리가 났는데, 거기다가 세차장과 카센타를 해 볼까 한다면서 함께해 볼 의향이 있느냐고. 당시 영희의 형님이 차량 도색업을 하고 있었다.

광천동에 새로이 종합터미널이 생기면서 신안동 구 광주역 근처의 중앙고속터미널 자리가 빈터로 남게 되었다. 여기 주인은 광주고 선배인 원○○ 씨였다. 박정희 사후 학원자율화 시대 농대 학생회장이었던 원순석의 형님이다. 건물은 다른 용도로 임대가 나가고 주차장이 비었다.

군대에서 차량수리병으로 차량 정비 교육을 받았기에 자동차에 대해 낯설지 않아서 함께하게 되었다. 참 아마추어도 이런 아마추어가 없을 것이다. 차량수리병이라도 13주 교육이 전부이고 실제 군 복무는 서무계로 행정을 했으니 실제 차량 정비는 문외한이나 다름없었다. 새 사업에 참여하는 과정에서 아내와 협의는 없었다. 이건 명백한 잘못이었다. 무슨 일이든지 부부가 협의하여 결정하는 것이 옳을 것이다. 이래저래 속만 썩이는 남편이다. 새 사업을 시작하기 전에 면밀한 검토를 거치는 것은 기본이다. 나는 그렇지 못했다. 감상적인 면이 있었다. 후회해도 이미 늦다.

간판(만능 재주꾼 해직교사 선배인 김영효 성님의 솜씨)을 달고, 리프트, 정비 공구, 세차 설비 등을 하였다. 기계 구입은 렌탈했다. 이게 시작은 쉬우나 나중에 원금과 이자 납입 부담이 너무 컸다. 내 자본 없이 장사하는 것은 재주만 열심히 넘고 재미는 금융회사가 보는 것이다. 세차장의 폐수처리 저수조는 기존의 중앙고속 세차장 것을 이용하기로 하였다. 저수조는 오니로 가득 차 있었다. 그동안 수질검사를 어떻게 통과했는지 모르겠다. 이대로는 수질 검사를 통과할 수 없었다. 오

보리밥 묵고 방구뀜께 배가 푹 꺼져불등만

니를 퍼내려니 돈이 들어가서 꼼수로 오니를 바케스로 일일이 퍼서 바닥에 깔았다. 제길, 착오였다. 오니가 마르지 않는다. 그 위에 자갈을 깔았더니 이번에는 오니가 자갈 위로 다시 올라온다. 별수 없이 콘크리트를 깔았다. 오니를 돈 주고 버린 것보다 몇 곱절 돈이 들어가고 말았다. 오니를 바케스로 퍼내느라 생고생만 했다. 무슨 일이든지 하기 전에 생각을 깊이 해야 한다. 정비 공간은 터미널의 수화물 저장 창고를 청소하고 리모델링했다. 창고로 쓰던 건물이 리프트를 설치하고 정비를 하기에는 천장이 좀 낮았으나 아쉬운 대로 쓸 만했다. 터미널이 떠난 후 부지의 뒷정리와 청소는 인건비가 아까워서 몸소 했다. 원래는 주인이 해야 할 몫이었을 것이다. 이때 해룡고 임은택 선생의 친구인 보호관찰 담당이 부탁한 촉탁 소년을 데리고 일했다. 녀석의 이름은 기억나지 않는다.

중앙고속이 떠난 터미널 자리는 너무 어질러져 있었다. 버리고 간 폐자재들도 너무 많았다. 이걸 깨끗하게 청소하고 쓰레기를 버렸다. 우리가 쓰고도 여유 있는 공간을 재임대주어 임차료를 보충할 생각이었다. 그러자 집주인 원 씨는 그것은 안 된다는 것이다. 자기가 직접 임대차 계약을 하겠다는 것이다. 그러면서 우리 임차료를 깎아 주지도 않았다. 결국 나는 꽁짜로 청소만 직살나게 한 셈이었다. 없는 자의 서러움이었다.

내 기술이 없으니 수리공과 세차 기술자는 모두 채용하였다. 남의 회사에서 스카웃하다 보니 웃돈을 줄 수밖에 없었다. 정비 기술자는 그를 소개하는 사람의 이야기보다는 많이 미숙했다. 경리도 아가씨를 채용했다. 결국 기계 시설 렌탈료와 인건비 부담이 너무 컸다. 남는 것이 거의 없었다. 세차장을 하다 보면 궂은날이 반갑다. 맑은 날이 계속되면 세차 손님이 없다. 추석 명절을 맞아 세차 손님이 밀려들었다. 점심도 못 먹고 날이 어두워질 때까지 물을 뿌리고 차를 닦았다. 나중에는 수압에 밀려 몸이 흔들거리더라. 그렇게 번 그날 수입으로 직원들 추석 보너스를 주고 나니 내겐 한 푼도 남은 게 없었다.

자영업을 하려면 주인이 직접 일하고 경리도 봐야 남는 게 있을 것 같았다. 필요 자금도 자기 자본이어야 한다. 리스나 렌탈은 우선 쓰기는 쉬우나 이후 상환 부담이 너무 크다. 리스나 렌탈은 2금융권의 이자보다 부담이 더 크다.

129.
짭새와 나

재학 시절에 풍향동 집에서 나를 납치해 갔던 김 형사를 다시 만난 건 내가 해직되어 구 중앙고속 자리에서 '터미널카센타'를 운영할 때였다. 수리공 한 녀석이 연료통 빵꾸난 걸 때우는 작업을 하면서 담배를 피우다가 불이 나부렀다. 작업 중에는 담배를 피우지 말라고 그렇게 일렀건만 사고를 내고 말았다. 이 화재 사건을 조사한 것이 광주역전파출소였는데, 거그 소장이 바로 그 짭새였다. 리프트와 작업하던 르망이 타부렀고, 작업하던 녀석도 화상을 입었다. 손해는 손해대로 보고 실화(失火)에 대한 책임도 따랐다. 실화에 대한 벌금 10만 원을 냈다. 사고를 낸 녀석도 벌금을 물었다. 나중에 지만 벌금을 문 줄 알더라니까.

카센터 운영 시절에 허우대 멀쩡한 사복형사 한 시키가 계속 드나들고 있었다. 접대용 커피를 축냄시로. 무슨 냄새를 맡았던 것일까? 짭새는 백해무익이 아닐까? 필요한 곳에서는 보이질 않고 엉뚱한 곳에 자주 출몰하는 짭새라니.

보리밥 묵고 방구뀡께 배가 푹 꺼져불등만

130.
성대 형의 양만수협 사무국장 자리 제안을 정중히 사양하다

'터미널 세차장 카센타'를 하고 있을 때 전국양만수협 조합장을 하고 있던 전남대 아카데미 김성대 선배가 아주 특별한 제안을 했다. 양만수협 사무국장을 제안했다. 급여는 해직 전 교사 월급보다 많았고, 승용차도 제공한단다. 나의 사정을 딱하게 여긴 성님의 배려였을 것이다.

정중히 사양하였다. 이제 막 사업을 시작하였고, 후배인 곽영희와 동업을 했는데 내가 빠져 버리면 영희의 입장이 아주 난처할 것이었다. 특히 사업 자금을 회수할 경우에 더 그랬다. 아주 좋은 제안이었으나 곽영희와의 의리를 지키기 위해 김성대 선배의 제안을 거절할 수밖에 없었다. 성대 형의 제안을 수락했다면 이후 너무 절박했던 생계는 어느 정도 덜 수 있었을지도 모르겠다. 아무튼 성대 성님의 제안은 고마웠다.

131.
'골든1급자동차서비스'를 경영하다

'터미널카센터세차장'을 하고 있을 때, 기왕이면 1급자동차정비공장을 하자는 동업하던 후배 곽영희의 제안이 있었다. 마침 주월동에서 '골든샤시'를 하던 전남대 아카데미 김재균 선배가 사업을 접고 정치에 전념하기로 하여 공장 부지와 건물이 비게 되었다. 김재균 선배는 당시 광주광역시 시의원이었다. 초대 직선 시의원 선거 때 선거를 도운 적이 있다. 이때 약간의 수고비를 받았는데, 전액을 영광지회 수입으로 넣어서 해직교사 생계비 공동 자산으로 삼았다. 당시 집필 등 개인 수입은 전액 공동수입으로 하여 공동으로 분배한다는 조직의 원칙에 따랐다.

이 새 사업 역시 아내와 깊이 있는 대화가 필요했다. 그러나 그렇지 않았다. 기왕이면 카센타보다는 정비공장이 더 수익성이 좋아 보여서 이른바 빵을 키웠던 것이다. 면밀한 사업성 검토도 부족했다. 임대료와 시설비가 문제였다. 임대료는 보증금 5,000만 원에 월 500만 원이었고, 새로 들이는 기계는 전부 렌탈이었다. 샤시 공장을 자동차 정비공장으로 바꾸려니 기존 시설의 철거와 청소가 필요했다. 시설비도 추가로 필요했다. 렌탈 이자는 2금융권 이자보다 조금 비쌌다. 운영 자금은 '흥민신협'에서 대출받았다. 샤시 공장을 할 때 남아 있던 자재는 덜 치워진 상태로 폐업할 때까지 계속되었다. 1급 정비공장이기에 자동차 검사까지 시설을 갖추었으나 남아 있는 샤시 자재로 인해 차를 움직일 수 없었다. 자재 중 일부는 성남마을의 부모님이 계신 집 창고에 보관하기도 하였다. 부모님이 돌아가신 후 이 집을 팔게 되었을 때 집을 산 이가 이 자재를 비워달라고 하여 결국 돈을 들여서 처분했다. 미처 치우지 못한 샤시 자재로 인하여 자동차 검사는 단 한 대도 하지 못했다. 1급 자동차정비공장의 구색을 맞추는 데 막대한 시설비만 날린 셈이었다. 그렇다고 임대료를 깎아주지도 않았다. 당초 계약할 때 면밀히 검토했어야 했다. 공과 사를 분명하게 구분해야 했다. 나주에서 사업을 하고 있었던 아카데미 김 아무개 선배는 임대료가 너무 비싸다고 귀띔해 주었다. 샤시 공장 건물을 그대로 자동차 정비공장으로 사용하기에는 적절하지 않고 부족하기도 하여 보충하였

보리밥 묵고 방구뀅께 배가 푹 꺼져불등만

다. 이 모든 게 다 돈이었으나 늘 돈이 없었다.

법인명은 그대로 '골든홈샤시'로 두고 업종에 자동차 정비업을 추가하였다. 문서상으로 대표는 김재균, 김옥태 전무, 곽영희 상무였다. 내부적으로는 김 사장, 곽 사장으로 불리었다. 골든홈샤시 시절에 근무하던 조선대 아카데미 출신 정규만 군을 공장장으로 임명하였다. 샤시와 자동차는 전혀 다른 분야였으나 성실하고 영리하여 금방 자동차 정비에 적응하였다. 견적을 내는 것은 처음에는 손해사정사에게 용역 주었다가 나중에 정규만이 맡게 되었다. 공장 기술자들은 다른 공장에서 스카웃하였다. 스카웃하면 임금이 올라간다. 부족한 자금을 보충하기 위하여 판금과 도색 분야를 나누어서 하청주었다. 이는 불법이어서 가끔 검찰에서 단속이 나오기도 했다. 공장 노동자들은 다른 공장에서 1만 원만 더 준다고 해도 빠져나가기 일쑤였다. 하기사 나도 그렇게 빼 왔는 걸, 뭐. 연장 이름도 제대로 모르는 녀석에게도 최저임금을 줘야 했고, 가르쳐 놓으면 사라졌다. 전교조 후배 해직교사 노ㅇㅇ의 동생을 데리고 있기도 하였는데 배우는 속도가 좀 더뎠다. 아카데미 후배의 처남 최ㅇㅇ 군도 데리고 있었는데, 제법 말귀를 잘 알아묵었다.

주거는 공장 2층 사무실을 개조하여 사용하였다. 가건물은 바닥을 보강했으나 걸을 때마다 삐걱거리는 소리가 나고 울렁거렸다. 월곡동 사또보쌈집 2층 전세를 빼서 공장 운영 자금에 보탰다. 1층의 구내식당은 김재균 선배의 조카뻘인 가족이 살면서 운영했는데, 김재균 선배의 부탁에 따라 그대로 살게 하였다. 이렇다 보니 실제 임대료는 더 비싼 편이었다.

기술자들은 나 몰래 가끔 정비 요금을 챙기기도 하였다. 분명히 차가 들어와서 손을 보고 갔는데, 입금이 없다. 물어보면 아는 사람이라 손 좀 봐줬다고 한다. 지 월급은 내가 주고 있는데 말이지. 골든홈샤시 시절부터 일하던 경리 아가씨는 온전히 믿음으로 일을 맡겼다. 내 믿음에 보답하고 있었는지는 본인이 잘 알 것이다. 세무 자료의 기장과 마무리는 골든홈샤시 시절부터의 세무사에게 용역을 주었다.

월말이면 직원들 급여를 줘야 하는데 현금이 늘 부족했다. 우선 낮은 직급부터 지급하고 조장급은 나중에 지급했다. 밥을 사 주면서 달랬다. 또 추가 비용이 들어간 것이다. 전무이사인 내 월급은 받아 본 적이 없다. 그저 경리에게 1~2만 원씩 가불하여 가져다가 아내에게 전했다. 쌀도 포대로 사 보지 못했다.

보리밥 묵고 방구뀔께 배가 푹 꺼져불등만

132.
담보 능력이 있어야 낮은 이자의 돈을 쓸 수 있었다

렌탈과 홍민신협 대출로 정비공장을 운영하다 보니 늘 현금 부족에 시달려야 했다. 렌탈과 신협 대출 이자는 1금융권에 비해 너무 비쌌다. 렌탈 가격을 올려서 현금으로 되돌려 사용하기도 했다. 일명 깡으로 우선 먹기는 곶감이 달지. 결국 과중한 상환 부담을 안고 우선 급한 현금을 당겨쓴 것이었다. 당시 1금융권의 대출 이자가 연 8% 정도, 2금융권의 이자가 연 14% 정도였으니 열심히 일하고도 남는 게 없었고, 늘 현금 부족에 시달렸다.

중소기업육성자금이 있다는 정보를 얻었다. 연리 3%, 3년 거치 20년 상환으로 기억된다. 참 좋은 조건이었다. 그러나 담보 능력이 있어야 가능했다. 여기서도 부익부 빈익빈이 작용한다. 담보 능력이 없으면 아무리 중소기업 육성 자금을 대출해 준다고 해도 그림의 떡이다.

자동차 정비조합 간부와 상담하였다. 여러 서류와 절차를 일러 준다. 이 섭외 과정에서 분에 넘치게 호텔 일식당에서 접대하기도 하였다. 김재균 선배와 상의하여 3억을 빌려서 내가 5,000만 원을 쓰고 선배가 2억 5천만 원을 쓰기로 했다. 5,000만 원으로 비싼 이자 차용을 상환하고자 했다. 그러면 좀 숨통이 트일 것 같았다. 5,000만 원에 대해서는 차용증을 쓰기로 하고. 모든 절차가 끝났다. 이제 담보물을 가진 김재균의 인감도장만 꾹 찍으면 돈이 들어온다. 헌데, 선배 말씀이

"없던 일로 하자, 잉?"

청천벽력이다. 필요한 자금을 구하기는커녕 비용만 들어부렀다. 나중에 들은 이야기로는 내가 준비한 대로 대출받았고 그 돈은 너무 쉽게 사라졌단다. 선배는 나를 믿지 못했으리라. 하기사 나라도 똥구멍이 찢어질 놈에게 담보도 없이 선뜻 5,000만 원을 빌려주기는 쉽지 않지. 그 친척인 아무개 후배 녀석이 뒤에서 속닥거렸다는 후문도 있었다.

133.
성당 건축 성금과 십일조?

천주교는 주소를 옮기면 관할 성당을 주소에 따라 바꾼다. 월곡동에서 입교하여 주월동 성당, 염주동 성당, 금호동 성당으로 교적을 옮겼다. 주월동에서 자동차 정비공장을 할 때 주월동 성당은 가건물을 사용하고 있었다. 성당을 신축한단다. 이 가건물은 신설 성당에 대여하고 이어서 신축하고 또 다른 신설 성당으로 가건물을 보내고 뭐 이런 식인가 보더라. 성당 관계자들이 봉선동 성당의 신축 경험을 들려준다. 신부님은 대강 말씀하시고 사목회 간부들이 개인 면담을 하더라. 나는 정비공장을 하고 있으니 500만 원을 책정한다. 변명할 틈도 주지 않더라. 변명하기도 어렵더라. 고이율의 대출로 근근이 버텨 가고 있던 참이다. 위안이 필요해서 교회를 찾았더니 되려 스트레스를 받고 있었다.

전교조 해직교사인 어느 선배는 전교조를 위해 십일조를 내라고 하더라. 그 선배는 기독교 신자였는데 나에게 십일조를 들이밀더라. 수익의 십일조이니 손실의 십일조도 도와 줄 것이었던가? 자동차 1급 정비공장의 외양만 보고 하는 말씀이었으리라. 사업하면 다 잘 버는 줄 아는 모양이더라. 해직되어서 사업하기 얼마나 힘드냐고 위로하는 이는 없고, 오히려 투쟁의 대열에서 벗어나 자기만 잘 살자고 하는 것으로 폄하하기도 하더라. 사업하는 동안에 조직 활동을 거의 하지 못한 것이 사실이기도 하였다.

혹자는 내가 영광지회에서 굴비 사업을 하여 번 돈으로 사업을 한다고 했다는 이야기도 들리더라. 내 사업 자금은 영광 학정마을에 있던 집을 팔고, 퇴직금을 더한 것이 기본자산이었고, 부족한 돈은 렌탈과 2금융의 비싼 이잣돈으로 근근이 메꾸고 있었다. 신협에서 빌린 돈은 거치 기간이 없이 1년의 단기 자금으로 해마다 갱신 계약하였다. 신협 대출도 보증인이 필요했다. 전남대 아카데미 선배인 최영태 사학과 교수와 홍덕기 경제학과 교수의 도움이 있었다. 전적으로 나를 믿고 보증을 서 주신 것이다. 고마운 이분들께 민폐를 끼치지 않기 위해 밑돌 빼서 웃돌 막는 식의 대출 연장이 계속되었다. 상환 지연을 시키지 않기 위해 몸부림쳤다.

그 아쉬웠던 시절에 도움을 주신 최영태, 홍덕기 선배님께 감사드립니다.

134.
아부지, 이사 그만 가요

1

해직된 후 5년 동안 영광에서 광주 광산구 월곡동, 서구 주월동 공장 사택, 염주동 주공, 금호동 시영, 금호동 송촌아파트 지금 내 집 등으로 자주 이사했다. 그때마다 아이들은 전학해야 했지. 아직 초딩이었던 녀석들, 친구를 사귈 만하면 또 전학이라. 어느 날 막내 녀석이

"아부지, 이사 그만 가요."

가장을 잘못 만나면 식구들이 고생이다. 미안하다 아그덜아. 아부지가 정말 미안하다.

2

염주동 주공아파트에 살 때 광주에서 해직된 선배 선생님의 사모님께서 피아노 개인 교습 학원을 하고 있었다. 이분이 우리 아이들 피아노 교습을 무료로 해 주셨다. 참 고마운 분들이시다. 아이들이 피아노에 별 관심이 없었는지 아니면 무료로 배우는 것이 미안했던지 얼마 지나지 않아 그만두었다. 나는 아이들이 원하지 않는 것을 억지로 시키지는 않는다. 가는 길이 틀리지만 않는다면 자기 선택을 존중하면서 키웠다. 어차피 자기 인생은 자기가 책임을 져야 하는 것이라고 가르쳤다.

나는 아이들의 꿈을 존중한다. 자기만의 세계를 존중한다.

135.
해직은 아린다

지금 이 순간에도 복직 투쟁을 하는 이 땅의 모든 노동자들에게 경의와 응원을 드린다. 해고는 살인이다. 제발 노동자를 수단이 아닌 인간으로 좀 대해 주라.

해직은 아프다. 너무 아프다. 아린다. 가족까지 심들다. 해직되어서 가족의 응원을 받는 이는 그래도 낫다. 많은 해직 노동자들의 가족 관계가 서먹해지거나 더러는 헤어지기도 한다. 부모 형제간의 왕래가 뜸해지기도 한다. 병마에 시달리기도 하고, 유명을 달리하신 분들이 늘어나고 있다.

1993년 어느 날 주월동에서 골든1급정비서비스를 경영하고 있을 때, 광주에서 해직된 광고 선배인 오창훈 형이 전화했다. 나가 보니 주월동 고가도로 밑에서 조준승 선생과 씨름하고 있었다. 조 선생은 술이 떡이 되어 몸을 가누지 못하고 있었다. 조 선생의 집은 주월동 언덕 위의 조그만 집에 세 들어 있었다. 창훈 형과 둘이 덩치 큰 조 선생의 양팔을 잡고 겨우 끌어서 옮겼다. 아이들 둘이 있었다. 밥통을 열어 보니 밥이 없고 쌀통을 열어 보니 쌀도 없었다. 창훈 형과 쌀을 사다가 채웠다.

조 선생은 일찍 아버지를 여의고 홀어머니를 도와 동생들을 건사하는 가장이었다. 그러면서 사례지오고등학교의 건물 일부를 빌려서 운영하던 용봉야학을 하여 어려운 아이들을 보살피기도 했다. 해직되면서 가정이 흩어졌다. 생계 투쟁과 가정불화의 아픔이 조 선생을 더 힘들게 했을 것이다.

나는 해직되면서 틀어진 형제 관계를 회복하지 못했다. 행여 자기들헌테 불똥이 튈까 하는 마음에서인지 그들은 선을 그었다. 너무 강하게 그었다. 회피하는 방법이 아니라 나를 핍박하고 괴롭히는 방법으로 선을 그었다. 부모님 모시기, 제사 지내기, 산소 가꾸기 등을 여전히 차남인 내가 도맡아 하고 있다. 나는 내가 해야 할 일을 가난하고 힘들다고 해서 회피하지 않는다. 독자라고 생각하고 돌보아 왔다. 차라리 독자였으면 더 나았겠다는 생각까지 든다. 해직 이후 나의 형제 관계는 완전히 단절되었다. 견강부회일지 모르겠으나 삼국지에 나오는 조식의 칠보시(七步詩)가 떠오른다.

보리밥 묵고 방구뀡께 배가 푹 꺼져불등만

136.
든든한 내 아들, 새벽이

골든1급자동차서비스를 운영할 때, 기술자들은 기술자로서의 기본 소양이 부족했다. 일과가 끝나면 사용하던 공구들을 제자리에 정리하고, 전선을 잘 마무리하고 청소도 말끔하게 해야 하건만 그렇지 못했다. 직원들이 퇴근한 후에 내가 공구들을 정리하고, 전선을 챙기고, 청소했다. 공구는 크기별로 하나라도 빠지면 일하지 못하므로 잃어버린 공구는 다시 사 주어야 한다. 뒷정리할 때면 아직 초등학교 입학하기도 전인 막내 새벽이가 아빠를 따라다니면서 자기도 정리한다. 눈썰미가 있어서 제법 잘한다. 아빠가 외출 중일 때는 스스로 나서서 정리하기도 했다. 아내는 '아들은 역시 다르다.'고 하더라. 딸들은 더 큰 아이들이건만 공장 뒷정리는 관심이 없었으니까.

공구와 기계는 기술자의 분신이나 다름이 없지 않을까? 내 공장 노동자들은 공구를 소홀히 다루었다. 노동자가 노동자로서 존중받기 위해서는 성실해야 한다. 먼저 자기 본분을 잘 지키고 권리 주장을 해야 한다. 노동운동으로 인하여 해직되어 사업을 하다 보니 서로 다른 각도에서 세상을 보게 되었다.

역지사지(易地思之)가 필요하다.

137.
너무 아픈 손가락 - 해룡고 제자 김○○를 보내며

아이들과 친하게 지내다 보니 40대 중반부터 결혼식 주례를 했다. 사양하다가 주례를 하곤 했다. 처음에는 뭐나 된 것 같은 기분도 들었다. 목욕재계하고 새 삶을 시작하는 신랑 신부에게 당부하는 말씀을 여러 날 고민하여 친필로 작성하고 곱게 봉투에 넣어 신혼여행 출발할 때 슬며시 전해 주곤 했다. 결혼식 날이야 경황이 없어서 주례사고 뭐고 정신이 없을 터 나중에 함께 읽어 보라고.

주례는 즐길 것이 아니다. 자식이 하나 더 는다. 직장은 원만한지, 건강한지, 자녀를 낳아서 잘 기르고 있는지 늘 마음이 쓰인다. 그런데 사고가 터졌다. 김○○, 녀석이 먼저 가고 말았다. 참 착하고 후배들을 잘 챙기는 아주 성실한 녀석이었다. 해룡고 흥사단아카데미 회원이었다. 어려운 가정 환경 속에서도 아주 열심히 살아가던 친구였다. 결혼식 주례를 해달라고 어느 날 신붓감을 데리고 왔다. 신부는 가정 사정도 가족 관계도 좀 그렇고, 나이도 녀석보다 훨씬 많았다. 어렵게 살다가 만나서 서로 의지가 되었던 모양이다. 석연치 않은 점이 있지만 이미 부모님께 결혼 승낙을 받았다고 주례를 부탁하는데 거절할 수 없었다. 자녀는 낳지 못하고 입양했다는 소식을 전해 들었다.

그런데, 청천벽력 같은 소리를 들었다. 녀석이 갔다는 것이다. 급히 반쪽이와 함께 광주 북구의 현대병원장례식장으로 달려갔다. 녀석은 우리 집을 자주 드나들며 된장국에 밥을 아주 맛있게 먹었던 녀석이기에 반쪽이도 잘 아는 녀석이다. 무너져 내리는 아픔을 가누기 힘들었다. 다시는 주례를 서지 않으리라. 하지만 마음속 다짐을 지키지 못했다. 그 뒤로도 세 번을 더 주례했다. 요즘은 주례 없이 하는 결혼식도 있드라. 그게 괜찮아 보여. 양가 부모님이 나와서 가족 소개하고 서로를 격려하는 모습도 좋아 보여.

부모보다 먼저 가는 자식의 불효가 젤 크단다.

아이들아! 건강하거라. 힘내거라. 굳건히 버티며 살아 보거라.

살다 보면 해 뜰 날이 오지 않겠냐?

138.
최○○의 주례를 하고 울었다

해룡고 재직 초기에 내 반 아이 중에 가정 형편이 아주 어려운 아이가 있었다. 아버지는 계시지 않고 어머니 홀로 키우는데 사정이 너무 어려웠던지 어머니도 함께 살지 않고 있었다. 그 어머니는 한 번도 본 적이 없다. 아이는 읍내 신○○ 할머니가 거두고 계셨다. 이 할머니는 해룡고등학교 개교에 자기 재산을 털어서 기부했다고 하더라. 아이가 그 댁에 있기가 거북스러운 것 같아서 우리 반 실장인 김○○이네 집에서 함께하기를 주선하였다. 그러나 얼마 가지 않아서 별도로 자취방을 얻었다. 친구네 집에서 숙식하는 것이 녹녹하지는 않았을 것이다. 아내는 쌀이며 반찬을 갖다주곤 했다.

녀석이 성장하여 결혼하니 주례를 해 달라고 하더라. 내가 최초로 주례를 선 것이었다. 서울까지 가서 결혼식 주례했다. 아주 작은 예식장이었다. 예식장 옆의 골목 음식점에서 피로연을 하는 데 가족이 없으니 신랑이 직접 서빙을 하길래 주례인 나도 함께 손님 시중을 들었다. 내려오는 내내 눈물이 마르지 않았다.

세월이 많이 흐른 후 아이들 사진까지 곁들여서 안부 편지를 보내왔다. 지금은 그런대로 묵고사 는 모양이었다.

139.
송〇〇 군과 최〇〇 양의 결혼을 축하하며…

내가 결혼식 주례를 했던 제자 김〇〇를 앞서 보내고, 다시는 주례를 하지 않겠다고 다짐했었다. 그러나 해룡고 재직 시절 내 학급 반장이었던 송 군의 다소 늦은 결혼이라 부탁을 거절하기 어려웠다. 마지막이라고 여기고 어쩔 수 없이 주례하게 되었다. 그 주례사를 소개하고자 한다.

결혼 후 몇 년이 지나서 송 군 부부가 우리 부부를 초대하여 식사를 함께했었다. 예쁜 아기를 안고 나왔다. 늦은 결혼이라 자녀가 걱정이었는데, 예쁜 아기는 커다란 기쁨이었다. 축복이었다.

주례사

결혼이 다소 늦어지기는 하였으나 천생의 배필을 만나 오늘 100년 佳約을 맺는 신랑 송〇〇 군과 신부 최〇〇 양을 축하합니다.

또한 신랑 송〇〇 군과 신부 최〇〇 양과 같은 든든하고 믿음직한 아들과 딸을 두신 양가 부모님께도 축하의 말씀을 드립니다.

오늘 두 사람의 결혼을 축하해 주시기 위해 참석해 주신 양가 친지 어르신들과 하객 여러분께 양가의 부모님과 신랑, 신부를 대신하여 깊은 감사의 말씀을 드립니다.

먼저 오늘의 두 주인공을 간략히 소개하겠습니다.

신랑 송〇〇 군은 전남 영광군 출신으로 4남 2녀 중 차남입니다. 고향에서 중학교와 고등학교를 졸업하고 현재는 실내장식업을 하고 있는 청년 사업가입니다. 제가 근무하던 해룡고등학교에서 신랑을

포함한 3형제를 지도한 바가 있어, 신랑 가족과는 남다른 인연이 있습니다. 제가 지켜볼 때,

이들 형제는 품행이 바르고 학업에 대한 의욕이 대단할 뿐만 아니라 성취욕구가 강했습니다. 주목할 만한 일은 일찍 아버님을 여의고 홀로 되신 어머님을 모시고 공부하면서도 형제간의 우애가 아주 돈독하였습니다. 특히 신랑 송 군은 어떤 일을 맡기든지 항상 든든한 믿음을 주었지요.

신부 최○○ 양은 곡성군 출신으로 1남 3녀 중 장녀입니다. ○○여상을 졸업하고 가정 형편상 일찍 산업 현장에서 일하게 되었습니다. 그러나 배움에 대한 열정을 놓지 않고 낮에는 산업 현장에서 열심히 일하고 밤에는 공부를 열심히 하였습니다. 그리하여 ○○여자대학교를 졸업한, 요즘 보기 드문 주경야독하는 훌륭한 여성입니다.

이들 신랑 신부의 결혼이 다소 늦어진 것은 이처럼 가족 간의 우애와 산업 현장에서의 활동이 왕성하였기 때문이라고 생각합니다. 이들의 만남이 늦어진 것은 아마도 서로에게 딱 맞는 맞춤형의 짝을 찾느라 시간이 걸린 모양입니다.

오늘 두 분이 좋은 마음으로 이렇게 결혼합니다.
이렇게 좋은 사람들이 서로 사랑하는 마음으로 결혼하는데, 이 마음이 십 년, 이십 년, 아니 평생 가면 얼마나 좋겠습니까?

이제 본 주례는 인생의 선배로서, 또 신랑의 학창 시절의 스승으로서 신랑, 신부에게 몇 마디 당부하고자 합니다.

결혼은 두 인격이 만나는 것입니다. 각자의 인격은 자기의 인생관, 생활, 가족, 친구를 포함하는 것입니다. 각자의 인격에는 각자의 몫이 있습니다. 그러나 이제 두 인격이 만나서 제3의 새로운 인격을 형성할 때입니다.

저는 두 사람이 물리적인 결합을 뛰어넘어 화학적인 결합이 될 것을 당부합니다. 물리적 결합은 각자의 특성이 자연 그대로 살아 있어서 온전한 하나라고 보기 어렵습니다. 하지만 화학적인 결합은 각자의 본성은 유지하되 두 사람의 인격이 서로 녹아들어 완벽한 제3의 세계를 형성합니다.

보리밥 묵고 방구뀡께 배가 푹 꺼져불등만

온전한 결합은 서로를 이해하고 존중하는 가운데 가능할 것입니다. 살다 보면 여러 가지 우여곡절이 있게 마련이고, 하나가 되는 데는 시간이 걸릴 것입니다. 상대를 인정하고 그 입장을 존중하세요.

기쁘고 즐거운 일이 생길 때 겸허하고 신중하십시오. 슬프고 노여울 때 인내하십시오. 요즈음의 세태가 인내할 줄 모르고 기분대로 행동하는 안타까움이 있습니다. 기쁨은 나누면 배가 되고, 슬픔은 나누면 반이 된다는 말이 있습니다. 기쁜 일이나 슬픈 일이나 늘 함께하십시오.

살다 보면 다투는 일도 있겠지요. 대개 다툼의 원인은 이기적인 데서 시작합니다. 상대를 편안한 마음으로 껴안으려 하면 다툼은 금방 해소될 것입니다. 상대를 나에게 맞추려 하지 말고 나를 상대에게 맞추고자 노력해 보세요. 서로에게 도움이 되십시오.

결혼은 두 가족이 하나 되는 일입니다. 신랑과 신부는 자기 부모님뿐만 아니라 이제 배우자의 부모님을 새로 모시게 되었습니다. 배우자의 부모님도 이제는 내 부모님이 되신 것이지요. 어른을 공경하고 살펴 드리십시오.

늙으면 애가 된다고 했습니다. 연세가 많으신 어른들은 자식들이 무심코 던진 한마디에 속이 상할 수도 있습니다. 요즘은 소가족 단위의 생활이 일반화되어서 부모와 성장한 자녀들이 떨어져 사는 경우가 대부분입니다. 자주 찾아뵙고, 전화도 자주 드리고 하는 것이 좋습니다. 부모님이 외롭지 않게 하는 것이 중요합니다.

또한 이제까지처럼 형제간에 우애하십시오. 신랑과 신부는 형제가 많은 다복한 집안입니다. 어려울 때는 형제처럼 좋은 것이 없습니다. 가끔 형제간의 다툼을 보게 되는데, 이 역시 이기적인 데서 생깁니다. 양보하고 이해하면 풀릴 것입니다.

이웃을 사랑하십시오. 내가 먼저 관심과 사랑을 실천함으로써 이웃에게 사랑과 존경을 받는 이웃이 되십시오.

자녀들에게 모범이 되는 삶을 영위하십시오. 저는 자녀는 강하게 키워야 한다고 생각합니다. 지나친 관심은 오히려 해가 될 수도 있습니다. 자녀에게도 스스로의 인격과 삶이 있습니다. 자녀를 통하여 대리만족을 느끼려는 것은 자녀를 해칠 수도 있겠지요. 가족의 소중함을 알고, 이웃과 더불어 사는 길을 안내해야 할 것입니다. 과거와 달리 자녀를 하나둘만 두고, 자녀에게 부모의 관심이 집중되면서 이기적이고 나약한 아이들이 늘어나고 있어서 걱정입니다.

내 자녀에게 존경받고 가족에게 사랑받고 이웃과 함께하는 인생은 권력이나 재산이 없어도 성공한 인생이라고 할 수 있을 것입니다. 저는 신랑 송○○ 군과 신부 최○○ 양이 모두에게 사랑받고 존경받는 사람이 될 것을 굳게 믿습니다.

신랑과 신부는 오늘 여러 하객을 모시고 다짐한 것을 평생 잊지 말고 간직하길 바랍니다. 하객 여러분께서는 이들 새 부부가 기쁨과 고난을 함께 헤쳐나가는 증인이 되어 주시길 바랍니다.

오늘 화촉을 밝힌 신랑과 신부에게, 또 그 가족에게 하늘의 축복이 가득하실 것입니다. 또한 이들을 축하하기 위해 열 일을 제치고 참석해 주신 하객 여러분에게도 하늘의 축복이 있을 것입니다.

다시 한번 축하합니다.

2005년 4월 17일(음. 3월 9일)

보리밥 묵고 방구뀅께 배가 푹 꺼져불등만

140.
의외로 흥사단아카데미 출신 해직교사는 드물었다

박준 선생님이 지도하는 광주학생아카데미는 인재 양성에 초점을 두었다. 선생님은 교대와 사범대를 중시하셨다. 장차 교직에 나가 흥사단 정신을 전도할 소중한 인재로 여긴 것이라고 보았다. 도산의 말씀 중에

"진리는 반드시 따르는 자가 있고, 정의는 반드시 이루는 날이 있다."

가 있다. 진리와 정의를 중시하는 아카데미 출신 교사들이라면 1989년 전교조 활동으로 해직될 이가 많을 것으로 보았다. 그러나 실제로는 몇 분이 되지 않았다. 초등에서는 정해직, 한창진 두 분과 중등에서는 김옥태, 박병섭, 김경옥, 강분희, 김종린 등이었다. 광주흥사단은 해직된 동지들을 위해 한 차례 모금해서 생계비를 도와주기도 했다. 고맙습니다.

학행일치가 교훈인 광주고 24회 동기생 중에서 해직교사는 나 하나뿐이었다. 우리 동기생 중에서 사범대학에 100명 정도 입학한 것으로 기억하지만. 비록 해직은 되지 않았어도 우리 동기 선생들은 나를 존중하는 분위기였다. 특히 우리보다 나이가 훨씬 많으신 장운영 형과 사업수완이 좋아서 세상의 단맛 쓴맛을 본 박상호 친구가 자주 나를 챙겨 주었다. 따뜻한 말로 격려해 주었다. 고맙습니다.

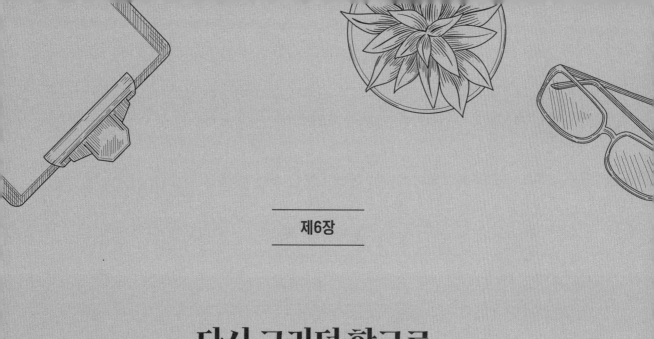

제6장

다시 그리던 학교로,
아이들 곁으로

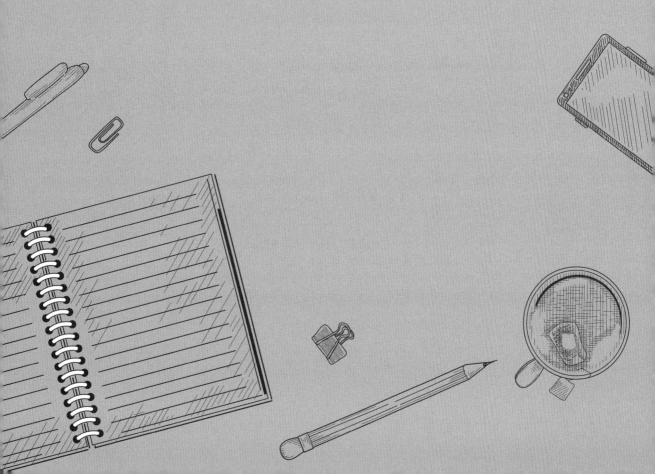

아이들이 그리웠다.
교실이 그리웠다.
그리고 확신했다.
기필코 우리는
아이들 곁으로 돌아갈 것이다.
그래서 우리는
무지막지한 정권과 싸웠다.
질긴 놈이 이긴다.

우리가 이겼다.
그리고
그리던 아이들 곁으로 돌아갔다.

모름지기 선생은,
아이들과 함께 있어야
살맛이 난다.

물고기가
물을 떠나서 살 수 없듯이
선생은
교실을 떠나서는 살 수 없었다.

141.
해고 무효화 투쟁, 원상회복 투쟁들

전교조의 사업은 해직 직후에는 해고 무효화 투쟁이 중심을 이루었다. 들어줄 리 없는 정권을 향하여 다양한 투쟁을 했다. 집회와 시위가 중심이었지만 서명 운동, 언론에 광고하기, 기고하기, 탈퇴각서를 취소하고 전교조 재가입하기 등이었다. 해고 무효화 투쟁은 특별채용 형식으로 복직하면서는 원상회복 투쟁으로 전환되었다.

이상호 선생을 중심으로 한 이들은 사법 투쟁으로 가닥을 잡았다. 5·18 당시 해직되었다가 승소한 경험이 있는 이들이 이끌었다. 이길 가능성이 희박했고 재판에서 지고 나면 나중에 정치적으로 해결하는 데 장애가 될 수도 있었다. 그래서 나는 이 대열에 합류하지 않고 사법 투쟁을 반대했다. 실제로 문재인 정권 당시 원상회복 요구에 대하여 사법부의 판단을 기다려야 한다고 하여 질질 끌다가 끝내 아무런 조치를 못 하는 일이 있었다.

해직교사 원상 복직은 정치적으로 집권자가 결정하면 쉬운 일이다. 군사 반란 정권이 정치적 이유로 해고했으니 문민 정권이 정치적으로 복직을 명할 수 있는 일이었다. 친일에 바탕을 둔 정권이 복직시킬 일은 없는 터, 진보라 불리는 정권이 들어서야 가능한 일이었다. 그러나 진보라 불리는 김대중, 노무현, 문재인 정권도 원상 복직을 미루어 왔다. 아예 응답을 거절하는 편이었다. 이들 정권을 진보라 부르지 말아 달라. 민주당을 진보라고 하면 화가 막 치민다.

해직교사 원상 복직은 전교조의 주요 사업 중 하나였지만 늘 현안에 밀려 투쟁다운 투쟁을 하지 못했다. 노무현 정권 시에 조직 일부에서는 우리 요구사항이던 교원평가 저지와 NEIS 저지의 내용을 조금 타협해서 해결하면 원상 복직이 가능하다고 하였다. 하나를 내어주면 둘, 셋을 요구하는 정치권력의 속성을 모르는 발상이 아닌가 싶었다. 또 누구는 노무현 대통령이 곧 해결한다고 했으니 조급하게 굴지 말고 조금만 더 기다리자고도 했다. 그러나 오뉴월에 소불알이 축 늘어진다고 떨어지던가? 감나무 밑에서 입을 벌리고 있으면 감이 입으로 떨어질까? 택도 없다. 투쟁만이 답이다. 타협도 강고한 투쟁이 있어야 가능할 것이다.

보리밥 묵고 방구뀅께 배가 푹 꺼져불등만

142.
김영삼 정권이 해직교사를 특별 채용하다

3당 합당으로 김영삼이 1992년 12월 18일 제14대 대통령으로 당선되었다. 김영삼 정권은 공직자 재산 공개, 군부 내 사조직인 하나회 척결, 금융실명제 실시, 지방자치제 실현 등 역대 대통령 중에서 가장 기념할 만한 일을 했다. 또한 여야를 막론하고 무거운 과제였던 전교조 해직교사를 특별 채용 형식이나마 복직시켰다. 내 생각으로는 역대 대통령 중에서 가장 일을 잘한 대통령이다. 다소 무식하여 지탄받기는 했지만, 어디 무식한 대통령이 김영삼뿐이던가? 전부가 무식 탱탱이었지. 그 중 서울법대를 나온 사람이 가장 무식하지 않은가 싶다.

전교조 해직교사의 복직은 1994년 3월 1일 자로 이루어졌는데, 원상 복직이 아닌 특별 채용의 형식이었다. 공립 출신 해직자는 3월 1일 자로, 사립 출신 해직자는 3월 1일 원재적교 복직 후 3월 2일 공립 특채의 형식을 가졌다. 호봉은 해직 당시의 호봉을 부여하였고, 해직 기간에 대한 배상(보상이 아닌 배상)은 없었다. 이는 연금에도 영향을 미치고 있다.

해직 기간의 호봉 누락은 연간 약 600만 원이니 해당 연수를 곱하면 너무 크다. 해직 기간 동안의 미지급 급여를 제외하고 복직 후 누락된 호봉에 따른 미지급 급여와 연금액은 30년×600만 원=1억 8천만 원에 달한다. 여기에 해직 기간의 급여가 대략 연 4천만 원×4.5년=1억 8천만 원으로 합하면 해직교사들은 약 3억 6천만 원의 경제적 손실을 보고 있다. 이자를 제외한 원금만 해도 그렇다. '교민동(교육민주화동지회)'의 일부 회원은 해직 기간의 급여를 우선 제외하고 호봉 누락에 따른 손실 1억 8천만 원이라도 보전해 주기를 바라고 있기도 하다. 예산 당국의 고뇌(?)를 감안한 제안일 것으로 보인다. 전체 필요 예산을 집계해 보자면, 복직 후 누락 호봉만 계산하면 1억 8천만×1,500명=2,700억이고, 해직 기간의 누락 임금까지 계산하면 5,400억이구나. 극우 언론 ㅈㅅ일보가 계산하여 국민을 자극한 몇조 원하고는 상당히 거리가 있다. 그 ㅈㅅ일보는 사실을 보도하기보다는 자기들의 생각을 국민에게 욱여넣는 것이 업으로 보이드라고. 아니면 말고식?

143.
조건부 복직을 받느냐, 거절하느냐?

전교조 해직교사의 복직은 조건이 걸렸다. 김영삼 정권은 전교조 탈퇴와 가입 거부를 특별 채용의 조건으로 걸었다. 조직 내에서 치열한 논쟁이 붙은 것은 당연한 일이었다. 5년을 기다리면서 싸워 왔는데 이제 와서 비굴하게 무릎을 꿇을 수는 없다는 입장과 들어가서 싸우자는 주장이 팽팽하였다. 정해숙 전교조 위원장은 눈물 어린 결단을 내렸다. 5년의 해직 기간으로 동지들의 생계가 너무 힘들었고, 병들고 지친 동지들이 많았다. 또 탈퇴각서를 쓰고 들어가서 우리가 실질적으로 무력화한들 적들이 뭐 뾰쪽한 대안이 있는 것도 없을 터, 조직은 정해숙 위원장의 결단을 수용하고 김영삼 정권의 조건부 복직에 동의하였다. 몇 동지는 절대 무릎을 꿇을 수 없다면서 조건부 복직을 거부하기도 하였다. 조건부 복직을 거부하고 스스로 생을 마감한 동지도 있었다.

나는 정해숙 위원장의 결단에 동의한다. 너무 힘들었기 때문이다.

정권의 복직(특별채용) 방침에 따라 시도별로 복직신청서와 전교조 탈퇴각서 제출이 이루어지고 1994년 3월 1일 자(사립은 3월 2일)로 복직하였다. 해직 기간에 민주화운동 과정에서 집시법 위반, 도로교통법 위반, 공무집행방해 등 다른 법률에 따라 사법 처리 과정이 남은 동지들은 그나마 복직에서 제외되었다. 또 교육위원, 지방의원 등 선출직에 당선되어 임기 중인 동지들도 복직을 유보하였다.

나는 광주시청(중흥동 구시청 자리)에서 신청서를 제출하였다. 길게 줄을 서 있었다. 여기서 정병관 선생을 만났다. 정 선생은 민교협 활동은 아주 잠시 함께했으나 전교조에 가입하지 않은 상태에서 전교조 해고 사태 이후 개인적인 사유로 해고된 것으로 알고 있는데, 어떻게 그 자리에 왔는지 모르겠다. 이 자리에서 자기가 해고될 때 당시 영광지회장이던 내가 전혀 돌봐 주지 않았다고 불만을 토로하더라. 영광농민운동의 대부격이었다는 분인데, 도통 종잡을 수가 없었다. 아무튼 정병관 선생도 당시에 함께 복직하였다가 나중에 농사한다고 하여 퇴직했다는 말을 들었다. 그리고 일찍 작고하셨다. 편히 잠드시라.

144.
빨갱이헌테 담임을 맡길 수 없다고?

1

복직을 앞두고 사업을 계속할 것인지, 복직을 할 것인지 결단이 필요했다. 골든1급자동차서비스는 여전히 어려웠다. 기계 렌탈, 비싼 임차료, 비싼 이율의 운전 자금, 인건비 등으로 늘 현금 부족에 시달렸다. 경영의 노하우는 어느 정도 익힌 상태이기도 했다. 산업 지형은 빠르게 바뀌고 있었다. 자동차 정비업의 전망이 그리 밝아 보이지 않았고, 생계비 부족은 너무 심각했다. 전무이사인 나는 단 한 번도 제대로 급여를 챙겨 보지 못했다. 또한 사업을 해 보니 내가 갈 길이 아니었다. 나는 역시 아이들과 함께 있어야 했다. 복직하기로 결정했다. 교사는 겸임할 수 없으므로 동업 중인 곽영희에게 전권을 위임하고 서류상 사직을 했다. 이젠 사업을 마무리해야 할 단계였다.

2

고흥과역중학교로 발령을 받았다. 박병섭, 은진희, 정남균, 박현 등 5명. 전교조 해직교사들의 발령은 주로 원거리로 났다. 광주를 비롯한 시 지역에서 아주 먼 곳만 골라서 발령을 냈다. 이 무리한 발령을 두고 여러 곳에서 항의하는 소동들이 벌어졌다. 과역중학교는 관사 몇 채가 있으나 교장, 서무과장, 원로 선배들이 차지하고 있어서 여유가 없었다. 더러는 과역이나 고흥읍에 셋방을 얻어서 생활하기도 했지만, 과역에서 자취방을 구하기도 그리 쉽지 않았다. 순천에서 통근하는 이가 많았다. 보직은 학생부 교내계 교문 지도를 주더라. 세상에 광주에서 통근하는 사람에게 교문 지도라니. 아주 골탕 먹이려고 작정한 듯했다. 그래도 임무는 성실하게 수행해야지. 나는 주월동 공장 사택에서 당분간 통근했다. 집에서 학교까지는 105㎞ 거리였다. 애마 르망으로 거의 카레이서 수준으로 달리니 한 시간 5분에서 15분 정도 걸렸다. 주암댐을 지날 때는 물안개가 피어올랐다. 주월동에서 벌교까지는 막 밟았다. 당시만 해도 차가 드물었으니까. 벌교부터는 순천에서 통근하는 차들이 합해져서 속도를 낼 수 없었다. 급하게 추월하다가 딱지를 여러 장 끊었다. 짭새들은 꼭 커브가 끝나서 속도를 올릴 만한 곳에 숨어 있다가 쏜다. 아내는 이래서 살림하겠냐고 핀잔을 주었다. 과역중학교에 도착하면 아침 8시쯤이 되었다. 내가 교문 지도하고 있을 때 순천에서 통근하는 이들이 손을 흔들면서 과역중학교 앞을 지나갔다.

3

과역중으로 발령받은 5명 중에서 학급 담임을 맡은 이는 없었다. 배○○ 교장에게 항의하니 "빨갱이에게 아이들을 맡길 수 없다."고 하더라. 빨갱이의 개념과 기준이 무엇인지, 우리가 왜 빨갱이인지, 국가에서 복직을 시켰는데 당신은 국가의 명령을 위반하자는 것인지를 따져 물었다. 배○○ 교장의 사과를 받고 일단 우리가 참기로 했다. 나중에 알고 보니 담임하기가 싫은데 어쩔 수 없이 맡은 이들도 있었다. 특히 6공주파라 불리는 품행이 불량한 아이들의 담임이 힘들어했다. 싫은 사람에게는 담임을 주고, 하고 싶은 사람에게는 주지 않았다. 4년 반이나 굶은 우리는 담임이 고팠다.

4

배○○ 교감은 출근할 때부터 퇴근할 때까지 늘 알콜에 취해 있었다. 어느 날 한 후배 여선생님이 조퇴를 신청하는데 교감이 결재를 안 해 주더라. 그 여선생님이 자리에서 소리죽여 훌쩍거리길래 어쩐가 볼라고 나도 조퇴 신청을 했더니 이유를 묻더라. 그냥 일이 좀 있다고 했더니 바로 결재하더라고. 이게 뭔 짓이여? 다시 조퇴 취소를 했고, 해당 여선생님은 조퇴할 수 있었다. 교감의 갑질이었다.

5

과역중에 복직하여 근무할 때 고진형 전남지부장과 엄익돈 원상회복추진위원회 위원장이 방문했다. 고 지부장은 해직교사들이 복직한 학교들을 방문하여 격려하는 순회 중이었다. 엄익돈 위원장은 다음 날 경남의 누나 집을 방문했다가 아침에 숨진 채로 발견되었다. 아마도 심장마비가 아니었을까 싶다. 엄 선생은 정부가 인정하지 않고 있는 민주열사들이 모여 있는 망월동 구묘역에 잠들었다. 엄 동지! 이제 편히 쉬시게!

보리밥 묵고 방구뀜께 배가 푹 꺼져불등만

145.
복직해서도 연금 부활을 못 하다

해직 때 타 묵은 연금 일시불 약 1,200만 원이 세월이 흘러 약 3,600여만 원으로 커졌다. 일시불로 넣을 돈도 없고 최장 36개월 분할로 넣을 수도 없었다. 당장 생계가 바빴기 때문이다. 결국 연금은 새로 시작해야 했다. 해직 기간의 임금이 부활이 되지 않고, 호봉도 누락되었다. 우선은 목구멍이 포도청이었다. 나중 일은 나중 일이고 우선은 새끼들 가르치고, 먹고살아야만 했다. 그렇게 연금 부활은 물 건너가는 듯했다. 부부 교사 중에서 한 분은 현직에 남고 한 분이 해직된 동지들이 많았는데, 이들은 대부분 복직하면서 바로 연금을 부활했다고 들었다. 맨땅에 헤딩한 김영효 선배, 홍성국 동지나 나 같은 경우는 복직해도 그 후유증이 실로 컸다. 그 부담은 고스란히 가족에게 돌아갔다. 김영효 선배는 다양한 기능이 있어서 아르바이트로 가게를 돌봤다고 하더라. 해직교사 중에서도 빈부 차이가 드러났다. 맞벌이하는 어떤 이는 복직 후 얼마 지나지 않아서 고급승용차를 사기도 하더라. 나는 복직 후에도 여전히 배가 고팠다.

146.
고흥포두중에서 근무하면서 여러 일을 겪다

1

1994학년 말 학교를 어디로 옮길 것인지 서로 정보를 교류한다. 사립에 근무했던 나는 생소한 장면이었다. 사회과 교사 정원이 한 명 감축된단다. 이 경우에는 관례상 선입선출이라, 교과별로 전출 의사가 아무도 없는 경우에는 기교만기자가 우선이고, 그다음이 학교에 가장 먼저 온 사람이 전출내신서를 써야 한단다. 이동 점수는 과거 8년 점수를 누적하는데, 기교 점수가 전임교 점수보다 높다. 순천에 거주하는 사람들은 순천으로 들어가고 싶어 하더라. 후배인 한○○ 교사가 선입선출에 해당되었다. 그래서 그 친구를 도울 겸 다른 학교 구경도 해 볼 양으로 내가 전출내신서를 냈더니 고흥포두중학교로 발령을 받았다. 그 친구는 별로 고마워하지도 않더라. 고마우면 고맙다고 말하는 연습이 필요하다.

2

포두중으로 옮기니 통근 거리가 15㎞ 정도 더 늘었다. 이젠 통근이 사실상 어려웠다. 내 평생 처음으로 하숙했다. 하숙 생활은 자취 생활보다 더 편하지만 비용이 더 들었기 때문에 폭폭한 우리 살림으로는 도저히 하숙할 수는 없어서 학창 시절부터 평생 자취 생활을 했다. 포두에서의 하숙 생활은 생각보다 어려웠다. 동료들과 약주를 좋아하다 보니 늦게 들어가면 밥을 굶게 생겼다. 간이 가스레인지를 준비했다가 라면을 끓여 먹기도 했다. 하숙집은 양탕을 하는 음식점 안집인데, 마당에서 양탕을 끓이더라. 노린내가 진동하여 견디기 힘들더라. 학교에 관사는 있으나 교장, 서무과장, 원로 선배들이 다 차지하고 있고, 자취방을 얻으려고 해도 방이 나오지 않았다. 숙직실이 떠올랐다. 숙직제도가 없어지면서 그 방이 비어 있었다. 방이 두 개인데 국어과 이동표 선생이 하나를 차지하고 하나가 남았다. 교장에게 이 방을 쓰겠다고 했다.

보리밥 묵고 방구뀡께 배가 푹 꺼져불등만

당시는 급식이 없었으므로 교직원들은 도시락을 싸 오거나 교문 밖 음식점에서 사 먹었다. 내가 숙직실에서 살게 되면서 자연스럽게 점심을 함께해서 따순 밥을 먹게 되었다. 주로 젊은 선생들이었다. 모두 전교조 조합원이어서 점심시간이 작은 교무회의나 다름이 없이 활발한 논의들이 이루어졌다. 교장은 이 모습이 너무 싫었던 모양인지 숙직실을 비우란다. 그래서 교장 관사에 방이 하나 비어 있으니 그 방을 달라고 했더니 못 준대. 그러면 나도 못 나간다고 버티니 숙직실에 못질해 분다고 허네. 그래서

"못을 사다 드릴 것이니 몇 인치 못으로 몇 개나 박을 것이요?"
"그만둬."

하고 말더라. 교장은 관사가 지 맘대로 처분할 수 있는 개인 재산으로 간주했을까? 당시 그 교장은 무조건 전교조가 싫었고, 특히 김옥태가 목에 가시 같은 존재였던 모양이다. 교장의 갑질이었다.

3

원로 선생님께 회갑연을 드렸다.

국어과 김○○ 선생님의 회갑이 다가왔다. 서경숙, 홍성희 선생 등 여선생님들의 제안에 따라 교무실에서 작은 회갑연을 열었다. 음식을 장만하여 아침에 교무실 교감 책상 위에 상을 차렸다. 교감의 책상이 중앙에 있고 제일 컸기 때문이었다. 젊은 층에서는 내가 맏이였으므로 장남 역할을 맡았다. 회갑을 축하하는 큰절을 모두가 함께 드리고 준비한 음식을 나누어 묵었다. 뜻하지 않은 후배 교사들의 회갑연에 김○○ 선배는 매우 기뻐하셨다. 교장과 교감도 이때만은 우리를 좋게 보는 것 같았다. 그 김○○ 선배 교사도 평상시는 교장, 교감 편이었는데 뜻밖의 선물을 받았던 것이다. 요즘은 후배 교사들이 선배 교사를 예전처럼 예로 대하지 않는 것 같더라. 선배 교사도 후배 교사에게 모범이 되지 못하는 것 같기도 하고.

4

5·18 계기 교육도 힘들더라.

1995년 포두중에서 5·18 기념일 무렵, 역사과 이인숙 선생이 아이들에게 5·18 관련 노래를 가르쳤다. 교장은 부재중이었고. 어떤 사람이 이 사실을 교장에게 고자질한 모양이더라. 장본인은 아마 당시 교무부장을 맡고 있던 차 아무개가 아닐까 싶기도 하다. 미술과 박종선 선생이 기간제로 근무하다가 순천의 어느 사립학교에 정규직으로 가게 되어 자리가 비게 되었다. 이 자리를 교무부장의 딸이 기간제로 같이 근무했는데 영 모양새가 좋지 않았다. 아무리 궁하더라도 피해야 할 상황이 아니었나 싶다. 교장은 교과 외의 것을 가르쳤다고 이 선생을 징계한다고 하더라. 내가 부당하다고 해도 막무가내라. 전남도교육청 담당에게 이것이 징계사유가 되는지 묻고, 전남도교육청 출입 기자단과 5·18 단체에도 이 사실을 알리겠다고 했더니 꼬리를 내리더라고. 그들은 왜 5·18에 그리도 경기(驚氣)를 보였을까? 다른 지방도 아니고 전남에서 말이지. 교장의 월권이었다. 갑질이었다.

5

그들은 왜 우리를 그리 싫어했을까?

광주홍사단에서 청소년 관련 토론회를 주최하는데 나를 사회자로 정하였다. 교 교장에게 출장을 신청하였는데 거절당했다. 공무가 아니라는 것이다. 이런저런 이야기를 길게 하기 싫어서 조퇴를 신청했는데 또 거절당했다. 토론회 시간이 급하여 조퇴신청서만 제출하고 광주로 향했다. 다음날 명령 불복종에 근무지 이탈이라고 시말서를 쓰란다. 징계할 요량인지 겁을 줄 요량인지는 모르겠지만. 그래서 시말서(始末書)를 썼다. 이름 그대로 이 사건(?)의 전말을 기록하였다. 교장이 화를 버럭 냈다.

"이게 시말서여?"

"예, 시말서를 쓰라고 하지 않았소? 일의 자초지종을 거기에 다 썼습니다."

"반성하는 내용이 하나도 없는디?"

"시말서를 쓰라고 했지 언제 반성문을 쓰라고 하셨소? 그리고 내가 잘못한 게 없는데 무슨 반성

보리밥 묵고 방구뀡께 배가 푹 꺼져불등만

문을 씁니까?"

다시 쓰란다.

"그래요? 시말서야 자초지종을 쓰면 될 것이고, 다시 쓸 것이니 몇 장이나 필요합니까? 프린트해
드릴까요?"

"???"

결국, 징계한다고 난리다.

전남지부 사무실(목포)에 가서 고진형 지부장에게 도움을 청했더니,

"그깟 교장 하나 못 해 보냐?"

라면서 핀잔이다. 그렇게 일하는 것이 아니다. 우선은 상담자와 공감하는 것이 순서일 것이다.
지부장의 지원을 받으러 갔다가 기분만 상했다. 그래서 전라남도교육청에 질의를 했다. 자초지종
을 설명하면서 이게 징계사유가 되는지. 조용히 그저 열심히 살려고 하는데 교장이 전혀 협조를 안
한다고 말이지. 학무국장이 교장에게 전화한 모양이더라. 조용히 덮고 넘어가라고, 별일도 아닌 것
을 가지고 괜히 해직교사 출신들을 자극하지 말라고 말이지.

다음 날 교장 왈,

"와따메 김옥태 발 넓드만, 잉?"

하고 넘어갔다. 얼마 후 회식 자리에서 술이 몇 순배 돈 다음에 교장 왈,

"우리 마누라도 내가 잘못했다고 하드만, 당신 같으면 그 상황에서 김 선생처럼 토론회에 가지
않았겠느냐? 역지사지해 봐라 식으로."

그게 사과였을까? 그 사모님도 교사였다고 들었다. 교장인 남편보다는 생각이 열린 모양이었다.

6

그리운 얼굴들.

    포두중학교에서 같이 근무하던 얼굴들이 그립다. 박홍용, 이춘태, 박종선, 이인숙, 서경숙, 심우상, 홍성희… 그다음엔 잘 떠오르지 않는다. 우리는 함께 지내는 시간이 많았다. 나로도에서 회를 떠다가 나로도 수련장 근처의 해수욕장에서 먹기, 우렁이를 잡다가 회 쳐 먹기, 교문 앞 식당에서 촌닭을 가마솥에 삶아서 묵기, 숙직실에서 점심을 함께 먹기, 회식 후 노래방에서 노래를 부르기도 하였다. 보고 싶은 얼굴들이다. 참, 수학과 이춘태 선생은 '찬찬찬'을 잘 불렀지.

7

컴퓨터 배우기에 도전하다.

    교무실에 컴퓨터가 두 대 있었다. 386 컴퓨터였을 것이다. 내가 해직될 무렵엔 286 컴퓨터가 소개되고 있었다. 젊은 선생들은 출제를 컴퓨터로 하는데 나는 여전히 손으로 쓰고 있다. 나도 배워 보자고 자판 두드리기를 연습한다. 군대서 독수리 타법으로 타자기를 쓴 경험이 있어서 제법 친다. 후배 선생들이

    "좋은 말 헐 때, 양 손가락을 다 쓰씨요, 잉? 나중에 후회하지 말고."

    그래서 그대로 따라서 연습했다. 지금은 분당 250타 정도로 일하는 데 지장이 없을 정도는 된다. 타자를 연습하고 있으면 후배 선생들이 일헐랑께 비키란다. 그래, 일이 우선이지. 박홍용 선생은 하숙방에 개인용 컴퓨터를 따로 가지고 있었는데, 휴대용 스캐너 등 신무기들을 선보이며 안내해 주었다. 해직 5년 동안에 세상이 많이 바뀌고 있었다. 적응하기에 바빴다. 이젠 선생은 토크 초크(talk, chalk)만 가지고는 안 되었다. 시대의 변화에 따라 ICT(Information & Communication Technology)를 능수능란하게 다루어야 유능한 선생이었다. 4년 반 동안 뒤처져 있었으니 이제부터라도 부지런히 배워야 한다. 현직과 해직 사이에 디지털 격차가 생겼다.

우렁이 회무침과 사과주(?)의 추억.

젊은 선생들이 낚시를 가잔다. 나는 별 취미가 없지만 따라나섰다. 고기가 잡히질 않아서 간척지 보를 살폈더니 가장자리 갈대에 토종 우렁이가 지천이다. 씨알이 굵다. 거의 한 바케쓰를 잡았다. 관사에 와서 잘 씻은 다음에 삶아서 탱자가시로 살을 뺐다. 다시 물로 행군 다음에 회무침을 했다. 아주 찰지고 오돌오돌 맛있었다. 다들 맛있다고 한다. 처음 먹어 본 사람도 있고, 토종 우렁이는 체내 산란으로 부화하여 새끼를 풀어놓는다. 새끼 우렁이는 어미의 살을 먹고 자라서 껍질 밖으로 나온다더라. 숭고한 어미의 모성애이다. 어릴 적 논에 물이 차면 우렁이가 지천이었다. 그 우렁이를 잡아묵을라고 두루미들이 하얗게 내려앉았다. 요즘 외래종 우렁이는 풀잎이나 농수로 시멘트벽에 주황색 알을 까서 자연 부화한다. 토종 우렁이보다는 모성애가 부족하다. 주로 우렁이 농법을 위해 활용되나 가공하여 상품으로 나오기도 한다. 그런데 토종만큼 찰진 맛이 없다. 역시 우리 것이 좋은 것이여! 신토불이!

숙직실에서 나와 같이 기거하는 국어과 이○○ 선배가 어느 날 길가에서 독사를 잡았다. 쇠주 30도짜리 됫병을 사다가 퐁당 집어넣고 단단히 밀봉하여 땅속에 묻었다. 가을에 꺼내 보니 독사의 형체가 그대로다. 뱀의 형체가 온전해야 부패하지 않은 것이라고 하더라. 건더기는 버리고 술만 별도 병에 담아서 한 잔씩 했다. 맛이 향긋하다. 장난기가 발동한 남자 후배 샘들이 여선생님들에게 맛을 보라고 교무실로 들고 갔다. 어느 샘.

"과일주다. 사과 맛이 나네. 사과주도 이렇게 맛있구나. 어디서 났어요?"

나중에 건더기를 본 여샘들헌테 혼났다. 맞아도 싸지, 암. 내 생애에 처음이자 마지막 먹어 본 사주(蛇酒)였다.

5·18 항쟁 당시 신군부에 끌려가서 두들겨 맞은 후배들이 나중에 출소하여 사주를 먹었단다. 타박상에는 사주가 최고라는 설이 있었다. 사주를 잘못 먹으면 이빨을 망친다는 이야기도 있더라.

교장과 면장과 촌지.

1995년 5월 말 무렵. 퇴근 무렵 교장이 호출이다. 교문 밖 식당으로 오시라. 저녁 식사나 같이 하자. 교장이 나한테 밥을 산다고? 그럴 리가 없지만 어쨌든 교장이 부르니까 갔더니 교장과 면장만 있다. 내가 하숙하던 집이다. 분위기가 이상하다. 왜 나만 따로 불렀을까? 교장과 나는 그다지 밥이나 술을 같이 즐길 사이는 아닌디….

쫄복탕에 반주를 곁들여 식사했다. 식사가 끝날 무렵에 교장이 하얀 편지 봉투를 건넨다. 10만 원이 들어 있었다.

"면장님이 선생님 고생하신다고 주신 돈이니 넣어 두시라."

그러고 보니, 스승의 날 내 반 여학생이 책을 한 권 가지고 왔었다. 부모님이 스승의 날 선물이라고 보내셨다고. 책을 뒤척이다 보니 예의 10만 원이 든 봉투가 있었다. 책은 받고 봉투는 다음 날 아이에게 돌려보냈다. 선생님은 청렴을 실천하는 운동을 하고 있다. 마음은 감사하게 받았다. 그리 전해 드려라.

후일 여러 직업을 가진 친구들 모임에서 이 이야기를 했더니,

"김 선생이 오해 살만 했네. 학부모 입장에선 청렴보다는 성의가 적다는 뜻으로 해석할 수도 있네."

나는 이렇게 촌지를 주고받는 공범이 되었다. 그것이 내게는 최초이자 마지막인 촌지였다.

초등학교 후배 중에 공부를 아주 잘하는 이○○이라는 친구가 있었다. 서울교대를 졸업하고 초임 발령을 받았는데 학년 초에 학부모가 책을 선물했더란다. 책 속에 50만 원 수표가 든 봉투가 들어 있었고, 이 친구는 놀라서 책은 받고 봉투는 돌려보냈다더라. 얼마 후 그 학부모가 식사에 초대하여 갔더니 식사 후

"성의가 너무 부족해서 죄송하다."

면서 100만 원 수표를 전하더란다. 어쩔 수 없이 그 봉투를 받아 와서 다음 날 선배 교사들에게 전후 사정을 이야기하니까 그런 돈은 함께 써야 한다면서 밥을 사라고 하더란다. 그 선배는 선배였을까?

147.
학령기에 맞는 학습을 놓쳐서는 안 된다

학령기의 학습을 놓친 아이들이 문제다. 포두중학교 1학년 담임 때의 일이다. 우리 반에 임○○ 군이 3Rs 이른바 '독·서·산'을 못한다. 이를 어쩐다? 초등학교에 가서 1학년 교과서를 얻어 왔다. 우선 국어를 가르쳤다. 최소한 우리말을 읽고 쓰는 것이 급하다고 보았다. 매일 아침과 오후에 한 줄씩 가르쳤다. 이 녀석, 아침에 가르친 걸 오후에 확인하면 안다. 그런데 다음 날 물어보면 까묵었다. 그렇다고 지능이 결코 떨어져 보이지는 않았다. 누나가 3학년인데 공부를 잘했고, 녀석도 손재주가 좋아서 책걸상 관리를 맡겼는데 아주 잘했다. 나무로 된 책걸상은 아이들이 오래 쓰다 보면 삐꺽거리고 그대로 방치하면 망가지기 일쑤였다. 그래서 나는 책상 서랍에 못, 망치 등을 넣어 두었다가 수시로 수선하였다. 뭔가 역할을 주기 위해 그 수선을 임 군에게 맡겼더니 아주 잘하더라고. 운동장에서 아이들이 축구하는 모습을 보면 임 군의 몸놀림이 다람쥐 같았다. 임 군은 1년 가까이 읽고 쓰기를 진행했건만 별 진척이 없다. 그래서 이 아이의 성장 과정을 추적해봤다. 초등학교 1학년 때 담임 선생님이 할아버지 선생님이셨다는데, 학습이 뒤처진 아이들을 별반 신경 쓰지 않으셨단다. 부모님도 별로 큰 문제로 인식하지 못하고 지낸 것 같았고. 아마도 임 군은 학령기에 맞는 학습이 제대로 이루어지지 않아서 그 학습 결손이 중학교까지 누적된 모양이더라. 이런 아이들을 위한 전문가가 필요하고, 특별한 지원 프로그램이 절실하다.

비록 아이는 학습 결손을 메꾸지 못 했지만, 아이를 위해 애쓰는 내가 고마웠던지 오이 농사를 하는 부모님이 오이 한 상자를 전해 주더라.

학령기를 놓친 아이들은 학습 결손이 누적되더라. 군동중학교 재직 시절에 장학사와 다툼을 한 적이 있다. 그 장학사는 작년에 3Rs 미달 학생이 다 구제되었다고 보고했는데, 왜 금년에 다시 나오냐는 것이었다. 그래서 내가 학령기를 놓친 학습 결손이 그렇게 쉽게 구제되느냐고 물었다. 제발

보리밥 묵고 방구뀡께 배가 푹 꺼져불등만

공부 좀 하고, 현장을 면밀히 살피라고 핀잔을 주었다. 교사와 장학사의 차이였다. 교사는 교육을 하고 장학사는 행정을 한다. 가르치는 것은 교사가 전문가이지 행정가가 전문가는 아니다.

148.
생에 첫 섬 학교 근무, 청산도에서의 알찬 삶

1

섬 학교에 가 보고 싶었다.

1995년 말이다. 섬 학교에 가 보고 싶었다. 처총회라는 이야기를 들은 바 있다. 당시 젊은 처녀 총각 선생들이 오지에 발령이 많아서 이 선생님들이 교무실 사조직(?)을 만들어서 즐겁게 지냈고, 더러는 짝을 이루기도 했다는 그 처총회. 나야 이미 40대 가장이지만 그런 분위기를 살짝이라도 엿보고 싶어서 완도로 내신을 냈다. 중학교는 시군교육청으로 내신을 하면 거기서 다시 학교를 배정했다. 복직해서 조직 활동을 하지 못했으니 도움이 되고 싶어 우선 완도 읍내 학교를 살피니 완도여중에 사회과가 비었다. 장학사에게 가능한지 물었더니 반기면서 그렇게 해 주겠다더라. 그러나 발령은 완도여중이 아닌 청산중학교였다. 후문에는 그 장학사가 교육장에게 꾸중을 들었단다. 김옥태를 육지에 두면 안 되고 섬 오지로 박아 두어야 말썽(?)의 소지를 줄일 수 있다나 어쩐다나. 나중에 알고 보니 섬 학교로 가기 위해서는 체도(완도 본섬)에서 대기하다가 차례가 오면 섬으로 간다고 하더라. 뭘 모르는 사람이 보면 내가 특혜를 받은 셈이었다. 그렇게 청산중학교로 발령이 났다. 청산도에는 청산중학교와 청산중학교동분교장이 있었다. 해직 출신 중에서 박찬용 선생이 나오고 내가 청산중으로 들어갔다.

2

청산중학교는 3학급에 학생 수는 40명 정도. 교직원은 교장, 교감, 교사 9명, 행정실 3명이었다. 9명의 평교사 중에서 승진을 갈망하는 이는 4명이었다. 관사는 3칸이었는데 양쪽 방은 부엌이 있고, 가운데 칸은 방만 있었다. 부엌은 재래식이었고 너무 어둡고 습기가 찼다. 난방은 등유 보일러였고, 화장실은 옥외에 공동 화장실로 푸세식이었다. 밤중에 화장실 가는 것은 으스스했다. 밤중

보리밥 묵고 방구뀡께 배가 푹 꺼져불등만

의 소변은 델몬트 병을 활용했다. 델몬트 병은 입구가 커서 적당했고 용량도 하룻밤 소변을 받기에 충분했다. 밤새 받은 오줌을 마당의 대봉 밑에 뿌려 주었더니 이듬해 감이 주렁주렁 열리더라. 옆 방에는 만물박사, 안다이 박사인 과학과 류○○ 선생이 살았다. 류 선생은 O링 테스트로 자기 몸에 맞는 음식을 알 수 있다고 시범을 보이기도 했다. 이○○ 교장이 꿀벌을 키웠는데, 류 선생은 그걸 전담하다시피 함시로 교장 몰래 로열젤리를 맛보여 주기도 했다. 그래서 교장의 별명은 음문을 의미하는 듯한 '벌바'였고, 류 선생의 별명은 '부벌바'였다. 바로 옆 관사에는 윤왕현 형과 성덕호 선생 내외가 살았다. 윤왕현 형은 무선통신을 즐겨하였다. 왕현 형의 관사에는 아주 거대한 안테나가 있었다. 성덕호 선생은 본교에, 아카데미 후배인 손미오 선생은 분교장에서 근무했다. 남매를 데리고 있었는데 딸은 자경이, 아들은 영주였다. 영주는 관사에 사는 선생님들의 사랑을 독차지했다. 2023년 1월에 그 영주가 자라서 결혼한다고 하길래 가지는 못하고 축의금만 보냈다. 세월이 참 바쁘게도 흘러간다.

3

말띠 갑계(甲契)에 들다.

3월 초 운영위원회가 열렸다. 회의가 끝나고 운영위원들이 저녁 식사를 대접하였다. 어느 정도 식사가 끝나갈 무렵에 위원장과 부위원장이 갑계가 있어서 먼저 일어선다고 하여 비슷한 또래 같길래 몇 년생이냐고 물었더니 말띠란다.

"나도 말띠인디라."
"그럼 같이 갑시다."

맥주 한 박스 짊어지고 넉살 좋게 따라나섰다.

말띠 갑계는 어느 가정집에서 하고 있었는데 부부 동반 모임인 갑다. 우리가 도착하니 벌써 홍이 거나하다. 한켠에서는 은은한 색소폰에 맞추어 블루스로 무드를 잡고 있고, 한켠에서는 삼봉을 치고 있고, 또 한켠에서는 술판이다. 위성남 위원장이 친구들에게 소개한다. 새로 오신 사회과 선생

인디 말띠 동갑이라고. 한 잔씩 주고받더니 친구 하자고 바로 너냐 나냐 말을 튼다. 한 친구는

"섬 구석에 와서 외롭쟈? 저그 춤추고 있는 예편네 중에서 아무나 골라 가져. 오늘 밤만."
"????"
멍하니 그 친구와 그 여성분들을 번갈아 보았다.

내가 청산도에 근무하는 동안에 말띠 친구들 덕을 자주 보았다. 지금 그 친구들은 어떻게 지내고 있을까? 한번 보고 잡다.

4

학부모 도움으로 관사에 유선 텔레비전을 연결하다.

관사 티브이는 안테나로 수신하였는데, 공중파만 겨우 잡히다 말다 한다. 티브이는 브라운관식이었다. 날씨 좋은 날만 겨우 볼 수 있었지만 섬 날씨는 그렇게 고르지 않았다. 교문 바로 앞집까지 유선 티브이가 들어서 여러 채널을 볼 수 있었지만 학교는 아니었다. 어느 날 학부모님들과 식사하는 자리에서 이 사정을 이야기했더니 삼치잡이 배를 운영하는 학부모가 해결해 준다면서 그 자리에서 바로 관련 업자를 부른다. 교무실과 교실, 관사 등에 모두 설치하는 견적을 빼 보니 약 80만 원 정도. 교장이 마음만 먹으면 언제든지 가능한 설치비였다. 역대 교장들의 무관심과 무능을 보았다. 선생님들도 이 사업에 동참하는 의미로 각 10,000원씩을 부담하고 나머지는 전액 그 학부모가 내 주기로 했다. 당시 10,000원은 안테나값도 안 되는 돈이었다. 물론 졸지에 벌어진 일이라서 교장과 상의한 상태는 아직 아니었다.

이튿날 아침에 교무실에서 선생님들에게 보고하니 모두가 반기면서 찬성이었다. 헌데 '벌바' 이○○ 교장 왈,

"나는 교장잉께 그냥 달아 주제?"
"그럼, 교장 관사만 빼고 달지라."

보리밥 묵고 방구뀡께 배가 푹 꺼져불등만

겨우 교장한테 10,000원을 받았다. 공사는 바로 시작하였고, 이후 관사에서 무료하지 않은 시간을 보낼 수 있었다. 교직원의 복지를 위해 교장이 당연히 해야 할 일을 못 하고 평교사가 추진했으면 부끄러워해야 할 것인데, 거기서 꽁짜로 숟가락을 얹을 속셈이었다. 교장의 승진 심사는 어떤 기준이었을까? 누가 심사할까? 개찐도찐일까?

5

교장의 헛짓으로 우천로 지붕 씌우기를 실패하다.

학교 음용수는 지하수였고, 허드레 물은 본관 뒤 언덕 바위틈에서 나온 물을 모아서 썼다. 청정수로 보였지만 허드렛물로 썼다. 비가 오면 아이들이 걸레를 빨 때 비를 맞길래 교장에게 우천로 지붕을 씌우자고 했으나 별 반응이 없다. 평교사 눈에 보이는 것이 교장 눈에는 보이지 않는 모양이다. 멸치 배를 운영하는 말띠 갑계원인 위성남 운영위원장에게 부탁했더니 학부모들이 해 주시겠다고 하더라. 교장에게 보고했더니

"현금으로 주라고 허소. 내가 발주할 터니."

학부모들은 교장을 신뢰할 수 없다면서 없던 일이 되고 말았다.

위성남 위원장의 딸인 위미선이는 지금도 가끔 안부 전화를 한다. 고마운 녀석, 행복하게 잘 살그라. 위미선과 그 동생 종화는 공부를 아주 잘하고 착했다. 위원장은 멸치를 잡다가 부수로 잡힌 잡어들을 학교로 보내 주시어 선생님들이 반찬을 해 먹었다.

6

교장과 고입 원서 제출을 위한 출장으로 줄다리기하다.

청산중학교 첫해는 담임이 없었고 두 번째 해에는 3학년 담임을 하였다. 대부분은 완도고나 완도여고로 진학하였고, 우수한 아이 중에서는 신흥 명문고로 불리는 능주고로 갔다. 전기에 해당하

는 실업계고등학교는 학교별로 입학원서를 제출했다. 완도수고, 담양공고, 목포공고 등으로 진학하고자 하는 학생이 5명 정도였다. 우리 아이들 성적으로 경우에 따라 원서를 접수할 때 상황을 보아가면서 지원학과를 정해야 했다.

입학원서를 제출하고자 출장 신청했다. 교장 왈,

"출장비는 학부모한테 받아서 가소."
"머시라고라? 그 말씀이 먼 말씀이라요? 그런 출장은 처음 들어 보요."

금방 취소하더니 하루만 출장을 내란다. 교장은 왜 출장이나 시간 외 근무 등을 가지고 갑질을 할까? 청산도는 하루에 배편이 딱 3번이었다. 도저히 완도수고-담양공고-목포공고를 단 하루에 다다녀올 수는 없다.

"그러면 출장 안 갈라요. 나중에 진학지도를 잘했니 못 했니 하기 없기요."

교장은 우리 학교에 해당 없는 일을 구실로 출장을 내고 순천 자기 집으로 갔다. 조갑석 교감 선생님도 연수원에 무슨 발표를 위해 출장을 가야 하는데 하루에 다녀오라고 해서 그냥 포기 상태였다.

서무실에 가서 교장 출장부를 달라고 해서 복사했다. 서무과장이

"성님, 뭣에 쓸라고 그라요?"
"잉, 교장 출장의 적정 여부를 교무회의에서 다루어 보고 그 결과를 교육청에 질의해 볼라고 그라네."
"잠깐 지달려 보씨요, 잉?"
하더니 교장에게 전화한다.
"왜 교장 선생님은 조용히 일 잘하고 사는 김옥태 선생님을 건드요? 큰일 났소. 시방 교장 선생님의 출장이 적정한지 따져 볼란다고 하요. 큰일 났소. 인자."

보리밥 묵고 방구뀡께 배가 푹 꺼져불등만

그렇게 해서 나와 교감 선생님은 어렵게 1박 2일 출장을 가게 되었다.

이 교장 선생님이 내가 청산중을 떠난 후에 딸을 여운다고 청첩장을 보내드리고. 도대체 생각은 하고 사는 것인지, 원.

7

조갑석 교감 선생님과 윤왕현 교무부장 선생님의 도움으로 성장하다.

살다 보면 우연인지 필연인지 좋은 인연을 만난다. 청산중학교에서 네 분의 광고 선배님을 만났다. 선배님들의 따뜻함을 보았다. 그중에서 조갑석 교감 선생님은 서울대 국사교육학과를 졸업하신 분으로 모든 일이 깔끔하고 아주 점잖으셨다. 이분에게 행정을 제대로 배웠다. 당시 교무기획을 맡고 있던 나는 보고할 것이 많았다. 기안하면 읽어 보고 연필로 교정해 주시면서,

"요렇게 고치면 어떨까 싶네만, 내키지 않으면 자네 맘대로 해 불소. 그런다고 먼일 생기겠는가?"

살펴보면 아주 깔끔하다. 역시 광고 선배인 윤왕현 교무부장 선생님은 음악과인데, 경희대 전산대학원을 마친 분으로 컴퓨터의 달인이었다. 컴퓨터의 원리부터 시작해서 기초적인 사용법, 문서 작성법, 이메일 사용법 등을 교무실에서 자체 연수해 주셨다. 정년을 1년 남기고 계셨던 국어과 임화규 선배님은

"정년이 2년만 더 남았어도 배울 것인디, 나는 그만둘라네."

나머지 교직원은 열심히 배웠다.

배운 것을 상기하여 일하다 보면 막힌다. 윤 선배는 친절히 가르쳐 주면서도 스스로 연구해서 해결해야 내 것이 된다고 하시더라. 살다 보니 그렇더라. 성님 말씀이 맞더라. 스스로 해 봐야 늘어. 자주 물어보면 후배인지라 이무럽게 나무랄 때는

"머리는 환경 정리헐라고 달고 댕기냐?"

그렇게 청산중에 근무하는 2년 동안에 나는 컴맹을 탈출하였다. 이후로 컴퓨터 관련 연수가 있으면 부지런히 다녔다. 나이를 먹어 가지만, 결코 시대에 뒤진 교사가 되긴 싫었다. 워드프로세서 1급 자격증을 따고, 이어서 엑셀, 파워포인트, 포토샵을 익혀서 전라남도교육청의 정보활용능력 인증을 받았다.

8

원로 교사의 품격을 보여 주신 임화규 선배님.

원로 교사의 품격을 제대로 보여 주신 선배 교사가 계셨다. 청산도가 고향이신 국어과 임화규 선생님. 정년(65세)을 목전에 둔 대선배로 교장, 교감보다 연세가 많았다. 학생부장을 맡고 계셨는데 아이들에게 큰 소리 한 번 내지 않고도 잘 다루셨다. 스승의 날에는 선생님 책상엔 아이들의 선물이 가득했다. 자식뻘 되는 젊은 교사에게도 절대 하대하는 법이 없었다. 젊은 우리가 민망해서 말씀을 낮추시라고 해도 아이들을 가르치는 선생은 모두가 존경받아야 한다면서 존대어를 그대로 쓰셨다. 힘든 일을 젊은 저희에게 주시라고 해도 당신은 당신 일을 하고, 나는 내 일을 해야 한다고 몸소 실천하셨다. 점심 도시락은 사모님의 정성이 가득한 찬합 세 개였다. 힘이 장사이신 만큼 잘 잡수셨다. 젊어서 씨름판을 주름잡았다는 이야기도 들었다.

섬까지 오셔서 고생한다고 해마다 댁으로 교직원을 초청해서 식사를 대접해 주셨다. 댁에는 이쁜 돌들이 많았는데 스티로폼으로 좌대를 만들어서 진열해 놓으셨다. 행여 주민들이 학교에 민원을 제기하면 가볍게 마무리하셨다. 선생님께서는 청산도의 품격 있는 원로이셨다.

섬에 살다 보니 토요일이면 바람이 이는 경우가 많았다. 청산도가 고향이신 선생님께서는 수업 중이라도 바람이 일면(그곳 사람들은 뉘가 인다고 하더라.), 교장에게 조금 있으면 주의보가 내릴 것이니 지금 선생님들이 배를 타셔야 한다고 조언하신다. 긴급 교무회의가 열리고 선생님들은 서둘러 배를 탄다. 남은 일은 선생님께서 말끔히 마무리하신다.

내가 나이 들어 가면 임화규 선생님처럼 살아야겠다고 생각했다. 늙었다고 일에서 열외하지는 않겠다. 호봉이 높아서 더 많은 급여를 받는 만큼 더 열심히 일해야겠다.

9

대부님과 대자 모임의 낚시 초대.

청산도는 낚시꾼들의 천국이라고 하더라. 평일에도 젊은 낚시꾼들이 보여서 뭣 해묵고 사는 사람들인지 궁금하기도 했다. 내가 청산도에 근무한다고 하니 지인들이 낚시를 온단다. 대부님과 대자 모임 친구들을 여름방학 때 초대했다. 미리 학부모님들의 물칸(어선의 고기 저장고)을 뒤져서 한 바케쓰를 사다 놨다. 회를 뜨고 부산물과 잔고기는 탕을 끓였다. 낚시는 아예 접어부렀다. 1박 2일로 회와 쇠주를 들이부섰다.

낚시꾼들의 천국이라는 청산도에 사는 동안에 나는 낚시를 단 한 번도 해 보지 않았다. 낚시 도구를 아예 사지도 않았다. 회를 즐겨 먹기는 하나 어쩐지 내 손으로 살아 있는 것을 잡는 것은 꺼려지더라. 낚시는 아예 취미가 없기도 하고.

낚시에 관한 청산중에서 있었던 일화 하나 소개하련다. 내가 청산중에 오기 전에 선생님들이 일과 후 낚시를 갔었단다. 입질은 없고 하염없이 시간만 죽이고 있는데, 박 선생이 갑자기 배가 부글거린담시로 똥을 싸는디, 하필이면 이때 고기가 입질하고는 낚싯대를 끌고 들어가 버린 것이다. 다급해진 박 선생이 미처 바지를 올리지도 못한 상태에서 낚싯대를 서둘러서 잡으려다 바다에 풍덩 하였더란다. 다행히 주위 사람들이 건져 주어 다치지는 않았다더라. 해변 바위에서 낚시하는 것은 매우 위험하다.

10

승진을 노리는 사람들의 물밑 경쟁이 치열하더라.

평교사 9명 중에서 특별히 승진에 뜻을 둔 이는 4명으로 보였다. 그중에서도 영어과 임○○ 선생과 도덕과 정○○ 선생의 승진 노력이 더 심해 보였다. 연말에 근무평정을 앞두고 다툼이 일었다. 섬 지역 학교에서는 먼저 들어온 이에게 우선권을 주어 왔던 모양인데, 나중에 들어온 임○○ 선생이 먼저 온 고○○ 선생을 제끼고, 남의 입에 들어가는 것을 빼 묵을라고 한 모양이었다. 입장이 곤란해진 이○○ 교장은 교감과 승진에 별 관심을 보이지 않는 임화규, 윤왕현, 김옥태, 구경봉 선생 등을 교장실로 불렀다. 그냥 근평권을 가지고 있는 교장이 그 무엇에도 치우치지 않고 공정하게 근평권을 행사하면 될 일이었다. 그런데 굳이 여러 사람을 불러서 그 해법을 물었다. 관례대로 먼저 오신 분에게 우선권을 드리자고 의견이 모아졌다. 이 교장은 민주적이었을까? 아니면 책임을 다중에게 넘긴 것이었을까? 아리송하다.

임○○는 승승장구하여 나중에 교육장까지 하였다. 함께 근무하면서 보니 교과나 업무에 그다지 능력이나 열정을 보이지 못했던 것 같은데, 승진은 잘하더라.

도덕과 정○○는 교총에 연구논문을 제출하려는 모양이었다. 무슨 인성 지도에 관한 것으로 기억된다. 조갑석 교감 선생님께서 감수해 주시기도 한 모양이었고. 얼핏 보니 다른 사람들의 글을 짜깁기한 냄새가 났다. 그 정○○ 선생은 나중에 나주 어느 학교 교무부장을 하다가 스스로 세상을 떠났다. 교장이 교무부장을 왕따 시켰다는 후문이 있었다.

예전에는 교총의 연구논문 시상 내력이 교총의 1급 비밀이란 말이 나돌았다. 그 논문들 대부분이 상호 표절이 만연했다는 이야기가 있었다. 그렇게 연구점수를 따려고 교총에 가입한다는 소문도 있었고. 교육위원을 하는 ○○○ 동지에게 교총의 연구논문 목록을 자료 요청하여 받아 보자고 조언했는데 반응이 없더라.

승진을 위해 몰빵하는 선배들보다는 여러 면에서 업무 수행 능력이 뛰어난 윤왕현 선배는 정작 승진에 관심을 보이지 않았다. 윤 선배는 내가 도암중에 근무할 때 이웃 도곡중으로 오셨더라.

보리밥 묵고 방구뀡께 배가 푹 꺼져불등만

11

정하진, 임규식, 황인홍 선생 등 지기들을 만나다.

지기 임규식 선생을 만났다. 임 선생은 청산동분교장에서 기술을 담당했다. 그이는 73학번으로 학번은 선배인데 나이는 나보다 한 살 아래였다. 그래서 우리는 서로를 선배님, 형님으로 칭하기도 했지만 친구였다. 임 선생은 학부모와 잘 사귀었다. 나중에 강진에서 지회장을 앞서거니 뒤서거니 맡았다. 임 선생은 퇴임 후 보성에서 농사하고 있는데, 2020년 전남참교육동지회 모임이 벌교에서 있을 때 자신이 가꾼 블루베리 묘목을 개인당 5그루 정도씩 나누어주셨다. 고맙네, 친구!

존경하는 선배 정하진 선생을 만났다. 정 선생님은 청산초등학교권덕분교장에서 두 명의 아이를 가르쳤다. 아니 데리고 사셨다. 정 선배는 승진에는 관심이 없었다. 오로지 아이들만 바라보고 사셨다. 성실한 삶 그 자체였다. 살아 있는 페스탈로치라고 생각한다. 정 선배는 나중에 화순에서 다시 만났다. 하진 성님은 지금 사진과 야생화에 푹 빠져 사시는 것 같다. 가끔 페이스북에 멋진 사진들을 올리고 계시더라.

광주고 후배인 황인홍 선생은 내가 월곡동에서 '사또보쌈족발'집을 할 때 처음 만났다. 성당에서 맡은 일도 아주 열심히 하고 전교조 활동도 왕성한 분이다. 일이 많지만 짜증을 내는 것을 본 적이 없다. 그 황 선생을 청산도에서 다시 만났다. 황 선생은 청산동분교장에 근무했다. 우리가 흔히 하는 말로 참된 사람을 진국이라고 하는데, 황 선생이 진국이다. 황 선생은 퇴직하고 지금은 영광 묘량면에 터를 잡았다. 묘량이 고향인 김치민 선생과 이웃이란다. 좋은 선후배가 이웃하여 정답게 사는 것이 부럽다. 전원생활에 만족한 모양이다. 페이스북에 소식이 올라온다.

12

뭣이? 술도 안주도 다 떨어져부렀다고?

섬에 근무하다가 토요일에 바람이 불면 낭패다. 일주일 내내 날씨가 좋다가 꼭 토요일에 바람이 이는지 원. 운이 없으면 거의 한 달 만에 집에 가기도 하였다. 이런 날이면 토요일 오후부터 술판이다. 학부모님 어선의 물 칸을 뒤져서 횟감을 사 왔다. 밤이다. 술과 안주가 떨어졌다. 이 시간에는 상점도 문을 닫을 시간이지. 어떻게 할까? 수협에 전화했다. 아마도 말띠 친구들이 화투를 치고 있을 것이렸다? 수협에 근무하던 친구 왈,

"뭣이 술도 안주도 다 떨어져 부렀다고? 쫌만 지달리소. 내가 시방 한 50만 원 잃었는디 자네 덕분에 100만 원 잃을 것 막았네."

조금 있으려니 택시에 삼치 한 상자와 맥주, 소주 각 한 상자씩을 싣고 왔다. 삼치는 어른 허벅지 정도로 컸다. 내려놓고는 금방 내려가 분다. 그 친구는 삼봉을 계속했을까? 땄을까? 잃었을까? 아마도 성과가 있었을 것이여. 좋은 일 했응께로.

이튿날, 일요일 아침에 전화가 울린다. 비몽사몽인디 어제의 그 친구다.

"속 쓰리제? 내려오소. 아까다이(붉은 돔) 한 놈 잡아 놨네."

마을로 내려가니 회를 뜨고 탕을 끓이고 아침부터 술판이다. 해장을 해야 한다나? 참 친구가 좋다 좋아. 그 친구들 지금은 어떻게 지내고 있을까? 보고 잡다.

청산도의 멸치젓은 참 맛있다. 학부모가 운영하는 식당에서 가끔 회식하는데 멸치젓이 하도 맛있길래 관사에서 반찬으로 먹으려고 한 접시만 달라고 했다. 소식이 없길래 괜한 말 꺼냈다고 부끄러워하던 참이다. 토요일에 완도로 나오는 배를 타려는데 한 말 짜리 통에다 멸치젓을 담아서 실어 주신다. 그 멸치젓은 두고두고 먹었다. 나중에는 삭아서 액젓이 되더라. 삭을수록 멸치젓이 맛있었다. 고맙습니다.

13
이수일 교장 선생님과 심근기(心根氣)에 따른 교장의 분류.

1996년 무렵이지. 청산중 교장님 성함이 이수일이다. 유머가 넘치는 분이셨다. 어느 날 식사 자

보리밥 묵고 방구뀡께 배가 푹 꺼져불등만

리에서 교장을 분류한다. 퇴직 후 같이 근무했던 동료를 길에서 우연히 마주쳤을 때,

일, "오매 교장 선생님, 반갑습니다. 어디 가서 막걸리라도 한잔헐까요?"

이, 그냥 못 본 채 고개를 돌리고 지나친다.

삼, "오매 똥을 밟아부렀네."

욕을 부으며 지나간다. 이렇게 세 부류가 있는데, 당신은 어디에 해당하냐고 묻는다. 당시 40대였던 나는 그리 심각하게 생각하지 않았다. 교사로 살면서 그 후 이 말씀이 두고두고 뇌리를 스친다.

"오매, 교장 선생님! 반갑소. 어디 가서 쇠주나 한잔헙시다."

할 교장을 나는 과연 만났던가? 없는 것 같다. 아니 군동중 정동석 교장 선생님이 계셨지. 교장의 승진 기준이 의심스럽고, 그 심사하는 자들의 인성이 의심스럽다.

아마도 1996년 가을 무렵일 게다. 갑자기 교직원 회의가 있으니 긴급하게 교무실로 모이라는 교내 방송이다. 급히 교무실로 갔다. 모두가 모인 다음, 모든 문을 닫는다. 심상하지 않다. 행정실장이 노란 편지 봉투 하나씩을 각자에게 아주 빠르게 나눠준다. 이어서 교장님 말씀.

"얼릉 집어넣어부써요. '표준학교 가꾸기 사업'을 하면서 예산을 절감하고 절감하여 사용하고도 약간의 돈이 남았습니다. 수고해 주신 교직원 여러분께 약간의 보답을 하고자 합니다. 김옥태 선생만 아무 말 없으면 쓰것는디, 어쩌요?"

모두가 내 쪽을 바라본다. 아무런 말도 못 했다. 기습당했다. 간부 직원들끼리는 미리 말을 맞춘 분위기다. 봉투엔 5만 원이 들어 있었다. 교장이 독식해 분 디도 많은디 그나마 다행이고 민주적이라는 어느 선배 교사의 말씀이 위로였을까? 모독이었을까? 나는 이렇게 비리의 공범이 되었다.

부처님이 사람의 심성을 상근기(上根氣), 중근기(中根氣), 하근기(下根氣) 세 가지로 분류했다더

라. 부처께서 연꽃 한 송이를 대중에게 보이실 때 모두가 어리둥절하는데 가섭존자만이 홀로 미소를 지었다고 한다. 상근기는 가섭존자처럼 하나를 가르치면 열을 알지만 겸손한 이를 말하고, 중근기는 열을 가르치면 둘 셋을 알지만 다 아는 양 우쭐대는 것이고, 하근기는 열을 가르치면 겨우 하나를 알아들으나 자기가 모른다는 것을 알고 있다는 것이다. 부처님께서 이르기를 도에 이르는 길을 가르칠 때 상근기가 가장 쉽고, 하근기가 다음이며, 중근기가 가장 제도하기 어렵다고 하셨다더라. 말하자면 날이 넘었다고 하지. 낫을 갈 때 잘 갈아야지 우선 쓰기 좋게 갈다 보면 금방 날이 무디어지고 만다.

교장을 심근기에 비유하자면 대부분이 중근기에 해당하는 것이 아닌가 싶다. 자기가 교장이 된 것이 평교사로 평생을 봉직하는 이들에 비해 탁월하여 그 길에 오른 것이라고 착각하는 것이 아닌가 싶었다. 그러나 교장 선생님들에게 말씀드리고 싶다. 만약에 모든 교사들이 자기들처럼 승진에 몰빵하였더라도 지금 그 자리가 자기 자리였을까? 대부분의 교사들이 승진보다는 교실에서 아이들과 함께하는 길을 갔기에 그 교장 자리가 자기 차지가 되지는 않았을까? 겸손하시면 좋겠더라. 역지사지하면 좋겠더라. 개구리 올챙이 시절을 생각하면 좋겠더라.

14

골든벨, 기냥.

청산중 교무실에 골든벨이 있었다. 옛날 소 평경을 매달아 놓고 그 아래 메모지가 있고 직원들이 심심치 않게 골든벨을 울린다. 주인공은 골든벨 아래의 메모지에 이름과 명분(?)을 적고 한턱 쏘는 거제. 아이스크림, 안주, 쇠주, 식사, 떡 등등 메뉴도 다양하다. 헌데 그 명분란에 '기냥'이 있다. 교무부장을 하시는 윤 선배다. 아이들 같은 순수함을 가진 선배신데 이 양반이 골든벨도 주워다가 달아 놓은 것이단다.

윤왕현 선배가 웃으면서 하던 말이 떠오른다. 아주 게으른 체육 선생을 일러서

"아나, 공!"

보리밥 묵고 방구뀡께 배가 푹 꺼져불등만

이라고 했다면서 각 교과별로 패러디를 하더라.

국어과는 "읽어!",
수학과는 "풀어!",
미술과는 "기래!",
음악과는 "불러!",
가정과는 "끼래!"…

149.
가뻬리 가뻬리 갈꽃섬 노화도에서 여러 인생을 보다

1

갈꽃섬으로 가는 길.

분위기를 바꾸어 보고자 노화도로 전출 내신을 냈다. 어라? 노화중학교 넙도분교장으로 발령이 났다. 넙도는 노화도에 비해 배편이 적다. 넙도분교장은 초·중병설로 교장은 초등학교 교장이 겸임이었다. 교감은 초등과 중학교가 따로 있고. 땅끝 선착장에서 배를 타는데, 초행이라 이곳 사정을 전혀 모른다. 선착장에는 차들이 줄을 쭉 서 있길래 앞의 사정을 보려고 차를 선착장 맨 앞까지 몰고 갔다. 험상궂게 생긴 사람이 인상을 잔뜩 쓰면서

"저 뒤로 가서 줄 서야 되야."

별놈이 다 있다고 투덜댐시로 뒷줄로 가서 겨우 배를 탔다. 넙도를 경유해서 노화도로 가는 배였다. 배에 차를 실을 때 맨 나중에 탄 차가 내릴 때는 제일 먼저 내리등만. 꼴찌가 일찌가 되더라고.

아내와 함께 르망 승용차에 이삿짐을 싣고 도착하니 어라? 먼저 온 사회 선생이 있다. 노화중학교에 근무하다가 넙도로 왔단다. 분교장 발령은 학교장의 권한이라네. 다투기도 싫고 본교면 어떻고 분교면 어떤가? 나중에 보니 넙도분교장(도서 '나' 지역)은 본교(도서 '다' 지역)보다 도서 근무 점수가 더 높았다. 다시 부랴부랴 배를 타고 노화도로 향했다. 교장에게 전입신고하고, 관사를 배정받고 짐을 내린다. 아까 그 험상궂은 사나이도 옆 관사에서 짐을 내린다. 아니 내리게 한다.

"야, 느그덜 이리 와봐. 여기 짐 좀 내려라."

　　　　　　　　보리밥 묵고 방구뗑께 배가 푹 꺼져불등만

하고는 담배만 뻑뻑 피우고 있더라. 아이들을 그렇게 하인 부리듯이 해도 되는 것일까? 선생으로 보이지 않았다. 그 후 행적을 보면 더 그렇더라.

2

보직을 잘 받아야 편하지.

'군대는 보직'이라는 말이 있었다. 학교도 보직에 따라 업무 강도가 다르다. 노화중에서의 보직은 교무기획이고, 학급은 1학년 3반 담임이었다. 그 험상궂은 사내는 문○○, 과학 교사로 교무부장이 었다. 그러나 교무부장의 일은 기획인 내가 거의 다 했다. 그는 이름만 교무부장이었다. 그저 하는 일은 직원 조회 때 사회를 보는 정도? 이 사내는 바둑, 붓글씨, 테니스, 배구 등 잡기를 좋아했으나 특별히 어느 것 하나 특출나게 잘하지는 못하더라. 친목회에서 배구 할 때면 자기가 때리는데 빗나 갈 때가 많더라. 후위를 맡은 내가 어쩌다 공이 오면 당황해서 우체통이나 교통순경일 때가 있다. 아, 이 사람, 짜증을 엄청부린다. 마치 역적을 대하듯이 말이지. 나는 손가락이 약해서 사실 배구를 싫어한다. 친목회 때 분위기 맞추려고 하는 것일 뿐이었다.

보충수업이 있었다. 담당 업무는 교무부 일이었는데 황○○ 여선생 담당이다. 계획을 짤 줄 모른 다네. 모르기는? 배워서 익히면 금방 누구나 할 수 있는 일이다. 일이 하기 싫었다고 봐야겠지. 내 가 계획을 짜 주었다. 일지 기록도 다 내가 했다. 관리수당은 그 선생님이 가졌다. 교무일지는 신○ ○ 여선생님으로 후배인데 아이들 육아 때문에 힘들어했다. 교무실 전산화 시스템이 교사 개별 컴 퓨터만 사용하던 SA에서 학교 단위로 네트워크되는 CS로 바뀌는 과정이었다. 해남공고에서 업무 담당자 연수가 있었다. 신 선생이 이 연수에 가야 하는데 아이들 때문에 연수 출장을 못 간다고 버 티길래 내가 대신 갔다. 돌아와서 전달 연수를 해야 하는데 내가 제대로 알아야 전달해 줄 것인디, 어렵다. 연수 때 강사 선생님께 자주 전화하여 업무를 익혀 갔다. 결국 그 업무도 내 것이 되어부렀 다. 연일 일이 많았다. 퇴근하고도 일을 해야 했다. 이때 그 문○○ 교무부장은 테니스 라켓을 들고 나가면서

"니는 뭐가 그렇게 바쁘냐? 놀면서 해라."

부아를 돋구는 것도 아니고. 으이그. 문○○ 교무부장은 연말 근무평정에서 원하는 것을 얻지 못한 모양이더라. 교장한테는 뭔 말을 못 하고 교감한테만 막 욕을 퍼붓더라. 그 교감은 점잖은 분이었다. 내가 근평권자라면 아마 최하점을 주었을 것이다. 문 부장은 호적 나이로는 나보다 밑이었는데, 실제 나이는 49년생이라고 하더라고. 믿거나 말거나였다.

그 문○○ 선생을 화순도암중에서 다시 만났다. 내가 도암중에 갔을 때는 교감으로 승진하여 나주 ○○고에 근무한다면서 학생 모집 차 들렀다. 그분이 도암중에 재직하는 동안에 담당했던 과학실을 살펴보니 실험이라고는 전혀 하지 않은 것 같았다. 과학실이 오래 묵은 먼지가 쌓여 캐캐한 냄새가 지독했다. 나는

"성님은 학생 모집을 다니지 않는 것이 학교를 돕는 것이 아닐까 싶소만."

하고 조언했다. 그 학교 선생들도 같은 취지의 이야기를 하더라. 가만히 있는 것이 돕는 것이라고.

3

명랑쾌활하나 싸가지가 없다?

노화중학교 고○○ 교장은 아침에 기상하면 집게를 들고 나선다. 교장보다 선배인 김○○ 도덕 선생은 쓰레기통을 들고 따라다닌다. 교장이 휴지를 집어 올리면 도덕 교사가 얼릉 쓰레기통을 갖다 대는 환상적인 짝꿍이었다. 그 도덕 선생이 연말에 생활기록부 교과별 특기 사항란에 우리 반 고○○를

"명랑쾌활하나 싸가지가 없다."

식으로 썼더라. 학년 초에 그 아이 가정방문을 해 보니 엄마는 생활고 때문에 집을 나가부렀고, 아버지는 신장 투석을 하고 있어서 이 아이가 살림하기, 아버지 병간호하기를 도맡아 하고 있었다. 아이의 얼굴에서는 종일 웃음기를 찾아보기 어려웠다. 남의 일 같지 않았다. 대상그룹에서 1998년

보리밥 묵고 방구뀡께 배가 푹 꺼져불등만

당시로서는 큰돈인 50만 원을 주는 장학금이 있어서 이 아이를 강력하게 추천하여 장학금을 받도록 도움을 주었다. 장학금 신청 마감이 임박하여 사진은 생활기록부 사진을 뜯어다가 붙이고 급히 완도교육청에 직접 가지고 가서 제출하여 성사시켰다. 녀석의 가정에는 아주 큰 도움이 될 돈이었다. 그런 아이에게

"명랑쾌활하나 싸가지가 없다."

라니.

"선생님, 고○○의 내용을 좀 고쳐 주세요."

하면서 아이의 사정을 얘기했지만 막무가내다. 담임인 내가 고쳐버렸다.

"역경을 딛고 열심히 살아가는 아이다."

뭐, 이런 식으로. 아이는 자라가면서 어떻게 달라질지 모른다. 아이를 함부로 재단할 일이 아니다.

해룡고 재직시절에 내가 가르치기 전의 졸업생이 찾아왔다. 사범대에 진학하려는데 생활기록부의 '다'를 정정해 줄 수 없느냐고? 서울대 출신 어느 체육 선생이 제자를 유괴 살인한 사건이 있었는데, 그 선생의 고등학교 시절 생활기록부의 행동발달상황란에 '다'가 있어서 이후 사범대와 교육대는 '다'가 있으면 지원할 수 없었던 때였다. 그러나 어느 누구도 졸업 후에 재학 시절의 생활기록부를 고쳐 줄 수는 없는 일이다. 교사는 아이들의 기록에 신중할 필요가 있다.

4

승진에 몰빵하기 위해 온 사람들이 학교 분위기를 망치다.

섬 지역으로 오는 교사들은 그 이유가 다양하다. 근무하기 좋은 학교에 가지 못하고 밀려서 오거나, 높은 이동 점수가 필요해서 오거나, 승진을 위해서 오거나, 우연히 오거나. 섬으로 와서 딸 수 있는 승진 점수는 도서벽지 점수, 부장 점수, 연구학교나 시범학교 점수, 근평 점수 등이 있을 것이

다. 승진을 목표로 오는 사람들은 이 모두를 일거에 얻으려 하더라. 따블 혹은 따따블로.

당시 노화중에 특수학급이 있었는데 특수교사가 배치되지 않아서 영어과 교사 1명을 증원하여 발령 내었다. 일반교과가 특수학급 담임을 하면 승진 가산점이 주어진다고 하더라만 도서 점수와 겹칠 경우에는 하나만 사용할 수 있었다. 노화중 영어 교사들은 신규인 막내에게 특수학급을 맡겼다. 특수학급을 담당하면 자기 교과 수업을 주지 않는 것이라는데 수업도 할당했다. 선배들로서 할 짓이 못되었다. 교장은 특수학급을 담당하는 막내 선생에게 특수학급 운영비에서 밥을 사라고 조르기도 했다. 막내가 우리(함께 어울렸던 김갑룡과 김옥태)에게 어떻게 하면 좋겠냐고 하소연하여 알게 된 것이다.

일과 후에는 뒷산을 산책했다. 산마루에 올라서면 노화도 주변 경치를 한눈에 볼 수 있어서 좋았다. 누군가 가져다 놓은 허리를 빙빙 돌리는 운동기구도 있었다. 아주 굵은 플라스틱 파이프로 만들었다. 가정과 선배 여교사와 영어과 신규 여교사가 나를 따라서 같이 산책했다. 과학과로 학생부장을 하던 박 아무개는 나더러 물개라고 비아냥거리더라니까. 해구신이 남자들 거시기에 좋다고 하고, 수컷이 여러 암컷을 달고 댕긴다는 설이 있는데, 그런 의미로 말하는 것이렸다? 노화중 뒷산에는 음양곽이라고도 불리는 삼지구엽초가 있었다. 이걸 가져다 술을 담기도 했다.

5

술 잘 사 주는 시인 정형택 성님을 다시 만나다.

노화종고에 근무하는 정형택 시인을 만났다. 형택 성님은 영광 칠산문학회를 이끄는 시인 선생님으로 노화도에 근무할 때 노화도를 배경으로 하는 시를 많이 지었다. 『가삐리 가삐리 부여잡는 갈꽃섬』이라는 시집을 내기도 했다. '가삐리'는 '가 버려'라는 노화도 방언이고, 갈꽃섬은 노화도의 순우리말이다. 땅끝과 노화도를 오가는 연락선에서 선상 시화전을 열기도 했는데 아마 국내 최초가 아닐까 싶다. 형택 성님은 후배들에게 술을 잘 사 주셨다. 술을 굉장히 잘하셨지만 그분이 취해서 주정하는 모습을 뵌 적이 없다. 형수님도 포근한 인상을 주시는 분이다. 후배들의 애경사까지 잊지 않고 챙기신다. 전교조 영광지회장을 물색할 때 지회장을 해 주실 것을 부탁했으나 거절하셨

보리밥 묵고 방구뀡께 배가 푹 꺼져불등만

다. 그러나 성님이 근무하는 백수고, 영광종고 등에서 전교조 후원금은 잘 모아 주셨다. 지금 건강이 좋지 않아 보이시던데 어짠가 모르것소. 형택 성님, 건강하세요.

6

자네 학교 미담을 신문에 실어 줄라고 왔네.

수업하고 있는데 교무실 급사가 손님이 왔다고 교장실로 오란다. 지금 수업 중이니까 수업 끝나고 가마고 하고 수업을 진행했다. 수업 후 교장실로 가니 무슨 교육신문을 운영하고 있던 중학교 동창생인 양○○이다. 이 친구는 교육계 소식이 훤하다. 내가 노화중에 근무하는 것을 어떻게 알고 찾아왔다.

"뭔 일로 왔는가?"
"자네 학교 미담 기사를 실어 줄라고 왔네."
"미담? 그런 거 일도 없으이."
교장 왈,
"자네 왜 그런가? 자네가 한번 써 보소."
"없는 이야기를 소설 쓰라는 말이요? 소설은 문학가에게나 맡기씨요. 사회과는 팩트만 씁니다."

결국 광주고 선배인 국어 선생이 쓴 것으로 알고 있다.

일찍 퇴근하고 교장, 교감, 행정실장, 교무부장, 양○○이 횟집에서 저녁 식사를 했다. 학교에서 접대비를 썼겠지. 아마도 금일봉도 전하지 않았을까? 그다음 주에 양○○이 운영하는 교육신문이 한 보따리 도착했다. 1면에 가득 찬 노화중학교 찬사!!!???

몇 달이 지났을까? 또 손님이 왔다는 것이다. 이번에는 서울의 어떤 교육신문 기자라면서 양○○의 소개로 왔다는 것이여. 교실에 들어가서 아이들에게 책을 좀 팔게 해 달라네. 그것도 말당(末堂)인지 미당(未堂)인지 친일파 서정주의 시집을 말이지. 나는 교실에 장사꾼을 들일 수 없다고 단호히 거절해서 보내부렀다.

7

보직으로 장사하는 고○○ 교장의 속내는?

어느 날 고○○ 노화중 교장이 토요일 일과 후 광주에 가는데 내 차로 같이 가잔다. 우리 둘이 그리 친하게 지내는 사이도 아니고 평소에는 다른 선생들 차를 타고 다니던데. 함께 광주로 가는 도중에

"자네, 내년에 교무부장 헐랑가?"

"생각 없소. 교장 선생님과 같이 살기 싫응께 내년에는 다른 학교로 갈라요."

단호히 거절했다. 공립학교의 장점 중 하나는 보기 싫은 이가 있으면 내가 다른 데로 피해 갈 수 있다는 것이다. 교장은 승진을 앞둔 교사들에게도 입질하고 다녔던 것 같다. 우리는 강진과 영암의 경계인 풀티재에서 잠시 쉬었다. 오줌도 싸고 구름과자도 묵고, 차도 한 잔 허고. 헌데 썩을 놈이 내 차를 꽁짜로 탔으면 찻값은 지가 내야 할 것 아니여? 뭉개길래 결국 내 돈으로 차를 샀다. 교장이란 녀석이 그리도 쪼잔해서야 원.

그 교장이 정년 후에 박태영의 전남지사 선거 때 도와달라고 하더라. 나는 교장 선생님이 나서면 오히려 표가 떨어지지 않겠냐고 해 주었다. 박태영이 당선된 후 교장은 광주대 넘어 전남학숙 원장을 하더라. 광주북중 동문 사이라고 들었다. 박태영 전남지사는 비리에 연루되어 수사가 진행 중일 때 한강에서 뛰어내렸다.

박태영 전남지사, 노무현 전 대통령, 노회찬 의원, 박원순 서울시장 등 사회지도급 인사들의 자살을 보고 어린아이들에게 좋지 않은 영향을 줄 것이 염려되었다. 공인은 자신의 목숨도 함부로 해서는 안 된다. 모범이 되어야 한다. 노회찬 의원과 박원순 시장의 죽음은 너무 아깝고 안타깝다. 보수 꼴통들은 부정과 비리로 뭉쳐 있어도 뻔뻔하거늘 왜 진보 인사들은 아주 작은 실수도 그리 못 견디는가?

보리밥 묵고 방구뀡께 배가 푹 꺼져불등만

150.
한국교원대학교교육대학원에 진학하다

해직되어 근근이 살다가 복직한 지 이제 겨우 5년이니 생활은 여전히 어려웠다. 1997년 말에 시작된 외환 위기는 국민을 힘들게 하고 있었다. 와중에 공부를 더 하고 싶어졌다. 관사에서 같이 밥해 묵는 체육과 김갑룡에게 대학원 진학에 대해 의견을 물었다. 갑룡이는 내 사정을 잘 알고 있었지만

"생각했을 때 감행허소."

좋아! 가자. 아내와 이번에는 상의했다. 여전히 어려운 생활이지만 아내는 동의해 주었다. 속으로는 철없는 남편이라고 생각했을 것이여. 목표는 한국교원대학교 일반사회교육학과.

1998년 말에 한국교원대학교 교육대학원 계절학기에 입학시험을 봤다. 시험은 논술이다. 미리 예상 문제를 연습했다. 일반사회이니 시사에 관한 문제가 나올 것으로 보고 외환 위기의 원인과 영향, 해법, 김대중의 교원 정년 단축 등을 꼽았다. 총 6문제가 나왔는데 그중에서 3문제가 예상 문제에서 나왔다. 다른 문제도 그리 낯선 문제는 아니었다. 열심히 썼다. 일사천리로 답을 써 내려갔다. 시험지는 B4 용지였는데 아마도 앞뒤로 3장을 썼던 것 같다. 처음에는 정성들여 글씨를 이쁘게 썼으나 나중에는 시간이 바빠서 내갈겼다. 손목에 쥐가 나도록 썼다.

외환 위기에 대해서는 머리가 나쁘면 손발이 고생한다. 멍청한 지도자를 뽑으면 국민이 고생한다. 그 원인을 낮은 금리로 자금을 빌려다 무리한 동남아시아 국가들에 대한 대출, 대마불사의 마음으로 재벌기업의 확장에 무리하게 대출 등의 내용으로 썼다.

유·초·중등 교원의 정년 단축에 대해서는 김대중 정권과 이해찬 교육부 장관, 교수들에 대한 욕으로 일관했다. 뭐 꼭 합격해야 할 절박감이 있었던 것도 아니니 이참에 교수들 욕이나 해 주고 싶기도 했다. 청년 실업의 해소와 재정 절약을 위해 어려운 시기에 십시일반으로 힘을 보태는 의미에서 교원의 정년을 단축하는 것에는 원칙적으로 동의한다. 그러나 이해찬 장관의 정년 단축 명분 축적이 비교육적, 비인간적이다고 질타했다. 당시 교사들의 여러 가지 비위가 연일 언론에 널렸다. 교사들을 무식한 놈, 깡패, 뇌물 먹는 놈, 철밥통 등으로 매도하고 있었다. 교권 침해가 심각했다. 향후 학교 내외에서 불거질 교권 침해를 어찌 감당해야 할까 두려웠다. 그냥

"그동안 수고하셨다. 후진을 위해 선배들이 양보해 주실 것을 부탁드린다."

정도면 되지 않았을까? 책 좀 읽었다는 김대중이나 민주화운동을 했다는 이해찬이나 빈곤한 철학이 그대로 드러난 만행이었다.

신문이나 티브이에서는 교수라는 작자들이 나와서 언론에 보도되는 교사들의 비위를 꼬집으면서 유·초·중등 교원의 정년 단축의 당위성을 게거품 물곤 했다. 교수들의 정년 65세에는 말이 없었다. 나는 교수들의 이런 비겁한 행태를 질타했다. 만약에 교수들의 정년도 62세로 단축해도 같은 소리를 지껄일 것인가?

이어서 면접시험. 경기도에서 온 젊은 여선생님과 둘이 한 조가 되어 면접장에 들어섰다. 면접하는 교수, 먼저 여선생님의 학점을 보더니

"와, 거의 올 A나 A뿔이네요."

그 여선생님, 자기가 얼마나 유능한지를 여러 예를 들어 말한다. 무슨 무슨 대회에서 입상했다는 등. 이어서 내 차례다. 학점을 쑤욱 훑어보더니,

"선생님도 학점이 그런대로 좋네요."

보리밥 묵고 방구뀡께 배가 푹 꺼져불등만

좋기는 맨날 데모하느라고 D 밭에 C만 뿌렸는디.

"근디, 와따 선생님 욕 정말 잘하십디다."

논술 답안지를 읽은 모양이더라.

"다 맞는 이야기 아닙디여? 정권이 이이제이식으로 교수들로 하여금 유·초·중등 교원의 정년 단축 논리를 펴게 하는 것 아닙니까? 혹시 우리 교수님들도 그 과입니까?"

영락없이 떨어진 줄 알았으나 나는 합격하고 그 학점 좋은 여선생님은 떨어졌다. 대학 학점은 좋았으나 논술 점수가 그저 그랬던 모양이다. 대학 학점이 내신성적으로 적용되지는 않았다. 경쟁률은 5.7 대 1이었다. 아내는 가끔 자기 신랑이 높은 경쟁률을 뚫고 교원대교육대학원에 합격했다는 것을 자랑했다. 지인 중에 교장으로 승진한 선생들의 아내들이 자기 신랑 자랑을 할 때 그랬던 것 같았다.

151.
강진군동중에서 전교조 활동과 학교 발전을 위해 매진하다

1

노화중학교의 분위기는 내게 어울리지 않았다. 섬 지역 학교 생활도 3년을 맛보았으니 이젠 상륙하고 싶었다. 노화중 1년 만에 강진으로 전출 내신을 냈다. 광주 근방의 경합지역으로 가기에는 이동 점수가 부족했다. 섬 학교로 오고자 하는 이가 많아서 전출 내신이 1년 만에도 가능했다. 강진군동중학교로 발령을 받았다. 3학급에 학생 수 30명 정도이고, 탐진강 유역의 강진 들판이 내려다보이는 언덕에 자리하고 있다. 지금은 공립형 대안학교인 청람중학교 자리다. 다행히 관사가 남아 있었다. 강진은 비교적 광주에 가깝고 강진에 주거를 둔 교사들이 많았다. 관사는 세 채인데 두 채는 군동초등학교가 있는 마을에 있고, 나머지 한 채는 학교 안에 있었다. 가장 최근에 지어진 관사이다. 마을에 있는 관사는 교장과 도덕과 최영래 선생이 살고, 학교 안에 있는 관사에 내가 살았다. 학교 뒤에 지금은 버려진 정수장이 있는데, 옛날에 공동묘지 자리였다는 소문이 있었다. 밤이 되면 으스스한 느낌이 있었다. 그래서 아무도 살지 않아 내 차지가 되었다. 누군가 밤에 무섭지 않느냐고 하길래, 나는 귀신은 무섭지 않은데 처녀나 과부가 무섭다고 했다. 집에서 멀리 떨어진 곳에서 근무하던 선생들이 가끔 사고가 난다는 이야기들이 있었다.

2

전교조에 적대적인 김○○ 교장

군동중으로 발령받고 2월 말경 집에서 학교까지 오가는 길을 탐색하고 관사 사용 가능 여부 등을 알아보기 위해 미리 학교에 들렀다. 무슨 회의를 하고 있었는지 여러 사람이 있었다. 점심을 같이하자고 해서 병영면의 백반집에 갔다. 유홍준의 『나의 문화유산 답사기』에서 유명해진 설성식당이다. 이 집은 돼지고기 연탄불구이가 정말 맛있었다. 서로 소개가 끝난 다음 이런저런 이야기들이

보리밥 묵고 방구뀜께 배가 푹 꺼져불등만

오간다. 대화는 교장이 거의 독점이다. 뭐 대화라기보다는 교장의 자기 자랑 무대이더라. 말을 할 때마다 침이 밥상에 튀었다. 이 자가 나를 면전에 대놓고 자기는 전교조가 싫단다. 벌써 내 이력이 이자에게 도달했었을까? 나도 지가 싫었다. 어쩐지 첫인상이 결코 친해질 수 없다는 느낌이었다.

교육감이 강진교육청을 방문한다는 어느 날 그 교장이 무슨 발표를 한단다. '남도의 정신'인가 뭔가 하는 내용이었던 것 같다. 국어과 정승희 선생에게 검토를 부탁하였다. 내가 슬쩍 읽어 보았다. 맞춤법은 물론 내용 자체가 어거지 내용이었다. 국어 선생한테 검토를 부탁했다는 것도 사실은 검토에 방점이 있는 것이 아니라 교육감과 여러 교육 관료들이 모인 자리에서 자기가 발표하게 되었다는 것을 자랑하려는 것 같았다. 한 학기를 그 교장과 같이 지냈다. 참으로 지루한 시간이었다. 그 교장이 퇴임한 지 꽤 지나서 광주 금당산 산행을 하다가 풍암정에서 우연히 마주쳤다. 서로 모르는 척했다. 참 재수 옴 붙은 날이었다. 예전에 청산중에 근무할 때 이수일 교장이 말하던 교장 스타일 중에서 결코 보고 싶지 않은 자를 만난 것이다.

3
내가 유일하게 존경하는 정동석 교장 선생님을 만나다.

김○○ 교장이 모 교육청 학무과장으로 가고 이어서 오신 이는 정동석 교장 선생님이었다. 보성에서 교감으로 정년퇴임하시고, 1년 기간제 교장으로 오신 것이다. 정년이 6개월 남은 교감은 교장 승진하지 못하고 퇴임한단다. 그런데 김대중 정권의 교원 정년 단축과 65세까지 정년으로 간주한 명예퇴직 수당 지급으로 교장, 교감 승진 예정자들이 다수 명예퇴직하였다. 그래서 유사 이래 보기 드문 기간제 교장이 가능했다. 그해 전라남도 중등학교에 20명 정도의 기간제 교장이 있었던 것 같다. 기간제 교장도 호봉을 재책정하여 14호봉이다. 14호봉은 최저임금 수준이다. 8~13호봉의 새내기 선생님들의 급여는 최저임금에도 미치지 못할 것이다. 그 14호봉의 근거가 무엇인지 모르겠다.

정 교장 선생님은 교감 시절의 일화가 있다. 당시 자율학습, 보충수업비 중에서 교장, 교감, 행정실장, 업무 담당자 등에게 관리수당을 지급한 관례가 있었다. 교사들은 이것이 부당하다고 실제 자율학습과 보충수업을 하는 교사에게만 지급하는 것이 옳다고 보았다. 정동석 교감도 이 주장이 옳다고 여겨 교사들과 뜻을 같이했다고 한다. 이 문제로 그 학교의 교장과 다툼이 생겼고, 교육청은 두 사람을 격리 발령을 냈다고 들었다.

정동석 교장 선생님의 직원 조회 방식은 독특했다. 월요일 아침에 모든 교직원이 각자의 컵에 각자의 음료를 담아서 교장실로 모인다. 이런저런 이야기를 나누고 공유할 것이 있으면 간단하게 발표하는 것이다. 교직원 조회라기보다는 차담회였다. 이런 분위기는 아주 작은 학교에서나 가능한 일로 이전에도 이후에도 겪을 수 없었다. 당시 내가 교무부장을 하고 있었는데,

"김 부장, 학교 일은 자네가 다 알아서 해 불소. 나는 밖에 나가서 혹시 예산이나 더 가져오던지, 아그덜하고 청소나 헐라네."

학교는 아주 잘 돌아가고 있었다. 전임 그 이상한 교장이 재직 시 학교에 피라칸사스를 심었다. 피라칸사스는 그 열매가 꽃처럼 예쁘고 오래갔지만, 나무 사이에 바람에 날려 온 휴지나 자라는 잡초를 제거하기가 어렵다. 나무에 가시가 있어서 자칫하면 손이 긁히거나 심하면 눈을 다칠 수도 있었다. 내가 그 위험을 지적했더니 정동석 교장은 학생 안전이 우선이라면서 피라칸사스를 다 제거하였다. 나무를 심을 때에는 여러 가지 요소를 충분히 사전에 파악하여 심을 일이다.

정동석 교장 선생님은 내가 근무하면서 만난 교장 중에 유일하게 존경할 만한 분이셨다. 퇴임 후에 두 번 정도 식사를 같이했다.

4

교사 전원이 전교조 조합원인 강진군동중학교는 활기찼다.

군동중은 평교사 9명 전원이 전교조 조합원이었다. 모두가 자기 교과 활동과 담당 업무를 잘 해냈다. 교직원 상호 간의 협조가 아주 잘되고 있었다. 아이들도 천사와 같았다. 체육과 김성탄 선생이 장흥에 살고 있었는데, 이이가 맛집, 멋집을 잘 알아서 우리는 퇴근 후 맛집 순례를 했고, '강진 볼링 하는 교사 모임'도 활발했다. 강진이 고향인 행정실 직원 한 분도 같이하기도 했다. 정동석 교

보리밥 묵고 방구뿅께 배가 쏙 꺼져불등만

장 선생님은

"나도 데꼬 가소."

"그러십시다."

그렇게 어울렸다. 정 교장 선생님은 얻어 자시지만은 않았다. 사비인지 업무추진비인지는 모르겠지만 당신도 가끔은 식사비를 냈다. 퇴직 후에 보고 싶은 유일한 교장이시다. 낚시를 좋아하시는데 지금도 건강히 낚시 다니실는지.

5

아그덜 발목 부러지면 교육장님 책임이요, 잉?

1999년 가을 박봉주 강진교육장이 학교 방문을 했다. 교무부장인 내가 학교를 순회하면서 학교 사정을 안내하고 설명한다. 2층 다목적실을 둘러본다. 마룻바닥의 판자가 여기저기 꺼져 있어서

"교육장님! 마루를 새로 깔아 주십시오."

"예산이 없네. 그리고 곧 폐교될지도 모르는데."

"그래요? 그러면 그동안에 아그덜 발목 부러지면 우리 선생들 책임이 아니고 교육장님 책임이요, 잉? 각서 쓰실라요? 해 주실라요?"

"허허이, 세상에 평교사가 교육장보고 각서를 쓰라고 허네, 잉? 알았소. 해 드리리다."

"기왕이면 체육관 바닥 까는 그 판자 있지라, 그걸로 해 주십시오, 잉?"

"자넨 별것을 다 아네. 그럼세"

그렇게 다목적실 바닥을 강화마루로 교체했는데 안타깝게도 얼마 안 가 폐교되었다. 지금은 공립대안학교인 청람중학교로 바뀌었다. 물론 예전 건물은 흔적도 없이 새로 짓고.

어떤 개새끼가 말도 없이 아그덜 델다가 일 시켜?

2000년 가을쯤 아마 5교시가 아니었을까? 젊은 수학과 류○○ 교사가

"어떤 개새끼가 말도 없이 수업 시간에 아그덜 델다가 일 시켜? 야, 빨리 안 들어와?"

전임 정동석 교장 선생님의 흉내를 내다가 혼났다. 정동석 교장 선생님은 교과 선생님의 양해를 구하고 공부하기 싫은 아이들을 데리고 일하면서 간식을 사 먹이면서 상담도 겸하곤 하셨지. 아이들은 정동석 교장 선생님과 함께 일하는 것을 즐거워했다.

2학기에 새로 온 장○○ 교장이 교과 담당 교사에게 양해도 구하지 않고 아이들을 데려다 일을 시키고 있던 모양이다. 이 교장은 이름이 특이하다. 획을 덜면 '자지다', 획을 더하면 '장지랄'. 이름만큼이나 하는 행동이 제멋대로였다. 전임 정 교장하고는 너무 달랐다. 민주적이고 인간적인 학교 분위기가 교장 한 사람 바뀌고 나니 완전히 딴 판이 된 것이다. 학교에서 교장이란 그런 위치에 있다.

김대중 정권에서 처음으로 교사들에게도 성과급이라는 것을 도입했다. 사실 그 성과급의 재원은 마땅히 본봉 인상으로 급여를 현실화해야 하는 것을 일부 유보하고 성과급이라고 하여 장난질하는 것이었다. 교사들의 업무성과를 분류하여 차등 지급한다는 기상천외한 발상으로 교사들을 분류하여 통제하겠다는 너무 불순한 발상으로 보였다. 전교조는 교원성과급제를 반대하는 한편 1/n 균등 분배로 성과급제를 무력화하기로 하였다. 선생님들이 성과급을 1/n로 나누는 협의를 하는데, 자기 몫을 더해서 1/n+1로 해 달라는 것이다. 자기는 신임 교장이라 교육청에서 좋은 등급을 받기 어려우니 선생님들이 생각해 달라는 거였다. 심지어는 행정실에서 물건을 구입할 일이 있으면 자기가 광주 출장을 내서 직접 사 오기도 했다. 이에 젊은 행정실 담당 직원이 관련 장부를 다 챙겨서 교장실에 가서

"나보다 훨씬 행정을 잘하십니다. 어써요. 다 해부씨요."

　　　　　　　　　　　　보리밥 묵고 방구뀅께 배가 푹 꺼져불등만

하고 나왔다나 어쨌다나…. 후문이다.

장 아무개 교장은 승진하여 군동중에 발령받은 1년 만에 고향인 고흥 녹동중학교로 갔다.

7

느닷없이 내 관사 방범창 공사를 하더라.

2000년 가을 어느 날 내가 살고 있던 관사에 느닷없이 방범창을 달고 있다. 사전 예고도 없이. 행정실에서도 모르는 일이라고 한다. 공사하시는 분에게 물으니 교육청에서 가서 공사하라고 해서 왔다더라. 박봉주 교육장이 지난번에 학교를 방문할 때 관사를 눈여겨본 모양이다. 관사가 너무 외져서 밤에 혼자 살기 무섭겠다고 방범창을 설치하라고 했다는 것이다. 고맙긴 하지만 그 돈을 아이들을 위해 교실에 투자하기를 바랐다.

내가 전교조강진지회장을 하는 동안에 박봉주 강진교육장과는 서로 잘 지냈다. 서로를 존중하면서 살았다. 전교조와 교육청은 대립하는 관계라기보다는 서로 협력할 수도 있는 관계임을 박봉주 교육장과 전교조강진지회장 김옥태는 알고 실천하고 있었다. 문제는 서로에 대해 알고 서로를 존중해 주는 마음일 것이다.

8

수학여행 - 자연관광 박기수 사장을 만나다.

전교생이 수학여행을 갈 해이다. 작은 학교는 3년마다 전교생이 한꺼번에 수학여행을 하는 것이 거의 관례이다. 버스는 한 대면 족하다. 어느 날 정동석 교장께서

"어이, 김 부장 잘 아는 여행사 있는가?"

"왜요?"

"전임학교에서 해 보니 수학여행을 잘한 여행사가 있는디, 괜찮은가?"

"그러십시다."

　이렇게 자연관광 박기수 사장을 알게 되었다. 교장, 박 사장과 함께 코스, 경비 등을 논의하고 교직원 회의에서 공유하여 결정하였다. 2박 3일의 일정으로 제주도로 정했다. 과거 해룡고 재직 시절에 수학여행을 여행사 위탁으로 하던 것을 내가 2학년 부장을 하면서 직영을 해 본 적이 있다. 이 경험으로 수학여행의 특성 등을 어느 정도 알고 있었기에 이야기가 잘 통했다. 박 사장의 수학여행은 가성비가 아주 높았다. 아이들에게 유익한 일정이면서도 여관, 식사 등의 내용이 좋았다. 불과 30명 정도의 아이들로서는 수익이 전혀 나지 않을 것으로 보였다.

"박 사장님, 이렇게 해 갖고 어디 이익이 남겠소?"
"부장님이 여기만 계실라요? 큰 학교 가시면 한번 밀어주십시오. 또 가족이나 친구들 여행 가실 때 도와주시면 좋지요."

　장사를 한번 하고 마는 그런 사업가가 아니었다. 어느 날 박 사장이

"아무래도 저보다 연상이신 것 같은디, 성님이라고 할께요."

　그렇게 S 동생이 생겼다. 박 사장은 나보다 겨우 두 살 아래였다. 박 사장은 천상 사업가였다. 그 박 사장은 독학으로 회사 홈페이지를 구축하고 신부님이나 수녀님 등의 홈페이지도 설계해 주었다고 하더라.

　수학여행을 마치고 제주공항에서 목포공항으로 가기 위해 탑승 수속하고 있는데, 한 녀석이 보이질 않는다. 탑승 시간이 다 되어 가는지라 할 수 없이 후배 선생님들에게 인솔해서 가라고 하고 나는 남아서 아이를 찾아서 뒤에 가기로 했다. 공항을 뒤지고 다니니 에스컬레이터에서 다람쥐처럼 쳇바퀴 돌고 있네. 허 참, 우선 반가웠다. 잃어버리지 않고 찾았으니. 녀석을 데리고 서두르니 겨우 함께 비행기를 탈 수 있었다. 에스컬레이터를 처음 구경한 녀석의 호기심을 어떻게 나무랄 수 있겠는가?

152.
졸지에 전교조강진지회장이 되다

1999년 12월 어느 날 김부수 강진지회장을 비롯한 강진지회 임원 선생님들이 술과 안주를 싸 들고서 관사를 찾아왔다. 나는 선배 위문 방문인 줄 알았어. 참 고마운 후배들이라고 여기고 있었다. 술을 잔뜩 먹여 놓고선

"성님이 내년 강진지회장이요, 잉? 여기 이승규가 사무국장이고, 최강록이가 조직부장, 최영래가 총무부장이요. 글고 여기 지회장 전용 핸드폰이요."
"야, 나는 아직 강진에 적응도 못 했다. 느닷없이 뭔 짓이여?"
"와따! 성님 노하우면 1년이면 적응이 다 끝났지라."

그리고는 훌훌 털고 일어서서 가부렀다.

어쩌겠는가? 후배 동지들의 요청에 기꺼이 응할 수밖에. 그렇게 2000년, 새천년에 전교조강진지회장이 되었다. 학교에서는 교무부장, 교육대학원에 진학 중이며, 부모님께선 와병 중이라 동시에 여러 짐이었다. 다행히 학교는 9명 전원이 전교조 조합원이었고, 교무기획을 맡은 국어과 정승희 선생은 업무 능력이 탁월하고 능동적으로 도와주서서 교무부장을 하는 데 별다른 어려움은 없었다. 정승희 선생을 비롯한 동료들은

"학교 일은 우리한테 맡기고 오라버니는 다른 학교들을 살피세요."

하더라.

강진 관내 모든 유·초·중등학교를 2회 이상 방문하였다. 선생님들의 고충을 듣고 조합원을 격려하고, 전교조 정책을 홍보하기 위해서 학교 방문을 꾸준히 했다. 장흥에서 농민회원이 동충하초를 생산하여 판촉을 부탁하길래 수익 사업도 병행하였다.

강진지회는 젊은 활동가 동지가 많은 편이었지만 지회 임원을 꺼리고 있는 느낌이었다. 임원이 되면 일이 집중되어 학교에서 아이들과 함께할 수 있는 여력이 딸린다는 것이제. 그래서 순환 보직제를 제안했다. 지회 임원을 1년 하면 안식년 2년을 갖기로 하고, 강진고, 강진여중 등 큰 학교의 분회에는 지회 임원을 맡은 동지들의 학교 업무를 조정해 줄 것을 요청하기도 하였다. 해당 학교 교장은 자기가 임의로 그렇게 할 수는 없고, 선생님들이 합의하면 그렇게 해 주시겠다고 하더라.

내 재임 시절의 전교조강진지회는 매우 활기찼다. 하지만 아쉽게도 여중에 근무하던 해직교사 출신인 내 친구는 당시에 전교조를 탈퇴하였다고 하였다. 속사정은 모르겠지만 처음 뜻을 지키기를 바란다고 조언해주었다. 청람중을 개설할 때 다시 복귀한 것으로 알고 있다. 사람이 처음 뜻을 지키고 사는 것은 쉬운 일이 아니다.

처음처럼!

보리밥 묵고 방구뀌께 배가 푹 꺼져불등만

153.
강진군민이 어린이날 행사를 준비하다

강진 어린이날 행사는 한상준 동지가 강진지회장을 헐 때 처음 시작하여 이제는 제법 자리를 잡아 가고 있었다. 강진 어린이날 행사는 '강진어린이날행사준비위원회'가 꾸려져 위원장은 신부님, 목사님, 원불교 교무님, 스님 등 지역의 명사가 돌아가면서 맡고 실무는 강진지회가 도맡는 형식이었다. 2000년 위원장은 백련사 주지 해일 스님이셨는데 준비위원들에게 밥을 자주 사 주셨다. 자기는 돈이 많다면서 고기나 회를 사 주셨다. 잘 먹어야 일도 잘하는 법이라고. 어린이날 행사의 준비는 유치원과 초등학교 선생님들의 노고가 컸다. 중등 선생님들은 보조하는 것이고.

행사장에 내빈은 국회의원, 군수, 군의회 의장, 교육장 등이다. 이들의 자리 배치를 두고 다소 신경전이 벌어졌다. 비서들끼리 다툼이 일기도 한다. 나는 교육 행사이니 당연히 교육장을 상석에 배치했다. 비서들이 지랄하면 느그 행사에는 느그 대장을 상석에 앉히라는 식이었다. 교육장은 군수에게 자리를 양보했다. 박봉주 교육장은 나의 이런 모습이 고마웠던 모양이다.

어린이날 행사를 치르고 나면 지회 임원들은 거의 녹초가 되었다. 그래도 다들 뿌듯함을 느꼈다. 가장 어려운 점은 1,000만 원이 넘게 들어가는 예산 확보였다. 전교조 지회의 몫이 가장 크고 지역에서 십시일반 지원을 받았다. 강진군에서 전폭적으로 지원해 주면 좋으련만 별 관심이 없었다. 오히려 전교조가 주관하는 행사이니 색깔을 씌우고 보는 쪽이었다.

지회가 추진하는 어린이날 행사는 의미가 크다. 참교육을 지향하는 전교조 선생님들이 행사를 준비하여 행사 내용이 매우 알차다. 기념 선물을 나누어주기도 한다. 시골에서 어린이들이 즐길 만한 꺼리가 별로 없어서 어린이들을 만족시키기 위해서는 부모님들이 아이들을 데리고 외지로 나가야 하는데, 당연히 시간과 경비가 필요하지. 그럴 여유가 있는 집이야 좋지만, 그렇지 못한 아이들은 너무 서운하게 지나가는 어린이날이었지. 지역 경제에도 한몫한다. 어린이날 행사 준비를 위한 물품을 소비하고, 어린이날 외지로 나가지 않고 부모님들이 하루 외식을 지역에서 하니 말이다.

154.
전교조전남지부장 선거가 이상해지다

2000년 연말에 전교조전남지부장 선거가 있었다. 심경섭, 장석웅, 김 목 등 세 분이 입후보하였다. 심과 장 후보는 광주고 선배들이시고 김 후보는 초등 선배이시다. 당시 전교조의 조직률을 보면 중등에 비해 초등의 조직률이 많이 떨어지고 있었다. 초등의 조직률을 높이는 것이 조직의 과제였다. 전남지부집행위원회에서도 자주 다루어진 의제였다. 심과 장 후보의 공약에 특별한 차이를 발견하기 어려웠다. 김 후보는 초등의 조직률 향상을 위해 초등 출신인 자신이 적임이라고 했다. 심과 장 두 후보는 광주고 동문이라는 인연을 내세워 협조를 요청했지만 나는 조직의 과제인 초등의 조직률 향상을 위해 초등 출신 김 후보를 지지하였다.

개표는 전남지부 사무실(순천)로 지회장들이 지회별 투표함을 이송하여 진행하였다. 지부 사무실 앞 공터(복개 도로)에는 포장마차들이 죽 줄 서 있었고, 개표위원들이 개표하는 동안에 지회장들은 포장마차에서 회포를 풀고 있었다. 개표가 어느 정도 끝나갈 무렵에 사무실로 올라갔다. 투표 결과는 장, 심, 김 후보 순으로 득표하였으나 과반수 득표자가 없었다. 전교조 선거 규정에 따르면 1차 투표에서 과반수 득표자가 없을 경우에는 결선 투표를 하여 다수 득표자를 당선자로 확정하도록 되어 있었다. 그러나 지부 사무실 분위기가 묘하게 돌아갔다.

박종택 현임 지부장과 정남균 선거관리위원장, 심과 장 두 후보가 지부장실로 들어가서 잠시 이야기를 나누더니 장석웅 후보가 사퇴하여 심경섭 후보가 당선되었다고 선포했다. 이게 불가능한 것은 물론 아니다. 평양감사도 자기가 하기 싫으면 그만이다. 그러나 애시당초 지부장에 출마할 때 내세운 공약이 있었고, 이를 실천하기 위해 자신이 적임이라고 주장한 만큼 다시 조합원 총의를 묻는 것이 조직 책임자로서 올바른 자세였을 것이다. 이의를 제기했으나 통하지 않았다. 급히 관사로 돌아와서(해서는 안 될 음주 운전이었다) 전교조 본부 중앙선거관리위원회에 이 사실을 알리고 유권해석을 구하는 한편 전남지부 홈페이지에 이 사실을 알리고 부당함을 주장하였다. 조직이 정한 선거 규정을 조직 지도자들이 스스로 어기는 것은 커다란 문제라고 보았던 것이다. 결국 결선 투표로 가게 되었다.

밤늦게 순천의 박○○ 선생이 전화했다. 심 후보가 자기도 사퇴한다고 하여 후보가 없는 상태가 되었으니 성님이 경섭 형님한테 잘못했다고 한마디 사과해서 달래달라는 것이다. 이건 또 무슨 조화인가? 그렇게 책임감이 없이 기분에 좌우되어 조직의 지도자가 되려고 했단 말인가? 또한 내가 무슨 잘못을 했단 말인가? 잘못한 것이 있어야 사과하든지 말든지 할 것 아닌가?

우여곡절 끝에 결선 투표하여 심경섭 후보가 전남지부장으로 당선되었다. 이후 여수 지역 조합원 중 일부가 나를 싫어하게 되었다. 누가 지부장이 되어도 그만그만인 것을 왜 굳이 나는 절차상의 옳고 그름을 주장하였을까? 그랬다고 참 잘한 일이라고 격려해 주는 사람도 없었다. 다만 나는 그들에게는 평지풍파를 일으킨 사람일 뿐이었다. 왜 나는 그리 절차적 정당성을 주장했을까? 선출 과정에서 흠결이 없어야 우리 지도자가 대중에게 존중받을 것이 아닐까? 민족·민주·인간화를 기치로 내건 전교조이다. 우리가 모범을 보일 필요가 있었다.

155.
심증은 있으나 물증을 찾기가 어렵더라

간선제 교육감 선거 시절에 학교운영위원들을 살핀다. 평소에 친하게 지내는 사이들이다. 그러나 선거 때가 되면 모두가 포커페이스 모드로 돌아간다. 뭔가 낌새가 있는 것 같은데, 물증이 없다. 후문엔 봉투가 오갔다는 말이 살짝 나온다. 비밀을 지켜달라면서 이실직고하는 이도 있었고, 주로 학교장을 통하여 배분되는데, 말이 나오지 않을 사람을 중심으로 봉투 살포가 이루어진단다. 간선제는 선거인 수가 제한되어 있으므로 매표의 유혹이 따를 수밖에 없는 구조이다. 뭔가 낌새는 알겠는데 확 그냥 증거를 잡기가 너무 심드네. 교육 수장을 뽑는 선거가 이 모양이었다.

세간에는 업자들이 당선자를 결정한다는 소문이 있었는데, 투표일 2~3일 전에 될 성싶은 후보에게 자금을 집중하여 준다더라. 물론 보험금으로 나머지 후보들에게도 약간씩 약을 치기도 한다지 아마. 또는 전남도교육청의 주요 보직을 얼마씩에 입도선매한다는 말도 있었어. 약을 치는 자와 받는 자가 모두 처벌 대상이 되므로 모두가 입을 꼭꼭 다물어서 그 실상을 알기는 힘들었다. 다만 현장에서는 속칭 '가방모찌'라는 사람들의 인사나 기자재 구매, 시설 등의 청탁이 있어서 짐작할 수 있었을 뿐이라고 하더라.

156.
아버지께서 영면에 드시다

2000년 봄.

아버지께서 영면에 드셨다. 부모님은 나주 공산 성남마을에 살고 계셨다. 우리 부부가 영광에서 모시고 살다가 해직이 되자 형제자매들이 성남마을로 따로 모셔 온 것이다. 그러나 형제들이 부모님을 우리 부부와 격리만 시켰지, 실제로 부모님이 필요한 일들은 여전히 우리 부부의 몫이었다. 오히려 영광과 나중에 내가 광주로 이사해서는 광주에서 성남까지 원거리를 이동하여 살펴 드려야 했으니 시간 소모가 더 많았다. 형제들은 가끔 들러서 용돈을 조금씩 찔러 주는 것이 전부였다. 병든 노인을 모시는 것은 수발을 잘 드는 것이지 약간의 용돈을 드리는 것이 아니다. 더구나 거동이 불가능한 아버지에게 용돈은 아무런 도움이 되지 않았다. 그저 자기들 스스로 기분 만족이거나 보여 주기거나.

아버지는 장이 꼬여서 수술하셨다가 죽음의 문턱에서 다시 오셨다. 병세가 다시 악화되어 집에서 운명하시기로 하고 성남 집으로 모셨다. 앰부란스가 떠나고 식구들은 대기하고 있었다. 시간이 지나자 아버지는 다시 기운을 차리셨다. 그렇게 3년 가까이 더 사셨다. 몇 차례 위기가 오갔다. 양치기 소년처럼 식구들도 인자는 아버지가 위태하시다고 해도 곧 좋아지시겠지 하는 모양새였다.

어머니도 낙상하신 뒤로 병원에 계시다가 아버지의 병세가 어려워지자 집에서 함께 계셨다. 노인은 낙상 사고가 가장 위험하다. 한번 넘어지면 다시 일어나기 심들다. 우리 부부는 매주 수요일에 아내가 혼자 가서 정리를 해 드리고, 토요일 오후에는 아내는 먼저 오고 나는 퇴근 후에 결합하여 아버지의 대소변 가릴 자리 정리, 요강 씻어서 일광욕시키기, 이불 털고 말리기, 청소하기, 반찬 준비하기 등을 해 왔다. 아내는 광주집에서 광천동 버스터미널까지 시내버스, 다시 100리 길을 완행버스를 타고 독와실에서 내려 다시 오리 길을 걸어서 성남 집에 오가면서 부모님을 살펴 드렸다.

보리밥 묵고 방구뀔께 배가 푹 꺼져불등만

2000년 3월 25일 토요일.

여느 때처럼 퇴근하고 부모님 댁에 들렀다. 그때까지는 보통 때와 별다름이 없었다.

"아부지! 뭘 좀 잡수셨소?"

"라면이 묵고 자파서 끓이라고 했더니, 별 입맛이 없더라."

어머니는

"마을에 초상났어야. 우리는 못 움직이니까 니가 가서 늦었지만 조문하고 오니라."

조문을 마치고 부모님 옆에서 낮잠을 한숨 잤다.

"아부지, 다음 주에 또 오께요."

하고 집을 나서서 막 동네 모퉁이를 돌아서는 참인데, 어머니의 급한 전화다.

"느그 아부지가 이상허다. 얼릉 다시 오니라."

급허게 차를 돌려서 다시 집으로 향했다. 아부지가 가신다. 아주 편안한 모습으로 가신다. 손을 꼭 잡아 드렸다. 그렇게 우리 현대사의 산증인 한 분이 가셨다. 가장이지만 평생 가장다운 역할을 제대로 하지 못하는 자괴감으로 사시던 아부지가 그렇게 가셨다. 아부지는 과연 행복한 순간이 있으셨을까? 5남매 중에서 나는 아버지 임종을 지킨 유일한 자식이었다.

장례는 집에서 천주교식과 재래식을 겸한 방법으로 치렀다. 아버지는 의식이 있으실 때 영산포 성당 신부님의 병자 성사로 세례를 받았다. 아버지를 염하기 위해 자리를 정리하다 보니 이불 사이에 만 원짜리 지폐 몇 장이 접힌 채 있었다. (임종 후 달려온 어느 형제는 그 돈부터 확인하더라.) 그간 누군가 다녀갔던 모양이다. 아부지 이부자리는 정리하지 않고 그냥 인사치레로 들러만 보고 간 게지. 마당에 마을에서 빌린 차양을 치고 연탄불을 피웠다. 동네 사람들이 잘 협조한다. 보통 마을에서 함께 살면 평소에 서로 품앗이하는 것이다. 그러나 외지에 살고 있던 나는 품앗이를 못 했으니 품삯을 드렸다. 보통 일당 5만 원이라고 마을에 살고 계시던 봉국 형수님이 귀띔을 해 주셨지만 나는 10만 원씩 드렸다. 홍어는 초등학교 여자 동창 최○○이 목포에서 홍어 가게를 한다고 해서 주문하고, 돼지고기는 사다 삶고. 식육점 하던 큰누이가 팔다 남은 우족을 한 보따리 던져 주길래 한 솥 삶고.

전교조 선후배 동지들의 조문 행렬이 이어졌다. 밤이면 사방이 어두워져서 길을 찾기도 힘든 곳에 오셨다. 주요 갈림길에 표시해 두었어도 어두워서 잘 보이질 않았다. 당시 전교조의 단합은 실로 강고했다. 박봉주 강진교육장님과 장학사님들도 오셨다.

큰누이는 내가 불효를 했다고 티를 뜯고, 형님은 만취하여 주사를 부리고 상주들이 정상이 아니었다. 고인이 된 작은누이 남편도 어떻게 알고 왔다가 형님과 자형의 주사에 치를 떨고 자리를 떴다. 큰누이도 밀려드는 조문객들을 보고 내가 얼마나 부모님에게 불효했는지를 이참에 광고하려는 듯 악을 써댔다. 조문객은 밀려드는데 정작 상주들은 어수선하다. 조문객은 나 혼자 맞았다. 나중에 보니 무릎이 다 까졌더라. 부끄러웠다. 너무 창피했다. 다른 집도 이런 일이 있을까?

아버지 안식처는 성남마을 입구 감리교회 옆 밭으로 정했다. 아부지 생전에

"나는 죽어도 갈 디도 없어야!"

하시는 말씀에 형님이 고모네 밭 352㎡를 미리 사 두었었다. 고향 영암에 선산은 있지만 우리 아부지가 들어가실 공간은 없었다.

지금 부모님 산소는 때가 곱게 자라고, 주변에 심은 측백나무도 무성하다. 산소 관리는 1년에 한두 번 가서는 어렵다. 계절마다 관리해야 할 내용이 다르다. 내가 죽고 나면 관리할 사람이 없다. 그래서 나는 산소를 자연으로 돌려보내려는 준비를 하고 있다. 재작년에 반송을 추가로 심었다. 수목장을 염두에 두고 있다. 산소가 자연으로 돌아갈 수 있도록 산소에 석물(石物)은 전혀 설치하지 않았다.

보리밥 묵고 방구뀅께 배가 폭 꺼져불등만

157.
어머니께서 아버지를 따라가시다

2000년 가을에 어머니께서 아버지를 따라가셨다. 평생 가장 노릇을 제대로 하지 못한 아버지를 대신하여 어머니는 생계 투쟁에 전념하셨다. 어머니가 모으신 돈으로 처음으로 '우리 집'을 지었다. 흙 담틀로 벽을 친 초가삼간이었다. 기둥으로 쓸 목재는 소금 창고에서 나온 헌 목재를 싸게 사 왔다. 서까래용 목재는 아부지와 형님이 이웃 동네 산에서 바람이 심하게 부는 날 서리했다더라. 여름이면 기둥에서 소금이 서리곤 하였다. 지금 그 집은 초등학교 동창이 사서 살고 있다. 가계를 거의 책임지신 어머니의 발언권은 자연히 강해졌다. 손위 형제들은 가정사 논의를 어머니와 했지 아버지의 의견은 묻지도 않았다. 그렇게 아버지는 늘 소외되었다. 어머니가 가셨다.

어머니는 낙상하신 뒤로 병원 생활을 오래 하셨다. 집에 계시다가 악화되어 병원으로 다시 모셨다. 위태하시니 병원에서 임종할 것인지 댁으로 모실 것인지를 선택하란다. 당시만 해도 집 밖에서 죽으면 객사라는 인식이 있어서 집으로 모셨다. 식구들이 다 모여서 어머니의 임종을 지켜본다. 시간이 흐른다. 아주 가느다란 호흡만 있으시지 별 반응이 없는 어머니. 뽑았던 링거 주사를 다시 꽂았다. 식구들은 다들 자기 생업으로 복귀하였다. 이 상태로 거의 보름을 지냈다. 병원에 계실 때 큰누이가 간병인을 붙였는데 연변 동포 아주머니였다. 이이가 우리 가족들을 이간질하기도 했다. 사이사이에 다녀간 형제들의 이야기에 자기 상상력을 덧붙여서 전달하는 식이었다.

2000년 10월 23일이었다. 토요일이다. 어머니는 그동안 식물인간 상태였지만 오늘은 느낌이 좀 다르다. 아마 오늘 가실 것 같았다. 형제들에게 연락했다. 연락을 받고 온 형제들은 임종을 앞둔 어머니를 대하는 태도가 아니다. 각자 자기 주장으로 악을 바락바락 쓴다. 자기들은 효도하는데 나만 불효라는 주장이었다. 나의 불효로 어머니가 저 모양이란 것이다. 어머니는 아버지 때와는 사뭇 다르게 숨을 바로 넘기지 못하고 고통이 심하시다. 마음이 찢어질 것 같았다. 어렵게 숨을 거두셨다.

그렇게 어머니는 아버지를 따라 떠나셨다. 혹자는 부부가 한 해에 함께 가셨으니 부부 금실이 좋았던 모양이라고 하더라만 과연 그랬을까?

아버지의 장례와 비슷하게 성남마을 집에서 장례를 했다. 천주교와 재래식 장례법을 병합하여. 형님의 주사가 다시 시작되었다. 이번에는 큰누이의 남편도 형님의 주사에 결합한다. 큰누이는 우리 부부가 잘 못 모셔서 돌아가셨다고 악다구니다. 큰누이는 차마 입에 담기 민망한 말들로 패악질이다. 큰누이 아들인 조카 녀석의 존속폭행의 불상사도 있었다. 장례를 치르는 집은 아수라장이다. 봉국 형수님이 우리 아이들을 데리고 댁으로 가셨다. 아이들에게 흉한 모습을 보여서는 안 된다는 형수님의 크신 배려였다.

어머니는 아버지 옆에 모셔 드렸다. 아이들에게 부끄럽다. 화목한 가정의 모습을 보여야 하는 것인데. 장례는 형제들의 패악질까지 감당하면서 거의 혼자 감당하는 몫이었다. 장례가 끝나고 조의금은 손도 대지 않고 형제들에게 맡겨 놓고 광주집으로 서둘러 돌아왔다. 조의금에 관심을 가지면 또 어떤 욕을 먹을지 모르는 일이었다. 아내는 조카의 존속 폭행으로 뒷머리에 멍이 들고, 정신적으로도 매우 힘들어하여 입원하였다. 나중에 아내가 입원해 있던 화정동 한국병원으로 막내 여동생이 정산하고 남은 내 몫이라고 얼마를 가지고 왔더라. 이후로 우리 형제들은 다시 보지 못 했다. 명절이나 부모님 제사 때도. 심지어 2009년에 형님이 작고하셨을 때도 보이지 않았다.

전교조 동지들과 친구들, 박봉주 강진교육장님과 장학사님들이 오셨다. 강진교육청은 다음 날 정기감사라고 하던데 오셨다. 감사합니다.

어머님의 유품을 정리하다 보니 어머니의 비망록이 있었다. 해직된 이후 내가 모시던 영광 집에서 분리해서 성남마을로 오신 이후 약 8년간 자식들이 드린 용돈이 기록되어 있었다. 형님과 큰누이, 내가 각각 약 740여만 원씩이고 막내가 그 1/3 정도였다. 해직되어 생활이 극도로 어려웠던 시기에도 나는 결코 형제들에 비하여 부모님 용돈을 적게 드린 것은 아니었다. 그리고 부모님 병수발은 우리 부부가 다 맡아 왔었다. 평소에 자기들이 부모님 생활비를 다 댄다고 우리 부부는 불효한다고 그리 악담하던 형제들이었다. 자기들은 용돈만 조금씩 드렸지, 병석에 계신 부모님

대소변 한번 가려드리지 않았다. 부모님 병수발은 고스란히 우리 부부의 몫이었다. 차후 산소 관리며 제사도 다 우리 부부 몫이 되었다. 산소에 갈 때마다 아내와 아이들은 그날의 트라우마로 불안을 호소한다.

158.
삶에 과부하 걸린 서기 2000년

내게 서기 2000년은 삶에 너무 과부하가 걸린 한 해였다. 밀레니엄이니 뭐니 하는 세간의 다소 흥분된 분위기와는 다른 삶을 살았다. 강진군동중학교 교무부장, 전교조강진지회 지회장, 전라남도교육감 선거에 휘말린 전교조 중간 간부, 어렵게 시작한 교육대학원 공부, 그리고 봄과 가을에 연이어 가신 아버지와 어머니의 장례 등으로 몸과 마음이 지쳐 있었다. 온몸의 진기가 다 빠져나가고 껍딱만 남은 것 같았다. 체력도 많이 떨어지고 의욕이 떨어졌다. 만사가 귀찮았다. 휴식이 필요했다. 분위기 전환도 필요했다. 그러나 쉴 수 있는 처지가 아니었다. 교사로서 아이들을 가르치는 일을 소홀히 할 수도 없었다. 한창 자라는 아이들의 아버지 노릇도 포기할 수 없었다. 부모님 산소를 찾는다. 자주자주. 괜히 눈물이 막 나온다. 가슴이 횅하다.

이때부터 향후 몇 년간 까닭 없이 나도 모르게 긴 한숨이 나오곤 했다. 가끔 숨이 턱 막히기도 하고. 그 증세가 5년 이상 지속되었던 것 같다. 괜히 걱정하게 하고 싶지 않아서 식구들에게는 말하지 않았다. 교사는 자신의 감정을 함부로 드러내서는 안 된다. 나의 속상한 삶을 아이들에게 보여서는 안 된다. 어느 코미디언의 말이 공감이 갔다. 자기가 너무 어렵고 속상해도 무대에 서면 즐거워야 했다는 말이 새로웠다.

보리밥 묵고 방구뀡께 배가 푹 꺼져불등만

159.
전교조전남지부가 전라남도교육감 선거전에 휘말리다

2000년 5월 무렵으로 기억된다. 느닷없이 전남지부장에게서 급한 연락이 왔다. 지회장을 비롯한 지회 핵심 간부 2명씩 화순 도곡 온천 원탕으로 모이라고. 가는 도중 방송에서 정동인 전라남도교육감이 사퇴했다는 보도를 한다. 정동인 교육감은 내가 해룡고등학교에 근무할 때 과학 전공인 자기의 무남독녀를 해룡중학교 영어 교사로 들이민 사건으로 접한 적이 있는 인물이다. 교육의 정도를 걷는 인물도 아니고, 공사를 분명히 가릴 줄 아는 인물도 아니다. 공명심 많은 분이 칭병하며 교육감직을 던진 것은 뭔가 석연치 않은 일이 있을 것이다.

원탕에 도착하니 뭔 일인지 미리 알고 온 사람, 뭐가 급한 일이라고 이리 급히 소집하는지 궁금해하는 사람도 있다. 활동가들이 모이자 누군가 연단에 올라 상황을 설명한다. 목포 누군가 결혼식이 있어서 거기에 갔던 사람들이 정동인의 사퇴 소식을 접하고 이참에 교육감을 우리가 장악하자는 식의 사전 논의가 있었다고 하더라. 내용은 정동인 교육감의 사퇴로 보궐선거를 하게 되었다. 누군지 기억이 없지만 '이번이 전교조가 전남 교육 권력을 장악할 절호의 기회이다.'라는 식의 주장을 하더라. 여러 사람이 미리 짠 듯이 연달아 연단에 올라 거품을 문다. 대충 짐작은 했지만 역시 그것이었다. 미리 후보를 정하고 소집한 느낌이 아주 강했다. 의견을 구한다기보다 자신들의 주장을 관철하는데 바빴다. 참 순진한 사람들이라는 생각이 들었다. 찬반 토론이 치열하였다. 대체로 전교조전남지부가 후보를 내자. 당선이 거의 틀림없다는 쪽이고 김영효 선생과 내가 반대했다.

나의 반대 논리는 이러했다.

첫째, 전교조가 교육감 선거에 나가는 것이 옳은 일인지 검토가 필요하다. 참교육을 지향하는 전교조가 자칫 권력을 탐하는 조직으로 폄하, 왜곡될 소지가 크다.

둘째, 노동운동은 단체 교섭을 통해 목표를 달성해야지 권력 안으로 들어가는 것은 정도가 아니다. 설사 권력을 잡더라도 관료 조직의 보수성을 타파하는 것은 너무 어렵다. 마치 한강에 잉크 한 병을 붓는 것과 같다.

셋째, 조직의 투쟁 동력이 크게 소모될 가능성이 매우 높다. 현장은 계선 조직의 임원을 꾸리기도 벅찬 상황에서 과제가 산적해 있어서 임원들이 늘 과부하가 걸리고 있는 상황이다.

넷째, 당선될 가능성도 아주 희박하다. 직접선거라면 가능할 수도 있겠지만 학교운영위원으로 선거인단이 꾸려진 간접선거 상황에서는 어렵다. 당시 중등의 경우 운영위원에 교사 위원이 한두 명씩 들어가 있으나 당연직인 교장과 친교장과 교사, 보수적인 학부모 위원과 지역위원으로 구성되어 있었고, 초등은 더 열악했다. 설사 1차 투표에서 1위를 한다고 하더라도 결선에 가면 교장들이 똘똘 뭉쳐서 반전교조 전선을 형성할 것이다.

원탁에 모인 대부분의 사람들이 이미 교육감은 우리 것이라는 환상에 젖어 있는 것 같았다. 논의는 요식행위이고 거의 미리 짠 각본대로 되어 가고 있었다. 고진형 선생을 교육감 후보로 정하고 당선을 위해 노력하기로 결정하였다.

변수가 생기고 있었다. 전라남도교육감에 입후보하려고 하는 자는 60일 이상 전라남도에 주소를 두고 있어야 한다. 전라남도선거관리위원회는 보궐선거일 결정을 차일피일 미루고 있었다. 잠재적 경쟁자들 상당수가 광주에 주소를 두고 있었는데, 정동인의 느닷없는 사퇴로 이들이 뒤통수를 맞은 것이었다. 아마도 정동인의 계산된 사표였으리라. 비서진도 모르고 있었다는 후문이다. 나는 선거관리위원회에 조속한 시일 내에 보궐선거를 하여야 한다고 민원을 넣었다. 교육감의 공백 사태를 최소화해야 하며, 선거일을 늦출 경우는 특정인의 후보 등록 요건을 맞춰 주기 위한 것으로 보일 수 있음을 지적하였다. 선거관리위원회는 정동인 사퇴 60일 이내에 보궐선거일을 잡았다. 그 결과 차기 교육감 선거를 대비하고 있던 유력 후보들이 등록하지 못하고 난쟁이들의 키재기가 되다시피 되었다. 유력 후보들이 미처 등록하지 못한 상황이 자신들에게 아주 유리하게 작용한다는 동상이몽을 하고 있었는지도 모른다.

나는 이른바 후보 전술을 반대하였으나 조직이 결정하였으므로 우리 후보 당선을 위해 최선을 다하였다. 우리가 예상한 대로 1차 투표에서 우리 고진형 후보가 1위를 하였다. 그러나 과반수 득

보리밥 묵고 방구뀡께 배가 푹 꺼져불등만

표를 하지 못하여 1, 2위 득표자가 결선 투표를 하게 되었다. 결과는 1차에서 2위를 하였던 정영진 후보가 결선 투표에서 과반수를 얻어서 당선되었다.

예상대로 전교조가 교육감 선거전에 뛰어든 후유증은 컸다. 무엇보다 활동가들의 진기가 다 빠져부렀다는 것이고, 교육 관료들의 전교조에 대한 견제가 더욱 심해지고 있었다. 현장에서도 전교조의 순수성을 의심하기 시작했다. 전교조 주요 임원 활동은 입신을 위한 스펙 쌓기일까?

선거 자금의 갹출과 선거 운동 등은 공직선거법과 공무원법 등에 저촉되는 불법이므로 음성적으로 활동하였다. 모든 조합원이 징계의 위험을 무릅쓴 선거 운동이었다. 후보와 선거 참여를 찬성하는 이들은 이러한 위험성을 얼마나 심각하게 인지하고 있었을까?

향후 전교조 출신이 교육감 당선이 유력해지면 분파가 갈리고, 자중지란이 일어날 개연성도 염려되었다. 중이 고기 맛을 보면 절간에 빈대가 남아나지 않는다는 속담이 있다. 교육노동운동의 본질과 공직 진출이 상충하지 않는 것인지 심각한 검토가 필요하다.

다시, 처음처럼!
민족·민주·인간화를 위한 한 길로 매진을!

160.
한국교원대학교 교육대학원에서 지평을 넓히다

한국교원대학교 교육대학원 일반사회교육학과에 합격한 이후 강진군동중 2년, 화순북면중 재직 중 1년의 생활 중에 대학원 과정을 마쳤다. 동기생 중에서 내가 나이가 제일 많았다. 교원대를 졸업하고 경상남도에 근무하던 김상문 선생을 일반사회교육과 대표로 선출했다. 서울대 출신도 3명이 있었는데 그들은 동기생들과 별로 어울리지 않았다. 그들은 별도로 바빠 보였다. 동기생 중에서 박사 코스를 원하는 이는 없어 보였다. 지도 교수는 대개 대학 시절의 자기 전공에 따라 정하였다. 나는 경제학 전공 김관수 교수를 지도 교수로 택하였다. 앞으로 석사 학위 논문도 지도 교수의 전공에 따라 쓰게 될 것이었다. 박사 과정에 전교조 후배 동지인 곡성 해직자 정한기 선생이 있었다. 나중에 논문을 쓸 때 정한기 선생의 도움을 받았다. 교수 중에서도 후배뻘이 되는 이가 있었다.

교육대학원 재학 시절에 아무개 교수 부친상이 있었다. 대학원생들은 조의금을 거두고 대표를 보내 문상하였다. 그런데 다음 해 겨울 학기 때 단배식 자리에서 법학 전공 김○○ 교수가 화를 버럭 냈다. 교수 부친이 돌아가셨는데 대학원생들이 문상만 하고 가 버렸다는 것이다. 남아서 심부름도 해야 쓴다는 것이다. 박사 코스는 회식이 끝나고 남으라고 호통이다. 박사 코스는 교수에게 밉보여서는 학위를 받을 수 없는 환경이었던 모양이다. 석사 코스 대학원생들은 뜨아하게 볼 뿐이었다.

교수의 강의보다는 기숙사에서 혹은 술집에서 동기생들끼리 나누는 경험담이 좋았다. 각자의 수업 노하우, 교육 현장에서 마주하는 문제 상황과 그 대처들이 소중했다. 흡사 일반사회과 전국 연수와도 같았다. 일과가 끝나면 술집이나 당구장으로 몰려다니기도 했다. 술이 부족하면 기숙사로 족발, 골뱅이무침 등을 배달하여 먹으면서 담소를 나누곤 했다. 기숙사 바로 옆에 있는 음식점들은 자리 차지하기가 어려울 정도로 붐볐다. 들리는 말로는 방학 두 달 동안에 1년 먹을 걸 번다나 어쩐

보리밥 묵고 방구뀡께 배가 푹 꺼져불등만

다나. 우리 옆방의 어떤 이는 유난히 큰소리로 웃거나 떠들어서 참 거슬렸다. 남을 전혀 의식하지 않는 것 같았다.

우리가 교육대학원 학생회장으로 뽑은 윤치권 선생은 장사익, 공옥진 등 공연을 주최하여 대학원생들뿐만 아니라 교원대 식구들을 위로하였다. 특히 공옥진 선생은 당시 와병으로 원광대 병원에 입원 중이었는데, 의사의 권고를 뿌리치고 오셨다고 했다. 도저히 공연할 수 없어서 인사라도 드리려고 왔다는데, 우리 아이들을 가르치는 선생님들께 그것은 예의가 아니라고 오늘 여기서 죽더라도 선생님들께 보답하는 공연을 꼭 해야겠다고 예의 병신춤을 추시더라. 위인이시더라. 우리는 뜨거운 박수로 선생을 응원하였다. 쾌차하시라고. 하지만 그 후 얼마 지나지 않아서 작고하셨다는 말을 들었다. 아마 우리가 선생의 마지막 공연을 감상한 것이 아닐까 싶다. 한국 현대사에서 서럽고 고달픈 일생을 '병신춤'이라는 예술 장르로 승화하신 위인이 가셨다. '병신춤'은 전승이 되고 있을까? 그렇더라도 선생만큼의 깊이가 나올지는 모르겠다. 어쩌면 예술은 그 예술가의 삶이 녹아난 혼과 같은 것이 아닐는지.

161.
이상한 법학 교수 – '나는 법실증주의자야'

한국교원대학교에는 그 큰 대학에 법학을 가르치는 교수가 딱 한 명이었다. 교육법 첫 시간인데 담당 교수는 전남 완도 금당도 출신이라는 김 아무개다. 이분은 경어를 별로 쓰지 않고 반말투로 강의하였다. 교사들은 어린이들에게도 수업 중에 경어를 쓰는 것이 일반적인데, 그 김 교수는 그렇지 않았다. 교사를 존중하지 않아 보였다. 교원 양성 대학의 교수로는 어쩐지 어색하다는 느낌이 있었다. 암튼 이런저런 이야기를 두서없이 늘어놓는다. 수업 준비를 전혀 하지 않은 느낌이 들었다. 현장에서 수고하다가 공부를 더 해 보고자 모인 대학원생을 대하는 예의를 보기 어려웠다. 와중에

"악법도 법이다. 법은 지켜져야 한다."
고 강조한다.

뭐시여? 소위 교육법을 가르치는 교수가 어떻게 저런 말을? 즉각 반박했다.

"법의 목적은 정의의 실현에 있다고 합니다. 악법은 정의에 반하는 것인데, 어찌 악법이 법일 수 있소? 인류 역사는 악법에 저항하고 투쟁하여 고쳐 온 것이요. 그렇게 해서 오늘날 우리가 있는 것입니다."

뭐라고 응답한다. 또 반박한다. 말이 막힌 듯

"당신, 나가!"

보리밥 묵고 방구뀡께 배가 푹 꺼져불등만

버럭 소리를 지른다. 교실 밖으로 나가란다. 이대로 나가면 모처럼 비싼 돈 들여 입학한 대학원을 망친다. 침을 삼키고 심호흡하면서 참았다.

후문에 교원대를 졸업한 후배 선생님들의 이야기로는 그 교수에게 반발하면 학점을 주지 않는다고 한다. 이런 양아치가 따로 없다. 대한민국이 복지국가 맞구먼, 이런 교수가 떵떵거리며 살고 있으니. 나중에 교원대 출신 동기생들이 이 추이를 재미있게 보고 있었다고 하더라고. 내가 박차고 나갈 것인지, 참고 남을 것인지.

김○○ 법학 교수는 수업 중,

"참, 재밌는 게."

하는 말을 후렴처럼 자주 썼다. 그러나 재밌다기보다는 슬프거나 안타까운 일을 사례로 든다. 교육법 시간이니까 주로 교육과 관련한 사건 사고에 대한 사례다. 교육 현장이 법과 관련되면 대개는 학교와 교사가 당하는 일이다. 교육대학원에서 교육법을 설강한 취지는 교사들이 관련 법을 잘 알고 대처하여 사고를 미연에 방지하고, 사건 사고가 발생했을 때는 슬기롭게 대처하라는 것이 아닐까? 그 김 교수는 그저 교육 현장의 사건 사고들이 재미있는 모양이었다.

조교가 과 대표를 통하여 플로피 디스켓을 한 장씩 전한다. 『교육법규』라는 교육법에 관한 책 원고이다. 각자에게 주어진 부분이 있는데, 이걸 수정하고 보완하여 제출하는 것이 과제이다. 이 과제가 교수의 마음에 들어야 좋은 학점을 받는 모양이었다. 이미 앞선 대학원생들이 몇 번이고 거친 과정으로 보인다. 우리 기수 뒤로도 같은 숙제가 돌더니 이듬해 드디어 책이 나왔다. 우리는 거의 의무적으로 한 권씩 사야 했다. 서문 말미에

"교정을 봐 준 교육대학원생들에게 감사한 말을 전한다."

저자는 물론 김 교수이다. 과연 김 교수가 저자 맞는가? 대학원생들이 다 쓰고 고치고 한 것이 아

니었던가?

그 법학 교수는 전혀 전문가답지 않았다. 강의가 전혀 성의가 없었다. 그러나 한국교원대학교 그 큰 대학에 법학전공이 오직 한 명뿐이라서인지 유아독존이었다. 아주 좁은 우물 안 개구리로 보였다. 나중에 총장 선거에 나왔다가 낙방하기도 했다.

보리밥 묵고 방구뀡께 배가 푹 꺼져불등만

162.
윤치권 선생을 교육대학원 총학생회 회장으로 추대하다

교육대학원생도 학생회비를 내고 있었지만, 교육대학원의 운영에 교육대학원생들의 의사가 전혀 반영되지 않고 있었다. 2학년이 되자 우리 일반사회과에서 총학생회장을 만들어 보자고 의견 일치, 인하대학교 총학생회장을 역임했다는 윤치권 선생을 추대하여 당선되었다. 별로 경합이 이루어지지 않았다. 우리는 윤치권 선생을 '취권' 선생이라 부르기도 했다.

윤치권 회장이 재임 중 크게 두 가지 일을 해냈다.

첫째는 학생회관 식사였다. 학생회관 식당의 식비는 직영인데 3,500원이었고, 교수 식당은 위탁 경영인데 2,500원이었다. 반면에 식사 내용은 교수 식당이 더 좋았다. 우리가 전날 술이 과했을 때는 속풀이를 위해 아침에 교수 식당을 별도로 이용하기도 했다. 윤치권 회장이 담당관을 찾아서 항의하고 시정할 것을 요구하였다. 당신이 뭔데 이러냐는 핀잔만 듣고 왔다. 일반사회과 2학년이 집단으로 몰려가서 그 담당관(사무관)을 뭉개 버렸다. 해직되어 투쟁해 본 경험이 있는 내가 주동이 되었다. 학생회관은 직영으로 제반 경비가 절약될 뿐만 아니라 학기 중에는 재학생들로, 방학 중에는 대학원생들로 식수 인원이 많으니 위탁 경영하는 교수 식당에 비해 학생회관의 식사비가 더 싼 것이 당연하다는 것, 현직 교사들로 구성된 교육대학원생의 대표를 이렇게 홀대하는 당신이 평소 학부생을 얼마나 우습게 여기는지 모르겠다. 스승을 양성하는 교원대에 당신이 근무할 자격이 있는지 당신의 인성에 대하여 총장님과 논의해 봐야겠다. 옆에서 그 담당과의 직원들이 상사에게 편을 묵는 이야기를 하길래,

"가만히 있으면 중간은 갑니다. 괜히 끼어들어서 욕보지 마시오."

결국 담당관이 꼬리를 내리고 윤치권 회장에게 사과했다. 결론은 학생회관 식사비를 3,000원으

로 낮추고 식사 내용도 향상되었다. 우리가 졸업하자 식사비는 바로 3,500원으로 환원되었다. 세상, 참!

둘째는 사생활이 문란하기로 소문난 ○○교육과 아무개 교수를 징계하도록 나선 일이다. 그 결과는 자세히 알지 못한다.

보리밥 묵고 방구뀅께 배가 푹 꺼져불등만

163.
한국교원대학교교육대학원에서 석사 학위를 받다

교육대학원 과정을 이수하면서 약 2,000만 원 정도가 들어갔다. 수업료, 책값, 기숙사비, 교통비, 술값, 논문 준비비, 논문 발행비 등. 해직된 살림이 이어지고 있던 상황에서 내게는 너무 벅찬 비용이었지만 묵묵히 지지해 준 아내가 고맙다.

한국교원대학교 교육대학원 총학생회는 1997년 7월에 대학원생을 위한 『학위논문작성법』이라는 안내 책자를 발간하여 교육대학원생들에게 나누어주었다. 논문 편집 작성법은 논문 주제의 선정, 논문계획서 작성, 논문의 구성, 논문의 체제, 기타 수표와 도표, 인용과 주석, 참고문헌 등을 담고 있었다.

1년이 지나자 지도 교수는 학위 논문의 제목과 목차를 정하자고 했다. 나는 소득분배의 불공정에 관심이 있었다. 질적 연구를 할 것인가, 양적 연구를 할 것인가? 질적 연구는 벅차게 생각되어 양적 연구를 했다. 제목과 목차를 정하는데 1년이 넘게 걸렸다. 지도 교수와 상담하면 퇴짜를 거듭했다. 마지막 해를 앞두고 겨우 제목과 목차가 정해졌다. 지도 교수는 제목과 목차가 정해지면 논문이 반은 완성된 것이라고 한다.

양적 연구를 위해서는 설문 조사를 하고 통계 처리를 해야 한다. 'SPSS WIN'이라는 통계 프로그램이 있었다. 원판은 50만 원이 넘는다는데 1만 원짜리 해적판이 나돌고 있어서 쉽게 샀다. 프로그램을 이해할 수 있는 책을 사서 작동법을 익혔다.

논문 제목은 『성 및 환경 요인에 따른 고등학생의 소득분배 의식』이었다. 목차는 제1장 서론, 제2장 소득분배의 이론적 배경, 제3장 우리나라 소득분배의 문제점 및 전망, 제4장 고등학생의 소득분배 의식, 제5장 결론 및 제언으로 구성하였다. 설문 시 표집의 모집단은 전국단위로 조사하기에는 물리적 한계가 있어서 광주광역시와 전라남도의 일반계 고등학교와 실업계고등학교로 한정하였고 논문에도 그 한계를 썼다.

고등학생의 소득분배 의식에 관한 선행 연구를 찾기는 어려웠다. 비슷한 제목을 찾아서 교원대 도서관, 국회 도서관을 뒤져서 마구 복사했다. 제목만 그럴듯하나 내용은 빈약한 논문이 많았다. 지도 교수는 인용할 시 표절에 주의를 기울여 주를 잘 달아야 한다고 강조했다. 동기생들끼리도 그런 이야기들이 자주 오갔다. 요즘 장관 후보자나 윤석열 부인 김건희의 논문 표절 사태를 보면 어떻게 그런 일이 가능했을지 의문이 간다. 연구자의 소양이 부족하더라도 지도 교수들이 한 번이라도 세심하게 읽어 보면 표절은 금방 드러날 것인데. 뭘 먹었거나, 전혀 읽어 보지 않았거나, 심사 능력이 없었거나….

논문 심사는 예비 심사와 본 심사로 두 번 하였다. 예비 심사에서 지적된 내용을 보충하여 최종 심사를 하였다. 석사 학위 논문 심사는 일반사회과 대학원생 전체가 모인 가운데 발표하면 교수들이 질문을 한다. 참석한 대학원생들에게도 질문의 기회가 주어졌으나 서로 삼가는 눈치였다. 더러는 아주 우수한 논문이라는 칭찬을 듣기도 하고, 더러는 이것이 과연 논문이냐는 핀잔을 받기도 한다. 교수가 두 편으로 갈려 있다는 인상을 받았다. 내 논문은 칭찬도 핀잔도 없었다. 그저 그런 논문인 셈이었던가? 석사 학위 논문 심사는 해당 대학 재직 중인 교수 3명이 날인하는데, 내 논문의 심사위원장은 김태헌, 심사위원은 최병모, 김관수 교수이었다. 모두 친필로 서명 날인하였다. 논문 심사할 때 화순 사평에서 기정떡(술떡)을 사 갔다. 처음 먹어 본 사람이 많은 모양이더라. 떡에서 술 냄새가 왜 나냐고.

논문을 쓰는 과정에서 강진군동중학교에서 만난 국어과 정승희 선생의 도움이 컸다. 정 선생의 손이 들어가면 글이 깔끔해지고 제법 읽을 맛이 난다.
정 선생님, 고맙습니다.

2002년 2월 25일에 교육대학원을 졸업하였다. 졸업식에 묵묵하게 뒷바라지를 해 준 아내와 든든

보리밥 묵고 방구뀡께 배가 푹 꺼져불등만

한 내 아들 새벽이가 함께 참석하였다. 졸업 모자를 아내에게 씌워 주었다. 사진을 찍었는데 안타깝게 빛이 들어가서 다 망쳤다. 여러모로 서툰 인생이다.

논문의 끝에 이렇게 적었다.

감사의 글

산다는 것은 참 힘든 일입니다.
힘든 만큼 묵묵히 견디고 살다 보면
그 시절이 언제였던가 회상에 젖기도 하지요.
늦게나마 제가 대학원에서 공부를 할 수 있었던 것은
전적으로 제 아내 정필옥의 내조입니다.
어려운 가정에 시집와서 20여 성상을 잘 견디어 왔습니다.
아둔한 저를 매번 친절하게 지도해 주신 김관수 교수님,
서로 격려하고 힘을 실어 준 동기생 여러분,
바쁜 와중에서도 졸고를
그나마 읽을 수 있도록 다듬어 준 정승희 선생님,
돌아보면 모두가 고마운 분들뿐입니다.
이 모든 분들께
주님의 축복이 있기를
기원합니다.

164.
사회과 학습홈페이지, '김옥태의 사회나라'를 만들어 운영하다

'김옥태의 사회나라'라는 사회과 학습 홈페이지를 열었다. 컴퓨터 업계에서 일하는 해룡고 아카데미 제자 정인규 사장의 도움이 컸다. 정 사장은 내 구상에 따라 홈페이지를 설계하고 서버를 무상으로 제공하였다. 나중에 광주에서의 사업을 접고 서울로 일자리를 옮길 때는 저렴하게 서버를 사용할 수 있는 곳을 친절하게 안내해 주었다.

'사회나라'는 주로 사회과 학습에 관한 정보들을 다루었다. 교과 지도자료와 평가자료, 보조자료 등이었다. 내가 스스로 만든 자료도 있었지만, 이 분야에서 단연 앞서고 부지런한 함영기 선생의 자료를 많이 활용하였고, 그밖에 무료로 자료 활용의 길을 터 준 다양한 사이트에서 선별하여 자료를 옮겨왔다. '사회나라'에 접근할 수 있는 제한은 두지 않았다. 사회과 선생님들이 자유롭게 드나들며 자료를 가져가고 업로드할 수 있도록 하였다. 그러나 자료를 가져가는 이는 많아도 자기 자료를 올려 주는 분은 한 분도 없어서 너무 아쉬웠다.

연수장이나 전교조 행사에서 나를 소개할 때, '사회나라'의 그 김옥태 선생님이냐는 말을 더러 들

〈'김옥태의 사회나라' 홈페이지 초기 화면〉

보리밥 묵고 방구뀡께 배가 푹 꺼져불등만

었다. 당시에 '김옥태'를 검색하면 바로 찾을 수 있을 만큼 선생님들의 이용이 활발했던 것 같았다. 기간제로 나갈 때 제일중학교 여선생님도 그 김옥태 선생님이냐고 같은 말을 하더라. 반가웠다. 그렇게 작지만 소통할 수 있는 공간을 가졌다는 게 보람이었다.

퇴직하면서 '사회나라'는 접었다. 특별히 운영할 만한 이유를 찾지 못 했기 때문이다. 그러나 나중에 기간제로 더 일하고 보니 필요하기도 했다. '사회나라'를 퇴직 후 좀 더 다른 방향으로 보완해서 계속 운영했으면 좋았겠다는 후회가 들었다.

이 자리를 빌려 '사회나라'를 운영하는 데 도움을 주는 등 내가 필요할 때마다 친절하게 도움을 준 정인규 군에게 감사를 전한다. 정인규 군은 해룡고 재학 시절에 매우 성실한 학생이었다. 나와 같은 도양마을에서 살았는데 가정 형편이 대학을 가기에 좀 어려운 편이라 지금의 폴리텍대학을 추천하였다. 전공은 컴퓨터 관련을 권했다. 1987년 무렵에는 컴퓨터가 아직 활성화되지 않았으나 앞으로 산업계와 일상생활을 주도하리라 여겼기 때문이다. 정 군은 어떻게 생각하는지 모르겠지만 나는 진학지도를 잘한 것으로 생각한다.

165.
권이종 교수님을 교원대학교에서 뵙다

영화 '국제시장'의 실제 주인공으로 알려진 권이종 교수님을 교육대학원 시절에 뵈었다. '청소년 학개론'이었던가? 확실하지 않지만, 아무튼 청소년 관련 과목을 권 교수님에게서 가르침을 받았다.

권이종 교수님은 가난한 집안 형편 때문에 고등학교를 마치고 '파독 광부 2기'에 지원해 독일로 떠났다. 독일에 광부로 가기 위해서는 국내 석탄광업소에서 실무 경험이 있어야 한다고 하여 1년 이상을 석탄을 캤다고 하더라. 당시엔 광부와 간호사들이 독일에 많이 갔다고 하더라. 외화벌이를 위해 박정희 정권이 적극 서두른 결과였다. 권이종 교수는 광부로 간 독일에서 성실하게 공부하여 박사학위까지 취득했다. 1979년에 귀국해서는 전북대 교수가 됐고, 1985년부터 한국교원대에 재직하다 2006년 정년퇴직했다.

내가 뵌 권이종 교수님은 우선 매우 편안했다. 사람을 편하게 대하는 마력이 있었다. 어렵게 자라고 공부하신 때문인지 청소년에 대하여 각별한 사랑을 보였다. 교육대학원에서 공부하는 교사들을 매우 존중해 주셨다. 그 권이종 교수님이 2022년 8월 1일에 별세하셨다. 보도를 보고 알게 되었는데 너무 슬펐다. 좀 더 사시면서 후진에게 훈훈한 정을 주고 가셔야 하는데….

존경하는 권이종 교수님!
편히 쉬소서!

166.
화순북면중에서 천사 같은 사람들과 배움터를 일구다

1

광주 집에서 통근이 가능하도록 좀 가까운 곳으로 학교를 옮기고 싶었다. 화순으로 전출 내신을 내서 화순북면중으로 발령받았다. 경합지역이라고 하나 북면중은 광주 집에서 45㎞가 넘는 거리라서 통근하기가 벅차다. 나는 집에서 먼 거리여서 불만이었는데, 광주에서 가까운 화순읍에 근무하는 이들은 오고 싶은 학교라는 것이다. 북면중은 고려시멘트의 석회석 광산 벽지학교였다. 아하, 벽지 점수가 있는 학교였구나!

결국 또 관사 생활을 해야 한다. 그런데 육성회 채용 임시 행정실 직원이었다가 해당직이 없어져서 해고된 분이 방을 비워 주지 않는다. 교장이나 행정실장도 재촉하지 않는다. 뭔가 있어 보였다. 1학기가 다 끝나갈 무렵에야 방을 비워 주더라. 그동안은 별수 없이 통근했다. 북면은 백아산 자락에 자리하고 있어서 고도가 높았다. 3월에 교육청에서 회의한다고 할 때 눈이 많이 내려서 못 가는 일이 더러 있었다.

2001년 화순북면중학교로 전입하면서 지역 사회와 잘 지내고 싶어 박카스 한 상자씩 들고 면내 기관을 순례했다. 아산초등학교, 북면사무소, 북면우체국, 북면파출소 등과 북면의 여론 주도층이라 불리는 아산 택시까지 돌았다. 택시부에 들르니, 사장 아주머니 왈,

"평교사가 전입 인사 댕기는 것은 첨 보요, 야."
하기사 나도 생전 처음 해 보는 짓이다.
"근디, 선생님은 술을 얼마나 잡술 수 있소? 여그 사람들은 소주를 박스 깔고 앉아서 묵어부러라우."
"전 두어 병 묵소."

"큰 병으로라우?"

기어가는 목소리로,

"딴또로요."

"글면, 북면서는 술 못 묵는다고 허씨요."

당시 북면엔 5대 주당이 있었다고 한다. 초등학교 교장, 면장, 우체국장, 파출소장, 예비군 중대장 등. 나중에 같이 묵어 보니 나와 수준이 비슷했다. 그 아짐씨의 과장이 심했던 것이여. 암튼 이 순례 후 북면에서의 생활은 참 즐거웠다. 이 시절 정남 북면우체국장님이 일과 후 어느 저수지로 함께 낚시 가서 통발로 잡은 민물새우를 넣어 끓여 준 라면에 쇠주 맛은 천상의 것이었다. 그 후에 별도로 같은 시도를 해 보았는데 그 맛이 나지 않았다.

2

선생님, 오늘 저녁에 뭐 하시오? 전야제 합시다.

화순북면중 시절 가을에 학교 축제를 앞두고 학교 앞에 사는 현갑이 아버지에게서 전화가 왔다.

"선생님, 오늘 저녁에 뭐 하시오? 전야제 합시다."

지난 교육감 선거에서 돈이 오가는 정황이 있는데 물증을 잡지 못 했던 터다. 눈치로 때려 잡아야제.

"거, 혼자 묵으면 목에 가시걸리요. 잉?"

씨익 웃고 말더라.

그래서인지 모르겠으나 운영위원이기도 한 학부모님들이 돼지 한 마리를 잡는다. 당시 북면중 축제는 학교 축제를 넘어 북면 축제였다. 예비군 중대본부 방위들이 대민봉사를 나와서 고기를 굽고, 엄마들은 쌈 채소와 양념과 된장을 준비하고, 아이들은 조별로 음식 축제를 겸하였고, 장기 자

보리밥 묵고 방구뀡께 배가 폭 꺼져불등만

랑도 있었다. 운동장엔 만국기가 휘날리고 새끼줄이 쳐지면 마을 어른들이 여기다 봉투를 꽂는다. 아이들은 자기들이 만든 음식을 어른들에게 팔아서 모은 돈으로 고아원을 방문하기도 했다.

돼지 잡는 날 저녁은 전야제다. 돼지고기 여러 부위를 미리 굽는다. 손을 보태는 학부모님들과 수리의 계곡물이 좔좔 흐르는 집에서 쇠주 한 잔씩이 돌았다. 화순북면은 경관이 참 아름다운 고장이다. 지역주민의 인심도 후하고 학부모님들은 자녀 교육에 대해 어느 지역보다 열심이다. 북면의 학부모님들은 학교에서 일이 있어서 연락하면 일을 하시다가도 달려오신다. 학교에서 일이 끝나면 바로 집에 가서 또 농사일이다. 자식 농사가 제일이라고 하시더라.

3

어제 뭔 일 있었냐? 온몸이 사방팔방이 쑤셔야!

축제가 끝난 다음 날 온 삭신이 흠뻑 두들겨 맞은 것인 양 쑤시고 꼼짝하기가 싫다. 겨우 몸을 추슬러 출근, 조회하면서 애들에게 물었다.

"어제 뭔 일 있었냐? 몸이 사방디가 쑤셔야."
"기억이 안 나세요?"
"뭔 일이 있었냐? 혹시 내가 누구하고 틀어잡고 쌈했냐?"
"선생님이 구령대 위에서 브레이크 댄스 시범을 보였어요. ㅋㅋㅋ"

이런 된장. 가물가물 기억이 난다. 늦게 등장한 아버지들이 각자 집에서 더덕주, 산삼주 등 비장의 무기를 가지고 와서 그전에 묵은 막걸리, 쇠주, 맥주에다가 더 해 부렀다. 날이 캄캄한데 종이컵에다 술을 따르니 보이질 않아 받으면 한가득이다. 그걸 넙죽넙죽 받아 묵고 춤을 춘다고 했으니, 사방에다 넘어지고 찢고 난리였을 것잉만. 보는 사람이 다 민망했을 것이여. 그놈의 술이 또 웬수여. 적당히 퍼마실 일이지.

북면이서주조장의 막걸리는 내가 먹어 본 중에 제일이다. 전교조 행사가 있을 때면 가끔 여기서 막걸리를 사 갔는데, 대환영이었다. 그 주조장의 여사장은 상당히 미인이었는데, 과학 교사 출신이라는 풍문이 있었다.

4

작물은 주인 발자국 소리를 듣고 자란다.

관사 옆에 빈터가 있었다. 예전에 관사가 있던 자리라고 한다. 먼저 온 사람들이 텃밭으로 가꾼 흔적이 있긴 허드라마는 땅을 파고 보니 돌이 많았다. 다 골라내고 학부모님에게 부탁하여 경운기로 우분을 얻어다가 넣고 갈아엎었다. 손수 삽과 쇠스랑으로 다 파서 일구었다. 거의 생땅이나 다름없는 밭을 쓸 만한 밭으로 만들어 원하는 선생님들이 있으면 한 두룩씩 분양하였다. 학생들에게도 학년별로 한 두룩씩 분양하여 채소 가꾸기를 체험하였다. 선생님들은 파종은 하였으나 도통 가꾸지를 않는다. 분양은 해 주었으나 결국 풀 뽑고 물 주는 등은 내 몫의 일이 되어부렀다. 작물은 주인의 발소리를 듣고 자란다는 옛 어른들의 말씀이 새롭다.

잡초를 뽑아 주고 물을 주고 정성을 다해 가꾸건만 이웃 농부들의 작물에 비해 항상 볼품이 떨어지더라. 역시 농사는 전문직이더라. 도시에서 살다가 심들면 촌에 가서 농사나 하지 하는 식의 말에 동의할 수가 없다. 북면중에 근무하던 3년간 김장 배추와 무는 자급하였다. 김장하여 관사 뒤편에 두면 봄까지 잘 숙성되어 맛이 있었다.

기능직 선생님이 헌 자재를 모아 원두막을 지었다. 퇴근 후에는 이곳에서 관사에 거주하는 선생님들이 삽겹살을 구워서 텃밭의 채소로 쇠주도 곁들여서 쌈을 하기도 하였다. 시골 작은 학교에 근무하는 재미의 하나였다. 시골 작은 학교는 사람 냄새가 물씬하다.

5

어려운 생활지도, 가끔은 놓치는 성교육

급식은 이웃 초등학교에서 이동 급식이었다. 여름방학이 지난 다음 2학년 여학생 한 녀석이 전보다 많이 먹는다. 얼굴이 부은 듯 살이 쪘다. 느낌이 이상했다. 가정 선생을 포함한 여선생님들에게 살펴보라고 했다.

"에이, 선생님! 설마요?!"

나만 눈치를 챈 것인가? 두어 달 지났다. 학교 행사가 있어서 학부모님들이 오셨다. 학교 일에 열심인 어느 어머니에게

"저 아이를 한 번 눈여겨봐 주실라요?"
"왜요?"
"그냥 자세히 봐 주세요. 어머니로서의 촉감을 가지고."

그 어머니가 아이를 살펴보더니 다른 어머니와 함께 수군댄다. 아이를 불러서 이야기를 나눈다. 내 짐작이 맞았다.

같은 마을에 사는 동급생끼리 일이 생겼다. 마을 어른들이 단체로 여행을 가고 아이들만 남은 마을에서 생긴 일이었다. 긴급 교무회의를 한 다음에 그 엄마들과 의논했다. 정말 난감했다. 이런 경험도 없었고. 학교의 명예도 중요하고 해당 아이들이 다치지 않게 마무리해야 했다. 엄마들이 나선다. 이런 일에 학교가 나서는 것은 곤란하니까 자기들이 해결하겠단다. 남학생 학부모를 만나서 비용을 대기로 하고, 아이는 전출하기로 합의하고 엄마들이 병원을 알아보고 절차를 착착 진행하였다. 여학생의 부모님은 돈 벌러 도시로 간 뒤로 소식이 별로 없고 할머니가 돌보고 있었다. 학교가 하는 일은 녀석이 맹장 수술로 일주일 결석한다고 아이들에게 알렸다. 녀석은 구김살 없이 학교를 잘 다니고 졸업하였다.

6

교직원 제주도 여행과 부안 채석강 여행.

2003년 북면중에서 교무부장으로 교육 과정을 운영하다 보니 약간의 어려움이 있었다. 교사별 시수를 정하는데 수업시수를 모두가 비슷하게 운영하기를 원했다. 수당을 별도로 받는 수업까지 고려하여 내가 해법을 제시했다. 교사별로 수업시수를 균등하게 하되 별도로 수당 받는 수업 수당은 9/10를 친목회 공동 자산으로 기부하여 모인 돈으로 연말에 교직원 여행을 가자고 하니 모두가 동의해 주었다.

12월 초에 가까운 곳으로 가볍게 가자는 기존의 논의가 갑자기 제주도로 가자고 모아진다. 돈은 친목회비와 앞의 강사비 등으로 충분하게 모아졌으나 문제는 비행기표였다. 자연관광 박기수 사장에게 문의하니 연말 표는 이미 다 팔렸다면서도 염려 마시고 추진하란다. 어떻게든 표를 확보할 터이니 추진하라고. 약속대로 12월 방학식을 마치고 전 교직원 제주도행이 정해졌다. 박 사장은 자기는 바빠서 함께 못 가니 제주공항에 가면 안내가 기다리고 있고 일정을 다 추진해 줄 것이니 즐거운 여행을 하라고 한다. 우리는 그저 따라다니면서 편하게 구경하고 먹고 마시고 할 수 있었다.

2003년 여름방학이 끝날 무렵엔 격포 채석강으로 가기로 하였다. 처음에는 선생님들 차 3~4대를 동원해서 가자고 했다. 비용을 계산해 보고 만일의 사고 등에 대비하려다 보니 그 비용도 적지 않았다. 술도 한 잔씩 헐 것인디 그것도 걱정이었다. 가만있자,

"버스로 가면 어떨까?"
선생님들은
"겨우 열 두세 명이 버스를요?"
자연관광 박 사장에게 전화했다.
"여차해서 우리 교직원이 격포로 직원연수를 가려고 하는데 버스 한 대 줄랑가? 지름값만 받소."
"그럽시다. 얼마 줄라요?"
"15만 원!"
"……좀 거시기 허요만, 그럽시다. 대신 기사 팁은 좀 챙겨 줄라요?"
"그러세, 10만 원이면 되겠는가?"
"그럽시다."

보리밥 묵고 방구꿩께 배가 푹 꺼져불등만

그렇게 해서 45인승 대형 버스로 13명의 교직원이 채석강으로 놀러 갔다. 점심은 기사가 알아서 미리 식당에 연락하고 도착하니 상이 떡 차려져 있었다. 식사 내용도 좋았다. 좋은 인연은 좋은 일을 만든다.

7

화순북면중에서 전 학년이 수학여행을 가다.

2003년 북면중학교는 전 학년이 수학여행을 가는 해였다. 전교생과 전 교직원이 함께 가기로 하였다. 전 교직원이 꼭 다 갈 필요가 있는가 하는 변우궁 교장선생님의 말씀에 학생이 있는 곳에 교사가 있으니 함께 가야 하고, 행정실 직원들도 이 기회에 바람 쏘일 기회를 드리자고 했다. 변우궁 교장 선생님이 흔쾌히 허락하였다. 교직원은 출장비로 비용에 산입하고 학생은 학부모 부담으로 예산이 꾸려졌다. 교장 선생님은 자기가 학교를 지킨다면서 선생님들이 아이들 잘 보살피라고 하시더라. 행정실장도 스스로 남아서 학교를 지켰다.

일정이 정해지고 업체 선정이 남았다. 직영이냐 위탁이냐 논의 끝에 다수 의견이 위탁이었다. 자연관광으로 수의계약을 하려고 하니 행정실에 근무하는 화순고 출신 직원이 화순업체로 하자고 한다. 그러면 니가 추천하는 업체에 견적서를 보내라고 해라. 자연관광과 비교하여 비슷하면 화순업체로 하자. 견적서를 비교해 보니 차이가 났다. 결국 원안대로 자연관광으로 정했다.

식사는 학생들이 원하는 대로 넉넉하게 먹을 수 있었다. 숙소는 아주 홀랑홀랑하게 배치하였다. 오히려 아이들이 함께 놀고 자픈디 찢어 놓는다고 볼멘소리였다. 정동진 해변에서는 박 사장이 교직원에게 조개구이에 쇠주를 샀다.

"박 사장, 이 적은 수의 수학여행에 이렇게 막 써도 뭐가 남는당가?"

"와따, 성님, 기분이지라. 나중에 기회가 되면 큰 계약 한 번 밀어주시오. 가족이나 친구 모임 때도 소개해 주시고."

화순고 출신 행정실 직원은 대만족하면서 화순 ○○여행사는 왜 이런 노하우가 없는지 모르겠다고 투덜거리더라. 공무원의 일이든지, 사업이든지 쌓은 노하우가 중요하다.

8

화순북면중에서 학생부장을 맡을 때의 일.

2001년 화순북면중으로 옮겨와 2년간 학생부장을 맡았다. 전임 학생부장은 전교조 후배인 미술과 윤석우 선생이었는데 학생회를 잘 이끌었다. 나는 윤 선생이 마련해 준 토대로 학생부장을 수월하게 수행할 수 있었다. 나는 학생들의 학교생활이 즐거워야 한다고 믿는다. 또한 학생 생활은 학생회를 통해 자율적으로 이루어지기를 바랐다. 그래서 학급회와 학생회를 매우 중시하였다. 그러나 선생님들은 학급회 활동이나 학생회를 귀찮아하는 경향이 있었다.

또한 학교와 지역 사회는 긴밀하게 서로 협조하는 관계여야 한다고 믿는다. 관사에서 지내면서 일과 후에는 관내를 그냥 돌아보기도 했다. 그러다가 학부모님이 일하시는 모습을 보고 이야기를 나누다 보면 저녁 식사에 초대받기도 했다. 이런저런 이야기 속에서 마을 사정, 우리 아이들 집안 사정, 자라온 환경 등을 알 수 있었고 이것이 아이들 지도에 많은 도움이 되었다. 다음 날 수업할 때

〈학생회 활동 보고서〉

"누구누구는 어제 무슨 일 했지?" 하면
"선생님이 어떻게 알아요?"
"선생님은 천리눈을 가지고 있어서 느그덜을 다 볼 수 있다. 조심혀!"

어느 날 임일로의 집 앞을 지나갈 때 일로 어머님이 저녁 식사를 하고 가시라고 부른다. 식탁에는 자연산 미꾸라지 숙회가 있었다. 농담 삼아

보리밥 묵고 방구뽕께 배가 쑥 꺼져불등만

"오매, 이런 귀한 자연산 미꾸라지를 숙회를 다 해 묵소. 잉? 나는 세 마리만 있으면 추어탕을 한 그릇 만들어 묵을 것인디."

했더니 일로 어머님이

"와따, 선생님 몫으로 따로 준비해 뒀어요."

나올 때 비닐봉지에 미꾸라지 숙회 한 주먹을 싸 주시더라. 관사에 돌아와서 미꾸라지 숙회에 쇠주 한 잔 허니 세상에 부러울 것이 없더라.

8개월간 끊었던 담배를 다시 피우게 되었다. 사고가 터졌다. 2학년 여학생 세 녀석이 3학년 여학생 한 명을 옥상으로 데려가서 패부렀다. 한 녀석은 계단에서 망을 보고 말이지. 그런데 하필이면 그 사고 친 녀석이 운영위원장 딸이라. 열을 식히는 데는 담배만 한 것이 없었다. 후배 선생님에게 얻어서 두 대를 피웠다. 처음에는 핑 돌더니 바로 입맛이 돌아왔다. 계속 얻어 피우기 미안해서 다시 한 갑을 사서 담게 되니 계속 사서 피우게 되더라. 담배가 해열제인 것은 맞는 것 같다. 학교에서 담배를 피우는 선생님은 많이 줄었다. 그러나 학생부장 회의나 전교조 모임에 가면 담배 피우는 사람이 더 많더라. 아마도 스트레스를 더 받는 사람들이라 그렇지 않을까? 국민 건강을 위해 금연을 권장하려거든 국민을 열받게 하지 말 일이다.

화순북면중학교 시절 미술과 윤석우 선생에 대하여 과학과 강석범 선생이 전하던 일화, 윤석우 선생이 본관 건물 측면에 벽화를 그렸는데 날아가던 새가 실제의 숲인 줄 알고 날아와 부딪혀서 사망했다고 하더라. 우륵이 생각나더라.

9

사회과 교실 확보에 목마르다.

학교에는 일반 교실과 교과 교실이 있다. 교과 교실은 영어, 과학, 미술, 음악, 가정이 우선인 갑다. 사회과야말로 동서고금을 넘나들어야 하니 교과 교실이 꼭 필요하지만 사회과 교실은 늘 맨 후순위다. 사회과 교과실을 만들고 싶어도 여유 공간이 없었다.

강진군동중학교 시절에는 남는 교실이 있어서 겨우 사회과실을 만들 수 있었다. 박봉주 교육장님을 졸라서 예산 약 500만 원을 얻어다 필요한 기자재를 겨우 마련하였다. 내가 화순북면중으로 왔더니 후임 군동중 사회과 선생님이 급한 연락을 해 왔다. 장○○ 교장이 별도 예산을 1,500만 원을 확보하여 사회과실을 가정실습실로 대체한다는 것이다. 와서 도움을 주라는데 내가 어떻게 할 수 있겠는가?

화순북면중에서는 학생 수 감소로 여유 공간이 있어서 사회과실을 만들었다. 이곳저곳에 방치되어 있던 헌 PC를 모으고 화순교육청에서 관리전환으로 4대를 얻으니 6대라. 정보부장 강석범 선생의 도움을 받아서 쓸 만하게 수리하여 6개 모둠이 사용할 수 있도록 했다. 교사용 책상은 능주농공단지의 업체에 의뢰하여 제작하였다. 정영진 교육감이 제공한 책상은 14인치 PC짜리라 폐기하고 17인치 PC가 들어갈 수 있도록 하고 OHP도 사용할 수 있도록 설계했다. 당시까지는 OHP도 유용한 학습 도구였다.

북면중 사회 교실 이용 시 주의사항은 다음과 같았다.

하나, 사회 교실은 언제나 열려 있다.
둘, 사회 교실은 누구나 자유롭게 쓸 수 있다.
셋, 컴퓨터는 자기 모둠의 것을 이용한다.
넷, 물건은 쓰고 나서는 제자리에 둔다.
다섯, 사회 교실은 내 공부방, 늘 깨끗하게!
여섯, 장난하다 망가뜨리면 독박이다.

〈교실수업개선 연구보고서〉

퇴직 후 기간제로 일하다 보니 목포제일중은 사회과실이 있으나 기자재가 부족하고, 정명여중은 교과 교실제를 운영하는 학교인데도 사회과실이 없었다. 이름만 교과교실제였다. 연구부장 선생님은 교과교실을 운영해야 학교 운영비를 더 받을 수 있다고 솔직한 고백을 하더라. 고성중학교의 사회과실은 완벽에 가깝게 기자재들이 갖추어져 있었으나 사용 매뉴얼이 사라져서 후임자들이 사용하는 데 불편이 있다. 사회과 교과실의 마련은 교육청

보리밥 묵고 방구뀡께 배가 푹 꺼져불등만

의 지원이 있어야 가능하나 사회과 교사들의 사회과실에 대한 열정이 한몫하지 않을까 싶다. 전근 가실 때는 인계를 잘해야 후임 선생님이 기자재를 쓰시는 데 어려움이 없겠다. 내 경험으로는 거대 과밀학교에는 사회과실이 없었고, 농어촌 작은 학교에는 교실 여유가 있어서 사회과실이 있었다.

10

중국어 회화반을 만들다.

화순교육지원청에서 북면중이 중국어 회화반 연구학교를 해 달라고 부탁한다. 예산은 100만 원 정도. 전남도교육청 지정 연구학교에 비해 군 교육청 지정 연구학교는 연구학교 유공교원 점수가 없고, 지원비도 적어서 수고에 비하여 인센티브가 없는 것이다. 시군교육지원청은 나름대로 연구 학교나 시범학교를 운영해야 하는데 지원하는 학교가 드물었다. 그래서 다음 해에 도 지정 연구학 교 지정을 해 주겠다는 미끼를 던지기도 하였다. 학교에 중국어를 전공하거나 알고 있는 교사가 없 었다. 교육지원청의 후배인 여자 장학사가 간절하게 부탁하니 거절하지도 못하고 승낙했다. 나름 의 방법이 있었으니까.

전교조는 지역의 농민회와도 긴밀하게 협조하고 있었다. 북면 농민회원 중에 연변 동포 처녀와 결혼한 이가 있었다. 그 농민회원에게 부탁하니 기꺼이 도와주겠다고 하더라. 그 중국 동포는 장옥 화 씨였다. 아주 예쁘고 참하신 분이었다. 아이도 둘 있었던 것으로 기억한다. 장 선생님에 대한 마 을 어르신들의 평판이 아주 좋았다. 주어진 예산 중에서 거의 대부분을 강사비로 사용하였다. 장 선생님은 아이들의 수준에 맞게 아주 쉽고 재미있게 중국어 회화를 가르쳤다. 우리 아이들은 장 선 생님 댁을 방문하여 그 댁 꼬맹이들과 놀면서 지내기도 했다. 중국어 회화반 아이들은 학년말에 학 부모님들을 초청하여 중국어로 간단한 연극과 노래를 할 수 있었다.

다음 해 약속한 도 지정 연구학교는 다른 학교가 지정받았다. 화순교육청이 약속을 어기고 배신 을 한 것이다. 뒷간 누러 갈 때와 나올 때 생각이 다르다더니. 연구학교 점수에 목마른 이가 북면중 에는 별로 없어서 전화로 그냥 간단한 항의를 하고 끝냈다. 신의를 지켜야 한담시로. 교육청이 선 생님을 상대로 거짓말을 하면 쓰겠는가?

후문에 장 선생님 남편이신 농민회원이 경운기 사고로 유명을 달리했다는 안타까운 소식을 들었다. 하늘은 왜? 자꾸 좋은 사람들을 서둘러서 데려가시는 걸까?

11

정영진 교육감과 담판하여 방송실을 마련하고 창틀을 교체하다.

2002년이었을까? 정영진 교육감이 학교들을 순회 방문하였다. 명분은 현장의 목소리를 듣겠다는 것인데 실은 차기 교육감 선거 운동이라고 느꼈다. 학교 방문은 시간을 정해 놓고 가급적 많은 학교를 방문하는데 학교운영위원들을 꼭 참석시키라고 하더라. 당시엔 학교운영위원으로 구성된 선거인단에서 간접선거를 하고 있었지. 지금이 기회다. 우리 학교가 원하는 것을 이 통에 얻어 내자.

당시 이웃 동복중학교는 기존에 있는 방송실의 장비를 새것으로 교체한다는 이야기를 들었다. 그러나 북면중은 방송실이 없었다. 창틀은 나무로 된 창틀인데 낡아서 너무 위험했다. 창틀 레일이 이두박근을 자랑하고 있었다. 당면 사업이었다. 학부모 운영위원들과 작전을 짰다. 내가 현안을 설명하고 예산을 요청할 터이니 우리의 요구를 들어줄 때까지 운영위원들이 출입문을 봉쇄하기로. 정 교육감은 처음에는 예산이 없다고 완강하게 거부하였다. 그렇다고 쉽게 물러설 우리가 아니지. 책정된 예산이 없다고 하더라도 교육감에게는 교육감이 쓸 수 있는 예산이 별도로 있다는 것쯤은 알고 있었응게. 시간이 지체되고 다음 학교에서는 언제 도착하냐고 하고, 한 학교라도 더 돌아야 할 판국이다. 결국 교육감은 우리의 요구를 수용할 수밖에 없었다. 그렇게 방송실을 마련하고 창틀을 알루미늄 샤시로 교체하였다. 정 교육감은 얼마 지나지 않아 비리로 감옥에 갔다.

강진군동중학교에서 내가 교무부장과 학교운영위원을 하고 있을 때, 전라남도교육위원회 위원을 하고 있던 정영진이 교육감 후보로 방문한 적이 있었다. 전교조는 고진형선생이 후보로 뛸 참이었고. 내가 교육감은 아차 하면 감옥에 가던디? 전임 오대빵(오영대), 정동인 교육감도 그 위기에서 스스로 교육감을 사퇴하여 겨우 위기를 모면했다는 점을 강조하였다. 나더러 악담을 한다고 항변하던 정영진이었다. 내 염려대로 그는 빵에 갔다. 정도를 걸으면 빵에 갈 일이 없다.

보리밥 묵고 방구뀡께 배가 푹 꺼져불등만

빵도 격이 있다. 부정과 비리로 가는 빵이 있고, 정의를 위해 싸우다가 권력에게 탄압받아 가는 빵이 있다.

12

교사용 컴퓨터 책상 마련의 사연이 기가 막혀서.

2002년 봄에 교실의 교사용 컴퓨터 책상 수요를 파악해서 요청하라는 공문이 와서 수요를 조사했더니 3개가 필요하다. 요청한 교사용 책상 3개가 왔다. 아뿔싸, 이거 낭패다. 당시 17인치 브라운관 형 PC를 쓰고 있는데 사라진 사양인 14인치 PC가 들어가는 매립형 책상이라서 쓸 수 없다. 이 책상은 당초에 업체가 처리 비용을 들여서 폐기 처분해야 하는 것이었다. 조달 가격을 보니 개당 55만 원이었다. 반납이 이루어지지 않아서 학교가 폐기 처분하고 필요한 책상은 내가 설계해서 능주면 농공단지에 있는 업체에 의뢰하여 제작하였는데 개 당 35만 원 들었다. 교육감이 지원하였지만 쓰지 못하고 폐기 처분한 책상보다는 기능이 훨씬 우수한 민간 제품이 더 저렴하였다. 교육감이 이러한 내용을 모르고 사업을 진행했으면 무능함일 것이고, 알고 진행했다면 부정의 소지가 있었다.

당시 각 학교의 정보부장은 젊은 교사들이 많았다. 정보부장들은 학교에 보급되는 컴퓨터와 관련 기자재에 문제가 많다는 불만이 있었다. 그걸 내 눈으로 확인하는 순간이었다. 아니나 다를까 드디어 문제가 터졌다. 정○○ 교육감이 사법 처분을 받았다.

사실 조달 물품에는 문제가 많다. 우선 조달 물품의 가격이 시장 가격에 비해 비싼 경우가 많고, 제품의 질 또한 구 사양인 경우가 많다. 전자 제품의 경우가 더 그러하다. 그러나 행정당국은 조달을 우선하라고 하고, 행정실은 감사의 편의상 이를 따를 수밖에 없다. 결국 조달 물품은 질이 떨어진 제품을 더 비싼 가격으로 구입하는 비효율이 발생하는 것이다. 내가 전라남도교육청 청렴시민 감사관을 하면서 이 문제점을 지적했으나 해법을 찾지 못했다. 관료들은 내 제안을 엉뚱하다거나 귀찮아하는 것 같았다. 혹은 상부의 지시이니 어쩔 수 없다는 식의 답변이었다. 잘못된 제도나 관행을 고치려는 의지가 전혀 보이지 않았다.

167.
생애 두 번째 내 집을 마련하다

해직되어 생계 투쟁을 한 결과 그동안 아이들이 자라고 재산으로 남은 것은 금호동 도시공사 아파트 임차료 4,000여만 원이었다. 해직 당시 퇴직금과 교원공제에 들었던 것을 합하여 1,500여만 원과 영광 학정마을 집 판 돈 5,300만 원에서 아파트 임차료가 남은 것이다. 결국 해직되어 4년 반 동안에 2,800여만 원을 까묵고 산 셈이었다.

주월동 정비공장 생활을 마치고, 염주주공 17평 아파트에 살다가 금호동 도시공사 아파트(24평)로 전세로 이사했다. 집은 7평의 차이가 컸다. 커 가는 아이들이 보다 넉넉한 공간에서 생활할 수 있었다. 각자의 공부방도 가능했다. 우리 부부방, 딸 두 명의 방과 아들 방이 가능했다. 5년이 지나자 전세금을 15% 올려달라고 한다. 당장 올려 줄 돈이 없었다.

고민하고 있던 차에 북면중으로 아파트 분양을 홍보하러 온 이가 있었다. 송촌건설이 시공한 지금의 아파트(32평)이다. 대출을 80%까지 해 주고 집값을 20% 할인까지 해 준다는 것이다. 원래 분양가가 9,500만 원 정도인데 7,700만 원 정도에 분양받았다. 외환 위기 직후라 아파트 분양이 제대로 이루어지지 않아서 얻은 내게는 행운이었다. 도시공사 아파트 전세금과 은행 대출로 메꿀 수 있었다. 다섯 식구가 24평에 살다가 32평으로 옮기니 그렇게 넓어 보였다. 다섯 가족이 살기에 대만족이었다. 대출로 산 집이지만 내 집을 갖게 되어 기쁘기 한량없었다. 식구들도 좋아했다. 해직 후 잦은 이사로 아이들이 학교와 친구들을 적응할 만하면 이사해서 어려웠을 것이다. 이젠 아이들이 전학 다닐 염려가 없었다. 드디어 주거가 안정되었다.

송촌아파트의 비어 있는 세대 중에서 제일 꼭대기 층을 골랐다. 도시공사 아파트에 살 때 위층의 소음을 견디기 어려웠다. 기아자동차에 다닌다는 젊은 사람이 살고 있었는데 그 집은 거의 매일 모

보리밥 묵고 방구뀔께 배가 푹 꺼져불등만

임이 있는 것 같았다. '고~~고~~' 외치는 소리, 아이들 뛰는 소리, 맥주 마시고 오줌 싸는 소리가 밤새 들려서 견디기 어려웠다. 심야에는 좀 조용히 했으면 좋겠다고 했더니 조용히 살려면 절로 가라고 하더라니까. 그리고 언제부턴가 우편함에서 우편물이 없어지기 시작해서 관찰했더니 그 집 아이들 짓이더라고. 그 사람들의 위층은 노인 부부만 살고 계셔서 우리의 고통을 몰랐을 것잉만.

송촌아파트의 값은 이후로 꾸준히 올랐다. 아이들 대학 학비를 조달해야 할 필요가 있을 때마다 집값이 올라서 대출을 그만큼 더 받을 수 있었다. 최대로 대출받은 것은 1억 400만 원이었다. 그동안 꾸준하게 원리금을 상환하고 2022년 말 현재 대출 잔액은 6,800여만 원이다. 10년 전에 연리 2.65%인 고정금리로 30년 분할 상환 약정했다. 지금 6~8%대의 금리를 생각하면 그 당시 고정금리 30년 분할 상환 결정을 잘한 것 같다. 지금도 매달 40만 원씩 원리금을 상환하고 있다. 친구들보다 60만 원 정도 적은 연금에서 아파트 대출 상환금을 내야 하니 쪼들린다. 해직의 후유증이 아직도 남아 있다. 해고는 살인이다.

선생은 가르치는 직업이지만 사실 세상 물정에 어둡다. 선생은 사업을 할 일이 아니다. 내가 경험해 보니 알겠더라.

168.
전교조전남지부 공직선거 참여에 관한 규정이 좌절되다

2003년 전교조전남지부 지부장단이 바뀌었다. 지부장은 김 목 선생이고 수석부지부장은 김영효 동지로 전남지부지부장을 역임한 경력이 있다. 지부장이 급을 낮추어서 부지부장을 한 예는 김영효 동지가 유일할 것이다. 김영효 수석부지부장의 요청에 따라 전남지부 정치위원장으로 2년을 일했다. 특별위원장의 임기는 1년인데 나는 2년인 줄 알고 있었다. 지부장은 그냥 암말도 않고 그대로 2년간 일을 시켜 부렸다. 당시 전남지부사무실은 순천에 있었다. 2003년 전교조전남지부의 정치적 과제는 두 가지로 전교조전남지부 공직선거에 관한 규정 제정과 진보정당(민주노동당) 후원이었다.

김 목 지도부 재임 기간에는 공직선거가 없었기에 비교적 객관적인 입장에서 공직선거에 관한 자체 규정을 만들기에 적기였다고 보았다. 그동안 공직선거에 뜻을 둔 동지들에 대한 지원이나 규제에 관한 전교조 자체 규정이 없었다. 개인적으로 결정하여 입후보하면 동지적 입장에서 지원하는 추세였다. 당선자도 조직에서 파견한 형식인지 아닌지 애매했다. 입지자의 자격이나 자질 요건도 필요했다. 선거가 있는 시기에는 주관적인 입장들이 나올 수 있어서 공직선거가 없는 시기에 공직선거 입지자에 대한 전남지부 나름의 규정을 만들어 놓을 필요가 있었다. 김영효 수석부지부장의 의지가 강했고, 나도 공감이었다.

가칭 '공직선거에 대한 전교조전남지부 규정'을 내가 기초하고 상임집행위원회와 집행위원회에서 거의 2년을 검토하였다. 초안 제출 → 검토 → 수정 제출 → 검토 → 수정의 과정을 여러 번 거쳤다. 김 목 지도부 임기 말에 드디어 가칭 '공직선거에 대한 전교조전남지부 규정'을 상임집행위원회와 집행위원회에서 의결하였다. 남은 절차는 차기 대의원대회에서 의결하면 완성이다.

보리밥 묵고 방구뀡께 배가 푹 꺼져불등만

차기 지부장은 장석웅, 사무처장은 김○○이었다. 김 사무처장에게서 전화가 왔다.

"성님, 공직선거규정을 대의원대회 안건에서 뺍시다."

"왜?"

"공무원법과 공직선거에 관한 법 등에 저촉되어 조직이 위험에 빠질 수 있어요."

"당연하지. 그럴 줄 알고도 논의한 것이 아니던가? 우리가 전교조를 만든 것은 뭐 합법이었던가? 또한 대의원대회 안건으로 집행위원회에서 결정하였으므로 어느 개인이 임의로 안건에서 제외할 수 없다는 것쯤은 알고 있제?"

며칠 후 장석웅 지부장이 전화했다. 같은 취지의 말씀이었고, 같은 취지의 답을 드렸다. 결국 장석웅 지부장은 차기 대의원대회 안건에서 삭제하고 말았다. 우리 전교조 규약이 정한 절차를 지부장이 파괴한 사건이었다.

비록 대의원대회에서 의결하지는 못했지만 이후 전남지부 출신 동지들이 공직선거에 임할 때 다소 참고가 되기는 했다고 들었다. 사견이지만 나는 전교조 조합원이 공직선거에 나서는 것이 별로 달갑지 않다. 노동조합은 노동조합이어야 한다.

169.
민주노동당을 조직적으로 후원하다

우리 정치 지형은 거대 보수 양당 체제가 굳혀진 상황이었다. 자기들끼리는 해방 후 자유당의 후신 정당들은 보수이고, 한민당의 후신 정당들은 진보정당이라고 분류하는 모양이다. 노동, 환경, 통일, 평화, 인권, 교육, 복지 등 사회적 이슈에 대하여 두 정당의 뚜렷한 차이를 발견하기는 어렵다. 진보정당이라 불리는 민주당 계열조차 이들 주제에 대한 태도는 구두선이었다. 명실상부한 진보정당이 의회에 입성하고 최소한 교섭단체를 구성할 수 있어야 한다고 여겼다.

노무현이 대통령에 당선되면서 자기를 당선시킨 민주당을 부정하고 새로이 '열린우리당'을 만들었다. 민주당은 이제 소수당이 되었다. '열린우리당'은 노무현 탄핵에 대한 국민의 반발에 힘입어 차기 총선에서 과반의 다수당이 되었다. 이 당의 약어를 자기들은 '우리당'이라 하였고, 비아냥거리는 이들은 '열우당'이라 불렀다. 하지만 나는 '터진즈그당'이 적격이라고 보았다. 일곱 색깔 무지개보다 더 다양한 성향의 정치꾼들이 노무현 탄핵 반대의 국민적 열풍 덕으로 '열린우리당'에 모여들었다. 마치 미끼를 보고 몰려드는 참새떼와 같았다. 혹은 부나방과도 같았다. 언제든지 '우리' 안의 미끼가 떨어지면 달아나고 말 존재들이었다. 자기들의 이권에는 손발이 척척 맞아떨어지는 즈그덜만의 리그였다. 하니 '터진즈그당'이라고 함이 옳았다. 대통령중심제 국가에서 집권당이 의회에서 과반수를 차지했지만, 노무현 정권과 '열린우리당'은 아무런 성과도 내지 못하는 너무 무능한 정권이었다. 노무현의 임기 말에 레임덕이 오고 '열린우리당'은 창당 4년이 갓 지나서 해체되었다. 내 짐작대로 되었다. '터진 우리'로부터 온갖 잡새들이 다 날아가 부렸던 것이다.

진보 진영에서는 모처럼 단결하여 '민주노동당'을 창당하였다. 민주노총과 산하 산별 노조인 전교조는 민노당을 지원하기로 결정하였다. 공무원은 정당 활동에 참여할 수 없었지만 정당 후원은 가능하다고 했다. 정치위원장으로서 전교조 조합원을 대상으로 민노당 후원금을 조직하였다. 반

보리밥 묵고 방구뀌께 배가 푹 꺼져불등만

응이 아주 좋았다.

나주 문예회관에서 열린 집회장에서 우연히 광주고 선배인 ○○○ 선생을 만났다.

"자네가 민노당 교섭단체를 꿈꾼다면서?"

격려로 보이지 않았다. 그이의 부인은 열린우리당 부녀회장인가 뭔가 한다는 소문을 들었다.

전교조 초대 위원장이신 윤영규 선생님은 열린우리당 창당 깃발을 들고 전국을 순회하였다. 조직은 노동자의 당 건설과 양성을 위해 동분서주하는 판에 그 리더가 조직의 노선과는 다른 보수정당에서 주요 역할을 하는 모순이었다. 후에 들은 바로는 민노당의 교섭단체 구성은 어려운 일이니 '열우당'에 힘을 보태서 우리의 정책을 반영하고 우리 출신을 국회에 입성시킬 수 있으리라 생각했다는 것이다. 그러나 결과는 일장춘몽이었다. 노동조합 리더답지 않았다. 조직의 리더로서 좀 더 신중할 필요가 있었다. 윤영규 전 위원장은 그렇게 조직을 배신하고 열우당을 지원했지만, 열우당의 후신인 민주당은 그 후로 그를 기억하지 못하고 있는 것 같다. 추모식에도 전교조 후배들이 참여할 뿐이다. 나는 해마다 열리는 그의 추모식에 갈 생각이 전혀 없다.

노무현 정권과 열우당은 김대중 정권의 교원성과급제에 이어 교원평가, 네이스(NEIS) 도입 등 신자유주의적 교육 정책을 밀고 나갔으며, 교원의 정치적 자유는 여전히 제약이 심했고 전교조 해직교사의 원상 복직은 내 몰라라 했다. 다만 김진경이라는 해직교사 출신을 보좌관으로 채용하고, '접시꽃 당신'의 도종환을 국회의원으로 받아들였을 뿐이다. 그들이 제도권에 들어가서 교육이 달라졌다는 징후는 느끼지 못하겠다. 보수정당인 '터진즈그당'이라는 호수에 너무 작은 잉크 한 병을 부은 것과 같았다.

나중에 알고 보니 교원이 정당에 직접 후원하는 것은 위법이었다. 전교조가 압수 수색당하면서 별건으로 확보한 자료(이건 형사소송법에 저촉됨)[10] 에 전교조 조합원의 민노당 후원 내력이 포함되었던 모양이다. 결국 민노당에 후원했던 조합원들은 형사 입건되었고, 대부분 벌금 30~50만 원에 선고유예를 받았다. 재판이 끝날 때까지 해당자들은 명예퇴직도 할 수 없었다. 언젠가 광주지방법원에 재판받으러 가서 대기 중일 때, 어느 후배가(한귀석 선생으로 짐작됨)

"성님, 커피 한 잔 사씨요. 안 그러면 성님이 선동해서 민주노동당에 후원했다고 판사헌테 일러부요, 잉?"

하하하 모두 웃었다. 민노당에 후원하여 후회하는 이는 없어 보였다.

그렇게 어렵사리 키운 민주노동당이 분열되어 진보정당끼리 아웅다웅 극렬하게 싸우는 꼴을 보면 분통이 터진다.

"보수는 부패로 망하고, 진보는 분열로 망한다."

안타깝다. 진보정당들이 단일대오가 되면 좋겠다. 제발!
단결해야 집권의 가능성도 생길 것이고, 국회 교섭단체 구성도 가능할 것이 아니냐? 사표(死票)방지 심리가 강한 유권자의 생각을 읽어라.

---

10) 형사소송법 제106조(압수) ① 법원은 필요한 때에는 **피고사건과 관계가 있다고 인정할 수 있는 것에 한정하여 증거물 또는 몰수할 것으로 사료하는 물건을 압수할 수 있다.** 단, 법률에 다른 규정이 있는 때에는 예외로 한다.
　제109조(수색) ① 법원은 필요한 때에는 피고사건과 관계가 있다고 인정할 수 있는 것에 한정하여 피고인의 신체, 물건 또는 주거, 그 밖의 장소를 수색할 수 있다.

보리밥 묵고 방구뀡께 배가 푹 꺼져불등만

170.
'민주화운동관련자명예회복및보상에관한법률(민주화보상법)'이 제정되다

해직교사와 해직 언론인들의 오랜 소망인 '민주화운동관련자명예회복및보상등에관한법률(민주화보상법, 2000. 1. 12. 법률 제6123호)'이 제정되었다. 하지만 정치 권력자의 철학과 의지에 위임해 버린 민주화보상법과 그 시행령이 문제였다. "해야 한다."와 "할 수 있다."의 차이가 입법의 취지를 무력화하게 되었다. 이 법을 실천하기 위하여 '민주화운동관련자명예회복및보상심의위원회'가 국무총리 소속으로 2000년 8월에 설치되었다.

전교조 해직교사들은 민주화보상법과 위원회의 심사 결과에 따라 2002년 5월에 '민주화운동관련자명예회복및보상심의위원회'로부터 민주화운동 관련자 인정 통지서를 받았다. 전교조와 관련하여 민주화운동 관련자로 인정하고 명예 회복 신청에 대하여 별첨 내용과 같이 결정되었음을 알린다고 되어 있다. 또한 명예 회복의 구체적인 내용이 확정되는 대로 추후 통지할 예정이라고 했다. 드디어 전교조가 민주화운동의 하나로 국가로부터 공식적으로 인정되었다. 이제 해직, 투옥 등 희생이 보상받을 기회가 왔다고 희망을 품었다. 그러나 '추후 통지'는 감감무소식이었다.

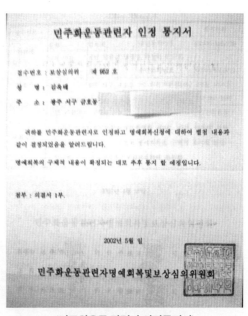

〈민주화운동 관련자 인정통지서〉

전교조 해직교사들은 원상회복에 해당하는 해직 기간의 임금, 호봉, 보수, 경력, 연금 등에서 여전히 불이익을 당하고 있다. 법 제5조의 4(복직의 권고 등)의 조항은 당연한 복직이 아니라 복직 권고로 복직의 시혜를 베풀 수도 있도록 한 것이다. 실제로 전교조 해직교사들은 특별채용의 형태로 복직하였으며, 전교조 탈퇴각서를 써야 했다. '민화위'가 민주화운동 관련자로 분명히 인정했다는 것은 노태우 정권의 전교조 교사들에 대한 해고 부당하다는 것을 국가가 인정한 것으로 봐야 하는 것이 타당하다.

국회는 '민주화보상법'을 마지못해 제정한 느낌을 준다. '민주화운동 관련자'는 법 제2조의 각호에서 분명히 제시하였다. 그러나 법 제5조의 4(복직의 권고 등)가 문제의 시작이다.

〈전남도교육청에서 원상회복 1인시위〉

"① 위원회는 관련자가 희망하는 경우 국가·지방자치단체 또는 사용자에게 해직된 관련자의 복직을 권고할 수 있다."

고 하여 "복직을 시켜야 한다."가 아니라 "복직을 권고할 수 있다."라 하여 복직 여부를 시행령에 위임해 버린 것이다.

또한 제5조의6(불이익행위 금지 등)은

"이 법에 따라 관련자로 인정된 사람은 국가·지방자치단체 또는 사용자 등으로부터 민주화운동을 하였다는 이유로 어떠한 차별대우 및 불이익을 받지 아니한다."

라고 하여 차별대우 및 불이익의 범위를 모법에 구체적으로 특정하지 않고 시행령에 위임해 버렸다.

김대중 대통령은 시행령을 다음과 같이 제정하여 국회에서 위임한 복직의 범위와 불이익의 범위

보리밥 묵고 방구뀡께 배가 푹 꺼져불등만

를 극도로 축소해석하여 제한하였다.

시행령 제5조의3(복직의 권고 절차)

"① 법 제5조의4의 규정에 의하여 위원회가 사용자에게 복직을 권고하는 경우에는 관련
자가 해직으로 인하여 호봉·보수·승진·경력·연금 등 인사상의 불이익을 받아서는 아
니 된다는 내용을 포함하여야 한다."

라고 해 놓고선

제5조의4(차별대우 및 불이익 행위의 예시)에서는

"법 제5조의6에서 '차별대우 및 불이익'이라 함은 취업제한, 여권 발급 거부, 수형상 차별
대우 및 인사상의 불이익 등을 말한다."

고 하여 입법 취지를 왜곡한 극단적인 축소해석을 하였다. 김대중 대통령이 법의 내용을 알고 서
명을 했는지, 모르고 서명했는지 궁금하다. 나는 김대중이 민주주의를 위해 투쟁했다는 말을 인정
하지 못하겠다. 그는 다만 권력을 잡으려다 반대파에게 박해를 받은 것에 불과하다고 본다. 이 법

〈민주당사 앞에서 민주화운동 관련자 명예회복특별법제정 촉구 기자회견〉

의 시행령을 보면 알 수 있다.

법 제5조의 6에 따른 입법의 취지를 보면, 해직 기간의 호봉과 보수, 승진, 경력, 연금 등의 불이익을 받지 않도록 한 것인데, 시행령 제5조의 4에서는 복직한 이후에 당할 수도 있는 향후의 불이익으로 법 적용의 범위를 제한해 버린 것이다.

따라서 이(시행령)는 상위법(민주화보상법) 우선의 원칙에 명백히 위반되는 것이다. 이를 근거로 사법 투쟁에 들어간 동지들도 있었으나 대부분 패소하였다. 법원은 국가기관을 상대로 한 민간의 소에 대해서는 국가기관에 너그러운 판결을 한 것으로 보인다.

김대중 대통령 시기에 제정된 민주화보상법과 동 시행령은 김대중, 노무현, 문재인 정부에서는 바로잡을 수 있을 것으로 희망했다. 그러나 일장춘몽이었다. 진보정권이라 불린 이들 정권은 보수 정권의 색채를 분명히 보였을 뿐이다.

민주당을 진보라고 하는 이들을 보면 심한 짜증을 느낀다.

보리밥 묵고 방구뀡께 배가 푹 꺼져불등만

171.
소민 박준 선생께서 서거하시다

2001년 2월 12일.

소민 박준 선생께서 서거하셨다. 일생을 흥사단 운동에 헌신하신 분이시다. 때론 엄격하고 때론 자상하신 분이셨다. 우리 젊은 회원들 사이에서는 '총통'으로 불리기도 했다. 광주학생아카데미 지도에서 절대적인 권위와 엄격함을 보이셔서 그렇게 불렸으리라. 유신 말기부터 전두환, 노태우 군사 반란 정권 시에 흥사단아카데미가 적극적으로 민주화운동에 뛰어들어야 한다는 젊은 후배들의 요구에도 흔들림이 없이 지금은 힘을 비축할 때라고 지도하셨다. 이에 만족하지 못한 일부 후배들은 별도의 모임과 활동을 하기도 하였다. 지나고 보면 박준 선생님의 말씀이 옳은 듯하다. 우리 사회가 혁명으로 사회 발전을 이루기는 어려워 보였다.

교직을 시작한 후 나는 박준 선생님을 닮아 가고 있었다. 아니 닮고 싶었다. 그러나 박준 선생님만큼 헌신하지는 못했다. 큰 별이 졌다. 60대의 젊으신 연세로 가셨다. 아직 하실 일이 많은데 아깝게 가셨다. 선생님은 담양 천주교 묘원에 계신다.

선생님!
이제 편히 쉬소서!

172.
흥사단신용협동조합이 부활에 실패하다

1

협동조합은 '1인은 만인을 위하여, 만인은 1인을 위하여!'라는 상부상조와 환난상휼의 정신에 바탕을 둔 운동이다. 이하 글은 『광주·전남흥사단 50년사』 334~336쪽의 내용을 정리하고 나의 의견을 더한 것이다.

흥사단신협은 1974년 기러기협동조합(계림동 단소 시절)을 모태로 1976년에 설립되었다. 초기에는 사무실을 단소(유동 아세아예식장 3층, 건물주인 김재균 단우의 배려) 안에 두었고, 1977년 재무부의 설립 인가를 받았다. 흥사단 신협은 흥사단 단우들이 중심이 되긴 했지만 좀 더 대중적인 금융기관으로 성장시키기 위해 흥민회라는 외곽조직을 만들고 흥민회가 운영하는 금융기관의 모양새를 갖추었다. 설립 때는 정해직 단우가, 중반기에는 이계열 단우가, 후반기에는 정해남 단우가 중심이 되어 신협을 운영하였다. 후에 흥민신협은 흥사단신협으로 개명하였다.

흥사단신협은 흥사단 단우들의 헌신적인 봉사와 흥사단이 갖는 신뢰감이 덧붙여져 성장을 거듭했다. 예금이 급증했으나 예대금리가 제1금융권에 비하여 높을 수밖에 없는 2금융의 성격을 가진 신협은 대출금리가 높아서 대출이 부진했고, 그에 따라 수익성에 적신호가 켜질 수밖에 없었다. 흥사단신협은 이 어려움을 주식투자를 통해 해소하려 하였으나 규정에 정해진 한도를 넘어서 투자했던 것이 문제였다. 당시 흥사단신협 집행부가 저금리 현상에 대한 대처에 깊은 성찰이 부족했다.

1997년의 외환 위기로 주식 시세가 폭락했고 쉽게 회복되지도 않았다. 장기적 발전을 위해 신시가지인 상무지구에 마련했던 토지를 매각하여 재무구조 개선 노력을 하였으나 실패하고 2002년 11월 2일 흥사단신협이 영업 정지당했다. 당시 전국적으로 100여 개의 신협이 영업정지를 당했다.

비단 흥사단신협만의 문제로 보이지는 않는다. 당시 신협, 새마을금고, 투자금융(지금은 저축은행) 등의 공통된 문제로 보였다. 어떻게 보면 우리나라 금융제도의 허약한 체질을 적나라하게 드러낸 사건이었는지도 모르겠다.

홍사단신협이 영업정지를 당한 후 단우와 신협 임직원들을 중심으로 신협 살리기 운동이 전개되었다. 약 30억 원으로 추정되는 손실금은 흥사단 보유금 2억 7천여만 원과 모금액을 합하여 7억여 원을 모으고 나머지 금액 20억 원은 출자금 감자 등을 통해 해소할 수 있다는 것이다. 광주흥사단은 단우총회 등 여러 모임을 통해 이런 재건 방안에 대해 논의했으나 합의에 이르지 못했다. 실현 가능성에 대한 회의는 물론 많은 희생을 감수하고 재건한 후의 전망에 대한 확신 부족 등이 배경이었다.

나는 서울에 계시는 광주아카데미 출신 선후배 단우들을 예방하고 전후 사정을 설명한 후 모금에 적극 협력해 주실 것을 부탁드렸다. 반대하시는 분은 없었으나 전망에 대한 회의감이 보였고, 누구도 선뜻 신협의 회생에 도움이 될 만한 큰돈을 쾌척할 의사는 없어 보였다. 단우총회에서 어떤 이는 회생에 도움이 될 자금을 대겠다는 분이 있다고 소개하기도 하였는데, 알고 보니 사채업자였다. 책임 있는 위치에 있던 단우 두 분이 그런 사정을 제대로 파악하지 못하고 회생에만 급급한 모양새였다. 내가 적극 반대의견을 내서 그 안은 폐기되었다.

홍사단신협의 파산에 따라 예금자들의 예금은 국가 재정의 투입으로 대부분 보전되었다. 그러나 임직원들은 책임자로서의 판단 착오에 따른 고통을 감내해야 했다. 파산을 기점으로 10여 년 동안 이사장, 이사, 감사를 역임하신 분들은 큰 액수의 손해배상을 청구받았다. 이사장과 9인의 이사들은 개인당 약 1,500만 원 내외의 추징금을 내야 했다. 광주흥사단도 당장 신협과 함께 쓰고 있던 단소 해결, 신협에 예치한 기금 손실 등 큰 손실을 보았다. 또한 홍사단신협에서 일하던 분들이 졸지에 직장을 잃게 되었다. 홍사단과 신협의 발전을 위해 헌신하시다가 고통을 당한 분들께 감사와 위로의 말씀을 드린다.

2

나는 당시 흥사단신협에 출자금이 약 200만 원 정도 있었다. 보통 예금도 약 50여만 원 정도. 단우총회에서 각자 이 정도씩 인출하지 말고 전액 흥사단 단소 기금으로 기탁하자고 의견을 냈으나 채택되지 않고 수정된 의견으로 단소 기금 모금이 결정되었다. 나는 이 돈을 인출하여 단소 건립기금으로 약간 기탁하였다. 지금 단소 2층의 현관에 그 명단이 새겨져 있더라. 많은 단우들의 십시일반 기부와 크신 마음으로 큰돈을 쾌척해 주신 여러 단우들의 기부로 현재의 광주흥사단 단소가 마련되었다.

〈광주흥사단 단소 강당에 2차에 걸친 회관 매입 기부금을 내신 분들 명단〉

3

2023년 2월 16일에 새로이 임원을 맡게 된 정필웅 대표와 사무처장을 맡은 김왕기 박사가 단소에 누적된 서류들을 함께 정리해 보자고 하여 너무 오랜만에 단소에 가게 되었다. 단소 활용은 여러 산하 기관들이 활발하게 사용하고 있어서 보기에 좋았다. 다만 건물이 너무 오래되어 리모델링이 급해 보였다. 지난 2022년 10월의 단대회에서 모금한 돈으로 가능할지 모르겠다. 정원은 관리가 허술함이 보였다. 담당자가 자주 바뀌다 보니 내 집처럼 가꾸기가 어려웠으리라. 정원은 일단 말끔하게 정리했으나 다시 구상하여 가꾸어야 할 것 같았다. 몇 가지 의견을 내기는 했으나 결국은 또 돈이 필요한 일이다. 기왕에『광주흥사단 50년사』를 발간했으니 묵은 서류들을 과감하게 정리하였다. 광주흥사단 박물관이라도 만든다면 보존할 만한 자료들도 있어서 버리기 너무 아까웠다. 묵은 서류가 쌓여 있던 지하실을 비웠다. 지하 공간은 누습하여 서류와 가구들이 모두 부패가 심했

보리밥 묵고 방구뀡께 배가 푹 꺼져불등만

다. 이 공간은 학교 밖 아이들을 돌보는 '래미학교' 아이들의 밴드 연습실로 쓰고자 한다고 들었다. 잘한 일이다.

2023년 4월에 1층 독서 카페 뜰의 낡은 데크는 새로 교체하였고, 정원은 흥사단합창단원들이 솔선하여 꽃을 심어 단장하였다.

4

흥사단신협은 내게는 흥사단 운동에 참여하여 받은 위로였고 자랑이었다. 해직되어 '사또보쌈족발', '터미널세차장', '골든1급정비서비스'를 경영할 때는 소중한 자금원이었다. 최영태, 홍덕기 두 전남대 교수님이 기꺼이 보증을 서 주셔서 정비공장 당시 경영 자금을 융통할 수 있었다. 묻지도 따지지도 않고 기꺼이 보증을 서 주신 최, 홍 두 선배님께 다시 감사의 말씀을 올립니다. 보증은 가족에게도 서 주기 어려운 일이다.

신용협동조합은 조합원 상호 간의 상부상조에서 출발하여 시종일관 그 정신으로 나아가야 할 것이다. 더 이상의 욕심은 협동조합의 정신에 어긋날 뿐만 아니라 금융업의 부침에 따라 큰 손실을 입을 가능성이 언제든지 있다. 2022년. 러시아 대통령 푸틴의 우크라이나 침략과 미국 대통령 바이든의 러시아 제재로 에너지 가격이 급등하고, 미국의 중국 견제 등으로 이자율이 치솟고 있어서 다시 금융권이 위기를 맞고 있다. 혹자는 2금융권이 위기를 맞을 것이라고 한다. 우리 아이들은 원광신협에 들어 있는 우리 부부의 출자금을 빼라고 한다. 출자금을 빼려면 신협총회의 승인이 떨어져야 한다고 한다. 규정이 바뀌었다는 것이다. 전에는 2개월의 시간적 여유를 두고 뺄 수 있었는데. 우리는 1997년과 2008년, 두 번의 외환 위기를 겪은 경험이 있다. 잘 대비해야 할 것이다.

173.
전라남도교육청의 고등학교 입시 부활을 반대함

2003년은 김장환 전라남도교육감이 목포, 여수, 순천 등 시 지역의 고등학교 입시를 부활하고자 책동하고 있었다. 전교조전남지부는 고교입시 부활을 반대하면서 도 교육청에서 농성하고 있었다. 나는 집에서 시래깃국을 끓이고 밥을 지어서 교육청에서 농성하고 있는 동지들에게 날랐다. 한편 나는 고등학교 입시 부활의 부당함을 교육감과 두 차례 서신으로 교환하고 이를 오마이뉴스에 싣기도 했었다. 그 내용을 발췌하여 정리한다.

김장환 교육감은 '실력전남'의 기치를 걸고 '실력저하'의 원인을 내신 선발에 두고 있었다. 그러면서 내신 선발의 문제점을 다음과 같이 지적하였다.

- 내신에 의한 선발이 기초학력 저하 심화 원인임(성적 부풀리기 등)
- 학습 의욕 저하 등으로 교실 붕괴 현상 초래
- 내신을 올리기 위한 방법으로 사교육비 부담이 오히려 증가됨
- 동료 학생 간 비정상적인 경쟁을 격화시켜 인성교육에 악영향을 초래

그러나 '실력저하'라는 개념조차 인위적인 것이었고, '실력저하'의 원인을 설문조사로 얻었다고 하나, 설문의 표집 대상이 대부분 교장이었고, 설문의 문항도 어떻게 작성되었는지 그 과정을 자세히 제시하지 않고 있었다.

실력이 저하되었다면 그 원인을 '열린교육'에 두고 싶었다. 어설픈 '열린교육' 운동으로 교사의 연구와 교수, 그리고 학생의 학습 분위기만 망쳐 놓았던 것이다. 김장환 교육감의 목포, 순천, 여수 등 지역의 고등학교 입시 부활 책동은 결국 실패하였다. 전교조를 비롯한 교육 단체와 학부모의 반대가 컸고, 막상 시행하려고 보니 여러 문제가 나타난 결과였다.

보리밥 묵고 방구뀅께 배가 푹 꺼져불등만

개인적인 관점이지만 세칭 명문 학교를 졸업한 교육자, 관료, 학부모들이 경쟁교육을 이끌고 있는 것은 아닌가 싶다. 김장환 교육감은 명문 학교로 불린 광주고등학교 출신이다.

174.
향이야, 부디 건강하고 굳세어라

요즈음은 거의 모든 학생이 중학교를 졸업하고 고등학교에 진학하는 추세이다. 하지만 2003년에는 가정 형편이 어려워서 고등학교에 진학하지 못하는 안타까운 일이 있었다. 그렇다고 바로 산업전선으로 보내기도 마음이 놓이지 않았다. 어려운 일이지만 공부와 일을 병행할 수 있는 방법을 찾아보았다. 내가 고등학교를 고학으로 마칠 수 있었으니 이 아이도 그런 의지라면 가능하지 않을까 싶어서 산업체 학교에 보냈다. 오마이뉴스에 기고한 내용을 정리하였다.

향이는 자매가 같은 학교에 다니고 있었다. 부모님은 돈을 번다고 도시로 갔으나 벌이가 신통하지 않을 뿐만 아니라 부모님과 자녀들과도 소통이 별로 없었다. 아이들의 양육은 늙은 할머니의 몫이었다. 친구들이 고등학교에 진학하건만 향이는 그런 형편이 되지 못했다. 결국 영암군 신북면에 있는 산업체 부설학교를 소개하고 그리로 보내게 되었다. 겨울방학에 들어가는 12월 27일이었다. 기숙사에 입사하는 날 아이를 데리고 갈 가족이 없어서 내 차로 함께 갔다. 녀석의 호주머니에는 단 만 원의 용돈도 없었다. 내 지갑을 뒤져서 몇만 원을 쥐어 주었다. 월급이 나오기 전에 우선 용돈이 필요할 것이었다.

향이는 그런대로 잘 적응하고 졸업식에 참석하였다. 업체 담당자와 사전에 조율하였던 것이다. 나는 교무회의에서 졸업생 대상 장학금 대상자 심의 때 녀석을 추천하여 장학금을 주었다. 졸업식에는 여러 기관과 단체에서 장학금이 들어왔다. 지정 장학금이 아니면 교무회의에서 미리 정해진 몇 가지 원칙에 따라 대상자를 심의하여 결정하였다. 효행상도 내가 추천하여 받게 해 주었다.

향이는 5~6년이 지나서 내가 무안고등학교에 근무할 때, 아주 멋진 아가씨가 되어 찾아왔다. 점심을 먹여서 보냈다. 이후로 소식을 듣지 못하고 있다. 어디선가 어엿한 어른이 되어 살고 있겠지.

보리밥 묵고 방구뀡께 배가 푹 꺼져불등만

175.
어느 초등학교 교장님의 죽음을 애도하며

성추행에 관한 소문이 있었다. 어느 초등학교 교장 선생님이 이와 관련하여 스스로 목숨을 끊은 일이 있었다. 관련하여 2003년 4월 17일에 오마이뉴스에 기고한 글을 요약한다.

죽음은 숭고한 것이며, 단 한 번 가는 길

오늘은 중학교 3학년 국사 시간, 단원은 을사조약 이후 우리 민족의 항쟁에 대한 내용이다. 여기서 죽음이 나온다. 자결(자살). 민영환의 자결 - 동포에게 힘을 주기 위해 지하에서 응원하겠노라는 죽음, 이준 열사의 자결 - 헤이그 만국평화회의에서 우리 대한의 독립국임과 일본의 침략을 만방에 호소하기 위한 죽음.

이번 초등학교 교장님의 죽음은 이들 죽음과 어떻게 다를까를 생각해 보았다. 한 직장의 책임자이며, 아이들의 교육을 책임지고 있는 분이 왜 죽음을 택했을까? 앞의 두 죽음과 어떻게 다를까?

이 교장님의 죽음을 놓고 인터넷 광장은 불이 붙은 듯하다. 역시 욕설이 난무하고 나름의 평가와 근거를 대며 자신의 주장을 한다. 나는 이 시점에서 역지사지하는 마음을 권한다. 한 예를 들어 해법을 찾아보고 싶다. 3년 전 강진군에서 전교조 지회장을 할 때, 민원이 들어왔다.

모 초등학교 교장님이 여선생님과 저축금을 받으러 오는 농협 아가씨 등을 성적으로 희롱한다는 것이다. 나에게 전화하신 선생님은 자신이 전교조 회원은 아니라고 했다. 다만 이 문제를 해결하는 데 마땅히 호소할 데가 없어서 전교조 지회장인 나에게 전화했다고 했다. 그럼 내가 어떻게 해주면 좋겠느냐고 물었다. 그 선생님은 재발 방지면 족하다고 한다. 교장, 학교, 해당 본인들의 프라이버시가 존중되었으면 좋겠다는 것이었다. 나는 사실 확인에 들어갔다. 여러 경로로 확인했다. 사실이었다. 그러나 느낌이 달랐다. 교장은 그저 자식 같아서 예뻐서 그랬다는 것이고, 본인들은 불쾌하다는 것이었다. 고심 끝에 당해 교장께 전화했다. 사실을 여쭈었다. 처음에는 펄쩍 뛰면서 부정하였다.

그러나 그동안 내가 수집한 사실들을 열거하니, 시인하셨다. 또 그 교장님의 딸이 다른 군에서 기간제로 초등학교에 근무하고 있는 것도 확인하였다.

나는 그 교장께 여쭈었다.

첫째, 따님이 근무하는 학교 교장 선생님이 따님을 만지면 기분이 어쩌시겠는가?

둘째, 교장님이 여선생님과 농협 아가씨를 만지면 본인들이 좋아하리라고 생각하는가?

셋째, 본인들이 온갖 불이익을 무릅쓰고 고발하면 어떻게 하실 것인가?

그 교장님은 내게 해법을 물었다. 나는 교무실에서 교무회의 시에 공개적으로 사과하고 다시는 그런 일이 없을 것을 맹세하실 수 있는가 여쭈었다. 그 교장님은 그렇게 하겠다고 했고, 실제 그렇게 하셨다.

며칠 후 내게 전화했던 여선생님으로부터 고맙다는 연락이 왔다. 조용하게 일이 처리되고 자신들의 뜻이 관철되어서 좋다는 것이다.

보리밥 묵고 방구뀡께 배가 푹 꺼져불등만

176.
꽃으로도 아이들을 때리지 말라

체벌이 아니고도 교사는 아이들을 교육할 수 있다. 부모라고 해서 아이들을 체벌하는 것이 정당화될 수 없다. 아이들을 인격체로 대우하면서도 교육할 수 있는 길을 모색하는 것이 어른들이 해야 할 일이다. 2003년 7월 6일에 오마이뉴스에 기고한 글을 요약한다.

지난 겨울방학 건국대학교 충주캠퍼스에서는 '제2회 참교육실천보고대회'가 열리고 있었다. 나는 사회과 교육 분과의 '사회참여교육'에 대한 토론자로 참여하였다.

낯선 교정에서 발표 장소를 찾고 있던 중 그야말로 낯선 차량 한 대를 발견하였다. 승합차인데 차체에 온통 아이들의 인권에 관한 구호와 신문 기사 등으로 도배를 한 것이다. 그중에서 눈에 띈 구호가 있었다.

'꽃으로도 아이들을 때리지 말라!'

이때부터 내 가슴은 쿵쾅거리기 시작했다. 일정 내내 이 말이 가슴 속에서 맴돌고 있었다. "그럼 너는? 너는 교육 현장에서 아이들을 어떻게 대하고 있는 것인가?" 이미 이 말이 화두가 되어 나의 뇌리에 꽂히고 있었다.

〈체벌 사례 중략〉

다시 화두를 '꽃으로도 아이들을 때리지 말라!'로 돌아가자. 솔직히 지금도 나는 체벌을 가하고 있다. 비록 몽둥이에서 회초리로 바뀌고, 감정을 자제한 교육적 설명을 하고 상대의 의사를 반영한다는 미명 하에 말이다.

그러나 내 경험으로 보면 어떤 경우이든 맞는 사람이 기분이 좋을 리 없고 때리는 사람이 때려서 만족하는 경우는 없다. 서로 인격적 교감이 있으면 체벌보다는 대화가 훨씬 더 효과가 있다. 결국 교사와 아이가 교감을 충분히 나누는 것이중요하다.

군사 독재와 능률을 우선시하는 사회에서 살다 보니 어느 사이엔가 '빨리빨리'라는 강박감이 우리를 지배하는 것은 아닐까? 매는 빠른 효과를 가져올 수 있다. 아이들이 인격적으로 승복하지는 않지만. 그러나 서로 교감을 얻는 대화는 시간이 걸린다. 우리는 이것에 익숙하지 않다.

지난 6월 23~25일에 통일교육원에서 통일 연수를 받고 학교에 돌아오자, 아이들이 반갑게 맞아 준다.

"선생니임~ 보고 싶었어요~"

이 아이들에게 어떻게 매를 가할 수 있을까? 지금 내가 가지고 있는 회초리조차 이제는 버려야 할 것 같다.

177.
컴퓨터? 이걸 모르고 죽으면 억울하지

정보화 시대에는 디지털 격차가 새로운 사회문제이다. 농어촌, 빈곤층, 노인층이 정보화 시대에 적응하기 어려운 시대이다. 북면중학교는 지역 농협의 협조로 '농업인 정보화 교육'을 실시하였다. 2003년 10월 6일에 오마이뉴스에 기고한 글을 옮긴다.

구릿빛 얼굴 만학도들의 '컴퓨터 무작정 따라 하기'

내가 근무하는 중학교에서 '농업인 정보화 교육'을 실시하였다. 지난 9월 말부터 하루 3시간씩 6일간 강행군하였다. 마침 지역 농협에 농업인 정보화 교육 프로그램이 있어서 학교의 사회교육 프로그램과 연계하여 실시하였다. 인원은 15명, 수강생의 연령 구성은 40대에서 70대까지 비교적 연세가 많으신 분들이다. 대부분이 농업에 종사하는 분들로 손마디가 굵어 둔하며, 얼굴은 햇볕에 그을려 구릿빛을 하고 있다. 그러나 배우려는 의지는 결연하기까지 하다.

무엇을 가르칠 것인가?

"컴퓨터 무엇을 배우고 싶은가요?"
"문서도 만들고 싶고요, 그 뭐냐? 이메일도 해 보고 싶고요, 인터넷도 해 보고 싶어요."
"그래요? 그럼 전에 컴퓨터를 배운 적이 있는 분 손 들어 보세요."
"…."
"어? 그럼 모두가 처음이란 말씀인가요?"
"예~"

"그런데, 욕심이 참 많으시군요. 좋습니다. 그러면 무작정 원하는 것을 다 배워 봅시다. 어차피 이번에는 맛보기니까 여러분이 원하는 것들의 길이라도 알아봅시다."

컴퓨터 무작정 따라 하기.

담당하신 미술과 서강석 선생님의 발상이다. 서 선생님은 곧 교재를 만드셨다. 컴퓨터의 각 부분의 명칭과 사용 방법, 컴퓨터 켜고 끄기, 화면에 나타나는 것들의 이름과 기능으로 첫날을 시작하였다. 어라? 그런데, 뭐가 이상하다. 어차피 자판의 글씨를 찾아서 한 손가락으로 떠듬떠듬 치는 것이야 그렇다고 치더라도, 영문자를 찾지 못하는 것이 아닌가?

"영어를 전혀 모르시는 분, 손들어 보세요. 부끄러워하지 마시고요."
두 분이 손을 든다.
"좋습니다. 그러면 그분들을 위해 알파벳을 가르쳐 드리겠습니다. 그러나 별도의 교재를 만들어서 드리지요."
이튿날 영어과 안 선생님께 부탁하여 알파벳 대문자, 소문자, 우리말로 읽는 법을 A4 한 장에 정리하고 연습하실 수 있도록 백지를 10장씩 묶어서 나누어드렸다.
"저도 주세요."
"어제는 손을 안 드셨잖아요?"
"…"
"모르는 것은 부끄러운 것이 아니지요. 오히려 모르면서도 아는 척하는 것이 문제겠지요. 제가 잘못했습니다. 다시 모든 분께 교재를 드리지요. 백지에 알파벳을 써서 내일 제출하는 겁니다. 숙제를 안 하시면 '맴매'합니다?"
"하하하…."

이튿날.
"선생님, 없는 글자가 있대요? 그리고 T자는 어떻게 쓰는 거예요?"
아차, 소문자 a와 g를 통상 필기체로 쓰고 있으니, 칠판에 선생님이 써 준 글씨가 당연히 없지 않

보리밥 묵고 방구뀅께 배가 쏙 꺼져불등만

은가? 그리고 T자의 대문자가 인쇄체로 썼을 때 머리의 양 끝이 약간 꼬부라져 내려온 것을 그대로 그리려니 얼마나 고생했을 것인가? 아~ 순진하고도 열심인 내 제자(?)들이여.

'컴퓨터 무작정 따라 배우기'는 계속된다.

폴더와 파일 만들고 저장하기 그리고 저장한 파일 찾기, '한글97'로 간단한 문서 만들기, 이메일 만들기, 이메일 보내고 받기, 이메일로 첨부물 보내고 받아서 저장하기, 받은 첨부물의 문서를 수정하여 답장하기, 연하카드 보내기, 인터넷에서 농업경영에 필요한 사이트 방문하기, 내게 필요한 글 복사하여 내 파일에 저장하기. 저장한 문서에 내 의견을 써서 친구에게 메일로 보내기….

초보들에게 어떻게 이 많은 것을 18시간만으로 어떻게 가르친다는 말인가?

그런데, 가능하였다. 서 선생님과 나의 강의, 두세 분의 선생님이 보조교사로 옆에 붙어서 개인 지도를 한다. 선생님의 한마디도 놓치지 않으려는 열의가 가능하게 하였다. 문제는 마우스다. 손이 굳어 있다 보니 더블 클릭을 잘못하고, 마우스에 너무 힘을 주어 클릭하는 순간 위치가 움직여서 엉뚱한 화면이 나타나곤 한다.

"걱정 마시고, 이것저것 눌러 보세요. 그렇다고 고장 나는 것은 아닙니다. 장난감으로 생각하십시오. 아이들이 빨리 느는 것은 기계에 대한 두려움이 없이 재미로 하기 때문입니다."

70이 넘은 어느 할아버지의 말씀.
"내 시대에 나온 물건인디, 꼭 배우고 죽어야 억울하지 않지."

50대의 어느 아주머니.
"텔레비에서 보니까 엄마가 아들하고 메일로 대화를 하든디. 나도 우리 아들한티 편지해 볼라요."

60대의 어느 이장님.
"인자 김 주사한테 메일로 서류를 보내야 쓰것구만."

비닐하우스를 하는 60대 아저씨.

"이경해 열사의 죽음이 헛되지 않으려면 우리도 알아야 쓰것구먼."

불가능해 보였던, '컴퓨터 무작정 따라 배우기'는 성공적으로 끝났다.

"선생님, 농번기 끝나면 우리 계속 가르쳐 줄라요?"
"그럽시다. 여러분이 너무나 열심히 배우셔서 보람찬 시간을 보냈습니다."

마지막 날.
가르치고 배움에 시간 가는 줄을 몰랐다. 마치고 나오니 밖은 벌써 어둠이 짙게 깔려 있었다. 그러나 아직은 저 어둠처럼 답답할지라도 배우고 익히면 찬란한 아침을 맞을 수 있으리라.

보리밥 묵고 방구뀡께 배가 푹 꺼져불등만

178.
돼지 저금통을 어디에 쓸고?

나는 우리 사회도 진보정당이 국회에서 최소한 교섭단체를 구성할 수 있어야 한다고 생각한다. 그래서 당선 가능성을 떠나서 꾸준하게 진보정당을 지지하고 있다. 그러다 보니 내가 찍어서 당선된 대통령이나 국회의원이 거의 없다. 해룡고 근무 시절 영광에서 서경원 의원이 유일한 당선자이다. 나는 서경원 후보의 거친 손을 잡는 순간, 이 사람은 참된 사람이라는 생각이 들더라. 이후 내가 찍어서 당선된 국회의원은 없다. 지방 의원은 강은미 전 광주시 의원과 황광민 나주시 의원 등 몇이 있긴 하다. 그래도 희망을 잃지 않고 진보정당을 계속 지지한다. 오마이뉴스에 2004년 1월 30일에 기고한 글의 요약이다.

10년 동안 모은 정성을 민주노동당에 내려 했는데…

우리 집에는 1996년부터 빨간색 돼지 저금통을 키워 왔다. 왜 과거형일까? 지금은 어디론가 사라지고 우리에게 없기 때문이다. 빨간색 돼지 저금통은 어디로 갔을까?

설을 쇠고 며칠 후 우리 부부는 집 근처 공원을 산책했다. 모처럼 분위기 좋게 부부가 산책한 것이다. 나는 이 좋은 분위기를 이용하여 아내에게 고백할 참이었다. 아니, 고백이 아니라 사정하려고 했다. 그래서 분위기 봐 가며 조심스럽게 이야기를 꺼내려고 하는데, 어랍쇼. 아내가 먼저 말을 꺼내는 것이 아닌가.

내가 조심스럽게 아내에게 사정하고자 했던 것은 10년 가까이 키워 온 돼지(저금통)를 민주노동당에 기부하자는 것이었다. 그러나 아내는 그 돼지를 이미 자기가 잡아먹었다고 했다. 그놈의 배를 가르고 속에 든 것을 꺼내 써 버렸다는 것이다. 그것도 아주 잘 키워서 13만 8,000원이나 들어 있어서 옹글지게 썼다나? 이유는 생활비가 궁해서란다. 아, 가난한 아내여, 빈궁한 나의 살림이여.

나는 억장이 무너지는 것 같았다. 우선 그 돼지는 진보정당의 뿌리를 굳건히 하기 위해 내 조그만 정성을 민주노동당에 바치고자 한 것이었다. 둘째는 그 돼지 저금통을 깰 정도로 내 삶과 우리 가족의 생활이 궁핍하다는 것이다. 나는 울고 싶어졌다. 흐르는 눈물과 분노를 참을 길 없어 아내를 뒤에 남기고 달려 나와 버렸다.

23년을 함께한 아내와 나의 정치적 입장은 같으면서도 또 다르다. 1997년 대선에서 아내는 김대중을 찍었고, 나는 권영길을 찍었다. 당시 나는 전남 완도군의 한 섬에서 근무 중이었다. 때가 때이니만큼 직원들과 저녁 회식을 하면서 대선에서 누구를 찍을 것인지에 대해 자연스럽게 이야기가 나왔다.

우리 지역 사회 분위기는 당연히(?), 그리고 누구나 할 것 없이 김대중이었다. 그러나 나는 권영길을 지지한다고 다소(!) 용감하게 말했다. 화기애애하던 분위기는 약간 썰렁해지는 정도가 아니라 험악해졌다. 당연히 좋았던 회식 분위기는 확 바뀌고 말았다.

당시 나에 대한 비난과 비판의 이야기는 대충 이렇다.
"너는 어디 놈이냐?"
"김대중 선생의 민주화를 위한 고난을 생각해 봤느냐?"
"김대중 선생의 박학다식함과 경륜을 어떻게 생각하느냐?"
"권영길이 당선 가능성이 없지 않으냐? 당선 가능성이 있는 사람을 찍어야지."
"권영길을 찍으면 ○○○당이 어부지리를 얻을 텐데, 그래도 좋냐?"
"결과적으로 ○○○이 당선되면 이 나라가 어떻게 될 것이냐?" 등등.

그러나 이렇게 쏟아지는 이야기들에 맞서는 내 주장은 이랬다.

보리밥 묵고 방구뀡께 배가 푹 꺼져불등만

"당신들의 이야기는 충분히 이해한다. 또 공감하는 부분도 많다. 그러나 나는 좀 더 멀리 보고자 한다. 지금 우리나라는 외환 위기에 직면해 있다. 결국 IMF의 지원을 받아 이 위기를 극복할 수밖에 없다. 그런데 IMF는 주 출자국이 미국으로 이는 GATT와 함께 2차 대전 후 미국이 경제적인 패권을 장악하기 위한 조직이다. 우리나라는 신자유주의로 가게 될 것이다. 그러면 노동자와 농민의 삶은 앞으로 어떻게 될지 장담 못 한다. 외환 위기를 벗어나기 위해서는 김대중이 되든, 이회창이 되든 미국 주도의 IMF 지시를 받지 않을 수 없다. 비록 민주노동당이 소수에 머물지라도 노동자의 표가 노동자당에 몰림으로써 대선 후보들의 당락을 결정하는 결정적 요소가 된다면, 차기 대선이나 앞으로 있을 각종 선거에서 노동자들의 주장이나 삶을 위한 배려가 있을 수밖에 없다. 그래서 나는 민주노동당을 지지한다."

이후 민주노동당은 여러 개로 쪼개졌다. 정의당, 진보당, 노동당, 사회당, 기본소득당 등등. 나는 진보정당들이 생각이 조금씩 다르더라도 쪼개지지 말기를 희망한다. 진보세력이 몽땅 뭉쳐도 시원찮을 판에 분열이라니.

179.
화순도암중에서 운주사 천불천탑의 정기를 받아 일하다

1

운주사 천불천탑의 고장 화순 도암으로!

화순북면중에서 근무 3년 만기가 되어 화순도암중으로 옮겼다. 도서와 벽지학교는 기교 만기가 3년이었다. 북면중 학부모님들이 교육청에 탄원서를 써서 선생님이 계속 계시도록 해 주겠단다. 말씀은 고맙지만 순환 근무가 원칙이라 어렵다고 말씀드렸다. 아쉽지만 회자정리(會者定離). 또 새살이 돋아야 하지 않겠는가?

도암중은 학생 수가 약 20여 명으로 아주 작은 학교이고 집에서 통근이 가능할 정도로 가깝다. 도암중학교는 천태산이 바라보이는 언덕 위에 자리하고 있다.

관사는 딱 한 채 있는데 여○○ 교장이 차지하고 있었다. 차지하고 있다는 말은 교장이 살지는 않으면서 다른 교직원이 살 기회조차 주지 않는다는 의미이다. 학교 관사는 교장이 우선적으로 차지해야 한다는 무슨 근거가 있을까? 나는 가급적 관사에 살기를 원한다. 출퇴근 시간의 낭비를 줄이고 지역 사회와 보다 밀접하게 살고 싶기 때문이다. 교장에게 비어 있는 관사를 내가 쓰겠다고 하니 자기가 운동하고 씻거나 옷을 갈아입을 때 사용한단다. 그렇다고 그 교장이 학교에서 운동하는 것을 본 적도 없다. 아마도 근무 시간에 가만히 관사에 가서 낮잠을 자기 위해서인지 모르겠다. 그러면 방이 두 개이니까 하나를 내가 쓰자고 했더니 지금은 괜찮으나 다음에 오실 교장이 입장이 바뀔 수도 있으니 안 된단다. 그럼 그때 가서 내가 비워 주면 되지 않느냐고 해도 막무가내. 교장의 특권이 참 대단하다.

여○○ 교장은 사범학교 출신으로 중등으로 전환하여 교장에 오른 이다. 사범학교나 2년제 교육

보리밥 묵고 방구뀔께 배가 푹 꺼져불등만

대 출신 교사들은 4년제 정규대학을 졸업한 교사들에 대한 묘한 콤플렉스 같은 것이 있는 것 같았고, 그 콤플렉스를 승진으로 푸는 것 같았다. 중등에서도 사범학교나 2년제 교육대 출신 교장을 많이 보았다.

2

컴퓨터실에 학생 1인 1PC를 갖추다.

컴퓨터실을 살피니 컴퓨터는 많은데 쓸 만한 것이 드물었다. 여○○ 교장과 상의하여 기존의 모든 PC를 최대 학생 수(30명)에 맞추어 통폐합하고 부족한 부품은 구매하여 1인 1PC 제공을 하기로 했다. 추가로 들어간 돈은 약 100여만 원이었다. 힘이 센 아이나 고학년이 저학년 것을 넘볼 것을 대비하여 모든 PC에 학생 이름표를 붙이고, 주요 부품은 결속하여 이동하지 못하도록 하였다. 자연히 망가진 것은 학교에서 고쳐 주되 개인이 험하게 사용하여 망가진 것은 본인 부담으로 수리한다고 아이들과 협약을 맺었다.

1학년 1등이자 학부모가 운영위원장인 김○○이와 그 친구 두 녀석이 딱 걸렸다. 수리비 15만 원을 1/N로 나누어 각 5만 원을 영수증을 첨부하여 학부모에게 전후 사정을 설명하면서 고지하였고, 부모님은 바로 입금해 주었다. 그 이후로 아이들은 아주 조심스럽게 PC를 다루었다. 특히 1학년 아이들이 선배들의 간섭 없이 자기 PC를 가질 수 있음에 만족했다. 컴퓨터실은 상시 개방하여 언제든지 사용할 수 있도록 하였다. 아이들은 특별히 컴퓨터 학원을 다니지 않아도 필요한 것을 스스로 잘 배우더라. 아이들의 호기심은 자기 발전의 계기가 된다. 어른들이 해야 할 일은 아이들에게 학습 여건을 충족시켜 주는 것일 게다.

3

장관 표창을 받아도 근평은 '미'였다.

2004년에 학생부장으로 일을 잘했다고 교육감이 상을 주었다. 또 학습지도를 잘했다고 교육감과 교육부장관이 상을 주었다. 그런데 교장이 매기는 근평은 '미'였다. 시름 수(愁), 어리석을 우

(愚)를 줄 수 없으니 아름다울 미(美)를 준 것일까? 그 여○○ 교장은 김옥태가 일을 잘한다고 입에 발린 소리를 자주 했다. 어떻게 대외비인 근평 내용을 알았냐고 묻더라. 어떻게 알긴? 교육청에 정보공개를 해서 알았제. 장학사는 * 씁은 표정을 하면서 다른 사람 것은 가리고 복사하여 근평 내용을 복사해 주더라고. 교장들은 아직도 전교조 교사를 싫어했다. 전교조 교사들은 대개 승진에 욕심이 없으니 더 싫어했다. 승진에 욕심이 있으면 근무평정을 가지고 갑질이 가능할 것인데 전교조 교사들에게는 갑질이 잘 통하지 않았던 모양이다. 교장들은 자기 갑질이 통하지 않으면 험담을 늘어놓더라고. 있는 말 없는 말 새끼 쳐서 말이지.

4

교장실의 문화재급 원목 책상을 새 책상으로 바꾸더라.

2004년 초겨울 12월쯤, 교장이 교장실 책상을 바꾸겠단다. 금년 예산을 집행하고 400여만 원이 여유가 생겨서 바꾸겠다고. 후임 교장에게 깨끗하게 새로 장만해 주고 가겠단다. 후임 교장에게 잘해 주는 데 왜 학교 예산을 쓰는 것이냐? 학교 예산이 자기 사비인 것이더냐? 기존의 교장실 책상은 원목에 옻칠이 된 것이었다. 역사와 전통을 자랑하는 값진 책상이다. 적어도 도암중학교 개교와 함께 들어온 책상이렸다. 손상된 부분이 없었고 다만 모서리 부분의 칠이 약간 벗겨졌을 뿐인 문화재급이다. 이 좋은 책상을 굳이 바꿀 필요가 있을까? 그 돈을 아이들을 위해 필요한 곳에 쓰자고 했다. 거들어 주는 사람이 없다. 교장과 행정실장은 끝내 교장실 책상을 바꾸었다. 교장 왈,

"자네는 왜 사사건건 교장헌테 반대만 형가?"

"잘하신 일도 반대협디여? 멀쩡한 책상은 그대로 두고 그 돈을 아이들을 위해 쓰자는 내 제안이 이치에 어긋나요?"

그 교장은 함평군 교육과장으로 승진하였다. 처세에 능해야 승진하지, 일을 잘한다고 승진하는 것은 아닌 모양이었다.

5

교감 업무를 대행하는 교무부장은 너무 바쁘다.

2005년 화순도암중 2년 차에는 교무부장을 맡았다. 나하고 동갑내기인 전임 가정과 이○○ 교무부장은 교감으로 승진하여 완도 어느 섬 중학교로 갔다. 교감이 배치되지 않은 작은 학교라서 교무부장은 교감의 업무를 대행한다. 할 일이 별로 없는 교장이 교감 업무를 병행하면 좋으련만 교장이 되면 웬만하면 일하려 하지 않는 너무 나쁜 습성이 보인다. 다 그런 것은 아닐 것이지만 내가 본 교장들은 그랬다.

수학과 김영이 선생에게 교무기획을 부탁했다. 김 선생은 작년에도 교무기획을 했다.

"선생님, 저 담임하고 싶어요."
"그래서? 담임하셔!"
"교무기획하니까 거의 매일 야근하고 바빠서 담임하기 어려울 거 아니에요?"
"나하고 일을 같이하면 야간에 일하는 일은 거의 없을 것이시."
"설마요?"
"일단, 나를 믿어 보고 교무기획하고 담임도 맡아 주소."
"……."

어렵게 합의를 봤다. 김 선생은 교무기획과 1학년 담임을 맡았다. 합의인지 선배의 강요인지는 김 선생의 기분이 말해 줄 것이지만.

머리가 멍청하면 손발이 고생하는 것은 만고의 진리. 지도자가 아둔하면 부하 직원들이 힘들게 마련이라. 승진을 목적으로 교무부장이나 교감을 하는 사람들은 모든 공문을 다 이행하려 한다. 마치 저인망으로 새끼 고기까지 훑어 버리는 내일을 기약하지 않는 나쁜 어부처럼 하나도 빠뜨리지 않으려고 하지. 전임 교무부장도 그랬다.

학교에 오는 공문은 그 학교에 해당이 있든지 말든지 일괄하여 하달하는 것이 많다. 이런 공문은 내 선에서 과감하게 폐기 처분한다. 보고할 공문은 학교 운영 내용을 다 꿰고 있으니 쓱쓱 내용을 채워서 담당 선생님이 결재만 올리도록 한다. 선생님들이 공문으로 시달리지 않고 아이들에게 집중할 수 있도록 배려하는 것이다. 김영이 선생과 나는 야간 작업을 한 기억이 거의 없다. 김 선생은 담임과 교무기획을 같이 하면서도 교무기획만 하던 2004년에 비해 일이 더 적었다. 김 선생 왈,

"참, 신기하네요, 잉?"

내친김에 2005년에 내가 전교조화순지회장을 맡게 되어 김 선생은 지회 총무부장까지 덤터기 썼다.

6

학교 숲 가꾸기를 시도했으나 좌절하다.

2005년 화순도암중에서 '학교 숲 가꾸기'를 시도하였다. 전남대아카데미 출신 배○○ 교장 선생님과도 뜻이 맞았다. 배 교장은 꽃을 무척 좋아하셨다. 야생화 가꾸기를 하자길래 내친김에 산림청이 지원하는 '학교 숲 가꾸기'를 신청해 보자고 의기투합한 것이다.

산림청에서 지원하는 학교 숲 가꾸기는 교당 약 4,000만 원을 지원하는데, 학교와 지역 사회가 그 정도의 부담을 하도록 하였다. 일종의 대응 투자의 개념으로 보였다. 학교와 지역 사회가 부담할 내용은 굴삭기 등 장비, 동원 인력(동창회, 학부모, 지역 주민 등), 묘목 봉사, 현금 등이었다. 도암중학교는 면 소재지 뒷편 언덕에 자리한 풍수 좋은 곳이다. 이미 운동장 가장자리로 제법 큰 나무들이 있어 조금만 보완하면 야외학습장, 휴게 공간 등을 꾸릴 수 있었다.

농업을 전공한 강진농고에 재직 중인, 언제나 친절한 임원택 선생에게 자문을 구하고, 전남여고 등 선진지를 견학하고, 여러 학교의 계획서를 입수하여 분석하였다. 도암중에 특화된 학교 숲 가꾸기 계획을 마련하였다. 동창회와 학부모도 흔쾌히 도움을 주시기로 약속하였다. 서류 심사는 통과되었다. 아주 잘된 계획서라는 평가를 받았다. 산림청에서 현장 실사가 나왔다. 주변환경과 기존의 나무들을 조화시킨 훌륭한 계획이지만 학생 수가 너무 적어서 머지않아 폐교될 가능성이 높아

투자할 가치가 없다고 단언하였다. 허망했다. 그로부터 17년이 지난 2022년 말 현재도 도암중학교는 살아 있다. 앞으로도 계속 살아남아야 한다. 학교는 지역 사회의 꽃이다. 심장이다. 작은 학교를 살려야 한다. 제발 작은 학교들을 죽이지 말라. 경제 논리로 교육을 재단하지 말라.

180.
교원의 정치 활동, 과도한 제한은 반시대적인 위헌

교원의 정치 활동은 지나치게 제한되어 있다. 사실 정치적 중립이라는 말도 논리적이지 않다. 교육 과정과 교과서 내용이 이미 정치적 의미를 담고 있다. 교과서대로만 가르치면 그게 교원이 정치적 중립을 지키는 것일까? 오마이뉴스에 2004년 3월 31일에 기고한 글을 요약한다.

교원의 정치 활동은 잠재적 교육 과정의 일부

탄핵정국과 4·15 총선 시기에 공무원의 정치적 중립성과 교원의 정치 활동 금지가 다시금 화두로 떠오르고 있다. 〈중략〉 또 헌법재판소는 3월 25일 교사 정치 활동 금지 규정들이 합헌이라는 판결을 내렸다. 이들은 헌법 정신을 왜곡하고 있다.

헌법재판소는 결정문에서 "초·중등 교사에 대한 정당 가입 금지로 정치적 기본권을 제한하는 측면도 있다."는 것을 전제하면서도 △감수성이나 모방성, 수용성이 왕성한 초·중등 학생들한테 교사가 미치는 영향이 크고 △교사의 정치 활동이 학생 입장에서는 수업권의 침해로 받아들여질 수 있으며 △국민의 교육기본권을 더욱 보장함으로써 얻을 수 있는 공익을 우선해야 한다는 점을 고려하여 교사의 정치 활동 제한은 헌법적으로 정당하다고 하였다. 또 대학 교원에 대해서는 학문 연구를 전담하기 때문에 정치 활동을 허용하는 것은 정당하다고 주장하였다.

그러나 헌법재판소의 판결은 헌법 제7조 ②항("공무원의 신분과 정치적 중립성은 법률이 정하는 바에 의하여 **보장**된다")을 잘못 이해하고 있다는 측면이 있다. 이 조항은 정치권력이 공무원을 자신들의 정치적 목적에 동원할 수 없도록 하는 **보호조항**이지, 공무원의 정치 활동 **금지조항**이 아니

보리밥 묵고 방구뀡께 배가 푹 꺼져불등만

라고 보는 것이 옳다. 이는 과거 권위주의 정권 시절에 공무원을 선거, 국민투표 등 정치권력의 행사에 동원하였던 점을 상기하면 이해가 더욱 분명해질 것이다.

헌법 제7조 ②항에 따라 입법된 국가공무원법 제65조(정치운동의 금지)는 공무원에게 포괄적이고 광범하게 정치 활동을 금지하고 있다. 이는 공무원의 사적인 정치적 자유권을 심하게 침해하고 있어서 위헌임은 분명해지는 것이다.

또한 위에 열거한 합헌 사유를 볼 때, 헌법재판소가 교육을 잘못 이해하고 있는 점이 발견된다. 우리나라의 교육 과정의 목표는 학생들을 미래의 바람직한 민주시민으로 육성하는 것이다. 바람직한 민주시민은 공동체 안에서 자기를 발견하고 공동의 이익을 실현해 가는 자기 주도적인 인간인 것이다. 바로 이와 같은 목적을 달성하기 위하여 교육 과정이 편성된다.

따라서 교원의 정치 활동은 그 자체가 학생들에게는 잠재적 교육 과정이 되는 것이다. 교원의 정치 활동이 학생에게 영향을 미친다 함은 절차적 민주주의의 과정을 경험하게 하고, 공동체 안에서 서로 다른 집단과 견해가 존재함을 알고 서로 다름을 조화시켜 가는 과정을 배우게 하는 것이다.

따라서 교원의 정치 활동이 학생들에게 영향을 미친다는 이유로 정치 활동을 금하는 것은 교육에 대한 무지에서 비롯된 것이니 철회됨이 마땅하다. 백 보 양보하여 교원의 정치 활동이 제한되는 경우라 할지라도 그것은 공무원(교원)의 지위를 이용하여 행해지는 정치 활동이거나 직무 시간 중의 정치 활동에 한하여야 할 것이다. 공무원의 지위나 직무 시간 이외의 영역까지 정치 활동을 금지하는 것은 개인의 정치적 자유를 과도하게 제한함으로써 자유민주주의를 신봉하는 헌법 정신에 크게 위배될 뿐만 아니라 민주 선진 국가 어디에서도 찾아보기 힘든 이례적인 일이다.

잘못된 것을 보고도 침묵하는 것을 학생들에게 보여 주라는 것인가? 그래서 학생들이 미래에 주인공이 되어서도 오늘날의 과오를 되풀이하도록 주입하라는 말인가? 옳은 것을 옳다 하고 그른 것을 그르다고 말하는 것이 교육이다. 그리하여 그른 것을 버리고 옳은 것을 따르도록 하는 것이 바른 교육이다.

181.
브렌디드 러닝(Blened-Learning) 연구로 전국에서 2등 하다

2004년 화순도암중에서.

신자유주의에 찌든 교육 관료들은 경제 논리에 따라 작은 학교를 어떻게든 없앨 심산이었다. 작은 학교를 살려야 한다. 그러자면 작은 학교의 장점을 찾아서 그 존재의 필요성을 알릴 필요가 있었다.

2004년 제2회 '전국ICT활용교육연구대회'가 있었다. 먼저 도에서 선발대회를 거쳐서 상위 입상자가 전국대회에 출품하였다. 상위 입사자에게는 해외 연수 기회도 제공한다고 공문은 말했다. 솔직히 승진 욕심은 없으나 해외여행 경험이 없는 나는 이 욕심이 생겼다.

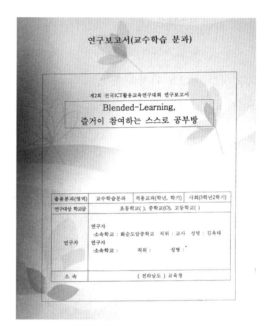

〈브렌디드 러닝 연구보고서〉

연구 방법은 당시 막 이론으로 제시되고 있었으나 현장에 적용 사례가 거의 없었던 브렌디드 러닝이었다. 도시의 큰 학교에 비해 시골의 작은 학교들은 적은 학생 수의 단점이 있었다. 그래서 이웃 면의 작은 학교들과 연합하여 학습하여 보는 것도 좋은 방법이 아닐까 싶었다. 캠퍼스가 각기 다르고 생활 공간이 다르므로 온라인상에서 만나게 하는 방법이 있을 것 같았다. 도곡, 능주 등 이웃한 학교의 사회과 후배 교사들에게 취지를 설명하고 함께 연구해 볼 것을 제안했으나 거절당했다. 그 이유는 모르겠다. 공동연구를 할 때 선배인 내가 그냥 숟가락을 얹어 불고 고생은 자기들이 할 것을 염려한 것인지, 브렌디드 러닝을 잘 이해하지 못하거나 필요성을 느끼지 못한 것인지 알

수 없다. 뜻 있는 후배 선생님들은 이웃한 작은 학교끼리 함께 브렌디드 러닝을 해 보실 것을 적극 권장하고 싶다.

코로나-19로 2020년에 대면 수업이 어려워지자 교육부가 제시한 것이 바로 브렌디드 러닝이었다. 이 시기 전라남도교육청 청렴시민감사관으로 정기감사차 학교를 방문했을 때 브렌디드 러닝을 하는 모습을 보니 미흡한 점이 많았다. 그 취지와 방법을 제대로 이해하지 못하고 그저 형식만 빌려다가 마지못해서 하는 것 같았다. 브렌디드 러닝은 온클라스(on-class)와 오프클라스(off-class), 온라인(on-line)과 오프라인(off-line)이 제대로 혼합이 되고 일정한 브렌디드 러닝 온라인 공부방을 마련하여 교사와 학생, 학생과 학생 간의 활발한 교류가 이루어져야 한다.

연구 주제는 '브렌디드 러닝(Blened-Learning) 즐거이 참여하는 스스로 공부방'으로 정했다. 연구 대상은 화순도암중학교 3학년 학생 9명, 연구 단원은 인구 단원이었다.

연구보고서를 요약하면 다음과 같았다.

연구 주제: Blened-Learning, 즐거이 참여하는 스스로 공부방

Ⅰ. 연구 목적 및 내용

1. 연구 목적
학습자의 학습에 대한 흥미와 학습 동기를 촉진하고, 농어촌 학생들의 열악한 교육 환경을 극복하기 위하여 학습자가 학습에 대한 흥미를 갖고 자기 주도적으로 학습할 수 있는 환경이 필요하다. 이 필요에 부응하기 위한 대안으로 교실 수업(on-class)과 교실 밖 수업(off-class), 온라인(on-line)과 오프라인(off-line)을 연결하는 브렌디드 러닝(Blened-Learning)을 연구하였다.

2. 연구 내용
브렌디드 러닝을 통한 인구 프로젝트 학습 모형을 구안하고, 적용하였다. 이 수업에 적용하는 교과 내용은 중학교 3학년 사회 교과서 6단원 「인구 성장과 도시 발달」 중에서 인구에 관한 중단원 2개를

선정하였다. 이를 인구 성장과 인구 동태, 인구 분포, 인구 이동 등 3꼭지로 나누어서 정리하고, 학습 자를 3개의 모둠으로 나누어 학습 과제를 부여하여 협력 학습이 되도록 하였다. 프로젝트의 산출물 로는 모둠별로 부여된 과제를 해결하여 그 내용을 프레젠테이션으로 제작, 발표하도록 하였다.

Ⅱ. 연구 방법

이 연구는 학습자가 스스로 참여하는 즐거운 학습이 이루어질 수 있는 학습 여건을 조성하고, 이를 통한 교수-학습이 학습자에게 어떤 변화가 일어나는가를 관찰하였다. 이 연구를 원만하게 수행하기 위해 다음과 같은 절차에 따라 진행하였다.
① 학습자의 실태 파악 ② 연구 단원의 설정 ③ 교수-학습의 모형 설정 ④ 온라인 학습방 구축 ⑤ 학 습 모둠의 구성 ⑥ 브렌디드 러닝 체제 구축 ⑦ 온라인 학습지 개발 및 제공 ⑧ 현장 조사 및 웹 자료 검색 ⑨ 자료의 분석, 정리, 작품 제작 ⑩ 활동 중 의견 나누기, 묻고 답하기 ⑪ 작품의 발표와 질의 응 답을 통한 공유와 환류 ⑫ 활동 보고 및 감상 나누기 ⑬ 학습자 학습활동 결과 보기

Ⅲ. 실천 내용

1. 실천 내용 1: 학습 단원의 선정
중학교 3학년 사회 교과서를 분석하여 인구 학습을 연구 실천 단원으로 선정하였다.
2. 실천 내용 2: 교수-학습안의 개발 및 적용
브렌디드 러닝 수업을 진행할 수 있는 구체적인 활동 내용을 담은 교수-학습과정안을 개발하여 적용 하였다. 수업의 전개는 주제의 선정 → 협력 학습을 위한 모둠 짜기 → 인구 학습 프로젝트 계획하기 의 순으로 진행하였다.
3. 실천 내용 3: 온라인 학습방의 구축 및 운영
브렌디드 러닝 수업을 진행할 수 있는 '온라인 학습방'을 구축하여 운영하였다. 연구자 홈페이지(김 옥태의 사회나라), 에듀넷 커뮤니티, 포털 사이트 등을 종합하여 활용하였다. 특히 에듀넷에 '온라인 학습방'을 만들고 이를 주로 활용하였다.
4. 실천 내용 4: 브렌디드 러닝의 실행
브렌디드 러닝 수업으로 인구 학습을 진행하였다. 이는 실천 내용 2에서 미리 마련된 교수-학습과정 안에 따라 진행하였다. 이 과정에서는 교수자가 미리 제작한 학습지를 학습자에게 제공하고, 학습자 는 이 학습지를 현장 조사, 웹 조사를 통하여 해결한 다음 온라인 학습방에 올리고, 교실에서 발표한

후 질의 응답을 하도록 하였다. 교수자의 역할은 학습자가 스스로 해결하도록 안내하고, 조정하며 보충해 주는 것으로 제한하였다. 학습자는 프레젠테이션으로 최종 결과물을 제출하였다.

Ⅳ. 결론 및 제언

1. 결론

브렌디드 러닝으로 인구 프로젝트 학습을 한 결과 학습자들은

첫째, 학습자들의 ICT 활용 능력이 전반적으로 향상되고 각 기능들을 종합적으로 사용하는 경험을 하게 되었다.

둘째, 학습자들은 브렌디드 러닝이 전혀 새로운 경험으로써 매우 즐거워하였으며, 과제를 하나하나 수행해 가는 과정에서 많은 것을 경험하게 되었다. 특히 지식을 종합적으로 이해하는 데 도움이 되었다.

셋째, 모둠별 협력 학습을 통해 서로를 이해하고 배려하는 마음을 갖게 되었다.

넷째, 브렌디드 러닝의 결과 새로운 생각을 하게 하는 창의력이 크게 증진되었다.

다섯째, 학습자의 마을에 대한 인구 현황을 조사, 정리하여 발표하는 과정에서 향토 사회의 문제점을 파악하고, 이를 해결하는 방안을 강구하는 과정에서 애향심을 갖게 되었다.

여섯째, 지방자치단체와 통계청의 홈페이지에서 인구 관련 통계를 직접 검색하여 표와 그래프로 정리할 수 있게 되었다.

일곱째, 학습자가 검색, 정리한 통계 자료를 바탕으로 이야기를 꾸미고 발표할 수 있게 되었다.

여덟째, 자신이 만든 자료를 발표 및 질의 응답하는 과정에서 서로를 이해하고, 자신의 생각을 보다 정교하게 가다듬을 수 있는 계기를 경험하였다.

2. 제언

브렌디드 러닝이 모든 학교, 모든 교사에게 일반화되기 위해서는

첫째, 브렌디드 러닝을 위해 교사 자신의 꾸준한 연구와 준비가 필요하다.

둘째, 교사의 업무 부담을 경감하여 새로운 수업 연구와 준비를 도와야 한다.

셋째, 교과별, 교사별로 이 프로그램의 시행을 조정하여 학습자의 학습 부담을 덜어 주어야 한다.

넷째, 브렌디드 러닝에 대한 홍보와 교사들이 보다 쉽게 활용할 수 있는 지원이 필요하다.

이 연구의 결과 전라남도대회에서는 1등을 하였다. 전라남도교육청 대표로 출품하여 전국대회에서는 2등을 하였다. 교직 후배인 담당 장학사는 "선생님, 설마 표절은 아니겠지요?" "왜? 내가 표절할 사

람으로 보이요?" "선생님은 데모할 때 항상 앞에 계서서요." "데모하는 사람은 열심히 연구하고 가르치면 안 된당가요? 포트폴리오를 보시면 의문이 풀릴 뿐만 아니라 감탄할 것이요." 당초 약속받은 해외 여행은 탈락했다. 정보부장 경력, 정보화 연수 강사 경력 등이 주가 되어 입상 실적만으로는 부족하였다. 아마도 고생하시는 정보부장들을 위한 배려로 해석되었다. 교육부장관상과 교육감상을 받은 그해 근무평정은 '미'였다. 교장은 초등출신 사회과 여○○이었다.

182.
전교조화순지회장이 되다

2005년 전교조화순지회장이 되었다. 사무국장은 화순실고 김성준 선생이 기꺼이 맡아 주셨다. 화순지회의 초대 지회장은 사회과 민경선 선배이시다. 지회 사무실은 화순 읍내에 화순농민회와 같이 쓰고 있었다. 화순의 큰 규모에 비해 화순지회 사정은 그리 녹록하지 않았다. 재정비가 필요한 시점이었다. 화순지회는 해직 폭풍 이후 인사이동이 없는 사립 능주중고등학교 조합원들이 지회장을 주로 맡아서 많이 지치고 있었다. 능주중고등학교 재단이 건설회사 부영으로 바뀐 뒤로는 학내 문제가 상당히 해소되어 조합원들의 개혁 의지가 느슨해진 결과로도 보였다. 최근에는 재단비리 문제로 투쟁에 앞섰던 이들이 교장을 하기도 하더라. 활동가들은 많으나 결합이 필요했다. 후배 동지들의 성원에 따라 내가 지회장을 맡게 된 것이다. 다음 순위도 어느 정도 정해 놓았다. 돌아가면서 하기로 하고 내 다음 순서는 능주중학교 배용호 선생이었다. 그다음은 제일초등학교 박해균 선생으로. 어느 지회나 지회장을 꾸리기가 어렵다. 3월 안에 꾸려지지 못하는 지회가 많다. 위원장이나 지부장은 경합이 치열한데 지회장, 분회장 꾸리기는 왜 그리 어려울까? 지금 전교조는 위기다. 허리를 받쳐 줄 활동가가 부족하고, 조합원은 시나브로 감소하고 있다. 젊은 교사들이 전교조 가입을 꺼리고 있다. 이 현상은 개인의 문제일까? 조직의 면밀한 진단과 대책이 필요하다.

김성준 사무국장은 진도지회장을 비롯하여 전교조 내 실무조직을 자주 맡아 왔고 업무 능력이 탁월하였다. 초등에서는 정하진, 박내순 선배를 비롯한 선배 조합원들이 도움을 주셨고, 중등은 배용호 선생 등 후배 동지들의 협조가 좋았다. 화순지회는 다시 활기를 찾기 시작했다.

183.
화순 어린이날 행사에도 군수님은 다른 행사장으로 가고

2005년 5월 5일 화순 어린이날 행사. 지역단위 어린이날 행사는 전교조가 앞장서서 마련하였다. 전교조 주도로 지역 사회의 뜻 있는 단체와 인사들이 결합하였다. 행사 프로그램 기획과 진행은 거의 전교조 조합원과 어린이집 선생님들이 담당하였다. 문제는 예산이었다. 보통 1,000만 원이 넘는 행사비를 마련하는 것이 큰 과제였다. 뜻 있는 단체와 인사들의 찬조도 있었지만, 행사비 대부분은 전교조 지회의 몫이었다. 시군에 따라서는 시장, 군수가 협조하기도 하였지만 대부분 지역은 협조하지 않았을 뿐만 아니라 오히려 백안시하였다. 전교조 각 지회의 상반기 사업은 거의 어린이날 행사 준비로 보내다시피 하였다. 화순지회는 이○○ 화순군수(전임 군수인 남편이 비리로 형사처벌을 받아 보궐선거로 그 부인이 당선됨. 당시 화순에는 실질적인 군수와 명목상의 군수가 따로 있다는 수군거림이 있었음.)에게 500만 원을 지원 요청하였지만 거절당했다. 반면에 화순군이 주최하는 마라톤 행사에는 8,000만 원을 썼다는 이야기가 들리더라. 마라톤에 참가하는 이들 중에는 화순군민이 아닌 사람도 많을 터, 화순 어린이들을 위해서 500만 원도 아까운 군수님이었다. 돈의 액수가 아니라 누가 주최하는 행사인가에 따라 예산 지원의 여부가 갈렸다고 보였다.

2005년 화순 어린이날 행사는 제일초등학교 운동장에서 했다. 1,200여 명의 어린이들이 참가했다. 화순 군내 명사들을 초대하였다. 화순군수를 초대했지만 그녀는 참석하지 않았고, 어떤 문중의 비석을 세우는 행사에 참석했다고 들었다.

행사 말미에 어린이들에게 선물을 나누어주었다. 아이들이 길게 줄을 섰는데 어른들이 아이들을 제끼고 줄을 선다. 급히 마이크를 잡고,

"어른들은 빠지씨요. 이 선물은 전교조 선생님들과 자원봉사자들이 십시일반 모은 돈으로 마련

보리밥 묵고 방구뀅께 배가 푹 꺼져불등만

한 것이요. 군청에서는 단 1원도 받지 않았소. 아이들 줄 선물을 어른들이 받아 가면 못 받는 아이들이 나오요. 이 얼마나 원통한 일이요. 어른들은 빠지씨요. 군수님은 오늘 어린이날은 나 몰라라 하고 모 문중에 비석 세운디 가셨다고 안 허요.”

하지만 말을 들을 어른들이 아니다. 행사 진행요원들이 중간에 선 어른들은 빼고 겨우 아이들에게 선물을 나누어주었다. 어른들이 아이들에게 모범이 되는 행동을 하면 좋겠더라.

이 이야기가 군수에게 들어간 모양이더라. 반성은커녕 명예훼손으로 나를 고발한다더라. 제발 그렇게 해 달라. 한 판 붙어 보자 했더니만 없던 일로 하자네. 공론화되어서 이로운 것이 없다고 판단한 것이제. 얼마 후 교육자의 날 행사가 화순중 운동장에서 열렸는데 그 군수가 왔더라고. 나를 알아보고 맥주에 쇠주를 타서 내게 건넨다. 종이컵에 소맥을 할 때는 소주를 먼저 붓고 맥주를 부어야 거품이 적게 인다. 그녀는 이때의 소주를 참기름이라고 하더라.

“회장님 참 대단해요, 잉?”

칭찬인지 비꼰 건지 사과인지 시비인지 구분이 어렵더라. 그 군수는 다음에 군수가 되지 못했다. 역대 화순군수는 비리로 빵에 가는 일이 잦았다. 경상도 ㅊㄷ군도 그렇다고 하더라.

184.
잠깐만 서 주면 금방 싸고 와불 것인디

버스를 이용할 때는 맥주나 막걸리를 삼가하라. 너무 곤란한 처지에 빠질 수도 있다. 2004년에 화순지회 조합원들을 모시고 금강산 관광을 다녀오는 길, 고성에서 내려오는 내내 소나기가 억수로 쏟아진다.

"기사님! 제발 잠깐만 세워 주씨요. 나 미쳐불것소."

"아, 지금은 고속도로 주행 중인데 소나기까지 거세서 너무 위험허요."

"그러면 얼마나 지달리면 돼요?"

"한 20분 정도 가면 휴게소가 나오요."

"오매, 나 미쳐불것네. 그러면 출입문 계단에다 봐붑시다."

"어허, 이 양반, 참."

별수 없이 갓길에 비상등을 켜고 세운다. 박○○ 선생은 시원하게 비를 맞으면서 시원한 배설을 한다. 온몸은 흠뻑 젖었다. 그러게 맥주를 삼가고 쇠주를 묵으랑께는.

아! 금강산! 다시 가고 싶다. 평양도 가 보고 싶다. 백두산도 가 보고 싶다. 이명박근혜의 9년 세월이 아깝구나.

보리밥 묵고 방구뀡께 배가 푹 꺼져불등만

185.
일본 속 한민족사 탐방을 가다

누군가 크루즈 여행을 꿈의 여행이라고 하더라. 내게도 그 기회가 왔다. 이 행사는 5박 6일 일정의 학습 여행으로서 신한은행이 후원하고 조선일보가 주관하는 행사이다. 조선일보라니 좀 꺼림직하지만, 이 좋은 기회를 놓칠 수 없어서 신청하였다. 신청 자격은 사회과, 역사과 교사들이었다. 조선일보가 신청받아서 추첨하여 결정한다고 하였다. 본인 부담이 약 50만 원 정도이고 나머지 비용은 후원사가 지원하였다.

역사 기행의 출발은 부산항. 집에서 부산항까지는 개별로 이동이다. 나는 여○○ 교장과의 투쟁을 통해서 출장비를 기어이 받아냈다. 학교에 정식으로 온 공문에 의하여 선발되었고, 프로그램의 내용이 사회과, 역사과와 관련된 것이니 공식 출장이 맞다고 주장하여 쟁취하였다. 교장들은 왜 그리 평교사들의 출장을 가지고 갑질들인지 모르겠다. 나중에 배 안에서 룸메이트들과 이야기하는 과정에서 보니 출장비를 받아서 온 사람은 드물었다. 자신의 정당한 권리를 행사하지 않으면 다른 이가 자기 권리를 행사할 수 없도록 하는 나쁜 선례가 됨을 강조하였다. 나쁜 자들이 다른 사람은 다 가만히 있는데, 왜 너만 자꾸 요구하냐고 억지소리를 하거든.

여기서 출장비에 관한 일화 하나 소개하련다. 도암중에 근무할 때 산림청에서 여름 방학 중에 교사를 대상으로 하는 산림 연수가 있었다. 선착순인데 내가 선정되었다. 명단을 보니 화순 관내의 초등학교 교장 3명이 보인다. 화순에서 평교사는 나뿐이었다. 여○○ 교장에게 출장 신청을 했더니 그건 개인적인 일이니까 출장이 안 된다는 것이여. 그래서 관내 초등학교 그 교장들에게 전화하여 출장 여부를 물으니 당연히 출장 내고 간다는 것이라. 교장에게 말했더니 그제야 출장 허락을 해 주더라고. 연수장에서 다른 참가자들에게 물었더니 교장들은 다 출장비를 받아 왔고, 평교사는 나만 출장비를 받아 왔더라고. 내가 사례를 설명하였더니 몇 선생님은 돌아가서 출장비를 받았노라고 감사하다고 전화해 주시더라.

크루즈 선박은 후지마루호로 주관사인 조선일보가 전세로 임차하여 운영하였다. 후지마루는 6층이었던가? 일종의 움직이는 호텔이었다. 숙소는 4인 1실의 2층 침대로 되어 있고, 화장실 겸 욕실도 갖추어져 있었다. 공연장 겸 강의실, 식당, 매점, 라운지 등 거의 모든 편의 시설이 있었다. 신기했다. 식사는 매우 만족이다. 일반인들도 보인다. 대개가 연세 지긋한 분들이다. 슬며시 비용을 물었더니 740만 원 정도 냈다고 들었다. 와~~ 우리가 그 대단한 고가의 크루즈 여행을 자기 부담 50만 원으로 하고 있는 것이다.

견학지는 혼슈와 규슈 일대의 삼국 시대의 문화가 일본에 전파된 흔적들을 찾아서 일본 속의 한민족 문화를 살펴보는 것이다. 배가 이동 중일 때는 관련 전문가들이 강의하고 때론 공연도 하였다. 배는 밤에 이동하고 아침에 항구에서 버스로 갈아타고 견학을 마친 후 다시 저녁에 배로 돌아와 식사하고 강의, 공연, 휴식 등이 이루어진다.

3일째 숙소는 벳푸 온천에 있는 5성급 호텔이다. 온천이 아주 좋았다. 저녁 식사는 회 뷔페이다. 와~ 내 생전에 이렇게 다양하며 풍부한 회를 맛보기는 처음이다. 회에는 역시 쇠주가 최고. 가지고 간 딴또[11] 가 달랑 한 병뿐이라. 여그저그서 쇠주 냄새를 맡은 사람들이 한 모금씩 달란다. 쇠주가 절대 부족하다. 메뉴판에 쇠주가 있어 가격표를 보니 한 잔에 700엔이라. 내 아무리 쇠주를 좋아하기로 서니 한 잔에 7,000원 주고는 못 먹겠더라. 침만 꼴깍 삼키고 있는데, 앞자리에 앉은 노숙녀분께서

"잡수고 싶으면 잡숴요."

하신다. 나는 사 주는 줄 알았다. 소갈머리 없이. 내 돈 내고 쇠주 한 잔에 7,000원을 주고 사 묵지 못했다. 다음엔 꼭 딴또를 3병은 가지고 와야지. 후일 이 여행을 한 차례 더 간 적이 있는데 이번에

---

11) 플라스틱 작은 병에 담긴 소주병을 이름. 딴또란 왜소하다는 일본식 표현이다.

는 3병을 가지고 갔다.

오사카에 있는 닌토쿠 천황의 묘는 나주 반남면의 마한 시대의 묘와 닮았다. 전방후원형(장구 모양)에 묘 주위에 해자를 두른 묘제(墓制)가 그렇다. 동대사의 목제 관음보살상은 백제의 금동관음보살상의 판박이이고, 고구려의 석조 기술을 닮은 것, 한옥의 주춧돌에서 볼 수 있는 그랭이 공법과 배흘림기둥 등이 닮았다. 삼한 시대에서 삼국 시대까지 이어지는 한민족 문화가 일본 고대 문화를 선도했음을 볼 수 있었다.

조선일보 진행팀은 강의 내용과 문화재 답사와 설명을 담은 동영상을 촬영했다. 조선일보나 월간조선을 구독 신청하면 테이프를 무료로 주고, 아니면 유료로 판매한단다. 진행팀과 한 판 붙었다. 신문이 신문다우면 보지 말라고 해도 본다. 쪼잔허게 강매할 것이 아니라 먼저 신문다운 신문을 만들어라. 이 행사는 당신들 돈이 들어간 것도 아니고 신한은행과 우리 참가비로 운영되지 않느냐? 얼렁뚱땅 숟가락 얹지 말라. 뭐 이런 항의였다. 내 요구는 관철되지 못했다. 다만 그 팀장이 나중에 라운지로 오라길래 갔더니 여기는 VIP룸이었다. 떡 벌어지게 차려 놓고 잔치하고 있었다. 음식이 거의 그대로 남아 있었다. 이 친구 나와 이런저런 이야기를 한 다음에 친구들 모시고 와서 음식과 술을 즐겨도 좋단다. 동지들을 불러서 우리만의 만찬을 즐겼다. 다들 내가 재주가 좋다고 칭찬이더라.

일본 속 한민족사 탐방은 전남체육고에 근무할 때 한 번 더 갈 수 있었다. 당시에 도 교육청에 담당 장학관이던 광주고 동창의 덕을 보았다. 처음 갈 때는 조선일보에서 직접 대상자를 선발했으나 나중에는 교육 당국에 선발을 의뢰하였다. 이전의 자료가 남아 있지 않아서 가능한 일이었다.

두 번째 여행 때 해룡고에 근무하는 미술과 정세균 선생을 만났다. 반가웠다. 생맥주를 나누면서 이런저런 이야기를 하다 보니, 그동안 선배인 줄 알았는데 후배였다. 나보다 해룡고에 1년 일찍 와서 선배인 줄 알고 있었어. 군 면제자와 만기 제대자의 차이였더라고. 그 자리에서 형과 아우가 바뀌었다.

186.
이 땅의 스승들이여! (도올 김용옥)

2005년은 노무현 정권이 교원평가로 스승들의 자존심을 짓밟고 분열 책동을 시도할 때였다. 도올 선생께서 금쪽같은 글을 언론에 기고하셨다. 답답했던 가슴이 뻥 뚫리는 기분이었다. 그러나 이 땅의 권력자들은 석학의 말씀에 귀를 틀어막고 있었다. 우리 동지들과 공유하기 위해 여기 석학의 글을 옮긴다. 다소 길지만 매우 소중하신 말씀으로 새겨들을 만하다. 후배 교사들은 교원평가에 순응하지 말고 폐지하는 데 힘을 모으시라.

이 땅의 스승들이여, 들으시오!
교권은 존엄, 평가대상 될 수 없다

"교원평가는 우리 사회 기층 도덕의 파괴"

[특별기고] 도올 김용옥

회오리바람이 일고 있다. 광풍노도처럼 대지를 쓸어버릴지, 떠도는 낙엽을 휘감으며 소리 없이 스러질는지, 그 전망이 불투명한 채 회오리바람은 우리의 심연(心淵)에 파문을 던지며 떠돌고 있다.

그 바람에 휘감긴 자들은 개혁의 의지를 불태우기도 하고, 또 양심의 가책을 느끼기도 하고, 또 자신의 판단의 이중성 때문에 수치감을 느끼기도 하고, 또 사회적 압력에 저항하는 자신의 투지에 대한 정확한 의미 부여를 보류한 채 방황키도 하고 있다. 이 모두가 우리 삶의 근원적 문제에 대한 확고한 가치판단이 결여된 탓이다. 그 가치판단의 보편타당성을 운운하기 전에 그 가치판단을 밑받침하는 자신의 주체적 체험의 절박성과 정당성에 대한 당당한 외침이 없는 것이다. 외칠 수 있으려면 철두철미한 삶의 실천이 있어야 한다. 그리고 티끌 하나라도 전 우주의 거울에 비춰볼 수 있는 전체적 인식

보리밥 묵고 방구뀅께 배가 푹 꺼져불등만

이 있어야 한다. 해방 후 우리의 교육은 교사들에게 이러한 인식의 바탕을 마련해 주기에는 너무도 빈곤한 것이었을지도 모른다.

난 요즈음 세간(世間)의 모든 쇄사[12]에 침묵으로 일관하려고 노력하고 있다. 내 말이 들릴 리도 없고, 들릴 수도 없고, 들려야 할 까닭도 없는 세태가 스스로 관성에 의하여 굴러가고 있기 때문이다. 쇄사에 대한 잡언(雜言)이 대간(大幹)을 휘어잡을 까닭이 없으니 나 도올은 방관 속에 흘러가는 역사를 방치할 뿐이다.

유교 윤리의 핵심, 교권의 존엄성

그러나 '교원평가제'라는 이 한마디에 대해서만은 나는 침묵을 지킬 수가 없었다. 나는 여태까지 한 회갑의 생애 동안 교육자로서 일관된 가치관을 유지해 왔다. 내가 이 땅의 후학들을 교육해야 한다는 사명에서 일순간도 떠난 삶을 산 적이 없다. 나는 교육에 관한 한 봉사와 헌신으로 일관해 왔다. 그러한 삶의 역정의 축적이 나에게 던져 준 강인한 신념을 지금 이 순간 이 땅의 모든 스승들과 공유코자 하는 것이다. 내 말을 잘 들으시오.

칼 마르크스(Karl Marx, 1818~83)는 정치·법률·문화 등 상부 구조라 부르는 사회적 의식 형태의 토대에는 물질적 생산력과 생산관계라고 하는 하부 구조가 있으며, 그 하부 구조가 상부 구조를 일방적으로 결정한다는 단순한 도식을 역사발전 법칙으로 표방하였다. 이러한 경제사관적 교조주의나 경제결정론과는 아랑곳없이, 막스 베버(Max Weber, 1864~1920)는 오히려 인간의 경제적 행위의 토대에는 지배적인 정신적 가치가 있다는 종교사회학적 주장을 폈다. 서구적 자본주의의 성공의 배면에는 프로테스탄트 윤리라고 하는 정신적 가치가 그 하부 구조를 이루고 있다는 것이다.

상부 구조니 하부 구조니 하는 따위의 말은 원래 건축용어에서 온 것인데 지상으로 드러난 건축의 외관만을 보아서는 그 건축의 구조를 제대로 알 수 없으며, 반드시 지하에 숨어 있는 토대를 알아야만 그 건물의 모습이 제대로 보인다는 것이다. 이런 주장의 일면적 타당성은 상식에 속하는 것이지만, 인간사회의 네트워크이라고 하는 것은 건물처럼 상하로 완벽하게 이분되는 것도 아니고, 더구나 하가 상을 일방적으로 결정한다는 단순한 도식도 유치한 발상에 속하는 것이다.

그리고 또 그 하부 구조가 물질이어야만 할 필요도 없고 정신이어야만 할 필요도 없다. 상하의 이원론이나, 정신과 물질의 이원론이 모두 화엄(華嚴) 철학의 원융(圓融)한 관계론을 망각한 지난 20세기의 유치한 발상들이다. 그런데 베버는 서구의 프로테스탄티즘의 윤리와 자본주의 정신의 필연적 인과관계를 입증하기 위하여, 자본주의 형성에 실패한 동양의 유교적 윤리를 그 반증의 예로서 상술하였다.

그러나 20세기를 지난 오늘날, 발전된 사회학·역사학·인류학의 제반 성과가 입증하는 것은 유교 윤리(Confucian ethics)야말로 아시아적 자본주의 성취의 핵을 이루는 정신 가치라는 것이다. 유교 윤리는 자본주의 정신과 근원적으로 상치하지 않으면서도, 자본주의가 우리 생활세계(Lebenswelt)를 침식하면서 발생시키는 비인간적 제반 문제를 해결하는 데 매우 합리적인 규범 윤리를 제공한다는 것이다.

그 유교 윤리의 핵심에는 바로 '교권의 존엄성'(the Dignity of Teacher's Right)이 자리 잡고 있다. 단도직입적으로 단언컨대 교원평가제란 넌센스요, 어불성설이요, 망국의 근원이다. 그것은 관료주의의 안일한 타성이 빚어낸 소치일 뿐이며, 일고의 가치조차도 없는 망상에 불과하다. 우리는 지금 21세기라는 글로벌라이제이션(globalization) 시대에서 과연 우리 조선 문명이 지닐 수 있는 장점이 무엇인가를 심각하게 고민해야 한다. 그렇지 않으면 우리는 우리 역사의 키를 장악하지 못한 채 하염없이 부표하게 될 것이다.

동그라미 색칠식 수량적 직접평가는 아니 된다

첫째, '교원평가'라는 것이 가능하면 좋겠는데 근원적으로 불가능하다는 것이다. 여기 평가라고 하는 것은 객관화될 수 있는 수량적·계량적 기준을 말하는 것인데, 교사라는 인격체는 그러한 방식으로 평가될 수도 없고, 평가되어서도 아니 되는 것이다.

19세기 중엽의 조선의 사상가 최한기(崔漢綺. 1803~1877)는 『인정』(人政. 사람의 정치. 1860년 작)이라는 저술에서 이미 측인(測人. 사람을 헤아림)의 방법으로 '감평(鑑枰)'이라는 계량화된 점수표를 제시하였다. 그러면서도 그는 그 방법의 한계를 절절히 논구하고 있다.

현재 대학에서 행하여지고 있는 교수평가 설문지만 하더라도 하등의 의미가 없다. 우선 학생들이 설문지에 진지하게 응하질 않는다. 진지하기에는 너무도 그 설문의 내용이 하찮은 것이다. 그리고 학생들의 평가는 어디까지나 개인적이고 주관적인 것이다. 그 평가가 반드시 교수의 정신세계에 대한 공정한 기준이라고 볼 수가 없다.

보리밥 묵고 방구뀅께 배가 푹 꺼져불등만

예를 들면, 한 교수의 점수가 예외 없이 60점 이하로 나온다면 분명 문제가 있겠지만, 한 80점에서 100점 사이의 경우 그 사이에서 우열을 가린다는 것은 참으로 구차스럽고 추저분한 것이다. 내 체험으로 말하자면, 요즈음 대학 분위기에서 학생들에게 95점 이상의 점수를 따는 교수가 85점 정도의 평가를 받는 교수보다 우월하다고 말할 수 있는 경우는 희귀하다.

오히려 낮은 점수를 받는 교수가 더 무게 있고 더 진실하고 더 실력 있는 경우가 더 많다. 그런 식의 경쟁체제는 교수에게 '인기 영합'이라는 부담을 주며, 교수 방법의 다양성을 말살시키며, 자기가 아가페적으로 사랑해야 하는 대상에 대한 애정을 식게 만들며, 또 교수 동료들 사이에서 불필요한 심기를 조장시킨다.

내가 다닌 하버드 대학에서도, 물론 학기 초에 모든 강의에 대한 평가가 담겨 있는 책자가 발간된다. 그런데 그것은 학생회에서 자체적으로 위원회를 조직하여 만드는 것이며, 그 강의를 가장 잘 이해한 학생이 수강 소감을 문장으로 써서 타인의 수강 신청 자료로 활용케 하는 것이다. 우리나라처럼 무지막지하게 획일적인 동그라미 색칠 식의 수량적 직접평가는 존재하지 않는다.

모든 강의의 장단점이 인간적이고 격조 높은 언어로 잘 기술되어 있다. 교육이란 교육자나 피교육자나 자율을 원칙으로 삼는 것이다. 그 자율의 인격적 관계를 타율적 기준으로 환원시키는 것은 아무리 일시적 긍정 효과가 있다 하더라도 그것이 미치는 구원한 부정 효과에 비한다면 너무도 사소한 것이다.

스승의 가르침은 판사의 판결보다 더 권위 보장받아야

나 도올은 전두환 군사 독재 시절에 나의 사상의 자유와 학생들의 배움의 자율과 교권의 불가침의 권리를 사수하기 위하여 양심선언을 발표하고 대학 강단을 떠났다. 나는 그 뒤로 교수로서의 나의 권위를 한 치도 양보한 적이 없다. 도산서원이라는 배움터는 기본적으로 퇴계를 흠모하는 학생들이 그의 학문을 배우기 위하여 모여들어 형성된 장(場)이다. 도산서원이라는 영역 속에서 이퇴계는 절대적인 권위를 지녀야 한다. 그는 학생으로부터 평가되어서는 아니 된다.

나는 대학으로부터 끊임없이 강의의 권유를 받는다. 그때마다 내가 내거는 조건은 나의 강의에 대한 일체의 제도적·수량적 평가가 있어서는 아니 된다는 것이다. 나는 내 강의의 주재자요 신(神)이다. 그러한 프라이드가 없이 강의한다는 것은 비굴이요 아첨이요 굴종이요 생계 수단으로의 하락이다.

최근에도 중앙대학교에서 이러한 조건으로 내 강의를 설강하여 크게 학생들의 호응을 얻었고 좋은 결과를 얻었다. 교육은 다양한 가치의 함양인 것이다.

내가 이런 말을 하면 당신은 너무도 지고한 교육철학과 존경받을 수 있는 실력과 자존의 바탕을 가지고 큰소리치는 것일 뿐 일반적 교사에 대한 평가 기준이 될 수는 없다고 말할지 모른다. 그렇다면 잠간 공자의 말씀에 귀를 기울여 보자!

"세 사람이 길을 가면 반드시 나의 스승이 있으니, 그중에 선한 자를 가려서 따르고, 선하지 못한 자를 가려서 나의 잘못을 고쳐야 한다."(三人行, 必有我師焉. 擇其善者而從之, 其不善者而改之.『述而』)

여기 '세 사람'이라 함은 실제로 3명의 인원을 말하는 것이 아니다. 이것은 누구하고 같이 가도 그들이 모두 다 나의 스승이 될 수 있다는 뜻이다. 주자의 집주(集注)에 "세 사람이 같이 간다 함은 그중에 한 사람이 나이니, 나를 제외한 두 사람 중 한 사람은 선하고 한 사람은 악하다는 뜻이 되니, 결국 두 사람 다 나의 스승이다"라고 하였다.

이 말은 곧 배움을 얻는 스승이라 함은 반드시 최선의 인간만을 지칭하는 것이 아니요, 불선한 사람이라도 나의 스승이 될 수 있다는 것이다. 불선한 스승을 보고도 나의 잘못을 고칠 수 있게 되니 그것 또한 교육이라는 것이다. 다시 말해서 교육이란 합리적 커뮤니케이션에서만 이루어지는 것이 아니라는 것이다. 불합리의 용인이나 비합리의 대비 속에서도 합리성의 추구가 더 효율적으로 이루어질 수 있는 가능성이 있다는 것이다.

잘난 선생이 있으면 못난 선생이 있게 마련이다. 또 못난 선생이 있기에 잘난 선생이 돋보이게 마련이다. 내가 학생들의 평가를 거부한다는 뜻은, 내가 실력 있는 교수이기에 항시 학생들의 좋은 평가를 받을 수 있다는 암묵적 기대를 나타내는 것이 아니다. 그러한 기대를 근원적으로 단절시켜야 한다는 것이다. 내가 나의 봉사와 헌신에 대하여 좋은 평가를 기대하는 순간 이미 나는 교육자로서의 자질을 상실하는 것이다.

교육이란 교학상장(教學相長)이라 했으니, 교육자와 피교육자 간의 끊임없는 교감으로 이루어지는 다이내믹한 변증법의 세계인 것이다. 그것을 매 학기 매 강의마다 수량화되는 기준으로 즉각적으로 평가하여 고정시킨다는 것은 참으로 각주구검(刻舟求劍)의 우행일 뿐이다. 지금 한 학생의 의식세계

보리밥 묵고 방구뽕께 배가 푹 꺼져불등만

속에서 불만스럽게 보이는 선생의 세계가, 성장하고 난 20년 후에 지고한 교훈으로서 자리매김될 수도 있는 것이다.

스승의 가르침은 근원적으로 일시점적·수량적 평가의 대상이 될 수가 없는 것이다. 어떻게 피고나 원고가 판사의 판단을 평가할 수 있는가? 그리고 그 평가에 의해 판사의 판단의 권위가 흔들릴 수 있다면 그 사회의 질서가 무너질 것이다. 내가 생각기엔 스승의 가르침은 판사의 판결보다도 더 지엄한 권위를 보장받아야 하는 것이다.

공자의 수제자는 안회(顔回)였다. 매우 이지적이고 과묵하고 순종하는 사람이었다. 그런데 머리가 잘 돌아가고 수완이 좋은 자공(子貢)이라는 제자가 있었다. 공자가 자공을 독대했을 때 이와 같이 물었다: "너와 안회, 누가 더 나으냐?"(女與回也孰愈?) 그러니까 자공이 대답하였다: "제가 어찌 감히 안회를 넘보겠습니까? 안회는 하나를 들으면 열을 알고, 저는 하나를 들으면 둘을 알 뿐이옵니다."(賜也何敢望回? 回也聞一以知十, 賜也聞一以知二.)

공자께서 말씀하시었다: "그래, 너는 안회만 같지 못하다. 그래, 나와 너, 두 사람 모두 안회만 같지 못하다."(弗如也. 吾與女弗如也.) 여기에 스승인 공자의 정직한 태도를 엿볼 수 있다. 스승이라 할지라도 제자만 못할 수 있다는 것이다. 그런데 훗날 안회는 공자를 평가하여 이와 같이 탄식하며 말하였다: "선생님의 도는 우러러볼수록 더욱 높고, 뚫어볼수록 더욱 견고하며, 바라봄에 앞에 있더니 홀연히 뒤에 있도다."(仰之彌高, 鑽之彌堅, 瞻之在前, 忽焉在後.)

우리나라 '스승의 노래' 가사의 출전이 된 이 안회의 말은 결국 사제지간의 호상겸손과 존경의 염을 표현한 것이며 유교적 덕성의 전범을 나타낸 것이다. 공자는 「술이」(述而)편에서 자신의 배움의 세계를 가리켜, "나는 나면서부터 저절로 안 자가 아니라, 옛것을 좋아하며 부지런히 그것을 구한 자이다."(我非生而知之者, 好古敏以求之者也)라고 하였다. 스승의 세계도 결코 일시에 잘날 수 없는 것이며 끊임없는 노력을 통한 배움의 과정일 뿐이라는 것을 역설한 것이다.

교원평가는 이미 충분히 이루어지고 있다

둘째, '교원평가'에 대한 학부형의 지지가 그러한 평가를 통하여 좀 저질스러운 교사를 솎아내버릴 수 있지 않을까 하는 기대를 주안점으로 하고 있는 것이라면 그러한 기대는 근원적으로 부적절한 것이다. 아무리 평가를 많이 한다 해도 그것은 저질적 교사의 징계에까지 이르는 법적 효력을 발생하지는 않기 때문이다. 이러한 효력을 수반하지 않는 평가는 결국 교육의 장에 불필요한 잡음과 불신과 교육적 열의나 신바람의 냉각만을 초래할 것이다. 결국 장기적으로 보면 '헛지랄'만 하게 되는 것이다.

바로 이런 헛지랄에 교육부 공무원들의 번문욕례[13]가 기생하고 이간질을 통한 원격조정의 계책이 있다고 한다면 결국 국력만 낭비하게 되는 것이다. 그리고 이러한 교원평가의 근원적 목적이 저질적 교사의 퇴출에 있다고 한다면 그것은 교원조직과 교육부 사이에서 어떤 법적·제도적 투쟁의 문제가 되어야 하며, 피교육 당사자인 학생이 연루되어서는 아니 된다는 것이다. 스승과 학생의 관계는 어디까지나 인격 대 인격의 도덕적 관계가 되어야 하며 계량 가능한 지식 전달의 효율로써 평가되는 관계가 될 수는 없는 것이다.

초·중·고등교육의 주된 가치는 지식 전달의 양에 있는 것이 아니라, 향후 바른 지식을 추구할 수 있는 바탕과 인격의 함양에 있는 것이다. 숙명여고의 한 교사가 학생들에게 설문지를 돌리며 조사해 본 바로도, 학생들 대부분이 자기들이 배우는 선생을 곧바로 평가한다는 문제에 대하여 도덕적 부당성이나 제자로서의 어색함을 표현했다고 한다. 요즈음의 어린 학생들은 어른보다도 더 어른스럽고 사태의 핵심을 파악하고 있는 것이다.

셋째, 교원평가는 이미 충분히 이루어지고 있다는 사실을 우리가 새삼 숙지할 필요가 있다. 내가 학교 다니던 60년대만 하더라도 서양에서는 토론식 교육이 이루어지는 데 반해, 동양에서는 권위주의적 주입식 교육이 주류라서 낙후되었다는 통론이 휩쓸었고 그래서 세미나적 교육 방법에 대한 동경이 있었다.

그런데 내가 처음 대만대학에 유학 갔을 때 세계적 대석학이신 나의 스승 황 똥메이(方東美. 1899~1977) 교수가 강의 시간에 동양의 서원 전통 교육에 관하여 다음과 같이 일갈을 하시는 것을 들은 기억이 난다: "서양에 가서 강의를 해 보면 쓸데없는 질문이 많다. 그리고 학생의 질의가 타인의 학업을 방해할 때가 많다. 교수란 제한된 시간 내에 더 많은 학생에게 더 많은 학문 내용을 효율적으로 전달하는 것이다. 토론이란 강의 후에 학생들 사이에서 이루어지는 것이다. 그리고 선생은 있는 성의를 다해 그 시간에 모든 학생이 쉽게 알아들을 수 있도록 지혜를 짜야 한다. 명강의란 주입식교육만큼 더 좋은 딴 방법이 없다. 주입식이라지만 학생들은 항상 교수를 평가하며, 선생이 전달하는 정보를 끊임없이 취사선택한다. 주입식이라 해서 생도들의 자율적 권한이 축소되는 것은 아니다."

보리밥 묵고 방구뀀께 배가 푹 꺼져불등만

우리나라의 학생들은 어떠한 경우에도 선생을 평가한다. 되돌아서면 학생들끼리 수군거리고, 별명으로 평가하고, 걸어가면서도 토론하고, 시험 보면서도 학습 내용을 비판하고, 선생의 점수를 매긴다. 그리고 그것은 무언으로 축적되어 보이지 않는 전통으로 후배들에게도 전달된다.

그리고 요즈음은 학생이 억울한 일을 당했거나 객관적으로 부당한 사례에 직면했을 때는 인터넷에 올리거나 다양한 게시판을 통해 사회화시킬 수 있다. 우리나라는 이미 정보가 일방적으로 통제될 수 없는 커뮤니케이션 네트워크가 형성되어 있는 나라다. 따라서 교원평가가 이루어지지 않고 있다는 생각은 잘못된 것이다. 그리고 토론식이니 주입식이니 하는 것도, 교육 방법의 효율성과 다양성에 관한 문제일 뿐이며, 우열의 문제는 아니다.

훌륭한 부모들이야말로 침묵하는 대중

넷째, 교원평가제에 관하여 학부형들은 모두 찬성하고 있고 교사들만이 저항하고 있다는 여론은 근원적으로 매스컴의 정보 조작에 의한 호도된 인상일 수가 있다. 학교 교육에 지나친 관심을 보이는 부모일수록 학교 교육을 망치는 인간들이 대부분이다. 나는 자녀를 3명이나 키웠지만 자녀들의 문제로 학교에 가본 적은 한 번도 없다. 참으로 훌륭하게 자녀를 키우는 부모는 훌륭한 자신의 사회적 삶에 열중하여 자녀들에게 바른 가치관의 모범을 보이지, 학교 교육에 일일이 참견하지는 않는다. 훌륭한 부모일수록 학교 교육의 자율적 특성을 신뢰하며, 불필요한 관심을 보이지 않는다. 이러한 훌륭한 부모들이야말로 침묵하는 대중이다.

그런데 이런 부모들은 학교에 가서 설치는 부모들의 참여를 바람직하게 생각지는 않는다. 그리고 그렇게 유한(有閒) 족속이 될 삶의 여가가 없다. "학부형들 모두 찬성-교사들 모두 반대"라는 이분법적 도식으로 교원평가제에 관한 논의를 밥그릇 싸움이나 이권 싸움인 것처럼 여론을 호도하는 것은 바람직하지 못하다. 교원평가제에 관한 교사들의 반대의 근원적 모티브에는 참교육에 대한 열망이 있다고 우리는 믿어 주어야 한다. 2천여 년의 유교 전통을 지닌 우리나라 교육자의 양심과 양식이 아직 그런 수준에까지 변질되어 있지는 않다.

다섯째, 여태까지 우리가 우려했던 중고등교육의 부정한 실태는 근원적으로 교육제도의 문제이며 교원의 내면적 도덕성에 관한 문제는 아니었다. 교사가 시간에 들어가도 학생들이 다 졸고 있었고, 또 교사가 그런 학생들을 질책할 수 있는 강력한 명분이나 권한이 주어져 있질 않았다. 학생들이 저녁에 과외로 사교육에 에너지를 쏟아야 했기 때문이었다.

그러나 대학 입시 제도가 수능 위주에서 내신성적 위주로 전환됨에 따라 그러한 현상은 하루아침에 사라졌다. 지금도 고교 2·3학년 반에 들어가면 학생들이 집중하지 않지만, 1학년 반에 들어가면 조는 학생도 없고 놀라운 집중력을 보일 뿐 아니라, 학생들이 날카로운 질문 공세를 편다. 학교 강의 시간에 충실하는 길이 대학 입시의 첩경이라는 생각이 생도들에게 편재되어 있기 때문인 것이다. 학생들이 쉬는 시간에조차 촌음을 아껴 예습·복습을 하며 점심시간에도 영어 독해 책을 놓고 씨름하는 광경을 목도하는 선생의 눈에는 오랜만에 감격의 눈물이 글썽거리고 있다. 이와 같이 제도적 변화가 학습 분위기를 결정하는 것이지 학생과 교사의 도덕적 심성의 우열의 문제가 그 기준은 아니라는 것이다.

교원평가제를 강행하려는 자들의 발상의 근저에는 수능 위주에서 내신 위주로 전환됨에 따라 교원 자질의 향상이 교육계의 주된 테마가 되어야 하므로 교원을 채찍질해야 마땅하다는 생각이 깔려 있을 것이다. 그러나 그것은 매우 잘못된 생각이다. 우선 타이밍이 나쁘다. 최소한 내신 위주의 긍정적 변화를 2·3년이라도 지켜본 후에 총체적으로 점검해야 할 문제지 지금 당장 교원평가제를 도입하여 변화를 꾀한다는 것은 졸속한 발상이요, 하릴없는 공무원들의 생색내기 작전에 불과한 것이다.

노자의 말에 '위자패지, 집자실지'(爲者敗之, 執者失之)라는 말이 있다. 자꾸 뭘 쓸데없이 하려고 하면 더욱 그르칠 뿐이요, 자꾸 잡으려고 하면 더욱 놓치게 될 뿐이라는 뜻이다. 쓸데없이 세금 낭비 하느라고 보도블록을 뒤집는 짓 이상의 아무것도 아닌 것으로 끝나고 말 수가 있다. 교원평가는 어떠한 경우에도 교사들의 충심의 협조가 없이는 이루어질 수가 없는 것이다. 결국 분란만 만들 것이다.

그리고 더더욱 중요한 것은 교원평가제는 수능 위주가 내신 위주로 전환하는 것과도 같은 그러한 제도적 변화와 동일한 차원의 문제가 아니라는 것이다. 교원평가제는 제도적 문제가 아닌 교권이라는 인격의 도덕성과 실력에 관한 문제이며 그것은 결코 단순한 제도적 장난으로 달성될 수 있는 문제가 아니라는 것이다. 노자의 말에 이런 말이 있다. '다언삭궁'(多言數窮)! 말이 많을수록 자주 궁색해진다는 뜻이다. 교원평가제를 운운한 공무원님들이시여! 이제 그만 입을 다무시는 것이 어떠하실는지요.

교권의 자기부정과 자기반성도 필요

여섯째, 제도의 문제가 거론된 김에 일갈을 가하자면 우리나라 중고등학교의 문제는 99%가 중고등

보리밥 묵고 방구뀡께 배가 푹 꺼져불등만

학교 자체의 문제가 아니라 대학의 문제라는 것이다. 대학 입시 제도의 여하에 따라 변질되는 것이다. 그리고 대학 입시 제도의 문제는 곧 대학 교육의 전체체제의 문제와 관련되어 있다. 우리나라 교육제도의 가장 큰 문제는 지나친 대학의 서열화와 사회진출의 학벌 패거리 의식이다.

이러한 문제의 핵심에는 서울대학교라고 하는 암적 존재가 자리잡고 있는 것이다. 서울대학에 못 들어갔다는 피해의식 하나로 평생을 그늘진 의식 속에서 사는 사람들이 허다하다. 따라서 이러한 문제를 해결하는 첩경은 서울대학을 없애버리는 것이다. 서울대학을 없애버린다는 것이 관악캠퍼스를 폭파시킨다는 뜻이 아니다. 서울대학을 현금의 대학이 아닌 프로펫셔날 스쿨의 집단인 상위개념의 대학원대학으로 승격시키자는 것이다. 다시 말해서 대학병의 핵을 보다 창조적인 국가 에너지로서 진화시키자는 것이다.

이에 대한 구체적인 대안은 얼마든지 있다. 서울대학교를 대학원대학으로 만들어 버리고, 나머지 국립대학들을 현금의 서울대학교 수준의 국립대학으로 통폐합하면 우리나라 교육의 절반은 해결된다. 그런데 이러한 대학 교육 체제개선에 관한 다양한 논의는 이미 선진국에서는 다 수용된 것임에도 불구하고 우리나라에서는 철저히 묵살하고 있다.

왜냐? 우리나라의 모든 체제를 서울대학교 출신들이 보이지 않게 장악하고 있고, 이들이 암암리에 이러한 논의 자체를 못 하게 하기 때문이다. 황당한 무계지언으로 취급해 버리는 것이다. 이러한 근원적 체제개선에 관한 정직한 논의가 없이 일선 교사들만 닦달치는 말엽적 논의는 벼룩 하나 잡기 위해 초가삼간을 홀랑 태워버리는 짓거리와 똑같다. 본(本)을 개선치 못할진대 말(末)을 가지고 장난치지 말지어다. 군자는 무본(務本)이요, 본립이도생(本立而道生)일지니.

일곱째, 교원평가제를 주장하는 모든 사람의 심령 속에는 궁극적으로 교원의 자질이 향상되어야 한다는 염원이 깔려 있을 것이다. 자질이란 전공과목에 관한 학구적 실력과 도덕적 인격의 양면을 포함할 것이다. 그러나 이러한 문제도 결코 교원평가로서 이루어질 수가 없다. 평가가 자질을 향상시키지는 않는다.

일요일 저녁마다 KBS에서 방영하는 고교생들의 골든벨 퀴즈 프로를 나는 곧잘 보곤 한다. 그곳에서 항상 영어 문제가 하나 출제되는데 출연한 고교의 영어 선생이 나와 그 문제를 읽고 학생들과 영어로 이야기하기도 한다. 그런데 내가 충격을 받은 사실은 내가 본 수십 번의 프로그램 중에서 영어 발음이 제대로 된 선생을 만나 본 적이 별로 없다. 그리고 학생들에게 씨부렁거리는 영어의 수준이 매우 천박한 회화 수준에 그치고 있다.

뿐만 아니다. 학생들이 나와서 하는 쇼를 보거나, 그들의 조크를 보거나, 천편일률적인 몸짓이나 천박한 언행밖에는 없다. 그런 행동거지도 귀엽게 봐줄 수도 있으나 문제는 보다 고상하고 기발한, 그리고 새로운 아이디어가 빈곤하다는 것이다. 그냥 단순한 웃김 패턴의 반복이라는 것이다. 그리고 그들의 감정처리가 대부분 한국인의 정서에는 맞지 않는 어색한 것이다.

그러나 이러한 문제가 학생들의 선생에 대한 평가나, 교사들 상호 간의 평가, 학부모들의 평가로서 개선될 수는 없다는 것이다. 영어 발음과 회화가 그 수준인 사람이 아무리 평가해도 달라질 리 만무하다. 다시 말해서 교원양성의 교육 과정과 선발 과정에 획기적인 변화가 없이는 교사들의 자질개선은 이루어질 길이 없다는 것이다.

더 이상의 구체적 논의는 삼가겠지만 결국 우리 사회 변화의 추세가 폐쇄 시스템(closed system)에서 오픈 시스템(open system)으로 갈 수밖에 없다는 것을 언급하여 둔다. 오픈 시스템으로의 변화 속에서도 우리가 고수해야 할 것은 교권의 존엄이지만, 나의 논의는 교권의 자기부정과 자기반성의 촉구를 게을리하지 않는다.

학생에게 평가받아야만 한다면 차라리 죽음을 택할 것

여덟째, 교원평가제에 관한 나의 논의는 결국 우리 사회의 미래모습에 대한 총체적 블루프린트와 관련되어 있다. 그리고 그것은 서구사상사적으로 말하면 근대성(Modernity)의 논의와 관련되어 있다. 근대성은 항상 합리성(Rationality)과 관련되어 있다. 나는 우리 사회가 지금 많은 좌절이나 인기 없는 듯이 보이는 정치 판세의 엎치락뒤치락 속에서도 꾸준히 합리성의 증대가 이루어지고 있다고 생각한다.

사회시스템의 복잡화, 권력의 분권화, 가치의 다변화와 더불어 생활세계의 합리화가 이루어지고 있는 것이다. 합리성이라 함은 리(理)에 합당(合當)하다는 뜻인데, 이때 리가 반드시 서구에서 말하는 계량적 이성, 도구적 이성을 말하는 것은 아니다. 우리가 말하는 리(理)는 정(情)적인 모든 요소를 포괄하는 것이다. 사단칠정(四端七情)에 관한 퇴계·율곡의 모든 논의가 서구적 이성(Reason)에 관한 것만은 아니며 그것을 뛰어넘는 어떤 도덕적 주체의 총체적 책임 의식을 지칭하고 있는 것이다.

내가 말하는 유교적 윤리라는 것도 협의의 언어중심적인 진위체계의 진리를 넘어서는 매우 총체적인 몸(Mom)의 커뮤니케이션을 포괄하는 것이다. 나의 몸철학적 논의는 근대에 관한 논의가 아니라 서구인들이 근대를 초극하려는 모든 포스트모더니즘의 성과를 포괄하는 논의로 이해되어야 한다. 초월적 실체의 전제나, 개인의 자율적 가치의 묵살이 없이 어떻게 간주관적 공공세계에 규범윤리적 합의를 도출하느냐 하는 문제이며, 서구인들이 근대성의 벼랑 끝에서 달성하고자 하는 모든 가치가 이미 우리 실존에 내재되어 있다는 우리 사회의 강점을 회상시키는 것이다.

그런 의미에서 우리 민족의 교육을 효율성과 계량성의 장으로서만 오인하는 현금의 모든 교육계 동향은 깊게 반성되어야 한다. 교사와 학생은 동질적 장의 연속체일 뿐이다. 학생이 결국 교사가 되며, 또 교사는 학생을 생산한다. 그러한 연속의 순환체계가 우리나라의 문화를 형성해 가는 것이다.

도구적 이성의 장으로서 기업의 합리성의 증대는 당연한 추세이지만 그러한 기업의 합리성의 가치가 우리의 생활세계를 식민지화시켜서는 아니 된다. 기업이 타국이 아닌 자국민의 생활세계까지 식민지화해 버리는 것이다. 이에 따라 대학의 운영이 모두 기업의 합리성과 경쟁성의 모델을 따라가야 한다는 터무니없는 결론을 모두가 반성 없이 당연한 것으로 받아들이고 있다.

그러나 오늘날 우리나라 기업의 장점의 근저에는 유교적 합리성의 성과가 자리 잡고 있다. 교육에 대한 열정, 근면, 공검, 절약, 대의를 위한 헌신, 초월적 세계의 부정, 인간의 정감에 대한 배려, 재빠른 판단력, 예의 바름 등등의 미덕이 기업을 구성하는 성원의 인격의 바탕이 되고 있는 것이다. 다시 말해서 오늘날의 유수 기업의 위용에 대한 과신 때문에 교육의 장마저 그러한 효율성과 계량성의 장으로 만들어 버리면 그러한 기업은 미래에 다시 탄생될 수 없을 뿐 아니라, 사회적 질서의 도덕적 근간이 뿌리째 흔들리게 될 것이다. 교육은 백년대계의 장이다.

내가 하버드 대학에 유학하던 시절, 나는 군사 독재 정권과 투쟁하며 캐나다에 망명하고 계시던 장공(長空) 김재준(金在俊. 1901~1987) 목사님을 찾아뵌 적이 있다. 우리나라 자유신학·해방신학의 근원이며, 간도 용정에서부터 규암 김약연(金躍淵. 1868~1942) 선생의 지도하에 민족정기를 키우신 장공 선생, 나는 한국신학대학에서 그로부터 동양사를 배웠다. 그때 장공 선생께서 나에게 건네주신 글씨가 있다.

"일 년의 계획은 곡식을 심는 것만큼 좋은 것이 없고, 십 년의 계획은 나무를 심는 것만큼 좋은 것이 없고, 백 년의 계획은 사람을 심는 것만큼 좋은 것이 없다. 하나를 심어 하나를 얻는 것은 곡식이다. 하나를 심어 열을 얻는 것은 나무다. 하나를 심어 백을 얻는 것은 사람이다."(一年之計, 莫如樹穀; 十年之計, 莫如樹木; 百年之計, 莫如樹人. 一樹一穫者, 穀也; 一樹十穫者, 木也; 一樹百穫者, 人也.)

내가 학생에게 평가를 받아야만 하는 비굴한 삶을 살아야만 한다면 차라리 나는 가르치기를 포기하거나 죽음을 택할 것이다. 물론 교사들에게는 나와 같은 선택의 여지가 주어져 있지를 않다. 나의 학문, 나의 사상은 자유를 구가한다. 때로는 만길 절벽 위에 우뚝 선 사자처럼 포효하고, 때로는 태풍처럼 휘몰아치고, 때로는 광인처럼 깔깔대고, 때로는 실연한 연인처럼 눈물을 흘려도 나의 학생들은 나의 그러한 모습 속에서 자신들의 영혼의 비상을 발견할 것이다. 나는 획일적 잣대에 결코 굴복하지 않을 것이다.

나는 우리나라 교육에 관하여 심중한 절기라고 판단될 때마다 발언을 계속하여 왔다. 이미 20년 전에 중고생을 위하여 『철학강의』를 썼으며, 전교조가 최초로 구성될 때에도 교육자의 행위 가치는 노동이라는 개념으로 규정될 수 없다고 권면했으며, 네이스(NEIS)에 관해서도 치열하게 반대하였다.

나의 입장은 일관된 것이다. 그것은 보수나 진보의 잣대로 평가될 수 없는 근원적인 것이다. 우리는 네이스 투쟁을 통하여 학생들의 인권을 지켰다. 이제 우리 스승들! 이 땅의 40만 교사들은 일치단결하여 교원평가라는 저질적 음모를 분쇄해야 한다. 우리 스승들의 인권을 스스로 지켜야 한다. 그것은 스승들의 삶의 이권의 문제가 아니라 우리 민족의 백년대계의 운명이 걸려 있기 때문이다. 다시한번 외친다. 유교적 가치의 핵심은 교권의 존엄이요 지엄이다.

2005년 11월 14일
새벽 3시 20분
낙한재(駱閒齋)에서 탈고

---

12) 瑣事: 쓸모없고 사소한 일. (저자 주)

13) 번문욕례(繁文縟禮)란 규칙이 너무 세세하고 번잡하여 비능률적인 현상을 말한다. (위키백과)

보리밥 묵고 방구뀡께 배가 푹 꺼져불등만

187.
'교찾사' 회원으로 분류되다

2004년 11월 말이나 12월 초 무렵일까? 장○○ 선생에게서 전화가 왔다.

"어이, 옥태 좀 도와주소. 내가 지부장 나갈란디 자네가 선대본부장을 맡아 주소."
"안 헐라요. 그리고 지부장 나오지 마씨요."
"내가 자네 집 근처로 갈라네, 만나서 이야기하세."
"그럴 필요가 없는디요."

얼마 후 쓰리(3) 장이 우리 아파트 앞 호프집에 기다린다고 해서 나갔다. 맥주를 3병 시켰는디 나만 한 병 먹었다. 두 병은 도로 반납. 이야기는 짧았다. 거절이다. 그와 함께 몇 차례 일해 본 경험상 믿음이 가지 않았던 것이다. 장 선생은 개인적으로는 고등학교 동문이지만 우리는 이제 혈연, 지연, 학연 이런 것에 얽매이지 않고 바른 선택을 해야 할 때가 아닌가?

이틀 후 조창익 후배 선생에게서 전화가 왔다.

"성님, 도와주십시오. 제가 지부장 나가 볼랍니다."
망설일 것 없었다.
"그러세."

내가 지켜 본 조창익 선생은 진국이었다. 진지하고 말한 바를 실천하는 사람, 사람을 계산으로 대하지 않고 그 자체로 보는 사람, 지부장직을 스펙으로 삼을 그럴 사람이 아니었다.

이게 진행되는 모양새가 영 좋지 않았다. 한쪽을 거절했으면 다른 쪽도 거절해야 했을까? 기분은 영 찜찜했다. 이것이 향후 내 삶의 어떤 방향을 결정하는 것이었을까?

이렇게 하여 조창익 선생과 새로운 인연이 생겼다. 나는 중부권 선대본부장이 되었다. 그때까지만 해도 정말 '교찾사(교육노동운동의 전망을 찾는 사람들)'에 열심이었던 후배 박○○ 선생님의 잠깐 비어 있는 아파트에 본부를 두고 선거 운동이 시작되었다. 영산포에 근무하던 고○○ 아무개 선생도 그때는 '교찾사' 멤버로서 열심이었는데, 얼마 못 가서 확 돌아섰더라고. 그 이유는 모르겠다. '교찾사'에는 내가 아끼고 좋아하는 후배 선생들이 많이 있었다. 그때까지 나는 '교찾사'니 '참실'이니 하는 전교조 내 의견 그룹이 있는지도 몰랐다. 어쨌든 이렇게 나는 '교찾사' 회원으로 분류되었다. 내가 가입한 것도 아닌데 장○○이 속한 '참실'이 아니고 '교찾사' 멤버인 조창익을 도우니까 '교찾사'가 된 것이다. 조창익 선생은 같이 여러 차례 지회장을 하면서 겪어 보니 참다운 교육노동운동가였다. 그래서 망설이지 않고 도왔다. 조창익 지부장후보 선대본부장을 3번 했다. 두 번은 낙방이었다. 당선될 때는 통합지도부를 꾸린 첫 전남지부장이었다. 그렇게 나는 '교찾사' 멤버가 되었다.

보리밥 묵고 방구뀡께 배가 푹 꺼져불등만

188.
학교 예결산을 어떻게 볼 것인가?

교사를 하다 보니 학교 예결산은 당해 학교의 교육활동을 좌우할 중요 사안이었다. 하지만 선생님들은 그리 큰 관심을 보이지 않았다. 오마이뉴스에 기고한 글의 요약이다.

학교 예결산을 어떻게 볼 것인가?

유홍준 교수가 '나의 문화유산 답사기'에서 인용한 불가(佛家)의 말이 떠오른다. 학교 운영위원회에 참여하면서 늘 이 말이 화두처럼 떠오른다.

"사랑하면 알게 되고 알게 되면 보이나니, 그때 보이는 것은 예전의 것과 다르다."

사례 1. K중학교에 부임하여 겪은 결산 상황

학생 수 50명 미만이며 한 해 예산이 1억 원을 조금 넘는 규모의 예산에서 학교 외벽 도색에 1,300만 원, 홈통 및 부속건물 창틀 교체에 800만 원, 어느 특별교실에 450만 원 등이 투입된 결산 보고이다. 역시나 다른 운영위원님들은

"예, 예."

하고 지나간다. 나는 이의 제기를 하였다. 결산이니까 지난 일이니까 바로잡을 기회는 없지만, 짚고는 넘어갈 문제였다. 어떻게 이런 비효율적인 예산이 집행될 수 있는 것인가? 학부모 및 지역

위원님의 말씀,

"그때는 학교에서 말씀하시니까 그것이 옳은 줄 알았는데, 선생님 말씀을 듣고 보니 잘못되었네요."

당시 그 학교는 선생님들의 PC뿐만 아니라 교실 및 컴퓨터실의 PC들이 제대로 돌아가는 것이 거의 없었다. 학생들의 책걸상 또한 낡아 있었다.

요즈음은 학교 돈을 사사로이 유용하는 일은 거의 없는 것 같다. 아마도 운영위원회의 덕이 아닐까 한다. 그러나 효율성의 측면에서 보면 아직도 길이 멀다. 예산은 가장 요긴한 부문을 찾아 우선순위를 정해야 할 것이다. 학교 예산은 상부 기관에서 특수한 목적을 수행하기 위하여 정해 준 부분과 학교 자율적으로 쓸 수 있는 부분으로 구성된다. 과거에는 목적 경비를 교육청에서 배부하였으나 지금은 학교 총예산에 포함하여 배부된다.

사례 2. 교장실 소파 교체 사건

어떤 학교에서 교장, 행정실장, 교무부장, 모 교사 등이 작당하여 교장실 소파를 350만 원으로 교체하고자 하였다. 물론 당초 예산에 포함되지 않은 일이다. 나는 이를 운영위원회에서 추경을 거칠 것을 요구하였다. 그들은 이를 무시하고 집행하려다 나의 강한 반발에 부딪혀 소파 교체는 결국 포기하였다. 예산에 없던 소파 교체는 다른 분야의 예산을 삭감하는 일이다. 이는 당초 교육계획에 따라 짜진 사업이 포기됨을 의미한다. 당시 그 학교의 교장실 소파는 상태가 아주 양호하였다. 다만 색상이 조금 바랬을 뿐이다. 요즈음 각 학교가 교장실을 경쟁적으로 꾸미고 있는 듯하다. 운영위원님들은 교장실과 교무실과 학생 교실을 비교해 보기 바란다. 나는 아직 미국에 가보지 못했다. 미국 갔다 온 사람의 말을 들으면, 미국 학교의 교장실은 연구실, 상담실의 기능을 하는 곳이란다. 우리나라 학교들의 교장실은 미국 학교의 교장실에 비하면 거의 궁전이란다.

보리밥 묵고 방구뀜께 배가 폭 꺼져불등만

3

다시 모두의 말로 넘어간다. 관심을 갖는 만큼, 사랑하는 만큼 일이 보인다. 운영위원으로 참가하는 이들은 학교를 내 일로 받아들여 관심을 갖고 일을 살펴야 할 것이다. 일을 제대로 파악하면 무엇이 옳은 것인지는 저절로 깨달아지게 마련이다. 이는 특별한 지식이 필요한 일도 아니다. 학교 돈은 결국 우리가 납부한 세금이다. 우리가 고생하여 납부한 세금이 우리 아이들을 위하여 정당하게 쓰이고 있는지를 늘 관심을 갖고 살피자.

189.
교원평가 저지 교사대회가 무산되다

2005년은 노무현 정권이 획책하고 있는 교원평가를 저지하는 것이 전교조의 중심 사업이었다. 보수적인 교총의 생각도 이점에서는 우리와 같았다. 김대중은 차등성과급을 도입하고, 노무현은 교원평가와 NEIS를 도입하였다. 진보정권이라 불리는 두 정권이 기실은 신자유주의적 정책으로 교육시장화에 앞장서고 있었다. 그들은 경쟁을 인간보다 중시하였다. 그들은 경쟁만이 살길이라고 우겼다. 우리 아이들을 경쟁의 정글로 밀어 넣으려고 갖은 술수를 부리고 있었다. 그들은 아이들이 목적이 아니라 수단으로, 인간을 도구적 존재 심지어 부품적 존재로 여기고 있는 것 같았다.

2005년 어느 토요일 아침 8시 30분경. 교총 화순회장을 맡고 있는 화순중 이○○ 교장이 전화했다.

"회장님! 내일 서울 대회에 갈 필요가 없어졌어요."
"왜요?"
"6인 위원회가 결성되어 거기서 교원평가 문제를 풀기로 합의했답디다."

화순은 교원평가 저지 대회를 위해 전교조 회장단과 교총회장단이 1주일 전에 저녁 식사를 하면서 역할을 미리 정하였다. 두 조직이 각 버스 1대를 동원하고 지휘는 전교조가 맡기로 합의했었다. 아마 전교조와 교총이 하나가 되어 활동하기는 처음 일일 것이다.

급히 전남지부 사무실로 전화하니 응답이 없다. 지부 사무실은 저녁까지 일하므로 출근은 약간 늦게 하고 있었다. 장석웅 지부장 댁으로 전화하니 잠결에 전화를 받는다. 이 교장의 말을 전하니, 금시초문이란다. 아니, 그럼 그렇게 중대한 결정을 중앙집행위원회의 협의도 없이 위원장이 단독으로 결정했다는 말인가?

보리밥 묵고 방구뀜께 배가 폭 꺼져불등만

"어서 서두르시오. 전후 사정을 알아보고 알려 주시오."

어떻게 교총은 전교조보다 이 사태를 먼저 알게 되었을까? 지부장은 긴급 중앙집행위원회의 회의 결과를 내게 알려 오지 않았다.

당일 오후 2시에 대전지부 사무실에서 긴급하게 임시 중앙집행위원회를 열고 치열한 논의 끝에 추인했다고 한다. 이미 벌어진 일이기 때문에 어쩔 수 없는 상황이기도 했을 것이다. 나중에 알고 보니 이수일 위원장은 중앙집행위원회는 커녕 상임집행위원회의 논의조차 거치지 않고 측근 몇몇과 결정했다는 것이다. 교원평가 저지라는 건곤일척의 싸움을 앞두고 교사대회를 취소하는 그런 중대 사안은 최소한 중앙집행위원회를 열어 논의하여 결정해야 옳았다. 위원장 독단으로 결정할 사안이 결코 아니었다.

'6인 위원회'라는 것이 그 구성을 보면 전교조 대표, 교총 대표, 교육부 대표 등 6인인데, 5:1 내지는 좋게 봐줘야 4:2의 구조다. 교총은 언제고 우리 뒤통수를 칠 집단이었다. 교총의 실세는 교장들이니까 말이다. 우리가 결정적으로 불리한 구조였다. 더구나 '6인 위원회'가 법적으로 결정 권한을 가진 것도 아니고 그냥 논의해 보는 정도의 기구였다. 결국 '6인 위원회'는 유명무실되었다. 아마 회의를 단 한 번도 안 했을걸. 교원평가 반대라는 교단의 거센 저항은 교육부의 간사한 책략에 걸려든 교총과 전교조 두 조직 수장의 오판으로 가라앉아버렸다. 기껏 풍선 불어 놓은께 탱자 가시를 대 분 것이다.

이런 중대 사태를 두고도 이수일 위원장을 지지하는 전교조 내의 의견 그룹은 그를 두둔하기에 바빴다. 이수일 위원장이 전국을 돌면서 당시 상황을 설명하고 있었다. 전남지부집행위원회(광주대 입구에 지부사무실)에 와서도 해명이라는 것을 하였다. 이 회의에서도 그가 속한 의견 그룹의 참석자들은 견강부회(牽强附會)하고 있었다. 이날 회의는 참 꼴불견이었다. 두 의견 그룹이 치열하게 다투었다. 고성이 오갔다. 특히 김옥태와 홍정수가 강하게 이수일 위원장의 잘못된 독단에 대하여 항의하였다. 나는 후배 지회장 몇에게서 육두문자를 먹기도 하였다. 회의로 늦은 저녁 식사 자리에서 반주를 몇 잔 했는데(사실 나뿐만 아니라 대부분 참석자들이 반주를 하였음), 나의 주장에 대한 이치를 따지지 않고 내가 술주정했다고 몰아붙이기도 하더라.

결국 이수일 위원장은 이 사태에 책임을 지고 중간 평가를 거쳐 위원장에서 해임되었다. 중간 평가는 전국대의원대회에서 이수일 위원장의 안을 인준하면 직을 유지하되, 그렇지 않으면 스스로 직에서 내려오기로 한 위원장의 결단이었다. 대의원대회는 치열한 논란 끝에 단 한 표 차이로 위원장 안이 부결되었다. 실책으로 인하여 해임된 최초의 전교조 위원장이다. 후임 위원장은 이수일 위원장과 다른 의견 그룹인 '교찾사' 장혜옥 선생이 당선되었다. 장 위원장은 후일 전국대의원대회에서 반대파의 끈질긴 의견제시와 반대 토론으로 매우 힘들어했지만 끝까지 의연함을 유지하여 내가 존경하게 되었다. 장 위원장을 끈질기게 물고 늘어지던 바로 내 옆자리에 있었던 전남 사립 출신 김 아무개는 장석웅 교육감 시절에 도 교육청 간부를 하고 있더라.

장석웅 지부장은 나중에 전남지부대의원대회에서 이 사안이 미리 중앙집행위원회의 결의에 따른 것이라고 위증하였다. 전후 사정을 설명한 나의 발언은 무시되었다. 젊은 지회장들은 버스 대절, 음식 준비 등을 마쳤는데 무슨 짓이냐고 논점에서 어긋난 말들을 하기도 했다. 교원평가 저지 대회가 무산된 원인과 향후 대책이 더 문제인데 말이지.

후에 들으니 이수일 위원장은 원상 복직을 두고 노무현 정권과 물밑 논의를 했다고 하더라. 교원 평가와 원상 복직을 거래하는 것이었을까? 자세한 내막은 알 수 없다. 속 시원하게 말해 주는 이를 만나지 못했다. 더러는 당시 이수일 위원장 안이 받아들여졌으면 원상 복직의 길이 트였을 것이라고 아쉬움을 토로하기도 하더라만 이는 노무현 정권의 속성을 모르는 것이 아닌가 싶다. 더구나 교원평가와 원상 복직을 맞바꾸는 것은 89년 해직교사들을 욕보이는 것은 아닐까 싶기도 하다. 오뉴월 소불알이 축 처져 있다고 해서 금방 떨어지는 것이 아니다. 사과나무 밑에서 입을 벌리고 누워 있은들 그 사과가 자기 입으로 떨어질까? 해직교사의 원상 복직은 오직 투쟁으로 쟁취할 수 있을 뿐이다.

보리밥 묵고 방구뀌께 배가 푹 꺼져불등만

190.
교원평가를 바라보는 현장의 시각과 평가 실시 후의 모습은?

다음은 교원평가를 바라보는 현장의 시각과 평가 실시 후의 모습에 대하여 오마이뉴스에 기고한 글의 요약이다.

1

노무현 정권은 교육부의 명칭을 '교육인적자원부'로 고쳤는데, 아마도 인간을 인간 자체로 보기보다는 쓸모 있게 소모해야 할 '자원' 정도로 여기는 생각에서 일 게다. 이런 생각에서 교육 현장을 보면, 교원이나 학생들은 목적이 아니라 수단이 되어 버리고 만다. 교사와 학생은 좋은(?) 자원이어야 한다. 좋은 업적을 내지 못하는 교사는 퇴출 대상이다. 좋은 성적을 내지 못하는 학생은 관심의 대상에서 벗어나게 된다.

좋은 업적이란 무엇일까? 입시 위주의 교육 풍토에서는 이른바 명문 학교에 입학을 시키는 것? 체육부를 운영한다면 상위 입상을 시키는 것? 각종 경시대회에 나가서 상위 입상을 하는 것? 학교를 기업이라고 간주하는 일부 사학의 운영자라면 이익을 극대화하는 것? 대접받기를 원하는, 폼 나기를 즐기는 교장이라면 똥꼬를 살살 긁어 주는 것? 유신 시대에 박정희를 위하여 찬양하였듯이, 전두환 시절에 전두환을 찬양하였듯이, 김대중과 노무현 시절에 신자유주의를 찬양하는 것?

교육인적자원부의 수장인 장관을 임명하는 데 인품보다도 그 사람의 효율성을 먼저 고려하는 정부의 태도에서 정부의 교육을 보는 시각을 엿볼 수 있다. 그 사람이 투기해도, 입시 부정을 해도 괜찮다. 과거 독재 정권의 주구여도 괜찮다. 다만 능률만 올릴 수 있으면 오케이 땡큐다.

인적자원부가 추진하고자 하는 교원평가를 보면 일견 근평제도보다는 한 걸음 나아간 것 같다. 평가의 대상이 교장을 포함한 전 교원으로 확대되고, 평가도 다면평가를 도입하는 듯하다. 다면평가에는 다양한 마술을 준비하였다. 평가자는 자신, 동료 교사, 교장, 교감, 학부모, 학생까지 포함하였다. 참여 민주주의(?)가 잘 적용되고 있는 것 같다. 평가의 결과는 교사의 전문성 개발의 계기로 삼는다고 한다. 평가의 목적이 참 간단하다. 이렇게 간단한 목적을 위해서 왜 극렬한 반대를 무릅쓰고 교원평가를 강행하려는 것일까?

2

교원평가를 앞둔 현장은 신기할 정도로 잠잠하다. 태풍 전야의 고요함일까? 그러나 모습은 다양하다. 속생각을 알아보기는 힘들지만. 짐작해 보건대,

○ 정년을 몇 년 앞둔 교사: 승진도 포기하고 명퇴하고 싶은데 요즘 돈이 없다고 명퇴를 받아 주지 않는다. 이 기회에 교원평가를 이용하여 대대적인 명퇴를 받아 주지 않을까? 과거 김대중과 이해찬처럼 말이다. 김대중과 이해찬의 교육 대학살 때, 명퇴자는 재미가 쏠쏠했다고 한다.

○ 젊고 싱싱한 교사: 나는 팔팔하다. 평가를 할라면 해라. 나는 자신 있다. 무능력한 사람을 이 기회에 내보내지. 고시보다 더 어렵다는 채용 시험도 통과한 우리다.

○ 무능력하다고 보이는 교사: 짜아식들, 내가 무능하다고? 천만에 누가 먼저 털려 나가는가 보자. 세상이 열두 번 바뀌어도 나는 살아남는다.

○ 눈치 빠른 교사: 내가 누구냐? 백 놈이 백 말을 하여도 나는 내 길을 간다. 오직 승진을 위해서 몰빵이다. 제도가 어떻게 바뀌어도 나는 적응하는 데 전혀 문제가 없지.

○ 묵묵부답의 교사: 자존심도 상하고 기분도 나쁘고 불안하기도 하지만 기다리면 된다. 전교조를 비롯하여 성질 바쁜 사람들이 다 해결해 주니까. 나중에 저 높은 곳에 서서 바라보며 교육인적자원부와 전교조를 비판하면 된다.

○ 전교조 교사 중 사명감 투철한 교사: 정의감에 불탄다. 분노를 표출한다. 교육인적자원부를 향하여 목소리를 높인다. 교사들을 설득하고, 홍보하고, 서명받고, 반대 집회에 열심히 참여한다. 이 기회에 교사들을 단결시켜야 한다는 자못 비장한 각오를 세운다. 이 기회에 미가입 교사들이 전교조에 가입할 수 있도록 유도하고, 소극적인 조합원들을 사업에 끌어들이고자

보리밥 묵고 방구뀡께 배가 푹 꺼져불등만

동분서주한다.

○ 신자유주의에 포섭된 교사: 자신도 모르게 권력과 재벌과 제도 언론의 논조에 의식화된 사람들이다. 자칭 상당히 글깨나 읽었고, 신문도 열심히 읽고, 방송에서 뉴스도 눈여겨본다. 경쟁은 당연하고 능률 지상주의다. 경쟁과 능률에 따른 성과의 차등, 퇴출을 대세로 받아들인다. 교육부가 승리하면 대세가 이기는 것이고, 전교조가 이기면 어부지리를 얻는다. 어느 쪽도 손해 볼 것이 없다.

3

그렇다면 교원평가를 바라보는 주변의 시선은 어떤가?

대개는 정권과 재벌, 제도 언론에 자신도 모르게 포섭된 사람들이다. 이들은 자신들이 교원들을 평가할 수 있는 위치에 있게 됨을 자랑스럽게 여긴다. 교사들만 평가에서 제외될 수는 없다. 부정하고 무능력한 자는 이 기회에 물러가야 한다. 교사들은 정말 철밥통이다. 일연 전교조에 우호적으로 알려진 학부모 단체의 입장도 크게 다르지 않다. 자신의 학창 시절을 포함하여 자녀의 학교생활을 보면서 학교에 대한 아름다운 추억도 있지만, 쓸쓸한 기억 몇 가지는 다 간직하고 있다. 차제에 쓸쓸했던 기억을 생생히 떠올리며 입에 거품을 문다. 죽일 놈, 살릴 놈, 그저 그런 놈이 다 등장한다.

김대중, 노무현이 자신에게 구조조정의 칼을 들이댈 때는 분노하던 사람들이 이때는 노무현이 그렇게 자랑스러울 수가 없다. 참 일을 잘하고 있는 것이다. 부정하고 무능한 놈들을 골라내기 위해 교원평가를 한다니.

하지만 이들이 모르고 지나가는 결정적인 약점이 있다. 교활한 정권과 재벌과 언론은 각개격파를 한다는 것이다. 그리고 각개격파 작전에는 이이제이(以夷制夷) 수법을 쓴다는 것을 모른다. 이들은 순망치한(脣亡齒寒)을 모른다. 똘레랑스를 모른다. 그래서 그들이 자못 정의롭게 산다고 산 것이 나중에는 모두가 각개격파되어 정권과 재벌과 제도 언론에 놀아난다는 것을 눈치채지 못한다. 이 점을 정권과 언론과 재벌은 너무나 잘 알고 있다.

4

교원 평가는 왜 하는 것일까?

1) 한마디로 교원을 손바닥 위에 올려놓고 가지고 놀 생각이다. 아니, 손바닥 위에 올리는 수고조차도 필요가 없다. 교사들끼리 물고 뜯고 하여 이기적인 집단이 된 교무실은 서로 협조할 수 없으니까 단결 또한 자동으로 해체된다. 학생과 학부모가 평가자이니 교원 즈그들은 이제 죽었다. 권력은 그저 구경만 하고 있어도 된다. 말 안 듣는 교사는, 바른말 하기 좋아하는 교사는 이제 퇴출 명분만 적당히 짜면 그냥 죽는다. 근평제도로는 통제가 잘되지 않았다. 교포(?)[14]는 무서운 놈이었다. 도대체 이들은 교장, 교감의 말은커녕 정부의 말도 듣지 않는다. 젊은 놈들도 근평과 거리가 멀다 보니 말을 잘 듣지 않는다. 이미 승진해 버린 교장도 말을 잘 듣지 않는다.

어떻게 하면 모든 교원들이 권력의 지시에 일사불란하게 따르게 될까? 그것을 연구하기 위하여 교육인적자원부는 교육부 내 고시 출신들을 미국으로 유학을 보낸다. 이놈들은 1~2년 동안 잘 놀고먹다가 귀국 때가 되면 대충 사례 하나를 수집하여 귀국 보고를 한다.

2) 교육인적자원부에 유휴인력이 많기 때문이다.

교육인적지원부에 인적자원(?)이 넘처나는 모양이다. 그러나 냉혹한 신자유주의 체제하에서 놀고먹을 수는 없지 않은가? 뭔가 그럴듯한 일감을 마련해야 자리가 보전된다. 일이 잘 추진되면 성과를 올려 승진도 할 수가 있다. 그리고 높은 자리에 있을 때, 끗발을 재 보는 것도 재미있지 않은가?

3) 대학에 유휴인력이 많다. 특히 교수가 너무 많다.

대학에는 연구 과제로 먹고사는 교수가 많다. 아마도 급여가 충분하지 않다 보니 과외로 수입을 얻고자 하는 것인지도 모른다. 5년마다 바뀌는 교육 과정 연구로 먹고살고, 교육부에서 저지르는 각종 악법과 제도를 연구해 주고 밥을 얻어먹는 것을 즐기는 족속[族屬]이 있다. 그나마 조교들에게 부스러기라도 나누어주면 다행이다.

---

14) 교포란 교장, 교감 승진을 포기한 교사들을 자조적으로 부르는 데서 나온 말이다. 교육 관료들은 교포를 싫어했다. 승진을 미끼로 쓰는 갑질이 통하지 않기 때문이었다.

4) 연구, 시범학교 유치에 미쳐 있는 족속이 있기 때문이다.

교원평가가 교원들을 옭아매는 악법이라도 이 제도의 시행을 위해서는 시범학교가 필요하다. 시범학교를 하면 승진 점수를 얻을 수가 있지. 돈도 주고. 내일은 어떻게 될망정 당장 돈도 주고, 승진 점수도 주지 않는가?

5

교원평가 후 교육 현장은 어떤 모습일까? 한마디로 어처구니가 없는 교단이 될 것이다. 어처구니가 없이 어떻게 맷돌을 돌릴 수 있을까?

1) 교무실에서

평가는 무릇 등급을 매기기 위해서 실시하는 것이다. 인간이라면 누구나 하위등급을 맞고 기분 좋을 사람은 없을 것이다. 그 평가 등급이 어느 곳에 쓰이지 않는다고 해도. 쓸데없이 평가하는 일은 없겠지만. 이제 교무실에서 업무 협조는 보기 어려울 것이다. 선배고 후배고 친구고 없다. 내가 잘하는 것은 숨기고 남이 모르는 것을 물어 오면 회피하지. 괜히 남에게 모르는 것을 묻는 것은 철없고 눈치 없는 짓이다. 물(?)이 좋다고 여겨지는 학교에서는 담임을 서로 하려고 할 것이고, 그렇지 않은 학교에서는 담임을 회피할 것이다. 영양가 없는 업무 분장은 맡을 사람이 없을 것이다. 특히 학생부 일은 거의 맡을 사람이 없지 않을까 싶다. 수업시수는 단 한 시간이라도 줄여야 한다. 여유 있는 시간은 상위등급을 맞기 위한 일을 하는 데 써야 하니까.

상호평가를 한다는데, 친구 관계가 괜찮은 쪽과 그렇지 않은 쪽. 동문이 많은 쪽과 그렇지 않은 쪽. 일을 대쪽같이 하는 쪽과 대충대충 하더라도 이른바 인간관계가 무난한 쪽. 일을 잘한다고 잘나갈까? 혹시 질투를 사지는 않을까? 그렇다고 대충하자니 불안하고. 가끔 밥이나 술을 한 번씩 쏴야 하는 것은 아닐까? 고스톱판이라도 벌어지는 날에는 접대성 퍼주기를 해야 하나? 나는 어느 쪽에 속해야 가족을 굶기지 않을까?

하위등급을 받은 교원은 일단 재교육 대상으로 분류된다고 한다. 공문으로 수집되고 하달되어 모두에게 공개될 것이다. 하위등급의 교원은 다음 학교로 전근할 때 그쪽 학교 학부모의 반대가 먼저 기다리고 있을 것이다. 낯이 두껍지 않고는 버티기 힘들겠지. 능력은 있으나 하위등급을 받은 교사는 문제 교사로 교장의 배척을 받을 것이 뻔하고. 상위등급을 받은 교사는 질투와 두려움으로 동료 교사의 배척을 받을 것이 또 뻔하고.

2) 교실에서

아이들은 어리둥절하다. 피평가자에서 평가자가 되다니. 즐길까? 당황할까? 괴로워할까? 스승의 날에 담임 책상 위에만 선물이 있듯이 자기 담임에게는 후한 점수를 줄까? 숙제를 많이 내고, 잔소리를 많이 하고, 시험을 어렵게 내는 교사는 어떻게 할까? 복장이 흐트러졌다고 나무라는 학생부 교사는? 미모가 떨어지는 교사는? 유머가 없는 교사는? 옷을 잘 입고 폼을 잡아야 하나? 과자나 빵을 한 번씩 쏘는 교사와 그렇지 않은 교사는?

3) 학부모들은?

정말 신나는 일일까? 교원들을 학부모가 평가하게 되다니, 이런 꿈같은 일이? 노무현 정말 정치 잘하네. 그런데 어떻게 학부모가 교원을 평가하지? 설문지로? 설문지로 교원의 능력과 인품이 측정될 수나 있을까? 수업 공개로? 수업의 전문가는 교원이고, 학부모는 아마추어인데. 물론 일부 학부모는 교원보다 뛰어난 전문가가 있겠지만. 그렇다면 아마추어가 전문가를 평가하는 불합리가 생기는데…. 1~2번의 수업 공개로 그 교원의 능력을 측정할 수 있을까? 또 교장, 교감의 업무 능력을 학부모가 어떻게 평가하지?

아무튼 교원은 살아남아야 하니까 학부모에게 잘 보일 수 있는 모든 것을 해야겠지. 전화도 자주 하고, 편지도 쓰고, 가정 방문도 하고. 아이의 장점만 모아서 극구 칭찬하는 말을 해 주고. 필요하면 술도 한 잔 사고.

아마 처음에는 즐거워도 시간이 갈수록 즐거움보다는 괴로움이 더할 것이다. 어쩌면 생존권이 달린 문제에서 상위등급을 달라는 애원과 하위등급을 주었을 때 협박을 받을 수도 있을지 모르겠고. 막판에는 이판사판이 될 터이니. 학교와 학부모의 관계는 지금보다 더 삭막해질 것이다.

4) 교장은?

기존의 근평에 교원평가권까지 쥐게 되었으니 마냥 신나게 생겼다. 다만 교장 자신도 평가의 대상이 된 것이 불만이다. 이것만 뺀다면 대환영인데.

5) 사립학교 이사장은?

아!~~~~~~~ 신나는 일판이다. 노무현 정말 정치 잘하네. 이제 교원들 느그는 죽었다. 호봉 높은 놈, 눈에 나는 놈, 물론 무능한 놈, 오찌 잘 안 바치는 놈 등등 다 죽었다. 무능한 놈으로 몰기만 하면 이젠 끝장이야. 맘에 안 든 놈 쫓아내고 싱싱한 놈 뒷돈 먹고 들여놓으면 꿩 먹고 알 먹고…….

6) 권력은? 재벌은? 극우 언론은?

아!~~~~~~~ 신난다. 교포란 놈, 이미 승진한 놈이 말을 듣지 않아 골치였는데. 이제는 교장이 삶아놓고, 교원들 즈그들끼리 치고받고, 학생과 학부모까지 감시와 감독을 해 주니 이거야말로 손 안 대고 코 풀기요, 누워서 떡 먹기다. 누워서 떡 먹으면 눈에 떡고물이 들어가기라도 하지만, 이것은 그 걱정도 없다.

이제 전교조도 무너지거나 무력화되기는 시간문제. 내 코가 석 자나 빠져 있는데 참교육을 주장하고 실천할 여유가 없지. **정부가 노리는 것이 진짜로는 이것일 것이다.**

7) 결국 교단은 어떻게 될까?

만인의 만인에 대한 투쟁, 이전투구, 어수선, 절대적인 이기주의, 대한민국이 도대체 어디로 가는 것일까?

6

우리는 어떻게 해야 할까? 정말이지 본질을 모르고 무감각, 무덤덤한 이들을 보면 야속하지만, 교원평가가 실제로 이루어져 참담한 모습을 보게 하고 싶기조차 하다. 뺀질뺀질 일은 소홀히 하고 자기 실속만 챙기는 사람, 무능력한 사람, 부정한 사람을 보면 어떤 형태가 되었든 이 사람들만 잘 골라내는 평가제도가 있다면 시행되었으면 좋겠다는 생각이 들기도 한다.

그러나 그런 평가제도는 존재하기 어렵다. 존재하더라도 시행과정에서는 본래 퇴출 대상은 정작 굳건하게 살아남는다. 오히려 자신들에게 유리하게 작동하도록 하는 재주를 먼저 발견할 것이다. 교수 재평가로 재임명 때 탈락하는 교수들을 보면, 무능하고 게으른 교수들이 퇴출되는 것이 아니라 친일파를 비판했던 교수들이나, 대학 당국의 부조리를 비판했던 교수들이 대상이 되지 않았던 가? 서울대 미대 김민수 교수가 대표적인 사례이다.

우리는 어떻게 할까? 여러 말이 필요 없다. 교사로서 자존심을 살리려면, 교육을 교육답게 하려면, 학교를 학교답게 하려면 각자 무슨 일을 해야 할 것인지는 스스로가 알 것이다.

정의는 저절로 지켜지는 것이 아니다. 언제나 불의가 도전해 온다. 정의는 투쟁으로 얻는 것이다. 악법은 저절로 고쳐지는 것이 아니다. 악법은 어기고 불복종하는 투쟁에서 얻어지는 것이다. 소크라테스의 명제는 악법을 존중하는 것이 아니다. 악법을 죽음으로 항거한 것이다.

7

우려하던 문제가 결국 터지고 말았다. 교원평가 시 학생이 자유 서술 문항에서 교사를 성희롱하는 사태까지 벌어지고 있다. 교원평가 성희롱 피해 공론화 트위터 계정에 공개된 피해 사례에 따르면 이 학생들은

"×× 크더라, 짜면 ×× 나오는 부분이냐"
"기쁨조나 해라 ××"

등의 글을 작성했다고 한다. 2022년에 세종시의 한 고등학교에서 생긴 일이다. 교육부 관리들은 새겨들어라. 이래도 교원평가를 계속할 것이더냐?

191.
교육장님, 한자 경시대회를 폐지합시다

2005년 무렵이다. 전교조화순지회장을 할 때 화순교육지원청에 정책협의차 들렀다. 서기남 교육장님은 광주고 선배로서 고등학교 때 국어를 가르치시던 은사님이시기도 하다. 하지만 오늘은 교육장 대 전교조지회장의 공식적인 면담이다. 나는 지회장 시 교육청을 방문하면 교육과와 관리과에 음료수를 한 상자씩 꼭 전했다. 교원단체 담당 장학사에게는 미리 일정과 안건을 협의하였고, 나는 그것이 예에 맞고 서로 준비할 수 있는 시간을 주는 것이라고 믿었다. 불쑥 찾아가면 그들도 당황할 일이다. 미리 일정 협의가 되었기에 내가 도착하면 담당 장학사가 나와서 영접하였다. 전교조는 교육현장의 애로 사항을 협의를 통해 해소하고자 노력하고 있다. 여러 가지 사안이 있었지만, 당시 초등학교 선생님들이 부담을 가장 많이 느끼고 있던 부분은 초중학교 한자 경시대회의 존폐 여부였다.

"교육장님, 한자 경시대회를 폐지합시다. 한자가 필수적으로 교육에 필요하다면 국가 수준에서 교육 과정에 포함했을 것입니다. 그러나 현재는 지역교육청 단위에서 경시대회를 통해 한자 교육을 장려하고 있어요. 이것 때문에 초등학교 선생님들의 부담이 큽니다."
"좋네, 그렇게 허세." 흔쾌히 수락하신다.

사실 초중학교 한자 경시대회는 어떤 시기에 어떤 교육청에서 어떤 교육장이 자기 실적사업으로 시작했다가 전남 전체 시군교육청으로 전염된 것이었다. 중학교는 이 한자 경시대회에 그다지 신경을 쓰지 않았으나, 교장의 권력이 더 세게 작용하는 초등학교에서는 교장들끼리 경쟁이 붙어서 선생님들이 고생이 심하다고 들었다. 다른 지역에서 활동할 때도 같은 사안으로 교육청과 협의를 했으나 성공하지 못했다. 서기남 교육장님의 용단으로 화순교육지원청부터 한자 경시대회가 없어졌고, 지금은 대부분 없어진 것으로 안다. 아마 다른 교육장님들은 전교조에게 밀리기 싫다는 생각에서 그리했으리라.

192.
장학관과 장학사의 끗발 차이를 결혼식장에서 보다

청산중학교에서 평교사로 같이 근무했던 영어과 임○○ 선배 교사가 전남도교육청 장학관으로 근무할 때 딸을 결혼시킨다. 결혼식장에 가니 같은 ○○과 장학사 두 명이 접수대에서 축의금을 받고 있다. 보통이라면 친지 중에서 접수대를 보더라만. 보기 숭하다. 심히 숭하다. 나중에 임○○ 선배는 교육장을 지냈고, 그 장학사들은 교장을 하더라.

식장은 초만원이었다. 봉투를 여러 장 가진 하객도 눈에 띈다. 끗발 좋은 자리에 있을 때 자녀를 결혼시키면 한 밑천 잡겠다. 임 선배는 그날 오신 하객을 다 기억(혹은 기록)하고 있다가 갚기는 할까? 내가 우리 딸과 아들을 여울 땐 임○○에게 연락하지 않았다. 연락하기 싫었다.

예식장 주차장에 들어서려니 만차이다. 안내인이 후진하란다. 후진하는데 뒤차가 안내인의 신호를 보지 못하고 전진한다. 두 차가 서로 약간 닿았다. 내차 뒤 범퍼와 뒤차 앞 범퍼가 아주 약간 일그러졌다. 사실 그 정도로 범퍼가 쓰지 못할 정도로 손상이 간 것은 아니었다. 그 차의 차주는 순천의 모 사립고등학교 교장이었다. 명함을 교환하고 나중에 내가 독박 썼다. 후진하는 차가 100% 책임이란다. 내 보험회사에서. 이래저래 재수 옴 붙은 날이었다. 내 차는 수리할 필요가 없었다.

보리밥 묵고 방구뀡께 배가 푹 꺼져불등만

193.
거대과밀학교 화순제일중학교에서 좌절을 맛보다

1

2006년에 화순도암중에서 화순제일중으로 옮겼다. 기교 만기가 2년이 남았지만 큰 학교의 분위기를 보고 싶기도 했다. 통근 거리도 좀 줄여 보고. 제일중학교는 30학급이었다. 교장은 광주고 선배인 조○○, 교감은 불어과 양○○(여)이었다. 화순은 구시가지에 화순중(33학급), 제일중(30학급)이 나란히 있고, 신시가지인 광덕지구엔 초등학교는 여럿이 있으나 중학교가 없었다. 광덕지구에 중학교를 하나 더 신설해도 각 학교가 20학급이 넘는 지경이었다. 그러나 학생 수 감소가 예측된다면서 유보되고 있었다. 말은 그렇게 해도 내막은 광덕지구 택지 개발하면서 학교 부지를 마련하지 못하고 이제야 택지를 구하려니 어려워진 것이 아닌가 싶었다. 화순군 전체의 인구는 감소하고 있으나 화순읍의 인구는 증가하고 있었다. 지금은 화순중, 제일중 근처에 아파트가 많이 들어섰더라. 내가 근무하던 시절의 주변 농지들이 다 아파트로 채워지고 있었다.

2

전교조제일중학교분회는 활동이 전혀 느껴지지 않았다. 2년을 근무하면서도 분회 모임은 단 한 번도 없었던 것 같다. 분회장은 아마 내 기억이 맞다면 국어과 김○○ 선생이었을 것이다. 하기사 분회장 선출을 위한 모임도 없이 그저 김 선생이 전교조 신문을 겨우 나누어주는 수준의 분회였다. 큰 학교라 조합원 수는 많은데 전혀 활동이 보이지 않았다. 2년간 3학년 담임을 하였다. 이상하게도 제일중은 정이 가지 않은 학교였다. 많이 낯설었다.

3

2학년 수학여행의 수의계약이 수상하다.

화순제일중 근무 2년 차에 3학년 담임을 하고 있을 때 2학년 10학급이 수학여행을 가기로 하고 학년부장이 기획하여 화순 소재 업체에 수의계약을 하기로 한 모양이었다. 2박 3일에 13만 원으로 얼추 계산해도 너무 비싸 보였다. 자연관광 박 사장에게 견적을 문의하니 우리 학교의 일정이라면 10만 원이면 족하다고 하더라. 학교에 경쟁 입찰하자고 제안했다. 수학여행 규모가 크고 학부모 부담이 있는 사안이므로. 준비 시간이 촉박했으나 이 제안을 거절할 수 없었겠다. 자연관광도 입찰하여 10만 원을 썼단다. 그런데 10만 5천 원을 쓴 화순 소재 업체가 낙찰받았다. 이유를 물으니 자연관광은 너무 싸서 믿을 수가 없다고 하더라. 변명이 너무 궁색하였다. 어쨌든 경쟁입찰을 통해서 학부모 부담을 2만 5천 원 덜어 주었다. 이래서 내가 부장 회의에 들어오면 곤란했던 모양이다. 제일중 관리들은 나의 부장 회의 진입을 갖은 수단을 동원하여 차단하였었다. 나중에 수학여행 인솔을 했던 교감의 오빠인 모 선생은 그 화순 소재 업체의 수학여행 운영이 너무 엉성했다고 불평이었다.

2022년 현재 수학여행은 국가가 지원하여 거의 무료이다. 우리 학부모의 부담은 줄어들고 있다. 학생복지는 점차 나아지고 있다. 다만 거의 모든 것이 무료이다 보니 아이들이 소중함을 모르고 있는 것 같다. 학생을 위한 모든 경비 지원은 국민의 피땀 어린 세금으로 지원되고 있음을 아이들이 알았으면 싶다.

4

화순제일중학교의 조ㅇㅇ 교장과 얽힌 사연 몇 가지.

하나, 재직 2년 차에 부장을 신청하였으나 갖은 수단을 동원하여 저지당하였다. 내가 부장 회의에 들어가는 것이 싫었던 모양이다.

둘, 수학여행을 수의계약하려다가 나의 이의 제기로 공개 경쟁 입찰한 적이 있다. 당시 제일중 2학년이 수학여행 갈 차례인데, 학생 수는 10학급이었다. 당연히 공개 경쟁 입찰하는 것이 회계원칙

보리밥 묵고 방구뿅께 배가 푹 꺼져불등만

상 옳은 일이었다.

셋, 입만 벌리면 김옥태가 일을 잘한다고 추겨세우고는 근무평정은 '미'를 연속 주었다.

넷, 나와 같이 근무할 때 틀어지기만 했던 사이인데, 부친 사망 시 부고를 했드라고.

다섯, 내가 무안고에 재직 시 비즈쿨을 담당하고 있을 때, 고흥실고에서 비즈쿨 관련 행사가 있었다. 점심을 먹으러 읍내 식당으로 가던 길에 조 교장을 조우했다. 조 교장,

"와따, 김옥태! 오랜만이시."

"누구시오? 나를 아시오?"

옆에 있던 젊은 장학사 왈,

"고흥고등학교 학교 평가단장으로 오신 조○○ 교장 선생님이십니다."

"아하, 그래요? 저 양반이 교육에 대해서 뭘 알아서 학교 평가를 한답니까?"

"????"

그날 아침에 고흥고 학교 평가를 위해서 평가단에 속한 전직 교장들이 화순제일중학교에 차를 두고, 한 대로 모아서 오기로 했던 모양이다. 제일중은 터가 좁아서 재직 중인 교직원 주차도 너무 어려웠다. 그런데 조 교장이 철없는 짓을 한 것이지. 당일 교문 지도를 하고 있던 생활부장 한○ 선생에게 주차를 거부당하고, 결국 종합운동장에 주차하고 왔다고 하더라고. 그렇게 철이 없었고, 혹은 특권 의식에 쩔어 있었던 것은 아닐까?

194.
음주 운전으로 면허증을 뺏겨부렀다

2007년 여름이었던가? 화순농민회 회원들이 멍멍이를 잡았단다. 전교조 선생님들과 함께 복다림하자고 연락이 왔다. 수만리 근처 마을이었던 것 같다. 냇가에 걸터앉아서 거나하게 권커니 자커니 술잔과 우정이 오갔다. 날이 어두워질 무렵 화순 읍내로 나왔다. 황태 요릿집에서 2차를 한다. 술이 많이 오르길래 도중에 나와서 차 안에서 한숨 자고 깨어 보니 밤 11시가 넘었다. 황태집에 다시 가보니 동료들은 이미 다 가고 없다. 술은 어느 정도 깬 것 같았다.

설마 하고 광주 금호동 집으로 출발, 너릿재를 넘어서 5·18 때 공수부대가 총질하여 무고한 주민들이 참변을 당했던 그 주남마을 앞에 이르니 아뿔사! 음주 단속 중이네, 그려. 딱 걸렸다. 생수를 마시고, 입을 헹구고, 측정하니 0.11. 제길, 면허취소 수치다. 승복할 수 없었다. 내가 보기엔 멀쩡한데. 실랑이를 하다가 결국 남부경찰서에 가서 혈액 검사를 하기로 결정. 그런데 이 짭새들이 황당하다. 나보고 내 차를 몰고 따라오란다. 음주 운전하지 말람시로 말이지. 혈액 검사를 하니 0.10이 나온다. 딱 면허취소 수준이네.

얼마 후 남부경찰서 교통과에서 조사받으라고 연락이 왔다. 조사관은 젊은 경위였고 문답이 시작되었다.

"직업은 무엇입니까?"
"교사입니다."
"예? 그렇게 대답하시는 양반은 처음 보요야. 그렇게 대답하면 교육청에서 징계받아요."

솔직한 대답에 감동했는지, 내가 짠허게 보였는지는 모르겠다.

보리밥 묵고 방구뀜께 배가 푹 꺼져불등만

"자, 다시 합시다."

"직업은 무엇입니까?"

"날일이나 해 묵고삽니다."

어쨌든지 그 경위가 고마웠다. 도산 선생님께서 죽더라도 거짓이 없으라 했는디….

면허취소에 벌금이 100만 원 나왔다. 참 비싼 멍멍이탕을 묵었다. 차는 팔아 불고 백형걸, 김용현 선생 등 친구들에게 통근 신세를 졌다. 당시만 하더라도 아직 통합전산망이 구축되지 않아서 경찰서에서 교육청으로 기관 통보를 해 주어야 징계가 가능했다.

1년이 지나서 다시 면허를 따고 차를 살 때까지 너무 불편하였다. 아내의 눈치 보기도 너무 거시기했다. 너무 미안하고 부끄러웠다. 면허취소 기간에 부모님 산소는 버스를 타거나 급할 때는 개인택시를 하는 초딩 동창 오연교의 차를 이용했다. 교통안전 교육을 받고 1년을 기다려서 다시 운전면허를 받았다. 차는 가성비가 좋은 뉴카렌스를 새로 구입했다.

195.
너무 의무감에 짓눌려 살다 간 안타까운 조준승 동지여!

조준승 선생! 그이는 고등학교, 대학교 동문으로 한 학년 선배이신데 나이가 같아서 친구처럼 지냈다. 전교조 운동을 하면서 우리는 친해졌다. 이야기도 많이 나누고 가끔은 술도 묵고. 아카데미 선배인 김재균 선배가 민선 1기 광주시의원에 출마했을 때도 같이 일했다. 조 동지는 김 선배의 고종사촌이었다고 들었다.

전교조 결성과 관련하여 우리는 해임되었다. 나는 영광지회 사무국장에 이어 지회장으로, 그는 전남지부 참교육사업단장으로 일했다. 사업 감각이 뛰어나고 책임감이 강했다. 일찍 아버님을 여의고 홀어머니와 아우들을 보살피며 살았다. 당시 참교육사업단이 취급하는 품목은 가방, 배지, 옷, 노트, 노래 카세트 등 다양하였다. 각 지회에서 주문이 오면 본부 사업단에서 받아다가 배달하였다. 대인동 소방서 뒤 3층 건물이 전남지부 사무실이었다. 이곳에서 당시 대인동에 있던 시외버스 터미널까지 운반하여 버스로 배송하였다. 그 우람한 몸으로 자기 몸도 무거울 터인데, 뜨거운 여름이나 눈보라 치는 겨울이나 한결같이 일했다. 가끔 동지들이 함께 거들기도 했지만 주로 홀로 그 힘든 일을 도맡았다. 불평불만이 있으련만 그는 전혀 내색하지 않았다. 마른자리가 아니라 진자리가 그의 몫이었다. 그는 그저 묵묵히 자신의 일을 수행하였다. 전교조 활동의 밑거름이 되었다.

가정생활이 순탄하지 않았다. 생활고도 심하고. 동지는 몹쓸 병에 걸렸다. 신장을 이식해야 하는데, 국내에서는 장기 기증 순서를 기다리기 하세월이고 수술할 병원비도 문제였다. 중국에서 수술할 기회를 마련하고 동지들과 조 동지가 돌봤던 용봉야학 제자들이 협력하여 수술비를 마련하여 겨우 수술하였다. 대대적인 모금을 하자고 전남지부에 제안했지만 거절당했다. 비슷한 처지의 동지들이 더 있는데, 그때마다 모금하기가 어렵다는 이야기를 들었다. 관심 있는 몇몇 동지들에게 기부를 제안하여 얼마간 도움이 될 정도의 모금을 할 수 있었다. 나도 30만 원을 보냈다. 아내도 흔쾌히 그러라고 했다. 어떻게든 살려야 했다. 수술은 잘된 것 같았다. 모습이 건강해 보였다. 모두가 반가워했다. 이제 섭생이 문제인데 그는 쉴 수가 없었다. 홀로 가족을 돌봐야 하는 가장이니까. 다시 일을 시작했다. 생활이 평탄할 리 없지. 스트레스도 많았을 게고.

2007년 무렵인가? 내가 화순제일중학교 근무할 때, 그가 방문하였다. 신용카드를 했던 것 같은데, 10여 장을 했다. 그리고 양○○ 교감과 셋이서 화순고 옆 추어탕집에서 식사했다. 식사는 양 교감이 샀다. 양 교감의 남편이 조 동지 광주고 동창인데 인도주의적 의사라고 들었다. 반주로 소주 한 잔만 주란다. 내가 나쁘지. 양 교감이 나에게 반주하라고 해서 내가 먼저 술을 입에 댄 것이 잘못이지. 말렸지만 그는 기어이 소주를 한잔했다. 식당에서 나오니 담배도 한 대 피워 문다. 제기럴. 말려도 소용이 없다.

생의 무게가 그렇게 무거웠던 것인가? 술과 담배가 수술한 몸에 해롭단 것을 슬기로운 조 동지 자신이 왜 몰랐겠는가? 얼마 지나지 않아 부음이……. 하늘은 어쩌자고 좋은 사람만 자꾸 서둘러 데려가시는지. 조 동지가 간 후로 아이들은 어떻게 살았는지 소식을 듣지 못했다. 그 부인이 잘 키웠을까? 그랬것제. 그렇게 믿어야제.

조 동지는 망월동 국립 5·18 민주묘지 6구역에서 쉬고 있다. 해마다 해직 당시 무안지회 소속이었던 동지들이 중심이 되어 추모제를 하고 있다. 추모제에는 10여 명의 동지들이 오신다. 여수의 윤양덕, 엄익돈 동지와 무안의 장재술, 조준승 동지 등에 대하여 매년 그 기일에 추모하고 있다. 전남지부는 점심값 정도를 지원하고 있다. 조합원 수가 줄어들어서 전남지부가 이 점심값 지원도 어려워 보인다. 이제 시나브로 뒤를 따를 동지들이 많아질 것이다. 세월이 그렇게 하염없이 흐르고 있으니. 2023년 2월 13일 무안 천주교 묘역에서 장재술 동지의 추모제 때 어떤 참석자는

"먼저 간 사람이 이익이야. 이렇게 해마다 추모해 줄 동지들이 있으니. 제일 마지막에 가는 사람은 아무도 없을 껄"

이 이상한 역설에 대해 자조(自嘲)하였다.

196.
새벽이가 연세대에 합격하다

맏이와 둘째는 전남대학교에 보냈다. 해직 후유증이 남아 있는 상태에서 아이들을 서울로 보낼
형편이 아니었다. 막내를 대학에 보낼 무렵엔 그런대로 해직 후유증이 덜어지고 있었다. 서울로 보
내기로 했다. 큰아이들에게는 정말 미안하다.

새벽이는 서울대에 1차 합격하였으나 내신이 따라 주지 못해서 2차에서 떨어지고 연세대 사회계
열에 합격하였다. 새벽이는 고등학교 1학년 무렵 진로에 대해 고민이 많아 다소 방황하여 내신이
좋지 못했다. 새벽이의 방황은 내 책임이 크다. 해직 후유증으로 살림이 극도로 어려웠으니 녀석은
일찍 생활 전선에 나갈 수 있는 직업계로 전학하려는 생각을 가졌던 것 같다. 내신은 좋지 못했으
나 수능 성적이 아주 좋았다.

기숙사는 연세대 기숙사와 남도학숙 중에서 우선 남도학숙을 지망했다. 남도학숙의 입사 선발조
건은 경제 사정과 수능 성적을 고려한다고 되어 있었지만 탈락했다. 중고등학교 교사인 나보다 경
제 사정이 더 나은 교수를 아버지로 두고 수능 성적도 새벽이보다 못한 친구는 남도학숙에 들어가
게 되었다. 이상하다. 연세대 기숙사는 바로 선정되었다. 남도학숙에 비해 통학 거리가 짧으니 오
히려 잘된 셈이었다.

2학년 때 전공을 정하는데, 나는 경제학 쪽을 권했으나 녀석은 정치외교학과를 선택했다. 아들
의 선택을 존중하였다. 2학년을 마치고 입대하여 공군으로 병역을 마치고 나더니 현실감이 생겼는
지 회계사가 되겠다고 공부하더라. 정외과와 회계학은 전공이 다르니 별도로 회계사 시험에 필요
한 과목을 더 이수해야 했을 것이다.

보리밥 묵고 방구뀡께 배가 푹 꺼져불등만

연세대 기숙사는 1, 2학년을 우선으로 제공한다고 하여 3학년에 복학한 새벽이는 별도로 방을 구해야 했다. 대학 주변의 방을 알아보니 원룸이 보증금 4~5,000만 원에 월세 4~50만 원이었다. 이자와 월세를 따져보니 차라리 대출받아서 사버리는 쪽이 더 나아 보였다. 연금 대출, 교원공제회 대출, 아파트 담보 대출 등 가능한 모든 재원을 탈탈 털어서 연세대 후문 근처의 원룸을 샀다. 7,500만 원 정도였을 것이다. 나중에 새벽이가 회계사에 합격한 후 구한 투룸 전세비를 마련하고자 팔았다. 9,400만 원으로 그동안 아이가 살고 대출 이자는 번 셈이었다.

400만 원은 내 생활비로 쓰고, 투룸 전세비로 9,000만 원을 보태 주었다.

197.
민주화운동관련자증서를 받다

2007년 7월 30일.

'민주화운동관련자명예회복및보상심의위원회'
가 보낸 민주화운동관련자증서(제3893호)를 받
았다.

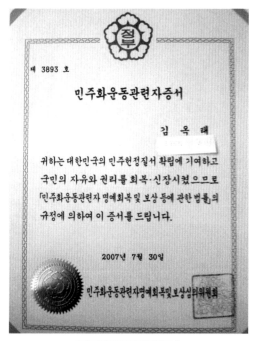

〈민주화운동관련자증서〉

> **"귀하는 대한민국의 민주헌정질서 확립에
> 기여하고 국민의 자유와 권리를 회복·신장
> 시켰으므로 「민주화운동관련자명예회복
> 및보상등에관한법률」의 규정에 의하여 이
> 증서를 드립니다."**

2002년 5월에 민주화운동관련자 인증 통지를
받은 지 5년이 지났다. '민주화운동관련자명예회
복및보상심의위원회'가 명예 회복에 관해 추후 통지한다고 하였는데, 5년이 지나서 달랑 '증서' 한
장을 보냈을 뿐이다. 해직교사의 복직은 원상 복직이 아니라 김영삼 정권이 특채의 형식으로 마치
시혜를 베푸는 듯이 복직 조치를 하여 해직 기간 동안의 임금과 누락된 호봉은 여전히 회복되지 않
고 있었다. 누락된 5호봉의 연산 누적금만 해도 연 600만 원이 넘는다. 해직교사의 고통은 여전히
계속되고 있었다.

자칭 진보정권이라고 하는 김대중, 노무현 정권에서조차 원상회복 조치는 무시되고 있었다. 반
면에 김대중, 노무현은 즈그덜 똘마니 챙기기는 너무 찐했다. 낙하산으로 공기업의 임원으로 내려

보리밥 묵고 방구뀅께 배가 폭 꺼져불등만

보내거나 공천을 주거나 즈그덜끼리 챙길 것은 다 챙겼다. 자칭 민주화를 위해 투쟁했다는 김대중, 노무현, 문재인 정권은 민주화운동 관련자들의 명예와 보상을 내 몰라라 했다. 참으로 후안무치한 자들이다.

198.
무안고등학교에서 비즈쿨을 운영하다

1

광주 근처의 경합지역 근무 만기 1년을 남기고 무안고등학교로 옮겼다. 구역 만기 1년을 남기고 관내에서 이동하기도 거시기하고, 제일중은 정이 들지 않아서 일단 비경합지역으로 멀리 가기보다는 통근이 가능한 준경합지역으로 가기로 하고 무안고를 지원했다. 무안고는 일반계고등학교인 줄 알았는데 전자공고였다. 당시 학교는 학교 이름만 보고는 일반계고인지 직업계고인지 구분이 어렵다. 무안고는 종합고였는데, 사립 백제여상고가 공학일반계고가 되고 종합고이던 무안고는 보통과가 백제고로 통합되어 전자공고가 된 것이었다. 무안고 동문들은 보통과가 없어진 것에 대해 불만이 있었다고 들었다.

2

교직 사회는 나이가 묵어도, 경력이 많아도 학교를 옮겨 가면 신규 취급을 받는다. 특히 보직이나 업무분장 시 그 짓이 뚜렷하다. 전자공고의 실업계 과목 교사들은 승진에 대한 욕심이 덜하였다. 아마도 과목의 특성상 도서 벽지 승진 점수를 딸 기회가 너무 희박하다 보니 그런 것이 아닌가 싶었다. 연구부장에 연구학교 담당을 주더라. 보통이라면 부장은 기존의 선생들이 차지하고 연차가 되어야 차례가 오는데 말이지. 전임교 화순제일중에서는 부장을 하고 싶어도 애써서 밀어냈었다. 연구학교 주제는 비즈쿨이었다.

3

전교조무안지회는 환영회를 해 주더라. 교육자의 날에 체육 행사하는 데 함께 참여하고 있었다.

보리밥 묵고 방구뀅께 배가 푹 꺼져불등만

지회장은 교육장, 학교장들과 함께 무대의 기관장석에 앉았다. 교장들은 지회장을 데면데면했다. 무안고에 분회장은 없더라. 내가 재직하는 동안에 분회장을 자임하였다. 김○○, 오○○ 등 두 신규교사를 가입하도록 안내하고 권유하였다. 두 신규교사는 그동안 전기·전자·통신 교과목 선발이 없어서 아주 늦게 교직에 들어온 것이다. 두 교사는 함께 근무하는 동안에 조합원이었다가 나중에 다 탈퇴했다고 하더라. 오 선생은 내가 그 학교를 떠나 체육고에 근무할 적에 아이들 청소 시간에 지도하다가 벌에 쏘여서 사망했다는 안타까운 소식을 들었다. 자기가 운전하여 무안 읍내 어느 병원에 입원했는데 갑자기 악화되어 손 쓸 틈도 없었다고 한다. 내 경험으로는 그 병원 의사의 실력이 부족한 탓으로 보였다. 의사로서 필요한 조치를 못 한 탓이 분명하다고 본다. 순직 처리는 되지 못한 것으로 들었다. 장례식장에서 유가족에게 순직 신청을 하라고 권유했었다. 이때 확인하니 조합원을 탈퇴한 것을 알았다.

4

무안고 아이들은 함께 공부하기 너무 어려웠다. 무엇보다 학습 의욕이 없어서 수업 중에 잡담하거나 잠자더라. 그렇다고 방치하고 수업할 수는 없었다. 선생의 도리는 학생에게 최선을 다하는 것이다. 전자과 수업은 주로 4시간 블록타임으로 이루어지던데 지도 교사가 부재한 경우가 많더라. 하도 떠들어서 옆 반에서 수업하기가 너무 어렵더라. 그렇다고 뭐라고 허기도 어렵더라.

무안고 재직 중 정기감사에서 내가 과거 3년 이내의 시험 문제를 다시 출제했다고 문제 삼더라. 그래서 우리 아이들은 금방 답을 가르쳐 주고 시험을 봐도 평균 30점을 넘기기 힘들다. 아이들 사기 진작을 위해서 그렇게 한 것이니 징계를 하든지 말든지 느그 맘대로 하라고 했더니 *씁은 표정을 짓더라. 당신들 원칙은 내신 성적의 0.1을 다투는 일반계고등학교에서나 써 묵으라고 했다. 결국 징계는 하지 못하더라.

5

든보잡의 비즈쿨을 운영하다.

무안고등학교 비즈쿨은 김○○ 수학 교사가 교감 승진을 위한 연구학교 점수가 필요하여 유치하였다고 들었다. 보해양조에 근무하시던 표명수 형님과 함께 흥사단 운동도 했다고 들었다. 이 양반이 연구부장과 비즈쿨 담당 교사를 하여 필요한 부장 점수와 연구학교 점수를 다 딴 모양이더라. 그리고 새로 전입한 나에게 짐을 몽땅 떠넘겨불고는 비즈쿨에 대한 업무 협조는 전혀 없었다. 너무 불쾌했지만 어쩌겠는가? 수학 교사는 이듬해 교감으로 승진하여 나갔다. 실업계고등학교이건만 전자과 선생들의 비즈쿨(Bizcool)에 대한 반응은 싸늘했다. 전혀 협조도 없었다.

든보잡의 비즈쿨을 운영하였다. 예산은 중기청에서 800~900만 원을 주더라. 우선 지난 문서들을 통해서 감을 잡는 것이 우선이었다. 다른 학교에서 비즈쿨을 여러 해 하고 있는 정봉주, 석경옥 선생 등 선험자들의 도움이 매우 컸다. 예산은 고작 800~900만 원에 불과하나 소모품이나 아이들 활동에 소요되는 돈이라 에듀파인 기안을 30건 이상 올려야 했다. 장학사 허다가 막 교감 승진하여 온 강○○ 교감은 미리 설명하지 않고 기안했다고 갑질이더라. 막내 동생뻘 되는 까마득한 하배가 말이지. 그놈의 연구학교는 계획서와 보고서를 쓰는 것이 만만치 않다. 비생산적인 노고를 하는 것이다.

비즈쿨은 창업동아리를 4개 이상 운영해야 했다. 무안고는 한지공예, 도자기, 분재(석부작), 밴드반을 운영했다. 기술 지도는 방과 후 활동과 연계하여 초빙 강사가 담당하였으나 아이들 관리를 맡을 지도 교사가 필요했다. 아이들이 수업에 빠지고 달아나는 경우가 너무 많아서 동아리 운영이 힘들었다. 그러나 어느 선생도 지도 교사를 맡지 않으려고 이리 빼고 저리 빼고. 결국 나는 비즈쿨 담당, 방과후 수업 담당, 4개 동아리 지도 교사를 독박 썼다. 분재동아리 회원 중에 열심인 녀석이 자원하여 방학 중에는 분재에 물을 주었다. 분재는 중앙 현관에 전시하였는데 방문하는 이마다 즐거워했다.

연구학교 겸 비즈쿨을 2/2년 차 1년 하고 의무는 끝났다. 1년을 운영하고 보니 실업계고 아이들에게 꼭 필요한 프로그램이란 생각이 들어서 연구학교는 아니지만 비즈쿨을 2년 연장 신청하여 운

　　　　　　　　　보리밥 묵고 방구뀜께 배가 푹 꺼져불등만

영하였다. 전남여상에서 열린 광주·전남·북권 비즈쿨 창업대회에서 '탈부착이 쉬운 장애인을 위한 옷'으로 마지막 해에 대상을 받았다. 김문주 교무부장의 창의력이 큰 도움이 되었다.

2010년 어느 날이다. 강○○ 교감이 자기 컵이 사라졌다고 짜증을 부리더라. 선생들은 차를 마신 컵을 씻지도 않고 개수대에 그냥 넣더라. 자기 컵을 가진 이도 있지만 대개는 공동으로 사용하고 있었다. 그래서 도자기 동아리 활동 때 전 교직원과 학생들 모두에게 이름까지 새겨서 컵을 제공하였다. 교직원이나 학생이나 자기 컵은 자기가 관리하도록 공지하였다. 그러나 그게 그리 오래가지 않았다. 이해하기 힘들었다.

6

어이, 김 부장! 밥 한 끼 묵세.

2010년이었을까? 무안고 시절 김○○ 교장이

"어이, 김 부장! 밥 한 끼 묵세."

여러 차례 졸라 댄다. 결국 교장, 교감, 행정실장을 초대하여 무안읍 낙지 골목에서 낙지비빔밥을 대접하였다. 내 주머니에서 나온 쌩돈임을 강조하면서. 그 교장은 상과 실기교사 출신으로 어떻게 교장까지 승진한 인물이었다. 내가 비즈쿨, 방과 후 활동 등 여러 사업을 담당하고 있으니 좀 빼먹자는 수작이었다. 그 술수를 모를 리 없는 내가 대꾸하지 않았더니 밥 묵자고 조르고 또 조르더라. 적선하는 기분으로 밥을 샀다.

학교장은 업무추진비로 소속 교직원의 사기 진작을 위해 자기 돈을 들이지 않고도 직원들에게 밥을 살 수 있다. 헌데 너무 덜떨어진 교장들은 직원들의 피를 빨아묵으라고 허더라고. 혹은 비리에 함께 젖어 들자고 허더라.

그 교장 2010년 말 겨울방학이 들어가기 전에 아들을 여운다고 청첩장을 사과 박스로 가득 가지

고 왔더라. 주소록에 따라 교감이 봉투를 적고 있더라. 보다 못한 여선생님 몇이 도와주더라고. 교장은

"우표 값 아끼게 자네헌테는 그냥 줄게, 잉?"

하면서 청첩장을 건넨다. 또라이도 이런 또라이가 없다. 내가 그 결혼식에 축의를 할 것으로 착각한 모양이더라니까. 하기사 정년하기 전에 어떻게든 자녀를 결혼시켜야 한다고 하는 이야기를 들은 적이 있다.

7

차라리 바자회를 해서 땡처리를 할 걸.

무안고에서 '비즈쿨'을 담당하던 시절에 기숙사와 급식실을 신축하여 이전의 급식실이 비어 있어서 여기를 비즈쿨 창업관으로 가꾸었다. 반지하는 아니지만 약간 지대가 낮아서 습기가 찬다. 한지 공예와 작품 보관 장소로는 부적절하지만 내가 근무할 때는 자주 환기를 시켜서 그런대로 유지하였다. 문제는 내가 학교를 옮긴다는 것.

나를 이어서 '비즈쿨'을 맡을 지원자가 없었다. 이대로 무안고의 '비즈쿨'은 끝난다. 저 아까운 아이들의 작품을 어찌할 것인가? '비즈쿨' 운영을 못 하겠으면 저 작품들을 바자회를 열어 팔고, 그 대금을 장학금이나 봉사 활동에 쓰라고 조언하고 체육고로 전출했다. 1년이 지난 후 전교조 지회장을 하면서 무안고를 방문하여 창업관을 보니, 문이 닫혔다. 멀리 창밖에서 보니 작품들이 곰팡이가 잔뜩이다. 오매, 아까운 거. 내가 있을 때 그냥 땡처리를 해 버릴 것을. 학교에 근무하다 보면 담당자가 바뀌어서 방치된 교육 기자재들이 더러 있다. 어떤 사업이든지 계속성이 필요하다.

8

드럼 소리가 시끄러운께 차라리 밴드반을 만들자.

무안고 근무 시절 드럼, 기타 등 악기가 여기저기 나돈다. 아이들이 지나가다 심심하면 두들겨서 너무 시끄럽다. 아까운 악기들을 버릴 수도 없으니 에라, 이열치열이다. 엎어진 김에 쉬어 간다. 아예 밴드반을 만들어서 마음껏 두들기게 하면 어떨까?

다행히 내가 맡고 있는 '비즈쿨'과 방과 후 활동에서 동아리를 운영해야 하니까 '밴드반'을 조직하기로 하고 단원을 뽑는 공고를 냈다. 어라! 한 녀석도 안 오네? '지랄도 덕석 깔아주면 안 헌다더니만'. 적극 홍보하여 겨우 무안고 밴드반을 구성했다. 악기도 막상 쓰려고 보니 쓸 만한 것이 별로 없어서 고치고 새로 구입하였다. 나는 음치이므로 외부 강사를 초빙하여 방과 후에 밴드반 지도를 했다. 보컬, 드럼, 기타 등 역할을 정하였으나 아이들이 금방 싫증을 낸다. 그래 동기부여를 하자. 청소년 음악 축제에 데리고 댕기면서 견학시켰다. 몽땅 데리고 가서 밥과 간식을 사 먹여 가면서. 요놈들 눈빛이 달라지고 욕심을 낸다.

한 학기를 지도한 후에 창피를 살 각오를 하고 대회에 출전시켰다. 장소는 목포역 앞의 오데오 거린가 하는 무슨 거리였다. 겁도 없지. 사회자가 무안고 팀이 처녀 출전임을 알리고 아낌없는 박수를 부탁한다. 그런대로 잘했다. 아이들이 신났다. 이후로는 단원 모집이 수월해졌다. 오디션을 거쳐서 뽑을 정도가 되었으니까.

그 악기들은 언젠가 밴드를 좋아하는 선생님이 지도하시다가 전출을 간 뒤 방치된 것이리라. 학교란 그런 곳이다. 어떤 사업이든지 계속되어야 할 것인데, 교장이나 담당 교사가 바뀌면 시들해지곤 했다. 세월의 무게가 더해지면 좋으련만.

9

아! 아까운 가야금 20대여!

무안고에서 '비즈쿨'과 방과후학교를 맡고 있던 시절에 교장이 바뀌었다. 그 교장은 음악과로 신안 압해종고에서 오셨다. 그런데 이 양반이 학교 기업으로 낙지 양식을 해서 판매하잔다. 그 교장이 있던 학교에서 이 사업을 맡았던 친구 이이묵 선생에게 낙지 양식 사업에 대해 이미 이야기를 들어 보니 승산이 없다. 더구나 그 학교는 수산과가 있는 학교로 시설과 예산 지원이라도 있었지만 실패였다고. 그런데 전자공과학교에서 낙지 양식이라니?! 이런 생뚱맞은 일이 있을까? 더구나 '비즈쿨'로 쓸 수 있는 예산이라고 해 봐야 전액이 800~900만 원에 불과한데, 다른 분야와 기본적으로 들어가는 돈은 어떻게 구할 것이고? 비즈쿨 예산은 시설이나 기자재 구입에는 쓸 수 없고, 순전히 소모품에만 지출할 수 있도록 정해져 있었다. 그 친구 말로는 낙지 양식에 5,000만 원이 넘게 소요되었단다. 철없는 교장의 제안(명령)을 거부하기 너무 힘들었다. 도대체 교장의 승진을 어떤 기준으로 삼아 어떤 사람이 시키는 것인가?

이 교장 선생님, 또 사고를 친다. 가야금반을 만들자고 한다. 악기 구입비와 지도자, 아이들의 관심 등 모두가 난제지만 이번엔 내가 졌다. 교장이 밀어붙여서 가야금 20대를 샀다. 악기 구입비는 교육청에서 지원받은 모양이었다. 강사는 광주에서 예술고등학교와 대학 국악과에서 가야금을 전공한 선생님을 초빙했다. 처음엔 몇 선생님과 급식실 조리사 등도 관심을 보였고, 아이들도 호기심을 가졌다. 그러다가 금방 다 나가떨어졌다. 아이들 6~7명이 남았는데, 이 녀석들도 도망가기 일쑤다. 손가락이 아프고 늘지는 않고, 출석이 들쭉날쭉하니 진도를 맞추기도 어렵다. 계획한 1년을 겨우 버티고 해산했다.

그 가야금 강사 선생님 말씀.

"이 학교 가야금은 저희가 예고 다닐 때 가야금보다 훨씬 좋은 거예요."

가야금반이 자동 소멸하면서 그 아까운 가야금도 방치되었다. 관리 전환하여 다른 학교에서 쓰면 좋겠으나 요즈음은 예산 지원이 잘되다 보니 남이 쓰던 것보다는 새로 구입하더라. 자기 돈이라도 교장은 돈을 그렇게 마구 쓸 수 있을까? 너무 철없는 교장들이 너무 많다. 하필이면 나에게만 그런 교장들이 있었던 것일까? 남들은 그러려니 하면서 넘어가는 것을 나만 못마땅하게 여기는 걸까?

보리밥 묵고 방구뀡께 배가 푹 꺼져불등만

199.
해직 때 타 묵은 연금을 60개월 분할로 납부하다

연금이 고갈되어 간다고 역대 정권은 연금법을 여러 차례 개악하였다. 그때마다 보다 많이 넣고 적게 받는 구조로 개악하였다. 그러나 한 가지 내게 유리한 것도 생겼다. 해직 때 받은 연금을 다시 넣을 때 36개월 할부에서 60개월 할부로 할부 납부 기간이 늘어난 것이다. 생계가 너무 빠듯하지만 어떻게든 넣어 보기로 했다. 해직 때 받은 연금 일시불 약 1,200여만 원이 이제는 5,800여만 원으로 늘어나 있었다. 매달 100만 원 정도씩 연금 할부를 넣고, 매달 아파트 대출금 원리금을 상환하고 나니 정말이지 생활비는 얼마 남지 않았다. 아내의 살림살이가 너무 팍팍했다. 그래도 아내는 아주 잘 해냈다.

대학과 고등학교를 다니고 있는 아이들 학비가 큰 과제였다. 은행 대출로 산 광주 집값이 조금씩 오르면 집값의 상승에 따라 담보 대출 가능액도 늘었다. 그렇게 추가 대출로 아이들 학비를 마련하였다. 당장의 부담을 미래의 부담으로 조금 시간을 번 것이다. 퇴직한 후에도 계속 대출 이자와 원금을 넣고 있다. 아군이라 여겼던 김대중, 노무현, 문재인이 밉다. 이들은 똘마니들의 스펙 챙기기는 바쁘나 우리 사회 민주화를 위해 희생한 이들에 대한 배려는 전혀 없었다.

공무원의 연금이 국민연금에 비하여 후한 것은 사실이다. 그러나 공무원 연금의 시행과정을 보면 다까끼 정권의 공무원 달래기에서 그 문제가 시작이다. 사기업의 성장세가 한창일 때 공무원의 급여는 기업체에서 일하는 노동자들보다 못했다. 그래서 다까끼 정권은 공무원의 노후 보장만큼은 확실히 책임을 지겠노라고 공무원의 박봉을 달랬던 것이다. 그러나 세월이 지나서 이제는 공무원을 철밥통 취급을 한다. 박근혜는 지 애비가 한 약속을 어긴 것이다. 참 개념을 상실한 부녀지간이다.

200.
어느 날 의문의 2연패를 당하다

언젠가 아내와 함께 광주 집 근처 금당산을 산책하였다. 금당산에는 정자가 여러 곳 있다. 정자 계단에는 '신발을 벗고 올라가시오.'라고 안내가 있었다. 아이 둘을 데리고 온 어느 젊은 부부. 아이들이 신발을 신은 채로 정자를 뛰어다니고, 여성분은 과일을 깎아서 껍질을 숲속에 던져 버린다. 남성은 그저 바라만 보고 있다. 내가 그 여성에게 여러 사람이 앉아서 쉬는 곳에 아이들이 신발을 신은 채로 뛰어다니는 것이 아니며, 과일 껍질은 다시 가지고 가시는 것이 좋겠다고 했다. 그 여성 왈,

"과일 껍질은 산짐승이 안 먹는다요?"
"사람이 못 먹는 것을 짐승이 먹겠소?"
"그러면 그냥 썩겠지라."
"그리면 냄새가 나지 않겠소?"
"오메~ 별 아저씨가 다 있어야 당신이 뭔디 그러요?"

이 대화를 듣고 있던 아내 왈,

"당신이 학교에서나 선생이제 여그서도 선생이요? 뭘라고 사서 욕을 묵으요?"

누가 들으란 말인지는 모르겠으나 의문의 2연패를 당했다. 2 대 빵이다.

꼰대의 본능, 잘못된 것을 보면 바로잡고 잡다. 그러나 요즘은 그러다가는 된통 당한다. 2022년 12월 21일에 길에서 담배 피우던 중학생에게 훈계하던 40대 여성이 학생들에게 몰매를 맞았단다. 우리 클 때 가정과 마을에서 자연스럽게 배우던 조백(早白)이 없어졌다.

2023년 4월에 금당산에 오르니 예전의 좌식 정자가 모두 입식으로 바뀌었더라. 등산화를 벗었다가 다시 신는 번거로움이 없어져서 좋았다.

201.
연금 지키는 투쟁의 날에

박근혜 정권의 연금법 개악 저지 투쟁 대회에 가는 날, 비가 내리고 있었다. 연금이 고갈되어 간다면서 이제는 더 내고 덜 받는 구조로 연금법을 바꾼다는 것이었다. 연금법 개악 저지를 위해 서울 대회에 갔다. 다들 연금 삭감을 걱정하면서도 투쟁의 대열에 함께하는 데는 저어하고 있었다. 경력 많은 교사들은 당장 자기들에게 피해가 많지 않고, 젊은 교사들은 먼 훗날 이야기로 당장은 남의 일처럼 절심감을 느끼지 못하고 있었다. 착잡한 심정을 윤동주 님의 「별 헤는 밤」을 빌려서 표현해 보았다.

연금 지키는 날

계절이 지나가는 하늘에는
분노로 가득 차 있습니다.
나는 아무 걱정도 없이
은퇴 후 생활을 보낼 수 없을 듯합니다.

가슴 속에 하나 둘 새겨지는 분노를
이제 더 참지 못하는 것은
쉬이 연금이 무너지는 까닭이요.
노후 생활이 암울한 까닭이요,
하늘도 노하여 오늘 비가 내리는 까닭입니다.

빗방울 하나에 무력감과

보리밥 묵고 방구뀅께 배가 푹 꺼져불등만

빗방울 하나에 공허감과

빗방울 하나에 씁쓸함과

빗방울 하나에 배신감과

빗방울 하나에 치솟는 투쟁심과

빗방울 하나에 동지여, 동지여

동지여, 나는 빗방울 하나에 투쟁의 말 한마디씩 붙여 봅니다.

마사오가 약속했던 공무원 노후 보장 약속 파기와

100인 이상 기업 임금의 60~70%에 불과했던 빈약한 공무원 임금과

꽁짜인 양 우리 연금 기금을 탕진한 정부의 만행과

선진국에 비하여 터무니없이 낮은 정부의 연금기금 출연과

찌라시 언론, 친일 관료, 독재자, 재벌 기업,

사이비 경제학자, 사이비 연금학회,

이런 협잡꾼들의 면상을 생각해 봅니다.

이네들은 너무나 우리 가까이 있습니다.

빗방울이 우리 이마를 타고 흐르듯이

동지여,

그리고 당신은 바로 투쟁 현장에 계십니다.

나는 내 연금을 지키기 위해

이 빗방울이 쏟아지는 아스팔트 위에

내 투쟁의 각오를 다지는 피눈물을 흘리면서

동지와 어깨를 걸고 싸웁니다.

딴은, 연금법을 개악하려는 정부는

재벌기업의 연금보험을 지원하려는 까닭입니다.

그러나 투쟁이 승리하고 연금을 지켜 내면

투쟁 속에 다져지는 동지애가 살아나듯이

투쟁하다 지치고 다친 동지들의 희생 위에도

자랑처럼 승리가 찬란할 거외다

보리밥 묵고 방구뀅께 배가 푹 꺼져불등만

202.
세계 여성의 날에 여직원들에게 장미꽃을 선사하다

무안고 재직시절부터 매년 3월 8일 세계여성의날이 오면 내가 함께 근무하던 직장의 전 여직원들에게 장미 한 송이씩 선물했다. 세계여성의날 의미를 간단히 설명한 글과 함께. 꽃은 매월동 농산물도매시장에 있는 화훼 단지 내 흥사단산악회 멤버인 '하나로 꽃집'에서 샀다. 급식실 조리사 한 분이 무안 자색 양파를 한 망 주시더라. 서방한테도 꽃을 받아 보지 못했는데 선생님한테 장미를 받고 보니 무척 기뻤다고. 노동자들은 각자 일하는 분야가 다르더라도 연대해야 함께 살 수 있다고 말씀드렸다.

전남체육고에 근무하던 시절에는 학교비정규직노동조합 파업 투쟁에 나서는 급식실 식구들에게 음료수 값으로 금일봉을 전했다. 권 교장은 자기에게도 귀띔을 해 주지 그랬냐고 하더라. 그래서 내년엔 선수를 치시라고 했다. 고성중학교에 기간제로 근무할 때도 금일봉을 전했다. 파업인데 4명의 조리원 중에서 업무를 조정하여 단 한 분만 파업 투쟁에 참석하더라. 그러면 파업의 효과가 있겠는가? 파업에 참가했던 조리사 선생님은 다녀와서 동료들이 그런 멋진 선생님이 계시냐고 했단다. 사실 전교조 분회장에게 분회 차원에서 연대의 의미를 살려서 지원하자고 했건만 응답이 없어서 나 혼자 음료수 값을 건넨 것이었다.

연대가 필요하다. 똘레랑스!
한국의 노동자들이여, 연대합시다. 내일이 당신 일이요, 당신 일이 곧 내일입니다.

203.
오키나와에서도 남북은 갈렸다

이글은 동북아시아역사재단에서 실시한 오키나와 견학을 다녀와서 오마이뉴스에 연재한 것이다. 오키나와는 우리 역사의 질곡과 닮은 점이 많았다. 하지만 미군과 일본군의 만행에 대한 인식 정도는 오키나와 주민들이 우리보다 더 철저해 보였다.

전쟁의 상처를 평화를 위한 소중한 자원으로 바꾼 오키나와

2010. 8. 4.

역사는 과거와 현재와 미래의 대화라고 했다. 과거는 오늘을 비추어 보는 거울이요, 미래를 내다볼 수 있는 창이다. 과거의 고통을 잊어버리는 사람, 민족은 같은 고통을 다시 겪지 않으리란 법이 없다. 과거의 영광도 고통도 오늘날 다시 우리 모습을 볼 수 있는 보물이다.

새마을 운동이라는 미명 아래 얼마나 많은 우리의 모습이 사라졌던가? 나는 계룡산의 무속촌이 사라진 것을 안타까워한다. 청계천이라는 거대한 어항을 만들면서 지하에 묻혀 버린 600년 왕도의 자취를 안타까워한다. 이른바 '4대강 살리기'라는 공사로 파헤쳐지고 묻혀 버리고 있는 선사 문화는 어떻게 되는 것일까? 문화재 지표조사라도 제대로 하고 있는 것일까?

노무현 정부 때 행정수도의 이전을 헌법위반이라고 판단한 헌법재판소의 고매한 법관들의 생각을 아는가? 명백히 성문헌법을 채택하고 있는 대한민국에서 불문 헌법상 우리의 수도는 서울이고, 서울을 떠나 수도를 옮기는 것은 헌법 위반이라는 것이다. 하지만 그 고매한 재판관들은 알까? 600년 수도 서울에 남아 있는 전통의 자취는 어디에 얼마나 어떤 모습으로 남아 있는지.

오키나와 사람들의 일본 복귀 운동과 자취

오키나와 사람들은 일본군과 미군에 점령된 자기들의 땅을 되찾는 운동을 꾸준히 벌이는 한편 미군 기지를 바라다보는 망루를 지어 관광 자원화하고 있었다.

우리가 방문하면서 본 오키나와 사람들은 오키나와 전쟁의 상처를 보존하는 데 힘쓰고 있었다. 일본 군은 오키나와를 점령하면서 전쟁터로 만들었다. 오키나와 사람들이 가진 땅을 강제로 점령하여 군사기지로 만들었다. 일본 본토를 수비하는 첨병 기지로 만들었다. 당연한 결과로 미군은 일본 본토 진격에 앞서 오키나와를 먼저 점령하여야 했다. 오키나와는 미군의 융단 폭격을 고스란히 당할 수밖에 없었다.

오키나와전이 끝난 후 점령군 미군은 과거 일본군이 강점하고 있던 오키나와 사람들의 땅을 돌려주지 않았다. 오히려 새로운 땅을 강점하여 군사기지를 확장하였다. 일례로 가데나 기지는 일본군이 만든 나카 비행장을 약 40배로 확대하였다. 야구장의 500배나 되는 가데나 기지는 15개 마을을 삼켜버렸다. 오키나와전이 끝나고 약 7년 동안 미군은 사용하고 있는 광대한 군용기지의 사용료를 단 1엔도 내지 않았다.

가카즈고대(嘉數高台)

기노완시에 위치한 가카즈고대 공원은 오키나와전 당시 격전지로, 아직까지 일본군이 사용한 '토치카'가 남아 있다. 현재 공원으로 정비되어 있으며, 공원 내에는 세계평화를 기원하는 전망대가 있다. 전망대에서는 후텐마 기지가 내려다보인다. 망원경으로 볼 수도 있고 마음대로 사진 촬영도 가능하다.

가카즈고대에는 과거 일본군이 사용했던 토치카가 남아 있다. 또, 오키나와전 당시 일본 각지에서 참가한 일본군 전사자를 기리는 비와 함께 강제 동원되어 전투 중 사망한 조선인을 기리는 비가 세워져 있다. 천황의 영광을 기리는 본토 사람들의 희생을 위로하는 비와 이국 조선인의 희생을 위로하는 비가 함께 존재한다. 오키나와 사람들은 누구든 오키나와 전쟁 중에 희생당한 사람은 모두가 전쟁의 피해자이며, 이와 같은 희생이 되풀이되어서는 안 된다고 생각한다.

가데나 공군기지

극동 최대의 공군기지이다. 하네다 공항의 약 2배의 크기. 전투기 200기가 상주하고 있다. 항공모함 3척의 전투력이다. 구 일본 육군 항공대의 중비행장으로 건설되어, 전쟁 후 미군이 접수하였다. 주변 지역은 일상적 소음으로 시달리고 있으며, 소음 경감을 요구하는 소송이 제기되고 있다. '안보가 보이는 언덕'은 가데나 기지를 한눈에 바라다볼 수 있는 작은 언덕으로, 광대한 미군 기지와 이착륙하는 전투기의 모습을 볼 수 있다. 이곳은 많은 미군기지가 있는 오키나와의 상황을 직접 눈으로 확인하며, 미일안보조약에 대해 생각할 수 있는 상징적인 장소이다. 망원경이 비치되어 100엔을 투입하면 기지를 상세히 볼 수 있다. 우리가 갔던 날 사진 마니아들이 전투기의 이착륙 모습을 카메라에 부지런히 담고 있었다. 높은 담과 철조망으로 가려진 우리 군대의 기지와는 많이 달라서 당혹하였다. 만약 우리나라에서 군사기지를 망원경으로 보거나 사진을 찍는다면 간첩으로 몰리기 십상일 것이다.

오키나와 사람들은 자신의 땅을 돌려줄 것을 요구하였다. 그러나 미군은 요지부동이다. 오키나와 사람들이 택한 것은 궁여지책, 오키나와의 일본 복귀였다. 이 얼마나 아이러니인가? 과거 자신들을 강점하여 고통을 안겨 준 일본에 복귀를 요구하다니. 오키나와가 일본 복귀를 원하는 것은 일본 평화헌법이었다.

대일평화조약 제3조로 반영구적으로 오키나와를 지배할 권리를 가진 미국은 베트남 전쟁의 실패와 경제 대국으로 성장한 일본과의 동맹국 관계를 고려하여 1972년 오키나와를 일본에 반환하였다. 그러나 오키나와에 있는 미군 기지의 기능을 그대로 둔다는 조건이었다. 현재 일본은 오키나와 미군의 유지비로 약 2조 원을 분담한다고 한다.

오키나와 전쟁의 상흔들

1. 슈리성 앞의 일본군 제32군 사령부 동굴
일본군은 오키나와전 당시 과거 류큐 왕국의 궁성인 슈리성 앞에 동굴을 파고 군사령부를 차렸다. 이 때문에 미군의 집중 포격을 받아 슈리성이 전소되는 수모를 겪게 되었다. 일본 천황의 궁성이나 쿄토의 동대사 앞이라면 일본군이 군사령부로 삼을 수 있었을까? 일본군은 태평양 전쟁의 전황이 불리하게 돌아가자 일본 본토 사수를 위하여 오키나와를 최후의 보루로 삼았다. 이때부터 오키나와는 전 국토가 군사기지가 되었다. 오키나와 사람들은 기지 건설로 땅을 빼앗기고, 노동력을 착취당하고, 급기야는 강제로 집단 학살당하기까지 하였다.

2. 육군병원 동굴
정식명칭은 오키나와 육군병원이다. 외과와 3개의 내과가 있었고, 히메유리 학도대가 이곳 병원에 동원되었다. 미군 상륙 이후 부상병이 많아지자 부상 정도에 따라 대응하였으며, 약품이 모자라 마취 없이 수술했다. 육군병원에 철수 명령이 떨어지자 중환자에게 청산가리를 배포하여 자결을 강요하여 많은 일본군이 사망했다.

3. 아부치라가마

가마란 동굴을 뜻하는 오키나와 말이다. 아부치라 가마는 길이가 270 미터에 이르는 석회동굴이다. 1944년 당시 타마스쿠촌 내에 주둔하고 있던 일본군 제9사단이 가마를 측량하여, 공병대가 정비하였다. 입구, 통로, 병사, 위안소[15]를 만들었고 우물과 취사장, 발전시설도 만들었다. 이후 전투지휘소가 된 가마에 식량, 의류 등을 옮겼다.

전투가 점차 격렬해지자 인근 주민 204명이 식량을 가지고 이곳으로 피난하였다. 미군 상륙 후에는 하에바루 육군병원에 수용하지 못한 천여 명의 부상병이 옮겨왔다. 미군의 투항 선전이 계속되는 중에 가마에 찾아오는 주민과 식량을 찾으러 오는 주민을 스파이 혐의로 사살하였다. 종전이 다가올 무렵 일본군은 죽에 청산가리를 타서 집단 학살하였다. 1,300여 명의 일본군과 주민 등이 죽었고, 살아서 돌아온 사람은 주민 100여 명과 일본군 7명뿐이었다.

이것이 일본군이 자랑하는 천황폐하를 위한 충성스러운 옥쇄의 진실이다.

동굴 견학을 안내하는 이가 우리가 가진 모든 불을 끄게 했다. 우리는 침묵 속에서 약 3분을 어둠 속에 있었다. 아무런 빛도 없다. 바로 옆 동료의 모습조차도 보이지 않는다. 이것을 절대 암흑이라고 하던가? 이런 어둠 속에서 오키나와 사람들과 일본군은 60여 일을 죽음의 두려움 속에서 살았다. 아부치라가마 안내실에는 평화의 염원이 가득하다. 초등학교 아이들의 평화를 염원하는 작품들로 가득하다.

평화기념공원과 한국인 위령탑

평화공원은 오키나와전의 최대 격전지인 마부니 언덕에 있다. 미군의 공격에 몰려 남쪽 끝 마부니에 닿은 일본군과 주민들은 태평양의 거센 파도가 이는 절벽으로 뛰어내렸다.

오키나와평화기념자료관은 오키나와전 당시의 실물 자료와 증언, 사진 패널 등의 전시를 통해 비참한 오키나와전의 실상을 보여 주고 있다. 평화기념관에는 파도 모양의 평화의 초석이 있다. 이 평화의 초석에는 국적, 군인, 민간인 구별이 없이 오키나와전 희생자의 이름이 각명되어 있다. 조선인 희생자의 이름은 대한민국과 조선민주주의인민공화국이 나뉘어 각명되어 있다. 이곳에서도 분단의 아픔이 보인다. 조선인 희생자의 초석은 최근에도 추가로 각명되고 있으며, 아직까지 빈 공간이 남아 있는 것이 눈에 띈다.

평화기념공원에는 오키나와전에서 사망한 한국인들의 영령을 모시는 '한국인 위령탑'이 있다. 이 위령탑의 비문에는 '학살'을 분명히 명기하고 있으며, 탑은 한국 각지에서 모은 돌로 만들어져 있다. 안내인의 설명에 의하면, 당초 이 기념탑은 조총련계 조선인들이 기획하였는데 박정희가 이 소식을 알고 서둘러 먼저 조성하였다고 한다. 이념과 체제경쟁이 전쟁 희생자의 영령을 위로하는 데까지 미치고 있었던 것이다.

무덤 모양의 위령탑 제석에는 누군가 놓고 간 꽃이 보인다. 우리 일행은 미처 꽃을 준비하지 못했다. 다만 송구한 마음으로 묵념을 올렸다. 다시는 나라를 빼앗기지 말자고, 다시는 전쟁을 겪지 말자고, 평화를 다짐하면서.

탑 앞의 화살표는 조국을 향하고 있다. 살아서 돌아가지 못한 조국을 죽어서나마 갈 수 있도록 배려한 것이리라.

히메유리의 탑과 히메유리 평화기념관

오키나와여자사범학교와 현립제일고등학교의 학생 그리고 교직원들로 구성되어 오키나와전에 간호병으로 동원된 '히메유리 학도대'의 전사한 204명을 기리는 위령탑이 세워져 있으며, 뒤편으로 히메유리 평화기념관이 있다. 히메유리 학도대는 오키나와 육군병원에 간호병으로 동원되었고, 부상병 간호, 수술 보조, 절단 부의나 사체 처리 등을 담당했다.

어린 여학생들은 처음에는 절단된 팔다리를 보고 경악하였으나 나중에는 이 팔은 아무개의 것이고, 이 다리는 아무개의 것이라고 서로 속삭이기도 하였다고 한다. 이 학생들 역시 종전 무렵 강제로 집단 학살당했다.

오키나와 교사들은 지금 반성하고 있다. 만약 당시에 교사들이 목숨을 걸고 학생들의 전쟁 동원을 막았더라면 단 한 명의 희생자라도 줄일 수 있었을 것이라고. 그리고 다시는 전쟁이 일어나서는 안 되는 것이라고.

우리가 견학을 마치고 나올 무렵 한 무리의 어린 학생들이 견학을 왔다. 일본은 우리와 달리 3학기제라고 한다. 아직 방학이 아닌 학생들이 수학여행을 온 모양이다. 자못 진지한 모습으로 선생님의 설명을 경청하고 있다.

헤노코의 미군기지 건설 반대

1995년에 설치된 SACO(오키나와 기지에 관한 미일 특별행동위원회)는 1997년 12월에 대체 기지 건설을 조건으로 후텐마 기지의 전면 반환을 약속했다. 그 대체 기지로 캠프슈와브의 앞바다인 헤노코 지역 연안을 매립한 헬리포트 건설이 계획되고 있다. 헤노코는 멸종 위기종인 듀공의 북쪽 한계 서식지이며, 산호초가 아름다운 바다다. 1997년부터 기지 건설을 반대하는 주민들이 '생명을 지키는 모임'을 결성해 지금까지 기지 건설 반대 운동을 해 오고 있다.

우리가 도착한 헤노코 마을의 해변에는 주민들이 천막을 치고 농성하고 있었다. 또한 그들은 제주 해군기지 건설 반대 운동을 격려하고 국제적인 연대도 꾀하고 있었다. 헤노코 마을의 주민이면서 전직 교사 출신이라는 노인은 아주 차분하게 헤노코 기지 건설을 반대하는 이유를 설명하였다. 멸종 위기종인 듀공의 서식지요, 산호초가 아름다운 바다를 죽일 수 없다는 것, 미군 기지 건설로 주민들의 삶의 터전을 내줄 수 없다는 것을. 이들은 평화적인 반대 운동을 지향한다. 어떤 경우에도 폭력을 행사하지 않는단다. 구호를 외칠 때도 손이 어깨높이 이상을 올라가지 않는다는 것이다. 기지 건설을 밀어붙이는 정부 당국 사람들이 오면 온몸으로 저지하되, 그들이 목이 마르면 물을 떠다 주면서 대화를 계속한다는 것이다.

한의 비

오키나와전 당시 한국인 징용 피해자의 넋을 기리기 위해 일본의 시민단체가 '한의비 건립을 위한 모임'을 발족하여 자발적 모금을 통해 비를 세웠다. 1999년 경상북도 영양군에 오키나와 징용 조선인 피해자들을 기리는 위령비를 세웠는데, 이 위령비와 함께 강제 동원 피해자들의 넋을 기리는 '쌍둥이 추모비'이다. 이 비는 오키나와의 조각가인 긴조 미노루 씨가 조각했다.

요미탄촌청

요미탄촌의 촌청은 전쟁을 위한 훈련에 반대하고, 미군기지 철거와 반환을 요구하는 의미로 촌의회 만장일치로 미군 기지 안에 세워졌다. 청사 내에 '헌법 9조의 비'도 세워졌다. 헌법 9조는 바로 침략전쟁을 반대하는 내용이 담겨 있어서 일본 헌법이 평화헌법으로 불리는 바로 그 조항이다.

요미탄 촌청이 기지 내로 들어오면서, 기지 내에 야구장이 만들어져 미군과 주민이 함께 사용하고 있다고 한다. 그러나 미군보다는 학생들과 주민들이 주로 사용한다고 한다. 기지 철거가 어렵다면 가능한 범위에서부터 차차 회복한다는 주민들의 슬기가 보인다. 촌청과 야구장 사이에는 광활한 도로가 있다. 이곳에 촌청과 야구장이 들어서기 전에는 활주로로 사용되었던 곳이다.

연재를 마치며

오키나와의 근현대사는 우리와 비슷한 점이 많다. 일본의 침략과 종전 후 미군의 주둔. 오키나와는 전쟁이 끝나지 않았다. 오키나와에는 11개의 미군기지에 약 3만 명의 미군이 주둔하고 있다. 주둔 미군은 주로 해병대이다. 해병은 방어가 주 임무가 아니라 공격이 주 임무이다. 미군의 주둔은 일본과 오키나와의 안전보장이라고 한다. 그러나 오키나와는 한국, 중국, 동남아시아, 러시아 일부까지를 작전 반경으로 하는 군사적 요충지다.

오키나와 주둔 미군의 차량은 운전석이 왼쪽에 있다. 군용 차량의 색상은 모래색이며, 차량의 하부 구조는 자살 특공대의 공격에 대비하여 운전자의 안전을 도모하도록 설계되었다.[16] 오키나와 주둔 해병대는 신속대응군이다. 오키나와를 중심으로 출격하면 1시간 이내에 동북아시아, 동남아시아 일대를 공격할 수가 있는 것이다.

오키나와의 평화는 오키나와만의 문제가 아니다. 바로 세계 평화인 것이다. 따라서 오키나와 사람들은 오키나와 일본과 세계평화를 위하여 미군 기지의 철거를 주장하고 있는 것이다. 오키나와의 모순을 해결하는 것이 바로 동북아시아의 평화를 위한 첫걸음이다.

이와 같은 의미를 깨닫도록 오키나와 역사 기행을 마련해 준 동북아역사재단에 감사드린다. 아울러 4박 5일간의 빡빡한 답사 일정에도 지치지 않고 밤늦게까지 열띤 토론으로 답사의 의미를 새기게 해 주신 답사 동료들께도 감사드린다.

학교에서 역사를 가르치는 우리 교사들이 평화를 위한 구체적인 노력을 어떻게 해야 할 것인지의 화두를 안고 연재를 마친다.

---

15) 위안부로 끌려간 우리 누이들이 이곳에서도 희생되었을 것이다.
16) 사막 지대가 있는 전투에 언제든지 동원될 수 있음을 짐작하게 한다.

204.
5·18 기념 전국고등학교 토론대회 심사위원장을 맡다

2008~2010 3년 동안 5·18 기념재단에서 실시하는 5·18 기념 전국 고등학생 토론대회 심사위원장을 맡았다. 박구용 전남대 철학과 교수, 김남철 선생, 배이상헌 선생, 윤한봉 선배의 조카인 전 정의당 소속 광주시 윤난실 의원 등과 함께 일했다. 우리는 주제 선정, 진행 방법, 심사위원과 도우미 구성 등을 함께 논의했다. 아마도 김남철 선생이 추천하여 내가 심사위원장의 역을 맡게 된 것 같다.

5·18 기념 전국 고등학생 토론대회는 주제를 5·18에 국한하지 않았다. 5·18 정신의 내재화와 일반화, 계승에 초점을 두었다. 전국 고등학교에 공문을 보내서 먼저 원고를 접수하고 심사하여 본선 진출 팀을 정하고, 본선에 오른 팀은 결선에서 상대 팀을 번갈아 상대하면서 주어진 주제에 대하여 토론을 진행하였다. 우승팀엔 문화관광부 장관상을 주었다. 나의 주치의인 허윤 내과의 장남도 있었는데 탁월했다. 다만 동료 팀원이 따라 주지 못해서 최우수상은 받지 못했다. 허 군은 서울대 철학과를 졸업하고 미국에서 박사 과정을 하고 있다고 들었다.

3년의 임기를 마치고 연임을 하지 않았다. 새로운 사람들이 더 신선한 생각으로 일할 수 있는 기회가 마련되었을 것이다.

205.
안타까운 우리 옥진 형님이 가셨다

옥진 형님은 1945년 3월생으로 김남주 님과 동갑내기로 해방둥이다. 2009년 9월에 형님이 가셨다. 파출소장으로 근무하시던 사촌 명채 형님이 전화로 급한 소식을 알린다. "어이, 동생! 옥진 성님이 돌아가셨다네." 어떻게 명채 형님이 먼저 알게 되었는지는 모르겠다. 소식을 듣고 급히 광주 서동 형님 댁으로 달려갔다. 가게가 딸린 방 입구에 모로 누워 있었다. 날이 아직은 더워서 벌써 냄새가 나고 물이 흐르고 있었다. 정확한 사망 시기는 아무도 알 수 없었다. 함께 사는 가족이 없이 홀로 살고 계셨으니. 경찰서에 연락하여 경찰들이 달려와 확인하고 전남대병원으로 이송하여 사망 원인을 살피자 '원인 불상 사망'이라 한다. 외상의 흔적은 없었다.

장례는 전남대병원 장례식장에서 치렀다. 형님이 천주교 신자(스테파노)여서 천주교성당의 도움을 받으려 했으나 오랫동안 미사에 참여하지 않아서 교적 자체를 찾기 힘들었다. 이명수 대부님과 대자 모임 형제들이 달려와 기도와 찬송을 해 주셨다. 보통 지인들에게 형제 상은 알리지 않으나 내가 워낙 외로워 연락했더니 모두가 달려와 위로해 주셨다. 형님의 주치의였던 광고 동창 신경외과 전문의 정○○에게도 연락했더니, 와서 심드렁하게 조문만 하고 가 버리더라. 즈그 아버지가 작고하셨을 때는 내가 운구하여 산소까지 갔었다. 조의금 약 700만 원으로 장례비를 충당하고 형님의 영가는 부모님이 계신 곳으로 안내하였다. 조문객은 많았으나 산소에 갈 때는 운구할 사람이 부족하여 가족끼리 운구하였다.

형님은 너무 짠한 분이다. 외가 동네인 함평 엄다에 살 때 이웃 마을 동갑내기 해정 처녀 옥○○와 눈이 맞았다. 우리가 급하게 성남으로 이사 왔을 때 그 처녀가 찾아왔다. 아마도 결혼시켜 달라고 온 듯하다. 당시 두 분의 나이는 겨우 스무 살이었다. 아직 나이도 어리고 준비도 안 된 터라 부모님이 반대하셨던 모양이다.

어느 날 형님이 나더러 쥐약을 사 오란다. 사다 주면서도 뭔가 께름칙했다. 왜 자기가 사지 않고 나더러 사 오라고 하지? 쥐약을 건넨 후 살며시 동정을 살폈다. 짚벼늘 뒤로 사라지더니 쥐약을 입에다 털어 넣는다. 오메! 급히 어머니에게 알렸다. 사람들이 달려와 집으로 데려가서 우선 토하게 만든다. 그리고 오리목을 잘라서 생피를 받아서 연신 먹인다. 드디어 살아났다.

형님은 그 처녀와 기어이 결혼했다. 그러면 알콩달콩 잘 살아야 할 것인데, 부부 싸움이 너무 잦았다. 형님 부부는 직업을 찾아 서울로 이사했다. 처음에는 지인의 안내로 독산동에서 편물의 일종인 요코 삯일을 했으나 별 소득이 없자 행상도 하다가 지인의 소개로 OB 병유리 공장에 생산직으로 취업했다. 그 일자리는 공고 졸업장이 필요했으나 형님은 초등학교 6학년 중퇴 학력이었다. 형님과 나는 어떤 이의 공고 졸업장을 함께 위조하였다. 병유리 공장에서의 수입은 형님 가족이 지내기에 그런대로 만족한 수준이었으나 직업병을 얻게 되어 공장을 더 이상 다닐 수 없게 되었다. 지금처럼 산재보험이 제대로 갖추어지지 않은 시기라 치료비와 생활비가 너무 궁했다.

내가 군대 가기 전 서울에 가서 형님을 설득하여 광주로 내려와서 어머니가 운영하는 식육식당을 맡도록 했다. 내가 독산동 형님 댁을 방문했을 때 합판으로 된 쌀독에 쌀이 없었다. 그런 상황에서도 형님은 선뜻 광주로 오기를 망설였고, 형수는 적극 반대였다. 아마도 그대로 방치했더라면 형님은 얼마 지나지 않아서 죽을 수도 있는 상황으로 보였다. 형님은 이미 학교에 다니는 삼 남매가 있었다. 어머니가 운영하는 가게의 소득이 우리 식구 살기에는 그럭저럭 괜찮았다. 문제는 형님 내외의 너무 잦은 부부싸움이었다. 내가 해룡고등학교에 부임하여 부모님을 모셔 가면서 부모님 부양의 부담을 덜어 주었건만 별로 달라지지 않았다.

형수가 가출했다. 큰누이의 말로는 한밑천 챙겨서 나갔다고 하나 확인할 수는 없다. 조카 삼 남매도 즈그 어미를 따라갔다. 이후 한두 번 형수가 광주에 다녀간 뒤로는 영영 이별이었다. 형님은 가출한 형수를 적극적으로 찾으려 하지도 않았고, 그렇다고 이혼하지도 않았다. 그 속내를 알 수가 없었다. 조카들도 형님과 연락이 두절이었다. 아무리 아비가 밉더라도 이해하기 어려운 일이었다.

형님 장례를 치르기 위해 직계가족인 형수와 조카들에게 연락하려니 전화도 주소도 모른다. 전

보리밥 묵고 방구뀡께 배가 푹 꺼져불등만

남대병원에서 가까운 학동 파출소에 가족관계증명서와 사망 증명서를 가지고 가서 겨우 큰조카 윤정이의 전화를 알게 되었다. 파출소에서는 개인정보 보호라고 하면서 조카의 전화번호를 알려 주지 않고 대신에 전화하여 중계 해 준다. 전화는 조카사위가 받은 모양인데 녀석이 전화를 나하고 직접 하기를 바랐지만 아니더라. 이차저차 사실을 알리고 자녀들이 장례식에 참여하도록 안내하였으나 끝내 나타나지 않았다. 어떻게 그럴 수가 있는지 도무지 알 수가 없었다.

형수의 가출 후 사실상 홀로된 형님은 위낙 주사가 심하여 두 누이와도 사이가 좋지 않았다. 형님이 병유리 공장에서 얻은 병은 끈질기게 형님을 괴롭혔다. 여러 차례 수술하는 동안의 병원비는 내가 맡는 수밖에 없었다. 형님은 생고기를 좋아해서 가끔 생고기에 소주 한 잔씩으로 형제간의 우정을 나누기도 했다. 더러는 용돈을 드리기도 했다. 형님은 고마워하면서도 얼른 손을 내밀어 받지 못했다. 해직 후유증이 남아서 경제적으로 매우 어려운 내 처지였지만 어쩔 수 없었다. 형님이 사시던 집 전세금은 집주인이 직계가족이 나타나지 않는단 이유로 끝내 삼켜 버렸다. 집을 팔고 서울로 가면서 전세금을 돌려주지 않고 사라져 버렸다. 형수가 가출한 이후 알게 된 이가 형님 곁에서 형수 역을 해 주었다. 여러모로 형님에게 도움이 되신 분이었다. 고맙습니다.

두 누이는 오빠 장례식에 나타나지 않았다. 큰누이의 남편은 빈손으로 와서 술 퍼묵고 횡설수설만 하다가 갔다. 물론 조의금도 없었고 손위 처남 영전에 절도 하지 않았다. 장례식에 오신 고모님들에게 뭐라고 씨부렁거린디 고모님들이 호응해 주지 않으시니 그냥 가더라. 큰 주사 없이 가 주어서 그나마 고마웠다고 해야 하나?

형님의 제사는 조부모님, 부모님 제사 때 합동으로 밥 한 그릇 더 올려서 지금껏 아내가 살피고 있다. 아내에게는 늘 미안하고 고마운 마음이다. 참 이상한 일은 부모님과 함께 계신 산소의 형님 묘에는 때가 잘 자라지 않는다. 여러 차례 보식해도 그렇다.

206.
전남체육고등학교를 마지막으로 정들었던 교정을 떠나다

1

2011년에 전남체육고등학교로 옮겼다. 이유는 당시 사회과가 비어 있는 학교 중에 마땅히 옮길 만한 학교가 없었다. 교무부장을 맡고 있다는 박○○ 여선생이 전화했다. 연구부장과 연구학교 담당을 해 달라는데 새로 전입하는 선생에게 부장을 맡으라고 하는 것이 수상하다.

전남체육중고등학교는 중고 각 6학급씩이었다. 훈련하는 종목은 구기 종목을 제외한 기초 종목과 투기 종목이 대부분이다. 교사는 교과별로 1명씩이고 체육 교사는 종목별로 1명씩이다. 종목별 코치는 중학교 담당과 고등학교 담당 각 1명씩이다. 중학교 사회과는 전남대 농경과 동문이면서 전교조 해직 동지인 전운기 선생이 있다가 김충곤 선생으로 바뀌었다. 김충곤 선생은 승진하여 2022년 후학기에 내가 기간제로 있던 고성중학교 교감으로 왔다. 전남체육중·고등학교는 체육 종목 상설 연구학교였다. 일과는 오전에는 일반교과를 수업하고 오후에는 종목별로 훈련이다. 물론 아침 운동과 야간 운동도 있어서 아이들은 늘 지쳐 있었다. 오전만 하는 수업도 제대로 이루어지지 않았다. 아이들은 수업 중에 자는 것이 그나마 휴식으로 보여 깨우는 것이 미안했다. 그렇다고 다 재워 놓고 수업하기도 어려웠다.

첫해에는 연구부장과 1학년 1반 담임, 연구학교 담당, 교생실습 담당이 내 업무였다. 연구학교를 담당했던 전임자는 체육 교사였는데, 전근 갈 때 관련 자료를 모두 지워 버리고 갔다. 지적 재산이라나 뭐라나. 교무행정사에게 부탁하여 관련 공문을 다 뒤져서 업무를 파악했다. 연구학교 종목은 해마다 바뀌어서 다룬다. 첫해에는 수영이었다. 연구학교 연구교원을 정하는데 일은 하고 싶지 않으면서도 연구교원 점수는 욕심을 내는 이가 많았다. 연구학교를 3년간 하고 4년 차에는 체육 교사에게 넘겼다. 그게 순리다. 체육 관련 연구학교는 당연히 체육 교사가 맡아야지, 더구나 체육중·고등학교에서 말이지. 내가 지켜본 바로는 체육중·고에서 체육 관련 연구학교를 해서 체육 교육에 도움이 되었다는 징후는 보이지 않았다.

2

전국소년체육대회를 어떻게 생각하는가?

전남체육고등학교에 부임한 첫해에 복싱부 천○○의 담임이 되었다. 담임이라고 해 봐야 별 역할을 할 입장이 아니다. 체육중·고등학교에서는 종목별 감독 교사와 코치가 아이들을 관리하고 지도한다. 복싱하는 이 아이는 전남체육중학교 시절에 소년체전에서 금메달 2개를 땄단다. 전라남도 복싱계의 자랑이었다. 이젠 성인 무대인 전국체전에서 금메달을 딸 수 있는 강력한 유망주로 뭇 어른들의 관심과 사랑이 집중되었다.

전국체전은 가을에 열리고 봄부터 각종 대회들이 열린다. 5월에 열리는 체육고등학교 대항 체전은 각 학교의 기량을 점칠 수 있는 첫 무대이다. 이 아이는 이들 대회에서 성적이 신통치 않았다. 노력을 게을리해서 그런 것은 아니다. 문제는 체급이다. 하위 체급을 유지하기 위해서 중학교 시절에 너무 심한 체중 감량을 했던 것 같다. 당연히 성장과 체력에 문제가 생긴 것이지. 더구나 키가 커지면 체급을 올려야 하는데 상위 체급에선 더 강자가 기다리고 있어서 이기기 힘들다. 물론 다른 학생들도 입장은 비슷하지만. 어떤 아이는 중학교 때에는 별 주목을 받지 못하다가 고등학교에 와서 기량이 돋보이는 경우도 있었다. 천 군과 같은 체급인 김○○는 중학교 시절엔 빛을 보지 못했으나 고등학교에 와서는 전국체전에서 동메달을 땄다.

기대한 만큼의 성적이 나오지 않게 되자, 아이는 점차 자신감을 잃어 갔다. 어른들의 관심도 시들해졌다. 이젠 훈련도 흥미를 잃어 가고, 드디어 가출까지 감행하더니 겨우 졸업했다. 졸업 후 진로도 확정하지 못했다.

이 아이를 어찌할 것인가? 누구의 잘못인가? 누가 책임질 것인가? 어른들의 욕심 때문에 한 아이의 장래를 망친 것은 아닌가? 소년체전은 폐지하는 것이 옳다고 여겨진다. 최소한 체급경기만이라도 없애기를!

3

학교 화단에 야생화를 심자.

학교에 야생화를 심었다. 야생화를 심는 학교들은 야생화를 종류별로 심고 그 이름을 푯말로 써 놓더라만 나는 섞어 심기를 한다. 어차피 꽃들은 씨로 뿌리로 섞어진다. 자연은 그렇게 어울려 사는 것이다. 우리네 인생도 그렇게 어울려 사는 것이다. 이런 사람 저런 사람이 어울려 사는 것이다. 아이들은 그렇게 자라고 익어 가야 한다.

학교들이 3월이면 현관에 페튜니아, 데이지 등 꽃을 심는데 이 꽃들은 종묘 회사에서 유전자를 조작하여 번식이 안 된다. 교육이란 영원무궁해야 하지 않는가? 아이들이 보고 자라는 것들이 가장 자연스러워야지. 교장 선생님과 행정실장을 설득하여 꽃 예산을 내가 집행할 수 있도록 부탁하였다.

문제는 내가 화단을 가꾼다고 하니 행정실 직원들이 난색이다. 결국 자기들헌테 새로운 일이 떨어지게 된다는 것이다. 화단을 가꾸던 이가 전출을 가거나 퇴직하는 경우를 미리 걱정하고 있었다. 화단을 가꾸면서 필요한 장갑은 젊은 행정실 직원이 한 번 쓰고 버린 것을 주워서 세탁하여 사용하였다. 화단의 잡초를 뽑기 위해 특별히 시간을 낼 필요는 없다. 오가면서 꾸준하게 잠시 살펴 주면 된다. 내가 퇴임한 후 해직 후배인 김제영 선생이 이어서 가꾸었다고 들었다. 그다음엔 모르겠고.

소년체전이나 전국체전에 출전하기 전에 체육관에서 고사를 지낸다. 고사 음식을 가지고 온 여성들이 화단의 야생화를 훔쳐 갔다가 딱 걸렸다. 원위치하라고 했더니 대신에 떡을 보냈더라. 좀작살나무는 열매가 꽃처럼 예쁘다. 그런데 어느 날 사라졌다. 나는 심고 어떤 이는 가져가고. 그나마 가져간 꽃을 잘 살리면 다행일 것이다.

보리밥 묵고 방구뀡께 배가 푹 꺼져불등만

4

전남체육고에서 3학년 1반 담임을 3년 하다.

2012년부터 3년간 전남체육고 3학년 1반 담임을 하였다. 내 제안으로 각 학년의 1반 담임은 보통과 교사가 맡고, 2반은 체육 교사가 맡았다. 아무래도 출장이 많은 체육 교사보다는 보통과 교사가 학년 부장 역할을 하는 것이 좋겠다는 배려였다. 종목별로 우수한 입상 실적이 있는 아이들은 대학이나 실업팀에 스카웃되지만 다른 아이들의 진로가 문제인데 종목별 담당 교사나 코치는 종목 실적이 안 좋은 아이들에게는 별 관심이 없어 보였다. 이 아이들은 결국 담임 몫이어서 아이들의 내신성적과 수능 성적을 참고하여 진학을 조언하고 경우에 따라서는 자기소개서나 추천서를 쓰기도 한다.

진로 교사가 있으나 자기 업무영역이 아니라고 하여 3학년 1반 담임인 내가 주로 아이들의 진학과 진로에 대한 상담, 자기소개서 쓰기, 추천서 작성 등에 도움을 주었다.

아이들은 자기소개서를 작성할 때 두 줄 이상 쓰기를 버거워한다. 추천서도 아이를 알아야 쓸 수 있지 않은가? 거의 온종일 아이들을 데리고 있는 감독 교사와 코치가 자료를 넘겨주면 좋으련만 자료 자체가 없었다. 하도 딱해서 아이들 관찰 기록 양식을 만들어서 제공했으나 작성한 이가 하나도 없었다. 자기 종목 아이들의 관찰 기록이 그렇게 버거웠을까? 경험을 바탕으로 주먹구구식으로 종목 지도를 하는 것이 아닐까 싶었다. 하기사 내가 전라남도교육청 시민감사관을 하면서 정기감사 시 함평 어느 고등학교의 육성 종목 선수 지도일지를 보니, '몸풀기, 실전연습, 몸풀기' 뭐 이런 식이었다. 부상한 선수에 대한 관찰이나 지도 기록은 없었다. 그냥 부상으로 연습 열외였다.

궁여지책이다. 아이들을 심층 면담하면서 얻은 기록을 바탕으로 자기소개서 초안을 만들어서 아이에게 보여 주면 아이가 미소를 짓는다. 나는 아이가 겪은 역경에 대해 어떻게 극복하였는가를 주로 문답했다. 그렇게 작성된 자소서를 두고 "너는 정말 멋진 놈이야, 니가 멋진 놈인 걸 너만 여태 모르고 있었어." 아이의 화법으로 자기소개서를 다시 쓰게 하고, 교사의 화법으로 추천서를 써 주었다.

운동으로 뚜렷한 입상 실적이 없는 아이들에게는 내신 성적을 잘 올리도록 안내했다. 강서현, 고편안 등은 지도에 잘 따라 주었다. 두 학생은 늘 1등이었다. 고편안은 지금 체육 교사가 되어서 즐거운 날을 보내고 있는 것 같다. 페이스북에 가끔 활동상이 올라온다. 학급운영비(당시는 30만 원, 지금은 50만 원)로는 학년말에 학급문집을 만들어 주었다. 다른 학급들은 학년말에 피자, 닭강정 등을 주문해서 나누어 먹는 데 쓰더라.

사실 학급운영지원비는 전교조가 요청하여 마련된 것이다. 학급 담임을 하다 보면 아이들과 여러 활동에 약간의 돈이 들어갈 일이 많다. 이럴 때 교사 개인의 돈이 아닌 공적인 돈이 필요하여 마련한 것이다. 학급운영지원비는 평소에 조금씩 사용하는 것이 좋을 것이다. 그래서 학급운영지원비는 일괄하여 담임 교사에게 지급하고 나중에 영수증만 제출하도록 하고 있다. 담임 선생님들이 이 돈을 원래의 용도에 맞게 잘 쓰시면 좋겠다. 학급운영지원비는 담임 교사가 학급을 운영하는 윤활유이다.

5

기간제 교직원 면접위원을 하다.

교장 선생님들의 부탁으로 전남체육고 재직 시 기간제 교직원 면접을 맡았다. 수학과 선생님이 갑자기 작고하여 2학기 수학과 빈자리를 대신할 기간제 교사를 뽑게 되었다. 면접에 들어가기 전에 광주고 선배인 김○○ 교장 선생님 왈,

"김 부장! 이 친구 좀 부탁험세. 지인이 부탁해서"
"그 말씀을 안 하신 것이 더 나을 뻔했습니다. 그분이 정작 마땅한 분이라고 해도 부탁을 받았으니 그대로 되면 청탁이 통하는 셈이지요."

5명의 면접위원이 면접 후 점수를 모은다. 올림픽에서 체조 등 종목에서 점수를 부여하는 식으로 최고점수와 최저점수를 빼고 합계 점수가 가장 높은 사람이 선발된다. 부탁받은 이는 탈락했다. 나중에 들으니 교장은 모든 면접위원에게 똑같은 부탁을 했다고 한다. 학교는 공정해야 한다. 모두

에게 공정한 기회를 주어야 한다.

6

학교운영위원회 교원위원은 학교를 변호, 변론하는 자리일까?

학교운영위원회에서 교원위원의 위치는 무엇일까? 학교를 변호하거나 변론하거나 옹호하는 자리일까? 2014년 운영위원회 자리에서 안건에 대한 질문을 하였더니 회의 후 학급 종례를 하고 있는데 변○○ 교감이 들어와서 교탁에다 수첩을 꽝 내리치면서 벌컥 화를 낸다. 아이들이 멍해진다. 교장들이 자기 입맛에 맞는 선생을 교원위원으로 세우려는 심보가 보였다. 내가 퇴직한 후 그 교감은 교장으로 승진하였다. 며칠 후 변 교감이 술을 한잔하자고 해서 나갔더니 자신의 잘못을 사과하는 것이 아니라 여전히 나에 대한 불만을 말하더라. 계속 횡설수설이었다. 그는 만취하여 후배 교사에게 업혀 가고 나는 맹숭맹숭하여 관사에 돌아와 혼술하였다. 그 교감은 나와 동갑내기였다.

207.
전교조전남지부에 최초의 좌파 지도부가 들어서다

2013년 전교조전남지부에 좌파 지도부가 최초로 들어섰다. 2012년 말 전교조 총선거를 앞두고 내가 속해 있던 의견 그룹인 교찾사는 차기 전남지부장 후보 옹립을 두고 의견이 분분하였다. 혹자는 이번에는 불출마로 정하자는 의견도 냈다. 사실 그동안 계속 떨어지기만 했던 선거의 피곤함이 있었을 것이다. 그동안 조창익 선생이 두 번 입후보하였다가 우파 후보들에게 고배를 마셨다. 조창익 선생이 건강 등 이유로 이번에는 후보를 고사하고, 박○○, 홍○○ 등 몇 분이 물망에 올랐으나 모두 고사하였다. 내가 당시 전남교찾사 대표를 맡고 있었기에 최종적으로 이기남 선생을 어렵게 설득하여 후보로 옹립하였다. 러닝메이트로 출마할 수석부지부장 후보는 미정이었다.

며칠이 지난 어느 날 밤 10시경 이규학 선생에게서 전화가 왔다. 수석부지부장 후보를 찾았다는 것이다. 반갑기 그지없었다. 주월동 카페에 함께 계신다고 하여 택시를 타고 가다가 주월동 시장에서 막 문을 닫으려는 꽃집에서 꽃다발 하나를 챙겨서 갔다. 정영미 선생이었다. 나는 뵌 적이 없었지만 순천중등지회 지회장을 하면서 조합원 동지들에게 신망이 두텁다는 평이었다. 어렵게 모신 두 후보는 교찾사 집행위원회에서 승인받았다. 이 과정에서 회의에 참석하기조차 꺼리는 이도 있었고, 반대하는 이도 있었다. 우여곡절 끝에 그렇게 지부장, 수석부지부장 후보가 정해졌다.

교찾사 동지들은 열심히 선거 운동하였다. 선거전략은 백영호 선생이 주로 짰다. 백 선생의 전략은 주도면밀했다. 언제부터인지 전남지부는 지역 간에 어느 정도 우파 지역과 좌파 지역으로 나뉘어져 있었고, 좌우파 지도급 조합원의 인사이동에 따라서 다소 유동적이기도 했다. 우리 선거전략은 좌파 지역 군히기와 우파지역 파고들기였다. 회원들은 10~30만 원 정도씩 선거 자금을 갹출했다. 후보는 100만 원을 냈다. 그렇게 모인 선거 기금 중에 일부는 위원장 선거에 보냈다. 선거 운동에 나서는 회원들은 약간의 교통비를 받았으나 자기 돈이 더 많이 들어가는 선거였다. 분위기는 좋

보리밥 묵고 방구뿡께 배가 푹 꺼져불등만

았다. 나는 전남교찾사 대표 겸 선대본부장으로서 선거 운동을 지휘하고 동지들을 격려하였다. 회원 각자가 해야 할 일을 스스로 찾아서 잘하고 있어서 대표이자 선배인 나는 그저 따뜻하게 격려하는 것이 일이었다. 이제는 개표이다. 개표를 잘해야 이긴다.

드디어 투표를 마치고 바로 개표이다. 전날 밤 꿈을 꾸었는데 우리가 딱 100표 차이로 승리했다. 어떤 일에 집중하면 그게 꿈에서도 나타나는 모양이다.

우리 전교조 선거에서 부끄러운 이야기가 하나 있다. 단위 학교 분회의 분위기를 보면 분회원들이 분회장이나 열심 활동가들에게 정답(?)을 물어 오곤 했다. 그래서 단위 학교별로 무더기 표가 나오기도 했다. 더러는 대리 투표도 있었고. 개표에서 이런 정황이 나올 것을 대비하여 작전을 짰다. 주요 활동가들을 개표 시 우파 우세지역에 감표 요원으로 보냈다. 우려하던 일들이 실제로 일어나고 있었다.

내가 참여했던 ○○지회 개표 현장의 이야기. ○○지회 선거관리위원장은 광주고 후배인 황 아무개가 맡고 있었다. 그는 투표함을 모조리 한꺼번에 털어서 개표하자고 하더라. 나는 원칙대로 분회별 투표함을 하나씩 까서 개표하자고 했다. 여기서 상당히 실랑이가 벌어졌다. 사무국장을 맡고 있던 젊은 후배가 상당히 무례한 언동을 내게 하기도 했다. 다툼이 있으면 원칙이 이기는 법, 전교조 선거 규정을 확인하니 내 말이 맞다. 분회별로 투표함을 열고 여기서 부정행위가 나오면 해당 투표함은 전체가 무효 처리하기로 합의했다.

드디어 개표 시작. ○○분회는 투표인 명부상의 투표자 수보다 투표용지가 더 많다. 해당 투표함은 전부 무효 처리, ○○분회는 두세 장씩 투표용지가 접혀서 나온다. 접힌 각도가 일치한다. 양 진영 감표 요원들이 확인하여 무효 처리했다. ○○지회 투표에서는 우리가 간신히 이겼다. 다른 지역에서도 유사한 사례들이 나왔다고 한다. 내 사랑 전교조의 부끄러운 자화상이다.

결과는 꿈속의 결과와 비슷하게 나왔다. 이기남, 정영미 지도부가 탄생했다. 전남지부 최초의 자파 지도부였다. 이제는 지부장단과 함께 일할 임원을 구성하는 난제가 남았다. 사무처장, 정책실장, 조직국장 등 전임자 선정과 다른 부서장들을 꾸리는 것이 만만하지 않았다. 인재가 넘쳐난다는 전교조에서 정작 일할 사람 찾기가 어려웠다. 왜일까?

보리밥 묵고 방구뀡께 배가 푹 꺼져불등만

208.
전교조전남지부가 좌우파 통합지도부를 결성하다

전교조가 좌우파로 의견 그룹이 갈리고, 승진이나 전직 등으로 주요 활동가들이 유출되고, 세월이 흐름에 따라 퇴직하면서 전교조 내의 활동가가 시나브로 줄어들고 있었다. 또한 힘든 업무가 버거워서 지부와 지회의 부서장 맡기를 꺼리는 분위기도 있었다. 지회와 분회는 일하려는 사람이 부족하고, 지부장은 경합이 있으나 지부 부서장은 꺼리는 현상, 인력 부족 현상이 너무 뚜렷해지고 있었다. 이미 이런 현상을 예방하기 위하여 좌우파 통합지도부를 구성하자는 논의가 꾸준하게 있었지만, 우세를 의식한 우파는 절실감을 덜 느끼고 있었던지 합의를 보지 못했다.

이기남, 정영미 지도부의 노력과 여러 동지의 끈질긴 설득으로 드디어 통합지도부를 구성하기로 합의하였다. 합의의 대강은 이렇다.

○ 지부장과 수석부지부장은 양 의견 그룹이 번갈아 맡는다.
○ 사무처장과 정책실장은 양 의견 그룹이 나누어 맡는다.

양쪽의 합의에 따라 조창익 지부장[17], 김현진 수석부지부장으로 통합지도부를 꾸리게 되었다. 이 전통은 2022년에 우파가 합의를 깨기 전까지 이어졌다. 2022년에는 좌파에서 후보를 내지 않고 우파 단독 후보가 나서서 당선되었다. 좌파 진영이 점차 말라 가는 모습이다. 전교조도 정치인들처럼 유불리에 따라 입장이 바뀌곤 하는구나.

○ 2015~2016: 조창익, 김현진 지도부

---

17) 조창익 지부장은 2017~2018년 제18대 전국위원장에 당선되었다.

○ 2017~2018: 김현진, 정찬길 지도부

○ 2019~2020: 김기중, 장영주 지도부

○ 2021~2022: 장관호, 기나영(사무처장)[18] 지도부

---

18) 제19대 지부장 선거 때부터 러닝메이트가 수석부지부장에서 사무처장으로 바뀌었다.

209.
전국 최고령 지회장을 2년 연속하다

전임 차용훈 선생을 이어서 2013~2014년 전교조무안지회장을 하였다. 전국 최고령 지회장이었다. 체육고에 근무하다 보니 오후 수업이 없어서 학교 방문을 할 여유가 있었다. 재임 중 관내 모든 학교를 연 2회 이상 방문하여 조합원들의 말씀을 들었다. 남악 신도시에 있는 학교들은 거대과밀 학교로 선생님의 애로가 컸다. 남악지구의 학교들은 신시가지로 사람들이 모여드는 곳이다. 자연히 지역적인 유대감이나 정체성이 떨어지는 면이 있었다. 다른 지역에서도 신시가지의 신설 거대과밀학교들의 고민은 비슷했다. 학생들의 학습지도와 생활지도에 어려움을 호소하고 있었다. 면 단위의 작은 학교들은 폐교를 걱정해야 했다. 지회장 재임 중 연금법 개악 저지, 전교조 비합법 저지 투쟁이 큰 과제였으나 정권의 힘에 밀리고 말았다.

지역청에 미래교육위원회가 있었다. 학교 대표, 전교조 대표, 교총 대표, 교육과장 등이 멤버였다. 이 회의에서 교장들이 평교사들하고 다투는 이유를 설명하고 제발 대인다운 풍모를 보여 줄 것을 인의예지(仁義禮智) 4가지를 들어서 설명하였다. 교육과장은 내가 자기보다 후배인 줄 알았다가 대선배인 것을 알고는 내가 동안이시라고 치켜세우더라.

장만채 교육감은 무안고, 현경고, 해제고를 묶어서 무안읍에 통합무안고를 짓는다고 했다. 내가 무안고 재직할 때 무안고, 해제고, 현경고를 리모델링하고 기숙사를 짓고 하는 등 약 250억 원이 쓰인 걸로 안다. 그런데 다시 이 3학교를 묶어서 400여억 원을 들여 통합 무안고를 짓는다는 것이었다. 장소도 현경 방면에서 오는 야산이나 밭을 택하면 부지 구입비, 부지 정비비를 절감하고 현경 방면에서 오는 아이들의 통학 편의를 줄 수도 있었다. 허나 구 국도 1호선 주변 목포 방향의 논을 매립하여 짓는다는 것이다. 무안터미널에서 빠른 걸음으로 걸어도 10분이 넘는 거리였다.

이 문제로 장만채 교육감이 무안을 방문했을 때 미래교육위원회 회원들과 식사 자리에서 격론을 벌였다. 교육감과 나의 언쟁이 벌어지자 다른 사람들은 숟가락을 들지 못하더라. 그것도 권위주의 소산이 아닌가 싶었다. 결국 식사를 하는 둥 마는 둥 간단히 마치고 중앙초등학교 앞 식당 구석진 방에서 격론을 이어 갔다. 담배를 각기 한 갑씩 피웠다. 장 교육감도 대단한 골초였다. 이 사람이 나와 다른 고등학교인 광주일고를 나왔어도 분명히 나보다 후배인 걸 뻔히 아는데 말 끝자리를 생략하네, 그려.

"뭣이여? 나한테 시방 반말하는거? 뭐 계급으로 놀자고? 당신, 나보다 후배인 걸로 아는데 말이지."

반말이 온말로 바뀌다가 저절로 또 반말로 가더라. 그의 언습이었다. 성장 과정에서 밥상머리 교육이 부족해 보였다.

장만채 교육감의 논리는 지금 학교를 통폐합해야 정부의 예산 지원을 받을 수 있으니 어차피 학생 수 감소로 없어질 학교라면 지금 정부 지원을 받는 것이 우리 지방의 이익이 아니냐는 것이었다. 그래서 나는

"교육감님, 부모님 계시지요?"
"예, 그런디 왜 갑자기 부모님이 거기서 나와요?"
"어차피 돌아가실 부모님이라면 교통사고라도 당하면 보험금을 받을 수 있으니 고마운 일이냐고 묻는 것이요."
"그게 어떻게 그래요? 경우가 다르지 않습니까?"
"다르긴요. 대입하면 같은 이치 아니요? 어차피 통폐합할 학교이니 정부에서 돈을 줄 때 서둘러 통폐합하자는 논리와 닮지 않았습니까?"

몇 해 전에 1+1 정책이라고 하여 한 군(郡)당 일반계고 하나와 직업계고 하나를 육성한다고 했고, 그 정책에 따라 무안고, 현경고, 해제고에 250억 원 가까이를 쓰지 않았느냐? 그런데 450여억 원을 들여서 통합 무안고를 다시 만들면 250억 원은 낭비가 아니냐? 설령 통합 무안고를 새로 짓는

보리밥 묵고 방구뽕께 배가 푹 꺼져불등만

다고 해도 학교가 없어지는 현경 방면의 아이들이 통학하기 편하도록 무안읍에서 현경 방면으로 자리를 잡아야지 현경 방면과는 반대 방향인 목포 방향으로 터미널에서 도보로 10분도 더 걸리는 논을 매립하느냐? 이해하기 어렵다. 교육감은 같은 소리만 반복하더라. 통폐합해야 정부 지원을 받을 수 있으니 정부 지원이 있을 때 서둘러 통폐합해야 한다고.

작은 학교 통폐합 반대 전국 걷기 대회 중 무안읍을 통과할 때 무안군청 앞에서 이 같은 논리로 방송했더니 장만채 교육감 초기 비서실장을 했다던 김○○ 군수가 나를 업무방해, 명예훼손으로 고발한다더라. 옳거니. 제발 그러자. 한판 붙어 보자 했더니 살며시 꼬리를 내리더라. 여론화해서 좋을 것 없다는 걸 아는 것이제. 이 자들은 고발이 아주 주둥이에 붙었어. 겁줄라고?

210.
장보고 유적지를 견학 가다

장보고글로벌재단에서 진행하는 장보고 유적지 답사 여행이 있다. 나는 이 여행을 꼭 가보고 자 퍼서 해마다 신청했지만 떨어졌다. 화순제일중 근무 시절에 교무부장을 하던 전남대 농경과 친구 는 지는 단번에 선발되었다고 자랑질이더라고. 드디어 9전 10기, 10번 신청한 끝에 선발되었다. 학 교에서 인천항까지 왕복 여비는 출장비로 받았다. 권오강 교장은 별말 없이 결재하였다.

권오강 교장은 나와 친하게 지냈다. 그가 영광에서 근무하던 시절에 고향인 고창에서 야간 운전 을 하다가 경운기를 미처 발견하지 못하고 충돌했던 모양이다. 술도 좀 자셨던 모양이고. 그 농민 회 회원인 경운기 운전자와 사고 처리에 대해 이야기하다가 자기가 전교조 조합원이라고 했다는 것이다. 그래서 실제로 전교조 조합원이면 그냥 봐주겠다면서 확인하자고 했다는 것이여. 영광지 회 사무실로 전화가 와서 내가 권 선생이 전교조 조합원이라고 증언해 주어 무사했다고 하더라고. 그는 조합원이 아니었지만 내가 그렇게 조합원이라고 해 주어서 고마웠다는 것이다. 나는 그 사실 을 기억하지 못하고 있었는데. 암튼 그런저런 인연으로 우리는 사이좋게 잘 지냈다.

견학단은 인천항에서 배로 산둥반도의 위해(衛海 웨이하이)항으로 이동 후 버스로 유적지를 돌 았다. 이전에 세 번 중국을 방문했을 때보다 눈에 띄는 것은 풍력발전과 태양광 발전 시설이 늘었 다는 것이다.

장보고 유적지라고 하지만 대부분 시설은 새로 지은 것들이다. 가장 엉성한 것은 장보고 기념관 의 장보고 초상인데, 이것이 드라마 '해신(海神)'에 나오는 주인공 배우 최수종이었다. 뻥 치기 좋아 하는 중국인답게 탑이며 동상이며 모두가 거대하다.

보리밥 묵고 방구뀡께 배가 푹 꺼져불등만

첫날 저녁 식사는 중국식으로 가운데 식탁이 빙빙 돌아가고 각자 접시에다 덜어서 먹는다. 나는 중국 음식이 싫다. 느끼하고 분 냄새가 나서 도무지 입맛에 맞지 않아. 그나마 빼갈이라도 한잔 곁들이면 견딜 만하다. 이화주를 물으니 80위안이란다. 우리 돈으로 12,000원 정도? 상무지구에 야구 선수 출신 김성한이가 운영하는 중국 음식집 하이난에서 6만 원을 주고 먹은 것에 비하면 훨씬 싸다. 동석한 샘들에게 한 병 갹출하여 먹자고 하니 묵묵부답이다. 에라, 내가 쏘자, 한 병을 주문했다. 그제서야 너도나도 잔을 내민다. 짠돌이들 같으니라고.

일행 중에서 몇은 중국산 참깨를 사느라고 바쁘다. 나는 고량주를 좋아해서 3병을 사서 들여오다가 인천항 세관에서 딱 걸렸다. 1인당 1병만 들여올 수 있다는 것이다. 그래서 내 고량주 3병 값은 베르나인 1병 값보다 훨씬 싸다고 주장했더니, 세관원은 술은 값이 아니라 양으로 제한이 된다고 하면서도 통과시켜 주었다. 그렇게 소원했던 장보고 유적지 답사였건만 기억할 만한 것이 별로 없었다.

211.
노근리에서 미군의 민간인 학살 현장을 보다

누군가의 소개로 전태일을 따르는 사이버 노동대학 마음수련원에서 잠시 머물렀다. 2011년 무렵일 것 같다. 수업료는 유료인데 내 사정을 알고 면제해 주어 식사비만 내고 다녔다. 각 분야의 노동 동지들과 3박 4일 정도의 일정으로 지냈다. 게을러서 2년 과정을 수료하지는 못했다.

수련 기간에 영동 노근리의 미군에 의한 양민 학살 사건 현장을 견학했다. 철도 밑의 다리 난간 등에 기관총탄이 박힌 흔적이 뚜렷하게 남아 있었다. 5·18 광주민중항쟁 때 전일빌딩에 박힌 헬기의 기총 탄흔이 떠올랐다. 당시 학살된 사람들은 영문도 모른 채 죽어 갔다. 미군은 피난민 중에 북한군이 스며들어 있다고 집단 학살했다. 우리는 교과서 속에서 6·25 전쟁 동안의 미군의 만행을 배우지 못했다. 그저 고마운 존재로만 배웠다. 오히려 피해자의 유가족은 빨갱이라는 색칠하기로 피해를 당해 왔다. 이런 현장은 전국에 있다. 지금이라도 미국 바로 알기를 위해 노력해야 할 것이다. 해방 후에 이런 말이 있었단다.

"소련에 속지 말고 미국 놈 믿지 말자. 일본 놈 일어선다."

지금이라고 사정이 다를까? 4대 강국에 둘러싸인 우리는 어떻게 해야 할까? 태극기를 보고 있으면 태극과 8괘의 심오한 뜻보다는 너무 묘한 생각이 들곤 한다. 4대 강국에 둘러싸인 분단된 남북한, 색깔조차 빨갱이와 팔갱이라. 더구나 박근혜 국정농단 사태가 벌어졌을 때 박근혜를 지지하는 사람들이 성조기와 태극기를 흔드는 모습은 너무 낯설었다. 이때의 태극기는 극우의 상징으로 보였다. 이후 국기에 대한 경례가 낯설어졌다.

212.
조합비 납부 방법 및 조합비 결정 안내

  박근혜가 해직교사가 조합원으로 남아 있다는 구실로 '전교조 노조 아님'을 팩스 한 장으로 통보하여 전교조는 합법조직에서 비합법조직으로 바뀌게 되었다. 이에 따라 조합비를 예전에 급여에서 원천 징수하는 것이 어렵게 되었다. 전교조는 차제에 조합비를 조합원 개인 통장에서 납부하는 CMS 방식으로 전환하고자 하였다. 문제는 이 과정에서 열의가 떨어진 일부 조합원의 탈락이 예상되었다. 조직의 일선 책임자인 지회장은 조합원의 이탈을 막는 막중한 책임을 완수해야 했다. 이에 조합원 동지들에게 간곡한 편지를 보냈다.

조합비 납부 방법 및 조합비 결정 안내

존경하는 조합원 동지 여러분! 날이 많이 찹니다. 늘 건강하시길 기원합니다.

지금 전교조가 정권의 전면적인 탄압을 받고 있습니다. 국제적 기준인 공무원과 교사의 노동기본권조차 박탈하려는 정권은 전교조의 설립취소라는 초유의 초법적 조치를 취했습니다. 그나마 다행인 것은 지난 11월 13일 설립취소에 대한 효력정지 가처분 신청이 법원에서 받아들여졌습니다. 약간의 시간을 번 셈입니다. 이제는 본안 소송과 국회에서의 입법 투쟁 즉 교원노조법 개정을 통한 근본적인 문제해결이 남아 있습니다.

조합비 납부를 원천징수에서 조합원 개인 통장에서 납부하는 CMS 방식으로 전환!

조합비는 이제까지 학교에서 원천 징수하여 전교조 통장으로 입금되어 왔습니다. 그런데 이 방식이 몇 가지 문제점이 드러났습니다.

첫째, 해마다 1월에 다시 원천징수 동의서를 작성하고, 학교를 옮길 때도 다시 작성했습니다. 이명박 정권부터 그랬습니다. 이 번거로운 절차로 인해 본의 아니게 이 과정에서 상당수의 조합원이 탈퇴하게 되는 사례가 발생했습니다.

둘째, 새누리당 조진혁 의원이 이 자료를 이용하여 전교조 조합원 명단을 공개하였습니다. 물론 법원의 판결로 개인정보 공개로 인한 위자료를 물게 되었습니다만.

셋째, 정권은 설립취소 조치를 취하면서 바로 원천징수 거부라는 졸렬한 조치를 취하고자 했습니다. 그래서 전교조는 11월 23일 전국대의원대회에서 조합비 납부 방식을 CMS 방식으로 전환할 것을 결정했습니다. 그 시기는 2014년 1월 조합비부터입니다.

조합비 결정방법이 본봉의 0.8%에서 0.9%로 0.1% 인상하는 정률제입니다. 급간은 8호봉에서 시작하여 28호봉을 상한으로 합니다.

물론 기존의 조합비보다는 약간 인상된 것입니다. 대의원대회에서도 이 점 치열하게 논의가 되었습니다. 조합원의 부담을 최소화해야 한다는 충정입니다. 그러나 조직이 위기에서 더 많은 비용이 발생하고 있음을 감안하여 이렇게 결정하였습니다. 조합원 동지들의 넓으신 양해를 간절히 부탁드립니다.

선생님! 우리의 단결이 힘입니다. 서로서로 의견을 나누고 의지를 다지십시다.

선생님! 늘 건강하시고 행복하세요.

보리밥 묵고 방구뀌께 배가 푹 꺼져불등만

213.
전교조, 참교육 지키기 투쟁기금 모금 안내

박근혜의 '전교조 노조 아님' 통보 이후 전교조에 대한 박정권의 전방위적인 탄압이 가해져 오고 있었다. 이에 전교조는 조합비만 가지고는 투쟁 사업의 비용이 부족하게 되어 조합원의 결의를 다지는 한편으로 부족한 투쟁기금이 필요하게 되었다. 이 투쟁기금을 모금하는 것 또한 지회장의 중요한 소임이었다.

전교조, 참교육 지키기 투쟁기금 모금 안내

선생님!

잘 알고 계시다시피, 전교조는 박근혜 정권의 전면적인 공안 탄압 국면 속에서 '법외 노조화 저지 투쟁'을 하고 있습니다. 지난 11월 13일 가처분신청이 받아들여져서 전교조 법외노조 통보가 잠시 '효력 정지' 상태이지만, 본안 소송 결과를 기다려 봐야 합니다.

박근혜 정권 초기에 수구 기득권 세력에 의해 기획된 공안 탄압 국면은 상당 기간 지속될 것으로 보입니다. 그리고 그 중심에 '전교조'가 있게 될 것임이 분명합니다. 전교조가 국제사회 및 국제 교원노조, 한국의 학부모, 시민사회단체 등과 함께 이 어려운 시기를 헤쳐 나가겠지만, 그 무엇보다 중요한 것은 학교 현장의 '우리들'이며, 동료 교사들의 입장과 태도가 중요할 것입니다.

박근혜 정권과 투쟁을 통해 전교조의 법외 노조화를 저지하고, 참교육의 지평을 넓혀 나가기 위해서는 희생적인 투쟁과 노력 이외에도 물질적인 많은 비용이 들어갑니다. 그래서 **전교조의 법외 노조화 저지를 위하여** 조합원과 비조합원을 망라하여 〈**투쟁기금**〉을 모금하고자 합니다. 전교조는 전국대의원대회의 결정에 따라 조합원들은 1인당 10만 원을 기준으로 투쟁기금을 모금하고 있습니다. 물론

10만 원 이상 기부하셔도 좋고 그 이하로도 형편대로 기부하셔도 좋습니다. 우리의 정성과 의지로 전교조를 지켜 낼 수 있습니다. 작은 힘이 모여서 큰 힘이 될 것입니다.

투쟁기금은 아래 계좌로 입금하셔서도 좋고, 현금으로 분회장 선생님께 전해 주시면, 함께 모아서 전교조 투쟁기금 계좌로 입금할 계획입니다. 가급적 분회 단위로 분회 총회를 갖고 의견을 나누신 후 분회장님이 모아서 지회로 보내 주시면 더욱 좋겠습니다.

투쟁기금 입금 무안지회 계좌: 농협. 669-01-076157 (예금주: 전교조무안)

♥ **투쟁기금은 다음과 같이 쓰일 것입니다.**
- 법외노조를 대비한 사무실 임대료 보전
  - 교육부와 시도교육청에서 지원받고 있는 본부 및 각 지부 임대료 현재 52억 원
- 전교조 탄압 저지 투쟁 경비 - 일상적 사업비로는 너무 많이 부족함.
- 향후 예상되는 징계 및 피해자 구제를 위한 구제 기금
- 사법 투쟁으로 인한 법률지원비 증가 보전

※ 이 당시의 투쟁 기금이 약 100억 원이 모아졌고, 알뜰히 아껴 쓰다가 2022년에 전교조는 자체의 회관을 매입하였다. 기금 중 70억 원으로 회관을 매입하고 수리하는 데 10억 원이 들었단다. 전교조 33년 역사에 자체 회관을 갖게 되었다. 2023년 3월 16일에 전국참동 대표자 회의를 이곳에서 했다. 참 깔끔하고 아늑하였다. 주변에는 '사람과 공간'이라는 사회적 협

〈새로 장만한 전교조 회관〉

동조합이 있었고, 이곳에서 점심을 먹었다. 일하는 사람들의 공동체를 꿈꾸는 곳이라면서 전교조도 함께하기를 바랐다.

214.
2013년 10월 19일 독립문 전국교사대회에서의 연설

오늘 전국교사대회가 열리고 있는 이곳은 참으로 뜻깊은 장소입니다. 잘 아시다시피 이곳은 예전에 영은문이 있던 곳으로 청나라를 은인의 나라로 여기며 청나라 사신을 영접하는 곳이죠. 독립협회는 영은문을 허물고 이 자리에 독립문을 세웠습니다. 사대주의를 청산하는 역사적 사건이죠. 오늘날 다시 사대주의의 망령이 허공을 떠돌고 있습니다. 청나라에서 미국으로, 일본으로. 오늘 대한민국의 지배권력의 뿌리는 친일파와 그 후손들, 숭미주의자들입니다. 오늘 우리는 사대주의의 망령들을 걷어 내는 역사적 순간에 와 있습니다. 저는 이 자리에 있는 것이 가문의 영광이라고 생각합니다. 여러분은 어떠하십니까? 여러분도 시방 새 역사를 여는 영광의 자리에 함께 계십니다.

지난주 고용노동부 國監에서 생긴 일을 소개합니다.

그 — 어느 여당 의원의 질타

"악법도 법이니 지켜야 한다."

고 합디다.
하하하, 이런이런 교원노조의 설립을 취소할 수 있다는 교원노조법 시행령이 악법임을 자인한 것입니다. 이 양반, 유태인 만나면 곤란해요. 그분의 발언대로라면 히틀러가 유태인을 학살한 법을 옹호한 셈이니까.

그 二 방하남 고용노동부 장관이 국감 마무리 발언

"해고자는 전교조 조합원에서 배제되어야 하나, 전교조에서 직원으로 채용하는 것은 가능하다."

하하하, 이 무슨 궤변이람? 무슨 개 풀 뜯어 묵는 소리여? 조합원은 안되어도 조합에서 일은 해도 된다? 해고자가 조합원으로 있어서는 안 된다는 규약시정 명령의 논리적, 법리적 근거가 없음을 스스로 인정한 것입니다.

우리 전교조는 참교육 실천을 위해 피나는 노력을 해 왔습니다. 참교육이란 민족, 민주, 인간화 교육입니다. 그 실천들을 보면, 특권교육을 폐지하고 평등교육을 실현하자. 교육 공공성을 실현하자. 부자와 귀족들만의 리그인 자사고, 특목고, 국제고, 국제중을 폐지하자. 개천에서도 용이 날 수 있어야 한다. 노동의 소중함을 가르친다. 입시지옥에서 아이들을 구하자. 대학을 평준화하고 대학 입시를 폐지하자. 비리 사학을 척결하자.

비리 사학을 척결하는 노력을 하다가 많은 해고자가 발생하고 있습니다. 지금 정권이 문제 삼고 있는 전교조 해고자 대부분은 이분들입니다. 박근혜 씨가 전교조를 반대하는 이유는 그가 야당 대표 시절에 사학법 개정을 극구 반대하던 때를 생각해 보면 나옵니다. 그 아버지가 영남대를 사취하였다가 그 자식에게 물려주어 그녀가 영남대의 이사장으로 있었기 때문이지요. 전교조는 독재를 반대하고 더불어 잘 사는 교육, 아이들의 자치 교육을 합니다. 친일을 척결하고 민족정기를 바로 세우기를 교육합니다.

그런데, 이렇게 훌륭한 교육을 하고 있는 전교조를 시기하고 적대시하는 자들이 누구인가?

불의의 세력이다. 친일파 후손들! ~
반역 군부독재자 후손들! ~
부정 축재 무리들! ~
비리 사학 운영자와 그 모리배들! ~
아이들 교육보다 자신의 영달에 몰입한 교육 관료들! ~
바로 이들이 전교조를 적대시하고 있다.

보리밥 묵고 방구뀡께 배가 푹 꺼져불등만

자신들의 출신이 부정한 鬼胎들이다.

전교조가 꿈꾸는 세상은 바로 이들 부정, 부패, 비리를 척결하고 우리 아이들이 살맛 나게 사는 세상을 여는 것입니다. 우리가 가는 길은 진리요 정의의 길입니다. 어둠이 결코 빛을 이길 수 없습니다. 지금은 비록 악의 세력이 주먹을 휘두르고 있으나 옳은 것이 이깁니다. 우리는 황소걸음으로 뚜벅뚜벅 자유와 정의와 진리의 길을 갑니다. 시간은 우리 편입니다. 악의 세력은 시간이 갈수록 초조해질 것입니다. 그들은 내부에서부터 무너져 내릴 것입니다.

동지들! 낙심 마오!

"진리는 반드시 따르는 자가 있고, 정의는 반드시 이루는 날이 있다."

이는 도산 안창호 선생님이 독립운동하실 때 동포들을 격려하실 때 주신 말씀입니다. 박근혜의 아버지 다까끼 마사오가 만주에서 독립군을 토벌하고 있을 때도, 자신의 안일을 위해 변절자들이 속출할 때도 희망을 잃지 않은 독립투사들은 결코 좌절하지 않았습니다.

우리가 희망을 갖고 뜨거운 동지애로 뭉쳐서 나아가는 한 악의 세력은 결코 우리를 굴복시킬 수 없습니다.

참교육 만세!!
민족 민주 인간화 교육 만세!!
전교조 만세! 만세! 만만세!!

215.
제자들이 회갑연을 마련하다

2013년 여름에 해룡고아카데미동문회(해아동) 제자들이 나주호변의 중흥골드스파리조트에 방을 마련하여 1박 2일로 회갑연을 마련하였다. 이미 40~50의 나이가 된 제자들이다. 이젠 같이 늙어 간다고 해도 될 제자들이다. 음식을 장만하고 내가 좋아하는 한복까지 준비하였다. 오랜 친구를 만난 분위기에서 즐거운 시간을 보냈다. 교사를 천직으로 살아온 보람을 느꼈다. 이튿날은 도암면에 있는 천불천탑이 있는 운주사를 견학하였다.

운주사는 영암 출신인 도선이 우리나라의 지형을 배로 보고, 선복(船腹)에 해당하는 호남 땅이 영남보다 산이 적어 배가 한쪽으로 기울 것을 염려한 나머지 이곳에 천불천탑(千佛千塔)을 하룻낮 하룻밤 사이에 도력(道力)으로 조성하여 놓았다고 한다. 이 전설을 뒷받침이나 하듯이 절에서 멀지 않은 춘양면에는 돛

〈리조트에서 하루 쉬고 운주사에서〉

대봉이 있다. 돛대봉에 돛을 달고 절에서 노를 젓는 형세라 한다. 또 절을 지을 때 신들이 회의를 열었다는 중장(衆場)터(일설에는 승려들이 장터를 이룰 만큼 많았다고 하여 붙여진 이름이라고도 함.)가 멀지 않고, 신들이 해를 묶어 놓고 작업하였다는 일봉암(日封巖)도 가까이에 솟아 있다. 운주사에는 와불(臥佛)이 있는데 이 와불이 일어서는 날 개명세상이 온다는 말도 있다.

개명세상(開明世上)!

216.
새벽이가 공인회계사 시험에 최종 합격하다

2014년 막내인 새벽이가 공인회계사 시험에 최종 합격했다. 회계사 시험을 준비한 지 3년 만에 합격이었다. 어렵다는 회계사 시험을 그리 오래 끌지 않고 합격한 것으로 보아 대단히 노력을 많이 한 모양이다. 대견하고 고맙다. 합격 후 3대 회계법인에 든다는 안진회계법인에 취업했다. 막내가 취업하고 보니 그간 아주 어둡고 긴 터널을 이제야 빠져나온 기분이었다. 맨주먹으로 시작해서 부모님을 모시었고, 삼 남매가 잘 자라 주었다. 맏이는 건강보험관리공단에, 둘째는 식품안전관리인증원에, 막내는 공인회계사가 되었으니 자식 농사는 잘 지은 셈이다. 뒷바라지도 제대로 해 주지 못했는데 아이들이 스스로 잘 자라 주었다. 고맙다. 애들아! 고마워! 해직 기간 극도의 궁핍도 무난히 견디어 왔다. 그간 아내의 노고가 참으로 컸다.

고맙다. 여보야!

이제는 좀 쉬고 싶은 심정이었다. 정년이 조금 더 남았지만, 명예퇴직을 신청했다.

217.
승진의 도구일 뿐인 '연구학교, 시범학교'

연구학교나 시범학교, 이건 미끼이다. 학교에선 연구학교, 시범학교를 하려는 교사와 싫어하는 교사가 혼재한다. 그래서 연구학교, 시범학교를 하려면 구성원의 동의를 얻어야 한다. 대개는 승진을 위해 연구학교 점수가 필요한 이가 서두른다. 때론 교장이나 교감이 서두른다. 교감이 서두르는 경우는 자기가 교장으로 승진하는 데 필요할 것이다. 교장은? 선생들을 줄 세우는 데 필요할지도 모른다. 동의서를 연명으로 받는데 이거 동의 연판장을 들고 들이밀면 서명을 안 하기 너무 힘들다. 여러 가지 인간관계 때문이다.

연구학교, 시범학교를 해서 얻어진 결과는 피드백이 될까? 나는 보지 못했다. 발표가 끝난 후,

"수고하셨습니다. 잘하셨습니다."

이런 의례적인 인사말로 마무리하곤 한다. 보고서 내용은 발주자의 입맛에 맞추어서 작성하는 것이고, 담당 교사들은 해당 점수를 누적하고, 유공 교원으로 누가 들어가는가를 놓고도 약간의 갈등이 존재한다. 유공교원 중에는 열심히 하는 교원도 있으나 숟가락만 얹으려는 이도 있다. 내가 연구학교 주무를 할 때 본 유공 교원들은 협조가 잘되지 않았다.

연구학교, 시범학교는 약간의 지원 예산이 있다. 이 비용을 사용하는 것도 업무 과중의 원인이 된다. 어떤 교장은 여기에 섯바닥을 들이밀려는 이도 있었다. 연구학교, 시범학교를 하는 동안에 학교는 아이들에게 집중하지 못하는 원인으로 작용한다. 적어도 내 경험으로는 그렇다. 연구, 시범 학교의 피해는 고스란히 아이들에게 돌아간다.

보리밥 묵고 방구뀅께 배가 푹 꺼져불등만

218.
'무지개 학교'는 무지개를 좇는다?

민선 직선 1기 교육감 선거 결과, 이른바 민주진보교육감이 다수 당선되었다. 이들은 혁신학교를 거의 공통으로 전개하여 혁신학교 바람이 불었다. 전남형 혁신학교는 '무지개 학교'라 불리었다.

혁신학교는 말썽 많은 연구학교, 시범학교와는 구별이 되었다. 순수하게 아이들의 학습과 인성을 향상시키는 내용이 되어야 한다. 혁신학교는 연구학교, 시범학교와 달리 유공교원의 승진 점수가 없으나 학교 운영에 도움을 줄 돈을 별도로 더 주었다. 처음에는 한 학교당 거의 1억 원씩 주었다. 심경섭 성님이 교장으로 계시던 칠량중학교도 무지개학교를 하길래 한 번 방문해서 살펴본 적이 있다. 선생님이 먼저 변해야 한다. 하지만 선생님들은 연구하고 자료 만들고 실천하고 보고하고, 정신없이 바쁘다. 아이들도 정신없이 바쁘다. 돈을 쓰기도 만만하지 않다. 각종 명분으로 아이들에게 그야말로 꽁짜 폭탄을 던진다. 도덕적 해이가 생길 여지가 있다.

'무지개학교'를 알아보기 위해 온라인으로, 오프라인으로 약 360시간 정도 혁신학교 연수를 했다. 알고 보니 교장의 리더십이 중요하다. '나를 따르라.'보다는 '무엇을 어떻게 도와드릴까요?'의 리더십이 성공에 가깝다고 혁신학교의 보고서는 말한다.

전남교육청에서 실시하는 '무지개학교' 연수를 받았다. 내가 아는 후배 김○○ 교사가 강사로 나오더라. 아는 얼굴, 모르는 얼굴들이 연수생으로 왔다. 교장도 다수가 왔다. 혁신학교를 하는 데 새로 전입한 교사, 새로 혁신학교를 신청하려는 학교의 교장과 교사가 대부분이다. 호기심에서 찾아온 사람은 나뿐인 것 같았다.

어느 교장의 고충을 들었다. 전임 교장이 혹은 옆의 학교가 혁신학교를 하는데 자기만 하지 않으면 지역 사회에서 무능한 교장이 되어 버린단다. 그놈의 돈 때문이다.

무지개 학교의 전도사 같은 선생님들의 고충을 들었다. 무지개 학교를 운영하려면 당해 학교 모든 교직원이 혼연일체가 되어야 하는데, 그게 어렵다는 것이다. 뜻이 맞기도 어렵고, 겨우 손발을 맞추었는데 해가 바뀌면 또 구성원이 바뀐다. 고정시켜 달라는 것이다. 관심 있는 교사를 무지개 학교로 모아 달란다.

무지개 학교가 성공하려면 지속 가능해야 하고, 일반화가 이루어져야 한다. 무지개 학교를 하던 학교는 구성원이 바뀌어도, 돈을 주지 않아도 지속적으로 유지하고 발전해야 한다. 무지개 학교에서 경험한 교사가 다른 학교로 전출 갔을 경우에는 그곳에 복음을 전파해야 한다. 그러나 나는 그런 사례를 보지 못했다. 무지개 학교는 무지개를 좇을 뿐이다. 내가 보기로는 그랬다. 그러나 예전의 연구학교나 시범학교보다는 나아 보였다. 진정으로 열심히 연구하고 가르쳐 보려는 선생님들의 열정을 보았다. '무지개학교' 열심 멤버였던 상당수가 장석웅 교육감 시절에 교장 등으로 승진하는 것도 보았다. 큰 나무에 큰 그늘이 생긴 것일까?

보리밥 묵고 방구뀡께 배가 푹 꺼져불등만

219.
세월호 침몰과 생존 수영 타령

2014년 4월 16일 아침에 출근하니 교무실이 떠들썩하다. 아침부터 텔레비전을 틀어 놓고 있다. 안타까운 탄식이 나온다. 인천에서 제주로 수학여행 가던 세월호가 진도 맹골수도에서 침몰하고 있다. 첫 시간 수업하고 오니 아직 배가 물 위에 남아 있다. 그런데 아이들을 구하지 못하고 있단다. 그 큰 배가 완전히 가라앉는 데 1시간 이상이 걸리는데 왜 구하지 못할까? 간단하지 않은가? 배의 설계도를 보고 헬기에서 특공대가 내려가고, 해경 감시선에서 밧줄을 타고 올라가서 문을 부수고 사다리 줄을 내려 주면 금방 다 나오지 않는가? 큰 배 안에서 승객들을 일단 밖으로 꺼내기만 하면 살릴 수 있는 것 아닌가? 세월호 부근 해상에는 경찰선과 어선들이 대기하고 있었으니 말이다. 실제 시뮬레이션에서도 10분이면 구조가 완료될 수 있다고 나오지 않는가? 이상하다. 왜 그랬을까? 왜 구하지 못했을까? 행여 구하지 않은 것일까?

세월호 이후 느닷없이 학교엔 생존 수영이 나왔다. 상부 지시다. 아이들이 수영을 못해서 죽었는가? 배 안에 갇힌 아이들을 꺼내 주지 못한 것이지. 자다가 놈의 다리를 긁는 격이다.

세월호를 운영하는 회사, 침몰 과정, 구조 과정, 이후 대처 과정 등 모두가 의문투성이다. 침몰 과정과 구조 못 한 과정을 낱낱이 밝혀서 책임을 묻고 재발을 방지하는 것이 중할 것인데, 정권과 극우 언론은 온통 선박회사 주인 탓만 하고 있었다. 세간에는 쿠데타 유도설이 나돌기도 했다. 세월호 사고에 대한 분노로 국민들이 거리로 쏟아져 나오면, 안보와 공공질서 확립이라는 명분으로 친위쿠데타를 일으켜 장기 집권으로 간다는, 뭐 그런 이야기. 좀 황당하기는 하다.

2022년 핼러윈 데인가 뭔가 하는 국적 불명의 이상한 날에 젊은이들이 이태원에 모여들었다가 좁은 골목에서 인파에 밀려 159명이 사망하는 사고가 있었다. 이 사고의 예방과 사후 조치, 책임 규명도 오리무중이다.

220.
살기 위해 몸부림치다가 수영을 배우다. 이게 생존 수영이었던가?

초딩 시절 내가 살던 고향엔 강을 막은 보와 밀물 때 바닷물이 들어오는 강(영산강 지류인 삼포강)이 있었다. 여름이면 또래 친구들은 주전자 하나씩 들고 강으로 나갔다. 썰물 땐 맛이나 게, 미[19] 같은 걸 잡아서 주전자에 담아 오면 좋은 반찬거리가 되었다. 썰물 때는 물이 빠진 뻘 언덕에서 배를 깔고 미끄럼을 탔다. 그러다가 가끔 조개껍질에 뱃가죽이 상하기도 했다. 밀물이면 이제 물놀이다.

마을 형들은 헤엄을 잘한다. 우리 후배들은 강가에서 갈대를 잡고 논다. 형들이 장난삼아 우리를 강 가운데로 밀어 버린다. 허우적거리며 가장자리로 나오면 다시 밀어 넣는다. 다시 나온다. 짠물을 먹어 가면서 계속 허우적거린다. 짠물이 목구멍으로 넘어가면 구역질이 나오고 숨을 못 쉬겠다. 손을 저어 보기도 하고 발을 톰방거리기도 하고 그러다 보면 어느새 내가 헤엄을 치고 있다. 개헤엄이다. 자신감이 조금씩 붙는다. 이제 조금씩 거리를 늘려 간다. 드디어 강 이쪽에서 저쪽까지 그렇게 왕복도 해 본다. 가다가 지치면 뒤집어서 송장헤엄이다. 배영 비슷한 것이지. 누워서 손과 발을 아주 조금씩만 움직여도 가라앉지 않는다. 그렇게 힘을 보충하여 다시 개헤엄. 그 시절이 그립구나.

이게 바로 생존 수영이다.

언젠가 TV에서 보니 개헤엄이 운동량이 최고란다. 전남체육고 재직 시절에 수영부 학생들에게 개헤엄 시범을 보여 주고 따라서 해 보라고 했더니 못 하겠단다. 너무 생소하고 힘들대. 그러면서 별 희한한 수영도 다 있다고 웃더라.

---

19) 무척추동물로 갈대가 자라는 갯벌에 자란다. 등은 검고 오돌토돌 돌기가 있으며, 배는 가운데 약간 노르스름한 색의 내장이 있다. 이 내장을 끄집어내고 박박 문질러서 침을 뺀 다음 그냥 먹거나 회로 먹기도 하고 때론 된장국을 끓일 때 넣어도 맛이 있었다. 영산강 하구언을 막으면서 사라졌다. 사전을 검색해 봐도 나오지 않는다.

보리밥 묵고 방구뀡께 배가 푹 꺼져불등만

221.
한옥학교, 흙집학교, 귀농귀촌 학교에서 귀촌을 준비하다

5060세대의 로망은 '저 푸른 초원 위에 그림 같은 집을 짓고 사랑하는 임과 함께' 노후를 보내는 것이라지 않던가? 더구나 자라면서 우리 땅을 가져 보지 못한 한이 있어서일까? 노후는 꼭 텃밭이 딸린 집에서 채소 등을 가꾸면서 전원생활을 하고 싶었다. 아파트가 체질에 맞지 않기도 하고, 퇴직할 때 보니 고향에 자기 집과 터가 있는 사람이 살짝 부럽기도 하더라.

집터를 사서 내 손으로 집을 짓고 싶었다. 가능한 친자연적인 집을 짓고 싶었다. 기회가 있을 때마다 한옥학교, 흙집학교, 귀농귀촌 학교 과정을 이수했다. 흙집 짓기 책을 사서 공부하기도 하고, 퇴직하면 시간이야 충분할 터, 시나브로 세월이 좀 먹냐는 식으로 집을 지어 볼 작정이었다. 퇴직해도 손에 쥐어지는 자금이 빈약하니 인건비, 자재비를 최소한으로 절약하자면 내 손으로 일해야 한다고 여겼다.

전교조경기지부에서 교사 연수로 마련한 경기도 양주의 한옥학교가 1월에 5박 6일로 있었는데, 전국에서 20여 명의 교사가 참여했다. 치목, 기둥과 보 그리고 서까래 올리기 등을 배웠다. 워낙 날씨가 춥고 기간도 짧아서 충분한 연수는 되지 못했지만 대략 한옥이 올라가는 얼개는 보았다.

귀농귀촌 학교는 충북 영동의 전원주택 단지에서 있었다. 이론 강의도 있었지만 먼저 귀농하신 분들의 실기 강의가 좋았다. 시골에 살자면 맥가이버가 되어야 한다는 말이 실감 났다. 시골에서는 기술자를 부르기도 어렵고 출장비가 만만치 않다.

흙집 짓기는 몇 권의 책을 보면서 현장을 주로 둘러보았다. 전북 순창군 장구목에서 흙집을 여러 채 짓는 현장에서는 무료로 일을 배울 수 있었다. 나중에는 일당도 주었다. 이창수라는 분이 순창군에 근무하는 분의 집 공사를 맡아서 하고 있었다. 집주인은 그 부지가 값이 쌀 때 샀다고 한다. 경치는 매우 좋았으나 바람골이었다. 집주인은 펜션처럼 운영할 모양이었다.

흙집은 담틀집, 나무와 흙을 섞어서 담을 올리는 집(목천집), 마대에 흙을 담아서 벽을 올리는 집, 사각 볏짚 뭉치로 벽을 올리는 집, 흙벽돌 집 등 다양한 형태가 있었다. 옛날 성남에서 최초로 지은 우리 집은 담틀집이었다. 어렸지만 집 짓는 과정을 보아 온 터라 익숙했다. 흙집은 건축 과정에서 매우 많은 노동력을 필요로 한다. 반면에 특별한 기술이 필요하지는 않아 보였다. 흙집 짓기는 품앗이로 전국의 동호인들이 집을 윤번제로 돌아가면서 짓기도 하더라. 나무와 흙은 한살이가 되지 않아 틈이 벌어지기 일쑤여서 지속적으로 보수하면서 살아야 한다. 통나무와 황토를 섞어서 담을 올리는 방식은 얼핏 보기는 좋으나 건축 과정이 복잡하고 유지보수하기도 어려워 보였다. 장흥 안양에서 흙집을 짓고 사시는 영효 성님은 양파망에 흙을 담아서 담을 치는 방식을 활용하였고, 소요 자재 대부분은 재활용하는 것이었다. 만능 재주꾼의 솜씨가 그대로 드러난 집이었다.

내가 흙집을 짓는다면 필요한 기계나 도구는 사거나 빌리고, 전문가의 도움이 필요한 부분은 도움을 받으면서 시나브로 혼자 해도 2년 정도면 올릴 것 같았다. 시골집은 세컨 하우스 개념으로 너무 크거나 화려할 필요가 없다. 최소한 필요한 만큼 시설하고 나중에 시간이 지나면 자연으로 돌아갈 수 있는 소재를 쓰는 것이 좋겠다고 여겼다.

보리밥 묵고 방구뀡께 배가 푹 꺼져불등만

222.
정하진 성님이 찍어 준 사진으로 장수 사진을 삼다

2014년 무렵이었을까? 화순 수만리에서 교찾사 동지들이 단합 대회를 할 때 친구들을 기다림시로 환담을 나누고 있었다. 사진 찍기를 좋아하시고 또 프로급인 정하진 성님이 나의 환한 모습을 순간 포착하였다. 정말 맘에 드는 사진이었다.

나는 이 사진을 영정사진으로 만들고 싶어 집 근처의 사진관으로 가지고 가니, 아주 잘 찍은 사진이라고 하더라. 원본 파일이 있으면 확대할 때 더 선명한 사진을 만들 수 있다고 하길래 하진 성님에게 원본 파일을 부탁드리니 다행히 가지고 계셨다. 이메일로 받아서 확대하였다. 영정사진을 사진관에서는 장수 사진이라고 부르더라. 보통 사진관에서 가서 사진을 찍으면 어쩐지 어색하더라. 연출된 사진은 어색해. 생애 가장 행복한 순간의 모습을 후일 내 아이들이 보아 주었으면 한다. 바빠서 볼지 모르지만 말이다. 그래서 내 사진 중에서 가장 행복한 표정을 간직하고 싶었다. 언제 아내도 더 늙기 전에 장수 사진을 마련해야겠다.

〈수만리에서 동지들과 즐거운 한때〉

제7장

평생직장 교직을 떠나
새로운 삶을 시작하다

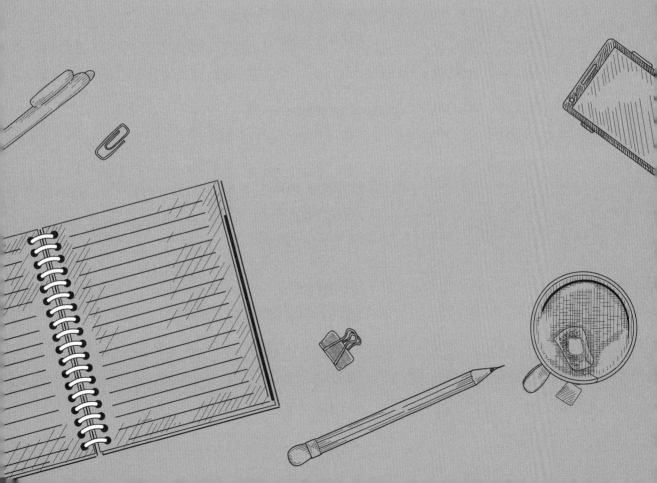

늙어 간다는 것을
마냥 서러워할 일은 아니다.
나락이 익어 가면
새들이 먼저 묵고
서생원도 묵고
농부가 땀의 결실을 묵는다
묵고 남은 낟알은 다시 새 삶을 가꾼다.

늙어 간다는 것은
마냥 서러워할 일은 아니다.
아이가 자라 어른이 되고
아이는 새 세상을 일군다.
이제 흙으로 돌아갈 준비를 하자.
얼마 남은 시간을
아름답게 보내자.
곱게 늙어 가자
민폐를 끼치지 말고 마무리하자.

늙어 간다는 것은
마냥 서러워할 일만은 아니다.
한세상 잘 놀다 가지 않는가?

이제 마음 편하게
흙으로 돌아갈 준비를 하자.

223.
전남체육고를 마지막으로 명예퇴직하다

막내인 새벽이가 공인회계사에 합격함으로써 자식들의 직장이 다 마련되었다. 삼 남매의 직장이 그런대로 남들이 부러워하는 직장들이다. 2015년 2월 28일 자로 명예퇴직하였다. 이제 홀가분한 마음으로 명예퇴직을 신청했다. 호적이 늦어서 정년이 좀 남았지만 내심 많이 지쳐서 쉬고 싶은 생각이었다. 마치 어둡고 긴 터널을 빠져나온 느낌이었다. 해직 기간을 빼고 나니 근속 연수가 31.3년밖에 안 된다. 33년 이상 근무에 55세 이상인 교사에게 주는 원로수당(5만 원)도 받아 보지 못했다. 해직의

〈체육중고분회가 주신 감사패〉

후유증은 여러 곳에서 드러난다. 연금은 276만 원 정도로 동기생에 비하여 약 60만 원 정도를 덜 받는다. 더구나 박근혜의 연금법 개악으로 물가 인상률에 따라 매년 연금이 조정되는 것도 5년이 유예되었다. 다까끼와 박근혜 부녀는 여러 가지로 나와 악연이다.

〈교찾사에서 주신 감사패〉

흔히 퇴직 후 삶을 인생 이모작이라 하더라. 새 삶이 될 수도 있을 것이고, 이전처럼 직장에만 나가지 않지, 생각과 생활방식은 변하지 않을 수도 있다. 단지 직장에 얽매이지 않는다는 다소 여유를 느낄 뿐이다. 나는 텃밭이 딸린 작은 시골집에서 살고 싶었다. 기왕이면 주변의 자연환경이 아름다우면 더 좋지. 흙을 만지면 기분이 차분해진다. 흙을 만지면서 흘리는 땀은 막걸리 한 모금에 씻겨 간다.

고등학교 3학년 담임을 하면 2월 말까지 근무할 수밖에 없다. 진로 상담을 해 오는 아이들이 있기 때문이다. 요즈음 퇴임식은 예전처럼 거창하게 하지 않는다. 졸업식에서 아이들이 주는 꽃다발과 전교조체육중고분회에서 주는 감사패를 받은 것이 퇴임식의 전부이다. 전남교찾사 동지들이 별도로 퇴임 축하 자리를 마련해 주셨다.

224.
퇴직교사 훈장 신청을 거절하다

공무원은 정년 혹은 명예퇴직하는 경우에 근정훈장을 받을 수 있다. 근정훈장은 공무원 및 사립 학교의 교원으로서 직무에 정려(精勵)하여 공적이 뚜렷한 자에게 수여하며 5등급으로 나누어진단 다. 근속연수에 따라 청조, 황조, 홍조, 녹조, 옥조로 색깔이 달라진다. 그 색깔에 순서가 어떻게 매 겨지는 것인지 모르겠지만 그놈의 색깔이 여기서도 나온다. 우리나라는 색깔에 따라 인생이 달라 지기도 한다. 나는 평생 빨갛다는 눈초리를 받고 살아왔다. 사실 나는 눈이 어지러워서 빨간색 자 체가 싫다. 파란색이나 연두색을 좋아한다. 생명이 느껴지기 때문이다.

해직으로 5년을 근속에서 빼고 나면 근속연수가 팍 줄어든다. 교무부장이 훈장 신청을 하라는데 포기한다고 했다. 박근혜라는 이름이 들어간 종이 한 장이 무슨 대수라고, 그 이름이 적힌 종이를 어디다 쓸 것인가? 그 이름 자체가 싫었다. 2022년 퇴직하는 교사들이 윤석열이라는 이름이 들어 가는 훈장을 거절했다는 뉴스가 있었다. 그 심정이 이해 간다. 하지만 그것을 널리 알리는 소란을 떨 필요까지는 없지 않은가 싶다. 또한 그 훈장은 윤석열이 주는 것이 아니라 대한민국 정부를 대 표해서 대통령이 주는 것이니 굳이 그 이름에 연연할 필요는 없지 않나 싶다. 차제에 당시의 대통 령 이름을 빼고 그냥 '대한민국정부' 혹은 '대한민국대통령'이라고 하면 어떨까?

225.
참교육동지회를 결성하다

2014년 12월. 명예퇴직을 앞둔 시점에서 조창익 전교조전남지부장이 퇴직조합원 모임을 만들자고 제안했다. 성님이 나서야 일이 된다고 추켜세우면서 말이지. 한 번 일에 빠져들면 몰입하는 나의 성격을 지부장은 잘 알고 있었다. 퇴직하면 좀 쉬면서 내일이나 하려고 했드만 또 일감을 주네, 그려. 해야 할 일은 해야지. 사실 퇴직조합원 모임 결성이 많이 늦었다. 최초 퇴직조합원이 나오기 시작하는 시점에서 출발했어야 했다. 광주는 전남보다 10년 정도 앞서서 퇴직조합원 모임을 시작했더라. 우리 전교조에도 꼭 밥상을 차려 주어야 일하는 이들이 있다. 솔선해서 해야 할 일을 찾아서 하는 자세가 필요하다.

2015년 1월에 퇴직 동지들에게 취지를 알리고 전남지부사무실 대회의실에서 창립식을 가졌다. 회칙은 광주 퇴직조합원 모임인 '은빛참교사회'의 회칙을 기본으로 전남의 특성에 맞게 마련하였다. 월회비는 5,000원으로 결정하였는데 그걸로는 부족하다는 의견과 그마저도 부담이 된다는 의견이 있었다. 초대 회장에 고진형 초대 전남지부장, 수석부회장에 김영효 동지가 선임되고 사무국장은 김옥태가 맡았다. 동부, 서부, 중부 세 권역을 정하고 권역별 담당 부회장으로 동부는 박종택, 중부는 정하진, 서부는 조명준, 동부 총무는 이재석, 중부 총무는 홍성국, 서부 총무는 최기종 선생이 맡았다. 회장과 수석부회장, 사무국장의 임기는 2년으로 하고 1차에 한하여 연임할 수 있도록 했다. 감사는 고광헌, 조성자 동지가 창립 이래 계속 맡고 있다. 임원의 연임을 제한한 것은 역할을 분배시키고 매너리즘이나 독선에 빠지는 우를 범하지 않도록 한 배려였다. 정기 모임은 봄가을에 갖고 필요할 때 임시모임을 갖기로 하였다. 전교조와 교육계의 사업에도 관심을 갖고 지원할 수 있으면 지원하고 참여도 하기로 하였다.

이어서 '전국참교육동지회'가 결성되었다. 회칙은 '전남참교육동지회'의 경험을 살려서 내가 기

보리밥 묵고 방구뿡께 배가 푹 꺼져불등만

초하고 준비위원회가 검토 후 결정하였다. 명칭은 여러 가지가 나왔으나 참교육을 기치로 모였던 전교조 퇴직자 모임이므로 '참교육동지회'가 좋다고 합의를 보았다. 다만 광주, 전북 등 기존에 다른 명칭으로 활동해 온 지역은 그 명칭을 존중하도록 했다. 지역별로 분담하는 회비는 지역별 격차가 크고 사정이 각각이어서 결정하지 못하고 있다. 퇴직조합원으로 구성된 별도의 노동조합이나 법인 설립 제안이 있기도 했으나 현재 사정으로는 어렵다고 보고 유보되었다. 모임을 조직하여 힘 있는 투쟁 사업을 전개하자는 의지가 큰 분들과 친목 수준의 모임도 벅차다는 의견이 있어서 일치를 보지 못하고 있다.

제2대 회장은 박종택, 수석부회장은 김영효, 사무국장은 김옥태, 권역별 임원은 변동이 없었다. 제3대 임원으로는 회장에 김영효, 수석부회장에 김옥태, 사무국장에 박병섭 동지가 선임되었다가 박병섭 동지가 너무 바쁘다고 하여 박해영 동지가 이어받았고, 동부권에는 이재석 동지가 부회장을 총무에는 임송본 동지가, 중부권 부회장에는 홍성국, 총무에는 남영순 동지가 선임되었다. 코로나-19로 인하여 모임을 갖는 것이 어려웠다. 2022년 제4대 임원은 코로나로 인해 전체 모임을 하지 못하여 장흥농민회와 장흥지회가 공동으로 쓰고 있는 사무실에서 가진 위임을 받은 운영위원회에서 결정하였는데, 제3대 임원 중 사무국장을 제외하고 그대로 유임되었다. 사무국장은 새로 김남철 선생이 맡게 되었다. 김남철 선생은 매사에 적극적인 분이다. 젊고 활동력이 왕성하시니 전남참동에 새바람을 기대한다. 2023년 3월 서부권 모임에서는 김홍수 동지가 권역 부회장으로, 고광업 동지가 총무로 선임되었다. 두 분의 활약을 기대한다. 그간 조명준 선배와 최기종 총무가 수고 많이 하셨다. 고맙습니다. 2023년 4월 11일 전남참동 봄 모임에서 뵈니 명준 형님의 다리가 불편해 보이십니다. 건강하세요. 선배님들의 건강이 점차 안 좋아지시는 것을 보면 남의 일 같지 않다. 머지않아 나에게도 닥칠 일이지.

역대 지부장, 사무처장, 정책실장, 조직국장, 지회장님들께서 참동 활동에 적극적으로 활동해 주시면 좋겠다는 소망이 크다. 2, 8월 말이면 전남지부에서 퇴직조합원 명단을 받아서 전남참교육동지회를 소개하고 연회비 납입을 부탁하는 문자를 세 차례 보내왔다. 카카오톡 단체방에 초대하는데, 초대하고 있는 순간에도 초대하자마자 우수수 빠져나간다. 실망이 클 수밖에. 하지만 강요할 수도 없으니 그저 참여하시는 분들로 모임을 꾸려왔다. 2022년 말 현재로 약 3,000명 정도의 전남

지역 퇴직조합원 중에서 전남참교육동지회 회원으로 회비를 내시는 분이 고작 100여 명에 불과하다. 초지일관하면 좋겠다. 한 번 동지는 영원한 동지가 되기를 간절히 소망한다.

보리밥 묵고 방구뀡께 배가 푹 꺼져불등만

226.
5060세대 남성들의 로망이라는 시골살이를 시작하다

아파트 생활은 싫다. 우선 답답하다. 시멘트로 꽉 틀어막힌 공간이 싫다. 층층이 겹쳐져 사는 모양이 우습기도 하다. 가끔 이런 상상을 해 본다. 아파트 벽과 천장이 온통 유리라면? 시골살이를 해 볼 작정이었다. 퇴직을 앞두고 방학이나 연휴 동안에 한옥 연수, 황토집 짓기 연수 등을 부지런히 다녔다. 순창 동계면 장구목 입구의 흙집 짓는 공사장에서는 일하기도 했다. 어느 정도 감을 잡았다. 적당한 터를 잡아서 2~3년 걸쳐서 시나브로 집을 지어볼 작정이었다.

아내와 함께 드라이브 삼아 터를 보러 댕겼다. 경매에 나오거나 '사랑방' 등 부동산 소식지에서 정보를 얻어서 둘러보았다. 순창, 남원, 구례, 해남, 강진, 장흥, 고흥, 화순, 나주, 담양, 장성 등지를 둘러보았다.

빈집은 마음에 드는 곳이 별로 없었다. 마을 안쪽에는 빈집이 더러 있으나 골목이 좁고 터도 좁다. 확 트인 곳은 나오지 않고 나오더라도 비싸다. 대지로 쓸 만한 곳은 덩치가 커서 내 주머니 사정으로는 어렵다. 가끔 맘에 드는 곳이 있더라도 상속 절차가 복잡하게 얽혀 있는 곳이 많았다. 더러는 마음에 드는 곳이 있으나 현찰이 없어서 보고만 왔다가 다음에 가 보면 이미 그림 같은 집이 지어져 있더라. 현찰을 가지고 다니다가 맘에 들면 바로 추진해야 한다는 생각이 들었다. 섬진강 주변은 임야가 평당 30만 원을 호가하였다. 대한민국 땅덩어리를 팔면 미국도 살 수 있지 않을까?

화순군 춘양면에 마음에 드는 밭이 나왔다. 평당 9만 원 정도에 330평. 마을 뒤쪽에 자리하고 주변에 묘가 없으며 전망이 탁 트여서 시원하다. 옆 땅은 광주 일곡동 사람이 집을 지으려고 터를 닦아 놓았더라. 내가 생각하고 있던 부지의 규모(300평 정도)에 맞기도 했다. 컨테이너로 임시 거처를 마련하고 시나브로 집을 지으면 딱이라는 생각이 들었다. 그러나 아내가 반대하였다. 입구에 돼지 5마리를 키우는 곳이 있어서 냄새가 난다고. 허나 그 돼지막은 없어지는 것이 시간문제일 터. 또 다른 이유는 나이 들어 집 짓는 공사를 하다가 다치면 큰일이라는 것이다. 이제까지 고생시킨 아내의 반대를 굳이 거절하면서 추진하고 싶지는 않았다. 그래도 어쩐지 여운이 남는다.

보리밥 묵고 방구뀡께 배가 푹 꺼져불등만

227.
안거헌(雁居軒)을 마련하다

부동산 정보지 '사랑방'에 나주시 다시면 학정마을에 집이 나왔다. 대지 168평에 건평이 15평으로 아담하다. 옛 한옥을 입식으로 약간 고친 아담한 집이었다. 광주시에서 근무한다는 사람이 주말 주택으로 썼다고 하는데, 집은 수리를 했으나 좀 허접하게 했고, 자재도 싼티가 났다. 지붕은 시멘트 기와인데 물이 샐 정도이고. 집을 보러 가자 이웃 노인이 기웃거리면서 보고, 옆집 할매가 커피를 타 준다. 알고 보니 장성고에서 해직된 최강록 선생의 처가였다. 이 친절한 맛에 반했는지 아내가 이 집을 사잔다. 나는 별로 맘에 들지 않는데 말이지. 6,000만 원을 주라고 한 것을 깎아서 5,400만 원에 샀다. 내 계산으로는 최소 1,000만 원은 더 비싸게 산 것이다. 이제까지 아내의 의견을 무시하고 살아온 터라 아내가 사자는 대로 샀다. 살다 보니 이번에는 아내의 말을 들은 것이 패착이었다.

지붕을 컬러 강판으로 교체하고, 석면 슬레이트로 된 데크 지붕을 렉산으로 바꾸고, 상수도 설치하고, 보일러를 콘덴싱으로 바꾸고, 연못을 파서 수련을 심고, 화단에 꽃과 나무를 심는 등 추가로 들어간 돈이 1,500여만 원으로 결국 7,000만 원 정도가 들어간 셈이다. 명예퇴직 수당과 약간 모아 둔 돈이 전부 들어갔다. 연금으로 생활비가 부족하여 마이너스 통장으로 때웠다.

친구들이 집호를 지으라고 하더라. 그래서 기러기가 쉬어 가는 곳이라는 의미로 안거헌(雁居軒)으로 정했다. 광주고 동창인 박상호 선생이 편액을 선물하여 달았다. 해직 때 골든자동차정비서비스를 할 때도 편액을 선물한 적이 있는 참 고마운 친구이다.

마당에 조립식 비닐하우스를 조그맣게 설치하여 건조장과 겨울 채소 재배용으로 쓰고 있다. 텃밭은 약 40평 정도인데 해마다 두 번씩 퇴비를 주고 뒤집어 주니 제법 땅이 살아났다. 지렁이가 살

면 땅이 살아난 것이지. 처음 이사 와서 텃밭을 파니 쇠스랑이 튀어 버릴 정도로 땅이 굳어 있었지만, 지금은 보실보실 흙이 아주 부드럽다.

안거헌에는 고인돌 1기가 있다. 예전에 이 집에 살던 할머니는 이 바위에 늘 정한수를 떠 놓았다고 하더라. 고인돌 바로 밑에 조그만 연못을 만들고 수련 8종을 넣었다. 금붕어를 넣었더니만 옆집 고양이가 낚아 가더라. 옆집 노인이 기르는 고양이는 주인이 전혀 관리하지 않아서 우리 집에 와서 응가를 하고, 텃밭을 파헤치는 등 민폐가 크다. 암내라도 나는 때에는 밤에 괴상한 소리를 내면서 휘젓고 댕긴다. 몇 번 불편을 호소했으나 오히려 짜증을 내더라고. 제발, 애완동물을 기르는 분들은 관리를 잘하여 민폐를 끼치지 않기를 간절히 바란다. 자기가 좋아서 동물을 기르면서 남에게 해를 주어서야 되겠는가?

안거헌에 꽃과 나무를 기증해 주신 분들이 계신다. 전교조 민경선 선배는 금목서 한 그루를, 흥사단산악회 후배인 박성기 회원이 수국 30여 본을(옆집 할매들에게도 나누어주었으나 관리를 못하여 다 죽임), 흥사단 후배인 김영일 교수가 멀꿀나무 2그루와 비파, 산수국, 동백 등 여러 나무를 주셨다.
감사합니다.

228.
학정마을에서 살아 보기가 만만하지 않더라

낯선 마을에서의 시골살이는 불가근불가원(不可近不可遠)이어야 하는가?

학정마을은 청림산 아래에 동문제를 막으면서 현 위치로 집단 이주한 마을이라고 들었다. 저수지 입구에는 고인돌군이 있으나 잡목으로 뒤덮여 있다. 나주문화원에 관리를 잘하실 것을 부탁했으나 별 관심이 없었다. 목포대학교 사학과 이 아무개 교수에게 연락해도 별 관심이 없다. 마을 사람들도 이곳에 선사 문화 유적이 있는지도 모르는 것 같더라. 2023년 4월 10일, 국립나주문화재연구소를 찾아서 알아보니 학정마을에도 고분군과 지석묘군이 많았다. 마을마다 문화재가 있는 것 같았다. 마을 경제는 빈곤해 보이나 귀농한 몇 농가는 억대 농부로 보였다. 마을은 20호 내외인데, 나름대로 파벌이 존재해 보였다. 이장 선거 때 극명하게 드러났다. 어떤 마을은 이장을 서로 안 하려고 한다는데 여기는 서로 하려고 경합이 붙었다. 처음에는 마을 사람들과 친해 보려고 노력했다. 하지만 머지않아 불가근불가원이 정답임을 알게 되었다. 잘해 주면 당연한 것이고, 조금이라도 자기 맘에 차지 않으면 있는 말 없는 말을 지어내서 욕하기 일쑤였다. 택리지에 따라 택지를 고를 때에 인심을 살펴야 함을 고려하지 않은 내 탓이다.

지구 환경이 극도로 파괴되고 있어서 환경 보전을 위한 전 지구적 노력이 펼쳐지고 있는 이 시점에도 학정마을엔 환경보호에 관한 개념이 전혀 없다. 분리수거가 전혀 되지 않고 있다. 마을 사람들은 발생하는 모든 종류의 쓰레기를 불법으로 소각하고 있다. 마을 주변의 산골짜기에는 폐타이어, 냉장고, 의자, 변기 등 쓰레기가 널려 있고, 경작지에서는 농사하는 이들이 버린 비닐, 음료수병 등이 마구 버려져 있다. 언젠가 마을 이장에게 분리수거함을 면에 말하여 설치하자는 제안을 했다가 싸움 날 뻔했다. 이 마을 사람들은 누군가의 제안이 나올 때 옳고 그름보다는 그가 내 편인가 아닌가가 더 우선으로 보인다. 새로 이사 온 사람, 어쩌고저쩌고하면서 편을 가르더라. 조금이라도 피가 섞이면 우선이더라. 빈집은 늘어 가는데 정작 마을 사람들은 이사 오는 사람들을 반기지 않더라.

229.
『광주 · 전남흥사단 50년사』교정을 맡다

2015년 『광주 · 전남흥사단 50년사』를 발간한다고 사무처장을 맡고 계시던 장금순 선배님이 나더러 교정을 맡아달라고 부탁하신다. 누가 나를 추천했을까? 역사 전공 교수나 교사들이 많은데 말이지. 교정이라면 국어 전공자가 적임일 것이다. 하지만 전공이 아니면 어떤가? 흔쾌히 승낙했다. 필요하니까 부탁했겠지.

초고는 시기별로 주요 업무를 담당했던 이들이 작성한 것으로 보였다. 서장은 최영태 전남대 역사학과 교수가, 제1장 광주 · 전남 흥사단 운동의 출발과 제2장 광주 · 전남 흥사단 아카데미의 성장은 역사 교사이면서 재학 시 연맹회장을 역임하였던 박병섭 선생이, 제3장 군부독재 시기의 광주 · 전남 흥사단과 제4장 민주화 시기의 광주 · 전남 흥사단은 사무처장을 맡았던 김전승 단우가, 제5장 운동 역량의 강화와 시민운동의 탐색과 제6장 세대교체와 새로운 도전은 당시 사무처장을 맡았던 장화선 단우가, 제7장 새로운 도약은 원로단우임에도 불구하고 젊은이 못지않은 헌신으로 사무처장을 하면서 광주흥사단의 체계를 바로 세우신 장금순 단우가 집필하였으며, 제8장 흥사단 운동의 현장들은 각기 해당 업무를 주관하고 있던 김지혜, 김희언, 나명숙, 박윤범, 이주영, 장금순, 장향은, 장화선, 정철식 단우가 집필하였다. 그들의 기억과 나의 기억에 어느 정도 차이가 있음을 알았다. 내용의 연결이 끊기는 부분이 많았다. 교정이 아니라 원고 재작성과 교정, 감수까지 해야 하는 상황이었다. 당시 활동을 열심히 했던 선후배 동지들에게 전화 인터뷰를 하여 부족한 부분은 보충하였다. 글쓰기가 서툰 이에게는 초고를 대신 작성하여 그의 이름으로 원고를 작성하기도 했다. 사람은 재주가 제각각이므로 서로 서툰 부분이 있고 잘하는 부분도 있다. 이걸 조화

보리밥 묵고 방구뀡께 배가 푹 꺼져불등만

시키는 것이 중하다.

자료가 많이 사라졌다. 사무실을 옮기는 과정에서 사라지기도 하고. 박원용 선배님이 미국으로 가시기 전에 10년사를 편집한다고 자료를 모았다가 인계되지 못하고 일부는 사라지고, 고 고광업 선배가 20년사를 준비한다고 자료를 모으다가 안타깝게 유명을 달리하시면서 자료가 인계되지 못하였다. 자료를 효율적으로 모아서 효율적으로 폐기한 셈이 되었다. 회원들이 소장하고 있는 자료들을 모으고 또 모았다.

편집의 방향과 문체는 중고등학교 역사 교과서의 형식을 본받았다. 대학 교재에 익숙한 이들은 다소 생소하게 보았으나 무엇보다 읽기에 편하도록 하는 것이 좋겠다는 내 의견대로 편집했다. 전국 각 지방의 홍사단 50년사 중에서 가장 잘된 역사서라고 칭찬을 들었다. 수고비로 20만 원을 받았다. 거의 두 달 넘게 일한 대가이다. 돈을 보고 할 수 있는 일은 아니었다. 편집위원들은 양장본을 받았다. 출판된 최종본에 쓰인 나의 역할은 교정·윤문이었다.

광주홍사단 50년사 원고 파일과 향후 발생하는 주요 자료들은 반드시 복수로 백업을 받아 놓고 업무 담당자가 바뀔 때 반드시 인계인수를 철저히 할 것을 강력하게 요청하였다. 하재귀 대표를 비롯한 여러분이 적극 동조하였다. 잘 지켜지기를 앙망한다. 우리는 기록의 민족이 아니던가?

230.
뱀과 개구리와 인간, 상생하기 참 어렵네

안거헌 연못가에서 개구리가 몸부림치는 소리가 들린다. 아직 어린 꽃뱀(유혈목이)이 어른 주먹만 한 개구리 뒷다리를 물고 서로 실랑이를 벌이고 있다. 개구리는 도망가려고 몸부림이고 꽃뱀은 아가리에 넣지 못하는구나. 어쩐다? 가급적 자연 생태계엔 간섭하지 않는 것이 좋다는데, 우리 반쪽이가 뱀이라면 질색이니 우선 뱀을 치우자. 최소한만 개입하기로 하고 집게로 뱀의 머리를 집는다. 그 통에 개구리는 날 살려라 도망가고, 뱀은 수로에 놓아주니 이놈도 날 살려라 도망간다. 녀석은 다른 먹이를 다시 구해야겠지. 미안하지만 어쩔 수 없다. 어쩔 수 없이 느그덜 사는 구역과 내가 사는 구역은 구분하자.

2023년 4월. 큰 애의 짝이 될 시형 군이 선물을 가져왔다. 두더지와 뱀이 출몰한다는 아내의 말을 듣고는 녀석들을 퇴치하는 기계를 사 왔다. 태양광으로 충전하여 음파와 진동을 주어 녀석들을 퇴치한다는 것이다. 고맙다. 삼 남매 중에서 결혼은 제일 늦게 하지만 1번으로서의 역할을 충실히 할 것으로 보인다. 듬직한 느낌이다.

보리밥 묵고 방구뀅께 배가 푹 꺼져불등만

231.
자연산인가 양식인가?

지극히 개인적인 관점이다. 교사가 교실을 떠나서 교장, 교감, 장학사, 연구사 등이 되면 교육자일까? 나는 이들이 교육자라기보다는 교육행정가라고 여긴다. 화투를 즐기는 사람은 자려고 누우면 천장에 48장이 보이고, 당구를 즐기는 사람은 천장에서 당구공이 굴러다닌단 이야기를 들은 적이 있다. 1981년에 교직에 발을 들인 후 나는 그와 비슷한 경험을 했다. 아이들이 궁금하고 내일 가르칠 교과목의 내용과 구조를 생각하며, 보살펴야 할 아이들이 떠오르더라. 교실을 떠난 사람들은 무엇이 떠오를까?

학교 현장에서 교감이나 교장이 새로 부임해 오면 '자연산'인가 '양식'인가가 입에 오른다. 학교 현장에서 잔뼈가 굵어서 승진한 이는 '자연산'이요, 전문직을 거쳐서 오면 '양식'이라 부른다. 대개 '양식'은 행정 박사(?)이다. 혼자 잘난 척을 해대기 일쑤다. 물론 다 그렇지는 않지만. 양식은 자연산에 비해 속성으로 양식되어서 자연산에 비해 젊다. 이들은 전임 교장이 해 온 것을 확 뜯어고쳐야 직성이 풀리는 모양이더라. 자연히 선생님들과 마찰이 잦다. 그렇게 헤집어 놓고는 임기 3년을 채우지 않고 자기가 원하는 자리로 메뚜기 뛰기 일쑤였다. 학교 현장에서는 이런 일이 반복되고 있다.

교장은 교직원들이 자기를 따르지 않는다고 불평이고, 교직원들은 1~2년마다 바뀌는 교장의 입맛 맞추기 힘들다고 불평인 사례가 많았다. 외환 위기를 빙계로 교원 정년을 단축하고, 김대중과 이해찬이 젊은 교장이 가능하도록 정책을 펼치면서 이런 일이 더 잦아졌다. 과거엔 교장과 교감이 제일 선배인 경우가 많았지만, 요즈음은 그렇지 않다. 젊은 교장과 교감 선생님들은 평교사 선배들을 존중해 주시면 좋겠더라.

'자연산'은 현장감이 살아 있어서 선생님들과 관계가 대개는 원만하다. 나는 자연산이 좋더라. 회는 자연산! 교장도 자연산!

232.
有朋自遠方來면 不亦樂乎아!

"집에 있냐?"/"응."

"어디, 나주?"/"응."

"놀러 갈까?"/"응."

고등학교 동창생 김종윤이가 짝인 최진숙 교장과 찾아왔다. 자전거 하이킹을 하면서 안거헌에 들르고 싶다고. 막걸리 한 잔 같이하자고. 좋제. 막걸리 두 병에 사과 한 상자를 사 들고 왔다. 사이클 복장으로. 부부가 같이 운동하는 모습이 참 보기 좋다. 어둠이 내리기 시작한다. 대충 텃밭을 구경하고, 최 교장은 풋대추를 신이 나서 따 담는다. 아내는 서둘러 저녁 식사를 준비했다. 애호박 찌개에다가 막걸리 세 병을 비우며 세상 사는 이야기, 학창 시절 이야기, 자녀들 키우던 이야기로 시간 가는 줄 모른다.

친구는 고등학교 때 2년간 같은 반이었다. 수학 천재로 수업 시간에 잘 이해가 안 되는 부분이 있어서 물어보면 친절히 가르쳐 준다. 선생님보다 더 쉽게 설명해 준다. 우리 막내가 다녔던 서석고에서 수학 교사를 하다가 퇴직하였다.

우리 막내가 고등학교 댕길 때 수학 교사를 잘못 만나서 고생했다. 대학 동아리 후배이기도 한 그 수학 교사는 힘으로 수학을 가르쳐서 폭력이 난무했다고 한다. 폭력을 싫어하는 아들은 점차 수학에 흥미를 잃어 갔다. 수능을 앞두고 큰일이다. 종윤이에게 부탁하니 흔쾌히 승낙이다. 일주일에 두세 번씩 보충수업과 야간 자율학습이 끝난 후 잠깐씩 지도를 해 주었다. 아들은 수능 수학 과목에서 만점을 받았다. 아부지 과목인 사회에서는 하나 틀리고. 나는 별도의 답례를 하지 않았다. 그저 마음으로 고마워했고, 지도한 보람이 있다고 생각했다. 아내는 늘 미안하고 고맙게 생각하고 있었다.

아내가 올해 처음으로 수확한 녹두 한 되, 양파 효소 한 되, 매실 효소 한 되, 부추 한 줌, 말린 애호박, 말린 고사리 등 여러 가지를 주섬주섬 싼다. 최 교장은 마치 친정에 왔다가 가는 느낌이라며 좋아한다. 친구가 좋다.

233.
승진하거나 전문직으로 가면 노조 할 자격을 박탈당하는 교원노조법?

내가 찾아본 바로는 현행 교원노조법[20]은 교감, 교장, 전문직은 교원노조에 가입할 수 없다는 규정이 없다. 다만 공무원노조법 제6조(가입의 범위)에서 다음 조항을 원용하는 것으로 보인다. 서로 다른 두 법의 내용이 상충할 경우에는 해당자에게 유리하게 해석하는 것이 통례임에도 교원노조법에도 없는 조합원 자격 박탈이다.

② 제1항에도 불구하고 다음 각 호의 어느 하나에 해당하는 공무원은 노동조합에 가입할 수 없다. [개정 2021. 1. 5] [시행일 2021. 7. 6.]

1. 업무의 주된 내용이 다른 공무원에 대하여 지휘·감독권을 행사하거나 다른 공무원의 업무를 총괄하는 업무에 종사하는 공무원

2. 업무의 주된 내용이 인사·보수 또는 노동관계의 조정·감독 등 노동조합의 조합원 지위를 가지고 수행하기에 적절하지 아니한 업무에 종사하는 공무원

더구나 위 공무원노조법에서의 노조 가입 제한 조항의 범위는 너무 넓고 자의적이다. 반헌법적이다. 세계적 조류에도 어긋난다. 서둘러 개정되어야 할 것이다.

---

20) * 교원의 노동조합 설립 및 운영 등에 관한 법률 (약칭: 교원노조법) 제2조(정의) 이 법에서 '교원'이란 다음 각 호의 어느 하나에 해당하는 사람을 말한다. [개정 2020. 6. 9., 2021. 1. 5.] [시행일 2021. 7. 6.]
1. 「유아교육법」 제20조 제1항에 따른 교원
2. 「초·중등교육법」 제19조 제1항에 따른 교원
제4조의2(가입 범위) 노동조합에 가입할 수 있는 사람의 범위는 다음 각 호와 같다.
1. 교원
2. 교원으로 임용되어 근무하였던 사람으로서 노동조합 규약으로 정하는 사람
[본조신설 2021. 1. 5] [시행일 2021. 7. 6.]

보리밥 묵고 방구뀡께 배가 푹 꺼져불등만

나는 전교조 조합원이었다가 승진 등으로 인하여 본인의 의사에 반하여 노조 가입 자격이 박탈당한 이들 중에 이 조치가 부당하다고 항의하거나 노조원 자격 유지를 고집하는 이를 보지 못했다. 심지어는 열혈 조합원들조차도 저항하지 않더라. 혹은 비록 노조 가입 자격을 박탈당했으나 조합비 혹은 후원회비로라도 계속 납부하겠다는 이도 보지 못했다. 다행히 교장으로 정년한 분 중에서 참교육동지회 활동을 하시는 분들이 계시다. 고맙습니다.

234.
둘째가 아파트를 리모델링 해 주다

둘째가 결혼을 앞두고 아파트를 리모델링 해 주었다. 둘째는 대학 다닐 때도 아르바이트하여 제법 용돈을 벌어 쓰는 알뜰 살림꾼이다. 맏이가 아프고 막내는 아들이고 중간에 끼여서 상대적으로 어른들의 관심을 덜 받고 큰 둘째이다. 결혼 자금이 충분하다고 결혼하기 전에 아파트를 수리해드리겠다고 하더라. 금호동 송촌아파트는 근 20년을 살다 보니 손볼 곳이 많았다. 수리비는 평당 약 100만 원이 들었다. 수리하고 나니 마치 새집 같다. 친구들이 다 부러워했다. 자식 잘 키웠다고, 그런 효녀가 없을 것이라고. 하지만 나는 둘째에게 미안하다. 그리고 한없이 고맙다.

보리밥 묵고 방구뀡께 배가 푹 꺼져불등만

235.
둘째가 결혼하고 이쁜 손녀를 안겨 주다

둘째 부부는 2019년 9월에 예쁜 손녀 황주아를 안겨 주었다. 아이의 이름은 딸 내외가 지어 온 한글 이름에 내가 한자명을 붙여 주었다. 黃珠雅! 근 40년 만에 우리 집에 온 아이다. 온갖 사랑을 독차지한다. 집안의 화두는 늘 우리 주아가 중심이다.

이 녀석이 봇물이 터지듯이 말문이 트인다. 주아가 너무 귀여워서 할아버지가 용돈을 안 주실 수 없단다. 말을 막 배우기 시작할 때 노래를 불러 주었다. '따르릉 따르릉 자전거, 떴다 떴다 비행기, 곰 세 마리, 아빠하고 나하고 만든 꽃밭에, 살찐 강아지 한 마리, 태극기가 바람에, 우물가에 올챙이 한 마리, 둥글게 둥글게 빙글빙글 돌아가면 춤을 춥시다.' 등 노래를 불러 주었다. 주아는 의성어와 의태어 등에 반응을 잘한다. 노래 가사 중에서 '링가링가 링가 링가링가링~~'에서 '링가'가 신기한가 보다. 그래서 우리 주아는 나를 '링가 할아버지'라고 부른다. 네 살이 가까워지면서 이젠 돈의 의미를 알게 되나 보다. 용돈을 주면 모아서 제주도에 간다거나 갖고 싶은 장난감을 산다고 하더라.

〈2023년 새해 아침〉

근 40년이 다 되어서 우리 집에 온 첫아이라서 온갖 사랑을 독차지하고 있다. 또 우리 가족에게 기쁨을 한없이 주고 있다. 황주아는 우리 집 행복의 화두이다.

우리 주아는 내가 심은 감자를 캘 것을 기다리고 있다.

"할아버지가 주아 줄라고 감자를 심으셨다."

고. 언제 감자를 캐냐고 묻는다. 하지에나 캔다고 말해 주었다. 아직은 하지의 개념을 모르겠지만. 하지엔 감자 캐기 체험을 할 것이다.

보리밥 묵고 방구뀜께 배가 폭 꺼져불등만

236.
옥태, 도와주소. 공동정권 허세

2018년 2월쯤이었을까? 민선 3기 전라남도교육감 선거를 앞두고 장석웅 전남교육감 예비후보가 전화했다.

"옥태, 도와주소. 공동정권(?)[21] 허세."
"내가 뭐 도움이 되겠소?"

전교조전남지부 해직교사 출신으로 장석웅, 정연국, 구신서 등 3명이 예비후보로 경합하고 있었다. 모양이 별로 이쁘게 느껴지지 않았다. 모두가 전교조전남지부장 출신으로 보기에 따라서는 전교조 간부가 입신을 위한 스펙 쌓기라는 오해를 받을 소지도 있었다. 또한 노동조합은 단체 교섭을 통해서 요구 사항을 관철하는 것이 옳다고 여겼다. 우리 출신이 그 거대하고 보수적인 관료 집단에 들어간들 마치 한강에 잉크 한 병을 붓는 것하고 별로 다를 것이 없다고 여겼다. 3명의 예비후보 중 누구 편을 드는 것도 쉽지 않은 일이었다. 개인적으로는 정연국 후보와 친분이 있고, 장석웅 후보는 고등학교 동문이고. 그러나 누군가 조직 후보로 결정이 되면 도울 수밖에 없는 것이 우리 관행이었고, 나는 조직의 결정에 성실히 임무를 수행해 왔다.

기실 장석웅 후보와 나는 전교조 내 의견 그룹이 다르다. 같이 활동하면서 느낀 점도 많고, 내게는 별로 신뢰가 가지 않는 인물이다. 의견 그룹이 달라서라기보다는 언행이 일치하지 않거나 말을 상황에 따라 자주 바꾸는 그의 모습에 믿음이 가지 않는 것이다.

---

21) 아마도 '교찾사'와 '참실' 두 의견 그룹이 함께 전남교육을 운영하거나 혹은 차기에 다른 의견 그룹 후보를 밀어주겠다는 의미로 해석되었다.

"자네 이름만이라도 걸어 주소. 공동 정권허세. 내 나이가 있으니 한 번만 하고 기회를 넘김세."

지키지도 않을, 믿을 수 없는 말을 또 한다. 나는 별생각이 없다고 답했다. '전남교육희망연대'[22]는 설문 조사를 통하여 장석웅 예비후보를 조직 후보로 결정하였고, 전교조는 이에 따르기로 되어 있었다. 이 과정에서 설문에 응답자를 모집하다가 김○○ 선생은 징계를 받아 해임되었다. 조직의 명을 받아 일을 하다가 적발되었는데 현직 교사가 선거에 개입하는 것은 위법이라더라. 공무원의 정치 참여권이 지나치게 제한을 받고 있다. 이 개명세상에서 말이다.

전라남도교육감 선거 지형이 변하고 있었다. 현임 장만채 교육감의 재선 선대본부장을 했던 목포대학의 고 아무개가 유리하고, 장석웅 후보가 불리하단다. 우리 의견 그룹의 긴급회의가 열리고 적극 협력하기로 정했다. 전남참교육동지회도 적극 돕기로 결정하였다. 조직의 결정에 따라 나는 중부권 선대본부장이 되었고, 한 달여간 열심히 뛰었다. 그리고 그는 당선이 되었다. 좀 뜨아한 것은 후보는 내가 중부권 선대본부장인 것을 모르고 있다는 느낌이었다. 약간의 선거비용을 받아서 썼지만 내 사비도 꽤 들어갔다. 급히 돌아다니다 보니 교통 법규 위반 딱지도 3장을 받았다.

'공동정권' 하자는 그의 말은 처음부터 공수표였다. 인수위원회를 꾸리는 것부터 나는 배제되었다. 인수위를 꾸리기 전에 인수위 구성과 역할에 대하여 최소한 나의 의견 정도는 물을 줄 알았다. 당선자가 꾸린 인수위는 전문성보다는 논공행상이라는 느낌이 있었고, 우리 의견 그룹과 내가 동원한 선거조직은 배제되었다. 무슨 전문위원으로 내정되었다고 보도자료가 떴다는 이야기를 들었다. 여기저기서 축하한다느니, 무엇을 부탁한다느니 하는 전화를 받았다. 인수위팀에 내 이름을 빼 달라고 했다. 누구였던지 자세한 기억은 나지 않는다.

"인수위가 잘 돌아가지 않으니 형님이 오셔서 기강(?)을 좀 잡아 주세요."

---

22) 전교조를 비롯하여 교육 관련 노조와 단체들이 모여서 만든 조직으로 전남교육의 희망을 쌓아 가는 조직이다. 2021년 조직의 범위를 교육 관련 단체에서 더 광범위하게 확장한 '전남교육회의'로 발전하였다.

보리밥 묵고 방구뀡께 배가 푹 꺼져불등만

하지만 인수위원장, 부위원장, 인수위원 밑에 전문위원 자격으로 어떻게 교통정리를 한다는 말인지. 개념 없는 친구들이다.

237.
민선 교육감 시대: 무엇이 달라졌을까?

교육감이 임명제에서 민선으로 바뀐 지 꽤 오래되었다. 처음엔 간접선거로 학교운영위원들에게 만 선거권이 주어졌지. 각 학교에서는 학년 초에 운영위원 선출을 두고 눈치작전이 치열했다. 교 장은 당연직 운영위원이고, 교사 위원, 학부모 위원, 지역 사회 위원 등이 있는데 형식적으로는 선 출이었어. 교사 위원은 교장파와 비교장파로 나뉘는 추세였고, 학부모 위원과 지역 사회 위원의 선 출을 놓고도 교장과 비교장파 간의 소리 없는 전쟁이 벌어졌다. 운영위원회는 학교 교육계획, 예산 심사는 물론 교육감 선거에 선거권을 가지고 있으니 치열하였다. 어떤 이는 명함에 학교운영위원 경력을 넣고자 하는 이도 있었다. 지역 사회의 선출직 공무원 선거 때면 그게 드러나더라.

간선제하에서는 민주 진보 후보가 당선될 가능성이 거의 0이다. 운영위원의 구성 자체가 그러하 다. 실제로 징동인 교육감이 칭병하여 사퇴 후 보궐선거에서 전교조 지부장 출신 고진형 후보는 예 선에서 1위를 하고도 결선에서 떨어졌다. 교장들이 똘똘 뭉쳐서 보수 후보에게 표를 몰아주었기 때문이다. 간선제에서는 교장들이 선호하는 후보의 당선이 유력하다. 민주진보 후보는 교장들이 싫어하는 후보라 절대 당선될 수가 없는 구조였다.

직선제는 해 볼 만하다. 실제로 직선 1기에 전국에서 많은 민주 진보 후보들이 당선되었다. 직선 제는 매표가 불가능에 가깝다. 유권자들의 표심이 중요하다. 개혁을 바라는 민심이 작용한다. 우 리 전남도교육감도 그렇게 해서 순천대학교 총장이던 장만채가 당선되었다.

직선제에서는 최적의 후보를 찾는 것이 중요하다. 진실로 민주와 진보를 위해 헌신하신 분들은 고사하는 경우가 많았다. 선거에 들어가는 돈이 만만하지 않을뿐더러 선거 시기에 낱낱이 까발려 지는 신상도 두려움의 대상이 되었겠지. 대체로 완장을 선호하는 자가 후보가 될 가능성이 높다.

보리밥 묵고 방구뀅께 배가 폭 꺼져불등만

그래서 더 철저한 검증이 필요하다. 그러나 검증이 그리 쉽지 않다. 전남이 민선 직선 1기 교육감 후보 검증에 실패한 경우이다. 전남대 김 아무개 교수, 목포대 서 아무개 교수 등 민주 진보 진영의 활동가들이 교육감 후보를 고사하여 듣보잡의 장만채에게 진보의 간판을 씌워서 당선시키지 않았던가? 알고 보니 장만채는 어린 나이에 대학 내 보직에 몰두한 것으로 보아 일찍부터 완장 마니아임이 보이던데, 어떻게 그를 민주 진보 진영의 후보로 세울 생각을 했는지 당시 과정을 모르니 의문이 갔다. 혹여 전교조 열심 회원 중에 장만채와 가까운 학연 등이 개입되어 느닷없이 진보의 고깔을 씌워 준 것이 아닌가 싶었다. 실제로 장만채는 교육감 시절에

"나는 진보가 아니다."

고 공석에서 말한 적이 있었다. 나도 담양연수원에서 진학담당자 회의 시 장만채 교육감이 인사말을 할 때 직접 들었다.

직선제 민선 3기에는 전교조 전남지부장과 전국위원장을 역임한 장석웅이 당선되었다. 많은 민주 진보 단체들이 내 일처럼 나서서 도왔다. 개혁을 바라는 민심이 작용하였다. 그리 만만한 선거는 아니었다. 장만채 후보 시절에는 비교적 쉽게 이겼다. 그러나 장만채 선택에 대한 전교조의 철저한 자기반성이 없었다. 그리고 이제는 직접 나서게 되었으니 곱게 보지 않는 시선도 있었다. 4.2% 차이로 겨우 이겼다. 민심이 경고한 것이라고 보았다. 장석웅 교육감은 장만채 교육감의 전철을 밟지 않기를 간절히 바랐다.

238.
진보교육감과 교육노동운동진영 간의 새로운 관계 정립이 필요하다

"진보교육감 3기를 거치면서 교육감과 교육노동운동진영 간의 새로운 관계 정립이 필요하다. 진보교육감은 교육노동운동이 지지한 후보이긴 하지만 엄연한 노사관계이다. 그런데 집권하면 혁신교육을 명목을 가장 왕성한 활동가들을 교육 관료로 전환시키고 그 공백을 메우지 못하는 상황이 이어지고 있다. 그리고 교육청에 들어간 선배 활동가는 노동조합을 대하는 것이 아니고 후배를 대하는 자세로 노동조합을 대하며 이런 관계가 용인되는 과정에서 진보교육감은(저자 추가) 노동조합의 민원창구 역할만 하는 상황이 나타나고 있다. 때로 긴밀한 관계는 필요하겠지만 노동조합과 교육감은 엄연한 노사관계임을 명확히 하고 서로 정책에 대해 소통은 하면서 문제가 나타나면 대응 투쟁을 할 수 있는 관계 정립이 필요하다."(이용기, "윤석열 정권에서 교육노동운동을 위하여", 「현장과 광장」 제7호, 262쪽)

전남의 경우를 예로 들어 보자.

순천대학교 총장 출신인 직선 1, 2기 장만채 교육감은 초중등교육을 전지적 관점에서 위에서 아래를 내려다보는 듯한 행정을 하였다. 교수가 교사들보다 우월하다고 여기는 인상이 짙었다. 민주진보진영의 지지를 얻어 교육감에 당선되었음에도 스스로 진보교육감이 아니라고 고백하였다. 여러 지점에서 전교교전남지부와 충돌하였으나 그 해결점을 찾지는 못했다.

전교조 해직교사 출신으로 전교조전남지부장과 전교조위원장을 역임한 직선 3기 장석웅 교육감은 교육노동자 출신으로서 지방 교육 수장이 되었다. 따라서 교육노동운동진영이 제기하는 여러 과제(고교학점제 폐지, 일제 교사 저지, 학교 업무 감축, 2022 교육 과정 개정, 교원 정원 확대 및 학급당 학생 수 감축, 거대과밀학교 해소, 연금 개악 저지, 특권학교 폐지, 학생 인권과 민주시민교육, 대학 무상화와 평준화, 마을교육공동체, 교육자치에 대한 관계 설정, 국가교육위원회 대응, 기후 위기 대응 교육 및 행동, 학교 비정규직 차별 철폐, 사학공공성 강화, 교육 비리 척결 등)들을 수렴할 기회로 여겼다. 그러나 장석웅 교육감은 이들 과제에 대한 이해가 충분하지 않은 것으로 보였고, 교육 관료를 제대로 통제하지 못하여 업무가 미숙하다거나 개혁 의지가 약하다는 등 진보교육감스럽지 못하다는 비판이 이어졌다.

직선 4기 신임 김대중 교육감은 해직교사 출신으로서 목포시 의원 3선과 장만채 교육감 비서실장 7년을 역임하였다. 이 점은 같은 전교조 출신 교육감으로서 장석웅 전임 교육감에 비하여 행정 면에서는 장점으로 작용될 수 있다. 하지만 김대중 신임 교육감은 해직 이후 목포시의원(11년)과 교육감 비서실장(7년) 등의 활동으로 교육 현장과 너무 오래 떨어져 있었다. 이점은 교육노동운동진영이 해결하고자 하는 상기 과제들을 신임 교육감이 제대로 이해하지 못할 수도 있음을 우려하게 한다. 이 우려를 해결하기 위해서는 교육감 스스로 학습이 필요하고 교육노동운동진영과의 충분한 협의가 필요할 것이다.

우리는 광주광역시에서 전교조광주지부장 출신 장휘국 교육감 3선을 통해서 배울 점이 많을 것이다. 전교조를 비롯한 교육노동운동진영과 진보적 시민들의 지지를 받아 3기에 걸쳐 교육감을 지냈으면서도 보수화, 관료화되었다는 비판이 있었다. 특히 배이상헌 선생의 수업 중 '성희롱 사건'을 처리하는 과정에서는 팩트에 의한 행정보다는 자신의 입장을 고려하는 행정이라는 비판이 있었다. 우선 징계하고 나중에 검찰에서 무혐의로 나오면 원상회복하겠다는 약속을 지키지 않았다. 배이상헌 선생은 무혐의로 밝혀졌으나 장휘국 교육감은 후속 징계를 계속하였고, 배이상헌 선생은 원상회복 투쟁을 하다가 병을 얻어서 지금 화순전남대병원에서 암 투병 중이다. 배이상헌 선생의 쾌유를 빕니다.

이른바 진보 교육감이 재선을 염두에 두는 한 교육노동운동진영이 염원하는 과제는 더 멀어질 것임을 우려한다. 전교조를 비롯한 교육노동운동진영은 진보교육감을 민원을 해결하는 창구가 아닌, 엄연한 노사관계로 인식하고 단체 교섭에 임해야 할 것이다. 또한 교육 관료의 보수성을 타파할 수혈 등 여러 명목으로 현장의 왕성한 활동가들이 다수 교육 관료로 편입되어 가는 한편 현장은 새 피가 수혈되지 못하는 공백을 우려한다. 나는 개혁활동가가 교육 관료로 편입되는 것을 '한강에 잉크 한 병을 붓는 것과 같다.'고 생각한다. 관료 조직 안으로 들어가서 개혁하는 것이 아니라 현장 활동의 결과를 단체 교섭을 통해 해결하는 것이 교육노동운동이 가야 할 길이라고 여긴다.

239.
살아서 싸우세, 동지!

2018년 8월.

1994년의 혹서를 능가하는 뜨거운 여름은 더위에 관한 모든 기록을 갈아치웠다. 그 염천에 조창익 전교조 위원장은 두 차례(28일간, 27일간)에 걸쳐서 55일간 단식했다.

"전교조 법외노조 철회!"

"해직교사 즉각 복직!"

"공무원의 노동3권 보장!"

문재인 정권은 대통령 후보 시절의 약속을 지키지 않고 있었다. 조창익 전교조위원장은 목숨을 건 단식을 각오한 모양이었다. 장기간의 단식에도 자세 하나 흐트러짐이 없다. 관우가 화타가 독화살 자국을 수술할 때 표정 하나 변하지 않고 바둑을 두었다는 이야기가 떠올랐다. 그러나 이대로 두면 조창익 동지의 생명이 위험하다. 어쩔 수 없다.

"살아서 싸우세. 동지!"

동지들이 강제로 입원시켰다. 그리고 부위원장, 각시도 지부장들과 여러 동지들이 13일간 릴레이 동조 단식으로 이어 갔다. 나도 전남지부의 차례에 청와대 앞에서 함께 단식 농성했다.

그래도 문재인 정권은 아무런 응답이 없었다. 박근혜의 국정농단 사건에 온 국민이 분노하여 일어난 촛불 혁명에 달랑 숟가락 하나 들고 와서 거저 묵은 정권의 모습이 적나라하게 드러나는 모습이었다. 문재인 정권이 이렇게 허술해서는 차기에 정권을 극우에게 넘길 가능성이 높아 가고 있었다.

실제로 문재인 정권은 극우 정당의 덜떨어진 듯한 사람에게 정권을 넘겨주고 말았다. 민주당 정권에 실망한 국민의 선택이었다. 그 폐해는 여러 분야에서 쉼 없이 계속되고 있다. 2023년 5월 현재. 대일 굴욕 외교, 전쟁 위기 조장, 노조 탄압, 전세 사기, 화해보다는 대립과 갈등 조장 등으로 온 나라가 신음하고 있다. 하지만 문재인은 자기 재임 중 일을 아주 잘했다고 착각하고 있는 것 같다. 처절하게 반성해도 모자랄 판이다. 지금 윤석열 정권의 폐해의 책임에서 문재인 전임 대통령은 자유롭지 못하다.

그의 인사가 망사였다.

그의 인사 중에 윤석열 검찰총장, 조국 법무장관, 유은혜 교육장관, 김현미 건설교통장관, 최시형 감사원장 등 인사는 특히 잘못된 인사였다. 잘못된 인사의 고통은 고스란히 국민의 몫이다.

문재인 대통령과 민주당은 책임 방기도 실로 컸다.

헌법 개정, 전교조 법외노조 취소, 전교조 해직교사 원상회복, 주택 부족 해소 및 집값 안정, 출산율 저하 해소 등 굵직한 과제들을 방기하였다. 이 피해 또한 고스란히 국민의 몫이다.

민주당이 정권을 극우 정당에게 뺏긴 것은 결코 우연이 아니다. 이제라도 반성하길 바란다. 민주당은 과거 노무현과 열린우리당의 실패, 문재인과 더불어민주당의 실패를 경험하고도 전혀 반성하는 모습이 보이지 않는다. 물은 배를 띄우기도 하지만 뒤집기도 한다. 민심이 천심이다. 민심을 바로 읽을 줄 알아야 한다. 아전인수식 말고.

보리밥 묵고 방구뀡께 배가 푹 꺼져불등만

240.
녹두 두 되 반, 참깨 서되 반

2018년 여름은 최장 열대야, 최장 고온 특보, 8월 말의 국지성 호우까지 각종 기상관측 기록을 경신하였다. 하지만 이 뜨거운 여름에도 나에겐 소중한 녹두 두 되 반, 참깨 서되 반의 수확이 있었다. 돈으로 따지면야 얼마나 되리라고? 하지만 소중하다. 그동안 아내는 녹두와 참깨를 냉장고에 소중하게 보관하고 특별한 일이 있을 때만 써 왔다.

"여보, 인자 팍팍 쳐 묵소, 잉?"

내가 직접 참깨를 털자 아내의 음식에 참깨가 부담 없이 들어가더라. 텃밭을 가꾸는 기쁨이 실로 컸다.

이웃 빈집 마당을 텃밭으로 가꾸었었다. 비어 있어서 잡초가 무성하고 그 씨가 날려와 주인의 양해를 구하고 작물을 재배했었다. 2022년 말에 자기가 집을 수리해서 쓸란다고 하여 비워 주었다. 하지만 여전히 풀이 자라고 있다. 옆집 노인이 자기 집 뒤편의 밭을 써도 좋다고 하여 3년간 작물을 재배하였다. 취나물 재배를 하던 곳이라 땅이 굳어서 밭다운 밭으로 일구는데 노동력과 퇴비를 많이 투여하였다. 이제 좀 작물 재배가 가능할 것으로 보이는데 갑질이다. 그래서 돌려주었다. 이제는 우리 텃밭 약 40평이 내 놀이터이다.

2023년 5월 현재 내 텃밭에는 마늘과 양파가 수확을 기다리고 있다. 고추, 가지, 오이, 상추, 브로콜리, 아욱, 들깨, 대파, 토란 등이 자라고 있다. 양파와 마늘을 수확하고 나면 참깨를 심을 것이다. 참깨 종자는 다수확 종자라는 '태강'을 구입하였다. 안거헌의 텃밭은 집약적이다. 터는 좁지만, 우리 식구 먹을거리는 상당히 마련한다.

241.
에어컨, 아들이 달아 준다고 할 때 달 걸

2018년 여름. 작년에 고장 나서 버린 선풍기 2대 대신에 냉풍기 2대를 새로 샀다. 스위스 밀리터리 제품으로 62,900원씩에 인터넷에서 구매했다. 초여름엔 그런대로 지낼 만했다. 오매, 7월이 가고 8월이 오니, 이건 장난이 아니네. 못 살겠어. 숨이 콱콱 맥혀 오네.

"아들이 달아 준다고 할 때 달 걸."

새벽이가 봄에 에어컨을 달아 드리마고 했거든. 작년 여름엔 고장 난 선풍기 한 대로도 그런대로 버텼고, 올해엔 새로 냉풍기 두 대를 장만하였으니 나름대로는 든든했었어. 그런데 이번 여름의 더위는 그것이 아니었다.

"아부지, 내년엔 봄에 꼭 달아요. 제가 해 드릴께요. 에어컨을 달면 여름의 삶의 질이 달라져요."
"그래, 고맙다."

이듬해 내 돈으로 에어컨을 달았다. 지난여름의 악몽을 되풀이하지 않으려고. 아들의 고마운 마음은 간직하고. 내 생애에 처음으로 집에 에어컨을 달아 보다니 감개무량이었다. 막상 에어컨을 달고 보니 에어컨 없이 지냈던 여름이 아득하다. 에어컨이 있으니 후덥지근한 여름에 습도 조절을 할 수 있어서 더 좋았다.

세상에!
나도 에어컨을 틀고 사네, 잉?

　　　　　　　　　　　　　보리밥 묵고 방구뽕께 배가 푹 꺼져불등만

242.
부모님 산소는 내가 직접 관리해야지

2018년 9월 1일 토요일, 모처럼 비가 안 온다. 하늘은 잔뜩 찌푸리고 있다. 다시중학교 서남원 선생의 소개로 다시중에서 진로 과목을 가르치고 있던 참이다. 진로 과목 기간제를 구하지 못하여, 중등 교사 자격만 있으면 된다고 꼭 와 달라고 하여 내가 기간제로 간 것이다. 기간제 교사로 일하고 있어 평일엔 못 하니 오늘은 꼭 벌초를 해야겠다. 퇴직하면서 산 예초기를 돌린다. 작년에 쓰고 다시 조립하려는데 익숙하지 않아서 약간 혼동이 있었지만 이내 익숙해졌다. 풀이 물을 잔뜩 먹어서 날이 잘 안 나간다. 우선 오늘은 베기만 하기로 하고 낼 마무리해야지. 아내는 금년엔 돈을 버니까 남에게 맡기라고 한다. 참. 한 봉에 6만 원씩 3봉이면 18만 원이나 해. 더구나 부모님 산소는 내가 직접 관리해야지. 금년엔 그래도 자주 산소를 관리한 덕분인지 잡초는 덜 하다. 그러나 보래기[23]가 엄청나게 싹을 틔운다. 최근 잦은 비로 이놈들의 생명력이 탄력을 받은 모양이다.

점심으로 공산면 소재지 농협 앞의 중국집에서 짜장면을 먹는데 손이 덜덜 떨려서 도저히 집을 수가 없다. 주인아짐씨가 웃으며

"벌초허다가 오셨지라?"

하면서 나무젓가락으로 바꾸어 주더라.

9월 2일(일). 어제 예초기로 베어낸 풀을 갈퀴로 긁어서 치우고 제초제(모뉴먼트)를 뿌린다. 이놈의 풀이 계절 따라 나온다. 그때그때 다스리지 않으면 월동하고 깊게 뿌리를 내려 더 잡기 힘들

---

23) 둑새풀(볏과에 딸린 한해살이풀이나 두해살이풀)을 우리 동네에서는 보래기라고 불렀다.

다. 특히 우리가 어릴 때 삐비라고 먹었던 띠풀은 생명력이 강해서 잔디를 이겨 묵는다. 이놈을 잡으려고 삽으로 뿌리를 캐 보기도 했지만 뿌리가 아주 조금만 남아 있어도 금방 번지기 일쑤였고, 동네 아재의 조언에 따라 근삼이를 고무장갑 끼고 발라도 봤지만, 효과가 별로 없었다. 근삼이를 사용하면 잔디까지 죽어 버리더라고. 그러다가 모뉴먼트를 봄에 싹이 막 틀 때 뿌려 주니 조금 잡혔다. 잡초는 풀이 싹을 트기 전에 미리 카소론이라는 가루약을 뿌려 주니 효과가 좋았다. 개미가 땅을 파고 집을 지어 군데군데 개미 무덤을 만들어서 밟아서 다져 주고, 묘에도 월동하면서 들뜬 부분은 다져 주었다. 농약은 전남대 아카데미 후배인 나상운 사장이 나주터미널 근처에서 경영하는 집에서 사 온다.

"아부지, 어무이, 참 심드요. 그래도 내가 심쓸 때까지는 직접 관리할라요. 추석에 뵙시다. 제가 오래 살아야 이렇게 모실 수 있어요."

지금 내 아이들은 이런 일을 하기 어려울 것이라는 생각에 마음이 무거워진다.

2018년 9월 2일 일요일 오전에 산소 벌초를 마무리하고 왔다. 몸이 천근만근이다. 내친김에 텃밭 작업이다. 염병할 낼하고 모레 또 비가 온단다. 비가 오기 전에 김장배추 심을 준비를 마쳐야지. 밭을 정리하고 작년에 쓰던 검정 비닐을 꺼낸다. 폭이 너무 넓고(1m), 좀 이상하다. 장터 농약상에 가서 배추용 비닐을 18,000원을 주고 샀다. 500m라고 하니까 20년도 넘게 쓰겠다. 배추 모종은 100개짜리 1포트를 이장에게 신청해 놨다. 가을 작물은 투명 비닐로 햇빛을 통과시키고, 봄여름 작물은 검정 비닐을 써야 햇빛을 차단할 수 있단다. 늘 배우는 자세로 새롭게 시도하면서 살자꾸나. 나중에 보니 김장배추를 9월에 심으면 폭이 덜 차더라. 늦어도 8월 말까지는 심어야 폭이 실하게 들더라.

배움에는 끝이 없다. 농사는 이웃 노인들을 보고 배운다. 부족한 것은 인터넷을 뒤지면 다 나온다. 그래도 무엇보다 소중한 것은 나만의 경험이다. 세종 임금 때 농사 백과인 '농사직설'도 경험 많은 농부들의 농삿법을 집대성한 것이라고 했다.

보리밥 묵고 방구뀡께 배가 폭 꺼져불등만

243.
목포제일중학교에서 사회과 기간제 교사로 일하다

내가 존경하는 후배 교사 조창익 선생의 부인인 옥연이 선생이 급한 전화를 했다. 목포제일중학교에 사회과 여교사가 분만 휴가를 가야 하는데 기간제 교사를 구하지 못하니 오라버니가 좀 도와달라고. 이 시대 출산은 시대적 과제이다. 출산은 애국이다. 흔쾌히 응했다. 축하의 꽃다발까지 준비해서 그 여선생님께 드리고 가벼운 마음으로 분만하시고 건강히 복귀하시라고. 꽃다발은 상상하지 못했던지 감탄의 분위기였다.

목포제일중학교 아이들은 너무 힘들었다. 수업 분위기를 흐리는 아이들이 반마다 2~3명씩 있었다. 지도가 전혀 먹혀들지 않았다. 이렇게 힘든 아이들은 내 교직 평생 처음 겪는 일이었다. 어떤 아이는 수업 중에 책상 위에 드러누워서 양팔을 벌려 손에 잡히는 아이들을 괴롭힌다. 코를 푼 휴지를 책상 서랍 속에 집어넣기도 하고, 덜 마신 우유갑을 아무 데나 던지는가 하면 교과서를 찢어서 종이비행기를 만들어서 날리기도 하는 등 일부러 수업을 방해하려고 작정한 듯하였다. 아이들이 기간제 교사를 구분할 줄도 안다. 기간제 교사의 지도는 더욱 무시한다. 그렇다고 기간제 교사가 아이들에게 할 수 있는 일은 극히 제한되었다. 욕을 할 수도, 매를 들 수도 없다. 태도 점수로 협박(?)해도 소용없다. 점수에 신경 쓰지 않는다는데, 뭐. 부모님께 알릴까 했더니, 부모님도 두 손 두 발 다 들었다고 지가 그렇게 말하더라고. 그저 목이 쉬어라 협조를 부탁할 뿐이다. 그저 인내가 유일한 방법이었다. 너무 힘든 석 달을 보냈다. 나의 한계를 느꼈기도 했다. 무력감을 느꼈다.

그 학교 교장과 과학과 원로 교사와 함께 외진 곳의 창고를 흡연실로 사용하였다. 박 교장은

"선배님, 굳이 퇴근 시간까지 기다릴 필요 없이 수업 끝나면 살짜기 가셔도 됩니다."

고마웠다. 사실 나이가 들어 가면서 야간에 운전하는 것이 불편하다.

244.
목포정명여자중학교에서 기간제 교사로 일하다

2019년 5월 중순부터 사회과 해직 동료인 정윤정 선생의 남편인 고광헌 선생의 부탁으로 목포정명여중에서 일했다. 사회과 명○○ 여선생님은 자기 학급 아이를 지도하면서 아동학대로 고발되었다가 혐의가 없는 걸로 결론이 났지만, 그 충격으로 정신적 고통을 겪어서 병가를 냈다고 들었다.

정명여자중고등학교는 미국남장로교회가 설립한 호남기독학원의 여러 학교 중의 하나다. 명○○ 선생은 후임을 위한 배려가 전혀 없었다. 그냥 진도 표시하고 컴퓨터 비번만 메모지에 남겼을 뿐이다. 1학기 두 달을 보내고 여름방학을 건너뛰고 2학기에 계속 근무해 달라고 다시 연락이 왔다. 이번에는 그 여선생님이 병휴직을 냈다는 것이다. 기간은 9월부터 1월 5일까지다. 공립에서는 이런 경우에 2월까지 근무하고 급여도 지급한다. 결국 여름방학에 복귀해서 급여를 받고, 2학기 휴직, 겨울방학에 복귀하여 급여를 받는 모양세였다. 참으로 염치없는 짓거리다. 그걸 묵인하는 그 학교도 문제였다. 기독교 학교이지만 기독 정신이 없어 보였다.

아동학대로 신고했다는 아이는 1학기 동안에는 수업 중에 얼굴을 제대로 들지 못했다. 자기 때문에 담임 선생님이 병이 났다고 하니 그랬을 것이다. 틈나는 대로 아이를 격려했다. 2학기에 다시 만났을 때는 수업 중에 얼굴을 마주 볼 수 있었다. 아이가 많이 회복되고 있었다. 결국 아이가 문제가 아니라 담임 여교사가 문제였던 것으로 판단되었다.

그 학교는 젊은 기간제 교사들이 많았는데, 주로 학생부에 배치하였더라. 기간제를 마치고 끝나는 날에 기간제 교사들에게 임용고시를 준비할 수 있는 여유를 드리는 것이 기독 정신이 아닐까 하는 의견을 냈다.

보리밥 묵고 방구뀡께 배가 푹 꺼져불등만

1월에 연말 정산하자고 정명여중 행정실에서 연락이 와서 갔다가 그 명 선생을 만났다. 행정실 박 계장이 서로 인사를 시켜 주더라고. 그 선생님은 그저 스치듯이

"안녕하세요?"

하고 말았다. 자기 빈자리를 대신해 주서서 고맙다는 말 정도를 기대하는 것은 나의 지나친 욕심이었다.

정명여중 기간제를 마치면서 다음과 같은 편지를 쿨메신저로 전 교직원에게 남겼다.

안녕하십니까?

내일은 종업식과 졸업식으로 경황이 없을 것 같아서 오늘 작별 인사를 드립니다. 三伏에 왔다가 三寒에 떠나는군요. 이제 정말 마지막입니다. 넘치는 사랑을 받았습니다. 감사합니다.

스물여덟에 교직에 들어와 39 星霜을 숨 가쁘게 달려왔습니다. 승진은 처음부터 별로 뜻이 없었습니다. 교육자는 교실을 떠나면 의미가 없다고 여겼습니다. 물고기가 물을 떠나기 어렵듯이요. 다만 교육민주화운동으로 해직된 세월을 빼면 늘 교실에서 아이들과 함께했습니다. 누가 이 길을 가라 등 떠밀지 않았고, 제가 택한 길이기에 후회도 여한도 없습니다. 제 아이들이 아비가 교사인 게 자랑스럽답니다. 다행이고 고마운 일이지요.

퇴직하는 해에도 전교조 지회장과 고3 부장을 했습니다. 덕분에 전국 최고령 지회장, 고3 부장의 영예를 누렸습니다. 퇴직하는 해 2월도 졸업식으로 아이들을 떠나보내고, 진학이나 취업을 원하는 아이들을 상담하고 자기소개서와 추천서 등을 돌봐주느라 2월을 꼬박 채우고서야 교문을 나설 수 있었습니다.

정명 2학년 역사 진도를 마치고 남은 2주일은 대한민국헌법을 강의하였습니다. 누구보다 헌법을 알고 수호해야 할 대통령, 장차관, 국회의원, 판검사들이 헌법을 유린하는 것을 너무 많이 목도했습니다. 대한민국 국민이라면 저들이 무슨 잘못을 저지르고 있는지, 나는 무엇을 해야 하는지 알아야 한다고 봅니다. 그래서 헌법교육이 필요합니다. 허나, 불행히도 우리 교육 과정엔 그럴 기회가 없더이다.

모든 교과가 다 소중하지만, 저는 국어와 사회과는 혼을 담아 교육해야 한다고 봅니다.

플로베르는 '일물일어의 법칙'을 말했습니다. 한 가지 사물이나 일에 的確한 말은 단 하나뿐이라지요. 쓰는 이에 따라 말의 뜻이 제각각이라면 이 얼마나 큰 혼란입니까? 말이 바로 서면 사람이 바로 서고, 사회가 바로 섭니다. 그래서 모든 교과의 으뜸은 국어과입니다. 사회과는 더불어서 잘 사는 길을 안내하는 교과입니다. 강자는 약자와 함께 가야 행복하고, 약자는 인간으로 태어난 이상 당연한 권리로 인간다워야 함을 서로 나누어야 합니다. 따라서 사회과는 목표 교과입니다. 혼을 담아서 온 몸과 맘을 담아 아이들을 이끌어야 합니다. 허나 현실은 도구 교과인 수학, 영어에 밀려 주변 교과로 전락했습니다. 광복 후 70년이 지났건만 민주주의가 뿌리를 내리지 못하고, 이기심으로 사회 곳곳이 뒤틀린 연유가 여기에 있지 않을까요?

우리 젊은 기간제 선생님들을 생각하면 가슴이 먹먹해집니다. 제 아이도 임용고시에 몇 번 실패하더니 지금은 건강보험관리공단에서 근무합니다. 나이를 먹어 가니 부모에게 부담 주기 거시기해서 발길을 돌린 거지요. 지금도 임용고시 공부를 계속하고 있어요. 일과 수험 공부를 병행하는 것이 얼마나 고통입니까? 새벽 3시에도 녀석의 방에는 불이 켜져 있습니다. 아비의 가슴이 미어집니다. 우리 젊은 기간제 선생님들을 생각하면 남의 일 같지 않습니다.

부탁드립니다. 교장 선생님, 교감 선생님, 선배 선생님들께서 이들을 도우소서! 올해는 꼭 합격할 수 있도록 실질적인 도움을 주소서! 이들이 필요로 하는 것은 시간이고 마음의 여유입니다. 기간제 선생님들도 더욱 精進하소서! 그래서 올해는 꼭 소원성취하소서!

아이들과는 각 반 마지막 시간에 짧막하게 인사했습니다. 알퐁스 도테의 『마지막 수업』을 話頭 삼아서요. 3학년에도 꼭 역사를 가르쳐 달라더군요. 제 수업이 나쁘지는 않았나 봅니다. 큰 위안이 되었습니다.

정명 가족 여러분!
하나님의 사랑으로 세우신 배움터인 정명이 배려와 사랑이 강물처럼 넘쳐흐르기를 기원합니다. 우리가 드리는 기도가 단지 그분에게 의지함이 아니라 몸소 실천함으로써 주님을 기쁘게 해야 하지 않을까요?

보리밥 묵고 방구뀔께 배가 푹 꺼져불등만

이제 정말이지 野人으로 돌아갑니다. 전남교육연구소 소장, 퇴직조합원 모임인 참교육동지회 사무국장, 전라남도교육청 청렴시민감사관, 전라남도교육청 시설감리단 감사관 등 일이 기다리고 있습니다. 돈이 되는 일은 아닙니다. 오히려 私費를 출연해야 하는 일도 있습니다. 그러면 어떻습니까? 뭔가 의미 있는 할 일이 있고, 건강하니 기쁜 일이지요.

철에 맞추어 텃밭을 가꾸고, 아지랑이 아른거리는 봄이면 논둑길을 하릴없이 배회하고, 청명한 날이면 자전거 타고 영산강 뚝방길을 어슬렁거리는 거지요. 그렇게 살렵니다.

사설이 너무 길었습니다.
건강하시옵고 만복을 누리소서!
다시 한번 그동안의 따뜻한 보살핌에 감사드립니다.

2020년 1월 7일

김옥태 사룀

추신: 혹 떠나는 절 불러 세우지 맙소서! 사나이 흘리는 뜨거운 눈물을 들키기 참 머시기합니다.

245.
아이들이 말리는 고용지원금을 받다

기간제 교사로 일하면 고용보험료를 낸다. 그래서 일자리를 잃게 되면 고용지원금을 받을 수 있다. 6개월에서 1년 미만은 3개월분, 1년 이상이면 6개월분을 주더라. 정명여중에서 명○○ 선생의 꼼수로 만 1년이 채 안 되어 3개월분만 받았다. 아이들은 부끄럽다고 아빠는 받지 마시라고 한다. 더 어려운 사람들을 위해 기회를 주시라고 하더라고. 참 착한 녀석들이다. 그래도 국민으로서의 권리를 찾는 것도 중요하고 아직은 내 코가 석 자였다.

금남로에 있는 고용센터에서 교육받고, 봉사 활동도 하고 뭐 이런 식으로 고용지원금을 받았다. 광산구에 있는 시설에서 봉사 활동을 했는데, 그 담당 직원이 나더러 너무 성실하시다고 하더라. 다른 이들은 시간 때우기에 급급한데, 선생님은 매우 꼼꼼하게 일을 한다는 것이다. 내가 한 일은 정원의 잡초를 제거하는 것이었다. 내 집 정원 가꾸는 마음으로 일했다.

고용센터에서 교육을 담당하는 직원은 매우 불친절하고 권위적이며 심지어는 거기 오는 이들을 깔보는 듯한 느낌마저 주었다. 고용센터는 늘 붐비고 오시는 분들은 남녀노소가 섞여 있었다. 이 시대 고용이 불안하다는 것을 느낄 수 있었다. 연금 생활자이면서 고용지원금을 받는 것이 껄쩍찌근했지만 생활에 큰 보탬이 되었다. 해직으로 인한 생활고만 아니었어도 고용지원금을 받지 않았을 것이다. 고용지원금은 평소 임금의 60%를 주더라. 생활에 큰 도움이 되었다.

기간제로 일하고 고용지원금도 받으면서 마이너스 통장으로 부족한 생활비를 메꾸는 것이 해결되었다.

혹시 고용지원금을 꽁짜라고 생각하는 분은 나와 의견이 다르다.

246.
학부모 초청 공개수업 : "급식이 달라질 거예요"

2018년 9월 20일(목) 오늘은 나주다시중학교 학부모초청 공개수업을 하는 날이다. 기간제 교사로 와 있지만 담당 선생님의 업무가 연수라 내가 그 업무를 이어받는다. 교무행정사 신명숙 선생님이 능숙하게 도와주신다. 참 고맙다. 나는 1교시에 진로 수업을 했다. 단원은 '고등학교의 유형과 특성'이다. 고등학교 선택은 3학년 2학기 말에 하겠지만 미리 자신의 흥미와 특기, 장래 꿈을 살펴서 가고자 하는 고등학교를 탐색하는 것이 좋을 듯하다.

여기저기 교실에서 수업하는 장면이 들려온다. 선생님과 학생들이 준비를 많이 하고, 수업 분위기도 매우 진지해 보인다. 우리 아이들은 손님이 오시면 평소보다 더 예의 바르고 열심이다. 그렇게 초등학교 때부터 길이 든 모양이었다. 주차장을 둘러보니 BMW, 에쿠스 등 외제 차와 비싼 국산차도 보인다. 학생 수는 39명에 불과하지만, 학부모들의 경제 사정은 좋은 집이 있는 갑다. 하기사 바쁜 농사철에 하루 일을 접고 학교에 올 수 있는 학부모가 얼마나 될까? 특별한 교육열이 아니라면 형편이 되어야지. 교무행정사 선생님은 다과를 준비하느라 분주하다.

어제 1학년 이○○가 급식실에서,

"내일은 급식이 확 달라질 거예요. 맛있을 겁니다."
"왜?"
"학부모님들이 오시면 달라져요."
"그걸 어떻게 알아?"
"초등학교 때부터 그랬어요."

아이들의 눈에 비친 어른들의 모습이 아닐까? 부끄러운 생각이 들었다.

뒤에 영양사 선생님께 과연 그러냐고 물었더니. 그런 건 없고 식단은 월 단위로 짠단다. 이미 짜인 식단을 그날이라고 특별히 바꾸지는 않는단다.

보리밥 묵고 방구뀡께 배가 푹 꺼져불등만

247.
『손바닥 헌법책』100권을 주문하다

2018년 9월 20일 '우리헌법읽기운동본부'(김용택 선생님께서 수고하고 계심)에서 발행한 『손바닥 헌법책』100권을 주문하였다. 명절이라 배송이 연휴 후에나 가능하단다. 한 권에 500원씩 배달료 3,000원 포함 총 53,000원이다. 이번에 기간제 교사로 용돈을 벌었으니 좀 쓰자. 예전에도 여러 차례 『손바닥 헌법책』을 주문하여 교직원과 학생들에게 선물하였다.

다시중학교 학생이 39명, 문평중학교 학생이 9명, 교사가 두 학교 총 16명 등 선생님과 학생들에게 내 근무 기념으로 선물하련다. 나머지는 가지고 있다가 필요한 이에게 선물로 드리고.

대한민국 국민 중에서 우리 헌법을 단 한 번이라도 숙독한 이가 몇이나 될까? 아니 적어도 사회과 교사 중에는 몇이나 될까? 정치인은? 기업인은? 언론인은? 여론 주도층이라 불리는 이들만이라도 헌법을 숙독하고 헌법 정신에 따라 일한다면 우리 사회는 지금보다 많이 좋아지지 않을까?

자라나는 세대들 우리 학생들에게 기회가 있는 대로 헌법을 읽게 하자. 2015년에 광주흥사단에서 주관하는 청소년 방과 후 학교 학생들에게 봉사 활동하면서 헌법책을 나누어주고 헌법 해설을 했다. 과목은 국사인데 마지막 몇 시간을 남기고 헌법을 가르쳤다. 5시간으로도 부족하더라. 아이들은 따분해하더라. 그 기관에서는 다시는 나를 강사로 부르지 않더라.

대한민국헌법은 선배들의 거룩한 피로써 이루어진 것이다. 미래 세대를 위해서는 계속하여 향상되어야 한다. 지켜져야 한다. 존중되어야 한다. 문재인 정권이 헌법을 개정한다는 운을 띄우더니 시들하더라. 1986년 현행 헌법 개정 당시의 상황이 세월이 흘러 달라졌기 때문에 새로운 시대에 맞추어 개정해야 한다는 의견이 박근혜 탄핵 이후 등장하였다. 내 보기에 현행 헌법은 별문제가 없다. 다만 헌법 정신을 담아야 할 법률들이 문제가 많고, 시행령으로 왜곡하여 운영하는 정권이 문제이다. 박근혜는 교원노조법을 왜곡하여 '전교조 노조 아님'을 통보하였고, 김대중은 '민주화보상법'을 왜곡 축소하여 민주화운동 관련자 명예 회복과 보상을 무력화시켰으며, 노무현과 문재인도 김대중 정신을 계승한다면서 그 잘못된 시행령을 고칠 생각조차 하지 않았다.

보리밥 묵고 방구뀡께 배가 폭 꺼져불등만

248.
전남교육연구소 소장(상임이사)으로 일하다

2019년 목포정명여자중학교에서 기간제로 일할 때 조창익 선생이 찾아왔다. 목포여고 근처의 음식점(도가니탕)에서 점심을 먹으면서 전남교육연구소 소장을 맡아달라는 부탁이다. 그 집 도가니탕은 추천할 만하다. 우리 조창익 동지는 어려운 일을 자주 부탁한다. 조 선생이 전교조전남지부장에 입후보한 두 차례 선거대책본부장을 맡았고, 참교육동지회 조직을 부탁하더니 이제는 전남교육연구소를 맡아달라는 것이다.

사단법인 전남교육연구소는 박종택 성님이 전남지부장으로 재임 시에 고진형 선배 등 동지들이 서둘러서 마련하였다. 초기에는 대학교수 등 명망 인사들을 망라하여 그 진용이 거창하였다. 그러나 '전남교육연구소'라는 이름에 걸맞는 연구 활동은 거의 보이지 못했다. 혹자는 공직에 진출하려는 이들의 선거조직이라는 평도 있었다. 시간이 흐르면서 명망 있는 인사들은 존재감이 사라지고 활동도 거의 없었다. 관할청인 목포교육지원청에서 법인을 해체하든가 아니면 활동하든가 결정하라는 통보를 했다는 것이다. 법인을 해체하면 법인 기본자산인 1,000만 원은 국고로 귀속된단다. 우리 전교조 동지들의 피땀 어린 돈이다.

이철배 선생이 운영위원장이 되어서 실무를 담당했다. 어렵사리 이사회를 다시 꾸리고, 총회를 소집하여 재발족에 가까운 과정을 거쳐서 살렸다. 나는 상임이사(소장)를 맡았다. 상임이사가 실세라고 하나 기실 운영위원장이 모든 실무를 담당하므로 이사를 겸하는 것이 좋을 것으로 보였다. 활동도 살아났다. 활동의 방향은 전남교육연구소가 선거조직이라는 오명을 다시 써서는 안 된다는 전제 아래 전남교육 현안에 대한 토론과 강의, 학습 등 활동을 하기로 하였다. 연구소는 자리를 잡아가고 있다. 상임이사 연임을 부탁받았지만 사양하였다. 새 술은 새 부대에! 이제 후배 동지들이 더 잘 꾸려 갈 것이다. 의자는 오시는 분들에게 비워줘야 한다. 벽에 똥을 칠할 때까지 정치를 해 묵을라고 하는 무리들이 안타깝다.

"지금 어드메쯤/ 아침을 몰고 오는 분이 계시옵니다.
그분을 위하여/ 묵은 의자를 비워 드리지요."

보리밥 묵고 방구뀡께 배가 푹 꺼져불등만

249.
문재인 정권이 마지못해서 전교조 법외노조 조치를 취소하다

박근혜 정권의 고용노동부는 2013년 10월 24일 '전교조 노조 아님'이라는 팩스 한 장으로 전교조의 법적 지위를 박탈하였다. 이유는 전교조 활동 중에 해직된 조합원이 전교조에 가입되어 있다는 것이다. 헌법이 보장하고 있는 노동자의 단결권을 박탈하는 반헌법적인 조치였다. 이에 전교조는 원상회복을 위한 끈질긴 단결 투쟁으로 드디어 대법원에서 최종 승소하였다. 이에 문재인 정권의 고용노동부는 대법원의 판결에 따라 2020년 9월 4일에 전교조의 합법 지위를 회복시켰다. 장장 7년의 세월이었다.

대법원 전원합의체는 2020년 9월 3일에 전교조가 고용노동부를 상대로 낸 법외노조 통보 처분 취소 소송 상고심에서 원고 패소로 판결한 원심을 깨고 원고 승소 취지로 사건을 서울고법으로 돌려보냈다. 대법원은 전교조에 대한 법외노조 통보의 근거 법규인 노조법 시행령 제9조가 헌법상 법률유보 원칙에 반해 무효(상위법 우선의 원칙 위반)라고 보고 이에 근거를 둔 전교조에 대한 법

〈청와대 앞에서 전교조 법외노조 취소를 촉구하는 기자회견,
왼쪽 사진 가운데와 오른쪽 사진의 맨 왼쪽이 필자〉

외노조 통보 처분을 위법으로 판단했다. 법률유보 원칙은 행정권이 법률에 근거를 두고 행사돼야 한다는 원칙이다.

교원노조법에 따른 노조 지위를 회복했다는 것은 단체협약 체결, 노동 쟁의 조정 신청, 부당노동행위 구제 신청 등 노조법상 권리를 온전히 행사할 수 있음을 의미한다.

그동안 전교조는 노동부에 법외노조 통보 직권 취소를 줄기차게 요구했지만, 문재인 정권 출범 이후에도 노동부는 대법원 판결이 남아 있고 해직교사의 노조 가입을 허용하는 교원노조법 개정을 추진 중이라는 이유로 이를 받아들이지 않았다. 박근혜 정권이 시행령을 잘못 해석하여 전교조의 법적 지위를 박탈하였으므로 역시 대통령 문재인이 다시 시행령을 올바로 해석하여 전교조의 법적 지위를 회복하면 간단히 끝날 일이었다. 촛불 혁명에 달랑 숟가락 하나 얹어서 집권한 문재인의 한계를 노정한 것이었다. 하여튼 민주당 정권은 민주 진보 세력의 요청에 대해서는 개기기로 일관하는 것이 버릇이 되어부렀다. 문재인 정권이 신뢰를 잃어 가고 있었다. 다가올 세상이 암울함을 예고하고 있었다. 국민의 믿음을 상실한 민주당 정권은 뒷골목 3류 양아치에게 정권을 내어주고 말았다.

보리밥 묵고 방구뀡께 배가 푹 꺼져불등만

250.
진도고성중학교에서 기간제 교사로 일하다

2022년 4월 12일 체육고 재직 시절의 동료 후배인 박명국 교감 선생이 급한 전화다.

"성님, 만으로 70세 넘었소, 안 넘었소?"

"왜 그런가?"

"우리 학교 사회과 기간제 교사를 못 구하고 있어요. 성님이 구해 주시던지 아니면 성님이 오시든지 해 주씨요."

"알아보고 연락 줄게."

여그저그 알 만한 사람들에게 연락해도 희망자를 못 구했다. 내가 참교육동지회 실무를 맡으면서 기간제 자리가 나오면 공지하여 원하는 분이 가실 수 있도록 안내하고 있다. 내가 가면 어떨까 하고 아내와 상의했다. 아내는 반대다. 늙어서 무슨 고생이냐고. 나는 아직 힘이 있으니 해 볼란다고 해서 고성중 기간제 교사가 되었다.

역대 정권은 보수, 진보 모두 작은 학교 죽이기 일환으로 교사 정원을 꾸준하게 줄여오고 있다. 그러나 당장은 현원이 필요하여 부족한 교사는 기간제로 메꾸고 있는 실정이다. 기간제 교사는 퇴직자의 경우 원래 65세까지만 할 수 있으나 2022년 상황은 기간제 구하기가 어려워서 한시적으로 70세까지 인력 풀을 늘려 놨다. 그래서 나도 가능하게 된 것이다.

고성중학교는 진도군 고군면에 있다. 고성(古城)이 있던 곳이라 학교 이름이 고성이다. 학생 수는 70명으로 요즘 면 단위 학교로는 학생 수가 많은 편이다. 아이들은 천사를 닮았다. 아주 착하다. 선생님들은 매우 친절하시다. 역시나 다를까 교장이 문제로 서○○ 교장은 권한 밖의 일로 선생님들의 신경을 건든다. 예를 들면 출제 등으로 일이 밀릴 때 시간 외 근무를 가지고 시비를 건다. 아침에는 쓰지 말라. 고사 기간에도 이틀만 써라 등. 출제 원안을 결재할 때도 글씨체나 들여쓰기, 내어쓰기 등 사소한 것으로 신경을 건든다. 선생님들은 교장과 말을 섞기 싫어서 시간 외 근무를 신청하지 않고 야간에 일하는 경우가 많다. 수업시수는 1학년 사회 3시간, 2학년 역사 3시간, 3학년 사회 2시간, 역사 2시간으로 총 10시간이다. 담당 업무는 자유학기제와 역사·통일 관련 업무이다. 2학기의 주요 행사는 역사·통일골든벨이다.

관사가 독채로 남아 있어서 아내와 함께 있다가 2학기 때 과학 교사가 교감으로 승진하고 기간제 교사가 오셨다. 과학 선생님이 광주가 집이라 부득이 방을 비워주게 되어 아내는 주중에는 둘째 집에서 주아와 놀다가 주말에 안거헌으로 합류하였다. 아내는 아이와 지내는 것이 꽤 힘든 모양이었다. 다른 이들도 손자녀를 돌보다가 폭삭 늙었다는 이야기를 들은 적이 있었다.

〈진도고성중 교정에서〉

보리밥 묵고 방구뀡께 배가 폭 꺼져불등만

251.
교직원들의 관사가 열악하다

내가 교직 중 살아 본 관사는 고흥포두중, 완도청산중, 완도노화중, 강진군동중, 화순북면중, 진도고성중이다. 포두중은 관사라기보다는 비어 있던 숙직실 한 칸을 사용한 것이다. 청산중과 노화중의 관사는 최악의 수준이었다. 부엌은 어두컴컴하고 누습했으며, 화장실은 옥외의 푸세식이었고, 한 관사에 2~3명이 살아야 했다. 군동중은 3채의 관사가 있었는데, 교장과 여교사가 마을에 있는 두 채를 나누어 쓰고 나는 학교 경내에 있는 관사인데 뒷산이 무섭다고 비어 있던 것을 사용했다. 독채였는데 살 만했다. 화순북면중 관사는 독채로 그런대로 살 만했다.

퇴직하여 기간제로 고성중에 와서 보니 그동안 별로 달라진 것이 없다. 슬라브 지붕에 강판으로 지붕을 덧대었는데 아마도 누수 방지가 어려워서 그렇게 한 것 같았다. 부엌과 화장실은 덧댄 공간으로 지붕은 판넬인데 비가 오면 벼락 치는 소리가 났다. 냉장고와 세탁기, 가스레인지는 있으나 아마 10년도 훨씬 넘은 것으로 보인다. TV는 있으나 안테나도 유선도 연결되지 않았고, 인터넷도 연결이 없다. 행정실에 문의하니 수요자가 알아서 해결하란다. 학생 복지는 차고 넘치는데 교직원 복지는 너무 열악하다.

고성중 관사에서는 아내와 함께 생활하려고 스카이라이프를 설치했다. TV 2대와 인터넷, 와이파이를 결합했다. 설치비는 요금에 포함되고 월 요금은 41,800원으로 3년 약정이다. 설치 기사를 불러서 설치하고 있는데 교장이 들여다본다. 무슨 공사를 하느냐고 묻길래 이런저런 설명을 했더니 자기는 불편해도 견디고 산단다. 무슨 귀신 씻나락 까묵는 소리인지. 교장 관사가 불편하면 다른 직원들의 관사는 더 불편할 것이라고 생각해서 직원들의 불편을 해소하기 위해 노력하는 것이 교장으로서 마땅히 해야 할 것이거늘. 자질이 문제였어.

2023년 1월 5일이면 관사에 거주가 끝난다. 지금 쓰고 있는 스카이라이프를 안거헌으로 옮기려고 하니 이상하다. 회사가 다르다. KT는 KT인데, 100번 하고 ㈜KT스카이라이프하고 회사가 다르다. 안거헌의 스카이라이프는 100번으로 8년이 지나서 지금 해지해도 위약금이 없다. 관사 것을 해지하려면 위약금이 77만 원이라네. 오늘 처음 알았다. 별수 없이 안거헌 것을 해지하고 관사 것을 이사하기로 했다. 월 요금은 100번 KT가 ㈜KT스카이라이프보다 약 만 원이 싸다.

관사의 인터넷과 와이파이, TV는 기본적으로 선을 연결해 주고 요금만 사용자가 부담하는 것이 원칙이 아닐까 싶다.

스카이라이프를 설치하는 기사가 ㈜KT스카이라이프의 알뜰폰을 소개한다. 65세 이상이면 데이터 4기가에 통화와 문자 무제한으로 월 요금이 10,900이라고 하여 내 것과 아내의 전화를 알뜰폰으로 바꾸었다. 종전 요금보다 대략 전화기 한 대당 27,000원 정도 절감이다. 한 푼이라도 아껴야쓰제.

보리밥 묵고 방구뀡께 배가 푹 꺼져불등만

252.
『전남지부교육운동사』 감수와 교정을 맡다

『전교조 30년사』가 3년 전에 나왔다. '전교조전남지부 30년사'가 나와야 했으나 전남지부 30년이 되는 2019년 당시의 전남지부 지도부가 이 일을 하지 못하고 시간이 흘렀다. 역사과 김남철 선생이 주도하여 2021년에야 역사 교사들을 중심으로 작업이 시작되었다. 나에게도 편집위원을 해 달라는 권유가 있었으나 역사 전공자가 많아서 사양하였다. 신근홍, 박병섭, 김남철, 박세철, 선휘성, 오재홍, 정양주 선생 등 역사 교사들이 시기를 나누어서 초안을 잡았다.

2022년 3월에 나더러 감수해 달라고 다시 주문이 들어왔다. 역사 전공도 국어 전공도 아닌 내게 이 일을 부탁한 것일까? 본래 역사서를 감수하려면 역사 전공자로서 전교조전남지부 활동을 빠짐없이 꿰뚫고 있는 이가 적임자일 것이다. 교정이라면 국어를 전공한 이가 적임일 것이다. 나는 지부에서 주요 보직을 거치지 않았고, 해직 기간에 생계 투쟁으로 3년 동안 조직 활동을 쉰 적이 있어서 적임자라고 볼 수는 없었다. 그런데 그 일이 내 차지가 된 것이다. 뭐시라 하더라? 천군만마를 얻은 것 같다고? 칭찬으로 들리지는 않았다.

전교조 주요 활동가들에게는 묘한 패턴이 발견된다. 위원장이나 지부장 등 스펙이 될 만한 임원은 경합이 치열하다. 실제로 위원장, 지부장 출신 중에서 교육위원이나 교육감 등 공직에 많이 도전하고 당선되기도 했다. 그러나 지부의 부서장, 지회장이나 지회 부서장, 분회장 등 일은 많으나 스펙으로 삼기에는 부족해 보이는 업무는 회피하는 경향이 아주 강하다. 또 전남지부로 국한하여 볼 때 지부장 임기를 마치고 지부 부서장이나 지회장을 맡는 경우가 너무 드물다. 모름지기 노동조합의 간부는 임기가 끝나면 현장에 복귀하여 어떤 어려운 일이든지 기꺼이 맡아야 할 것이다.

전남지부교육운동사를 편찬하는 과정에서도 이러한 현상이 뚜렷하게 나타났다. 자기가 전남지부장으로 재임 시 활동은 누구보다 잘 알고 있을 터 당시의 이야기를 그때 일을 같이하던 동지들과 서로 연락하고 협의하여 자료를 제공하면 좋으련만 그렇지 못했다.

'전교조전남지부교육운동사'의 제목이 처음에는 '전교조전남지부30년사'였다. 하지만 실기하여 '전교조전남지부교육운동사'로 정한 것이다. 고희를 앞두고 고성중학교 기간제 교사로 와서 적응하기도 바쁜 시기에 중임을 맡았다.

초고를 쓴 동지들의 노력이 대단했다. 하지만 감수 작업을 하려다 보니 거의 새로 쓰다시피 해야 했다. 빈칸이 너무 많고, 서술의 맥락이 맞지 않으며, 회의 문건을 거의 그대로 옮겨온 상태였다. 여러 차례 피드백을 거쳤지만, 내용이 별로 채워지지 않았다. 약어는 지금 내가 봐도 원어가 기억이 잘되지 않는 것도 있었다. 후일에 읽는 이를 위해 일일이 검색해서 원어를 괄호에 써 주었다. 중문, 복문은 내용 이해가 쉽지 않아 문장을 몇 개로 쪼개서 읽기 쉽도록 윤문하였다.

다른 자료를 찾아보거나 당시의 주요 활동가들에게 기억을 찾게 하거나 하여 빈 곳을 메꾸어 갔다. 어떤 이는 친절하게 답해 주었으나 더러는 왜 자기에게 묻느냐면서 짜증을 내기도 하였다. 자기는 편집 활동에 전혀 도움을 주지 않으면서 역사서 발간 활동 방식 자체를 시비 걸기도 하였다.

"일을 그런 식으로 하면 안 된다."
"지부 30년사를 쓰려거든 적어도 3개년 계획을 세워서 치밀하게 해야 한다."

는 말이었다. 그렇다면 자기식으로 도움을 주면 좋지 않겠는가? 활동 당시에는 흔했던 자료들이 세월이 흐르고 나니 아주 귀한 자료였다. 더구나 서럽고 더러웠던 탄압 시기에 사무실이 압수수색에 대비하면서 자료가 사라지고, 사무실을 옮겨 다니면서 사라지고 없었다. 자료 제공이 부지런한 지역 혹은 시기와 그렇지 않은 지역과 시기의 이야기 양이 많이 다르다는 것을 양해 부탁드린다.

감수와 교정, 보충, 윤문을 겸하는 작업을 반복하였다. 파일로 화면에서 읽으면서 수정하는 것이 정밀하지 않았다. 또 편집 파일로 전환한 원고는 화면에서 교정하기가 어려웠다. 출력해서 일일이 고치고 다듬고 보충하기를 11번을 거듭했다. 원고의 출력은 마침 고성중학교 재직 중이라 학교의 신세를 졌다. 볼 때마다 고칠 부분이 나오곤 했지만, 출판 일정이 있어서 아쉬운 대로 마감했다. 뿌듯하기도 하고 조금은 허탈하기도 했다. 수고했다고 100만 원을 받았다. 편집위원장인 김남철 선생이 성님 막걸릿값이라고 하더라. 고맙긴 하지만 상업 출판이라면 쪽당 10,000원은 받아야 할 것이다. 총 1,200여 쪽이다. 돈을 보고 하는 일은 결코 아니었다. 이 작업을 하면서 내 사랑 전교조에 대한 이해가 더 깊어지는 것을 느꼈다.

김남철 편집위원장의 배려로 편집위원들의 소감을 실었다. 나는 이렇게 적었다.

전교조가 나이를 먹어 갑니다. 창립 30년을 넘겼지요. 『전교조전남지부 교육운동사』를 편찬한다고 편집위원을 모집한다는 말씀을 들었습니다. 역사를 전공하시거나 저보다 더 열심히 활동하신 분이 많아서 저는 그냥 지켜보고 있었지요. 그런데 감수(교정, 검토)를 맡아 달라는 주문이었습니다. 제가 감히 그 일을 할 수 있을까 저어하면서도 저도 뭔가 힘을 보태야 한다는 생각에서 함께하게 되었습니다. 역할을 나누어서 초고를 작성하신 동지들의 노고를 절감했습니다. 전남지부 사무실이 30년 동안에 다섯 번 이사했고, 담당자도 해마다 바뀌었습니다. 당시는 그저 흔한 문건이나 사진 한 장도 지금 와서 보니 새삼 소중한 보물이었습니다. 남아 있는 자료를 뒤지고 또 뒤지고, 기억을 더듬고 또 더듬고, 희미한 기억은 교차로 검증하면서 정리하였습니다. 그렇지만 여전히 자료가 부족하여 동지들의 피땀 어린 생생한 활동 장면을 다 담지 못 했습니다.
우리가 우리의 역사를 편찬하는 것은 의미가 클 것입니다. 과거에서 현재로, 미래로 그렇게 발전해 나갈 기회로 삼자는 것입니다.
지금 우리가 쓰는 『전교조전남지부 교육운동사』는 교육노동운동의 거울이 되고 창이 될 것입니다. 현역에서 교육노동운동을 열심히 하시는 동지들이 계시고, 퇴직하셨지만 참교육 한 길로 또 걸어가시는 퇴직 동지들이 계십니다.
우리, 다시 힘을 내 보시게요. 동지여! 형님이여! 아우여!

253.
나주교육참여위원으로 일하다

전라남도교육청은 장석웅 교육감의 공약에 따라 '전라남도교육참여위원회 설치 및 운영 조례'를 마련하고, 2019년 도민과 함께하는 협치 교육을 위하여 '전남교육참여위원제'를 발족했다. 각 시군에는 시·군교육참여위원회제가 실시되었다. 영산중 최진연 교장 등 후배 교사들의 권유로 내가 살고 있는 제1기 나주교육참여위원을 신청했지만 탈락했다. 준비위원에는 전교조 후배 교사들이 다수 포함되어 있었다. 준비위원과 참여위원은 신청받아 교육장이 선정한 것으로 알고 있는데, 어떤 캠프의 인사들이 주로 차지한 것으로 보였다. 참여위원은 본인의 신청을 준비위원들이 심사하여 분야별로 정해진 인원에 따라 심사하여 결정한 것으로 안다.

2021년에 다시 요청이 있어서 신청했더니 이번에는 되었다. 참여위원회는 의결권이 없다. 1기에는 심의권이라도 있었지만, 전라남도의원들의 반대로 심의권마저 사라졌다.

다양한 경력의 인사들, 중고 학생까지 포함하여 구성은 괜찮아 보였지만 회의하는 모습을 보면 위원들이 그다지 열성이 있어 보이지 않았다. 고작 2시간 정도의 회의 도중에 슬슬 빠져나가기 일쑤였다. 혹은 스펙으로 삼고자 하는 이들도 있어 보였다. 혹은 자기의 이익이나 편리를 위해 위원이 된 듯한 느낌도 있었다. 예산은 연 2,000만 원 정도로 위원 30명이 회의를 몇 번 하면 소진되어 일상적인 활동을 지속하기에는 활동비를 지급하기에도 부족하였다. 활동비는 회의 참가비로 100,000원을 주더라. 일상 활동은 거의 봉사 활동을 해야 하는 형편이었다. 할 수 있는 일이 거의 없어 보였다. 2022년 4월 14일에 고성중학교 기간제 교사로 일하게 되면서 나 자신도 거의 활동할 수 없었다. 차기 제3기에는 신청하지 않을 생각이다.

보수적인 한 언론은 전남교육참여위원회를 지지자, 선거캠프 인사가 장악했다고 보도했다. 전교조, 농민회, 민중당이 장악하여 교육감의 친위부대라고 지적하였다. (뉴스1, 2019년 5월 28일 자) 보수적인 시각이라고는 해도 새겨들을 만한 내용도 있었다.

2023년 1월 10일경 김양순 나주교육참여위원회 위원장에게서 문자가 왔다. 교육참여위원회는 2기로 끝난다고. 신임 김대중 교육감은 교참위원회를 폐지하고 새로이 '민관산학위원회'를 만든다는 것이다. 좋은 의미로는 발전적 해체로 볼 수 있다. 이렇든 권력이 바뀔 때마다 뒤집으면 사업의 지속성이나 일관성이 있겠느냐? 행정의 노하우가 축적이 되겠느냔 말이다. 썩을! 이렇게 오는 자마다 모조리 바꿔치기를 할 작정이다 보니 관료들이 변화를 꺼리는 것은 아닐까? 개기다 보면 또 금방 대가리가 바뀌니 말이다. 하기사 오는 자마다의 장단에 맞추다 보면 뼈마디가 성하지 않을 성싶다. 공무원들을 무사안일이라고 탓하기 앞서서 대가리들의 지 잘난 듯한 심뽀를 먼저 살필 일이다. 변화도 좋지만 일의 지속성도 중하다.

254.
고성중 역사 · 통일 골든벨

2022년 12월 8일 '2022. 고성중 역사·통일 골든벨'을 하였다. 진도교육지원청의 지원사업(사업비 100만 원)으로 운영되는 '역사·통일 교육 실천학교'의 활동 중 하나다. 교육계획에 있는 시상 계획을 보니 시상은 1:1:2의 비율이라는 사족이 붙었다. 통상적으로 1:2:3 정도의 비율일 것인데 사족이 붙었고 비율도 상식을 넘었다. 관련 선생님들께 2023년 교육계획에는 이 사족을 삭제할 것을 부탁드렸다. 교육계획서를 작성할 때는 관련 규정을 참고하여 꼼꼼히 살펴야 할 일이다. 부득이 '진도 역사와 문화' 분야와 '통일' 분야로 나누어서 진행하였다.

'진도 역사와 문화' 분야는 진도군청과 진도문화원 누리집을 참고하여 예상 문제를 만들어서 나누어주고 프레젠테이션을 제작했다. '통일' 분야는 학생 활동을 활발하게 지도하고 계시는 채광선 선생이 보내 준 파일을 참고하여 보충하였다. 선생님들이 역할을 나누어서 협조해 주서서 도움이 컸다. 골든벨용 종도 새로 마련하였다. 행사 중 계획되어 있던 간식비로는 기념품을 마련했다. 간식은 행사 때마다 주어서 충분하다고 판단했다. 기념품과 돌발 퀴즈 상품은 채경수 선생이 안내해 준 중앙박물관 누리집의 '뮤지엄 숍'을 이용하였다. 여기에는 다양한 가격대의 문화상품이 있었다. 시상품은 진도아리랑상품권으로 하였다. 예전에 사전, 옥편 등을 부상으로 주었던 것이 새롭다. 시상은 으뜸상, 버금상, 딸림상 등 우리말을 썼다. 여러 선생님의 우려와 달리 다행히 교장은 이 시상 명칭에 시비를 걸지는 않았다.

제1부와 2부를 합하여 총 8명의 수상자 중 의외로 1학년이 으뜸상을 차지한 것을 비롯해 6명, 2, 3학년이 각 1명씩이다. 2, 3학년은 12월 5~7일간 기말고사로 준비가 부족한 반면, 1학년은 자유학년제로 시험이 없어서 준비할 시간이 많았던 영향인가 싶다. 또한 1학년 담임 선생님(채경수)이 우승하면 피자를 쏜다고 하는 등 격려한 덕도 있어 보인다. 1학년이 거의 상을 휩쓸자 1학년 아이들

보리밥 묵고 방구뀔께 배가 푹 꺼져불등만

이 담임 선생님 지갑 걱정을 하더라고. 착한 녀석들. 2, 3학년의 기말고사를 감안하면 골든벨 날짜를 조금 미루는 것이 좋았겠으나 진도 교육지원청으로 보고해야 할 날짜가 눈앞이어서 2, 3학년을 배려하지 못한 점이 아쉬웠다.

아이들은 즐거운 모양이었다. 공부를 아주 열심히 하는 3학년 용나림이는 기말고사 스트레스를 확 푼 느낌이라고 했다. 준비한 문제가 끝까지 가기도 전에 우승자가 결정되어서 아쉬웠다. '살려 주세요'를 했어도 조기에 마무리

〈고성중 역사·통일 골든벨 장면〉

되어 아쉬웠다. 나는 아직도 학생의 수준을 너무 높게 보고 진행하는 것이 아닌가 싶다.

아이들의 눈높이에 맞는 교육하기는 너무 심들다. 나는 어린이집, 유치원, 초등학교 선생님들에게 경의를 드린다. 이분들의 일은 극한 직업이다. 이분들의 노고가 제대로 인정받는 사회가 되면 좋겠다. 중등학교에서 평생을 보낸 나의 경험으로는 고등학교 3학년이 제일 가르치기 쉬웠고, 중학교 1학년이 제일 어려웠다. 내려갈수록 심들었다.

2023년 6월. 김남철 선생이 나주노인회관에서 민주주의에 대한 강의를 부탁한다고 나더러 맡아 달라고 하더라. 수락했지만, 강의 대상인 어르신들의 수준이 어떠한지 알 수가 없다. 살다 보니 노인을 대상으로 한 강의도 해 보게 생겼다. 이 눈높이는 어떻게 맞추지?

담당 직원은 강의료가 3만 원에 불과하여 미안하다고 하더라. 나는 봉사 활동이니 괜찮다고 했다. 고맙다고 하더라.

255.
역사 및 통일교육 실천학교 소감

고성중학교에 기간제로 오니 담당 업무 중 하나가 '역사 및 통일교육 실천학교'이다. 전임 선생님이 구상한 것은 역사와 통일에 관한 특강, 역사와 통일 골든벨이다. 특강 중 통일교육은 김남철 선생을 초빙했다. 박○○ 교감은 전교조 퇴직교사를 초빙하는 것에 대해 다소 불만이다. 강사비는 바뀐 규정보다는 적게 편성되어 있다. 대상은 1학년으로 한정했다. 전교생을 대상으로 하기에는 여러 사정이 있었다.

〈김남철 선생의 통일 특강〉

역사 특강은 진도의 역사와 문화에 대하여 진도문화원장을 초빙했다. 강사를 추천해 달라고 했더니 없다고 해서 그러면 내가 하겠다고 했더니 원장님이 하시겠단다. 원고를 차일피일 미룬다. 담당 여직원에게 재촉하여 겨우 원고를 받았다. 중학생을 대상으로 하는 진도의 역사와 문화 특강이라면 프레젠테이션으로 그림을 섞어 가면서 강의하면 좋겠는데 원고는 설명뿐이다. 무슨 학술 발표 논문스럽다. 아니나 다를까 실제 강의를 하는데 아이들이 졸 수밖에 없었다. 진도문화원이 아니라 진도군청 문화관광과에 강사를 의뢰하면 문화해설사를 보내 준다는데 그걸 몰랐다. 다만 한 가지 그동안 몰랐던 사실을 알게 되었다. 왜덕산(倭德山) 이야기다. 일본군이 자신들의 무용을 자랑하기 위해 조선인의 코를 베어다가 무덤을 만들었다는 것과는 반대로 조선은 조선 수군에 의해 사망한 왜군의 시체를 거두어 매장을 해 주었다는 것이다. 이것이 한일 간의 새로운 공생 정신의 출발점이 되어야 한다는 뭐 그런 이야기다.

보리밥 묵고 방구뀡께 배가 푹 꺼져불등만

256.
사립학교 공공성 강화는 언제나 가능할까

사립학교는 교직원 채용 등 인사 비리, 회계 비리, 운영상의 비리 등이 끊일 날이 없다. 요즘은 사학은 거의 모든 예산을 국가가 지원하고 있지만 사학은 법정부담금도 내지 못하고 있다. 사립학교는 교육 당국의 관리가 제대로 먹혀들지 않는다. 대형 사고가 터졌다 하면 사립학교이다. 최근 시험지 유출 사고를 낸 광주의 D고, 교사들의 학생에 대한 성추행이 문제가 된 D 여고, 교무부장이 쌍둥이 딸을 위해 시험지 유출을 했다는 의혹을 받았던 서울의 S 여고, 유령 교사로 인건비를 착복했다는 것이 교육청의 감사로 밝혀졌던 전남 영광의 H 학원, 교직원을 이른바 쌀계로 묶어서 착복했던 전남 나주의 S 중, 재단 이사장의 횡령 등 비리로 이사장이 감옥에 가고 재단 내 몇 개 학교가 폐교를 면하지 못한 광주의 H 학원, 남장 여장부라 불렸던 국회의원 출신이 이사장을 맡고 있다가 교직원들이 자기 맘에 들지 않는다고 학교를 폐교해 버린 충남의 J 여중고 등 이루 헤아리기 어려울 정도로 많다.

재단이 문제가 있다고 해서 재단 내 모든 구성원이 다 문제가 있는 것은 아니다. 내부에서 자정 노력을 하는 이들이 꾸준히 있지만 이들은 버티기 힘들다. 해고당하기 일쑤이다. 해임이나 파면을 재판으로 승소하여 복직하면 또 다른 구실을 잡아 징계한다. 재단 내 비리를 고발하면 고발자만 춥다. 재단과 경영진은 끄떡없다. 어떤 재단은 아예 교직원을 채용할 때부터 면면으로 채용하거나 추천자의 인후 보증으로 재단에 반기를 들지 못하도록 원천봉쇄하기도 한다.

왜 이런 문제들이 지속적으로 발생하고 개선되지 못할까?
하나, 대부분의 사학재단은 족벌 경영이다. 벽에도 귀가 있다. 둘, 행·재정적 지원을 하면서도 교육 당국의 관리, 감독이 제대로 먹혀들지 못한다. 짬짜미가 있다는 의혹이 끊임없이 제기되는 이유다. 셋, 재단 경영이 투명하지 못하다. 이사진의 구성부터 교육 당국의 개입이 거의 불가능하다.

법정관리에 들어가기 전에는.

그렇다면 방법이 없을까? 사립학교법을 개정해야 한다. 공적 기능이 강화되고, 운영이 투명하도록. 하지만 저항이 너무 거세다. 모든 종교가 사학재단을 가지고 있어서 선거에서 종교를 무시하지 못한다. 또한 웬만한 재벌은 사학재단을 가지고 있다. 최소한 지방 토호 정도는 된다. 역시 선거 자금과 동원하는 권력이 만만하지 않다. 한나라당의 당수인 박근혜는 여의도에 천막을 치고 사립학교법 개정을 반대했다. 자본주의 국가에서 국가가 사유재산을 침해해서는 안 된다는 것이 그 이유다.

사립학교는 사유재산일까? 아니다. 공공자산이다. 나라의 미래를 책임질 일꾼들을 양성하는 교육자산이다. 교육 그 자체가 공공재이며 무형재산이다. 이제 국가와 지방자치단체, 시민들이 나서야 할 때이다. 사립학교법을 개정하자.

장석웅 교육감은 사학의 공공성 강화를 위해 몇 가지 일을 했다. 그 하나는 영암여자고등학교를 공영형사립학교로 지정하였다. 그러나 내가 그 학교의 정기감사 때 살펴보니 그 취지가 살아 움직이지 못하고 있었다. 감사 결과 공영형사립학교의 발전을 위한 의견서를 냈으나 응답을 얻지 못했다. 공영형사립학교는 더 이상 확장되지 못했다. 영암여고가 유일하다. 이마저도 지속될지는 의문이다. 다른 하나는 전라남도교육청 산하에 '사학공공성강화위원회'를 두었다. 우리 전남의 민민운동권에서 열심히 활동하는 박기철 씨가 부위원장이더라. 그래서 그 활동을 물었더니 회의 자체가 거의 열리지 않는다고 하더라. 위원회의 구성도 사학 관계자들이 다수 포함되어 있어서 이 위원회가 활성화되기는 어려운 구조이기도 했다. 장석웅 교육감은 사학 공공성과 책무성을 강화하기 위해 흉내만 겨우 내고 말았다는 판단이 든다.

다음은 사학의 법정부담금 납부 개기기 악습을 보겠다. 사학의 법정부담금 납부율은 전국 평균 16.4%이며 전남은 17%로 전국 평균 정도이다. 서울, 인천, 충남은 20%가 넘었다. 충청남도의 사학 법정부담금은 평균 24.37%이다. 그러나 방송인이자 요리연구가인 백 아무개가 운영하는 학교는 10%대에 불과하다. 사실 백 씨의 방송 출연료 1~2회분이면 법정부담금을 충분히 낼 수 있다고 본다. 도덕적 해이가 심하다. 백 씨가 출연하는 방송을 시청하는 이들은 이점을 참고하시길 바란다. 정의롭지 않은 이가 만든 음식은 어떨까?

257.
민선 직선 4기 전남교육감에 김대중 참동회원이 당선되다

2022년 5월. 민선 직선 제4기 전라남도교육감 선거가 지방자치선거와 동시에 치러졌다. 여러 입지자들이 회자되었으나, 결국은 장석웅 현임 교육감과 김대중 전임 장만채 교육감의 비서실장 양자 대결 구도로 선거가 진행되었다. 나는 난감하였다. 전교조도 난감하였다. 전남참교육동지회도 교민동(교육민주화동지회)도 두 후보가 모두 회원이라서 난감하였다.

세간의 평이 있었지만 나 나름대로의 생각도 있었다. 내 주관적으로 정리하면 장석웅 현임 교육감은 전교조 전남지부장과 위원장을 역임한 진보교육감이라고 분류되었지만 진보교육감으로서의 실적은 함량 미달로 판단되었다. 또한 전교조광주지부장 출신인 장휘국 광주교육감이 3선을 하는 동안 보인 보수 관료적 행태가 장석웅 후보에 대해서는 재선에 대한 위험 요소로 작용한다고 판단되었다. 김대중 후보는 비록 전교조 결성과 관련하여 해직되었으나 해직 후 전교조 활동은 미미하였다. 목포시 의원으로 3선과 시의회 의장 역임, 장만채 교육감의 비서실장으로서 7년 등 교육 현장과는 많이 동떨어져 있었다. 혹자는 그를 교육자가 아닌 정치인으로 불렀다.

전교조의 현장과 퇴직한 동료들은 매우 조심스러웠다. 후보들도 내놓고 동료들을 상대로 선거운동을 하기에는 조심스러웠을 것이다. 상호 비방을 삼가는 모양이었으나 막판에는 보기 흉한 장면도 연출되었다. 판세는 현임이 절대 유리할 것이라는 것과, 우리 고장 사람들의 '김대중'이라는 이름 효과와 장만채 세력의 지지가 상당히 클 것이어서 예측하기 어렵다는 평도 있었다.

'전남교육회의'는 후보 초청 공약설명회를 실시하였다. 장석웅 후보는 참여하고 김대중 후보는 참여하지 않았다. 따라서 후보 청문회에 참여한 장석웅 후보가 전남교육회의의 단일후보가 되었다. 여러 예측에도 불구하고 장석웅 현임 교육감의 당선이 당연시되었다. 예전처럼 나에게 선거

보리밥 묵고 방구뀡께 배가 푹 꺼져불등만

를 도와달라는 말도 없었다. 아마도 낙승을 기대한 것으로 보였다. 결과는 김대중 후보의 낙승이었다. 의외로 받아들이는 이들이 많았다. 혹자는 '김대중'이라는 이름 효과가 컸을 것이라고도 했다.

김대중 당선자는 앞으로 전교조와의 관계 설정을 어떻게 할 것인지, 전임 장석웅 교육감이 추진해 왔던 진보적 과제를 어떻게 계승할 것인지, 교육부와 충돌되는 교육 정책을 어떻게 풀어 갈 것인지 궁금하다. 또한 세간에 떠도는 지지 세력과의 사적 인연을 끊어 내고 공정한 행정을 할 수 있을 것인지도 궁금하다. 교육 현장에서는 '가방모찌'라 불리는 각종 인연을 동원한 시설, 자재 등 사업이 골치라고 하고 있는데, 이 '가방모찌'를 털어 낼 수 있을 것인지도 궁금하다. 무릇 비리는 공과 사를 구별하지 못하는 데서 나온다. 자칫하면 줄줄이 엮여서 사법 처리를 당할 가능성이 높다. 예전의 오대빵이나 정영진, 정동인 교육감의 사례를 교훈으로 삼아야 할 것이다.

258.
우리 새벽이가 결혼하다

2022년 9월 24일 아들 새벽이가 서울 '파라스파라'에서 결혼하였다. 청년인구 감소로 결혼식 건수는 줄었는데 결혼식장 잡기는 어렵다고 한다. 결혼식장 중에서 작은 규모들은 사라지고 호텔급 결혼식장은 되려 잡기 어려운, 양극화가 있다고 한다. 파라스파라는 매우 비쌌다. 해룡고 제자들이 서울에 사는 친구들은 물론 광주에서도 달려왔다. 고마웠다. 서울에 사는 750 기러기 중에는 권향년, 오점동 군만 오셨다. 서울에 사는 친구 자녀들의 결혼식에 나는 멀리 광주에서도 참석했건만, 내 아들이 서울에서 결혼식을 하는데 서울에 사는 친구들의 불참이 아쉬웠다. 악동 중에는 김종효와 이재현 군이 와 주셨다. 광주고 31반창회에서는 단 한 명도 오지 않았다. 전교조 조합원 중에는 유일하게 이상호 선배가 처음부터 마지막까지 자리를 지켜 주셨다. 예전에 끈끈했던 전교조 조합원 간의 유대는 많이 희석된 것 같았다. 광주고 동창 유기용 군이 어려운 시간을 내주셨다. 고맙다. 코로나19 상황이 다소 진정되어 많이 오실 줄 알고 음식을 충분하게 준비했는데 너무 아쉬웠다. 결국 준비한 식사비는 낭비되고 말았다.

며느리는 서울대학교를 졸업하고 회사 생활을 하다가 법조인이 되고 싶어서 로스쿨을 거쳐서 변호사 시험을 합격한 초보 변호사이다. 며느리의 로스쿨 공부로 아이들 결혼이 조금 지체되었다. 아들은 연세대를 졸업한 공인회계사이고 며느리는 서울대 출신 변호사라. 사람들은 최고의 선남선녀 짝이라고 칭찬이다. 더러는 시기 섞인 말도 있고. 새벽이는 안진회계법인에 있다가 독립하였다. 아직은 생활이 어렵다. 며느리도 아직 초보 변호사라 일상이 너무 바쁘다.

손자녀를 기다리는 부모의 마음은 급하건만 아들은 아기 이야기는 꺼내지도 못하게 한다. 지 식구에게 부담을 주지 않겠다는 배려로 보인다. 젊은이들이 마음껏 사랑하고 생활을 즐길 수 있는 여유가 있어야 할 터인데, 요즘 대한민국은 너무 바쁘다. 극히 낮은 출산율을 걱정하면서도 청년들이

보리밥 묵고 방구뀅께 배가 폭 꺼져불등만

결혼하고 아이 낳아서 기를 수 있는 환경을 조성하는 데는 너무 부족해 보인다.

아이들이 보고 싶어도 참아야 한다. 일상이 너무 바쁜 아이들이 자주 전화하기도 힘들 것이다. 부모와 자식이 자주 만날 수도 없다. 이것이 사람이 사는 것인지, 원.

살림집을 마련하면서 전세 자금을 대출받았다는데, 요즘 대출금리가 예년에 비해 거의 배로 올라서 아이들이 너무 힘들겠다. 부모가 형편이 되면 도와주면 좋으련만 그럴 형편이 되지 못하여 마음이 착잡하다.

이제 1번만 남았다. 정작 즈그들은 느긋한 듯하지만, 부모는 자식 여우살이를 다 시켜야 부모 노릇이 끝나는 마음이다. 부모 마음은 끝날 때까지 끝난 게 아니다. 다행히 큰 아이가 짝을 만나서 2023년 12월에 결혼할 예정이다. 큰 사위 후보는 꽤 듬직하고 성실해 보인다.

259.
제109차 흥사단 대회에 참석하다

흥사단광주지부가 주관한 제109차 흥사단 대회가 2022년 10월 15~16일, 화순 금호리조트에서 있었다. 대회 기부금 모집이 뜨거웠다. 광주지부장을 맡고 있는 정필웅 군이 300만 원을 쾌척하였다. 최영태 교수가 기부금 모금역을 맡고 계신지 기부금을 독려한다. 십시일반으로 대회 기부금을 모은다고 한다. 광주흥사단아카데미 출신이 족히 3,000명은 넘을 터이니 1인당 10만 원씩만 기부해도 3억은 될 것이다. 허나 사람 일이 그렇게 쉬운가? 10명 중 1~2명만 계속 활동해도 아마 다행일걸? 100만 원 이상씩 내는 이들이 꽤 있다. 대체로 나보다는 생활이 나은 분들이다. 개인별 기부금뿐만 아니라 기수별, 단위별로도 기부금들이 들어오고 있었다.

내 마음이 갈등이다. 10만 원? 아니여, 너무 적어. 20만 원? 클씨, 50만 원? 에라 통 크게 쏘자. 100만 원을 보냈다. 물론 아내는 모른다. 미리 말하면 우리 살림 형편에 찬성하기도 반대하기도 어려웠을 것이다. 전남대 750 기러기들에게 안내하였다. 반응들이 싸늘하다. 개인적으로 두세 명이

〈제109차 흥사단 대회 장면, 화순금호리조트〉

보리밥 묵고 방구뀡께 배가 푹 꺼져불등만

10만 원 정도씩 하는 것 같았다. 전남대 750명의로 100만 원 정도 기부하자고 제안했으나 응답을 얻지 못했다. 부끄럽고 서운했다. 기부는 기부할 능력이 있어야 하지만 마음도 중함을 보았다.

오랜만에 참석하는 단대회라 분위기가 다소 생소했다. 플라스틱과 종이컵을 줄이자는 환경운동에 부응하여 대회장에는 종이컵을 사용하지 않는다고 개인별로 미리 물병을 준비해 오도록 안내한다. 잘한 일이다. 광주흥사단 합창단의 공연이 압권이었다. 광주지부 임원들이 대회를 준비하느라 고생이 많았겠다.

고맙습니다, 수고하셨습니다.

260.
호주 사는 이미현이가 선물을 보냈다

2022년 11월, 호주로 이민 간 해아동 이미현이가 선물을 보내왔다. 얼마 전에 어머님이 작고하셔서 잠깐 귀국하였었다. 나는 고성중에 근무 중이라 직접 가서 문상하지는 못하고 조의금만 보냈다. 어머니 장례를 마치고 가면서 안부를 물어왔다. 그리고 조의금을 보내 줘서 고맙다면서 선물을 보내왔다. 호주산 꿀은 설탕을 전혀 먹이지 않은 천연 꿀이란다. 생소한 부럼도 보냈다. 마카

〈미현이가 보낸 호주 선물〉

다미아스? 나비너트 비슷한 걸로 껍질을 까서 먹는다. 호두 맛과 비슷하나 좀 색다른 맛이었다. 꿀은 정말 좋았다. 이렇게 귀한 선물을 보내 주어서 정말 고맙다. 미현아! 잘 묵고 건강해질게.

이미현이는 해룡고 아카데미 제자이다. 늘 활달하면서 열심인 녀석이었다. 언젠가 언니라는 분이 학교로 찾아왔었다. 시골에서는 보기 힘든 화려한 차림이어서 인상이 남는다. 미현이는 광주시청 공무원으로 재직하다가 공군 정비부사관과 결혼하여 경기도 성남에 살다가 신랑이 퇴직한 뒤로 호주로 가족이 이주하였다. 슬하에 남매를 두었는데, 이제 다 성장한 청년이 되었다. 낯선 땅에서도 꿋꿋하게 잘살고 있는 것 같다. 그러나 고향 생각이 간절하기도 하겠지.

공인중개사 일을 하던 미현이는 우리 새벽이가 제대하고 방을 구할 때 그의 전문을 발휘하여 도움을 주기도 하였다.

보리밥 묵고 방구뿡께 배가 푹 꺼져불등만

261.
1989년 전교조 탄압은 국가폭력이었다

2022년 12월 9일은 좋은 일과 나쁜 일이 동시에 생겼다. 좋은 일은 진화위가 전교조 탄압을 국가 폭력으로 인정한 것이고, 나쁜 일은 노옥희 울산시 교육감이 급서한 것이다.

2022년 12월 9일 제2기 '진화위(진실과화해위원회)'는 1989년 전교조 탄압이 국가폭력이었음을 확인하고 이에 따라 국가는 피해자들에 대하여 사과와 보상을 권유하였다. '교민동(교육민주화동지회)'의 황진도 회장과 임원들의 헌신적인 노력의 결과라고 본다. 문재인 정권이 임명한 진화위 위원장이 임기 만료를 하루 앞두고 결정한 것이다. 아마도 윤석열 정권이 임명한 위원장이었다면 불가능했을지도 모르겠다. 그동안 수고 많으셨습니다. 동지들! 너무 어렵게 얻어진 결과이기에, 이 소중한 결정을 기록으로 남겨 놓기 위해 여기에 진화위의 결정문 전문을 소개하련다.

전교조 결성 및 교사 해직 과정에서의 인권 침해 사건
33년 만에 국가가 첫 진실규명
2기 진실화해위, 국가의 공식 사과와 피해 회복 위한 조치 마련 등 권고

□ 2기 진실·화해를위한과거사정리위원회(위원장 정근식, 진실화해위원회)가 8일 서울 중구 남산스 퀘어빌딩에서 제48차 위원회를 열고, '전교조 결성 및 교사 해직 과정에서의 인권 침해 사건'을 위법하고 현저히 부당한 공권력의 행사로 인해 발생한 중대한 인권 침해 사건이라 판단하고 진실규명 결정을 내렸다. 1989년 전교조 결성 이후 33년 만에 국가의 첫 진실규명이다.

□ 진실화해위원회는 이 사건을 "국가가 전교조 참여 교사인 신청인들에 대해 △사찰 △탈퇴 종용 △불법 감금 △재판부 로비 △사법 처리 △해직 등 전방위적인 탄압을 가한 중대한 인권 침해 사건이다"라고 결론 내렸다.

□ 진실화해위원회는 이러한 탄압과정에서 △노동의 자유(노동권·노조 등 단체결정권) △행복추구권 △사생활의 자유 △직업의 자유 등의 인권을 침해했다고 판단하고 신청인 이부영 등 247명에 대해 진실규명을 결정했다.

□ 이들 신청인은 2021년 2월 8일 진실화해위원회에 진실규명 신청을 했다. 진실화해위원회는 지난해 5월 27일 조사개시 결정을 내리고 1년 7개월간 방대한 자료 검토와 신청인 조사 등을 통해 진실을 규명해 냈다.

□ 이번 조사를 통해 1989년 전후반 시기에 안기부의 총괄기획하에 문교부, 법무부, 보안사령부, 경찰 등 11개 국가기관을 총동원해 전방위적인 탄압을 가하고 중대한 인권 침해사건임이 밝혀졌다.

□ 과거 정부는 '민주화운동관련자명예회복및보상심의위원회'와 '국정원과거사건진실규명을통한발전위원회'를 통해 전국교직원노동조합(이하 전교조) 활동을 교육 분야의 권위주의적 통치에 항거한 민주화운동으로 인정했지만, 피해자 등에 지원 방안은 충분하지 않았다.

【문교부, 교원전담실 설치'교사 사찰'… 청와대, 안기부 등에 보고】

□ 진실화해위원회는 전교조 결성 이전부터 국가가 교원 사찰 기구를 만들어 교사는 물론, 공무원이 아닌 민간인인 학부모뿐만 아니라 교사 가족들까지도 사찰해서 동향을 파악해 정보·수사기관에 제공했다는 사실을 밝혀냈다.

　○ 문교부는 민주교육추진전국교사협의회(이하 전교협) 결성 운동이 전국적으로 전개되고 교사뿐만 아니라 국민 여론의 지지를 받게 되자, 교사들을 사찰하는 전담 기구를 설치해 일상적으로 교사들의 동향을 파악한 뒤 청와대와 안기부 등에 보고한 것이다.

　○ 문교부는 장학편수실 소속 정신교육장학관실에 '교원전담실'을 설치해 각 시·도 교육청을 통해 소위 '문제교사'로 지목된 교사는 물론 공무원이 아닌 친지와 학부모 등을 사찰해 왔다.

　○ 이번 진실화해위원회 조사를 통해 문교부 장학편수실이 1988년 5월 생산한 '교사협의회 관련 교사 지도대책' 문건을 통해 교사들을 사찰한 '교원전담실'의 실체가 확인됐다.

　○ 진실화해위원회는 이 과정에서 생산된 안기부 문건인 '전교협 교원노조 관계대책 추진실태와 전망'과 보안사령관이 대통령 독대 시 보고한 '교원노조 결성추진에 따른 대처 방향' 등을 확인했다.

[11개 국가기관 총동원… '전방위 탄압']

□ 1989년 5월 28일 전교조가 창립되자, 당시 노태우 대통령은 전교조 문제를 '체제수호 차원'에서 인

보리밥 묵고 방구뀜께 배가 푹 꺼져불등만

식하고 대처하라고 지시했다. 이에 따라 안기부 등 11개 국가기관이 총동원되어 전교조에 대한 전방위적인 탄압이 이뤄졌다.

　○ 진실화해위원회가 입수한 1989년 8월 국군보안사령부 정보처에서 생산한 '내무부, 청와대 업무보고 동정' 문서 중 '대통령 각하 분부 사항'을 보면, 당시 정부가 전교조 관련 대응을 '체제수호 차원'에서 인식하고 있음을 확인할 수 있다.

　○ 또한 노 전 대통령은 내무부가 관여하고 있는 '교육정상화 지역대책협의회' 차원에서 기획되고 있는 전교조 교사에 대한 강경 대응 방침을 보고받고, 이 협의회를 더욱 강화해 '체제수호 차원'에서 유기적으로 대처하라고 주문한 정황이 드러났다.

□ 당시 전교조에 참여하는 교사들 가운데 소위 '의식화' 관련 혐의가 있는 교사들을 집중 선별해 부각시켜 이념 공세를 가하는 데 초점을 맞추고 있음이 문교부에서 생산한 전교조 관련 대응 문건을 통해 확인됐다.

　○ 진실화해위원회는 당시 국정감사 자료 등을 통해 전교조 탄압에 11개 국가기관이 동원된 구체적 양상과 '교육 정상화 지역대책협의회' 등 지방 수준에서도 대응책이 마련됐음을 밝혔다.

[안기부, 전교조 와해 총괄기획… 법무부, 치안본부, 경찰 등이 실행]

□ 이번 조사에서 안기부는 전교조를 와해시키기 위해 관계기관 대책 회의 등 전 국가기관이 동원되는 과정을 총괄하고 기획하는 역할을 수행했다는 사실이 밝혀졌다.

　○ 1989년 8월경 생산된 안기부의 '전교조 징계 조치 이후 전망과 대책'이라는 문건은 당시 전교조 교사에 대한 징계 현황과 향후 전교조 측의 활동 계획을 보고하고 문교부의 탈퇴 종용 실태와 학부모, 언론 등 여론의 동향을 자세히 담고 있다.

　○ 특히 대책으로 "정부의 전교조 가담 교사 징계에 대한 당위성 확보와 악화되고 있는 여론의 반전 차원에서 전교조 결성목표가 '참교육'을 빙자해 좌익이념인 '민중교육론'을 교육계에 확산시키는 데 있음을 홍보해 국민 공감대를 형성, 교육계로부터 과감히 축출해야 할 것"이라고 제시했다.

□ 법무부(대검찰청)는 노조 주동자에 대한 강력한 사법 조치, 이념적 배후에 대한 수사 및 공표, 좌경세력 수사 및 검거, 노조 배후 지원단체 수사, 노조 관련 헌법소원에 대한 정부 의견 정리·조정 등 법리적 검토 역할을 했다.

　○ 1989년 8월 5일 대검찰청 공안부는 전교조 가담자들에 대한 본격적인 수사에 착수할 것을 발표하면서, 전교조 문제를 공안사건화했다.

○ 검찰은 1989년 8월 초 전교조 결성 활동과 관련해 231명을 입건했으며, 이중 핵심 주동자 45명에 대해 구속영장을 발부받아 41명을 구속했다. 수사가 끝난 87명은 기소(구속 37, 불구속 50)됐다.

□ 치안본부는 학생과 교사, 학부모의 시위·농성·서명 운동 등 전교조 탄압 저지 활동 차단, 학교행정 방해행위 엄단, 노조 활동 주동자 검거 및 사무실 수색, 교원 임용 예정자에 대한 자료 문교당국에 제공, 고교생 단체·노조 지원단체 조사 후 관련 정보를 문교부와 공유 등의 역할을 수행했다.

○ 경찰은 전교조 교사들의 집회·시위를 방해하거나 물리적으로 해산하는 데 동원됐다. 경찰은 전교조 결성대회 및 창립식 등에 참가하는 교사들을 영장 없이 감금하거나 임의동행하는 등 행사 자체를 방해했다.

○ 경찰은 전교조 시·도 지부 간부나 주요 교사들의 동향을 관찰하고, 전교조 집회·행사가 열리기 전에 관련자들의 자택이나 학교 등을 방문해 행사에 참여하지 말 것을 종용했다.

○ 일선 지역 경찰청은 전교조 가입 및 탈퇴 현황을 직접 관리하기도 했다. 광주직할시경찰청은 '전교조 가입 및 징계 현황' 표를 만들어 일일 단위로 현황을 보고받고 내용을 갱신해 왔는데, 진실화해위원회는 이번 조사과정에서 이를 입수해 공개했다.

○ 1989년 10월 20일 작성된 이 표에는 분회결성·해체 현황과 '잔여' 분회 현황과 가입·탈퇴 현황과 '잔여' 가입자 현황이 명시돼 있었고, 징계 현황에는 징계 대상·징계 회부(여부)·징계 지시·징계 결과 등이 상세히 기재돼 있었다.

【헌법재판소, 법원에 로비 정황 확인】

□ 문교부가 정권 차원의 지시를 받아 전국적으로 제기되고 있는 전교조 교사들의 총무처 소청, 행정소송, 민사소송, 헌법재판소에 대한 위헌법률심판 등에 대응하기 위해 헌법재판소와 법원을 상대로 전방위적인 로비를 벌인 사실을 밝혀냈다.

□ 이러한 로비활동의 실태는 진실화해위원회가 입수한 '전교조 대책철', '문교부 회의 결과 보고', '교원 노조 활동분석 및 향후 대책', 교원노조, 조직복원 기도 관련 동향과 대책'등의 문건에서 확인됐다.

□ 1989년 7월 관계기관 대책 이후 보안사 존안 자료 등을 통해 법적인 근거가 없는 임의단체인 '교육 정상화 지역대책협의회'가 지방검찰청 검사장 등을 통해 협의회에 참여하는 지방법원장 등에 대해 로비활동 등을 펼친 정황을 확인했다.

□ 문교부 내부 문건을 통해 문교부는 직원은 물론 지역교육감과 대학 총장까지 전방위적으로 동원해 전교조 교사들이 제기한 총무처 소청, 행정소송, 민사소송, 사립학교법 위헌 심판 등 '법정투쟁'

보리밥 묵고 방구뀔깨 배가 푹 꺼져불등만

에 대응해 헌법재판소 재판관들에게 동법을 '합헌' 판정을 내리도록 시도한 사실이 드러났다.

○ 진실화해위원회가 입수한 1990년 '문교부 회의 결과 보고' 문서에는 사립학교법에 대한 위헌법률심판에 대응하기 위해 문교부 차관이 위원장이 되는 '대책위'를 설치하여 소송 업무를 전담하고 "재판관 9명에 대한 집중 로비 활동"을 전개한다는 내용이 담겨 있다.

□ 진실화해위원회는 안기부 등이 사학재단과 사립학교 교원 사이의 민사소송 대응 방침을 수립하고 지역대책협의회 등을 통해 사법부의 판단에 영향을 미치려는 사실 역시 확인했다.

○ 보안사 역시 '전교조 해직교사 법정투쟁 제압 대책 긴요' 문서를 통해 1989년 말부터 1990년까지 전국적으로 전개된 전교조 해직교사들의 법정투쟁을 예의주시하고 그 제압대책이 필요하다는 점을 대통령에게 역설했다.

【전교조 교사 탈퇴 종용 과정에서 회유·협박… 중앙부처에서 동사무소까지 동원】

□ 정부가 전교조를 와해시키기 위해 중앙부처는 물론 전국의 각 시·도청 및 구청·동사무소 직원 등 전 공무원을 동원해 가입 교사 탈퇴 종용에 나선 사실이 진실화해위원회 조사를 통해 밝혀졌다.

○ 전교조 가입 교사에 대한 전방위적인 탈퇴 종용이 이뤄지는 과정에서 일선 경찰과 동장까지 나서서 가족들에게까지 회유와 협박을 가했다. 또한 교사 가족에게 '이혼을 요구'하거나 '자살소동을 종용'하는 등 탈법적인 방법이 동원되기도 했다.

【보안사, 민간인 사찰 '진드기공작' 문건 입수 첫 공개】

□ 진실화해위원회는 보안사가 전교조 주요 간부들에 대한 대공 혐의점을 찾기 위해 민간인 사찰과 가택침입도 불사하며 자체 공작을 입안하고 실행에 옮긴 사실을 확인했다.

□ 진실화해위원회가 최초 입수해 공개한 보안사가 만든 '진드기공작철'과 '보안사 민간인 사찰 자료'를 통해 이 같은 사실이 밝혀졌다.

○ 일명 '진드기 공작'은 국군보안부대령에 의거해 민간인에 대한 정보수집이 금지된 보안사가 1990년대까지 교육운동과 전교조 교사들에 대한 사찰을 지속해 왔음을 보여 주는 증거이다. 이 과정에서 이루어진 미행·감시·촬영·가택침입·문서 등 절도 행위는 모두 영장 등의 근거가 없는 중대한 불법행위로 진실화해위원회는 판단했다.

【관계기관 존안자료·대책회의 문건 등 최초 공개】

☐ 진실화해위원회가 이번 조사과정에서 전교조 등 1980년대 교육운동 참여 교사들에 대한 사찰과
탈퇴 종용, 사법 로비, 사법 처리, 해직 과정을 구체적으로 확인할 수 있는 관련 자료를 대거 확보
한 것은 또 다른 성과다.
　○ 진실화해위원회는 전교조 관련 관계기관 대책 회의 문건 등 2,000여 매 분량의 문서를 입수해
　　그 내용을 보고서에 담았다.
　○ 전교조 관련 관계기관 대책 회의의 존재는 그간 소문으로만 알려져 있었으나, 안기부·보안
　　사·치안본부 학원 과장, 대검 공안과장, 문교부 차관과 교직국장, 보통교육국장 등이 배석했다
　　는 문서가 발견된 것은 이번이 처음이다.

【국가 피해자들에게 사과·피해 회복을 위한 조치 권고】

☐ 진실화해위원회는 국가가 안기부 등 전 국가기관을 동원해 사찰·탈퇴 종용·불법 감금·사법 처
리·해직 등 전방위적인 탄압으로 신청인들의 노동의 자유, 사생활의 자유, 직업의 자유 등 중대한
인권 침해를 했다고 결론 내리고, 피해자들에게 공식 사과하라고 권고했다.
☐ 또한 진실화해위원회는 국가가 이 사건 신청인들의 피해가 회복될 수 있도록 배·보상 등을 포함
하는 적절한 조치를 취하는 것이 필요하다고 권고했다.
　☐ 정근식 진실화해위원회 위원장은 "이번 조사로 전교조 결성 및 교사 해직 과정 등에서 당시 정
　　권 차원의 전방위적인 탄압의 실상이 밝혀졌다."며 "위법하고 부당한 공권력 행사에 대한 피해
　　자들에 대한 사과와 피해 회복을 위한 적절한 조처 등이 뒤따라야 할 것"이라고 말했다.
☐ 진실화해위원회는 독립된 정부 조사기관이다. 항일 독립운동과 해외동포사, 한국전쟁 전후 민간
인 희생 사건 및 적대세력에 의한 희생 사건, 권위주의 통치 시기 인권 침해 사건, 3·15의거 사건,
그밖에 역사적으로 중요한 사건 등을 조사해 국가에 후속 조치를 권고하고 있다.
　○ 진실규명 신청은 올해 12월 9일까지이다. 진실화해위원회, 17개 시청과 도청, 시청·군청·구
　　청, 재외공관에서 우편이나 방문 접수를 받고 있다.
　○ 사건 희생자나 유가족, 피해자나 가족·친척, 목격자나 사건을 전해 들은 사람도 신청할 수 있
　　다. 신청 서류는 진실화해위원회 누리집(www.jinsil.go.kr)에서 내려받으면 된다. (문의 02-
　　3393-9700)

보리밥 묵고 방구뀡께 배가 푹 꺼져불등만

붙임 1. '전교조 결성 및 교사 해직 과정에서의 인권 침해 사건' 진실규명 결정 요지 1부

　　　2. 전교조 관련 관계기관 대책 회의 문건 사진 1부

〈전교조 탄압은 국가폭력이라는 진화위의 신청자 개별 확인서〉

2022년 12월 26일에 '과거사정리를위한진실과화해위원회'에서 위 내용에 대한 개별통지서가 도착했다. (위 사진)

남은 과제는 정부가 '진화위'의 결정을 존중하는 것이다. 그래서 1989년 전교조 해직교사의 원상회복을 하는 것이다. 교민동은 정부의 결정을 기다리는 것은 희망이 없다고 보고, 진화위의 결정을 근거로 사법 투쟁에 나설 판이다. 정의가 승리하는 길이 멀고 험하다.

262.
노옥희 울산교육감이 급서하셨다

2022년 12월 9일.

청천벽력 같은 슬픈 소식이 들려왔다. 노옥희 울산시교육감이 점심 식사 중에 급서하셨단다. 하늘이 무너지는 참담함이다. 노옥희 동지는 내가 해직되어 영광지회 사업으로 굴비 장사를 할 때 판촉을 위해 울산 갔다가 처음 만났다. 울산지회 사무실에서 상근하고 있었다. 첫인상이 후덕하고 의지가 군건하며 부지런하시겠다는 느낌이었다. 전교조 출신 교육감 중에서 내가 존경하는 딱 한 분이시다. 아울러 그 부군인 천창수 동지가 노옥희 동지의 뜻을 이어 가겠다고 2023년 4월 5일의 보궐선거에 나섰다. 참교육동지회는 전국의 동지들에게 지원을 요청하였다. 울산시의 특성상 전국에서 이주한 이들이 많이 살고 있으니 각자의 인연을 총동원하여 지원하였다. 선거 자금 모금도 벌였다. 교육 동지들이 뜻을 모아 당선되시었으니 노옥희 동지의 뜻을 이어 가시기를 기원한다.

2022년 12월 12일, 노옥희 동지의 장례식에 참석한 전 전교조위원장 조창익 동지는

"'울산 교육, 노동. 민주화운동의 큰 산' 먼 길 떠나시는 노옥희 동지에게"

라는 장문의 시로 노옥희 동지를 배웅하였다. 조창익 동지의 조시에는 노옥희 동지의 삶이 고스란히 드러났다. 그의 삶을 애도하고 산 자들이 지켜 내고 따라야 할 각오를 뜨겁게 말하였다. 조창익 동지의 조시 전문을 지면 관계상 싣지 못해 안타깝다.

보리밥 묵고 방구뀡께 배가 푹 꺼져불등만

263.
기어이 코로나-19에 감염되다

2022년 12월 27일 코로나19 양성 판정을 받았다. 2019년 말 중국 우한에서 시작한 코로나바이러스의 위력이 오래간다. 과거 사스나 메르스보다 더 지독하고 오래간다. 정부에서 권하는 대로 예방접종을 4회 마치고, 모임을 자제하고 주로 집콕하였다. 26일 아침에 관사 룸메이트인 지상훈 선생에게서 전화

"선생님, 괜찮아요?"

"예, 왜요?"

"저 양성 나왔어요. 선생님도 검사해 보셔요."

바로 집에 있던 자가 키트로 검사하니 두 줄이 나온다. 바로 나주보건소 선별검사소에서 검사하고 이튿날 양성으로 연락이 왔다.

기저질환이 있는 아내와 격리하기 위해 관사로 피신하고, 아내에게도 검사받으라고 권유하여 검사하니 역시 양성이라. 다시 안거헌으로 돌아가 아내와 함께 생활했다. 이 과정에서 나주보건소에서 진도보건소로, 다시 나주보건소로 관할을 이전하였다. 아내는 지난주에 독감 증상이 있었는데 아마 코로나 감염이었던 모양이다. 나는 몸이 암시랑토 않다. 다만 머리가 약간 멍하고 몸이 좀 무거운 정도. 학교는 나 말고도 지난주에 세 분, 이번 주에 또 한 분이 감염되었다. 우리 교무실에 딱 한 분을 제외하고는 전부 거쳐 간 모양이다.

지난주에는 아이들의 축제가 있었다. 아이들을 도우면서 함께 해야 했는데, 아쉽다. 선생님들께도 민폐를 끼쳤다. 병가는 최용갑 행정사 선생님이 대신 내주었다. 우리 행정사 선생님은 업무 능

력이 탁월하고 매우 부지런하다. 행정사 임무가 아닌 청소와 차 끓이기 등을 스스로 한다. 교감의 업무에 해당하는 일까지도 해낸다. 보통이라면 행정사들이 꺼리는 일들이다. 고성중에 보물 같은 분이다. 내가 기간제로 근무하는 동안에 많은 도움을 받았다. 고맙습니다.

격리 치료하는 동안에 교감 선생님을 비롯해서 채 선생, 배 선생, 송 선생, 지 선생이 안부 전화를 해 주셨다. 교장은 연락이 없었다. 그래도 예의상 격리가 끝나고 출근하는 대로 교장실을 찾아가 복귀 인사를 하였다. 기관장이라면 소속 직원들을 살피고 격려하는 것이 필요할 것이다. 화목한 직장이 즐겁고 능률도 오르지 않겠는가? 멀리서 가까이서 지인들과 제자들이 안부를 전해 왔다. 고맙습니다.

코로나 초기 유행 시에는 생활보조금을 100만 원 정도씩 받았다고 한다. 나는 막판에 걸렸고, 기간제이지만 공무원이라고 생활보조금이 아예 없다. 누구는 돈 줄 때 걸리지 이제야 걸렸냐면서 웃더라. 몸은 좀 어떠냐면서. 정부의 오락가락한 정책이 아쉽다.

2023년 5월. 윤석열 대통령은 코로나-19 종식을 선언한단다. 아직도 3만 명 가까운 사람들이 감염되고 있다는 보도이다. 격리에 따른 인센티브가 없이 그저 생활에 불편만을 느끼기 때문에 아예 감염 사실을 숨기고 있는 사람들까지 감안하면 실제로는 더 많은 사람이 아직도 감염되고 있을 것이다. WHO는 아직 종식을 선언하기에는 이르다는 우려를 하고 있다고 하더라.

264.
자유학년제를 회고하다

퇴직하기 전에는 자유학년제라는 것을 경험하지 못했다. 기간제로 처음 근무한 다시중학교에서 1학년 아이들을 데리고 승마 체험을 갔다. 직업 체험의 일부라는데 모든 것이 무료였다. 고성중학교에서는 분장업무로 자유학년제를 맡았다.

자유학년제는 중간, 기말고사를 치르지 않고 토론, 실습 등 다양한 체험을 하면서 진로를 모색한다는 취지인 모양인데, 그 취지를 살리는 장점보다는 학생들의 학습 자세만 산만해진 역작용이 더 커 보인다. 실습이나 직업 체험도 요즘 급변하는 사회의 추세와는 다른 오히려 사라져 갈 직업들을 체험한다. 모든 비용이 다 국비로 이루어지는 이러한 직업 체험이 교과 학습을 대신할 만한 가치가 있는지 의문이다.

자유학년제 교사 연수로 인성교육이 들어 있어서 김영효 선생을 초빙하였다. 교감은 전교조전남지부장 출신을 강사로 초빙하는 것에 대해 다소 거부 반응을 보였다. 강사비는 바뀐 규정에 따라 예산이 편성이 되지 않아서 적게 드렸지만 김 선생님은 개의치 않고 먼 거리를 달려와 주셨다.

자유학년제에 대한 여러 부작용의 제기와 바뀐 정권의 요구에 따라 2023학년부터는 자유학년제가 다시 자유학기제로 축소 운영될 것이라고 한다. 폐지 수순으로 보인다. 아예 폐지하는 것이 정답이라고 판단한다. 이제 새 정권은 또 다른 교육 실험을 할 것이다. 대한민국 교육은 역대 정권의 실험장이다. 정권의 교육 실험으로 죽어나는 것은 교사, 학생, 학부모이다.

우리 교육정책은 교육부 관료들의 정책 실험장으로 악용되고 있다. 그동안 수많은 정책들이 일선에서 아이들을 직접 가르치는 교사들의 의견 수렴이 충분하지 않은 가운데 실행되어 우리 교육에 혼란을 야기해 왔다. 교육부 관리들은 해외 특히 미국에 연수나 유학을 다녀와서는 미국 어느 카운티의 모습을 보고 그대로 우리 교육에 심어 실험해 보곤 해 왔다. 그 폐해가 실로 크다. 교육부 관리들의 해외 연수나 유학을 보내지 말기를 바란다. 정 보내려거든 핀란드로 보내고 미국엔 절대 보내지 말그라.

보리밥 묵고 방구뀡께 배가 푹 꺼져불등만

265.
고교학점제는 폐지되어야 한다

고교학점제라. 또 교육부 관료들의 실험이 교육 현장을 혼란에 빠뜨리고 있다. "고교학점제는 고등학생들이 대학에서처럼 원하는 과목을 선택해 수강 신청을 하고 교실을 옮겨 다니며 수업을 듣고 일정 학점을 이수하면 학년에 관계없이 졸업할 수 있는 제도다. 대학 입시에 초점을 맞춘 획일적 교육 과정 대신 학생 개인의 진로와 적성에 따른 맞춤형 교육 과정을 제공한다는 취지로, 문재인 대통령의 대표 교육 공약 중 하나다." 문재인이 교육 전문가였던가? 해야 할 일은 하지 않고 쓸데없는 일만 벌이는 문재인 정권이었다.

고교학점제의 문제점을 보자.

첫째, 고교학점제는 교육기본법이 정한 교육의 이념을 흔들고 있다. 고교학점제가 내세우고 있는 것을 얼핏 보면 그럴듯하다. 학생 개개인의 진로와 적성에 따라 맞춤형으로 교육 과정을 제공한다니, 이 얼마나 숭고한가? 그러나 교육기본법 제2조(교육이념)는

> "교육은 홍익인간(弘益人間)의 이념 아래 모든 국민으로 하여금 인격을 도야(陶冶)하고 자주적 생활 능력과 민주시민으로서 필요한 자질을 갖추게 함으로써 인간다운 삶을 영위하게 하고 민주국가의 발전과 인류공영(人類共榮)의 이상을 실현하는 데에 이바지하게 함을 목적으로 한다."

라고 하였다. 인간에 방점을 두고 있다.

이제까지의 초중등 교육 과정은 이 교육기본법 제2조를 이루기 위하여 구성되어 온 것이 추세였

다. 그러나 김대중 정권부터 교육이 시장화되기 시작했다. 이른바 수요자 중심의 교육이라는 것인데, 교육의 수요자는 누구인가? 정권은 교육의 수요자가 학생인 양 말하지만 조금만 더 생각하면 교육의 수요자는 국가와 기업이다. 특히 기업이다. 수요자 중심의 교육이라는 것은 기업이 필요로 하는 부품적 인간을 학교가 양성하기를 목적으로 한다는 것이 분명하다. 고교학점제는 교육을 기업이 필요로 하는 부품을 생산하는 하청기업 정도로 격하시키고 있다.

둘째, 고교학점제를 시행하기 위한 물리적 요건을 충족하기는 거의 불가능에 가깝다. 고교학점제는 전통적으로 고등학교에서 이수해 온 과목들뿐만 아니라 기업이 요구하는 다양한 교과목들이 설강될 것이다. 학생들의 요구(보다는 기업의 요구이겠지만)에 따라 수많은 과목이 생기고 사라지고 할 것이다. 아마도 학기마다 새로운 과목을 개설해야 할지도 모른다. 그렇게 되면 전통 교과들뿐만 아니라 새로이 명멸하는 교과들을 가르칠 수 있는 교사와 교실, 실험실, 실습실 등이 필요할 것이지만 학교는 그 수요 혹은 필요를 충족할 수 없다.

고교학점제 선도학교(연구학교나 시범학교가 아닌)의 사례를 보니, 이러한 물리적 문제를 해결하는 방법으로 몇 가지를 제시한다. 주말 강의, 이웃 학교 강의, 방학 중 학과 개설, 온라인 강의, 초빙 강사 등이다. 과연 선도학교들이 제시한 방법이 교육기본법 제2조(교육이념)를 염두에 둔 것일까? 혹은 교육기본법의 정신을 알고는 있는 것일까?

셋째, 우리나라 유·초·중등교육은 대학 입시가 좌우해 왔다. 고교학점제와 대학 입시는 어떻게 연동되는 것일까? 기존에도 박근혜 정권 이래 매년 바뀌는 교육 과정으로 인해 학교는 매 입학년도마다 교육 과정이 달라진다. 이에 따라 대학 입시도 달라진다. 가르치는 이도 배우는 이도, 학부모도 혼란이다. 언제 어떻게 바뀔지도 모르는, 혹은 정권이 바뀌면 또 어떻게 바뀔지도 모르는 교육제도에 교육 주체들은 얼마나 더 애를 먹어야 할 것인가? 학생들은 정권이 목표로 삼는 학생들이 필요로 하는 다양한 교과목을 원하기보다는 학점 따기 좋은 과목을 선택하지는 않을까? 대학 입시에 유리한 과목을 선택하지는 않을까? 잘 가르치는 교사의 과목보다는 학점을 잘 주는 교사의 과목을 선택하지는 않을까?

보리밥 묵고 방구뿡께 배가 푹 꺼져불등만

고교학점제는 다른 문제를 야기(파생)시키기도 할 것이다.

첫째, 고교학점제는 교사 양성제도를 통째로 뒤흔들고 있다. 새로이 명멸(明滅)하는 교과목들을 가르치는 교사를 대학들이 어떻게 양성할 수 있을까? 아마도 교사자격증이 없더라도 일정한 산업 현장의 경험이 있으면 교사가 될 수도 있을 것이다. 충분한 능력과 인품을 갖춘 산업체 출신 교사(강사)를 모시기 그리 쉽지 않을 것이다. 또한 그들은 처음에는 땜빵으로 출발하지만 시간이 지나면 정규직을 요구할 것이다. 시대의 변화나 학생들의 요구의 변화에 따라 해당 과목이 없어지더라도 임시 교사들은 생존권을 요구할 것이다. 정권은 새로운 차원의 노사문제를 감당할 수 있을까?

둘째, 고교학점제는 소규모 학교들의 폐교를 당연시하는 기제로 작동할 것이다. 선택 과목의 폭을 넓히기 위해서는 대규모 학교일수록 유리하다. 정권은 기존의 경제 논리에 따른 작은 학교 폐교 논리에 고교학점제에서의 유불리함을 더해서 작은 학교들을 없애고자 할 것이다. 이제부터 학교는 교육이 아니라 관리(경영)가 필요할 것이다. 작은 학교는 인간교육에 가깝고, 거대과밀학교는 관리에 가깝다는 것이 교육 현장의 공통된 의견이다. 교육은 충분한 대면 접촉이 필요하다. 고교학점제는 학교가 인간교육을 포기하는 기제가 될 것이다.

셋째, 학생 생활지도는 어떻게 되는 것일까? 선택 과목 이수를 위해 끝없이 이동하는 아이들의 생활지도, 인성 지도는 어떻게 감당하려는 것일까?

넷째, 가정 경제의 빈부에 따라 학생들의 희비가 엇갈릴 것이 아닌가? 충분한 정보와 지원을 받을 수 있는 학생과 그렇지 못한 학생의 학력 격차를 어떻게 해소할 것인가?

고교학점제는 폐지해야 한다. 하루라도 빨리 폐지해야 한다. 교육부 관료들을 유학이나 연수보내지 말그라. 이들이 꼭 얼치기 설치기로 보고 온 것을 실험하려고 하더라. 그때마다 교육 현장은 혼란이다. 어느 놈이 분탕질을 치든지 그 고통은 고스란히 학생, 교사, 학부모 등 교육 주체들의 몫이다.

266.
그래도 일요일은 쉬어요!

조기 교육의 열풍이 심상치 않다. 골은 비고 가진 것이라고는 돈밖에 없는 졸부 엄마들이 극성이다 보니, 행여 내 자식이 뒤처질까 두려워 많은 엄마들이 아그덜을 조기 교육으로 내몰고 있다. 게다가 기왕이면 내 자녀가 만능이기를 원하는 모양새다. 부모는 사교육비를 마련하느라 허리가 휘고, 아그덜은 극한의 학습 부담에 시달리고 있다. 그 나이 또래에 즐겨야 할 행복을 유보당하고 있다.

언젠가 우리 아파트 엘리베이터에서 초딩 1학년쯤으로 보이는 꼬마를 보았다.

"어디 가냐?"
"학원에 가요."
"학원 몇 개 다니냐?"
"다섯 개요."
"와, 너무 힘들겠다."
"그래도 일요일은 쉬어요."

마지막 답을 하는 아이의 표정이 한없이 맑고 힘차다.
얼마 전 둘째 딸이 아이를 영어유치원에 보내고 싶다고 하더라. 니 자식은 니가 잘 알아서 키우겠지만, 그건 아닌 것 같다. 크다가 영어가 필요하면 필요한 만큼 지가 스스로 알아서 하게 된다. 굳이 어려서부터 아이를 학습 부담으로 몰아갈 필요가 있겠냐고 조언했다. 하기사 아이를 학원에 보내지 않으면 친구가 없다는 말도 있더라.

　　　　　　　　　보리밥 묵고 방구뀡께 배가 푹 꺼져불등만

우리 대한민국에서 인생은 늘 미래를 위해 현재의 행복을 유보당하고 있다. 그렇다고 어른이 되면 유보당했던 행복이 오던가? 인생을 살다 보면 생애 주기에 맞은 행복이 다 따로 있다. 그 나이에 맞는 행복이 있다. 아이들의 행복은 또래들과 같이 놀고 공부하는 것이다. 특히 유아원, 유치원, 초등학교 시절에는 충분히 놀아야 한다. 자식의 미래를 위한답시고 아이들을 달달 볶지 말았으면 좋겠다. 사실 어른들의 욕심을 채우려고 그리 호들갑이 아닌가 말이다.

267.
흥사단산악회와 함께하면서 활기를 되찾다

해직될 때 받은 연금을 복직하여 다시 불입하는 동안엔 해직 때보다는 낮지만 그래도 극심한 경제적 어려움을 겪었다. 밀린 연금을 다 넣고 나니 형편이 좀 나아졌다. 운동이 필요했다. 좋아하는 등산도 거의 못 하고 생활에 늘 쫓기다시피 살아왔다. 광주흥사단산악회에 가입했다. 흥사단의 산악회는 도산 선생이 미국에서 독립운동을 하실 때부터 건강한 몸에 건강한 정신이 깃든다는 진리에 따라 '물에 산에 YKA'로 시작되었다. 광주흥사단은 흥사단 운동을 활성화하고 단우 양성을 다양화하기 위해 산악회를 만들었다. 초대 회장은 문홍기 선배셨다.

약국을 하고 계시는 문홍기 회장님은 버스를 타고 이동할 때 미리 준비해 온 건강 강의를 하셨다. 매우 열정적인 문홍기 회장님의 건강 강의는 매우 유익하였다. 그렇게 건강에 힘쓰시던 분이 갑자기 병을 얻어 일찍 가시게 되어 너무 안타깝다. 장수 시대에 20년은 더 일하시면서 이웃을 따뜻하게 하실 분인데 너무 아쉽고 안타깝다. 산악회는 이기영, 박승룡, 정해직 선배님 등도 함께하셨다.

산악회 임원들은 매우 헌신적이었다. 미리 산행 코스를 잘 잡았다. 선군, 중군, 후군으로 나누어 남녀노소 회원들의 체력을 안배하여 모두를 잘 챙겼다. 무릎이 그다지 좋지 않은 나도 같이 다니기에 무리가 되지 않았다. 언젠가 광양 백운산에 가다가 갑자기 비가 쏟아져서 송광사에서 선암사로 넘어가는 코스로 변경하였다. 올라갈 때는 문제가 없었다. 고개를 넘어 선암사 방향으로 내려갈 때 계곡이 넘쳐서 건널 때마다 매우 위험하였다. 비가 그치기를 기다려야 할까? 구조대를 불러야 할까? 무리해서 건너야 할까? 우리는 건너는 것으로 결정하였다. 아마도 문홍기 회장님의 고민이 크셨을 것이다. 김창수를 비롯한 건장한 젊은 회원들이 보리밥집에서 밧줄을 빌려왔다. 그들이 먼저 건너서 건너편에 밧줄을 걸면 회원들은 그 밧줄을 잡고 조심스럽게 건넜다.

보리밥 묵고 방구뀡께 배가 푹 꺼져불등만

월 1~2회 전국의 명산을 순회했다. 30,000원 회비를 내면 버스비, 목욕비, 저녁 식사까지 다 준비되었다. 2023년에 오랜만에 참가하였더니 40,000원으로 올랐다. 물가 인상에 따른 부득이한 조치였을 것이다. 적은 비용으로 정말 알찬 산행을 하였다. 모두가 산악회 임원들의 노고 덕이었다. 산악회를 통해 흥사단 단우들이 많이 늘어났다. 그들은 산악회도 단우 활동도 열심이다. 최근에는 산악회 회원들이 중심이 되어 흥사단합창단을 꾸려서 활동하고 있다. 흥사단 활동이 다양해지고 있다. 정규만, 박국철, 정필웅, 김왕기 등 후배들의 참신하고 열정적인 노력 덕이라고 본다.

얼마 전 '큰오빠' 홍정식 형이 작고하셨다. 나보다 몇 살 위시지만 나보다 훨씬 산을 잘 타시던 분인데 어찌 그리 쉬 가시게 되었는지 안타깝다. 산악회 함께하던 선배님들이 하나둘 안 보이시더라. 남의 일 같지가 않다. 건강해야지.

〈정인규와 깃대봉에서〉

268.
월 100㎞를 걷자

　나이가 들어 가면 하체 근육이 줄어든다. 이 근육을 살려야 몸이 건강하다고 한다. 나는 뼈가 약하고 심한 운동은 즐기지 않으니 가장 쉽게 할 수 있는 운동을 하자. 걷자. 목표를 정해서 걷자. 2022년을 맞이하면서 월 100㎞를 걷기로 하였다. 목표를 정하고 나니 날씨 핑계, 바쁘단 핑계가 줄었다. 2022년은 초과 달성이었다. 종아리가 제법 단단해졌다.

　평시에는 마을 들판이나 영산강 둑길을 아내와 함께 걸었다. 고성중학교에 근무할 때는 학교 생활하면 일평균 2.5㎞가 걸어지고, 일과 후에는 첨찰산 사방댐까지 왕복 4㎞를 걸었다.

　걷기 위해 운동화를 샀다. 인터넷에서 조금 싸지만 좋아 보이는 것을 샀다가 낭패를 보았다. 일주일 정도 걸으니, 뒤꿈치가 이상하다. 벗어서 확인하니 뒤축이 구멍이 뻥 뚫렸다. 아이들은 그래서 명품 신발을 신어야 한다고 한다. 그래서 다시 구매했다.

269.
전남대 750 기러기 총무가 평생 지속되다

전남대 아카데미 시절 2학년 때부터 총무를 맡았다. 1학기 회장은 3학년 김성대 선배였고, 2학기 회장은 같은 학년 나상선 군이었다. 내가 군에 가고 제대하여 5·18 격동기를 겪은 후 우리 만남은 뜸했다. 대학을 졸업할 무렵부터 연락이 뜸해진 동기생들을 찾기 시작했다. 여학생들의 결혼이 먼저 시작되었다. 간단하지만 거울과 벽시계 등 결혼 선물을 했다. 당시는 그런 선물도 소중했다. 그리고 내가 해룡고 교직 생활에 집중하는 동안과 해직 생활 동안에는 활동이 다시 중단되었다. 총무가 움직이지 않으면 모임이 활력이 잃는 것이던가? 대신할 이는 진정 없는 것인가?

복직하고 내 생활이 어느 정도 안정되면서 흩어진 동기생들을 다시 챙기기 시작했다. 정기적인 회비를 납입하도록 하여 활동비를 마련하였다. 봄가을 연 두 차례의 정기 모임과 회원들의 애경사를 빠짐없이 챙겼다. 회장은 재학 시절의 회장인 나상선 군이 맡고 나는 여전히 총무이다. 처음에는 총무 역할과 재무 역할을 겸하다가 내 업무 부담을 덜어 준다고 재무를 따로 두었다. 양광옥 군에 이어 권향년 군이 재무를 하다가 지금은 오점동 군이 수고하고 있다. 총무와 재무의 역할을 다른 이들도 돌아가면서 맡아 주면 좋으련만 아무도 나서지를 않는다. 이에 관한 이야기가 나오면 주제를 돌려 버리기 일쑤이다.

동기생 중에서 활동을 같이하기를 꺼리는 친구들이 많다. 연락해도 답을 주지 않거나 아예 연락을 거부하기도 한다. 청년 시절의 다짐은 어디로 갔을까?

부모님들의 애사가 거의 끝난 것 같다. 자녀들의 결혼도 한창이더니 요즘은 뜸하다. 아마도 내 아이들의 결혼이 더 늦어지는 것 같다. 그래도 다행인 것은 회원과 배우자들의 부음은 아직 없다. 고등학교 동창생 중에는 본인이나 배우자 부음이 자주 들려오고 있다. 오늘날 평균 수명에 비하여 너무 일찍 가고 있다. 750 동기생들의 건강과 행복을 기원한다.

270.
전라남도지사님들은 민주화운동 관련자들을 우롱하는 것인가?

1

'민주화운동관련자명예회복및보상에관한법률'이 제정된 이후 '민주화운동관련자명예회복및보상심의위원회'는 엄격한 심사를 거쳐서 1989년 전교조 관련 해직자들을 민주화운동 관련자로 인정하였다. 그러나 모법의 애매함과 역대 대통령들의 시행령은 모법의 취지를 왜곡, 축소하여 관련자들의 명예 회복과 보상을 실시하지 않았다.

2

이낙연 전라남도지사는 2018년 10월에 전국에서 최초로 '민주화운동관련자예우및지원에관한조례'를 공포하였다. 이낙연 지사는 전국에서 최초로 민주화운동 관련자들의 예우와 지원을 하게 되었노라고 언론에서 자랑하였다. 이에 나는 조례에서 정한 서류들(주민등록등본, 이장의 거주 확인서, 민주화운동 관련자 증서 등)을 갖추어 나주시청에 신청하였다. 그러나 자동차가 있다는 이유로 각하되었다. 당시 내 차는 10년 된 카렌스로 시가 200만 원 정도에 불과하였다. 나는 수치와 분노를 느꼈지만, 업무 담당자와 말씨름할 필요는 없었다. 업무 담당자야 정해진 법규에 따라 일하는 것이므로.

3

사실 각시도의 조례가 정한 민주화운동 관련자 예우와 지원 수준이 기초연금 지급 수준보다도 낮아서 조례의 개정 필요가 제기되었다. 이에 각시도는 당해 조례의 개정을 하게 되었고, 전라남도는 2022년 11월 10일에 개정하였다. 조례의 내용은 다음과 같다.

보리밥 묵고 방구뀔께 배가 푹 꺼져불등만

전라남도 민주화운동 관련자 예우 및
지원에 관한 조례 일부 개정 조례를 다음과 같이 공포한다.

2022. 11. 10.
전라남도지사 김영록
전라남도 조례 제5623호

전라남도 민주화운동 관련자 예우 및 지원에 관한 조례 일부 개정 조례

전라남도 민주화운동 관련자 예우 및 지원에 관한 조례 일부를 다음과 같이 개정한다. 제9조부터 제11조까지를 각각 제10조부터 제12조까지로 하고, 제9조를 다음과 같이 신설한다.

제9조(민주화운동명예수당 지급) ① 도지사는 65세 이상 민주화운동 관련자로서 신청일 현재 도에 주민등록을 두고 거주하고 있는 사람에게 예산의 범위에서 민주화운동명예수당을 지급할 수 있다. 다만, 제6조에 따라 생계지원비를 지원받는 사람은 지급 대상에서 제외한다. ② 그 밖에 민주화운동 명예수당 지급 금액, 지급 절차 등은 도지사가 정한다.

제10조(종전의 제9조)제1항 중 "「전라남도 5·18 민주유공자 생계지원비 지급에 관한 조례」 제6조, 제7조, 제8조, 제11조, 제12조를"을 "「전라남도 5·18민주유공자 민주명예수당 및 생활지원금 지급에 관한 조례」 의 관련 규정을"로 한다.

부칙
이 조례는 공포한 날부터 시행한다

나는 이 소식을 광주에 사는 해직교사 후배인 김병주 선생(우리 큰애의 담임이기도 했음)에게서 듣고 2023년 2월 6일에 전라남도청 민원실에 전화하여 시행규칙이 마련되었는지 물었다. 조례 제9조 제②항에서 명예수당의 지급 급액과 지급 절차를 도지사가 정하도록 되어 있었기 때문이다. 그러나 이날 현재로 시행규칙이 마련되지 않았다. 조례는 공포한 날부터 시행한다고 되어 있으나 도지사가 업무를 해태하고 있는 것이다.

민주화운동 관련자 명예수당에 관한 전남도청 방문 보고.

2023년 3월 28일 오전 11시, 윤석열 정권의 대일 굴욕외교를 규탄하는 전남퇴직교사들의 기자회견이 전남도청 앞에서 있었다. 우리는 점심을 먹고 대표단을 구성하여 도지사를 면담하고자 도청을 방문하였다. '민주화운동관련자예우및지원에관한조례'의 시행이 안 되고 있는 이유를 묻고, 빠른 시행을 촉구하기 위해서였다. 도지사 면담은 미리 예약이 되지 않았고, 지사가 출타 중이라 하여 대신 주무과인 행정자치과의 '5·18민주화및과거사지원센터' 팀장과 담당 주무관을 만나서 면담이 이루어졌다.

◆ 방문일시: 2023년 3월 28일(화) 13:00~13:30
◆ 방문자: 민경선, 김옥태, 조창익
◆ 담당자: 김용수(5·18민주화및과거사지원센터 팀장)외 여성 실무자 1인
◆ 대담 주제: 민주화운동 관련자 예우 및 지원에 관한 조례 시행 여부

김옥태: '민주화운동관련자예우및지원에관한조례'가 2022년 11월 10일에 개정되어 65세 이상의 대상자가 명예 수당을 받을 수 있는 길이 열렸는데, 아직 시행되지 못하고 있는 이유는 무엇인가요?

김용수: 시행규칙이 아직 마련되어 있지 않습니다.

김옥태: 알고 있습니다. 그 이유를 알고 싶습니다.

김용수: 예산 문제가 있어서 아직 시행규칙을 못 만들고 있습니다.

조창익: 예상 인원과 예상 예산은 얼마나 추산하고 있습니까?

김용수: 예상 인원은 130명 정도이고, 1인당 6만 원씩 연 약 1억 원을 예상하고 있습니다.

김옥태: 타 시도는 이미 실시하고 있으며 대개 10만 원씩 지급하고 있는 걸로 알고 있습니다. 전라남도 예산이 몇조인데 겨우 1억 원이 없어서 실시하지 못하고 있다는 것은 변명으로 들립니다. 더구나 작년의 조례 개정에서는 공포와 동시에 효력을 발생한다고 하고서는 정작 지사님께서 시행규칙을 마련하지 않는 것은 의회민주주의와 민의를 무시하는 처사가 아닙니까?

김용수: 그렇지 않아도 조례 개정안을 발의한 영광의 오미화 의원과 박형대 의원이 지사님께 자주 빠른 시행을 촉구하고 있습니다.

동행 여직원: 89년 해직교사는 해직 기간 임금과 호봉을 인정받지 못 하고 계신가요?

김옥태: 그렇습니다. 민주화보상법의 애매함과 입법 취지를 크게 왜곡 축소한 시행령으로 인하여 해직교사들은 생계에 어려움을 겪고 있습니다. 각 시도에서 조례로 '민주화운동관련자예우및지원조례'를 제정한 것도 이 상황을 알고 있기 때문인 걸로 압니다.

민경선: 어떻게 하면 우리 지사님께서 시행규칙을 서둘러 마련할 수 있을까요? 담당자로서 팁을 주시기 바랍니다.

김용수: 사실 광주와 전남은 이런 상황이 서로 맞물립니다. 전남이 앞서면 광주가 따라오고, 광주가 앞서면 전남이 따라가는 형국입니다. 광주는 아직 조례 개정이 이루어지지 않고 있는데, 광주에서 서둘러 주시면 전남도 따라갈 수밖에 없습니다.

김옥태: 그렇다면 광주와 전남은 서로를 핑계 대면서 개개기하는 것입니까?

모두가 웃음.

김용수: 그런 것은 아닙니다만 상황이 그렇다는 것입니다. 아무래도 광주가 서둘러 주시면 전남의 시행도 서둘러질 수밖에 없습니다.

김옥태: 담당자들께서 관련 민원으로 고생이 많으십니다. 시행이 서둘러져야 담당자들도 민원에 덜 시달릴 것입니다. 다음에는 오미화, 박형대 의원님을 모시고 우리 대표단이 지사님을 함께 뵈어야 할 것 같습니다. 담당자로서 오늘 저희가 방문한 것을 지사님께 보고하시어 시행 규칙이 서둘러 마련되도록 해 주시길 바랍니다.

민경선: 업무가 바쁘실 터이니 오늘은 여기서 마치는 것이 좋겠습니다. 우리 김 팀장님께서 윗분들께 간곡히 말씀을 올려 주시길 바랍니다.

모두들: 수고하셨습니다.

귀가 중에 광주의 김병주, 오창훈 선생과 통화하니, 광주는 강기정 시장과 시의회 의장을 윤광장 선생님 등이 만나서 2023년 6월 이내로 조례 개정을 마무리하기로 했다고 함. 아울러 광주와 전남이 동시다발로 치고 나가야 효과가 클 것이라고 의견을 나눔.

◆ 남은 과제

1. '민주화운동관련자예우및지원에관한조례'의 시행규칙을 서둘러 제정하게 하는 것

2. 명예수당을 최소한 10만 원은 되도록 하는 것

3. 광주와 전남이 보조를 맞추어서 상승작용을 하도록 하는 것

4. 전남 해직교사 중에서 65세 이상인 분 명단을 확보하는 것

5. 상황에 따라서는 해직교사 투쟁을 전남도청에 배치하는 것

◆ 참고: 위 조례에 의하여 생계비를 받고 계신 분은 명예 수당을 이중 지급이라 하여 받을 수 없음.

◆ 이낙연, 김영록 전현임 도지사는 민주화운동 관련자의 예우 및 지원에 생색내기에 급급하다는, 너무 쩨쩨하다는 생각이 들었다. 심지어 우롱하고 있는 것은 아닌지 괘씸하기 이를 데 없었다.

보리밥 묵고 방구꿩께 배가 푹 꺼져불등만

271.
전라남도교육청 제1기, 제2기 청렴시민감사관으로 일하다

청렴시민감사관 제도는 각급 공공기관에서 도입하고 있는 민간 참여형 부패 예방 시스템으로 국민권익위원회는 공공기관 부패방지시책평가를 통해 각급 기관의 청렴시민감사관 제도 운영 실적 성과를 측정하고 있으며, 2019년 기준 시책평가 대상 270개 기관 중 260개 기관이 제도를 도입하여 운영하고 있다.

전라남도교육청 청렴시민감사관은 2018년 12월 28일 전라남도교육규칙으로 제정되어 2019년 7월 8일에 발족하였다. 경기도의 경우 조례로 제정되었는데, 전남은 교육감 규칙으로 제정되었다. 각기 장단점이 있을 것이나 전직 도의원과 전현직 군의원의 말씀을 빌면 전남도의원들의 수준이 청렴시민감사관의 활동을 도의원의 감사 권한을 침범하는 것으로 알고 견제하려고 하여 규칙으로 제정하지 않았나 싶다고 했다.

기관에 따라서는 청렴시민감사관을 공개 모집하는 경우가 많은 것으로 안다. 또 그래야 마땅하고. 나는 그냥 불려서 갔더니 전남도교육청 시민감사관으로 위촉되었다. 누가 추천했는지는 모르겠다. 제2기 청렴시민감사관은 공개 모집했다고 들었으나 느낌은 어쩐지 선거 조직이 아닐까 싶었다.

전라남도교육청 제1기 청렴시민감사관의 구성은 일단 탄탄해 보였다. 교수, 변호사, 회계사, 세무사, 건축사, 시민운동가, 전직 지방의원, 퇴직 교원과 공무원 등 진용은 괜찮아 보였다. 전남을 4개 권역으로 나누어 4개 분과를 구성하였다. 대표는 전 화순군의원인 김성인 씨가 선임되었다. 부대표는 이규현 담양군 의원이 선임되었다. 그렇게 미리 이야기된 듯이 담당 공무원들이 귀띔하면서 진행한다. 김성인 대표는 나중에 전라남도교육청 특채 감사관(부이사관급)이 되어 전 전남도의원 출신인 최경석 시민감사관이 대표를 맡았다. 신임 최 대표는 아주 열심히 하였고, 전라남도의원 출신이어서 그런지 일에 대한 감각이 뛰어났고 나와도 호흡이 잘 맞았다. 나는 나주, 영암, 장성, 함평, 영광으로 구성된 제2분과 소속으로 분과장으로 선임되었다. 특별위원회 성격의 TF도 구성하였다. 그 무렵 시설과에서 비리가 터져서 시설과장(4급)이 구속되고 특별 감사와 수사를 받는 등 어수선한 분위기였다.

교사 출신으로는 나를 포함하여 이세천, 박세철, 이규학, 발발진 선생 등 5명으로 모두가 전교조 조합원 출신이었다. 박발진 선생은 특별위원장을 맡았다. 나와 이세천, 박세철, 이규학 시민감사관은 제2기에도 계속하였고, 발발진 감사관은 다른 일이 바쁘다면서 사양하였다.

운영위원회는 대표, 부대표, 4개 분과장, 특별위원장으로 구성되었고, 회의 때는 감사관, 청렴팀 장과 주무관이 참석하였고, 필요할 때는 관계 공무원이 참석하기도 하였다.

정기회의는 분기별로 1회씩 진행하였다. 필요하면 임시회의도 하였다. 코로나-19로 인하여 대면회의가 예정대로 진행되지 못하였다. 정기회의 시에는 감사 안내와 감사 기법 강의가 있었다. 강의는 원론적인 것이 많아서 감사에 문외한인 청렴시민감사관에게는 별 도움이 되지 않았다. 이를 시정할 것을 주문하였으나 별로 달라지지 않았다.

시민감사관은 회의와 감사 참여 시 활동비 100,000원과 교통비로 30,000을 받았다. 나는 거의 모든 회의와 감사에 빠짐없이 참여하였다. 그러다 보니 활동비가 꽤 되었다. 약 3년간에 1,000만 원 정도의 수입이 되었다. 퇴직교사의 입장에서 좋았다. 재능도 기부하고 용돈도 벌었다. 다만 민간인 신분인 시민감사관의 한계로 인하여 하고 싶은 일을 다 하지 못했다.

보리밥 묵고 방구뀅께 배가 푹 꺼져불등만

272.
시설 공사 TF 활동을 하다

2019년 무렵에 전라남도교육청에서는 시설 분야에서 사고가 터졌다. 시설과에서 비리가 발견되어 수사가 진행되고 전라남도교육청 공무원 중 일부가 구속되었다. 이 사실이 언론에 보도되어 전라남도교육청의 청렴도에 의문이 제기되었다. 이에 전라남도교육청 제1기 청렴시민감사관은 시설 분야 TF를 구성하여 시설 분야에서의 비리를 원천 차단할 방안을 마련하기로 하였다. 차제에 비리 요소가 있을 수 있는 다른 분야까지 함께 살펴보는 것이 필요하다는 의견이 수렴되어 시설 공사, 물품 및 예산, 학교급식, 현장학습, 방과 후 학교, 예산 등 6개 분야의 TF가 구성되었다. 각 TF의 참여 청렴시민감사관은 자천, 타천으로 3~5명의 시민감사관과 관계 공무원으로 구성되었다.

시설 공사 TF는 이순미, 박병열 등 건축사와 구례의 농민운동가 정영이, 토목 전공 퇴직 교원 이규학, 시설 분야에는 문외한인 김옥태 등 5명의 시민감사관과 시설 담당 공무원 2명, 감리 담당 공무원 2명 등 9명으로 구성되었다. 나는 타천에 의해서 포함되었다. 시설에 대한 문외한인 나를 왜 포함했는지 그 이유를 모르겠다. 어떤 이가 교육감의 뜻이라고 귀띔해 주었다. 다만 TF 활동을 진행하면서 일할 방향을 설정하고 토의 내용을 정리하는 과정에서 그 이유가 발견되었다. 담당 공무원은 방어적 자세였고, 시민감사관들은 일의 전개 과정 설정, 토의 방식에 대해 다소 경험이 부족해 보였다. 또한 건축사들은 자신이 겪은 일이나 전문적인 식견을 말씀하시기에 바빠서 방향을 설

〈좌로부터 경기도교육청방문협의, 수원화성에서, 이순미 건축사 사무소에서 TF 협의〉

정하는 데는 도움이 필요하였다. 자연스럽게 TF 진행 과정에서 나는 사회자 겸 서기의 역할을 맡게 되었다. TF 보고서 작성도 내 몫이 되었다.

시설 공사 TF는 우선 최근 발생한 사안에 대하여 관계 공무원의 설명을 듣고, 건축사들의 경험과 전문 의견을 들었다. 또 경기도교육청이 잘하고 있다고 하여 청렴시민감사관과 관계 공무원이 함께 방문하여 경기도의 시설 분야 개선 노력을 살펴보았다. 경기도 지역 사회의 풍부한 인적 자원과 적극적인 참여 의식이 참고가 되었다. 경기도는 수당의 한계와 전문가 참여의 필요를 감안하여 퇴직한 전문가들을 적극 활용하고 있었다. 감리를 시설과에서 분리하고 별도로 시민감리단을 운영하고 있었다. 우리는 이점에 주목하였다. 우리 시설 공사 TF의 건축사들은 시설과 감리가 도 교육청에서 함께 이루어지기 때문에 감리가 철저하지 못하다고 지적하고 있었기 때문이다. 감리는 외부 용역으로 맡기고 시민감리단이 청렴시민감사관과 별도로 필요해 보였다. 교육계에서 행정직은 순환보직을 하고 있기에 상호 견제가 사실상 어려운 상황으로 보였다.

건축사 시민감사관들은 시설 공사 현장에서의 문제점을 주로 지적하였다. 다소 상기된 어조로. 담당 공무원은 이에 대해 설명하였는데, 다분히 방어적 설명이었다. 그들이 전문가이고 현장 책임자이므로 문제들을 시정해 나갈 아이디어를 적극적으로 제안해 주면 좋겠다는 생각이 들었다. 시설 TF의 한계가 보이기 시작했다. 나는 문외한이므로 먼저 감을 잡아야 했다. 제출된 자료를 살피고 건축사 시민감사관과 담당 공무원 간의 오가는 대화를 들으면서 기록해 나갔다.

여러 차례의 TF 회의와 선진지 견학, 제출된 자료를 검토한 결과 방향을 정하였다.

• 전라남도교육청에 설치된 감리단을 분리하여 외부 용역으로 맡기고, 시설 관련 전문가로 구성되는 시민감리단 구성
• 시설 공사 전 과정(process)에 대한 로드맵 마련
• 설계에 따른 자재 선정의 투명성 확보
• 시설 공사 현장에 대한 시민감사관과 시민감리단의 실사
• 시설 공사 TF의 활동 결과를 정리하여 보고서로 남기고, 향후 시설 공사 시행에 참고가 되도록 함

• 최종 결재자인 교육감의 시설 공사 전반에 대한 이해 촉구

시설 공사 TF 활동하는 동안에 시설과 담당자가 정기인사로 바뀌고 있었다. 새로 오는 담당자는 TF 업무를 제대로 숙지하지 못하고 있어서 전임자와 현임자 간의 업무 인수인계에 허점이 보이고 있었다. 시설 공사의 성격상 여러 부서의 업무가 상호 연계될 것이지만 부서 간에 보이지 않는 칸막이가 있어 보였다. 심지어는 같은 부서 안에서의 담당자 간의 유기적인 업무 연계도 아쉬웠다. 시설과는 우리 TF를 그다지 반기지 않는다는 느낌이 강했다.

273.
도 교육청 감리단을 해체하고 용역에 맡기고, 시민감리단을 구성하다

시설 공사 TF의 제안에 따라 전라남도교육청 감리단이 해체되고 감리를 외부 용역에 맡기는 한편, 2021년 2월 24일에 전라남도교육청 '건설공사 시민감리단'이 발족되었다. 보도 자료에 따르면, 시민감리단은 공모를 통해 건축(10명), 토목(2명), 기계(4명), 전기(4명) 등 분야별 전문가 20명으로 구성됐으며, 지역별 4개 조로 운영된다. 2년 임기로 활동하며 1회에 한해 연임할 수 있다. 시민감리단은 외부 민간 전문가의 눈으로 전남교육청이 발주한 25억 원 이상 건설공사 현장을 살펴보면서 경험과 노하우를 나누고, 각종 제안과 제도 개선을 건의하는 활동을 하게 된다. 또, 학교 및 교육 시설 공사 현장 점검과 감리를 통해 불합리한 관행을 근절하고 현장의 애로·건의 사항을 청취해 조언하는 역할도 한다.

여전히 과제는 남는다. 보도자료에 따르면 고수익의 전문가로 시민감리단이 꾸려졌다. 이들이 능동적으로 일할 수 있는 수당의 문제는 어떻게 하였는가? 공사비 25억 원 이상의 시설 공사에 한하여 시민감리단이 활동한다는데, 전라남도교육청 산하의 각종 시설 공사는 25억 원 이상의 대규모 공사만 있는 것은 아니다. 실제로 학교 현장에선 그보다 작은 규모의 공사가 거의 일상적으로 이루어지고 있고, 현장의 목소리는 그다지 만족하지 못하고 있다. 일상적으로 이루어지는 작은 규모의 공사에 대한 시민감리단의 감리도 필요했다.

보리밥 묵고 방구꼉께 배가 푹 꺼져불등만

274.
시설 공사 로드맵을 마련하다

시설 공사 TF 활동 중 시설 공사에 대한 로드맵이 필요하다는 제안은 내가 냈다. 시설 공사의 핵심은 설계, 시공, 감리일 것이다. 이 과정은 유기적이면서 상호 견제와 감시가 필요한 과정이기도 하다. 시민감사관을 하면서 정기 감사 때 현장을 둘러보면 같은 문제가 거의 반복적으로 발견되고, 지적된 문제들이 전혀 개선되고 있지 않은 점이 발견되었다. 도 교육청 시설 담당 공무원은 이미 시설 공사 로드맵이 있다고 하지만 그 로드맵을 보자는 요청에는 응하지 못하였다.

담당 공무원이 구두로 제시한 로드맵에는 공사의 기획 단계와 준공 검사(사용승인 검사), 사용 후 평가(POE) 단계가 유명무실해 보였다. 이에 시설 공사 TF는 시설 분야 개선을 위한 SWOT 분석을 하였다. 과거 비즈쿨을 운영하면서 익힌 이 기법을 시설 TF에서 활용한 것이다. SWOT 분석 결과 먼저 시설 공사 과정(process)을 수정하기로 제안하였다.

▶ 시설 공사 과정(process)의 수정
  • 설계(건축설계사무소) → 인허가(교육청) → 시공(건설회사) → 감리 단계(현 교육청 감리를 건축설계사무소로 용역) → 감독(교육청) → 준공 검사(교육청) → 사용(학생, 교직원, 학부모, 지역주민)
  • 감리를 교육청에서 건축설계사무소에 용역을 줌으로써 투명성을 확보하는 동시에 교육청이 공사의 기획, 감독 업무에 집중할 수 있음.
  • 시설 공사의 기획에서 시공, 감리, 준공에 이르는 과정에서 로비가 통할 수 있는 부분, 비리가 개입될 수 있는 부분을 사전에 차단하기

시설 공사 TF는 여러 차례의 현장 방문, 선진지 견학, 토의와 토론, 자료 검토를 종합하여 시설 공

사에 대한 로드맵을 마련하였다. 로드맵을 마련하는 동안에 시설과는 전혀 협조하지 않았다. 오히려 로드맵을 만드는 과정에서 무력화 내지 약화시키려는 시도를 은근히 하고 있었다. 로드맵은 기획 단계(기본설계) → 설계 단계 → 시공 단계 → 감리 단계 → 준공 검사 단계 → 사용 후 평가 단계 등 총 6단계로 구성되었다. 시설 공사 TF는 우리 청의 시설 공사가 우리 지방의 랜드마크가 되기를 소망하였다.

▶ 기획 단계에서는 당해 공사가 사용자의 요구인지 관리자의 업적 쌓기인지 구분이 필요했다. 또한 세칭 '가방모찌'라 불리는 각종 권력 기관이나 유력 인사의 로비를 차단할 필요가 있었다. 현장에선 밀어내기 공사라는 불평이 더러 있었다. 또한 설계 전에 사용자의 충분한 의견 수렴이 필요하였다. 설계 전에 학교와 지역 사회가 함께 사용하도록 하고, 주변의 자연환경과 인문환경이 조화를 이룰 수 있어야 한다고 강조하였다.

▶ 설계단계에서는 설계 업체를 선정할 때 공정하고 투명해야 함을 강조하였다. 설계사무소의 설계 역량 확인, 모든 설계 사무소에게 균등한 기회 제공, 수의계약을 위해 쪼개기 등 편법 방지, 대규모 공사의 경우 국제 공모도 고려할 것을 강조하였다. 설계에 포함될 건설 자재 선정에 선정위원회를 구성하여 투명하게 자재를 선정해야 하고, 저가 낙찰로 인한 보상 차원 등 다양한 이유로 잦은 설계 변경으로 공사비를 부풀리는 허점 방지 등을 제시하였다. 자재 선정 과정에서 특정 업체에게 교육청이 편의를 준다는 의혹을 불식하도록 촉구하였다.

▶ 시공 단계에서는 시공 단계에서 발생할 수 있는 민원을 사전에 예방하고, 부실 공사를 방지하도록 강조하였다. 특히 이른바 페이퍼 컴퍼니를 통해 하청과 재하청하여 공사비가 늘어나고, 이 과정에서 부실 공사가 이루어지지 않도록 제안하였다. 도 교육청, 교육지원청, 학교 등 각 단위에 시설사업자문위원회 설치를 제안하였다.

▶ 감리 단계에서는 공사감리는 교육청에서 분리하여 건축설계사무소에 용역을 주어 설계와 감리를 철저히 분리함으로써 공정하고 투명한 감리가 이루어지도록 제안하였다. 또한 별도의 시민감리단을 설치하여 감리사무소의 역할 행동까지 감시하도록 하여 이중의 감리 장치를 마

련하도록 하였다.

▶ 준공 검사 단계에서는 사용자, 시공자, 감리자, 감독자, 별도의 제3의 전문가 등이 함께 참여하도록 제안하였다. 경기도교육청의 사례를 참고하여 '건설공사 부실 방지 조례'를 제정할 것을 제안하였다. 준공 검사에서 발견된 문제에 대해서는 시공자와 감독자, 감리자에게 페널티를 주고 우수한 사례에 대해서는 보상이 필요했다. 준공 검사 시 발견된 문제는 향후 다른 공사에서 교훈으로 작용해야 함을 강조했다.

▶ 사용 후 평가 단계(POE)에서는 당해 시설을 사용한 1~2년 후 사용자들의 의견을 철저하게 수렴하도록 제안하였다. 기획 단계와 사용 후 단계에서 사용자의 의견 수렴은 설문 조사 등 요식행위로 흐를 수 있는 여지가 많았다. 따라서 촉진자와 함께 당해 시설의 사용자들이 심도 있게 논의할 수 있는 기회가 있어야 함을 강조하였다.

모든 사업은 '계획 → 실천 → 평가'가 꼭 필요하다. 이 과정이 변증법적으로 상승 작용할 필요가 있다. 하지만 전라남도교육청의 시설 공사에서는 사업에 대한 평가 과정이 없거나 허술하여 보였다. 같은 문제점이 반복적으로 드러나고 있었다. 이 과정을 주관할 부서도 팀도 없어 보였다. 연관되는 각 부서가 유기적으로 활동하지 않고 단절된 느낌이 강했다. 단것은 삼키고, 쓴 것은 떠넘기거나 개기거나. 이것이 거의 체화된 것 같았다. 교육감도 어쩌지 못하는 상황으로 보였다. 교육 행정이 교육 부문보다는 행정 부문 중심으로 이루어지고, 행정 부문은 강한 내적 유대감을 가지고 있는 것으로 판단되었다. 듣기로는 교육부는 이런 폐단이 더 강하다고 하더라. 교육부의 실세는 행정직이라더라니까. 장관이야 몇 차례 인사 다니다 보면 바뀌니까 약간의 장관 대우만 해 주다 보면 금방 딴 사람이 또 장관으로 오는 것이 상례라.

275.
시설 공사 로드맵의 적용 사례를 살펴보고 싶었다

우리는 시설 공사 TF의 제안서가 어떻게 현장에서 적용되고 있는지를 꼭 확인해 보고 싶었다. 구슬도 꿰어야 보배라고 하지 않았던가? 현장에서는 여전히 볼멘소리가 들려오고 있었고, 공사는 여러 곳에서 진행되고 있었다. 이규학, 박병열 시민감사관의 제안에 따라 교육청에서 모범적으로 진행하고 있다고 생각하는 공사와 시설 공사 TF팀이 문제라고 생각하는 공사를 비교하여 현장 실사를 해 볼 것을 감사실에 요청하였다. 운영위원회 회의에서도 공식적으로 요청하였다.

감사실도 시설과도 난감한 표정이었다. 감사실의 태도는 모르쇠 분위기였고, 시설과는 내놓고 반대하지는 않았지만, 차일피일 답을 피했다. 내가 시민감사관을 그만둘 때까지 확인할 기회를 얻지 못했다. 우리 제안을 수용할 수 없는 이유가 있음이 분명했지만, 권한이 제한되어 있는 시민감사관으로서는 어떻게 해 볼 수가 없었다.

교육감이 바뀐 이 시점에서 우리 시설 TF가 제안한 시설 로드맵이 어느 정도 지켜지고 있을까? 사장되지는 않았을까? 사장되지 않았다면 당시 이 로드맵을 완성한 우리 시설 TF에게 자문을 요청하지 않을까 싶지만, 소식이 없었다.

276.
구례공공도서관 건설 현장을 기동 감사하다

구례공공도서관 이설 공사에 대한 현지의 민원이 쏟아지고 있었다. 시설이 들어설 위치, 면적, 설계, 사용 방법 등 여러 면의 민원이었다. 김성인 감사관도 1차로 방문 후 문제를 지적하고 있던 상황이었다. 2021년 3월 2일(화)에 최경석 대표, 박발진, 정영이, 김옥태 시민감사관과 감사관실의 박성춘, 김훈철 주무관, 시설과의 배성채 주무관이 함께 방문하였고, 현지에서 '구례좋은도서관모임' 황정란 대표와 박애숙 전 대표가 배석하였다. 구례공공도서관은 우리가 방문할 당시의 공정률이 54%라고 하였다.

먼저 현지 '구례좋은도서관' 모임 전·현직 대표의 의견을 들었다. 이들의 요구는 구례군의 매천도서관과 구례공공도서관이 같은 부지에 들어서는 것보다는 구례지역이 넓고 산재되어 있으니 두 개의 도서관 중에서 하나는 두세 곳으로 분산하여 작은 도서관을 지어 달라는 요구였다. 지역민의 접근성과 활용성을 염두에 둔 요구로 매우 합리적으로 들렸다. 이들은 구례군수를 여러 차례 방문하여 이와 같은 요구를 하였으나 받아들여지지 않고 오히려 귀찮아한다는 것이다.

먼저 공사가 완료되어 5월에 개관 예정이라는 매천도서관을 담당자의 안내로 둘러보았다. 외관은 무슨 창고처럼 이상해 보였지만 내부로 들어서자 확 트인 느낌으로 주변 경관과 잘 어울리고 다양한 연령 계층이 활용할 수 있도록 내부 동선이 되어 있었다.

이어서 한창 공사 중인 구례공공도서관 시공 현장을 둘러보았다. 우선 짜증이 났다. 두 개의 도서관이 들어선 부지는 약 5,000㎡로 매우 좁았다. 주변에는 건물들이 있어서 경관이 답답하고, 이면도로는 좁고 주차된 차량이 많아서 어린이나 노약자들이 이 도서관에 오가기엔 너무 위험해 보였다. 주차 공간은 너무 협소하여 차량을 이용한 방문객이나 휠체어를 타고 오시는 분들이 이용하기엔 너무 불편해 보였다. 공사 중인 내부로 들어서자 부지가 곡선으로 휘어진 탓에 건물도 부지에 따라 휘어진 모양이었다. 부지를 공짜로 얻은 후과로 보였다. 매천도서관에 비해 안에서 조망하는 경치가 매우 불편해 보이고, 이용자의 동선도 불편해 보였다.

매천도서관과 공공도서관이 같은 부지에 있는 반면에 두 도서관이 그 기능을 어떻게 분담하여 이용자들에게 도움을 줄 것인지 검토된 바도 없었다. 그냥 서로 다른 기관이 같은 부지에 각각의 도서관을 짓고 있었다. 구례군수와 전라남도 전현직 교육감들의 머릿속을 들여다보고 자팠다. 도대체 그 안에 무엇이 들었는지 궁금했다.

이 공사를 기획한 전임 장만채 교육감과 여러 가지 문제가 있음에도 불구하고 계획된 대로 삽질을 지시한 장석웅 현임 교육감 모두에게 심한 짜증을 느꼈다. 소견이 매우 좁거나 혹은 뭔가에 혹해 있다는 그런 느낌이 들었다. 공직자로서의 최소한의 품격을 기대할 수조차 없는 정말 잘못 뽑은 교육감들이란 느낌이 강하게 들었다.

공정률이 이미 54%에 이른 공사를 지금 중단할 수는 없는 노릇이다. 매몰 비용이 너무 크다. 그나마 앞으로 할 수 있는 일은 공공도서관의 내부 인테리어를 사용자들의 의견과 도서관 전문가들의 의견을 종합하여 실시하고, 두 도서관의 역할을 적절히 분배하여 사용함으로써 도서관의 기능을 온전히 발휘할 수 있도록 하는 것이었다.

277.
『제1기 청렴시민감사관 활동 백서』를 편찬하다

운영위원회는 제1기 청렴시민감사관의 활동을 종합하여 백서를 발간할 것을 결의하였다. 백서 편찬위원은 4개의 분과에서 추천한 각 1인으로 구성하고 감사실 청렴팀 주무관이 협력하기로 하였다. 김옥태, 박세철, 정영이, 진지연 등 4명으로 구성된 백서 편찬팀은 시민감사관들이 제출한 정기 감사의견서를 종합하여 정리하고, 정기회의와 운영회의, 기동감사 등 제반 활동 자료를 모아서 백서라는 이름답게 정리하도록 합의하였다. 정기감사 의견서는 4명이 나누어서 정리하고, 나머지 정기회의, 운영위원회, 특별감사, 기동감사 등의 내용은 내가 정리하기로 하였다.

어떤 과제를 수행할 때는 관련한 전문성이나 재능이 필요하지만, 재능 못지않게 일에 대한 열정과 사명감이 중요하다. 구슬이 서 말이라도 꿰어야 보배인 셈이다. 각 분과에서 추천한 편집위원들의 협조가 빈약하여 결국 내가 도맡아 해야 하는 상황이었다. 박세철 편집위원만 도움을 주셨다. 각 분과에서 추천을 신중하게 하고 추천된 위원은 일의 경중을 따져서 자신이 할 수 있는 일인지를 가늠하여 수락했어야 했다.

자료들을 정리하고 초고를 완성한 후에는 편찬위원들과 교정을 거듭하였다. 청렴팀 강현정 주무관의 노고가 컸다. 드디어 전라남도교육청『제1기 청렴시민감사관 활동백서』(2019. 7. 8.~2021. 7. 7.)가 발간되었다. 백서는 제1장 청렴시민감사관 활동 개요, 제2장 청렴도 평가 분야 개선을 위한 TF 활동, 제3장 청렴시민감사관제의 운영 성과 분석, 제4장 청렴시민감사관 감사의견서 요약, 제5

장 청렴시민감사관 정책 제언 요약을 싣고 부록에는 전라남도교육청 청렴시민감사관 운영 규칙과 운영 세칙, 공영형사립학교 만족도 설문 조사, 청렴도 평가 분야 개선을 위한 TF 보고서 전문, 청렴시민감사관 감사의견서 사례, 정책 제언 사례를 실었다. 배포 범위는 각 시도교육청과 산하 각 기관이었다. 도 교육청과 지원청, 학교 등의 업무 담당자들이 이 백서를 눈여겨 살펴보면 청렴 전라남도 교육을 위해 도움이 되리라 여겼지만, 숙독하는 이가 과연 있을까 싶다. 최소한 본청의 교육감, 각 국장, 과장과 교육지원청의 교육장, 교육과장과 관리과장 그리고 각 학교의 교장, 행정실장들은 숙독하기를 간절히 바란다.

보리밥 묵고 방구뿡께 배가 푹 꺼져불등만

278.
제1기 우수 청렴시민감사관으로 표창받다

전라남도교육청 제1기 우수 청렴시민감사관으로 장석웅 교육감의 감사패를 받았다. 정기회의에서 호명하면 앞에 나가서 교육감이 시상하는 모습이었다. 감사패를 나누어주는 모습이 낯설다. 감사패를 주는 것이 우수 감사관을 표창하는 것인지, 교육감의 치적을 자랑하는 것인지 헷갈리기도 하더라. 우수 시민감사관 선정의 기준은 정기감사 참가 횟수, 각종 회의 참가 횟수, 관련한 여러 활동을 종합한 것이었다. 나는 누구보다 열정적으로 시민감사관 활동하였다. 그래서 필요한 회의 소집을 요구하고 자료 제출을 요구

〈교육감에게 받은 우수 청렴시민감사관 감사패〉

해서 감사실 직원들이나 교육청 간부들이 나를 싫어하는 것 같았다. 표창 대상은 운영위원회에서 간추리고 감사실에서 종합하여 결정하였다. 나 자신이 운영위원회 소속이면서 스스로를 선정하는 것이 머쓱했다. 최종 선정은 감사실에서 했지만 말이다.

279.
직업계고등학교 현장실습 현장을 합동으로 확인하다

2021년 여수해양고등학교 학생이 현장실습 중 사망한 사고가 발생하였다. 당시에 나는 나주상고 정기감사 중이었다. 이전에도 직업계고 학생들이 현장 실습 중에 중대 재해를 당하는 경우가 거의 매년 발생하고 있었다. 하지만 그때만 반짝 요란스러운 대책을 세우네 어쩌네 하다가 말았고, 사고는 계속해서 발생하고 있었다.

해양고 사고는 예견된 것이나 마찬가지였다. 학생은 1인 기업이란 영세 업체에 현장실습을 갔으나 학교에서 배운 내용과는 전혀 다른 업무를 하였다. 잠수하여 배에 달라붙은 따개비를 제거하다가 사고를 당한 것이다. 실습 매뉴얼에는 학생은 잠수 등 위험한 작업을 시킬 수 없었다. 잠수하는 경우에도 숙달된 사수와 함께 일을 하도록 되어 있으나 학생은 단독으로 작업을 하다가 사고를 당한 것이다. 학교는 학생이 실습하는 기업을 방문하여 실습이 효과적으로 이루어지고 있는지, 위험 요소는 없는지를 파악하여 부족한 경우에는 시정을 요구해야 하도록 되어 있다. 실습 전에 작성하는 현장학습표준협약서를 형식적으로 작성하였다는 느낌도 강했다.

해양고 학생의 사망으로 교육계 내외에서 커다란 반성의 움직임이 있었다. 교육부는 전수 조사를 지시하였다. 현지 조사는 노무사와 해당 학교 교사가 함께 가도록 하고 전수 조사 양식을 배부하였다.

전라남도교육청 청렴시민감사관 운영위원회는 교육청 담당관은 업무가 많고 학교 담당자와 노무사가 부족한 상태였으므로 시민감사관도 현지 전수 조사에 참여하도록 요청하였다. 감사실은 미래인재과에 요청하여 수락받았다. 미래인재과의 담당 장학관은 내가 알고 지내는 후배인 정은정이었다.

보리밥 묵고 방구뀡께 배가 푹 꺼져불등만

정은정 장학관과 협의하여 기존에 학교 현장학습 조사 담당자가 가지고 가는 조사 양식의 문제점을 보완하였다. 조사 양식은 질문과 '예/아니오'의 확인 그리고 길면 두 줄 정도 쓸 수 있는 의견란으로 구성되어 있었다. 직업계고등학교 정기 감사 때 현장 조사 보고서를 보면 대부분이 '예'에 ○표 되어 있고, 의견란은 공란이 많았다. 만약에 사고가 발생하면 담당 교사와 학교의 문책을 피할 수 없는 양식이었다. 교육부에서는 양식을 변경하지 말라고 했단다. 그래서 질문지는 그대로 두되 질문에 답변은 5단계로 바꾸고, 조사자의 의견을 쓸 수 있는 '란'을 늘렸다. 가로로 쓴 양식이 세로로 바뀌었다.

현지 조사에 참가할 시민감사관은 각 분과에서 추천을 받아서 정하였다. 우리 학생들은 전국에 걸쳐서 현장 학습을 나가고 있었다. 사전 협의로 자신이 나갈 업체를 골랐다. 현지 조사는 1주일 동안이었다. 이 사전 회의에 오지 않은 분은 나중에 보니 현지 조사를 딱 한 곳만 갔었다. 왜 시민감사관이 되고, 현지 조사를 간다고 했는지 도무지 이해되지 않았다. 그분은 목사 부인이라고 했다. 시민감사관으로서의 전문성이나 품성이 의심되는 선정이었다. 대부분 시민감사관은 가까운 지역을 선호하여 나는 주로 부산, 울산, 논산, 천안 등 원거리를 갔다.

원거리를 가야 했기에 아내 바람도 쐴 겸, 혼자 장거리 운전의 무료함을 달랠 겸 아내와 같이 이동하였다. 숙소는 둘째 딸이 검색하여 사전에 예약해 주었다. 교육청에서는 기본 비용을 주었고, 추가된 비용은 내 부담으로 했다. 내가 발견한 현장 조사의 문제점은 다음과 같았다.

▶ 학교에서의 배우는 전공과 무관한 현장 실습:
  • 상고에서 기업회계를 공부한 학생이 물류 공장에서 제품을 운반하고 있음.
  • 수산고의 항해과와 기관과 학생이 식품가공공장에서 쏘세지를 뽑고 있음.
  • 상과 학생이 골프장에서 허드렛일을 하고 있음.
  • 원예과 학생이 RPC(미곡종합처리장)에서 허드렛일을 하고 있음.
▶ 전공과 무관하지 않으나 학교에서의 공부를 심화하는 내용과는 무관함:
  • 식품가공학과 학생은 음식점에서 서빙하고 있음.
  • 미용과 학생이 미용실에서 청소하고 있음.
▶ 우리 학생들이 실습하는 업체가 대부분 영세함: 우리 학생들이 실습 나가는 업체는 대부분 영

세하여 배울 것이 별로 없었고, 장차 그 업체로 취업할 가능성도 없었음.

▶ 현장학습 매뉴얼이 지켜지지 않음: 현장학습 매뉴얼에는 실기교사가 입회하여 실습하도록 되어 있으나 당해 실기교사, 학생 본인, 심지어는 업체 대표조차 이러한 매뉴얼을 모르고 있었음.

▶ 현장실습표준협약서 작성 시 내용 미확인: 근로계약서에 준하는 현장학습표준협약서를 작성할 때 업체 대표나 학생 본인이 그 내용을 모르고 있는 경우가 대부분이었음. 심한 경우는 이 협약서를 작성한 사실 자체를 잊고 있는 경우도 있었음.

▶ 현장실습이 이렇게 까다로우면 내년부터는 실습생을 받지 않겠다는 업체 대표가 있었음. 업체는 실습생이 아니라 저임금 노동자가 필요했던 것으로 보임.

▶ 학교 담당자와 노무사, 시민감사관이 함께 현장 조사를 하는 것은 교차점검한다는 의미가 있을 것인데, 어떤 학교 교사는 자기는 조사하지 않고 내가 조사한 것을 복사하자고 하여 아연 실색하였음.

▶ 직업계고등학교에 취업지원관이 있는데, 대부분 고령자이고 업무 능력이 떨어져서 별다른 도움이 되지 않는 것으로 보였음.

▶ 현장실습에 나가는 학생들의 숙식이 적절하지 않은 사례가 있었음.

▶ 현장실습이 학교 수업의 연장이라기보다는 학생 입장에서는 지겨운(?) 학교를 떠나서 용돈을 버는 기회로 여겨지는 상황이었음.

▶ 우리 학생들이 현장실습을 하고 졸업 후 해당 업체에 계속 취업하여 일하기에는 거리가 너무 멀어 보였음. 현장실습의 목적 중의 하나가 학생이 실습한 업체에서 계속 근무할 수 있도록 하는 것이라는데 그럴 가능성은 너무 희박해 보였음. 아마도 업체는 실습 학생을 갈아 끼우는 부품 정도로 여기는 것이 아닌가 싶었음.

▶ 현장실습은 실습이라기보다는 업체에게는 부족한 일손을 구하는 수단이고, 학생에게는 아르바이트 같은 기분이었음.

▶ 내가 방문한 업체는 위험 요소가 그다지 없는 업체여서 재해 예방을 위한 문제는 크게 발견하지 못하였음.

결론은 직업계고등학교의 현장실습은 폐지하는 것이 교육적이다는 판단이 들었다. 요즈음 학교는 정부와 기업체의 지원으로 실습 시설이 충분하게 갖추어져 있으니 굳이 현장실습이라는 것을

보리밥 묵고 방구뀡께 배가 푹 꺼져불등만

나가는 것이 필요 없다는 판단이다. 학생은 직업계고등학교 3년 동안 이론과 실습을 학교 안에서 충실하게 이행하고, 업체는 졸업생을 받아서 자기 업체에 맞는 실습을 시켜서 일을 맡기는 것이 정도라고 판단되었다.

280.
○○공고 감사에서 놀라운 일들을 보다

2021년 ○○공고 정기감사를 하면서 놀라운 일들을 보았다. 이 학교는 과거에 종합고등학교였다가 지금은 공고로 바뀌었다. 전자과와 기계과가 주 전공이다. 두 전공 교사들은 보이지 않는 암투가 벌어지고 있는 모습이 느껴졌다. 내가 ○○군에 근무할 때의 그 학교보다는 모든 건물이 새로 들어서서 외관은 매우 깔끔해 보였다. 상전벽해였다. 그러나,

1

실습동을 살펴보니 건물은 ㅁ자(字) 형태로 지어졌는데, 가운데가 네모 모양의 공간이 있어서 제법 멋을 부린 것으로 보였다. 하지만 빗물이 제대로 빠지지 못해서 우기에는 빗물이 건물 안으로 흘러들거나 스며들었다. 아울러 건물 안 실습실은 채광이 제대로 되지 않아서 낮에도 불을 훤하게 밝혀야 했다.

2

선반 실습하는 장면을 보고 놀랐다. 학생들 복장이 평상복에 신발도 운동화나 심지어 실내화를 신고 있기도 했다. 안전모를 쓰고 있는 학생도 없었다. 교장 선생님 면담 시에 학생들 실습복, 안전모와 안전화가 없냐고 물었더니, 창고에 있다는 것이다. 그렇다면 왜 착용하지 않느냐고 물었더니 학생들이 귀찮아하여 그렇다는 것이다. ○○공고 교장과 교사들의 안전 불감증을 보았다.

3

이 학교는 건설기계과가 있고, 실습은 별도의 실습장에서 하고 있었다. 건설기계과는 학과 개편

보리밥 묵고 방구뀜께 배가 푹 꺼져불등만

으로 3년 전에 신설하였는데, 이제 폐과하고 e모빌리티과를 신설할 계획이었다. 교장은 초빙제 교장으로 임기가 1년을 남기고 있었고, 담당 교사는 초임 교사였다. 나는 물었다. 건설기계과를 신설한 지 갓 3년이 지나서 폐과하는 것이 타당한 것인가? 초빙제 교장 임기 말에 기존 과를 폐과하고 새로 학과를 개편하는 것이 적절한가? 교장은 ○○군에서 e모빌리티과를 개설하면 30억 원을 지원하겠다고 하여 그리 추진한다는 것이다. 위경종 교육국장에게 이 사실을 알고 있느냐고 물었더니, 알고 있다면서 자기들도 문제점을 알고 있지만 지역 사회의 요청이라 긍정적으로 추진할 수밖에 없다고 하더라. e모빌리티과 신설 담당 업무가 초임 교사인 이유는 경력 교사들이 협조하지 않아서 그렇다는 것이다. 교장의 지도력이 전혀 먹혀들지 않고 있었다.

4

교장 선생님에게 e모빌리티의 범위를 물었다. e모빌리티라 함은 자동차, 드론, 기계, 로봇 등 다양할 것인데, ○○공고는 어떤 것에 특화할 것인가? 또 e모빌리티의 설계, 제작, 수리 및 정비, 운용 등 어느 것에 특화할 것인가? 혹은 모든 것을 다 아우를 것인가? 그럴 만한 역량이 되는가? 교장은 내가 원하는 대답을 하지 못하고 엉뚱한 말로 중언부언하고 있었다.

5

이 학교 예산 집행을 살피다 보니 지난 3년간 100% 불용액 항목 여럿이 눈에 띄었다. 항목 내용을 보니 어떤 한 교사의 업무로 보였다. 교감 선생님과 면담하면서 지적하였더니 내 짐작이 맞았다. 박 아무개 교사로 무안고 근무 시절의 동료였다. 정기감사 기간 중에는 출장 중이라 하여 직접 면담하지는 못했다. 다른 교사와 이야기하면서 들은 이야기로는 박 아무개 교사와 교장의 사이가 아주 좋지 않은데, 박 교사가 교장 보기 싫어서 아예 해당 업무를 하지 않아 예산 집행도 없다는 것이다. 해당 교사의 품성과 교장, 교감 선생님의 지도력에 문제가 있었으나 시정되지 않고 있었다. 교무회의나 교과협의회 등에서 논의가 되고, 시정되어야 했다. 불용액이 발생하고 있었으나 해당 항목의 예산은 감하지 않고 오히려 증하고 있기도 했다. 그 피해는 고스란히 학생들 몫일 것이다.

6

이와 같은 상황을 자세히 감사의견서에 적어서 제출하였다. 교육청에서 후속 조치가 시급해 보였지만 그 결과를 알 수 없다. 위촉직인 시민감사관의 한계였다.

보리밥 묵고 방구뀅께 배가 푹 꺼져불등만

281.
민원에 따른 학교 운동장 트랙 교체 사업을 현장 조사하다

2021년에 학교 운동장 우레탄 트랙에서 발암 물질이 발견되었다는 보도가 있었다. 이에 전라남도교육청은 우레탄 트랙을 걷어 내고 새로 시공하고 있었다. 당초 예산 집행과 시공을 단위 학교에 자율로 주었는데, 행정실 직원들이 업무 과중을 이유로 시정을 요구하여 소재는 학교가 결정하고 예산의 집행과 시공은 본청과 지역청이 담당하도록 수정하였단다. 초·중학교는 지역교육지원청이, 고등학교와 사립학교는 본청이 담당. 학교에서의 소재 결정을 두고 논란이 일었다. 지역청과 학교, 교장과 담당 교사, 학교와 업체 간의 다툼이 일었다. 모 소재 업체 관련자가 감사실에 민원을 제기하면서 현지 조사를 하게 되었다. 감사는 공직감사팀이 주관하게 되었는데 시민감사관 2명을 요청하여 나도 포함되었다(시설 TF팀이었으므로).

문제의 발단은 트랙 시공 소재의 선택이었다. 어떤 소재를 선택하느냐에 따라 사실상 시공업체가 정해지는 형국이었다. 소재는 우레탄 2종(알갱이로 된 것을 배합하여 타설하는 것과 장판처럼 된 것을 까는 형식), 코르크, 마사 등이었다. 새로 시공될 우레탄은 품질이 개선되어 발암 물질이 기준치 이하로 나온다고 하나 우레탄은 여전히 화학제품으로 발암 물질이 없을 수 없다고 하고, 코르크는 자연 소재라 발암 물질은 없으나 내구성이 떨어진다고 상호 주장하였다. 우레탄 시공업체는 여러 곳이었고, 코르크는 사실상 한 업체였다.

나는 이 방면에 완전히 문외한이다. 현지 조사를 가기에 앞서서 나주, 영암, 무안 등 13개 학교와 코르크로 시공된 도 교육청 어린이집, 강진 가우도를 사전에 답사하였다. 세 가지 소재로 시공된 트랙을 보면서 나름의 소견을 갖게 되었다.

▶ 코르크가 깔끔하고 자연과 조화되어 보였다. 그러나 내구성에 대해서는 의구심이 들었다. 신

북면의 어느 학교는 새가 쪼아 먹은 듯한 구멍이 아주 많이 보였다. 또 어떤 곳은 곰팡이가 생긴 곳도 있었다. 운동화 스파이크에 쉽게 상할 것 같은 느낌도 있었으나 업체 관계자는 실외용과 실내용으로 밀도를 다르게 시공하면 된다고도 하더라.

▶ 장판 모양의 우레탄 트랙을 시공한 학교 중에는 언제 시공하였는지는 모르겠으나 습기가 있는 언덕 밑 근처의 트랙은 심하게 구겨지고 벗겨지고 있었다. 최근에 시공한 나주 공산면의 어느 학교는 시공이 겨우 1년이 지났는데 들뜨고 있었고, 마치 껍딱지 같은 모양으로 때워지고 있었다. 보기 흉할 뿐 아니라 임시방편인 하자보수로 보였다. 해당 학교 행정실장에게 하자보수가 필요함을 말했더니 자기가 오기 전의 일이라고 발뺌부터 하더라. 하자보수 기간이 끝나기 전에 재시공을 권유하였으나 결과를 보지 못했다. 교육지원청 담당과에서는 이러한 사실 자체를 모르고 있었다.

▶ 알갱이로 된 것을 배합하여 시공 중인 학교에서는 역한 냄새가 심하게 나고 있었다. 튼튼해 보이기는 하나 과연 발암 물질이 완전히 해소되었을까 싶었다.

▶ 어떤 학교는 문제가 된 우레탄을 제거하고 마사로 마무리하였는데 깔끔하고 자연스러워 보였다. 굳이 우레탄 등으로 트랙을 만들 필요가 없어 보였다.

▶ 트랙을 어떤 소재로 시공하였든지 간에 트랙이 있는 학교는 운동장이 인조잔디나 천연잔디로 되어 있었고, 트랙이 없는 학교의 운동장은 모래였다. 여기서도 학교 간에 빈부 차이가 발견되었다.

문제는 도 교육청이 키운 셈이었다. 트랙의 교체 시공 사업을 전개하기 앞서서 정밀한 사전 작업이 필요했다. 운동장 트랙 재시공의 원인이 우레탄 트랙에서 발생하는 유해 물질이었으므로 각 소재에 대한 면밀한 사전 검토가 필수일 것이다. 각 소재의 장단점을 면밀히 파악하고, 소재에 따른 시공 업체들의 시공 능력 등을 파악해야 했다. 또 소재 선정을 학교에 맡겼으면 선정위원회가 투명하게 활동할 수 있는 공간을 열어 주어야 했다. 본청에서 주관한 소재를 소개하는 회의에는 교장, 행정실장, 담당 교사 등이 모두 참여하도록 하고, 해당 학교의 소재선정위원회에서는 교장이 주도하여 회의를 진행하는 것이 부적절함을 알려야 했다. 의욕이 넘치는 일부 교장은 자기가 주도하여 소재를 알아보고 평가하고 소개까지 하였다. 이는 보기에 따라서는 특정 소재와 업체를 사전에 정해 놓고 일을 진행한다는 의혹이 생길 수도 있었다. 실제로 일부 학교 교장들이 정보를 교환하고

보리밥 묵고 방구뀅께 배가 푹 꺼져불등만

있었고, 이를 각자 학교에서 활용하고 있었다. 제한된 정보를 가지고 일을 집행하여 불필요한 오해를 자아내고 있는 셈이었다.

이권이 있는 곳에는 파리가 꼬이기 마련이다. 업체는 어떻게든 수주하기 위하여 학교 안팎의 모든 인맥을 동원할 것이다. 중심을 잡아야 할 교장이 어느 한 편에 기운 듯한 느낌을 줘서는 곤란하다. 상급관청인 교육청의 관계 직원이 학교를 방문하거나 전화하여 특정 소재나 업체를 언급하는 것 자체가 비리로 읽혀질 가능성이 있었다.

이번 현지 조사에서 지역청 시설과 직원과 학교 행정실장은 코드를 맞춘 듯한 느낌을 받았다. 교육청 시설과 직원이 학교를 방문하여 나누었던 이야기를 확인하는 과정에서 보니, 교장의 말과 시설과 직원, 행정실장의 말이 서로 달랐다. 삼자대면하여 확인하고 싶었으나 공직감찰팀장은 그건 너무 가혹하다고 하여 확인할 수 없었다. 누군가는 거짓말을 하고 있는데 말이지. 공직감찰팀장은 조사한 내용에 대하여 동석한 시민감사관의 동의를 구했다. 면피로 보였다. 공직감찰팀이 시민감사관을 대동한 그 깊은 뜻(?)이 이해되었다.

어떤 초등학교에서는 소재와 업체 선정에서 비롯된 교장과 체육 담당 교사 간의 불화가 심각하였다. 서로 비방하는 수준이었다. 교사의 품성과 교장의 현명한 지도력이 아쉬웠다.

282.
청렴시민감사관제의 성과와 한계가 보이다

국가권익위원회에서 평가는 청렴도는 당해 기관의 청렴 의지를 평가하고, 당해 기관의 공무원과 사업 파트너를 대상으로 하는 설문으로 이루어진다. 청렴시민감사관의 존재 자체가 갖는 의미가 있다.

"누군가 보고 있다."

이 사실이 어떤 일을 할 때 좀 더 조심스러워질 수 있을 것이다.

관료 조직이 문제이다. 관료는 너무 보수적이다. 관료들은 혁신보다는 '오늘도 무사히' 혹은 '나만 깨끗하면 되지.' 혹은 '내 업무가 아닌 일로 다른 사람을 기분 나쁘게 해서 무슨 득이 있겠어?' 뭐이런 사고가 아닐까 싶다. 또 관료들은 같이 일하는 이들이 동료이면서 잠재적인 승진 경쟁자이기도 하다. 감사 담당 공무원은 순환보직으로 서로의 입장에서 살피기 때문에 과감한 감사와 조치가 꺼려진다는 점도 있다.

관료 조직의 타성을 타파하여 청렴시민감사관제의 존재 의미를 살리기 위해서는 교육감, 공채된 감사관, 각 국과장들의 일체된 의지가 있어야 효과가 있을 것이다. 그러나 그들에게 이 점을 기대하는 것은 과욕이지 싶다.

내가 청렴시민감사관으로 일하면서 부딪힌 문제는 이렇다.

내가 아마추어라는 것이 첫째이다. 업무를 익힐 만하면 2년 임기가 끝나고 1차에 한하여 연임이

보리밥 묵고 방구뀡께 배가 푹 꺼져불등만

가능할 뿐이다. 연임 조항을 조정하자는 의견은 묵살되었다. 숙달된 청렴시민감사관이 부담일까?

둘째는 내가 맡고 있는 분야의 업무 담당자가 자주 바뀐다는 것이다. 새 담당관은 전임자의 업무를 숙지하고 있지 못하더라. 아마도 인수인계해야 할 기본업무에 청렴시민감사관 관련 업무는 포함되지 않나 보다. 그들은 어떻게든 시간을 끌면 된다는 생각이 강해 보인다.

셋째는 각 국(局)과 과(科) 또는 팀 간, 나아가 담당자 간에 보이지 않는 벽이 느껴진다는 점이다. 모든 업무가 서로 연계될 것이건만 단절되어 있다는 느낌이 확 온다.

넷째는 공무원들이 청렴시민감사관을 옥상옥 혹은 사족(蛇足)쯤으로 여기고 있는 것 같았다.

다섯째, 청렴시민감사관을 위촉할 때 진정으로 일할 수 있는 사람을 위촉하는 것인지, 아니면 이른바 명망 있는 인사들로 구색을 맞추려는 것인지 우려스러웠다. 심지어는 선거용으로 오용하고 있는 것이 아닌지도 궁금하였다.

끝으로 시민감사관이 정기감사 시의 감사의견과 정책 제언을 하고 있으나 이것이 전라남도교육청 관리들이나 교육감에게 얼마나 절실하게 반영되고 있는지는 의문이다. 나와 나의 TF가 제안한 정책 제언 중에서 시설 공사에 대한 외부 용역 활용과 시민감리단 설치는 반영되었다. 그러나 다음의 제안은 받아들여지지 않았다.

◆ 건설공사 부실방지 조례 마련
◆ 공영형사립학교 활성화 방안 마련
◆ 사립학교 법정부담금 납입 강화 방안 마련
◆ 학생 건강 검진 강화: 정밀 진단비 지원 등
◆ 폐교를 활용한 귀농, 귀촌 인큐베이터 마련과 학생 유치
◆ 시설 공사 로드맵 실천 현장 실사 확인 요청
◆ 청렴시민감사관의 전라남도교육청 본청 감사 참여

2022년 선거로 전라남도교육감이 바뀌었다. 전임 교육감의 정책 중에서 청렴시민감사관 활동은 계속되기를 바란다. 나아가 더 강화된 청렴시민감사관 활동을 기대한다.

283.

윤석열 정권의 대일 굴욕외교를 규탄하다

2023년 3월 6일 윤석열 대통령의 일제 강제 동원 피해자에 대한 제삼자 변제와 3월 16일 대일 굴욕외교를 규탄하는 시위와 시국선언이 경향 각지와 각계각층에서 봇물 터지듯 쏟아지고 있다. 이에 전남참교육동지회도 2023년 3월 28일에 전남도청 앞에서 시국선언을 하게 되었다. 현장 발언을 맡아 다음과 같이 평화와 자존을 역설하였다.

2023년 3월 28일(화) 11:00 전라남도청에서
전남참교육동지회 시국선언

윤석열 대통령은 3.1절이 갓 지난 2023년 3월 6일, 일제 강제 동원 피해자 배상에 관하여 제삼자 변제라는 기상천외한 발상을 꺼냈습니다.

비유하자면 이런 꼴입니다. 한 아이가 학교폭력에 시달리다 노예 취급을 당했습니다. 가해자는 배경이 든든한 집안의 아이였습니다. 피해자는 천신만고 끝에 법원에서 학폭 인정을 받고 가해자로부터 배상을 받게 되었습니다. 그런데 그 피해 학생의 아버지란 작자가 나타나서 병원비와 위자료를 친인척 등을 동원하여 십시일반 모금하여 셀프 처리하겠다고 나선 겁니다. 그러면서 가해자는 이제부터 발을 빼고 푹 주무시라고 합니다. 심지어 가해자 측과 잘 지내면 경제적으로 도움이 될 것이라고도 합니다. 알고 보니 그 아버지란 작자는 이미 자식의 학폭 피해 대가를 헐값에 팔아먹고는 정작 피해자인 자식에게는 모르쇠했던 것입니다. 피해 아이는 자기 아버지로부터 2차 가해를 당한 꼴입니다.

윤석열 대통령은 2023년 3월 16일, 1박 2일 일정으로 일본을 방문하여 기시다 총리와 회담했습니다. 찾아가서 보고한 것일까요? 일제 강제 동원 피해자에 대한 제삼자 변제라는 선물을 가지고 갔지요. 기시다는 극진히 대접했다고 합니다. 대통령이 가지고 간 선물은 또 있었습니다. 지소미아라는 군사정보보호협정의 복원을 약속했고, 일본의 한국에 대한 보복 수출규제 조치에 대한 국제사법재판소 제소 포기, 한국과 일본의 군사협력 강화 등을 약속했습니다. 그 외에도 설왕설래하기는 합니다만 후쿠시마 핵발전소 냉각수 방류 인정, 후쿠시마산 어패류 수입 등을 받아들였다는 이야기도 있습니다. 반면에 일제 침략에 대한 인정이나 사과, 배상 등에 대한 답을 얻지는 못했습니다. 일제 강제 동원 피해자에 대한 가해 기업의 배상 참여도 얻지 못했습니다.

일본 기시다 정권과 일본 국민은 우리 윤석열 대통령이 너무 이쁜 모양입니다. 대통령의 일본 방문 후 기시다의 인기가 치솟고 있답니다. 우리 대통령을 일본 사람들이 너무 좋아하고 있답니다.

우리가 걱정해야 할 것은 강제 동원 피해자에 대한 기상천외한 해법만이 아닙니다. 북·중·러 대한·미·일의 대결 구도를 강화해 가려는 미국의 지배전략에 스스로 올라탄 것입니다. 강대국에 둘러싸인 우리는 결코 미국과 일본에 편향되어서는 안 됩니다. 중국과 러시아는 미국의 반대편에 있다고 해서 우리가 멀리해도 좋은 상대는 아닙니다. 균형 있는 외교로 실리를 추구해야 합니다.

북한의 핵 위협을 평화적으로 해결하는 것은 중국과 러시아의 협력이 없이는 어려운 상황입니다. 북한은 윤 정권이 들어선 이래 하루가 멀다고 미사일 발사 실험을 하고 있고, 중국과 러시아는 이를 두둔하고 있으며, 한국군과 미군은 계속하여 방어 훈련을 하고 있습니다. 전쟁의 위험이 다가오고 있음을 피부로 느끼고 있습니다. 윤석열 대통령의 대결 편승 외교가 심히 걱정이 됩니다. 우리는 평화를 원합니다.

우리는 원합니다. 일본이 진정 어린 사과와 배상을 해야 합니다. 사필귀정(事必歸正)! 친일파 다까끼 마사오, 군사 반란 정권의 수괴 박정희가 맺은 굴욕 협정인 1965년의 한일 협정을 갱신해야 합니다. 국가 간의 조약은 성실히 지켜지는 것이 옳지만 잘못된 계약은 언제든지 바로잡을 수 있을 것입니다. 더구나 정통성이 없는 반란 정권이 맺은 굴욕 협정이라면 반드시 바로잡아야 합니다. 개인 간의 계약도, 국가 간의 조약도 갱신하는 것이 상례입니다. 이제 우리 국력이 일본에 끓릴 것이 없으니 당당하게 1965년의 한일 협정을 갱신해야 할 것입니다. 그리하여 40년 침략에 대한 진정 어린 사과를 받아내고, 약탈해간 자원과 문화재를 돌려받아야 하며, 강제 동원에 피해를 입은 분들에게 위로와 배상을 해야 하며, 다시는 독도를 자기네 땅이라고 우기지 못하게 해야 합니다. 그리하여 한국인과 일본인이 미움도 원망도 없는 진정한 친구가 되길 원합니다.

이제 깨어 있는 국민이 스스로 나서야 할 때입니다. 친일과 숭미에 젖어 있는 위정자들에게 우리 후손들의 운명을 맡길 수만은 없습니다. 사랑하는 자녀들과 제자들의 밝은 앞날을 위해 우리가 나설 때입니다.

보리밥 묵고 방구뀡께 배가 푹 꺼져불등만

284.

思無邪 愼其獨 無自欺 毋不敬

퇴계 이황 선생의 말씀으로 나의 글을 마무리하련다.

思無邪 愼其獨 無自欺 毋不敬
(사무사 신기독 무자기 무불경)

"간사한 생각을 없애고,
혼자 있을 때라도 언행을 조심하며,
스스로에 대한 속임을 없애고,
사람을 대함에 불경함이 없어야 합니다."

기록의 소중함을 알겠다. 초등학교 시절 숙제처럼 일기를 계속 쓰기는 어려웠다. 남아 있는 기록들이 없어서 상당 부분 기억을 더듬었다. 기억의 허술함으로 사실 관계에 다소 착오가 있을 수 있다. 소중한 것을 미처 생각해 내지 못하기도 하고 더러는 잡스러운 이야기를 끄집어내기도 하였다.

돌아보니 원망스러운 사람도 있었지만, 고마운 사람들이 더 많았다. 세월이 흐르고 보니 원망이 연민으로 변하기도 하였다. 나이가 들어 가면 희망보다는 잊혀져 가는 것에 익숙해지나 보다. 살아오는 동안 많은 역경이 있었지만 대체로 잘 극복해 왔다. 극도의 빈곤을 탈출하였다. 훌륭한 아내를 만나서 평생 가난에 찌든 부모님을 그런대로 편안하게 노후를 보내실 수 있도록 했다. 삼 남매는 잘 커 주었다. 부모의 뒷바라지가 부족했건만 아이들은 스스로 잘 자라 주었다.

나의 성년은 흥사단과 전교조와 함께하는 시간이 많았다.

흥사단은 그런대로 잘 유지되고 있으나 독립을 위해 투쟁하던 흥사단이 오늘날 대한민국에서 어떤 역할을 해야 하는 것인지 방향 설정이 어렵다. 흥사단에 인재는 많지만 하나의 길로 잘 엮어지지 않는 현실이다.

전교조는 초창기의 활력을 많이 잃었다. 조합원 수가 급감하였고 주요 활동가들은 분열 양상을 보인다. 정권의 은연중 탄압은 여전하다. 진보라 불리는 민주당 계열의 정권은 불가근불가원의 입장으로 전교조의 요구에 대해 시간 끌기로 일관해 왔다. 보수라 불리는 자유당 계열의 정권은 드러내 놓고 적대적이다. 조합원들은 학교에서 업무에 시달려서 전교조 임원 맡기를 꺼리고 있다. 초창기의 학습 모임도 시들하다. 퇴직조합원 동지들이 퇴직조합원 모임인 참교육동지회에 가입하여 평생 활동을 하는 것에 매우 소극적이다.

퇴직 후에도 조직에서 맡긴 일은 성실히 수행해 오고 있다. 나이 들어서 일을 할 수 있다는 것이 얼마나 소중한 것이던가? 인생 2막의 한가함과 휴식이 소중하다. 그러나 휴식만 취하고 있으면 너무 무력하지 않겠는가? 아직 건강하고 정신이 시들지 않은 만큼 일할 수 있을 때 일하고 싶다. 그리고 어느 날 자는 듯이 조용히 가고 잡다. 죽어서 한 줌의 흙이 되어 자연으로 가련다.

나는 홍사단우이고 전교조 조합원이다. 나는 선생이다. 도산 선생님의 무실역행의 정신으로 살고자 노력했고, 전교조의 참교육 정신으로 아이들을 가르치고자 나름의 최선을 다했다. 주어진 일은 사양하는 일 없이 열심히 했다. 학교에서는 내 교과인 사회 과목을 통해 우리 아이들이 민주사회의 당당한 시민으로 성장해 가도록 도우려고 했다. 교과 연구에 충실하고자 했다. 학교의 부조리를 그냥 보고 지나가지 않으려고 했다. 전교조 내에서는 3D라 불리는 지부 임원, 지회장, 분회장을 거의 평생 했다. 스펙은 되지 않으나 기초가 튼튼해야 조직이 산다는 신념으로 여기고 일했다.

보리밥 묵고 방구 뀡께
배가 푹 꺼져불등만

ⓒ 김옥태, 2023

초판 1쇄 발행 2023년 7월 20일

지은이   김옥태
펴낸이   이기봉
편집   좋은땅 편집팀
펴낸곳   도서출판 좋은땅
주소   서울특별시 마포구 양화로12길 26 지월드빌딩 (서교동 395-7)
전화   02)374-8616~7
팩스   02)374-8614
이메일   gworldbook@naver.com
홈페이지   www.g-world.co.kr

ISBN   979-11-388-2120-9 (03810)